CHRISTOPH ANDREAS MARX

DAS PERGAMENT DES TEUFELS

Über den Autor:

Christoph Andreas Marx, Jahrgang 1960, ist promovierter Theologe und Historiker und arbeitet als Gymnasiallehrer in Minden. Dies ist sein dritter historischer Roman.

CHRISTOPH ANDREAS MARX

DAS PERGAMENT DES TEUFELS

Ein Faustroman

KNECHT
FRANKFURT AM MAIN

Für Anja und Lea Alessandra

Originalausgabe

www.knecht-verlag.de

Gesamtgestaltung und Konzeption:
Weiß-Freiburg GmbH – Graphik & Buchgestaltung
Coverbild: Montage unter Verwendung eines Vanitas-Stilllebens von
Sebastian Stoskopff (1630), © AKG-IMAGES

Herstellung: fgb · freiburger graphische betriebe
www.fgb.de

Gedruckt auf umweltfreundlichem,
chlorfrei gebleichtem Papier

ISBN 978-3-7820-0916-4

Über alle Arten der verdammten Magie gibt es Bücher unterschiedlicher Autoren, die zu besitzen und bei Gelegenheit, wenn es für die Widerlegung der bösen Kunst nötig ist, auch zu lesen ernsten Männern der Wissenschaft und keuschen Geistern kein Unrecht ist, doch bringt es ungelehrten und fleischlich gesinnten Menschen zweifellos Schaden, wenn sie dieselben unerlaubt zu eigen haben und lesen.

Trithemius, Nepiachus
(ed. posth. 1539)

1. KAPITEL

Schon von fern hatte Alanus den Feuerschein wahrgenommen. Als er die Stadtmauer erreichte, fand er das große Tor unbewacht. Niemand hielt ihn auf. Und so folgte er dem Weg geradeaus, vorbei an kleinen, niedrigen Häusern, deren Umrisse sich in der mondlosen Nacht schwach abzeichneten. Er konnte den Boden vor sich kaum erkennen, spürte nur unter den Füßen, dass die Erde vom Regen aufgeweicht war. Vorsichtig schritt er voran, um nicht auszurutschen. Jemand lief an ihm vorbei. Schlamm spritzte auf und traf seine Mönchskutte. Rechts hörte er das Schnauben eines Maultiers. Etwas huschte vor seinen Füßen zur Seite und quiekte ängstlich. Er trat auf ein Stück Holz, glitt ab, konnte aber das Gleichgewicht halten. Dann drangen Geräusche an sein Ohr, die vom Marktplatz her kommen mussten. Menschen riefen durcheinander. Mit jedem Schritt wurden ihre Stimmen lauter. Hoch aufragende Häuser säumten nun die Gasse. Und plötzlich liefen Menschen neben ihm. Er konnte sie kaum sehen, doch er hörte, wie sie miteinander sprachen, so aufgeregt, dass er die Wortfetzen nicht verstand. Nach einer Biegung erblickte er Feuerschein über dem Dach eines zweistöckigen Steinhauses. Er folgte den Menschen, die um ihn waren, ließ sich von ihnen mitreißen, begann ebenfalls zu laufen, vorbei an Karren, Pferden und Maultieren, die kreuz und quer in der Gasse standen. Das Lärmen kam näher.

Und dann sah er die Flammen. Mitten auf dem Marktplatz brannten drei Scheiterhaufen. Alanus erblickte zwei Frauen, eine alte und eine junge, und ein Mädchen, das nicht älter als neun Jahre sein konnte, sie alle verschwitzt und ungewaschen, nur mit einem grauen Laken bekleidet. Die Alte ließ entkräftet den Kopf zur Seite hängen. Alanus bemerkte, dass die drei noch am Leben waren. Der Henker hatte ihnen zwar die Augen verbunden, sie aber zuvor nicht erdrosselt, wie es sonst üblich war.

Bald musste er sich abwenden, und so fiel sein Blick auf die Menschen um ihn, die eng aneinandergedrängt standen, um das Schauspiel zu verfolgen. Bei all dem Geschrei war kaum ein Wort zu verstehen. Doch er sah ihre Blicke, schwankend zwischen Aufregung, Neugier, Furcht und Begeisterung. Verzweifelt versuchte er sich einen Weg durch die Menge zu bahnen, doch niemand ließ ihn vorbei, und nachdem er wenige Schritte vorangekommen war, hatte er sich so viele Ellenbogenstöße und Flüche eingefangen, dass er aufgab und stehen blieb.

Bald hatten die Flammen ihr Ziel erreicht. Als erstes schrie das Kind. Bislang war es fast bewegungslos geblieben, doch jetzt begann sich der kleine Körper zu winden, so als wollte er der Hitze ausweichen. Als auch der erste Schrei der Alten zu hören war, wurde das Lärmen auf dem Platz noch stärker.

Alanus blickte zum Westwerk des Doms. Die glatte Sandsteinfassade war hell erleuchtet. Das Licht flimmerte darüber hinweg, als wollte es die Nacht für immer vertreiben. Die Häuser der Kaufleute unmittelbar am Markt waren in Goldgelb getaucht. Diese Farbe hatte längst auch die beiden Frauen und das Kind erfasst. Wie im Wahnsinn krümmten sich ihre Körper, zuckten ihre Glieder. Und dann sah Alanus eben dieses Goldgelb in den glänzenden Augen der Menschen, die ganz eng bei ihm standen, so eng, dass er nach Luft rang. Verzweifelt versuchte er sich erneut einen Weg zu bahnen. Noch einmal blickte er zurück, sah, wie die Flammen über den verformten

Körpern zusammenschlugen. Dann erreichte er eine Gasse, stürzte zu Boden, rappelte sich wieder auf, hielt sich am Gerüst eines Holzwagens fest und musste sich übergeben.

Noch lange irrte er in der Dunkelheit umher, bis er mit viel Glück das Kloster der Benediktiner fand.

Als er gegen Mittag in der Mönchszelle erwachte, war es, als würde ihn noch immer der Geruch des verbrannten Holzes umgeben. In der Nacht hatte er lange wach gelegen, bis der Schlaf ihn übermannte, traumlos und schwer.

Nun hörte er in der Nähe eine Glocke, die zum Gebet rief, erhob sich zögernd und blickte auf die kahlen Wände seiner Zelle. Durch eine kleine Fensteröffnung drang Sonnenlicht herein. Er trat auf den schmalen Gang hinaus und folgte ihm, bis er eine steinerne Treppe erreichte. Sie führte in den Kreuzgang hinab. Seine Augen gewöhnten sich nur allmählich an die Helligkeit, die ihn nun umgab. Für einen Augenblick betrachtete er den Klostergarten, der zu allen Seiten in gleicher Weise von den Säulen des Kreuzgangs umfasst wurde, und nahm den Duft der Rosen wahr, die inmitten des Platzes an dünnen Stöcken emporwuchsen. Alanus erreichte das Brunnenhaus. Die Sonne spiegelte sich im Becken, in das aus einer Öffnung im Stein frisches, klares Wasser sprudelte. Er ließ es sich über das Gesicht und die Arme laufen. Er blickte zur gegenüberliegenden Seite des Gartens, sah, dass die Brüder bereits die Klosterkirche betraten, und folgte ihnen. Nachdem er eingetreten war, bemerkte er, dass die Räume, die ihn nun umgaben, nicht ungewöhnlich hoch waren, doch die tragenden Säulen wirkten schlank, und das Deckengewölbe schien über ihnen zu schweben, als würde es von einer unsichtbaren Kraft emporgezogen. Gleichzeitig brach sich das Sonnenlicht in der vielfältigen Farbigkeit der hohen Fenster, so dass der Raum geheimnisvoll erstrahlte. Alanus hatte die Vierung erreicht und blickte zur Decke empor, wo sich die Rippen des Gewölbes kreuzten und das Gewicht des Daches auf das Mauerwerk der Seitenschiffe übertrugen. Auch hier wirkte es so, als würden die Säulen ihre Kraft aufsteigen lassen und der Decke Schwerelosigkeit verleihen. Die Naturgesetze schienen aufgehoben. Alanus ging weiter zum Chor. Dort stimmte er gemeinsam mit den Brüdern das Benedictus an, dann das Gloria und das Kyrie. Nach dem Segen des Abtes schritten die Mönche gemeinsam durch den Kreuzgang ins Refektorium, wo sie zunächst ein Dankgebet sprachen und dann schweigend ihre Mahlzeit begannen. Während sie Haferbrei, Gemüse und Brot aßen und Wein mit Wasser dazu tranken, hörten sie dem Vorleser zu.

Alanus war viele Tage allein unterwegs gewesen. Er hatte im Freien geschlafen, mit viel Glück gefährliche Furten durchquert, hatte des Nachts Geräusche gehört, die er nicht kannte, war vom Regen überrascht worden, Umwege gegangen, eine Zeit lang ohne Wasser und Brot ausgekommen. Und nun spürte er das Glück, wieder mit den Brüdern die Communio feiern zu dürfen. Sie war mehr als ein gemeinsames Mahl. Die Mönche traten zusammen, um die Gemeinschaft aller Geschöpfe zu feiern, Gott auch in dieser Stunde dafür zu loben, dass alles in seiner Gnade geborgen war. Auch jetzt sollte er in ihrem Fühlen und Denken gegenwärtig sein.

All dies ging Alanus während des Essens durch den Kopf. Doch ihm war auch die Bedeutung bewusst, die sich mit dem mittäglichen Stundengebet verband. Es symbolisierte die Mitte des Tages. Es war die Zeit, innezuhalten und über das eigene Tun nachzudenken. Die Sonne hatte den Zenit erreicht. Selbst die Vögel schwiegen. An diesem Wendepunkt der Zeit entschied sich das Schicksal des Tages. Auch das Leben kannte diese Wendepunkte. Auch sein Leben.

Als die Mönche das Mahl beendet hatten, erhob sich der Abt und erteilte den Segen, der ihnen Mut machen sollte, von neuem aufzubrechen.

Alanus verließ das Kloster und betrat die Gasse der Färber, auf der er zum Markt gelangen sollte. Rechts und links standen die kleinen, meist zweistöckigen Häuser eng beieinander. An den Ständen wurden vor allem gebleichte Stoffe angeboten, aber auch Tücher in grün, blau und dunkelbraun. Auf kleinen Holzgerüsten, die mitten auf dem Weg standen, konnte man die Ware prüfen. Alanus drängelte sich an den vielen Menschen vorbei. Ein beißender Geruch drang ihm in die Nase. Er bemerkte, dass eine dunkelgraue Flüssigkeit die Gasse hinabfloss. Weiter ging es, vorbei an den Häusern der Schuhmacher. In ihren Auslagen fanden sich Stiefel und Schuhwerk in hellem, dunkelbraunem und schwarzem Leder. Dumpfes Hämmern drang aus den Werkstätten und mischte sich mit den aufgeregten Stimmen der Menschen, die lautstark feilschten. Dann erreichte er den Marktplatz und befand sich alsbald mitten im Labyrinth der Verkaufsstände und der riesigen Stoffplanen, die vor der prallen Sonne schützen sollten. Von nun an ging es nur noch sehr langsam vorwärts, denn die Menschen standen dicht gedrängt. Auf den Auslagen vor sich sah er helles und dunkles Fleisch, Würste vom Rind, mehrere große Schweinsköpfe und Hasen, die noch im Fell belassen waren. Von irgendwoher wehte Fischgeruch herüber. Er bemerkte ein mehrstöckiges Haus, das zu ebener Erde einen Säulengang mit Rundbögen besaß, ähnlich den Kreuzgängen der Klöster. Darüber befanden sich mehrere Fenstergalerien. Ganz oben war die Fassade mit gebrannten Ziegelpfannen verkleidet. Dieses Gebäude überragte alle anderen, mit Ausnahme des Doms, dessen Westfassade sich auf der gegenüberliegenden Seite des Marktes zum Himmel erhob. Die Kurie des Bischofs musste in der Nähe sein. Alanus versuchte sich einen Weg zu bahnen, doch immer wieder wurde er abgedrängt. Er kam vorbei an den Ständen der Krämer und blickte hinüber zu den Häusern, die unmittelbar am Markt standen. Sie gehörten den reichen Fernhändlern. Selten hatte Alanus so viele unterschiedliche Menschen an einem Ort gesehen: reiche Kaufleute, wohlgekleidete Patrizierfrauen, Mönche unterschiedlicher Orden, Handwerker aller Zünfte, Bauern aus der Umgebung, aber auch Tagelöhner, die auf Arbeit hofften, Frauen in verschmutzten Laken, die aufgesammeltes Holz verkauften, und Krüppel, die sich auf den Boden gesetzt hatten, um ein Almosen zu erbetteln.

Für kurze Zeit hatte er den Blick frei auf drei Hügel aus verbranntem Holz. Kurz hielt er inne: Das war alles, was an die letzte Nacht erinnerte.

Die Menge drängte weiter. Er bemerkte eine junge Frau, die an ihrem kleinen Stand Kräuter und Gewürze anbot. Alanus erkannte Pfefferkörner in unterschiedlichen Farben, Bibernelle, Melisse, Sauerampfer, Weinraute, Salbei, Ysop, Liebstöckel, einige Lauchpflanzen und zu seiner Überraschung auch Schierling. Hier wäre er gern geblieben, doch wieder wurde er fortgeschoben, zum Glück immer weiter in die Nähe des Doms. Noch ehe er das Portal erreicht hatte, erblickte er auf der Seite den Eingang zur Kurie. Es gelang ihm, sich in diese Richtung durchzukämpfen und aus der Menschenmenge zu befreien. Nur mehr wenige Schritte trennten ihn nun von seinem Ziel. Das mächtige Tor war bewacht. Als er dort sein Anliegen geschildert hatte und um Einlass bat, verschwand einer der Männer, kehrte kurze Zeit später zurück und forderte ihn auf, ihm zu folgen. Sie durchquerten das Torhaus und standen bald in einem großen, quadratischen Hof, der von zweistöckigen Steinhäusern gesäumt wurde. Inmitten des Platzes spendete ein Brunnen klares, kühles Wasser. Es lief in ein Becken und floss dann, den vier Himmelsrichtungen folgend, weiter in Rinnsalen zu den Häusern, um auf wundersame Weise im Mauerwerk zu verschwinden. Alanus war so gebannt von diesem Schauspiel, dass er erst spät bemerkte, wie ein Mann auf ihn zukam. Er trug das Ornat des Bischofs, auch den Ring und eine goldene Kette mit dem Kreuz, hatte aber auf eine Kopfbedeckung verzichtet.

Alanus kniete nieder und küsste den Ring, den ihm der Mann entgegenhielt.

«Erhebe dich», hörte er dessen sonore Stimme sagen.

Er blickte auf und sah vor sich einen hochgewachsenen, alten Mann, der ihn mit lebhaften Augen erwartungsvoll betrachtete.

«Steh auf, Alanus von Buchholz! Hattest du eine gute Reise?»

«Ja. Der Herr meinte es gut mit mir.»

«Das freut mich. Lass uns ein wenig gehen. Die Sonne ist heute sehr angenehm.»

Gemeinsam betraten sie eines der Kurienhäuser, durchquerten den Flur, um es auf der gegenüberliegenden Seite wieder zu verlassen, und alsbald standen sie in einem großen Garten. Auch hier erblickte Alanus einen Brunnen, Fluchtpunkt für die streng geometrisch angeordneten Rasenflächen, die Gleichmaß und Ruhe ausstrahlten.

«Seit wann bist du in der Stadt?»

«Ich bin gestern Nacht angekommen.»

«Dann hast du sicherlich die Hinrichtung gesehen?»

Alanus hielt inne, wollte erst etwas sagen, zog es dann aber vor zu schweigen.

Der Bischof bemerkte sein Zögern.

«Warum sagst du nichts?»

«Ich habe einige Verfahren verfolgen können, die auf dem Lande durchgeführt wurden. Und ich hatte den Eindruck, dass dabei die Eitelkeiten der Menschen von größerer Bedeutung gewesen waren als Gerechtigkeit und Vernunft.»

Der Bischof blieb stehen und sah hinüber zum Brunnen.

«Es gibt eindeutige Vorschriften für diese Verfahren», sagte er ruhig. «Wenn sie befolgt werden, ist es rechtens, und wir haben uns nicht einzumischen.»

«Haltet Ihr es für rechtens, die Wahrheit auf der Streckbank zu finden – oder mit den spanischen Stiefeln? Welche Wahrheit kann man da erwarten?»

«Leider haben wir nicht viel Einfluss. Diese Verfahren sind längst in die Hand der städtischen Gerichtsbarkeit übergegangen.»

«Aber war es nicht die Bulle Summis Desiderantes, die all dies ermöglichte?»

Der Bischof drehte sich abrupt um und betrachtete ihn nun mit strengem Blick.

«Alanus von Buchholz. Du bist schon einmal in Ungnade gefallen, weil du deine Zunge nicht zügeln konntest. Die Bulle des Papstes gilt für den geistlichen Bereich. Und wie du weißt, gibt es nur wenige Verfahren, die im Namen der Heiligen Kirche geführt werden. Und diese Verfahren richten sich gegen Ketzerei, nicht gegen vermeintliche Hexen. Du kennst die Schriften des heiligen Augustinus so gut wie ich. Es geht darum, die Abtrünnigen auf den rechten Weg zurückzuführen.

Das ist ein Akt der Nächstenliebe. Und das gilt auch und vor allem für Frauen, von denen gesagt wird, sie könnten Übernatürliches vollbringen, denn das basiert auf Einbildung. Alle Verfahren der heiligen Inquisition hingegen beziehen sich auf Ketzerei, auf Menschen, die sich bewusst von Gott abwenden.» Er schwieg einen Augenblick. Dann sah er Alanus eindringlich an. «Du bist hier, weil man dir die Gelegenheit geben will, dich zu bewähren. Wir sind bereit, Vergangenes zu vergessen. Deshalb hüte deine Zunge.»

Alanus blickte auf und sah in den Augen des Bischofs, dass diese Ermahnung wohlwollend gemeint war. Deshalb zog er es vor, nichts weiter zu entgegnen, obwohl er wusste, dass die Dinge nicht so eindeutig waren: Zwar waren der Glaube an Hexen und die Hexenverfolgung zur Zeit Kaiser Karls durch ein päpstliches Konzil unter Strafe gestellt worden. Und tatsächlich hatte Papst Alexander IV. 1260 die heilige Inquisition angewiesen, Hexen nicht mehr aktiv zu verfolgen. Doch dafür war man mit Ketzern umso konsequenter verfahren. Denn Augustinus, der es als Nächstenliebe bezeichnet hatte, Ungläubige auf den rechten Weg zurückzuführen, schloss dabei auch Folter und Feuertod nicht aus. Der Verlust des Lebens sei in Kauf zu nehmen, wenn die Seele dadurch gerettet werden konnte.

Alanus wurde in seinen Gedanken unterbrochen, als sich ein Mönch näherte, der die weiße Kutte und den schwarzen Mantel der Dominikaner trug. Er kniete vor dem Bischof nieder.

«Gregorius», sagte der kurz, bat den Mann aufzustehen und umarmte ihn herzlich.

«Verzeiht, dass ich Euch habe warten lassen», sagte der Mönch.

«Aber wir haben uns derweil gut unterhalten. Ich möchte dir Alanus von Buchholz vorstellen. Er ist gestern Nacht angekommen.»

Alanus verbeugte sich, und Gregorius tat es ihm nach.

«Ich freue mich, einen Bruder des heiligen Bernhard begrüßen zu dürfen», sagte er. «Ich hoffe, deine Reise war nicht zu beschwerlich.»

«Mit Gottes Hilfe bin ich wohlbehalten angekommen.»

«Lasst uns einen Augenblick gemeinsam gehen», sagte der Bischof. «Alanus, du bist zu uns gekommen, weil wir dich darum gebeten haben, und wir sind dir sehr dankbar dafür. Bruder Gregorius möchte einen Vorschlag unterbreiten, der es dir ermöglicht, Vergangenes ungeschehen zu machen. Ich habe deine Lebensgeschichte studiert und bin zu der Auffassung gekommen, dass du ein guter Diener des Herrn bist, der die Unterstützung unserer heiligen Kirche verdient.»

Sie hatten den Brunnen erreicht. Der Bischof ließ sich kühles Wasser über die Arme laufen, und die beiden Mönche taten es ihm nach. Dann begann Gregorius zu sprechen.

«Es ist uns bekannt, dass du wie kaum ein anderer die Heilige Schrift, die Kirchenväter und die Bücher der Theologie und Philosophie studiert hast. Es gibt wohl kaum einen Bruder, der so belesen ist wie du. Und deshalb brauchen wir deine Hilfe.»

Er blickte Alanus an und vergewisserte sich, dass der aufmerksam zuhörte.

«Wir suchen ein Buch, das wir unbedingt in die Hand bekommen müssen. Dieses Buch ist gefährlich. Menschen, die es in ihrem Besitz hatten, haben sich daran verirrt und sind elendig zugrunde gegangen. Sie starben als Ketzer, sie verspielten ihre Seele.»

Alanus hatte aufmerksam zugehört.

«Ein solches Buch kenne ich nicht. Wie soll es heißen? Und wer hat es verfasst?»

«Dass du nichts von dieser Schrift weißt, ehrt dich. Doch bist du wohl der Einzige, der klug und belesen genug ist, um sie aufzufinden.»

Die drei Männer verließen den Brunnen und gingen langsam weiter.

«Niemand weiß, wie dieses Buch entstanden ist. Vieles ist rätselhaft, und wir hoffen, dass es dir gelingt, Klarheit in die Sache zu bringen. Einige behaupten, das Manuskript sei von Luzifer persönlich verfasst worden. Manche sagen, man könne mit Hilfe der darin enthaltenen magischen Beschwörungsformeln den Fürsten der Finsternis erscheinen lassen und in sein

Reich vordringen. Überirdische Macht würde der besitzen, der das Buch deuten kann.»

Gregorius hielt inne.

«Von einem solchen Werk habe ich nie gehört», sagte Alanus. «Es gibt magische Bücher. Es gibt Schriften über Alchemie und Hermetik. Der Volksglaube kennt Rezepte und Zauberformeln aller Art. Aber ein Buch zur Beschwörung des Teufels?»

«Ich verstehe, dass du dies nicht für möglich halten willst, weil es deinem Glauben und deiner Frömmigkeit widerspricht. Aber dennoch ist es so. Und vergiss nicht: Überall im Reich werden Hexen überführt. Gerade gestern sind hier drei verbrannt worden, denen der Rat der Stadt ein Bündnis mit dem Teufel nachweisen konnte. Wie du weißt, heißt es schon im Buch Exodus, dass man die Zauberinnen nicht leben lassen soll.»

«Das hat König Saul nicht daran gehindert, den Rat der Hexe von Endor zu suchen», entgegnete Alanus.

Er bemerkte, wie ihn der Bischof eindringlich ansah.

«Willst du daran zweifeln?», fragte Gregorius streng.

«All diese Zusammenhänge sind mir bekannt», erwiderte Alanus schnell. «Doch ein solches Buch, von Luzifer eigenhändig verfasst, das ist etwas anderes. So etwas kann ich mir tatsächlich nicht vorstellen.»

«Alanus, du bist ein Mann der Wissenschaft. Dinge dieser Art hältst du für Unfug. Doch hier handelt es sich um mehr als bloßen Aberglauben. Die Schriften der Kirchenväter berichten schon immer davon, dass Luzifer versucht, die Weltherrschaft an sich zu reißen. Nach allem, was uns bekannt ist, müssen wir dieses Buch ernst nehmen. Und so wird es dich nicht verwundern, dass die heilige Inquisition alles daransetzt, es ausfindig zu machen und zu vernichten. Und dazu brauchen wir dich.»

«Aber wo soll man mit der Suche ansetzen?»

«Wenn du dich dafür entscheidest, uns zu helfen, wirst du morgen Instruktionen erhalten. Es gibt einige wenige Indizien. Aber ich möchte dir auch nicht verheimlichen, dass wir selbst bisher im Dunkeln tappen. Diese Suche kann nur jemand auf sich nehmen, der außerordentlich gebildet und belesen ist und zugleich die alten Sprachen vorzüglich beherrscht.»

Die drei Männer schwiegen. Für einen Augenblick waren nur das Plätschern des Brunnens und der Gesang der Vögel zu hören.

«Alanus», sagte der Bischof, «du erhältst alle nötigen Privilegien und alle Unterstützung, die du brauchst. Wir werden dir einen Mann mitgeben, der dich schützen kann und sich an den Orten, die du aufsuchst, bestens auskennt. Und vergiss nicht: Alles, was bislang gegen dich stand, wird vergessen sein.»

Gregorius blieb stehen und wandte sich Alanus zu.

«Es würde mich freuen, wenn du uns in dieser schwierigen Aufgabe beistehen könntest. Aber nun entschuldigt. Der Abt unseres Klosters erwartet mich. Heute Abend werden wir uns hier in der Kurie wiedersehen. Bis dahin solltest du deine Entscheidung getroffen haben.»

Den Nachmittag verbrachte Alanus in der Klosterbibliothek der Benediktiner. Dort fand er kunstvoll verzierte Abschriften des Alten und des Neuen Testaments, in denen er mit großer Freude blätterte. Umgeben von all den Büchern vergaß er schnell die Zeit. Er betrachtete Evangeliare, die liebevoll illustriert waren, die klassischen Schriften der Kirchenväter, aber auch Aristoteles und Plotin, und fand schließlich ein Regal mit medizinischen Schriften. Zu seiner Überraschung besaß das Kloster eine vollständige Ausgabe des Kanons von Avicenna. Darin entdeckte Alanus genaue Beschreibungen der Krankheiten, die durch Wasser oder Erde übertragen werden konnten, Diagnosen zu verschiedenartigen Formen von Wurmbefall, Hinweise auf besondere Diäten sowie Theorien zum Einfluss des Klimas auf die Gesundheit und zur Bedeutung der Musik für das Wohlbefinden des Menschen. Es folgten Anleitungen zur Herstellung von Heilmitteln und eine Aufzählung mehrerer hundert Medikamente mit genauer Darstellung ihrer Wirkungsweisen. Auch vor der detaillierten Beschreibung chirurgischer Eingriffe machte Avicenna nicht Halt. Spätestens jetzt wurde Alanus klar, dass er es mit verbotenen Büchern zu tun hatte. Bislang kannte er den Kanon nur vom Hörensagen. Und umso mehr bedauerte er, dass es die Zeit nicht zuließ, diese Bände genauer zu studieren.

Eine Schrift von Leonhart Fuchs über Kräuterheilkunde befand sich ebenfalls im Regal. Während er darin blätterte, wanderten seine Gedanken zu jenem Buch, das wohl weit gefährlicher war als die chirurgischen Anleitungen des Avicenna. Im Gegensatz zu den Werken, die hier im Regal standen, diente es ganz offensichtlich dunklen Zwecken. Alanus war überzeugt, dass niemand in der Lage war, mit Hilfe von Ritualen in das Reich der Finsternis vorzudringen. Er kannte sehr gut all die Zauberformeln und magischen Handlungen, die im Volk kursierten, die allesamt wirkungslos waren und nur vom Aberglauben getragen wurden. Doch verirrte Seelen hielten sich in ihrer Not oder in ihrem Wunsch, anderen zu schaden, an diese abstrusen Praktiken und gaukelten sich selbst etwas vor, anstatt in sich zu gehen, Gott zu vertrauen und sich in die unvermeidlichen Geschehnisse zu fügen. Einzig die kundige Anwendung von Kräutern und das Wissen um die spezifischen Merkmale der Krankheiten konnten hilfreich sein, um die Leiden der Menschen zu lindern. Doch darum würde es im Buch Luzifers nicht gehen. Alanus konnte sich nur vorstellen, dass es Zauberformeln und Rituale enthielt, die allesamt nutzlos und für ahnungslose Menschen gefährlich waren. Die deutlichste und überzeugendste Verurteilung derartiger Bücher hatte er vor Jahren bei Trithemius von Sponheim gelesen, der ja selbst oft genug in den Verdacht der Magie geraten war. Alanus sah die Dinge ganz ähnlich. Was auch immer er bei seiner Suche finden würde, es konnte sich nur um armseliges Geschreibsel handeln, das man zu Recht den Flammen übergeben musste, um verirrte Geister vor Schlimmerem zu bewahren.

Als er sich am Abend erneut vom Kloster zur Kurie begab, überdachte Alanus noch einmal das Angebot, das Gregorius ihm gemacht hatte. Man würde ihn durch die Welt reisen lassen, die Bibliotheken der größten Klöster stünden ihm offen, er würde viel Neues kennen lernen, interessante Bücher studieren können. Und seine Vergangenheit wäre vergessen. All dies klang fast zu schön, um wahr zu sein. Was verbarg sich hinter der Suche nach diesem Buch? War Gregorius wirklich so ahnungslos, wie er tat? Und warum gab man ihm einen Begleiter mit auf den Weg? Er war durchaus in der Lage, allein zu reisen, hatte dies oft getan und dabei viele Gefahren bestanden.

Alanus erreichte die Häuser der Färber. Fast alle Fensterläden waren inzwischen verschlossen. Und auch in der Gasse der Schuhmacher sah er nur noch vereinzelt Menschen. Auf dem Markt räumten einige Händler ihre Stände auf. Nichts erinnerte mehr an die Betriebsamkeit, die hier zur Mittagszeit geherrscht hatte. Die Sonne stand tief, tauchte den Platz in ein warmes Licht, erzeugte lange Schatten und verlieh den Gebäuden eine klare Kontur. Am Tor der Kurie wurde er von einem der Wächter empfangen, der ihn einließ und die schmale Treppe hinauf in das Obergeschoss des Hauses führte. Dort betrat Alanus einen kleinen Saal. Durch zwei hohe Fenster drangen die letzten Sonnenstrahlen des Tages herein. Auf einem mächtigen Eichentisch standen Leuchter, die zusätzliches Licht spendeten. Hier wurde er von den beiden Männern bereits erwartetet. Nach einer kurzen Begrüßung ergriff Gregorius das Wort.

«Lasst uns ohne Umschweife zur Sache kommen, Alanus. Wie hast du dich entschieden?»

«Ich teile deine Meinung. Das Buch, das du beschrieben hast, ist gefährlich. Es darf nicht in falsche Hände geraten. Und genau genommen sollte es gar nicht existieren.»

Alanus hielt kurz inne und bemerkte, dass Gregorius ihn aufmerksam beobachtete.

«Ob ich für diese Aufgabe der Richtige bin, kann ich nicht beurteilen, denn noch hast du mir wenig über die Dinge gesagt, die auf mich zukommen.»

«Wir müssen zunächst wissen, ob du grundsätzlich bereit bist.»

«Wenn ich dich recht verstanden habe, dient meine Reise dazu, den dunklen Mächten Einhalt zu gebieten. Und wenn ich der heiligen Inquisition in diesem Sinne helfen kann, bin ich gerne bereit.»

«Es freut mich, dass du dich so entschieden hast», sagte der Bischof. «Ich bin sicher, dass es uns mit deiner Hilfe gelingen wird, das Buch zu finden. Und du reist nicht allein. Du wirst Unterstützung haben.»

Alanus hielt einen Moment inne.

«Es wäre mir auch recht, allein zu reisen. Wenn ich es bedenke, ist mir das sogar lieber, denn zwischen Menschen, die gemeinsam reisen, kann es auch viel Streit und Ungemach geben. Ich war häufig allein unterwegs und kenne mich mit den Gefahren und den Gepflogenheiten der Menschen gut aus.»

«Du wirst in Gegenden reisen, die dir unbekannt sind», sagte Gregorius. «Du benötigst einen Berater.»

«Erlaube mir, dir zu sagen, dass ich viele Jahre für mein Kloster unterwegs gewesen bin. Bis ins entfernte Burgund.»

«Der Mann, den wir dir unterstellen, kennt sich dort, wo du nach dem Buch suchen wirst, besonders gut aus. Er weiß um die Eigenheiten von Land und Leuten. Er hat persönliche Beziehungen zu Menschen, die dir hilfreich sein können. Mit vielen Gelehrten ist er freundschaftlich verbunden.»

«Bitte bedenke: Das gemeinsame Reisen verlangt Menschen, die gut miteinander auskommen. Selbst auf dem Pilgerweg nach Santiago herrscht oft Zwietracht.»

Der Bischof blickte betroffen zu Boden, dann hinüber zu Gregorius.

«Die Sache ist schwieriger, als du denkst», sagte der. Er betrachtete Alanus mit ernster Miene.

«Es geht hier nicht nur um dich. Es gibt Dinge, die du nicht wissen kannst, deren Kenntnis wir dir eigentlich ersparen wollten.»

Alanus blickte überrascht auf.

«Verzeiht, wenn ich Euch Unannehmlichkeiten bereite. Das ist nicht meine Absicht.»

Gregorius ging zum Tisch und schien einen Augenblick zu zögern.

«Vielleicht hast du recht», sagte er schließlich. «Vielleicht ist es besser, wenn du über deinen Begleiter die ganze Wahrheit erfährst.»

Er griff sich einen der Leuchter, die auf dem Tisch standen, ging zur Tür und forderte Alanus auf, ihm zu folgen.

Sie hatten die Kurie verlassen, den Marktplatz überquert, der nun fast vollständig im Dunkeln lag, und waren einer Gasse gefolgt, an deren Ende sich ein mächtiger Turm erhob. Der Torwächter musterte die Mönche kurz und ließ sie dann eintreten. Die beiden stiegen die Wendeltreppe hinab und erreichten eine schwere Pforte. Gregorius klopfte dreimal an das Holz, und es vergingen einige Augenblicke, bis ihnen geöffnet wurde. Sie betraten ein Kellergewölbe, das von Fackeln erleuchtet war. An den Wänden bemerkte Alanus Ketten und Ringe. Dort hatte man einen Mann angebunden. Sein Körper war verschwitzt, und die Kleider hingen ihm in Fetzen herab. Er war kaum mehr in der Lage zu stehen, taumelte mit dem Gesicht zur Wand wie in Trance in den Ketten hin und her, die bereits deutliche Male an seinen Handgelenken erzeugt hatten. Die Luft im Raum war stickig. Es roch nach Schweiß, Kot und Urin. Alanus musste sich zusammennehmen, um sein Ekelgefühl zu überwinden.

Mitten im Raum hing ein Strappado unter der Decke, ein einfacher Flaschenzug, der dazu diente, Menschen an den Armen hochzuziehen, die man ihnen zuvor auf dem Rücken zusammengebunden hatte. In der Ecke erkannte Alanus das Rad, das ebenfalls zur Streckung der Beine und Arme verwendet wurde. Und er sah ein Gerät, das ihm als Spanische Stiefel bekannt war. Gewöhnlich wurde es zum Quetschen der Fuß- und Beingelenke eingesetzt. Noch einige andere Werkzeuge lagen auf dem Boden, doch Alanus kannte sie nicht und wollte sich auch nicht ausmalen, wie sie verwendet würden. Über ihren Zweck machte er sich ohnehin keine Illusionen.

Am Rad standen drei Männer, die sich offenbar berieten. Gregorius trat zu ihnen und begann, sich im Flüsterton mit ihnen zu unterhalten. Alanus blickte wieder zu dem Gefangenen, der nun ohnmächtig in den Ketten hing. Schon einige Male war er unfreiwillig Zeuge einer Folter geworden. Doch auch heute gelang es ihm nicht, das Geschehen zu betrachten, ohne Abscheu und Wut zu empfinden. Und so war er fast dankbar, als

Gregorius ihn am Arm fasste und aufforderte, ihm zu folgen. Sie stiegen die Treppe empor und gelangten ins Freie. Endlich konnte Alanus wieder Luft holen.

«Warum hast du mir das gezeigt?», fragte er.

Gregorius blickte zu Boden.

«Du hast den Mann gesehen, der im Turm gefoltert wird. Das ist Severin von Sponheim. Ein Gelehrter. Wie du. Man verdächtigt ihn der Hexerei. Er wurde von Bürgern angezeigt, und die städtischen Richter ließen ihn gefangen nehmen. Du weißt selbst, wie so etwas geht. Ob Severin tatsächlich etwas verbrochen hat, ist sehr fraglich. Als Mönch des Klosters Sponheim ist er in der Welt umhergezogen, um Bücher über Alchemie zu sammeln. Vielleicht hat er ungewöhnliche Dinge getan. Vielleicht Experimente durchgeführt. Die einfachen Leute verstehen nichts davon, und ein Verdacht liegt schnell in der Luft. Wenn du mich fragst, ist Severin ein Opfer dummer Verleumdungen. Doch das hilft ihm nicht. In der gütlichen Befragung wies er alle Vorwürfe gegen sich als unwahr zurück. Man hat ihm die Folterwerkzeuge gezeigt, aber das hat nichts an seiner Haltung geändert. Nun beginnt die peinliche Befragung, und du weißt, was das bedeutet.»

Alanus nickte. «Wie wir gesehen haben, hat sie bereits begonnen.»

«Richtig. Und du willst wissen, warum ich dich hierher geführt habe. Diesen Mann habe ich als deinen Begleiter ausgesucht. Nicht so sehr, weil er sich in der Alchemie auskennt. Sondern weil er die Länder, durch die dein Weg führen wird, oft bereist hat. Ich bin überzeugt, dass Severin ein redlicher Mann ist, dem man vertrauen kann. Die einzige Möglichkeit, ihn vor weiterer Folter zu bewahren, kann nur noch darin bestehen, dass die heilige Inquisition ihren Einfluss geltend macht. Kein weltliches Gericht wird sich ihren Wünschen widersetzen, vorausgesetzt, dass es gute Gründe gibt, in das laufende Verfahren einzugreifen. Und das wäre der Fall, wenn ihm von höchster Stelle die Möglichkeit der Bewährung gegeben wird.»

Gregorius blickte zu Alanus auf.

«Und nun liegt es an dir, diesen Mann mit auf die Reise zu nehmen oder nicht.»

In der Gasse war es still geworden. Für einen Augenblick fühlte Alanus die Entscheidung wie eine schwere Last auf seinen Schultern.

«Ich bin einverstanden», sagte er kurz.

Diese wenigen Worte reichten aus, seine Seele zu erleichtern. Doch sogleich blieb ein Unbehagen, das er nicht recht fassen konnte, ein Gefühl davon, dass seine Aufgabe von nun an noch schwieriger sein würde.

«Du hast großmütig entschieden», sagte Gregorius sichtlich erleichtert. «Ich werde jetzt noch einmal in den Turm gehen und alle notwendigen Anweisungen erteilen. Bitte warte einen Augenblick.»

Alanus nickte. Er blieb in der Gasse allein zurück. Es war ganz dunkel geworden, denn der Mond blieb verborgen, und der Sternenhimmel war von Wolken nahezu vollständig verdeckt. Nur Mars war zu erkennen, rötlicher strahlend als alle anderen Himmelskörper.

Zu später Stunde waren sie in die Kurie zurückgekehrt. Der Bischof zeigte sich erleichtert über den Verlauf der Dinge und bat Alanus und Gregorius, am großen Tisch Platz zu nehmen.

«Nun ist es Zeit, genauer über deine Aufgabe zu sprechen, Alanus von Buchholz. Die Sache erlaubt keinen Aufschub. Du solltest bald aufbrechen. Ein Pferd, Proviant und die nötigen Referenzen wirst du morgen früh erhalten. Und nun sollst du alles erfahren, was wir über das seltsame Buch und seinen Besitzer wissen.» Er wandte sich Gregorius zu und bat ihn, mit dem Bericht zu beginnen.

Bislang hatte der Dominikanermönch auf Alanus einen sehr besorgten Eindruck gemacht. Nun wirkte er eher wie ein Kaufmann, der die Einzelheiten eines Kontraktes vortrug, im sicheren Wissen, dass man ein gutes Geschäft machen konnte. Als er zu sprechen begann, schien sein ganzer Körper angespannt zu sein.

«Du wirst dich vielleicht wundern, Alanus, wenn ich dir jetzt sage, dass wir über das Buch tatsächlich nicht mehr wissen, als wir dir bereits dargelegt haben. Die Gerüchte, die uns glaubhaft zu Ohren gekommen sind, sprechen von Formeln, ähnlich einem Gebet, die der Eingeweihte sprechen muss. Es soll in dem Buch die Rede sein von bestimmten Orten, von rituellen Gegenständen und Zeichen, die Voraussetzungen für ein Gelingen des Zaubers sind. Auch wurde gesagt, dass sich darin Abbildungen finden, deren zutreffende Deutung von großer Wichtigkeit sei. Darüber hinaus wissen wir nichts. Und bedenke, dass die wenigen Indizien, die ich dir gerade genannt habe, durchaus auch falsch sein könnten. Eindeutig scheint es aber zu sein, dass dieses Buch dem Magier Kontakt zu Luzifer verschaffen soll. Darin sind sich alle einig, die uns berichtet haben.»

«Sind diese Zeugen denn glaubwürdig? Wer sind diese Informanten?» Alanus bemerkte, dass seine Fragen dem Dominikaner unangenehm waren.

«Ich kann dir die Informanten nicht preisgeben. Aber du darfst unbesorgt sein. Es handelt sich um gottesfürchtige Menschen, zum Teil in hohen kirchlichen Ämtern.»

«Es würde mir sicherlich helfen, selbst mit ihnen zu sprechen», erwiderte Alanus.

«Diese Leute gaben ihre Kenntnisse nur unter der Bedingung der Geheimhaltung preis. Du weißt, wie schnell falsche Gerüchte selbst Männern der Kirche gefährlich werden können. Erwarte von mir also nicht, dass ich mein Wort breche.»

Für einen Moment war es still im Raum. Alanus spürte die Spannung, die er verursacht hatte. Und so zog er es vor, Gregorius nicht weiter herauszufordern.

Der Dominikaner hielt noch einen Augenblick inne und fuhr dann fort: «Auch über jenen Mann, der wahrscheinlich das Buch besitzt, kann ich dir nur wenig mitteilen. Wir wissen nämlich nicht viel über ihn. Er ist ein Scharlatan, der die Menschen schon seit vielen Jahren mit seinen zweifelhaften Künsten täuscht. Offenbar hat er keinerlei Schule besucht, behauptet aber, in Heidelberg studiert zu haben. Den Menschen stellt er sich als Gelehrter vor, der in allen Bereichen der Magie bewandert ist. Er nennt sich Nekromant, Astrolog, Chiromant, Aeromant, Pyromant, Hydromant und Alchemist. Er behauptet, alle Werke von Platon und Aristoteles gelesen zu haben und unheilbare Krankheiten heilen zu können. Er will im Kloster Maulbronn für einen Abt Gold gemacht, Horoskope für Fürsten erstellt und den Ausgang von Schlachten richtig vorhergesagt haben.»

«Ist es nicht eigenartig, dass ein solcher Scharlatan ein Buch in die Hand bekommt, das so gefährlich ist?»

«Offenbar begnügt er sich nicht damit, Kunststückchen auf dem Markt vorzuführen. Dumm scheint er nicht zu sein, denn er hat sich wohl manches beigebracht, das selbst gebildete Menschen beeindruckt. Dennoch wissen wir nicht, wovon er lebt. Wir wissen nicht, wo er sich jetzt aufhält. Wir kennen seinen Namen nicht. Und niemand kann beschreiben, wie er aussieht. Immerhin hat er an einigen Orten Spuren hinterlassen.»

«Es wäre sicher wichtig, diese Spuren aufzunehmen.»

«Sie werden deine Ausgangspunkte sein. Wir haben nicht viel mehr. Morgen wirst du Dokumente erhalten, in denen all diese Spuren verzeichnet sind. Auch die Orte, die du aufsuchen musst, und die Menschen, die dir dort helfen können.»

Gregorius sah ihn an.

«Alles liegt bereit. Und du darfst gewiss sein, in unserem Schutz zu reisen.»

Als Alanus durch die dunklen Gassen zum Kloster zurückgekehrt war, hatte die Mitternachtsglocke geläutet. Nun lag er auf dem Stroh und blickte hinauf zur Decke seiner Mönchszelle. Trotz der späten Stunde gelang es ihm nicht einzuschlafen. Immer wieder dachte er über das nach, was man ihm verschwiegen hatte. Gregorius wollte seine Informanten nicht preisgeben, angeblich, um sie zu schützen – eine Weigerung, für die es nur zwei Deutungen gab: Entweder waren diese Männer selbst in die Sache verstrickt. Dann musste sich Alanus vorsehen, denn es konnte sehr gut sein, dass er diesen unberechenbaren Gestalten auf seiner Reise begegnete. Oder aber man traute ihm nicht zu, über bestimmte Dinge zu schweigen. Mit anderen Worten: Man traute ihm nicht. Und würde ihm ständig auf die Finger schauen. Doch wenn dieses Vertrauen nicht da war, wie konnte er dann Gregorius vertrauen und jenen Männern, die hinter ihm standen, über die ihm aber ebenfalls nichts mitgeteilt worden war? Solange er nicht wusste, was es mit diesem Buch auf sich hatte und wer jener geheimnisvolle Unbekannte war, den es zu finden galt, würde es auch unklar bleiben, ob sich das Interesse der Inquisition wirklich nur auf das Buch beschränkte. Und selbst wenn es nur um das Buch ging: Was würde damit geschehen? Würde man es verbrennen? Es sicher verwahren? Und wer würde es verwahren? Wem würde es zugänglich sein? Und zu welchem Zweck?

All diese Gedanken gingen Alanus durch den Kopf und wollten keine Ruhe geben. Natürlich wusste er, dass ihm keine andere Wahl blieb. Seine kritische Haltung gegenüber der Obrigkeit hatte ihm nur Ärger eingebracht. Abt hätte er werden sollen, und dann hatte man ihn in ein Kloster am Ende der Welt geschickt, wo er als Bibliothekar eine Handvoll Bücher verwalten durfte. Der Auftrag, den Gregorius ihm anbot, war eine große Chance. Und da er ihn angenommen hatte, blieb ihm auch nichts weiter übrig, als all die ungeklärten Fragen hinzunehmen. Seinem Verstand war das unmittelbar einleuchtend, aber dennoch wollten die Gedanken nicht aufhören zu kreisen.

Irgendwann wurde Alanus doch vom Schlaf bezwungen, unmerklich, lautlos. Ein Traum sandte ihm Bilder: Da war ein weites, gelbblühendes Feld, das sich bis zum Horizont erstreckte. Ein Weg, auf dem er langsam voranschritt, den Wanderstock in der Hand, die Leinentasche um die Schulter, vor Sonne geschützt durch einen breitkrempigen Pilgerhut. So wanderte er einige Zeit, bis er in der Ferne ein Kloster sah, hinter dem die Abendsonne sich langsam senkte. Doch noch konnte er ihren orangeroten Feuerschein wahrnehmen. Als er die Klostermauern erreichte, fand er das große Tor unbewacht. Niemand hielt ihn auf. Und so folgte er dem Weg geradeaus, vorbei an kleinen, niedrigen Häusern, blickte auf zur Fassade der Klosterkirche, die sich wie ein Festungswerk fensterlos gegen die Mächte der Finsternis aufrichtete, die von Westen drohten. Er ging weiter, fand eine Tür, durch die er das Haus der Laienmönche betrat, durchquerte den Flur und gelangte auf der anderen Seite durch einen offenen Torbogen in den Kreuzgang. Zur Rechten bemerkte er das Brunnenhaus. Hier wusch er sich die Arme, fuhr sich mit den nassen Händen über das Gesicht, um sich zu erfrischen, und blickte dann hinüber zur Kirche, unsicher, ob die Brüder sich im Gebet befanden oder noch ihrer Arbeit nachgingen. Dort im Lesegang zwischen den Säulen erkannte er eine Gestalt, die ihn schon eine Weile beobachtet haben musste. Sie war in eine schwarze Kutte gehüllt und versteckte ihr Gesicht unter der Kapuze. Als sie seinen Blick bemerkt hatte, eilte sie zum Eingang der Klosterkirche und verschwand darin. Alanus folgte ihr, wollte ebenfalls eintreten, hielt aber kurz inne, als er über der Pforte eine in Stein gearbeitete Abbildung Jesu als Weltenherrscher erblickte. Worte kamen ihm in den Sinn: «Und ich sah einen Thron, der gesetzt war am Himmel, und auf dem Thron saß Einer, und der da saß, war streng und erhaben anzusehen, die weit geöffneten Augen funkelnd gerichtet auf eine ans Ende ihrer Tage gelangte Menschheit. Die Rechte erhob Er zu einer Geste, von der niemand sagen konnte, ob sie segnend sei oder drohend.» Alanus öffnete die Pforte und ging durch das Querschiff zum Chor. Die hohen Räume wurden vom letzten Licht des Tages schwach erleuchtet. Er blickte um sich, konnte die Gestalt in der schwarzen Kutte aber nirgends entdecken. So setzte er sich ins Chorgestühl, hörte in die Stille des Raumes hinein, schaute zum Ostfenster, erblickte dort den Stier, den Löwen, den Adler, den Engel, das allwissende Auge und verlor darin seine Gedanken, bis er durch ein Geräusch aufgeschreckt wurde. Ruckartig wandte er sich um. Dort im Querschiff stand sie, hatte die Kapuze abgenommen. Alanus erkannte eine junge Frau mit ebenmäßigen Gesichtszügen, kaum älter als zwanzig. Noch ehe er etwas sagen konnte, wandte sie sich ab und verschwand im rechten Seitenschiff. Er sprang auf, eilte ihr nach und sah, wie sie durch die Totentür den Kirchenraum verließ.

Er schreckte hoch und saß aufrecht im Bett, hellwach.

Dann hörte er die Glocke. Sie rief die Mönche zur Laudes, zum ersten Stundengebet des Tages, und forderte sie auf, Neues zu beginnen.

Als er das Kloster der Benediktiner am Morgen verließ, war Alanus unsicher, in welcher der Welten er sich befand. Immerhin, der Abt hatte ihn zum Abschied herzlich umarmt, ihm Gottes Segen gespendet, eine sichere, erfolgreiche Reise gewünscht und ihm so das Gefühl zurückgegeben, trotz aller Ungewissheit festen Boden unter den Füßen zu haben. Doch auf seinem Weg durch die Gassen der Stadt fehlte ihm die gewohnte Aufmerksamkeit, der hellwache Blick für alle Dinge. Kaum bemerkte er die Handwerker, die ihre Läden öffneten und ihn neugierig betrachteten. Denn selten sahen sie einen Mann in Mönchskutte, der zugleich all jene Dinge bei sich führte, die man für eine lange Wanderschaft benötigte: den großen Leinensack mit dem Proviant, die Wasserflasche, den Wanderstock und den Hut, der am Gürtel befestigt war.

Auch auf dem Markt hatten die Händler gerade erst begonnen, ihre Stände aufzubauen und die Auslagen zu füllen. Er bemerkte eine junge Frau, deren hellblondes Haar unter einem weißen Tuch hervorschaute. Als sie zurückblickte, fürchtete Alanus unwillkürlich, in ihrem Gesicht jene Narben wiederzufinden, die ihn in der Nacht hatten aufschrecken lassen. Doch er sah nur das schüchterne Lächeln einer Magd. Der Glanz in ihren hellen Augen sagte ihm, dass sie sich geschmeichelt fühlte, denn ein fremder Wanderer hatte sie bemerkt. Zum ersten Mal an diesem Tag gelang auch Alanus ein Lächeln, so vorsichtig, dass die junge Frau sich nicht abwandte, sondern ihm lange nachblickte.

Die beiden Wachen erkannten ihn und gaben den Durchgang frei. Er stieg die schmale Treppe hinauf und fand den kleinen Saal vom morgendlichen Sonnenlicht hell erleuchtet. Gregorius und der Bischof waren über Dokumente gebeugt, die sie auf dem Tisch ausgebreitet hatten. Sie winkten Alanus herbei, und nach einer kurzen Begrüßung begann der Bischof, ihm all die Papiere zu erläutern, die er vor sich sah.

«Die Briefe, die du hier auf der linken Seite siehst, sind für dich sehr wichtig. Es sind bischöfliche Empfehlungen. Sie tragen das Siegel des Bistums Paderborn und werden dir überall dort die Tore öffnen, wo Männer der heiligen Kirche Amt und Einfluss besitzen. Sie bescheinigen, dass du in allerhöchstem Auftrag reist und uneingeschränkte Hilfe erwarten darfst. Aber auch weltliche Würdenträger kann man mit diesen Sendschreiben beeindrucken.»

Dann deutete der Bischof auf einen kleinen Leinenbeutel, der unmittelbar vor ihnen lag, und ergriff ihn.

«Deine Reise wird lang sein und nicht einfach. Sicherlich kannst du oft in Klöstern übernachten, aber andererseits warten auf dich auch viele Situationen, in denen du Menschen für Dienste bezahlen oder bestimmte Dinge kaufen musst. In diesem Beutel findest du Münzen aus Kölner Prägung. Sie sind überall im Reich bekannt und akzeptiert. Wir haben gängige Gewichte gewählt, die leicht geprüft werden können. Pass auf, dass man dir diesen Beutel nicht stielt. Er birgt ein kleines Vermögen.»

Der Bischof legte die Münzen zurück auf den Tisch.

«Und nun zu den Dokumenten, die du für deine Suche benötigst. Gregorius hat sie für dich zusammengestellt.»

Als der Dominikaner seinen Namen hörte, blickte er kurz auf. «Im Grunde sind es nur zwei Listen, die ich dir mitgebe», sagte er. «Und eine Sammlung von Abschriften. Aber dazu gleich. Wirf bitte einen Blick auf die erste Liste. Sie zeigt dir, auf welcher Route du reisen wirst. Auch geeignete Unterkünfte sind darin benannt. Meist Klöster, in denen du sicher übernachten kannst.»

Gregorius erlaubte ihm nur einen kurzen Blick, legte dann das Blatt zur Seite und rollte ein großes Stück Papier aus.

«Auf dieser Karte ist dein Reiseweg eingezeichnet. Sie ergänzt die Liste und hilft dir bei der Orientierung. Du musst allerdings wissen, dass auf die eingezeichneten Entfernungen nicht immer Verlass ist. Und den Zustand der Wege kann man auch nicht vorhersagen. Aber da du viel gereist bist, weißt du das ohnehin.»

Alanus blickte wie gebannt auf die Karte. Ganz offensichtlich war sie ganz neu, so als hätte man sie nur für ihn angefertigt. Tatsächlich zeigte sie seine Route sehr anschaulich. Mit geübtem Blick hatte er sich in wenigen Augenblicken orientiert und konnte alles überschauen. Endlich bestand Klarheit, wohin die Reise ging. Alanus musste schlucken.

«Diese Karte ist eigens für deine Reise gezeichnet worden», bestätigte Gregorius seine Vermutung. «Es ist aber durchaus möglich, dass du aufgrund von Erkenntnissen, die du auf dem Weg sammelst, deine Route ändern musst. Aber das konnten wir bei der Herstellung der Karte noch nicht voraussehen. Wichtig ist: Nach jetzigem Wissen wird dies dein Weg sein. Aber du darfst und musst von diesem Weg abweichen, wenn deine Suche das verlangt.»

Alanus blickte auf und nickte. «Aber warum gerade dieser Weg?»

«Das wirst du verstehen, wenn du die anderen Dokumente eingesehen hast. Hier ist zunächst eine Namensliste. Diese Männer solltest du aufsuchen. Sie werden dir bei der Suche weiterhelfen und dir alles berichten, was sie über das Buch wissen und über jenen Mann, der es wahrscheinlich in seinem Besitz hat.»

Ein kurzer Blick zeigte Alanus, dass auf diesem Papier Namen verzeichnet waren und dahinter jeweils Orte, an denen diese Männer anzutreffen waren. Je mehr er las, desto mehr stockte ihm der Atem.

«Bist du sicher, dass all diese Männer mit mir sprechen werden?»

Gregorius musste lachen. «Ich verstehe dich gut. Wahrscheinlich bist du verwundert, einige der bekanntesten Gelehrten auf dieser Liste zu finden – auch einige, denen ein zweifelhafter Ruf vorausgeht. Aber du darfst keine Vorbehalte haben. Diese Männer sind unterrichtet. Sie werden dir helfen.»

Unmittelbar neben der Liste befand sich ein Stapel Dokumente. Gregorius nahm sie in die Hand.

«Wir wissen nur wenig über jenen Mann, der das verfluchte Buch besitzt. Aber alle Berichte, die uns zugänglich waren, haben wir dir zusammengestellt. Auf der Reise wirst du die Zeit finden, sie gründlich zu studieren.»

Der Dominikaner legte die Papiere zurück auf den Tisch.

«Es bleibt dir überlassen, wie viel du deinem Begleiter von all dem erzählst. Aber du tust sicher gut daran, ihm nur so viel mitzuteilen, wie es jeweils erforderlich ist.»

«Was weiß Severin von der Reise?»

«Er weiß, dass wir ihm den Kopf gerettet haben. Er steht in unserer Pflicht. Und wir haben ihm klargemacht, dass diese Pflicht darin besteht, dir in allem beizustehen, ohne Wenn und Aber. Sein Schicksal ist abhängig von deinem Erfolg. Wir haben ihm nichts über deine Person erzählt. Du musst selbst abwägen, was er über dich wissen soll. Auch hier wird es besser sein, ihm nur das preiszugeben, was für die Reise notwendig ist.»

Alanus blickte hinüber zum Bischof, der lange geschwiegen hatte, nun aber wieder das Wort ergriff.

«Bruder Gregorius ist manchmal übervorsichtig. Ich kenne Severin von Sponheim seit vielen Jahren. Zwar hat ihn seine Begeisterung für die Alchemie immer wieder in Schwierigkeiten gebracht. Aber im Grunde seines Herzens ist er ein frommer Christenmensch und noch dazu ein belesener Mann, der in seinem Kloster die größte Bibliothek der Welt zur Verfügung hatte und den ehrwürdigen Trithemius noch selbst erleben durfte. Ich bin sicher, dass du in Severin einen guten Begleiter hast.»

Gregorius hatte damit begonnen, alle Dokumente einzusammeln, und legte sie nun vorsichtig in eine Ledertasche.

«Jetzt ist es Zeit», fuhr der Bischof fort. «Draußen im Hof steht ein Pferd. Du bist ausgerüstet mit Proviant. Auch eine Decke haben wir dir mitgegeben. Ferner ein Messer und zwei Steine, mit denen du Feuer machen kannst.»

Er ließ sich von Gregorius die lederne Tasche und den kleinen Beutel geben. «Aber dies hier ist noch wertvoller. Es wird für dich von nun an sehr wichtig sein.»

Alanus nahm beides an sich und hielt es vorsichtig in Händen. «Ich bin bereit», sagte er ruhig.

«Dann lasst uns aufbrechen.»

Sie stiegen die Stufen hinab zum Innenhof, wo der Knecht ein Pferd am Zügel hielt, das bereits bepackt war. Alanus begann damit, alles, was er noch bei sich hatte, am Sattel festzubinden.

«Du musst die Gasse nehmen, die nach Westen führt», sagte Gregorius. «Wenn du durch das Stadttor gegangen bist, folge dem Weg.»

«Wo ist Severin?»

«Er befindet sich einen halben Tagesritt entfernt von hier in einem kleinen Dorf. Du wirst es nicht verfehlen können. Wir mussten ihn aus der Stadt bringen, um sicherzugehen. Dort hat man seine Wunden behandelt.»

«Und woran erkenne ich ihn?»

«Wenn die Sonne ihren Zenit erreicht hat, wird er an der Dorfkirche auf dich warten. Von dort müsst ihr euren Weg selbst finden. Aber Severin wird euch führen können.»

Alanus blickte noch einmal zum Pferd, um sich zu vergewissern, dass er sein Gepäck sicher befestigt hatte. Schließlich verabschiedete er sich erst von Gregorius, dann vom Bischof, dessen Umarmung herzlicher war, fast väterlich.

«Mögen dich die Engel unseres Herrn allzeit beschützen», sagte er. «Leb wohl, Alanus von Buchholz. Meine Gedanken sind bei dir.»

Noch einmal blickten sich die beiden Männer an. Dann löste sich Alanus, griff die Zügel und führte das Pferd zum Tor.

Er überquerte den Markt, betrat die Gasse der Weißgerber und achtete nicht auf die Auslagen der Handwerker und die neugierigen Blicke der Menschen. Bald lag auch das Stadttor hinter ihm. Er schwang sich auf das Pferd und ließ es galoppieren, weil er den Wind spüren wollte.

Als er den Wald erreicht hatte, ließ Alanus das Pferd wieder vorsichtig traben. Von nun an musste er auf alles gefasst sein.

Nacht, Vertrauteste du der heimischen Dinge;
ihr Sterne, die ihr der tragenden Glut
nachfolgt mit der goldenen Luna;
du Hekate mit dreifachem Kopf, du weißt, was jetzt anhebt:
Komm doch und hilf mir mit murmelndem
Spruch und kunstvollem Zauber.
Und du, Erde, du gibst den Hexen die mächtigen Kräuter.
Lüfte und Winde und Berge, ihr Flüsse all und
ihr Teiche, Göttin der Haine, herbei!
O helft mir, ihr Götter der Nächte.

Gebet der Medea;
Ovid, Metamorphosen VII, 192

2. KAPITEL

Johanna stand am Rande der Lichtung. Gewaltige Bäume ragten hinter ihr in die Höhe, und auf der Wiese spiegelte sich das Licht. Sie blickte noch einmal zum Mond, um sich zu vergewissern, dass der Zeitpunkt günstig sei.

Vor Stunden hatte sie sich auf den Weg gemacht, durch dichtes Gestrüpp, vorbei an uralten, weit ausladenden Bäumen, geschützt gegen die Mächte der Finsternis durch einen geheimen Zauber. Die Dämonen fürchteten sich vor der Kraft der Hasel, und so hatte sie die Rute an der Kordel ihres hellbraunen Leinenumhangs befestigt und war ohne Angst geblieben.

Nun betrat Johanna die Lichtung, und als sie gefunden hatte, was sie suchte, stellte sie den Korb ab und begann, Kräuter zu sammeln. Die waren noch feucht vom Regen am Nachmittag.

«So muss es sein», sagte das Mädchen zu sich. «Und auch der Zeitpunkt ist recht.»

Die Pflanzen, die sie heute fände, würden kraftvoll sein. Als erstes schnitt Johanna ein Bündel Minze ab und warf es in den

Korb. Wenige Schritte entfernt fand sie Kamille und griff sich ebenfalls eine Handvoll. Doch davon hatte die Mutter mehr als genug. So blickte sie weiter um sich, fand Holunder und dann unmittelbar am Waldrand einen Strauch mit schwarzen Johannisbeeren, von denen sie gut vier Handvoll pflückte. Nach einer Stunde war der Korb voll. Sie hatte Ringelblumen gefunden, und Hartheu, jene geheimnisvolle Pflanze, deren Blüten roten Saft spendeten, wenn man sie zerrieb. Nun war es Zeit, die Lichtung wieder zu verlassen. Doch da fiel ihr eine Pflanze mit großen Samenkapseln auf.

«Welch ein Glück», sagte das Mädchen leise. «Das ist selten. Und sie sind schon ganz reif. So wie die Mutter sie haben möchte.»

Zehn der Kapseln waren gut. Sie würden eine prächtige Milch abgeben. Als Johanna gehen wollte, erblickte sie vor sich einen Strauch Tollkraut und setzte zum letzten Mal das kleine Messer an.

Welch glückliche Nacht, dachte sie, heilsam und todbringend zugleich.

Dann blickte sie noch einmal zum Nordstern, um sich zu orientieren, und machte sich auf den Rückweg.

Obwohl der Boden feucht war, knackte es immer wieder unter ihren Füßen. Es war nun so dunkel, dass sie einige Male beinahe gegen einen Stamm gelaufen wäre. Sie hörte die vertrauten Stimmen der Eulenvögel. Das gab ihr Mut. Doch da waren auch Geräusche, die sie nicht kannte, und so lief sie schneller, denn vielleicht würde die Haselrute mit der Zeit an Kraft verlieren. Der Boden unter ihren Füßen wurde feuchter. Im Mondlicht erblickte sie vor sich einen Erlenbruch.

«Die Erle ist der Tod», fuhr es ihr durch den Sinn. «Ihr Holz verfärbt sich rot, wenn man es schlägt. Dann blutet eine Elfe. Und die Dämonen rächen sie.»

Das Mädchen erinnerte sich an jene fürchterliche Nacht: Ein Bär hatte sie überrascht, war plötzlich hinter einer Erle hervorgekommen. Und sie war gelaufen, ohne auf Bäume und Sträucher zu achten, war gefallen, wieder aufgestanden, hatte sich den Arm an einer Rosenhecke aufgerissen, war weitergerannt und weiter und weiter, ohne zu wissen, wo die Finsternis enden würde.

Am nächsten Morgen hatte man sie ohnmächtig unter einem Haselbaum gefunden.

«Die Erle ist der Baum des Todes», dachte das Mädchen wieder und wieder und lief schneller. Dann erreichte es den Waldrand und sah die Silhouette der Stadt. Die Mauer war nur noch wenige hundert Schritt entfernt.

Der Wächter ließ sie ein und verriegelte das schwere Tor hinter ihr.

«Es ist eine Schande», murmelte er, «dass deine Mutter dich nachts hinausschickt. Eines Tages kommst du nicht mehr zurück.»

Das Mädchen schwieg.

«Hast du wieder all dieses Teufelskraut gesammelt?»

Er sah erst in den großen Korb, schaute dann zu Johanna und bemerkte, dass ihr blondes Haar zerzaust und voller Blätter war. Auch blieb ihm nicht verborgen, wie sie noch immer heftig atmete und etwas verwirrt zu Boden blickte.

«Du wirst da draußen noch verrückt werden. Oder dich holt der Teufel. Ich weiß es.»

«Was weißt du schon?», entgegnete sie ohne aufzublicken.

«Ich weiß, dass gottesfürchtige Menschen in der Nacht im Haus bleiben. Die Finsternis ist die Welt der Dämonen. Und ein Mädchen wie du hat zu dieser Zeit wohl kaum etwas im Wald zu suchen.»

Sie konnte nichts entgegnen. Was wusste der Alte schon von der Schwelle zum Jenseits, von der Welt abseits der Hecke, jenseits der Mauer. Vom Weltenbaum, der durch das Rauchloch des Hauses gen Himmel wuchs und seine Wurzeln tief in der Erde versenkt hatte. Die Menschen fürchteten sich vor der Finsternis, denn sie hatten keine Erfahrung mit ihr und mieden sie.

«Hast du nicht auch auf die heilenden Kräfte meiner Mutter vertraut?», fragte das Mädchen. «Hat sie dich nicht gesund gemacht? Hat sie nicht dein Kind gerettet?»

Nun war es der Torwächter, dem die rechten Worte fehlten.

«Es ist Hexerei», sagte er schließlich.

«Es ist nicht mehr Hexerei als die Gebärden und die unverständlichen Worte des Priesters.»

«Johanna!», rief er. «Versündige dich nicht!»

Der Mann sah sie eindringlich an. «Du darfst Gott nicht lästern!»

Sie blickte zu ihm auf und erkannte, dass er wirklich besorgt war. Doch was sollte sie sagen? Sie wandte sich ab und ging die wenigen Schritte zum Haus.

Die Tür knarrte, als Johanna eintrat und den schweren Korb auf dem Tisch inmitten des Zimmers abstellte. Sie blickte sich um.

«Mutter?», rief sie und begann die Kräuter aus dem Korb zu nehmen und zu sortieren. Für gewöhnlich half ihr die Mutter dabei, um zu begutachten, was Johanna mitgebracht hatte. Doch heute war es nur der grauschwarze Kater, der sie mit fröhlichem Miauen begrüßte und auf den Tisch sprang.

«Wo ist Mutter?», fragte sie das Tier, ohne eine Antwort zu erwarten. «Ist sie fortgegangen? Hat sie es in der Mondnacht zuhause nicht mehr ausgehalten? Ist sie auch noch einmal Pflanzen suchen gegangen, jenseits der Mauer? Seltsam, dass der alte Torwächter nichts gesagt hat. Und du? Was sagst du?»

Der Kater sah sie an und hob eine Vorderpfote, um sie zum Spielen aufzufordern.

«Nein, ich habe zu tun», sagte Johanna kurz.

Erneut schaute sie sich um. Unter dem Tisch stand noch der Korb, den die Mutter gewöhnlich mitnahm, wenn sie Pflanzen sammelte.

«Das ist merkwürdig», sagte sie leise.

In den Regalen erblickte sie die großen Tongefäße für getrocknete Kräuter, die kleineren für Salben und die vielen Glasfläschchen, in denen Öle und Essenzen aufbewahrt wurden. Alles war so wie immer. Johanna konnte sich nicht erklären, wohin ihre Mutter nach Mitternacht noch gegangen sein sollte. Doch inzwischen war sie so müde geworden, dass sie sich aufs Bett legte und Augenblicke später eingeschlafen war.

Johanna erwachte, als das Sonnenlicht schon hell unter den Fensterläden hindurchschien. Sie erhob sich langsam, rieb sich die Müdigkeit aus den Augen und verstand erst allmählich, dass sie noch immer allein war. Sie ging hinaus in den Garten, der sich etwa zehn Schritt weit bis zur Stadtmauer erstreckte. Doch auch hier fand sie die Mutter nicht. Zurück im Haus griff sie sich aus einem der Regale Brot und stillte den ersten Hunger. Dann klopfte es plötzlich an der Tür und eine Frau trat ein.

«Da bist du ja», sagte sie.

Johanna hatte erfreut aufgeblickt, in der Hoffnung, die Mutter wäre zurückgekommen. Stattdessen war es Lina, die Magd des Korbflechters, der auf der anderen Seite der Gasse wohnte. Sie sah besorgt aus.

«Wo warst du denn gestern Nacht?», stammelte sie. «Aber vielleicht war es ja gut so. Sicher ist es gut. So haben sie dich nicht gefunden. Aber was machst du denn jetzt?»

Johanna war aufgestanden und griff sie bei den Händen.

«Lina, was ist los? Beruhige dich erst einmal.»

Doch die Magd war wie außer sich.

«Aber weißt du denn gar nichts? Die Männer? Die kamen vom Rathaus. Vom Stadtrichter.»

Die Magd hielt kurz inne.

«Sie haben deine Mutter mitgenommen. In der Nacht.»

Johanna sah Lina ungläubig an, ließ ihre Hände los und wandte sich dem Tisch zu, auf dem noch immer die Kräuter lagen.

«Was sagst du? Männer des Stadtrichters? Warum?»

Die Magd schüttelte den Kopf. «Ich weiß nicht.» Sie hielt kurz inne. «Ich bin wach geworden. Mitten in der Nacht. Und da hab ich sie gehört. Bin auf die Straße gegangen. Und da waren sie. Zwei Männer. Sie sprachen mit deiner Mutter. Die hat sich gewehrt, aber die Männer legten sie in Ketten. Und dann führten sie sie weg.»

Johanna blickte zu Boden. Einen Moment dachte sie nach.

Dann trat sie kurzentschlossen an Lina vorbei auf die Straße, machte einige Schritte nach rechts und lief weiter Richtung

Markt. Erst durch die Gasse der Schuhmacher, dann durch die der Tucher. Dabei warf sie eine Auslage um, ließ sich aber durch die Flüche der Handwerker nicht beirren. Außer Atem erreichte sie das Rathaus.

Sie öffnete das große Tor, trat ein und erblickte den Schreiber an einem Eichentisch, auf dem viele Papiere lagen.

«Wo ist meine Mutter?», rief sie.

Der Schreiber blickte überrascht auf.

«Wo ist meine Mutter?», rief sie noch einmal, lauter und eindringlicher als zuvor.

Die Tür zum Zunftsaal öffnete sich und zwei Männer kamen herein, offenbar vom Lärm aufgeschreckt. Einer von ihnen sprach das Mädchen an.

«Was willst du hier, verrücktes Weib? Bist du wahnsinnig geworden, so herumzuschreien?»

«Wo habt ihr meine Mutter hingebracht?», rief Johanna.

Die Männer wechselten Blicke. Erst jetzt verstanden sie.

«Du bist die Tochter der Heilerin?», fragte der eine.

Johanna nickte.

«Deine Mutter ist verhaftet.»

Das Mädchen schluckte. «Aber warum? Sie hat nichts getan.»

«Um das zu beurteilen, ist der Richter da», bekam sie zur Antwort.

«Aber sie hat nichts getan. Sie hat allen Menschen immer nur geholfen.»

«Hör zu, Mädchen», sagte der zweite der beiden. «Schrei hier nicht herum. Sonst lassen wir dich auch abführen. Deine Mutter ist im Turm. Und wenn sie wirklich unschuldig ist, wird sie bald wieder frei sein.»

Johanna blickte dem Mann in die Augen. Sie atmete schwer. Ihr Herz schlug heftig. Und zugleich fühlte sie sich hilflos. Sie blickte erst zu Boden, dann noch einmal zu den beiden Männern, wandte sich um und ging langsam zurück zum Tor, das noch immer offen stand. Draußen blieb sie stehen, sah die Menschen auf dem Markt, die Stände, hörte die Händler, wie sie lauthals ihre Waren anpriesen. Hörte Hühner gackern und

Schweine quieken. Roch von irgendwoher den Gestank von Kot und altem Fisch. Ging langsam weiter. Ließ sich treiben, von Stand zu Stand, ohne auf irgendetwas zu achten, erblickte den Eingang der Kirche, ging darauf zu, öffnete einen Flügel der großen Pforte und ließ es geschehen, dass er lautstark hinter ihr zufiel.

Dann war es ganz still. Johanna blieb stehen, sah, wie das Licht durch die großen, bunten Fenster des Chores hereinflutete und auf dem Boden vielfältige Farbmuster bildete. So stand sie inmitten dieses riesigen Raumes, ohne zu wissen, was sie eigentlich hier wollte. Schritte waren zu hören. Sie nahm einen Mann wahr, der zwischen zwei Säulen hervortrat. Er blickte verwundert nach dem Mädchen, das zu solch ungewohnter Zeit in die Kirche gekommen war, erkannte es wieder und bemerkte zugleich, dass es außer Atem war.

«Johanna», sagte er. «Was ist mit dir?»

Das Mädchen stand noch immer bewegungslos da und blickte hinauf zu den Fenstern des Chores.

«Möchtest du beichten?», sprach er sie an.

Doch sie reagierte nicht.

«Was ist mit dir?», fragte er noch einmal.

«Sie haben meine Mutter abgeholt», sagte das Mädchen leise.

Der Priester blickte Johanna ungläubig an.

«In der Nacht sind sie gekommen. Ich war noch im Wald.»

Sie blickte zu Boden. «Was soll ich jetzt tun?»

Für einen Augenblick war es wieder ganz still. Nur das Zwitschern der Vögel, die im Dachgewölbe nisteten, erfüllte den großen Raum.

«Warte ab», sagte der Priester. «Vielleicht ist es doch gar nicht so schlimm, wie du denkst. Du kannst ohnehin nichts tun. Es ist sicher nur ein Versehen.»

Johanna blickte ihn an. «Ein Versehen? So etwas ist niemals ein Versehen. Ihr wisst, wie es abläuft. Da geht jemand ins Rathaus und behauptet etwas. Und dann kommen die Schergen des Rates, verhaften Menschen und pressen ihnen mit Gewalt eine Antwort aus dem Leib. Ein Versehen? Nein, das ist kein Versehen. Aber wenn Ihr das meint, Pater, dann helft mir.»

Der Priester sah sie hilflos an. «Wie soll ich dir helfen? Es ist weltliche Gerichtsbarkeit. Da kann ich nicht eingreifen.»

«Könnt Ihr nicht zu Gott beten? Dass er es nicht zulässt?»

Der Mann wollte sie in den Arm nehmen, um ihr Trost zu spenden, doch Johanna wandte sich ab und ging dann langsam zur Pforte. Sie blickte noch einmal zurück.

«Gott hat dazu nicht die Macht. Ist es nicht so? Hat er nicht auch zugelassen, dass sein eigener Sohn am Kreuz zu Tode gefoltert wurde? Warum sollte er also jetzt eingreifen? Bei einer einfachen Kräuterfrau.»

«Das ist nicht so. Gott selbst hat all das erlitten!», rief der Priester und lief ihr nach.

Doch Johanna hörte ihn nicht mehr, hatte längst die schwere Pforte geöffnet und ließ sie krachend hinter sich zufallen.

Es war ganz sinnlos gewesen, zum Turm zu gehen. Eigentlich hätte sie das wissen müssen. Die Wachen musterten jeden, der sich nur näherte. Sie ließen auch nicht mit sich reden, als das Mädchen sie bat, mit der Mutter sprechen zu dürfen. Man sagte ihm, dass die Gefangenen im Keller untergebracht waren, doch dies wusste Johanna ohnehin.

Sie ging zurück in das kleine Haus, legte sich auf ihr Bett und weinte. Johanna erinnerte sich an das letzte Frühjahr, als schon einmal eine Frau verhaftet worden war. Man hatte sie der Hexerei beschuldigt und so lange gequält, bis sie gestand. Dann war sie gehängt und verbrannt worden. Ein Teil ihres Besitzes ging an den, der sie verleumdet hatte. So würde es auch diesmal sein, ging es ihr durch den Kopf. Sie musste den finden, der die Mutter angezeigt hatte.

Das Mädchen stand auf, trat wieder auf die Straße und begab sich zum Haus des Korbflechters. Lina öffnete die Tür.

«Johanna», sagte sie. «Du bist zurück. Wo warst du?»

«Im Rathaus. Und am Turm.»

«Hast du deine Mutter gesehen?»

«Nein. Sie haben mich nicht vorgelassen.»

Lina bemerkte sofort, wie schlecht es um Johanna stand. Ihr Gesicht war bleich und das Leinenkleid an einigen Stellen völlig verdreckt.

«Kann ich dir helfen?», fragte sie.

«Wer war am Abend auf der Straße?»

«Wie meinst du das?»

«Wer waren die Männer, die meine Mutter abgeholt haben?»

«Zwei kannte ich nicht», sagte Lina. «Die müssen vom Stadtrichter geschickt worden sein. Und mein Herr kam dazu, weil die beiden Männer ihn gefragt hatten, wo deine Mutter wohnt.»

«Und? Hat er es ihnen gesagt?»

«Ja. Sie haben einige Zeit miteinander gesprochen. Ich konnte aber nicht verstehen, worum es ging.»

Plötzlich drangen Geräusche aus dem Haus.

«Was machst du da, Lina?», hörte man eine Stimme.

«Es ist Johanna!», rief die Magd zurück.

Der Korbmacher erschien in der Tür.

«Sieh, dass du ins Haus kommst!», fuhr er Lina an. Dann starrte er das Mädchen an.

«Was willst du hier?»

«Ihr wart dabei, als meine Mutter gefangen genommen wurde?», fragte Johanna und sah dem Mann in die Augen.

Der wich ihrem Blick aus.

«Hat diese dumme Magd wieder geredet? Ja, ich war dabei.»

«Wisst Ihr, wer die beiden Männer geschickt hat?»

«Der Stadtrat. Was glaubst du denn?»

«Nein. Ich meine, wer meine Mutter verleumdet hat?»

«Niemand hat sie verleumdet», antwortete der Korbmacher kurz. «Sie ist eine Hexe. Das weiß doch jeder in der Stadt.»

Johannas Augen blitzten auf.

«Wirklich jeder? Es ist immer nur einer, der die Anklage macht!»

«Was willst du damit sagen, verdammte Hexenbrut?»

«Es ist immer jemand da, der einen Vorteil hat, wenn eine Hexe brennt.»

«Wag es!», rief der Korbmacher, holte kurz aus und schlug ihr mit der flachen Hand ins Gesicht. Johanna wankte kurz, wischte sich übers Gesicht und blickte ihn wütend an.

«Warte nur ab!», schrie er sie an. «Bald wirst du dankbar sein, wenn ich dich nur am Leben lasse.»

Mit diesen Worten warf er das Tor zu und ließ Johanna draußen stehen. Die blieb eine ganze Weile wie angewurzelt stehen, starrte auf das Tor und spürte noch immer den Schlag in ihrem Gesicht. Immerhin, dachte sie. Jetzt weiß ich, woran ich bin.

So ging sie zurück ins Haus, legte sich wieder auf das Bett, doch irgendetwas hielt sie davon ab, ihren Tränen freien Lauf zu lassen. Stattdessen stand sie auf, griff eines der größeren Tongefäße, nahm einige Samenkapseln jener Blume heraus, die im Gegensatz zu allen anderen nie ein Blätterkleid trug. Sie legte die Kapseln auf ein Holzbrett und begann, ihre äußere Hülle mit dem Messer einzuritzen, bis die ersten milchweißen Tropfen hervorkamen.

Schaden fügen sie nämlich an Körpern und Seele zu, sie verabreichen Tränke und Beschwörungen, um Hass hervorzurufen, Liebe, Unwetter, alle Verwüstungen im Haus, auf dem Acker. Die Zauberinnen sollen getötet werden, weil sie Diebe sind, Ehebrecher, Räuber, Mörder. Sie schaden mannigfaltig. Also sollen sie getötet werden, nicht allein, weil sie schaden, sondern auch, weil sie Umgang mit dem Satan haben.

Martin Luther,
Predigt am 6. Mai 1526

3. KAPITEL

Sie wollten vorsichtig sein und ließen die Pferde am Waldrand zurück, unsichtbar für die Menschen in der Stadt. An der Mauer erfuhren sie vom Torwächter, dass es kein Kloster und auch kein Hospital gab. Nur die Heilerin könne ihnen vielleicht helfen. Severins Zustand war inzwischen sehr ernst, und so beschlossen sie zu bleiben. Auch war es nur ein kurzer Weg zu dem kleinen Haus. Die Beschreibung des Wächters erwies sich als hilfreich: auf der rechten Seite der Gasse, ein grünes Tor, dunkelbraune Fensterläden. Alanus hielt Severin gestützt und klopfte an das Holz. Nichts rührte sich, und so versuchte er es noch einmal. Dann erst hörten sie von innen Geräusche. Vorsichtig wurde die Tür geöffnet.

Als Alanus das Mädchen erblickte, durchfuhr es ihn: Sie war knapp einen Kopf kleiner als er, hatte strohblondes Haar, das ihr zerzaust über die Schultern herabfiel. Sie sah ihn aus klaren, grünen Augen durchdringend an. Ihre Gesichtszüge waren ebenmäßig, wunderschön, wären da nicht die Narben auf der rechten Wange gewesen. Das Leinenkleid ließ ihren schlanken Körper nur erahnen und war an vielen Stellen verschmutzt.

«Was wollt Ihr?», fragte sie Alanus barsch.

Der war von ihrem Anblick so überrascht, dass er zunächst nicht reagierte. Sie blickte ihm in die Augen und verwirrte ihn damit noch mehr.

«Was ist?», fragte sie erneut, noch immer mit launischem Unterton.

Alanus fand seine Sprache zurück.

«Wir brauchen deine Hilfe», sagte er und deutete auf Severin, der sich auf ihn stützte.

«Ich kann Euch nicht helfen», bekam er zur Antwort. Das Mädchen beeilte sich, die Tür zu schließen.

«Warte!», rief Alanus. «Es gibt in dieser Stadt kein Kloster. Kein Spital. Und wir schaffen es nicht bis zur nächsten Stadt.»

Nun betrachtete sie die beiden genauer: zwei Mönche. Der eine offenbar verletzt. Seine Hose war zerrissen, und am rechten Unterschenkel erkannte sie eine Wunde, die nur durch Quetschungen entstanden sein konnte.

«Was ist geschehen?», wollte sie wissen.

«Es ist besser für dich, wenn du das nicht erfährst», antwortete Severin leise.

«Entweder Ihr sagt mir, was geschehen ist, oder Ihr könnt wieder gehen.»

Sie blickte zu Alanus. «Glaubt Ihr wirklich, dass ich nicht sehe, was dem Mann angetan wurde? Wollt Ihr mich beleidigen?»

«Du sollst alles erfahren», sagte Alanus schnell. «Aber nicht vor der Tür. Bitte führ uns zur Heilerin.»

Das Mädchen zögerte. Dann, von einem Augenblick auf den anderen, hatte es eine Ahnung, die ihm sagte, dass diese beiden Männer nicht zufällig an seine Tür geklopft hatten, dass sie von hilfreichen, barmherzigen Göttern gesandt worden waren, um seiner Mutter beizustehen. Johanna wusste nicht, wie das geschehen sollte, doch sie spürte, dass nach all dem, was passiert war, Hilfe nur noch von den Göttern kommen konnte. Und sie hatten diese beiden Fremden geschickt.

«Ihr sucht die Heilerin?», fragte sie den Mönch.

Der nickte nur.

«Kommt herein.»

Alanus führte Severin in den kleinen Raum und setzte ihn auf einen Stuhl. Dann blickte er sich um. Licht drang durch die Fensteröffnung herein und fiel auf ein großes Regal, in dem sich unzählige Tongefäße befanden. An der Wand gegenüber stand ein Ofen, in dem es noch etwas glühte. Daneben auf einem Tisch sah Alanus einen großen Behälter mit Wasser. Johanna begann, getrocknete Pflanzen vom Tisch zu räumen und sie in verschiedene kleine Holzstiegen zu legen, die ebenfalls im Regal standen. Schließlich sagte sie Severin, er solle sich auf das Bett legen. Sie kam mit einem kurzen Messer zu ihm, schnitt das rechte Hosenbein auf und legte die Wunden frei.

Dann schaute sie zu dem Mönch.

«Wer hat ihn gefoltert?», fragte sie kurz.

Alanus war von dem leuchtenden Grün ihrer Augen erneut wie gebannt.

«Er stand unter dem Verdacht der Hexerei», sagte er.

«Und wie habt Ihr ihn befreien können?»

«Mit Hilfe der Inquisition.»

Das Mädchen blickte ihn kopfschüttelnd an und lachte.

«Wenn Euch das gelungen ist, seid Ihr selbst ein Magier. Also. Was ist wirklich geschehen?»

«Es ist die Wahrheit. Ich habe Severin gerettet, weil ich die Inquisition davon überzeugen konnte, dass er mir auf meiner Reise nützlich sein wird.»

«Seltsam», sagte sie und verlor sich einen Moment in Gedanken.

«Ihr scheint ein mächtiger Mann zu sein, wenn Ihr Menschen vor dem sicheren Tod bewahren könnt.»

«Du überschätzt mich. Ich bin nur ein einfacher Mönch.»

Noch einmal sah sie ihn an und schüttelte den Kopf. Dann wandte sie sich dem Verletzten zu und untersuchte seine Wunden genauer. Zunächst hob sie seinen rechten Fuß. Severin schrie auf.

«Das Gelenk wurde gequetscht.»

Dann betrachtete sie den linken.

«Beide Seiten. Damit wirst du lange zu tun haben», sagte sie zu Severin. «Ich kann etwas gegen die Schwellungen tun, aber die Knochen wirst du noch lange spüren.»

Dann sah sie Wunden an den Oberschenkeln.

«Das war die Peitsche. Ich werde die Schmerzen verschwinden lassen.»

Sie zog dem Verwundeten das Hemd aus und fand Verbrennungen an den Oberarmen.

«Hier werden Narben bleiben. Hast du Fieber?»

Sie legte ihm ihre Hand auf die Stirn.

«O ja. Das ist zu viel», meinte sie. Dann blickte sie Alanus an: «Lasst uns anfangen. Ihr könnt mir helfen. Ich brauche Wasser.»

Sie erklärte ihm, was zu tun sei. Alanus trat hinaus in den Garten, fand den Brunnen und ließ den Eimer hinab. Er sah sich um und bemerkte kleine, sorgsam angelegte Beete, auf denen Heilkräuter wuchsen. Einiges erkannte er wieder: Lavendel, Melisse, Salbei und Eisenkraut. Doch vieles war ihm unbekannt. Etwas ratlos betrachtete er die größeren Büsche an der Mauer. Einer erinnerte ihn an den Johannisstrauch, doch die schwarzen Beeren hatte er größer in Erinnerung. Er zog den Eimer wieder herauf und ging zurück ins Haus.

Das Mädchen war gerade dabei, die Quetschungen an den Fußgelenken mit einer Salbe zu behandeln. Als sie das Fett aufgetragen hatte, forderte sie Severin auf, sich möglichst wenig zu bewegen, bis die Salbe angetrocknet sei.

Auch die Striemen, die von der Peitsche herrührten, behandelte sie auf diese Weise.

«Was ist das?», wollte Alanus wissen.

«Schweinefett», antwortete das Mädchen. «Zusammen mit Ringelblume auf schwacher Hitze geschmolzen und ausgekühlt.»

«Und es hilft?»

«Versteht Ihr etwas davon?»

«In meinem Kloster habe ich oft dem Medicus zugeschaut. Wir hatten einen großen Garten, in dem viele Kräuter wuchsen.»

«Wenn Ihr die Pflanzen näher kennt, sind sie nicht mehr so eigenartig», sagte sie, nahm eine Tasse vom Tisch, tauchte die

Finger darin ein und verteilte eine angedickte Flüssigkeit auf den Brandwunden. Severin biss die Zähne zusammen, doch der Schmerz ließ schnell nach.

«Johanniskraut», sagte das Mädchen. «Gleich ist es angetrocknet. Dann werde ich die Wunde zusätzlich mit Ringelblumensalbe bedecken und die Stelle mit einem Leinentuch umwickeln.»

«Und die Salbe auf den anderen Wunden? Bleibt sie offen?»

«Dort muss sie erst antrocknen und noch ein weiteres Mal aufgetragen werden. Dann erst kann ich auch diese Wunden verbinden.»

Alanus blickte das Mädchen verwundert an.

«Du bist sehr jung», sagte er. «Ich habe dich zunächst nicht für die Heilerin gehalten. Wie kommt es, dass du all diese Dinge weißt?»

Sie blieb stumm, zog den Leinenwickel an Severins Oberarm fest und vermied es aufzublicken. Dann erhob sie sich, ging zum Ofen, begann Wasser aufzukochen und tat verschiedene Kräuter hinein.

«Kennt Ihr Holunder und Lindenblüte?»

Alanus nickte.

«Und Hartheu?»

«Was ist das?»

Das Mädchen lächelte. «Die Kräutergärten in den Klöstern scheinen wenig abwechslungsreich zu sein.»

Sie ließ den Becher stehen, griff in den Korb, in dem sie in der Nacht die schwarzen Beeren gesammelte hatte, und begann, sie in einer Schale zu zerdrücken.

«Sind die vom Strauch, der im Garten an der Mauer steht?»

Nun musste sie lachen. «Soll ich Euren Freund heilen oder umbringen?»

Alanus zog es vor, nichts mehr zu fragen, setzte sich auf einen Stuhl und sah dem Mädchen zu, wie es Severin zunächst den Beerensaft, dann den heißen Tee zu trinken gab und schließlich noch einmal die Quetschungen salbte und verband.

«Mehr kann ich jetzt nicht tun», meinte Johanna schließlich.

«Danke», sagte Alanus und blickte sie an. Müde sah sie aus, doch zugleich schien eine große Gelassenheit von ihr auszugehen.

«Ohne dich hätte Severin nicht mehr lange durchgehalten. Wie können wir dir danken?»

«Ich weiß nicht», sagte das Mädchen. Es nahm eine Decke, setzte sich auf den Boden und lehnte sich gegen den Schrank. «Das wird sich finden.»

Draußen war es dunkel geworden. Das Mädchen schlief im Sitzen und lehnte seinen Kopf gegen den Schrank. Alanus hatte die ganze Zeit gewacht und Severin nicht aus den Augen gelassen. Auch der schlief, bewegte nur ab und zu die Arme oder drehte sich hin und her.

Plötzlich pochte es am Holz des Fensterladens und Stimmen wurden laut.

«Öffne die Tür!», rief jemand von draußen.

Das Mädchen zuckte zusammen und schlug die Augen auf.

«Mach auf, Johanna! Wir wissen, dass du da drin bist.»

Dann wurde die Tür von außen geöffnet, und einen Augenblick später standen drei Bewaffnete im Raum. Sie schienen überrascht zu sein, außer dem Mädchen noch zwei Männer anzutreffen. Einer von ihnen sprach Alanus an.

«Verdammt, wer seid Ihr?»

Der war so überrascht, dass er außer seinem Namen nichts herausbrachte.

Dann wandte sich der Mann an das Mädchen.

«Was geht hier vor?», fragte er kurz.

«Die beiden sind auf der Durchreise», sagte Johanna. «Der eine hat sich verletzt. Sie baten mich um Hilfe.»

Der Mann sah zum Bett, wo Severin gerade vom Lärm erwacht war, und betrachtete sehr genau die Verbände, die Johanna gelegt hatte.

«Wahrlich das Werk einer Hexe», sagte er. «Was ist mit ihm?»

«Er hat sich Schürfwunden zugezogen», antwortete das Mädchen schnell. «Ist vom Pferd gefallen und einen Felsen hinabgerutscht.»

«Er begleitet mich», ergänzte Alanus. «Wir sind auf dem Weg nach Süden. Aber wer seid ihr? Und was bringt euch dazu, mitten in der Nacht hier einzudringen?»

«Ihr habt hier keine Fragen zu stellen. Wir kommen im Auftrag des Rates, um Johanna abzuholen. Sie steht im Verdacht der Hexerei. Ebenso wie ihre Mutter, die bereits gestanden hat.»

Alanus sah zu Johanna, die ihren Blick senkte.

«Doch nun zu Euch: ein Mönch des Benediktinerordens und ein Mann, dessen Verletzungen wohl kaum von einem Sturz herrühren. Vielleicht solltet Ihr einmal erklären, was Ihr hier verloren habt. Und welches Zauberwerk hier betrieben wird.»

«Die beiden brauchten Hilfe», sagte das Mädchen. «Mit diesen Verletzungen hätte es der Mann kaum bis zur nächsten Stadt geschafft. Sie haben ein Spital gesucht, aber in unserer Stadt gibt es keins, und deshalb sind sie zu mir gekommen. Und ich habe ihnen geholfen. Was ist schlimm daran?»

«Schlimm ist, was deine Mutter gestanden hat. Und glaube mir, wir werden die gesamte Hexenbrut zu fassen kriegen.»

Er machte einen Schritt auf Alanus zu.

«Ihr seid ein Mönch. Warum lasst Ihr Euch mit den Mächten der Finsternis ein?»

«Ich habe nichts Finsteres entdecken können. Nur ein Mädchen, das sich mit Kräutern auskennt.»

«Dann seid Ihr nicht besser als sie.»

«Wie Ihr sehen könnt, bin ich Mönch», sagte Alanus verärgert. «Ich kann sehr wohl zwischen Gut und Böse unterscheiden. Was erdreistet Ihr Euch!»

«Der Rat wird entscheiden», sagte der Mann gelassen, und auf ein Zeichen hin zogen seine Begleiter das Schwert. «Ihr kommt mit uns. Es wäre klug von Euch, keinen Widerstand zu leisten.»

«Ich möchte mit dem Rat sprechen», sagte Alanus, als einer der beiden ihn am Arm packte.

«Dazu wird erst morgen Gelegenheit sein», bekam er zur Antwort. «Gottesfürchtige Menschen schlafen für gewöhnlich um diese Zeit.»

Johanna hatte sich inzwischen erhoben. Aus dem Augenwinkel konnte Alanus sehen, wie sie etwas vom Regal nahm und in ihrem Kleid versteckte. Die Männer waren damit beschäftigt, Severin aus dem Bett zu zerren und zu stützen.

Wenig später traten sie gemeinsam hinaus auf die Gasse. Dort hatten sich inzwischen viele Menschen versammelt, um zu sehen, was vor sich ging. Auch Lina war darunter. Johanna gelang es, sie kurz anzusprechen.

«Neben dem Ofen findest du wie immer den Beerensaft für deinen Herrn», flüsterte sie. «Nimm ihn, aber trink nicht selbst davon.»

Das Mädchen blickte Lina eindringlich an, sah, dass sie Tränen in den Augen hatte.

Doch schon wurde Johanna von einem der bewaffneten Männer ergriffen und fortgezogen. Dann gingen sie die Gasse entlang, mussten immer wieder auf Severin warten, der Schmerzen hatte und nur langsam vorankam, bis sich vor ihnen die Silhouette des Turms im Mondlicht abzeichnete. Doch da war noch etwas anderes, das die Nacht erhellte, ein Leuchten, das irgendwo inmitten der Stadt seinen Ursprung hatte. Von dort her drangen seltsame Geräusche und der Lärm von Menschen, die aufgeregt durcheinander schrien.

Die Gruppe hatte den großen Turm erreicht. Alanus betrachtete ihn näher und stellte fest, dass er Teil der Stadtmauer war. Seitlich wurde eine schwere Holztür geöffnet. Männer traten heraus. Sie hielten eine Frau fest, die kaum in der Lage war, sich selbst auf den Beinen zu halten. Das Kleid hing ihr in Fetzen vom Leibe. Sie blickte apathisch nach vorn, kaum in der Lage, das Geschehen noch bewusst wahrzunehmen.

Plötzlich riss Johanna sich los und stürzte auf die Gefangene zu.

«Mutter!», schrie sie. «Mutter!»

Die Frau blickte auf, schien das Mädchen zu erkennen und versuchte sich ebenfalls aus den Griffen ihrer Wächter zu befreien. Schon hatte Johanna sie erreicht, umarmte sie und begann unter großem Geschrei auf die Männer einzuprügeln. Die waren überrascht, konnten das Mädchen nicht fernhalten, ließen die Frau aber nicht entkommen. Aus dem Turm kamen weitere Wachen herbeigelaufen, die den Lärm gehört hatten. Sie versuchten, das Mädchen zu ergreifen.

«Das ist meine Mutter!», schrie Johanna. «Lasst mich! Sie hat nichts getan!»

Noch einmal gelang es ihr, sich loszureißen, zu ihrer Mutter zu laufen und sie fest an sich zu drücken. Alanus, der nur wenige Schritte entfernt war, bemerkte, wie sie ihr etwas in die Hand drückte und sich erneut an sie klammerte, losheulte, schrie und wieder auf die Wächter einschlug. Die versuchten verzweifelt, die Lage unter Kontrolle zu bekommen. Schließlich schlugen auch sie auf Johanna ein, trafen sie mehrfach im Gesicht, bis das Mädchen zu Boden fiel und ohnmächtig wurde. Die Frau versuchte mit letzter Kraft sich loszureißen, um ihrer Tochter zu helfen. Als sie merkte, dass ihr dies nicht gelingen konnte, hob sie den rechten Arm und ballte die Hand zur Faust. Plötzlich lief ihr eine milchweiße Flüssigkeit den Arm herunter, die sie sich schnell von der Haut leckte. Die Wächter konnten sie nicht daran hindern, packten sie aber fest bei den Armen und zogen sie fort. Nur einmal noch gelang es ihr, sich umzudrehen und ihre Tochter zu sehen, die noch immer am Boden lag.

Johanna erwachte im Keller des Turms. Als erstes spürte sie den Schmerz in ihrem Rücken. Die Wächter hatten sie offenbar hierher getragen und am Boden auf dem harten Stein liegen gelassen. Sie wischte sich mit der Hand übers Gesicht und bemerkte, dass die linke Wange geschwollen war. Dann erst sah sie um sich, erblickte Severin, der nicht weit entfernt von ihr mit dem Rücken an der Wand gelehnt saß und schlief, ebenso wie Alanus, direkt neben ihm. Das Gewölbe, in dem sie sich befand, war nur von einer Fackel erleuchtet, die unweit der Wendeltreppe in einer Wandhalterung steckte. Auf den unteren Stufen erblickte sie zwei Wächter, die ins Würfelspiel vertieft waren, sich dabei lautstark unterhielten und lachten.

Das Mädchen richtete sich auf, lehnte sich ebenfalls an die Wand, merkte jedoch, dass die Kälte dort genauso unerträglich war wie am Boden. Deshalb griff sie nach einem Tau, das von der Decke hing, und versuchte aufzustehen. Zunächst wurde ihr schwarz vor Augen. Als sie wieder sehen konnte, blieb ein Gefühl der Benommenheit. Deshalb hielt sie sich weiter am Tau fest. Die Wachen waren aufmerksam geworden, griffen aber nicht ein, sondern widmeten sich weiter ihrem Spiel. Johanna blickte zur Wand und bemerkte Zeichen, die von Menschen stammen mussten, die hier ebenfalls gefangen gewesen waren. Doch da sie nie lesen gelernt hatte, sagten ihr diese Kritzeleien nichts. Sie blickte ziellos umher, und als ihr erneut schwarz vor Augen wurde, hielt sie sich mit aller Kraft an einem großen Eisenring fest, der an der Decke befestigt war. Dann kam die Erinnerung zurück. Sie dachte an ihre Mutter, der sie nicht mehr helfen konnte, die fortgebracht worden war, weg vom Ort des Verhörs und der Folter, hin zu jenem Platz, auf dem der Rat die Hexen verbrennen ließ. Johanna hatte das vor vielen Jahren mit angesehen, und nun erinnerte sie sich an diese Nacht: Zwei Frauen standen im Feuer, an Holzpfählen gefesselt. Diese Erinnerung mischte sich mit dem Bild ihrer Mutter, die sie nun dort stehen sah, wie sie den Kopf gesenkt hatte, wie die Flammen an ihr emporstiegen und sie vollends in sich verschlangen.

Johanna begann zu weinen. Kurz dachte sie daran, dass die Mutter wohl keinen Schmerz empfunden haben würde. Ihre letzten Minuten hatte sie als Fiebertraum erlebt, inmitten der Nebelhülle einer alles versöhnenden Mohnpflanze. Johanna war sich dessen sicher, denn sie hatte die Kapseln bei Vollmond gepflückt, angefüllt mit dem magischen Saft des Vergessens.

Doch sie würde die Mutter nie wiedersehen. Nie mehr sich freuen können, auf dem Weg zurück aus dem Wald, abends am wärmenden Feuer bei der Erschaffung von machtvollen Salben und Tinkturen. Sie würde auch nicht mehr zurückkehren in das kleine Haus, in den Garten, der so viele wunderbare Pflanzen beheimatete. Und sie würde nicht mehr in dieser Stadt sein können, deren Ratsherren sie längst verurteilt hatten. Allein die Folter wartete noch auf sie. Zwar war da noch der kleine Lederbeutel, den sie bei sich trug. Doch man würde ihn ihr abnehmen, nach all dem, was geschehen war. Und so müsste sie alle Schmerzen durchleben, auch die des Feuers, ohne Hoffnung auf einen Zauber, der ihr helfen konnte.

Vorsichtig ließ sie einen Arm sinken, griff in ihr Kleid und stellte beruhigt fest, dass es offenbar niemand durchsucht hatte. Dann schaute sie zu den Wärtern. Sie hatten ihr Spiel gerade beendet. Einer von ihnen erhob sich und ging die Treppe hinauf. Der andere sammelte die Würfel ein, tat sie an die Seite, legte eine Decke auf die Treppenstufe, setzte sich darauf und blickte zu Johanna. Dann kam der zweite Wächter zurück und machte dabei einen solchen Lärm, dass Alanus erwachte.

Sie sah ihn an. Wie hatte sie sich nur so täuschen können. Dieser Mann war nicht mächtig genug gewesen, ihre Mutter zu retten. Er hatte nicht einmal versucht einzugreifen, nicht einmal sich selbst verteidigt. Nein, er war nicht von den Göttern gesandt. Hilflos lag er auf dem Boden des Kerkers, der Willkür der Wächter ausgeliefert.

Doch Johanna dachte auch daran, dass sie ihm nichts von der Mutter gesagt hatte, nicht geahnt hatte, dass die Wächter noch einmal zurückkommen würden.

Und dann überraschte sie der Gedanke, dass diese beiden Fremden vielleicht gar nicht für ihre Mutter bestimmt gewesen waren, sondern für sie selbst. Die Götter allein wussten, was die Zukunft bringen würde. Nornen webten den Faden allen Geschehens. Sie sahen voraus. Und Loge griff ein in die Welt, um ihr Schicksal zu formen. Vielleicht war noch nicht alles verloren. Vielleicht war ein anderer Weg vorgesehen, ein Weg in die Freiheit.

Sie musste handeln, musste nachdenken.

Alanus hatte sich erhoben und sah das Mädchen an. Ihr Blick verriet ihm große Entschlossenheit.

«Wir müssen fliehen», flüsterte sie ihm zu.

«Wie stellst du dir das vor?»

Sie hielt kurz inne. «Wenn ich Euch befreie, nehmt Ihr mich dann mit?»

Alanus blickte sie erstaunt an.

«Hier kann ich nicht mehr bleiben», fuhr sie fort. «Sie werden mich foltern. Und draußen in der Welt kenne ich mich nicht aus.»

«Severin und ich stehen am Beginn einer langen Reise. Unser Ziel ist ungewiss. Wenn ich dich mitnehmen sollte, wärst du lange unterwegs.»

«Das ist mir gleich. Ich habe alles verloren. Mir bleibt nichts anderes, als wegzulaufen.»

«Die Reise wird gefährlich sein. Und du bist von nun an vogelfrei. Weißt du, was das bedeutet?»

«Ihr könnt mich schützen», flüsterte sie und blickte ihn an. «Ihr habt auch Severin befreit. Und ich könnte Euch vielleicht hilfreich sein.»

«Wie willst du das tun?»

«Ich bin eine Hexe», flüsterte sie und lächelte.

Die beiden Wächter an der Treppe waren aufmerksam geworden. «He, ihr da», sagte der eine. «Seid ruhig oder wir legen euch in Ketten.»

Der zweite lachte. Er hatte einen Krug mitgebracht.

«Die beiden werden uns wohl kaum erschrecken können.» Er goss den Becher voll, trank einen großen Schluck daraus und reichte ihn seinem Gegenüber, der ihn dankbar entgegennahm.

Alanus sah sich um. In diesem Kerker gab es außer der Wendeltreppe keinen Weg nach draußen. Die beiden Wächter waren bewaffnet und würden kaum Skrupel haben, den Fluchtweg mit aller Gewalt zu verteidigen. Und was den Rat der Stadt anging: Er würde das Mädchen foltern lassen und es schließlich zur Hexe erklären. Alle, die mit Johanna zu tun hatten, mussten ebenfalls mit einem Prozess rechnen. Als Mönche würden Severin und er selbst gute Aussichten haben freizukommen. Doch das konnte lange dauern. Zu lange.

«Bist du sicher, dass du uns befreien kannst?», fragte Alanus das Mädchen.

Sie blickte ihn nur an. Und für einen kurzen Moment hatte er den Eindruck, als würde sich die Farbe ihrer Augen in leuchtendes Gelb verwandeln.

Er senkte den Kopf, blickte dann erneut auf und vergewisserte sich, dass es nur seine Einbildung war, die ihn irregeführt hatte. Es würde nicht einfach werden, gemeinsam mit dem Mädchen zu reisen. Aber sie hatte Severin geholfen. Und nun drohte ihr Folter und Tod. Vielleicht würde sie ihnen auf der Reise tatsächlich eine Hilfe sein.

«Gut», sagte er leise.

Johanna nickte. Dann griff sie in ihr Kleid, holte ein dunkelbraunes, klebriges Kügelchen hervor und reichte es Alanus unauffällig.

«Was ist das?», flüsterte er.

Ihr Blick deutete auf die beiden Männer, die sich noch immer unterhielten. Ein Lächeln ging über ihre Lippen, und Alanus verstand.

«Seid jetzt endlich still!», rief der Wächter, der kurz zuvor den Krug besorgt hatte. Dann erhob er sich, stieg die ersten Stufen hinauf und drehte sich noch einmal um.

«Meinst du, es ist in Ordnung?», fragte er den anderen.

«Ich denke schon», antwortete der. «Aber bleib nicht zu lange.»

Eine Weile war es ganz still.

Johanna und Alanus vermieden es, miteinander zu sprechen, um den Wächter nicht unnötig Verdacht schöpfen zu lassen. Der hatte noch etwas nachgegossen und ließ es sich schmecken.

«He, Wächter», sagte Alanus schließlich. «Ich habe Durst».

«Das ist dumm», bekam er zur Antwort.

«Höre! Du bist ein rechtschaffener Mann. Und du weißt, welch ein Unfug es ist, einen Benediktinermönch wegen Hexerei in den Turm zu sperren. Morgen früh wird uns der Rat freilassen. Und er wird es sicher nicht gutheißen, wenn er hört, dass du einen gottesfürchtigen Ordensbruder hast verdursten lassen.»

Der Wächter blickte Alanus an und schien zu überlegen. Dann zog er das lange Messer und erhob sich.

«Ich bin kein Unmensch», sagte er. «Aber tretet zurück an die Wand! Und die Hexe muss auch verschwinden.»

Alanus tat, was der Mann verlangte. Johanna setzte sich neben Severin auf den Stein. Der Wächter nahm den Becher, füllte ihn zur Hälfte, trat in die Mitte des Raumes und stellte ihn zu Boden. Dann ging er zurück zur Treppe, griff das Schwert und gab Alanus ein Zeichen.

Der trat wieder vor, hob den Becher auf und trank. Doch plötzlich hustete er, offenbar, weil er sich verschluckt hatte, sein Körper krümmte sich, so dass er in die Hocke gehen musste, er beugte sich vor, als müsse er sich übergeben, richtete sich dann aber wieder auf und ließ den Becher am Boden zurück.

Der Wächter lachte.

«Ihr seid wohl nichts Gutes gewohnt», sagte er. «Tretet wieder zurück.»

Alanus erhob sich und ging hustend zurück zur Wand. Der Wächter holte sich seinen Becher, füllte noch etwas Wein nach und nahm einen großen Schluck.

«Erzählt hinterher nicht, ich hätte Euch nichts angeboten!», rief er und lachte laut vor sich hin. Dann setzte er sich wieder auf die Stufen und legte auch das Messer neben sich.

Bald kehrte der zweite Wächter zurück und ließ sich erzählen, was geschehen war.

«Welch eine Schande, einen solchen Wein zu verschmähen», rief er und lachte.

Die beiden begannen erneut mit dem Würfelspiel.

Kurze Zeit später lagen sie ohnmächtig auf den Treppenstufen. Johanna näherte sich vorsichtig und berührte jeden von ihnen mit dem Fuß, um sicherzugehen, dass sie auch wirklich eingeschlafen waren. Dann drehte sie sich um und lächelte Alanus zu.

«Der Weg ist frei», sagte sie.

Alanus beugte sich zu Severin hinab und rüttelte ihn wach.

Der blickte sich um und sah auf.

«Haben sie uns gefangen genommen?»

«Ja. Aber mit Johannas Hilfe konnte ich die Wachen überwältigen. Komm. Wir haben nicht viel Zeit.»

Severin ließ sich auf die Beine helfen. Er spürte noch immer den Schmerz in seinen Knöcheln und fluchte.

«Du musst jetzt durchhalten. Es eilt.»

Severin nickte. Dann bewegte er sich, gestützt von Alanus, zur Treppe. Johanna ging voran. Als sie das ebenerdige Stockwerk des Turms erreicht hatte, vergewisserte sie sich, dass sonst niemand da war, und gab den beiden ein Zeichen zu folgen. Sie betraten eine Treppe, die weiter aufwärts führte, bis sie eine schmale Fensteröffnung erreichten.

«Da ist es», flüsterte Johanna.

Alanus blickte hinaus und erkannte in der Ferne die dunklen Umrisse des Waldes. Dann beugte er sich vor und sah hinab. Das Fenster war offensichtlich Teil der äußeren Stadtmauer und befand sich etwa zwanzig Fuß über dem Boden, der von Pflanzen überwuchert war und sich steil abwärts senkte. Mehr konnte er nicht erkennen, denn es war zu dunkel.

«Wie sollen wir da herunterkommen?»

«Wir müssen springen», sagte Johanna.

«Das wird Severin nicht heil überstehen.»

«Er kann sich abrollen», sagte sie und wandte sich dem Verletzten zu. «Sobald du den Boden berührt hast, musst du dich den Hang hinabfallen lassen. Es bleibt dir nichts anderes übrig. Mit etwas Glück wirst du heil unten ankommen.»

«Meinst du wirklich?», fragte Severin ungläubig.

«Als Kind habe ich das oft gemacht. Nur Mut. Es wird gehen.»

Er blickte sie noch immer zweifelnd an.

«Es gibt keinen anderen Weg. Oder willst du darauf warten, dass sie dich noch einmal foltern? Ich springe zuerst und versuche, dich abzufangen. Und jetzt los! Die Wachen werden sicher bald gefunden. Und dann jagen sie uns.»

Johanna zwängte sich durch die Öffnung, ließ die Beine über den Fenstersims hinaushängen und sprang.

«Jetzt du», sagte Alanus, half Severin bis zum Rand, sah, wie der, ohne zu murren, ebenfalls sprang. Dann tat er es ihm nach.

Der freie Fall war nur kurz. Seine Beine berührten den Boden und er rollte den Abhang hinunter. Unten angekommen taten ihm die Knie weh. Doch er verdrängte das und versuchte sich zu orientieren. Im schwachen Mondlicht sah er einige Schritte entfernt Johanna, die sich über Severin gebeugte hatte. Der gab keinen Laut von sich, war aber bei Besinnung. Gemeinsam zogen sie ihn auf die Beine, stützten ihn und gingen langsam hinüber zum Waldrand. Erst als sie die Baumgrenze erreicht hatten und nicht mehr gesehen werden konnten, legten sie ihn ins Gras.

«Es ist gut», sagte Severin. «Lasst mich einfach einen Moment liegen.»

Johanna löste ihm die Verbände und massierte vorsichtig seine Fußgelenke.

Alanus suchte die Pferde und fand sie ganz in der Nähe. Im Gebüsch lagen unberührt die Leinensäcke mit dem Proviant und die kleine Tasche, in der sich die Dokumente befanden. Er verstaute all das am Sattel und blickte noch einmal zurück zur Stadt.

Es war noch immer dunkel.

Doch ein Feuerschein leuchtete über der Mauer.

Jener Mensch, von dem Du mir schreibst, Georgius Sabellicus, der es wagt, sich Fürst der Nekromanten zu nennen, ist ein Herumtreiber, ein Schwätzer und Betrüger, der es verdient, ausgepeitscht zu werden, damit er sich nicht länger erdreistet, öffentlich abscheuliche und kirchenfeindliche Dinge zu lehren. Denn was sind all die Titel, die er sich anmaßt, anderes als Anzeichen dümmsten und krankhaftesten Geistes, der sich als töricht und keinesfalls als weise darstellt? So legt er sich folgenden ihm gefälligen Titel zurecht: Magister Georgius Sabellicus Faustus der Jüngere, Quellgott der Nekromantie, Astrologe, zweitgrößter Magier, Chiromant, Aeromant, Pyromant, Zweitgrößter in der Kunst der Hydromantie. Schau Dir die schreckliche Dummheit dieses Menschen an! Welch eine Verwegenheit treibt einen dazu, sich als Quellgott der Nekromantie zu bezeichnen? Wer in Wahrheit in allen guten Wissenschaften unkundig ist, hätte sich statt Magister besser Narr nennen sollen. Aber mir ist seine Unfähigkeit nicht verborgen geblieben. Als ich im letzten Jahr aus der Mark Brandenburg zurückkehrte, stieß ich auf diesen Menschen in der Stadt Gellenhusen, wo man mir in einer Herberge viele seiner nicht ohne große Verwegenheit begangenen Nichtsnutzigkeiten schilderte. Sobald er von meiner Anwesenheit erfuhr, flüchtete er aus der Herberge, und er konnte von niemandem überredet werden, sich mir zu erkennen zu geben. Wir erinnern uns, dass er Dir eine Aufzeichnung seiner Dummheiten gab, die er mir durch einen Bürger zukommen ließ. In dieser Stadt erzählten mir Geistliche, was er in Anwesenheit vieler gesagt hatte, nämlich, dass er solch ein Wissen und solch ein Erinnerungsvermögen von allen Weisheiten erlangt habe, dass zum Beispiel, wenn alle Erleuchtungen Platons und Aristoteles´ und aller Philosophen gänzlich aus dem Gedächtnis der Menschen verloren gingen, er imstande sei, diese wie ein zweiter Hebräer Esra durch seinen Verstand vollkommen und noch vortrefflicher wiederherzustellen. Als ich mich später in Speyer aufhielt, kam er nach Würzburg und legte dort in Anwesenheit vieler Leute die gleiche Überheblichkeit an den Tag: Die Wunder unseres Heilsbringers Christus seien gar nicht so verwunderlich. Er könne all das tun, was Christus getan habe, so oft und wann immer er es wolle. Dieses Jahr zur Fastenzeit kam er nach Kreuznach und rühmte sich dort in ähnlicher Weise schönprahlerischer Fähigkeiten: nämlich dass er von allen, die gelebt haben, in der Alchemie der Vollkommenste sei und wisse und könne, was immer die Menschen nur wünschten. Zu dieser Zeit war in besagter Stadt eine Schullehrerstelle frei, zu der ihm Franz von Sickingen, ein Vertrauter Deines Fürsten und ein den Dingen der Magie sehr zugeneigter Mann, verholfen hatte. Doch schon bald trieb er mit den Knaben widerliche Unzucht. Und als die Sache ans Licht kam, ging er der vorgesehenen Bestrafung durch Flucht aus dem Weg. Das sind Dinge, die mir aus sicherstem Zeugnis bekannt sind über jenen Menschen, dessen Kommen Du mit Sehnsucht erwartest. Warum willst Du Schuld auf Dich laden?

Brief des Johannes Trithemius an Johann Virdung
vom 20. August 1507
Rom. Vatikanische Bibliothek,
Pal. Lat. 730, 174R–175R.

4. KAPITEL

Endlich wusste Alanus, wen er zu suchen hatte. Und zugleich wusste er es nicht. Denn dieser auf den ersten Blick so ausführliche Bericht war überaus rätselhaft. Weshalb der rabiate Ton? Warum beschäftigte sich ein weithin geschätzter Gelehrter wie Trithemius so ausführlich mit einem Mann, der ihm doch kaum eine ernsthafte Zeile wert sein konnte? Den er nie persönlich kennen gelernt hatte. Und der ihm wohl nie gefährlich geworden war oder geschadet hatte. Von Johannes Virdung, dem Empfänger des Schreibens, wusste Alanus, dass er damals Mathematiker und Astrologe am Hof des pfälzischen Kurfürsten in Heidelberg gewesen war. Dieser Gelehrte hatte im Jahre 1507 offenbar vor, sich mit jenem Georgius Sabellicus zu treffen. Und sicherlich würden sich die beiden über Astrologie unterhalten haben. Virdung war damals einer der ganz Großen auf seinem Gebiet gewesen. Wenn er jemanden zu sich einlud, um über sein Fach zu sprechen, konnte dieser Jemand kein Dilettant oder Betrüger sein, so wie Trithemius es darstellte. Seltsam. Ein merkwürdiger Brief. Alanus legte ihn beiseite.

Dann griff er in die Mappe, holte zwei weitere Papiere hervor und hielt sie erstaunt ins Licht. Es handelte sich um Abschriften des Studentenregisters der Universität Heidelberg. Auf dem ersten Bogen aus dem Jahre 1505 war ein Name unterstrichen: Joannes Fust de Symera moguntinensis dyoceseos. Der zweite datierte auf 1509. Auch hier ein unterstrichener Name: Joannis Fust ex Simmern. Waren Georgius Sabellicus und Johann Fust ein und dieselbe Person? Was tat dann ein Mann, der angeblich als Scharlatan durch die Welt zog, an der Universität von Heidelberg? Hatte er dort studiert? Immerhin. Auch Johannes Virdung lehrte dort damals. Kannten sich die beiden schon länger? Wenn sich der gesuchte Georgius Sabellicus im Kreis der Universität bewegt hatte, konnte das Bild, das Trithemius zeichnete, so nicht zutreffen.

Alanus legte die Papiere ins Gras und beschwerte sie mit einem Stein, damit sie nicht davonwehen konnten. Er blickte zur Sonne, die noch recht tief über den Baumwipfeln stand. Aus der Scheune war nichts zu hören. Die beiden schliefen noch.

Er nahm einen weiteren Bogen aus der Mappe. Es handelte sich um die Abschrift eines Briefes, den ein gewisser Mutianus Rufus 1513 an einen Heinrich Urbanus geschrieben hatte. In lateinischer Sprache schilderte der Absender seine Begegnung mit Georgius Faustus Helmitheus Heidelbergensis in einem Wirtshaus in Erfurt. Der hatte sich dort als Wahrsager betätigt und viele Menschen mit dieser zweifelhaften Kunst beeindruckt. Nicht jedoch Mutianus Rufus, der diesen «Chiromanten» als Prahler und Narren bezeichnete, als dumm und anmaßend. «Aber was kümmert mich die Frechheit eines anderen?» Mit diesen Worten endete der Brief. Alanus erinnerte sich, einmal gelesen zu haben, dass Mutianus Rufus, der eigentlich Konrad Muth hieß, gemeinsam mit Erasmus von Rotterdam studiert habe und schließlich Augustinermönch in Gotha geworden sei. Als strenger Ordensmann musste er Wahrsagerei für ketzerisch halten.

Auch das nächste Dokument hatte mit Wahrsagerei zu tun: die Abschrift eines Eintrags im Kammerrechnungsbuch des Bischofs Georg III. von Bamberg, datiert auf das Jahr 1520. In nüchterner Sprache war hier vermerkt, dass ein gewisser Georgius Faustus zehn Gulden für ein astrologisches Gutachten erhalten hatte. Kein Zweifel. Im Gegensatz zu Mutianus Rufus hielt der Bischof Wahrsagerei nicht für ketzerisch und hatte sich sogar persönlich den Rat der Sterne eingeholt – bei einem Mann, dem er in dieser Kunst wohl einiges zutraute.

Alanus blickte zu Boden. Mit jedem neuen Hinweis wurde die Sache verworrener. Umso mehr war er gespannt, was ihm Gregorius sonst noch in die Mappe gelegt hatte. Zunächst fand er einen Tagebuchauszug. Genau genommen handelte es sich um ein Wettertagebuch. Darin war vom Prior des Klosters Rebdorf verzeichnet worden, dass ein gewisser Georgius Faustus Helmstet den Mönchen am 5. Juni 1528 astrologische Dienste erwiesen hatte.

Auch das folgende Papier stammte aus diesem Jahr. Es war die Abschrift eines Protokolls des Ingolstädter Stadtrates. Kurz und nüchtern wurde hier notiert, dass der Wahrsager Jörg Fust von Haidlberg der Stadt verwiesen worden sei. Alanus nahm das nächste Dokument und erkannte, dass es dem vorigen ähnelte. Diesmal war es der Rat der Stadt Nürnberg, der jenen Mann wegen Sodomie und Nekromantie auswies.

Ein Schriftstück blieb übrig. Es war die Abschrift eines Briefs des ihm wohlbekannten Tübinger Theologieprofessors Joachim Camerarius an einen gewissen Daniel Stibar. Verwundert las Alanus, wie Camerarius seinem Freund gestand, dass Georgius Fust ihn vor einiger Zeit dazu gebracht habe, an der Astrologie Gefallen zu finden. Zugleich bat er Stibar, Fust um eine Prognose über den Ausgang des gerade ausgebrochenen Krieges zwischen Kaiser Karl V. und dem französischen König Franz I. zu bitten. Der Brief war 1536 verfasst worden. Vor vier Jahren.

Auf dem letzten Bogen, den Alanus nun in Händen hielt, fand sich kein einziges Wort. Stattdessen ein Kreis, in dem einige Zahlen notiert worden waren, und rings um ihn fremdartige Zeichen. Vielleicht eine alchemistische Berechnung. Alanus konnte nichts damit anfangen. Er legte auch dieses letzte Dokument beiseite und blickte ins Leere.

Nun blieb nur noch jenes Papier, auf dem die Reiseroute beschrieben war. Hier fanden sich auch die Namen all jener, die er aufsuchen sollte. Das war alles, was Gregorius ihm mitgegeben hatte.

Als Johanna plötzlich neben ihm stand, zuckte er zusammen und drehte sich erschrocken um. Johanna lächelte ihn an.

«Ich bin es nur», sagte sie.

Auch Alanus musste lächeln, als er sie erblickte. So sehr war er in die Dokumente vertieft gewesen, dass er die Welt um sich herum nicht mehr wahrgenommen hatte. Nun sah er hinauf zu Johanna, musterte ihr hellbraunes Leinenkleid, das sie mit einem dunklen Ledergürtel um die Taille trug, und bemerkte, wie sie ihn mit klaren, grünen Augen erwartungsvoll ansah.

«Was habt Ihr da?»

Johanna zeigte auf die Dokumente und setzte sich neben ihn.

Wäre mehr Zeit gewesen, hätte Alanus die Papiere vor ihr verborgen. Nun war es zu spät.

«Das sind Aufzeichnungen», sagte er kurz. «Du hast noch Stroh im Haar.»

Johanna fuhr sich mit der Hand durch die Strähnen. Für einen kurzen Augenblick bemerkte Alanus die Narbe, die ihren ebenmäßigen Gesichtszügen etwas Geheimnisvolles, Unberechenbares verlieh.

«Was sind Aufzeichnungen?», wollte sie wissen.

Alanus zögerte. «Man kann wichtige Dinge auf Papier schreiben», sagte er, «dann gehen sie nicht verloren.»

«Darf ich eins ansehen?»

Alanus griff nach der Abschrift des Briefes von Camerarius. «Sei vorsichtig. Ich brauche es noch.»

Lange blickte Johanna auf die Schriftzeichen, neigte das Blatt seitlich, wendete es und hielt es gegen die Sonne, sah, wie sich die Zeichen spiegelverkehrt, aber schwächer auch auf der Rückseite erkennen ließen, fuhr dann mit dem Handrücken über das Papier und blickte Alanus verwundert an.

«Man kann sie gar nicht berühren.»

«Wie meinst du das?»

«Die Zeichen. Sie sind in diesem seltsamen Stoff enthalten, aber ich kann sie nicht spüren, wenn meine Finger darübergleiten.»

«Die Tinte wurde vom Papier aufgesogen.»

«Tinte?»

«Eine schwarze Flüssigkeit. Du verteilst sie mit einer kleinen Vogelfeder auf dem Papier. So kann man Zeichen schreiben. Die Tinte dringt in das Papier und die Zeichen bleiben dadurch erhalten.»

Johanna blickte das Dokument erstaunt an. «Das Papier saugt die Zeichen auf? Und lässt es sie auch wieder frei?»

«Nein. Sie bleiben so und noch Jahre später kannst du sie lesen.»

«Ich habe Zeichen in den Holzbalken mancher Häuser gesehen. Und in der Kirche. Aber ich verstehe nicht, was sie bedeuten. Warum bringt man sie mit der Vogelfeder auf das Papier?»

«Mit Zeichen kann man auch Nachrichten aufschreiben, oder eigene Gedanken. Und die bleiben dann erhalten.»

«Für immer?»

«Irgendwann werden die Zeichen blasser, und das Papier löst sich langsam auf. Aber das kann sehr lange dauern. In meinem Kloster haben wir Schriften, die fünfhundert Jahre alt sind.»

«Ihr könnt also Eure Gedanken in das Papier geben. Und Jahre später kann dann ein Wildfremder erfahren, was Ihr damals gedacht habt?»

Alanus nickte.

Johanna senkte das Dokument. «Wie nennt man diese Art von Magie?»

Alanus lächelte kurz und schüttelte den Kopf. «Das ist keine Magie.»

«Ich weiß von Frauen, die können in die Zukunft blicken», sagte das Mädchen. «Ihr könnt in die Vergangenheit blicken. Also seid Ihr ein Magier.»

«Nein, so ist es nicht», antwortete Alanus schnell. «Es sind nur Zeichen. Gedanken, die zu Zeichen geworden sind. Und später kann man sie lesen und verstehen. Mehr nicht.»

Johanna sah ihn an und schüttelte den Kopf. «Ihr müsst mir nichts vormachen. Ich bin noch jung, aber ich habe viel gesehen. Wenn Ihr die Zeit überwinden könnt, seid Ihr ein Magier.»

«Das ist Unfug», sagte Alanus etwas ungehalten. «Es sind nur Nachrichten. So, als würde ich dir jetzt sagen, dass wir gleich aufbrechen und den ganzen Tag auf dem Pferd verbringen werden.»

Johanna sah ihn ungläubig an. «Was ist das für eine Nachricht?» Sie hielt ihm die Abschrift des Camerarius-Textes entgegen.

«Ein Brief. Joachim Camerarius, ein Professor aus Tübingen, schreibt diese Nachricht an einen Freund.»

«Was ist ein Professor?», wollte Johanna wissen.

«Ein Lehrer.»

Sie nickte. «Und wann hat er das geschrieben? Ihr meint doch, dass er diese Zeichen mit der schwarzen Flüssigkeit da draufgetan hat?»

«Ja, das stimmt. Das war vor etwas mehr als drei Jahren.»

Wieder sah Johanna ihn erstaunt an. «Und was meinen die Zeichen?»

«Du willst wissen, was sie bedeuten?»

Das Mädchen nickte.

«Camerarius teilt seinem Freund mit, dass er einen Mann kennen gelernt hat, der Astrologe ist, also jemand, der die Zukunft voraussagen kann. Und dass er sich seither selbst mit Astrologie beschäftigt.»

«Das verstehe ich», sagte Johanna. «Er beherrscht die Vergangenheit. Mit diesen Symbolen hier.» Sie deutete auf das Blatt in ihrer Hand. «Und nun will er auch noch die Zukunft beherrschen.»

Alanus blickte auf. «Wie kommst du darauf?»

«Aber das ist doch verständlich. Er beherrscht das, was gewesen ist. Und nun möchte er auch das beherrschen, was sein wird. Aber ich verstehe nicht, was Astrologie ist.»

«Astrologie ist die Kunst, mit Hilfe der Beobachtung der Sterne die Zukunft vorauszusagen.»

«Ah, ja.» Sie gab ihm das Papier zurück.

«Könnte ich es lernen, Zeichen zu schreiben? Und zu verstehen?»

Alanus nickte.

«Und könntet Ihr mich das lehren?»

«Ja, aber du brauchst viel Zeit, all die Zeichen zu verstehen.»

«Wie lange etwa?»

«Vielleicht ein Jahr. Besser zwei Jahre. Aber ich kann dich nicht lehren, die Zukunft vorauszusagen.»

Johanna schien ganz in Gedanken versunken zu sein. Dann musste sie lächeln. «Das ist auch nicht nötig», sagte sie kurz.

Nachdem sie gegangen war, um im Wald nach Kräutern zu suchen, saß Alanus noch immer im Gras und blickte auf die Tasche, in die er alle Dokumente sorgfältig zurückgelegt hatte. Er wusste nicht, wie er Johanna einschätzen sollte. Manchmal war sie etwas sonderbar, dann wieder zeigte sie große Klugheit und den Willen, alles um sich herum genau wahrzunehmen. Sollte er ihr tatsächlich Lesen und Schreiben beibringen? Aber das war im Moment eigentlich unwichtig. Er hatte endlich Zeit gefunden, die Dokumente zu studieren. Doch sie gaben ihm kein klares Bild von jenem Geheimnisvollen, den er ausfindig machen sollte. Ganz zu schweigen davon, dass er nicht den geringsten Hinweis über dessen Aufenthaltsort gefunden hatte. Selbst der Name dieses Mannes war nicht eindeutig. Sprachen all diese Dokumente wirklich von ein und derselben Person? Schon in den beiden Studienregistern aus Heidelberg waren unterschiedliche Namen verzeichnet. Der Brief des Trithemius hatte einen merklichen Unterton und war wohl nur bedingt glaubwürdig. Vielleicht konnte Severin weiterhelfen, denn er hatte ja viele Jahre im Kloster Sponheim verbracht.

Immerhin war deutlich geworden, dass der Gesuchte kein junger Mann mehr sein konnte. Wenn er 1507 studiert hatte, musste er inzwischen mindestens fünfzig Jahre alt sein. Was mochte seit dieser Zeit alles geschehen sein? Er hatte kaum Spuren hinterlassen. Und dennoch waren offenbar einige nicht unbedeutende Zeitgenossen auf ihn aufmerksam geworden. Angenommen, dieser Georgius Sabellicus bot tatsächlich seine Dienste als Astrologe an, dann würde manch einer seiner Auftraggeber nicht groß darüber gesprochen haben, denn diese Kunst war nicht nur umstritten; wer sie ausübte, musste ständig mit dem Verdacht des Aberglaubens rechnen und auf Schwierigkeiten gefasst sein. Das würde erklären, warum über einen Astrologen wenig Schriftliches gefunden werden konnte. Wenn dieser Mann noch vor drei Jahren von Camerarius in Tübingen empfangen worden war, dann sagte dies viel. Über all die Jahrzehnte hatte sich Georgius Sabellicus mit seiner Kunst nicht nur über Wasser gehalten, sondern war von bedeutenden Persönlichkeiten herbeigeholt worden, um sie zu beraten. Auch von jemandem, den Alanus als nüchternen und hochgelehrten Wissenschaftler kannte: Joachim Camerarius.

Offenbar war dieser Georgius Sabellicus ein äußerst fähiger Astrologe und zugleich so klug, den Gefahren seines Berufes aus dem Wege zu gehen, indem er sich möglichst unauffällig verhielt. Je länger Alanus über diesen Mann nachdachte, desto mehr reizte der Gedanke, ihn kennen zu lernen. Und zugleich wurde ihm klar, dass es nicht einfach werden würde, ihn zu finden. Denn offenbar hatte er manche Nachstellung rechtzeitig bemerkt und sich davongemacht. Seit Jahrzehnten beherrschte er die Kunst des Überlebens. Was aber brachte einen solchen Mann dazu, sich mit Luzifer abzugeben? Jetzt, nach all der Zeit. Und warum wurde gerade jetzt nach ihm gesucht? Es musste etwas geschehen sein. Es musste etwas da sein, was vorher nicht da gewesen war, etwas, das entweder eine Gefahr darstellte oder sehr wertvoll war. Ein Buch? Von Luzifer selbst verfasst?

Alanus schüttelte den Kopf. Noch einmal öffnete er die Ledertasche und nahm die Zeichnung hervor. Wieder erblickte er die rätselhaften Symbole, die da um den Kreis herum angeordnet waren. Dann hörte er hinter sich das Tor der Scheune knarren und bemerkte Severin, der hinausblickte und für einen Moment vom Sonnenlicht geblendet war. Alanus ließ die Zeichnung in der Tasche verschwinden und griff nach dem Proviantbeutel.

«Guten Morgen», sagte er. «Komm, setz dich zu mir!»

Severin hinkte, als er die wenigen Schritte durch das Gras ging. Er setzte sich neben Alanus, ergriff dankbar den Becher mit Wasser und nahm einen großen Schluck.

«Was machen die Verletzungen?»

«Es ist besser geworden. Wenn ich nicht laufen muss, heilt es. Die gequetschten Knochen schmerzen aber noch immer. Das hat Johanna richtig vorausgesehen.»

Severin blickte sich um. «Wo ist sie eigentlich?»

«Im Wald. Sie will nach Kräutern suchen.»

«Müssen wir nicht aufbrechen?»

«Eigentlich schon, denn Köln ist nicht mehr weit. Aber ich wollte dir etwas Ruhe gönnen. Auf einen Tag mehr oder weniger kommt es nicht an. Und ich rechne nicht damit, dass irgendwelche Verfolger uns hier finden.»

Er reichte Severin das Brot und den Käse. Der schnitt sich von beidem ab und aß mit großem Appetit. Alanus betrachtete die geschundenen Fußgelenke und zerkratzten Unterschenkel, die unter seiner dunkelbraunen Mönchskutte hervorschauten.

«Das sieht noch immer ziemlich schlimm aus. Gut, dass wir die Pferde haben.»

Severin nickte und nahm erneut den Becher.

«Wir konnten noch gar nicht in Ruhe miteinander sprechen», sagte Alanus. «Als ich von Gregorius den Auftrag erhielt, wollte ich eigentlich keine Begleiter.» Er hielt kurz inne und lachte. «Und wie es das Schicksal will, habe ich nun gleich zwei.»

«Warum wolltest du mich nicht mitnehmen?»

«Es ging nicht gegen dich. Ich wusste ja nichts von dir. Aber Gregorius bestand darauf, mir jemanden mitzugeben, der sich im Süden auskennt. Und zugleich hat er dich damit ja auch aus einer ausweglosen Lage befreit. So habe ich dann eingewilligt.»

«Was ist dein Auftrag?», fragte Severin.

Alanus hielt kurz inne. «Nach und nach werde ich dir das eröffnen. Für den Moment ist es besser, wenn ich diese Last allein trage.»

«Vertraust du mir nicht?»

«Das ist keine Frage des Vertrauens», entgegnete Alanus etwas ungehalten. «Die Sache erfordert es. Auch Gregorius hat mir geraten, so zu verfahren. Glaub mir, es ist auch für dich besser so.»

«Ein seltsamer Auftrag», murmelte Severin.

«Das mag wohl sein. Aber bisher haben wir nur von meinem Auftrag gesprochen.» Alanus blickte seinem Gegenüber in die Augen. «Wie lautet dein Auftrag?»

Severin legte das Brot an die Seite und tat so, als hätte er die Anspielung nicht bemerkt. «Ich soll dich unterstützen. Das ist alles. Dafür haben sie mir das Leben geschenkt.»

Alanus schwieg und ließ diese Stille eine ganze Weile bestehen, in der Hoffnung, dass Severin sich genötigt fühlte, mehr zu sagen. Doch das geschah nicht.

«Nun denn», sagte er schließlich. «Für den Moment kannst du mir damit helfen, dass du etwas über dein Leben erzählst.»

Severin blickte auf. «Was versprichst du dir davon? Was möchtest du hören?»

«Ich möchte wissen, wer du bist. Schließlich werden wir nun eine lange Zeit zusammen reisen. Da muss man sich kennen. Aber du könntest mir auch von Sponheim erzählen, von dem berühmten Kloster an der Nahe, das überall in der Welt Ruhm erlangt hat, und von Trithemius, dem großen Abt, der so tragisch scheiterte.»

«Das will ich gern tun. Aber haben wir so viel Zeit? Wollen wir nicht weiterreisen?»

«Wir brechen auf, wenn die Sonne fast den Zenit erreicht hat. Ich hoffe, dass Johanna bis dahin zurück ist.»

«Sie wird uns auf der Reise nur hinderlich werden», meinte Severin. «Warum schickst du sie nicht weg?»

«Sie hat uns aus dem Verlies gerettet. Und ich habe ihr mein Wort gegeben.»

«Sie wird uns in Gefahr bringen. Sie ist verrückt.»

«Nicht so verrückt, dass sie nicht deine Wunden behandeln könnte.»

Severin schwieg betroffen.

«Mach dir keine Gedanken», sagte Alanus. «Bis jetzt hat sie uns nur geholfen. Und wer weiß, was uns noch bevorsteht. Aber nun erzähle.»

Die Sonne hatte die Höhe der Baumwipfel erreicht. Severin füllte sich den Becher und nahm einen großen Schluck Wasser. «Gern», sagte er.

«Ich bin in einem kleinen Dorf zur Welt gekommen, das Roxheim heißt. Es liegt nicht weit entfernt von Sponheim. Du wirst es nicht kennen. Es ist unbedeutend, hat keine große Vergangenheit. Die Menschen dort leben vom Weinanbau oder sie sind einfache Handwerker. Heute ist es ein eigenartiger Ort, denn seit die Umwälzungen begannen, die vor allem durch Martin Luther ausgelöst wurden, hat die Konfession dort mehrfach gewechselt. Erst nahm das Dorf die lutherische Lehre an, dann wandte es sich erneut der alten Kirche zu. Das ging einige Male hin und her. Die Menschen waren teilweise so zerstritten, dass sie ihr Dorf teilen wollten, rechts und links des Weges, an dem sich die meisten Höfe befinden. Noch heute herrscht erbitterte Feindschaft zwischen einigen Familien. Es will einfach kein Friede einkehren. Hier wurde ich im Jahre des Herrn 1505 geboren.

Meine Eltern waren Winzer, und so lernte ich alsbald den Kreis der Jahreszeiten kennen, wie es geschieht, wenn du mit dem Weinbau groß wirst. Es ist schon lange her, aber ich erinnere mich genau, dass ich gern im Wingert war und meinen Eltern geholfen habe. Viele Stunden verbrachte ich allein im Weinberg und musste dort die Vögel vertreiben. Im Spätsommer half ich bei der Lese. Und ich weiß noch, wie sehr es mir gefallen hat, mit nackten Füßen im Fass herumzutrampeln, um die Reben zu zertreten. Es mag seltsam klingen, aber vieles, was ich später über Alchemie erfahren sollte, war mir längst bekannt, weil mit dem Wein ähnlich wundersame Verwandlungen geschehen. Mein Vater hatte es zu großer Meisterschaft gebracht, die Trauben so zu keltern, dass wir in jedem Jahr einen wunderbaren Wein erhielten, der den Menschen gefiel. Wir verkauften große Mengen nach Mainz. Im späten Frühjahr besuchten wir dort für gewöhnlich den Markt.

Als ich älter wurde, schickte mich mein Vater in die Schule nach Sponheim. Er sorgte sich wohl, denn ich bin der Drittgeborene, und so war es vorherbestimmt, dass ich den Hof nicht übernehmen würde. Obwohl ich nun also regelmäßig die Lateinschule besuchte, behielt mich der Vater dennoch viele Wochen im Jahr auf dem Hof, immer dann, wenn jede Hand gebraucht wurde, also die Rebstöcke geschnitten und die Böden gelockert werden mussten, besonders aber während der Weinlese. Meine Hilfe war unabdingbar, doch du kannst dir sicher vorstellen, dass mir die lange Abwesenheit von der Schule große Schwierigkeiten bereitete. Regelmäßig musste ich dem Magister Rede und Antwort stehen, aber ich glaube, er hat letztlich eingesehen, dass es nicht anders möglich war, und nahm die vielen Fehlzeiten hin. Immer wenn ich zur Schule zurückkehrte, musste ich viel nachholen und mich daran gewöhnen, die Dinge schnell zu erfassen und auswendig zu lernen. Das gelang mir auch tatsächlich, und diese Fähigkeit schien den Magister sehr zu beeindrucken. Eines Tages nahm er mich mit in das Kloster und stellte mich dem Abt vor. Trithemius war zu dieser Zeit schon längst nicht mehr in Sponheim. Aber sein Nachfolger war ein Mann, der die Tradition der großen Bibliothek durchaus fortführte. Ich erinnere mich noch genau an das erste Gespräch. Zunächst stand ich nur dabei, im großen Calefaktorium, als sich die beiden Männer unterhielten. Dann fragte mich der Abt einige Dinge und forderte mich auf zu schreiben. Er diktierte mir kurze Sätze, die ich ins Lateinische übertragen sollte. Später erzählte er mir, dass ich dabei so schnell und zugleich fehlerfrei gearbeitet hätte, dass er den Magister umgehend bat, mich für das Kloster freizugeben. Der konnte jedoch nicht selbständig entscheiden, denn nach wie vor half ich ja immer wieder auf dem Hof. Also wurde mein

Vater vorgeladen. Der Abt stellte ihm in Aussicht, mich in allen Wissenschaften auszubilden. Doch dafür müsste ich dem Kloster übergeben werden. Mein Vater konnte sich unter all dem sicher nichts vorstellen, aber er verstand genau, dass eine besondere Gelegenheit gekommen war, für das künftige Wohl seines Sohnes zu sorgen, ein Angebot, das sich wohl nicht noch einmal ergeben würde. Und so gab er mich frei.

Ich war damals erst zwölf Jahre alt. Dennoch setzte der Abt durch, mich nicht erst als Oblatus, sondern unmittelbar als Novize aufzunehmen. Das bedeutete einen erheblichen Wandel meines Lebens. Von nun an nahm ich an den Stundengebeten teil, siebenmal am Tag. Dazwischen lagen Zeiten der Arbeit und des Gebets. Schlaf gab es nicht viel. Vielleicht sechs Stunden in der Nacht. Dieser Rhythmus machte mir anfangs schwer zu schaffen. Und die Klostermauern wurden zum Gefängnis. Ich hatte meine Kindheit auf dem Land verbracht, war fast jeden Tag auf dem Feld gewesen. Nun beschränkte sich mein Leben auf den Schlafsaal, den Speiseraum, den Kreuzgang, die Klosterkirche, den Kapitelsaal und die Klosterbibliothek. Erst als meine Liebe zu den Büchern erwachte, wurde dieses Gefühl abgemildert, doch es sollte nie ganz verschwinden.

Der Abt hatte wohl von Beginn an erkannt, dass mich die Sprachen interessierten. Und so förderte er mich, indem er mir Brüder zuwies, die nicht nur meine Schreib- und Lesekenntnisse erweiterten, sondern mich ausgiebig in der lateinischen und griechischen Sprache unterwiesen, mit mir die Heilige Schrift studierten und mich in die Gedanken der Kirchenväter und der großen Philosophen einführten. Ich war noch sehr jung, und es fiel mir leicht, all diese Dinge zu erfassen. Aber gerade diese Fähigkeit sollte mir nicht nur zum Vorteil werden. Andere Novizen beneideten mich, und vor allem ältere Brüder sahen meine schnelle Entwicklung mit großen Vorbehalten. Bei den Jüngeren war es einfach der Ärger darüber, dass mir das Lernen leichter fiel als ihnen. Doch bei den Mönchen, die schon seit Jahrzehnten im Kloster lebten, machte sich der Unmut an etwas fest, das eigentlich nicht unmittelbar mit mir zu tun hatte. Sie fürchteten, dass da ein neuer Trithemius herangebildet würde.

Ich sagte vorhin, dass dieser Mann, als ich ins Kloster kam, Sponheim längst verlassen hatte. Und dafür gab es Gründe. Er war im Jahre des Herrn 1482 in das Kloster eingetreten und schon achtzehn Monate später als jüngstes Mitglied des Konvents zum 25. Abt gewählt worden. Die Mönche hatten sich wohl erhofft, dass dieser junge Mann als Vorgesetzter leicht zu beeinflussen wäre. Aber sie täuschten sich. Trithemius war ein ehrgeiziger Mensch. Schon in seiner Kindheit hatte er ständig gegen seinen Vater kämpfen müssen, weil der ihn nicht zur Schule schicken wollte. Unter größten Schwierigkeiten und zunächst ohne Wissen der Eltern brachte er sich selbst Lesen und Schreiben und sogar die Grundlagen der lateinischen und griechischen Sprache bei. Schließlich lief er von zu Hause fort, auf der Suche nach guten Lehrern. Und er fand sie in Sponheim. Als man ihn dort nach einigen Jahren zum Abt wählte, war er kaum mehr aufzuhalten. Statt den Brüdern ihre liebgewonnenen Freiheiten zu lassen, tat er alles, um jegliche Form von Leichtlebigkeit zu beseitigen und die Regeln des heiligen Benedikt wieder zu voller Geltung kommen zu lassen. Er beseitigte jede Art von Schlendrian und brachte die maroden Finanzen des Klosters wieder in Ordnung. Das sprach sich bald herum, und so wurde Trithemius von der Ordensleitung zum Visitator ernannt, der in den umliegenden Benediktinerklöstern nach dem Rechten sehen sollte. Doch er tat nicht nur das. Überall dort, wo er hinkam, studierte er den Bestand der Klosterbibliotheken und gab Abschriften in Auftrag, die nach Sponheim gesandt wurden. So sammelte er über die Jahre eine enorme Menge an Schriften. Man sagte mir, dass die Bibliothek ursprünglich etwa fünfzig Bücher besaß. Als Trithemius das Kloster verließ, waren es fast zweitausend. Sponheim wurde zur größten Bibliothek der Welt und sein Abt berühmt und angesehen bei allen Gelehrten.

Doch viele Mönche des Klosters waren längst nicht mehr gut auf ihren Abt zu sprechen. Er spannte sie für seine weitschweifenden Pläne ein und führte ein strenges Regiment. Als sein Stern zu sinken begann, hatte Trithemius in Sponheim kaum Freunde. Schon recht früh war bekannt geworden, dass er in einem seiner historischen Werke mit üblen Fälschungen gearbeitet hatte, indem er als Beleg für seine Behauptungen einfach zwei Chronisten erfand, die es nie gegeben hat. Aber richtig ernst wurde es für ihn, als er sich mit den magischen Büchern der Antike beschäftigte, vor allem mit der Lehre des Hermes Trismegistos. Schnell war der Vorwurf da, er treibe schwarze Magie. Und wenn man seine späten Bücher liest, vor allem seine Chronologia Mystica, ein Buch über Astrologie, genauer gesagt über die sieben Planetengeister, aber auch seine Steganographia und Polygraphiae, dann kann man durchaus zu der Meinung kommen, hier habe jemand den rechten Weg verlassen. Die Mönche in Sponheim bemerkten, dass Trithemius immer mehr ins Gerede kam, und so machten sie ihm das Leben im Kloster zusätzlich schwer. Bis er von selbst ging.

Warum habe ich dir das alles erzählt? Nun, die Mönche von Sponheim hatten mit einem allzu lerneifrigen Novizen schlechte Erfahrungen gemacht. All jene Brüder, denen Trithemius noch im Gedächtnis war, betrachteten meine Liebe zu den Büchern und meinen Fleiß mit großen Bedenken. Die jüngeren wiederum beneideten meine Fähigkeit, schnell zu lernen. Von all dem ahnte ich nichts. Stattdessen machte es mich froh, dass mir alles so gut gelang. Mehr und mehr drang ich zu den Gedanken der großen Theologen und Philosophen vor. Ich las Bücher zur Kirchengeschichte und Kommentare zur Heiligen Schrift. Schließlich war ich in den Sprachen und in der Kunst des Schreibens so vollkommen, dass der Abt mich beauftragte, Kopien einiger Bücher anzufertigen. Es waren Bücher magischen Inhalts. Eines war von Trithemius, ein anderes von seinem Schüler Agrippa von Nettesheim. In der einen Schrift ging es um Astrologie, in der anderen um kryptische Verfahren, also um Möglichkeiten der Verwendung von Geheimsprachen, Verschlüsselungen und um unsichtbare Tinten, die man durch alchemistische Verfahren nach gewisser Zeit wieder hervorzaubern konnte. Ich fand all das außerordentlich interessant, und schon bald begann ich mit diesen Techniken zu experimentieren. Was ich über Astrologie erfahren hatte, blieb mir letztlich fragwürdig, doch die beschriebenen kryptischen Verfahren erwiesen sich als praktisch umsetzbar. Es war mir nicht klar, wofür man sie gebrauchen konnte, aber ich fand sie ausgesprochen originell und, wie gesagt, sie funktionierten tatsächlich.

So sehr war ich in diese Dinge vertieft, dass ich wohl nicht mehr so recht wahrnahm, was um mich geschah. Eines Tages holte mich der Abt zu sich und konfrontierte mich mit einer Anklage. Einer der Brüder hatte ihm angezeigt, dass ich Bücher magischen Inhalts gestohlen habe. Der Vorwurf war selbstverständlich völlig unsinnig. Alle Bücher der Bibliothek standen mir täglich zur Verfügung. Warum hätte ich eins wegnehmen sollen? Doch in meiner Zelle waren zwei Bücher gefunden worden, und so sprachen alle Indizien gegen mich. Jetzt erst wurde mir klar, dass da jemand ein Komplott gegen mich schmiedete. Denn die beiden Bücher hatte offensichtlich jemand absichtlich dort versteckt. Auch dem Abt war all das nicht geheuer, doch es blieb ihm nichts anderes übrig, als mich aus der Klostergemeinschaft auszuschließen. All das, was sich mein Vater erwünscht und vorgestellt hatte, all das, was für Jahre mein Leben erfüllt hatte, war von einem Tag auf den anderen zerstört.

Ich konnte mich nicht dazu entschließen, zum väterlichen Hof zurückzukehren. Zu sehr fürchtete ich die Schmach. Und so ging ich auf Wanderschaft. Ganz hatte mich das Glück anscheinend nicht verlassen. In Oppenheim fand ich bei einem Händler und Verleger Arbeit. In seiner Werkstatt wurden Bücher hergestellt, und zwar nach jener neuen Schwarzkunst, die es ermöglicht, in kurzer Zeit viele Kopien anzufertigen. Er nahm mich bei sich auf, weil er selbst gänzlich ungebildet war und jemanden brauchte, der die sprachliche Richtigkeit seiner Bücher prüfte. Ich musste also Schriften, die in großer Zahl kopiert werden sollten, lesen und Fehler korrigieren. Das fiel mir sehr leicht, ich arbeitete schnell, und deshalb behielt mich der Mann bei sich. In diesen Jahren bin ich vielen neuen Welten begegnet. Anders kann ich es kaum sagen. Die Bücher, die in Oppenheim hergestellt wurden, waren ganz unterschiedlichen Inhalts. Chroniken, Aufsätze der Reformatoren, aber auch magische, hermetische, alchemistische und astrologische Schriften. Ich hätte sie in keiner Bibliothek der Welt, nicht einmal in Sponheim, in solch kurzer Zeit studieren können. Etwa zehn Jahre lebte ich dort und brachte es zu einem großen Wissen über all diese Dinge und, wie du dir denken kannst, zu einer gewissen Bekanntheit. Bitte nimm es nicht als Prahlerei, wenn ich vermute, dass Gregorius mich nicht nur deshalb für die Reise ausgesucht hat, weil ich den Süden kenne. Er wusste von meiner Zeit in Oppenheim und dem, was ich dort getan hatte. Der Inquisition scheint so etwas nicht zu entgehen.

Denn es war so, dass ich auch dort, in dieser wunderbaren Stadt am Rhein, schließlich wieder verstoßen wurde. Grund war die Liebe zu einer Frau, eine Liebe, die nicht sein durfte. Verübelt es mir nicht, dass ich darüber nicht sprechen möchte. Als es entdeckt wurde, blieb mir nur die Flucht. Ich zog Richtung Norden, dorthin, wo man mich nicht kannte, wo ich nicht befürchten musste, dass meine Vergangenheit mich einholen würde. Für kurze Zeit lebte ich in Köln, doch als ich nirgends eine Anstellung fand, reiste ich weiter. Schließlich traf ich in Paderborn auf einen Buchdrucker, der meine Fähigkeiten zu schätzen wusste und mich einstellte. Er hatte gerade erst damit begonnen, die neuen schwarzkünstlerischen Techniken für das Kopieren der Bücher einzusetzen, und ich konnte ihm viele Ratschläge geben. So gewann ich sein Vertrauen, und er bat mich, dauerhaft bei ihm zu arbeiten. Etwa zwei Jahre lang machten wir viele gute Bücher. Dann gerieten wir in den Verdacht, Häresie zu betreiben. Dieser Vorwurf war an den Haaren herbeigezogen. Wir hatten zwar auch einige hermetische Schriften kopiert, aber die waren nicht ketzerisch oder schwarzmagisch. Ich glaube, es war ein reformatorisches Buch, das uns den Zorn der Obrigkeit eingebracht hatte. Wir kopierten zehn Exemplare, die unmittelbar nach meiner Verhaftung verbrannt wurden. Meinem Herrn gelang die Flucht, doch ich selbst wurde von den Häschern des Rates überrascht und in den Turm verschleppt.

Bis heute gibt es etwas, das ich nicht ganz verstehe. Es mag Zufall sein, aber einer der Inquisitoren war mir bekannt: Stephanus, ein Benediktiner aus Sponheim. Als er mich erkannte, hielt er sich bedeckt, erwähnte mit keinem Wort, dass ich einmal Mönch gewesen war, tat aber alles, um den Prozess voranzutreiben. Bis heute weiß ich nicht, ob er auch zu denen gehörte, die mich damals im Kloster verleumdet hatten. Mir war klar, wie dieser Prozess enden würde. Und als ich schon jede Hoffnung verloren hatte, kam eines Nachts Gregorius in den Turm und sprach mit mir. Ihm verdanke ich mein Leben.»

Severin blickte zum Waldrand. Dann drehte er sich um.

«Hast du noch Brot?»

Alanus nickte und reichte ihm den Proviantbeutel.

«Es ist erstaunlich», sagte er. «Seit dem Beginn unserer Reise habe ich überlegt, was Gregorius wohl dazu bewogen hat, gerade dich auszusuchen. Die heilige Inquisition ist ja nicht nur für ihre Menschenliebe bekannt. Aber jetzt wird mir manches klar. Es scheint mir, als sei dein Wissen dem meinen mehr als ebenbürtig.»

Severin blickte auf und schüttelte den Kopf.

«Meine Studien waren in den letzten Jahren sehr unregelmäßig.»

«Du solltest deine Kenntnisse nicht unterschätzen. Ich habe viele Menschen kennen gelernt, die als gebildet galten oder sich selbst dafür hielten, aber kaum die grundlegenden Werke der Theologie und Philosophie aus eigener Lektüre kannten.»

Alanus nahm seinen Becher und trank einen Schluck.

«Da ist aber noch etwas», fuhr er fort. «Mein Leben war zwar bei weitem nicht so abenteuerlich wie deines. Aber es gibt eine Gemeinsamkeit. Mir sind in meinem Kloster ähnliche Dinge geschehen wie dir. Zwar habe ich wieder eine Bruderschaft gefunden, die mich aufgenommen hat, weit entfernt von den großen Städten, an einem Ort am Ende der Welt, doch ich muss dir nicht erzählen, was das für jemanden bedeutet, der es gewohnt ist, Zugang zu den großen Bibliotheken zu haben.»

Severin nickte zustimmend.

«Ich möchte dir etwas zeigen», sagte Alanus. Er griff nach der Ledertasche, holte die Kreiszeichnung hervor und reichte sie Severin.

«Du hast viel über Astrologie gelesen. Kannst du mit dieser Sache etwas anfangen?»

Vorsichtig nahm Severin das Blatt in die Hand.

«Woher hast du das?», fragte er erstaunt.

«Von Gregorius. Es muss mit dem Mann zu tun haben, den wir suchen.»

Severin betrachtete die Zeichnung, und es dauerte einige Augenblicke, bis er sich wieder Alanus zuwandte.

«Merkur, Venus und Jupiter sind rechtläufig.» Er hielt kurz inne. «Mars ist rückläufig. Saturn ist nahezu stationär.»

«Was bedeutet das?»

«Ich brauche Kalender, um es genau zu bestimmen. Das ist eine astrologische Berechnung. Für jemanden, der offenbar am Tage des Georgfestes geboren wurde. Im April.»

«Kannst du mehr erkennen?»

«Noch nicht. Wie gesagt: Mir fehlen die Hilfsmittel.»

«Und was schließt du aus dem, was du bis jetzt siehst?»

«Es ist sehr wahrscheinlich, dass der Mann, für den diese Sternenberechnung erstellt wurde, Georg heißt.»

Alanus blickte ihn überrascht an.

«Willst du mir nicht sagen, worum es eigentlich geht?», fragte Severin.

«Ja, soweit ich das kann, will ich es tun. Wir suchen einen Mann. In dieser Ledertasche findest du einige Dokumente über ihn. Aber es ist nur wenig, was man erfährt, noch dazu eher verwirrend als hilfreich. Vielleicht liest du ja etwas heraus, das ich übersehen habe.»

Severin nahm die Tasche und öffnete sie vorsichtig.

«In den nächsten Tagen wirst du Zeit haben, all das in Ruhe zu studieren», sagte Alanus.

Plötzlich stand Johanna neben ihnen.

«Es sind noch Menschen im Wald, fremde Menschen.»

«Wie kommst du darauf?», fragte Severin. «Hast du jemanden gesehen?»

«Ich habe den Flug der Vögel beobachtet», sagte das Mädchen. «Und die Tiere haben es mir gesagt.»

Alanus schaute sie fragend an.

«Im Wald fand ich viele Pflanzen, auch einige, die mir unbekannt sind. Der Boden ist hier sehr feucht.»

«Und dort haben die Tiere dir etwas gesagt?», fragte Severin ungläubig.

«Ich spreche mit den Pflanzen, denn man muss ihnen die nötige Ehre erweisen, bevor man sie schneidet. Plötzlich stand ein Hirsch vor mir. Es war ein schwarzer Hirsch, eines jener Tiere, die du nur sehen kannst, wenn du dem Tod begegnet bist.»

Die beiden Männer blickten sich an.

«Was für ein Tier meinst du?»

«Einen schwarzen Hirsch», antwortete das Mädchen unbekümmert.

«Es gibt keine schwarzen Hirsche», stellte Severin nüchtern fest.

Johanna schien für einen Moment verwirrt.

«Wahrscheinlich hast du noch nie einen gesehen», antwortete sie. «Nicht jeder kann sie sehen. Aber vielleicht gelingt es dir auch einmal.»

Severin sah sie entgeistert an.

«Erzähl weiter», sagte Alanus. «Was hast du erlebt?»

«Er stand plötzlich da und beobachtete mich. Und er wusste, dass ich ihn ebenfalls sehen konnte. Dann sprach er von den Seelen der Pflanzen, die ich geschnitten hatte. Ich solle mir keine Sorgen machen, denn sie würden auf Wanderschaft gehen und neuen Samen finden, in dem sie wieder Gestalt annehmen könnten. Aber er sagte auch, dass er gekommen sei, mich zu warnen. Ich solle mich vor einem Reiter in Acht nehmen, der mir folge und mir bald gefährlich werden würde.»

Sie legte den Leinenbeutel ab, in dem sie Pflanzen gesammelt hatte, strich sich durch das Haar und blickte die beiden Männer besorgt an.

«Wir müssen aufpassen. Wir sind nicht allein auf diesem Weg.»

Alanus ließ sich nicht anmerken, was er über die sonderbare Geschichte dachte, aber er sah, dass Johanna das alles sehr ernst nahm.

«Wir werden vorsichtig sein», sagte er. «Wir müssen ohnehin immer damit leben, dass die Wege unsicher sind. Also lasst uns die Augen offen halten.»

Er schaute zum Himmel. «Es ist Mittag. Wir brechen auf.»

Mit diesen Worten erhob er sich und begann, den Proviant einzupacken. Dann ging er zu einem der Pferde, befestigte das Gepäck am Sattel, winkte Severin zu sich und half ihm in die Steigbügel.

«Sie ist verrückt», flüsterte der ihm ins Ohr.

Alanus sagte nichts, fasste das Halfter des anderen Pferdes, schwang sich in den Sattel und zog Johanna zu sich herauf. So ritten sie los, nicht zu schnell, denn die beiden Pferde mussten schwer tragen.

Der Weg, dem sie folgten, war so breit, dass ein Fuhrwerk darauf ausreichend Platz gefunden hätte. Ab und zu mussten sie anhalten und umgefallenen Baumstämmen ausweichen. Aber sie kamen gut voran. Alanus spürte, wie sich Johanna an ihm festklammerte und ihren Körper an seinen Rücken lehnte. Zunächst empfand er es als ungewöhnlich, dass ein Mädchen ihn von hinten umarmte, und überlegte, wie er sich wohl rechtfertigen würde, wenn andere Menschen ihn so zu sehen bekämen. Schließlich war er Mönch. Erst allmählich, mit zunehmender Aufmerksamkeit für den Weg vor ihm, verloren sich diese Gedanken.

Am Nachmittag erreichten sie eine Gabelung. Sie stiegen von den Pferden und versuchten, sich zu orientieren. Johanna untersuchte den Boden und betrachtete die Bäume. Dann kam sie zurück und meinte, dass beide Wege ungefährlich seien. Severin stellte fest, dass der eine wohl in südliche Richtung führte. Das überzeugte Alanus.

Von nun an ritten sie sehr beengt. Rechts und links der Pferde mochten es noch zwei Armlängen bis zu den Bäumen sein, die wie Säulen hoch in den Himmel ragten, so dass die Sonne nur noch zu sehen war, wenn sie in südwestlicher Richtung ritten.

Herabhängende Äste machten ihnen nun zu schaffen. Sie mussten sich vorsehen, nicht getroffen zu werden. Als vor ihnen wie aus dem Nichts ein Wildschwein auftauchte und sogleich wieder in den Büschen verschwand, erschraken die Pferde, und es brauchte eine Weile, sie wieder zu beruhigen.

Fremdartige Stimmen drangen aus dem Wald, die trotz des Schlagens der Hufe deutlich zu vernehmen waren. Alanus versuchte sich vorzustellen, welche Wesen wohl solche Laute von sich gaben. Manchmal waren sie so ungewöhnlich, dass er für einen Moment glauben wollte, Johannas wundersame Geschichten seien mehr als nur blühende Phantasie. Er bemerkte, dass auch Severin unsicher nach rechts und links blickte und sehr angespannt wirkte.

Johanna schien all das nicht zu beunruhigen. Noch immer hatte sie ihren Körper eng an den seinen gepresst, und obwohl das eigentlich nicht möglich war, bildete er sich ein, ihr Herz gleichmäßig und ruhig schlagen zu hören.

Plötzlich richtete sie sich auf. Noch bevor Alanus irgendetwas erkennen konnte, hatte sie es offenbar gespürt: Der Weg machte einen leichten Bogen, und plötzlich sahen sie etwa fünfzig Schritte vor sich ein Tier. Nahezu gleichzeitig zogen Severin und Alanus die Zügel an und brachten die Pferde zum Stehen. Entsetzt blickten sie auf das, was vor ihnen den Weg versperrte. Es sah einem Hund ähnlich, doch zugleich war es ungewöhnlich groß. Alanus erkannte die langen Reißzähne, doch das Fell des Tieres war bis auf wenige Stellen dunkelbraun, wie er es noch bei keinem Wolf gesehen hatte.

Dann spürte er, dass Johanna sich löste und vom Pferd sprang. Er sah mit an, wie sie vorsichtig auf das Tier zuging.

«Johanna! Komm zurück!», rief er.

Doch das Mädchen winkte nur kurz, ohne sich umzudrehen, so als wolle sie ihn auffordern, sich zurückzuhalten. Langsam schritt sie voran, und als das Tier zu knurren und zu zischen begann, beugte sie sich zu Boden und bewegte sich auf allen Vieren weiter. Alanus wusste nicht, ob er jetzt noch eingreifen konnte, und sah atemlos zu, wie sich das Mädchen dem Wolfshund bis auf wenige Schritte näherte, den Kopf auf die Seite legte und seltsame, fast kindliche Laute von sich gab. Das Knurren des Hundes verstummte sofort. Auch er legte den

Kopf zur Seite, schien Johanna zunächst zuzuhören und ihr dann zu antworten, mit jenen Lauten, die auch das Mädchen von sich gegeben hatte.

Alanus blickte kurz zu Severin, der das Geschehen fassungslos betrachtete. Als Johanna ihren rechten Arm nach vorn streckte und der Wolfshund mit seiner Pfote das Gleiche tat, als sich die beiden für einen kurzen Augenblick berührten, verschlug es den Männern die Sprache. Eine ganze Weile blieb Johanna dort bei dem Tier, und fast schien es, als würden beide miteinander sprechen können. Schließlich senkte der Wolfshund die Pfote, drehte sich langsam zur Seite, blickte noch einmal hinüber zu den Männern und verschwand im Buschwerk. Johanna setzte sich auf und bewegte sich nicht.

Alanus wartete einen Augenblick, bevor er das Pferd im Schritt weitergehen ließ. Als er Johanna erreicht hatte, erhob sie sich und lächelte ihn an.

«Es war ein Wanderer», sagte sie. «Wir müssen keine Angst haben.»

«Johanna, was machst du?», fragte Alanus vorwurfsvoll. «Dieses Tier hätte dich zerfleischen können.»

Das Mädchen schüttelte den Kopf und blickte zu Severin, der ebenfalls nachgekommen war.

«Er musste fürchten, dass wir ihn angreifen. Deshalb war er kampfbereit.»

«Was war das für ein Tier?», fragte Severin.

«Es gibt kein Wort für ihn. Er ist weder Wolf noch Hund. Manchmal werden solche armen Wesen geboren. Das Rudel erkennt sie nicht an. Und so werden sie zum Wanderer. Sie haben keine Heimat. Sie streunen durch die Wälder, und wenn sie angegriffen werden, sind sie auf sich allein gestellt.»

Alanus schüttelte den Kopf.

«Warum hast du dich in Gefahr begeben?»

«Es war keine Gefahr», erwiderte Johanna. «Als ich noch sehr klein war, lebte ich mit meiner Mutter im Wald. Dort gab es Wölfe. Ich kenne ihre Sprache. Er hat mich verstanden. Und hat gemerkt, dass auch ich ein Wanderer bin. Er ist freundlich. Wir müssen uns nicht sorgen.»

«Was ist ein Wanderer?», fragte Severin.

«Ein Wesen, das kein Zuhause hat. Ein Wesen, das in der ganzen Welt zuhause ist. So wie Wotan. Auch er ist ein Wanderer. Und manchmal erscheint er als Wolf.»

Alanus wusste nicht, was er sagen sollte. Als Johanna einen Fuß in den Steigbügel setzte, zog er sie zu sich herauf, bis sie wieder hinter ihm saß, dann drehte er sich zu ihr um und sah sie an. In ihren Gesichtszügen war nicht das geringste Anzeichen von Angst oder Verwirrung zu finden.

«Danke», sagte er kurz.

Sie lächelte zurück.

Bis zum späten Abend hatten sie weder einen Hof noch eine einfache Scheune finden können, und als sie zu einer Lichtung kamen, beschloss Alanus, dort die Nacht zu verbringen. Es würde mild sein, so dass sie im Freien schlafen konnten. Sie breiteten ihre Decken am Boden aus, legten auch das Gepäck dort ab und ließen die Pferde grasen.

Der Mond war hinter den Baumwipfeln verborgen. Doch trotz der Dunkelheit kam Alanus nicht zur Ruhe. Johanna, die neben ihm lag, gab keinen Laut von sich und schien fest zu schlafen. Manchmal hörte er, wie Severin sich von einer Seite auf die andere wälzte, weil die Knie noch immer schmerzten. Und da waren die Geräusche, die aus dem Wald zu ihm drangen. Manchmal knackten Äste, so als würde sich etwas im Gebüsch bewegen. Dann erkannte er die Rufe zweier Eulen. Nach einiger Zeit konnte er sie gut auseinanderhalten. Doch beunruhigender waren jene Laute, die nicht so regelmäßig an sein Ohr drangen: ein kurzes, giftiges Zischen, ein Schaben, als würde jemand sein Messer an einem Baum wetzen, ein leises Knacken, so als würden Getreidehalme umknicken. Zeitweise bildete er sich ein, da draußen pirsche sich jemand an und beobachte ihn. Fast wollte er aufstehen, um sich Gewissheit zu verschaffen, aber dann tat er es doch nicht, weil er die Geräusche nicht mehr hörte. Das Zwitschern der Vögel, das sie den ganzen Tag begleitet hatte, war verstummt, als hätten sie sich vor den nächtlichen Dämonen in Sicherheit gebracht. Alanus wusste, dass die Menschen zu dieser späten Stunde nicht mehr vor die Tür gingen, weil sie die Mächte der Finsternis fürchteten. Für einen Moment überlegte er, ob sie recht damit hatten. Und ob Johanna recht hatte, wenn sie ihre sonderbaren Geschichten erzählte. Vieles, was sie tat, wirkte magisch. In der Abgeschirmtheit des Klosters war Alanus der Welt der Magie nie begegnet. Hatte wohl von ihr gelesen. Und sie für Aberglauben gehalten. Doch nun erlebte er, dass sie wirkte. Und dass sie Gutes zu tun vermochte. Aber da waren auch die Dämonen, die Johanna fürchtete. Nun, in der Mitte der Nacht, schien die Zeit dieser Wesen gekommen. Alanus drehte sich auf die Seite und blickte zu dem Mädchen. Sie atmete ruhig, gleichmäßig und langsam. Ihr Gesicht war unter dichtem Haar verborgen.

Irgendwann war die Müdigkeit so groß, dass Alanus langsam und unmerklich in Schlaf fiel. Aber die Bilder vor seinen Augen blieben wach. Plötzlich stand er auf hartem Boden, der unter seinen Füßen knirschte. Er sah sich um und bemerkte, dass er sich im Kreuzgang eines kleinen Klosters befand, irgendwo am Ende der Welt. Es war noch dunkel. Vom Dach der Abteikirche hörte er die Glocke zum Stundengebet rufen. Doch die Mönche schienen noch immer zu schlafen. So ging er weiter durch die klirrende Kälte und erreichte das Skriptorium. Als er die Tür öffnete, spürte er die Wärme eines Kamins. Er trat ein, dankbar, einen behaglicheren Raum gefunden zu haben, blickte auf die Regale voller Bücher und Schriftrollen und bemerkte das Schreibpult, auf dem jemand einen einzelnen Band liegen gelassen hatte. Dieses Buch fand seine ganze Aufmerksamkeit, denn es hatte einen kostbaren Einband, schien in rotleuchtendem Gold eingefasst zu sein und reflektierte die Farben des Feuers, das im Kamin loderte. Alanus war so gebannt von diesem Anblick, dass er nicht anders konnte, als das Buch aufzuschlagen. Zu seiner Überraschung blickte er auf schwarze Seiten. Wie war es möglich, Papier ganz schwarz zu färben? Warum hatte man das getan? Je länger er die beiden aufgeschlagenen Seiten betrachtete, desto mehr gewöhnten sich seine Augen an das Dunkel. Und tatsächlich meinte er, inmitten des Nichts Gestalten zu erkennen. Reiter waren abgebildet. Doch sie schienen kein Gesicht zu haben, und die Köpfe der Pferde waren in schwarze Tücher gehüllt. Alanus spürte, wie Kälte in ihm aufstieg, als würde ein eisiger Windhauch durch die geöffnete Tür hereinwehen. Er wollte sich umdrehen, doch sein Körper schien ihm nicht mehr zu gehorchen, und so blieb ihm nichts, als weiter auf die beiden schwarzen Buchseiten zu blicken. Erneut versuchte er, die Gesichter der Männer zu erkennen, die dort abgebildet waren.

Doch etwas zog ihn zurück, und es dauerte eine ganze Weile, bis er verstand.

Der Mond war nun nicht mehr von den Baumwipfeln verdeckt, und ein schwaches Licht half ihm, sich wieder zurechtzufinden. Er blickte zur Seite und sah Severin und Johanna friedlich schlafen.

Sie brachen in der Frühe auf und ritten ohne Pause. Um die Mittagszeit tat sich der Wald vor ihnen auf, und sie hatten freien Blick auf eine große Ebene. Der Weg führte sie an Feldern entlang, auf denen Getreide angebaut wurde, vorbei an Scheunen, die zu einer kurzen Rast einluden, und immer wieder trafen sie auf Menschen, die ihnen zuwinkten und sie neugierig betrachteten. Am Abend erreichten sie ein kleines Dorf und fanden dort eine einfache Herberge. Der alte Mann, der sie zu den beiden Zimmern führte, sah sie misstrauisch an. Es kam ihm wohl seltsam vor, dass zwei Mönche in Begleitung eines jungen Mädchens reisten. Auch blieb ihm Severins Verletzung nicht verborgen. Aber nachdem er eine Weile mit Alanus gesprochen hatte, schien er seine Scheu zu verlieren, erzählte selbst ein wenig von dem kleinen Dorf und den Reisenden, die in der letzten Zeit dort vorbeigekommen waren. Und Alanus erfuhr von ihm, dass ihr Weg nun nicht mehr durch Wälder, sondern über flaches, fruchtbares Land führen würde, unterbrochen von vielen kleinen Siedlungen, so dass sie immer auch eine Herberge finden konnten.

Etwas später brachte der alte Mann den drei Reisenden einen einfachen, aber sehr sättigenden Hirsebrei und frisches Wasser.

Als es dunkel geworden war, ging Alanus noch einmal hinaus, um nach den Pferden zu sehen. Der Wirt hatte sie in einem Stall untergebracht und gut versorgt. Er kehrte zurück und erblickte Johanna, die auf der Türschwelle zur Herberge saß. Sie hatte offenbar auf ihn gewartet. Nun erhob sie sich und blickte ihn besorgt an.

«In der Nacht hat ein Traum zu mir gesprochen», sagte sie. «Die Welt der Dämonen hat sich geöffnet. Ihr müsst wachsam sein.»

Sie suchte seinen Blick, als wolle sie sichergehen, dass er ihr auch wirklich zuhörte.

«Etwas greift nach Euch», sagte sie.

Da die Seelen der Menschen alle unvergänglich sind, auch den vollkommenen Seelen alle Geister gehorchen, so glauben die Magier, dass die vollkommenen Menschen durch die Kräfte ihrer Seele andere niedriger stehende Seelen, die gewissermaßen schon von ihren sterbenden Leibern getrennt sind, wieder in dieselben zurückbringen können, gerade wie ein getötetes Wiesel durch den Atem und die Stimme seiner Mutter wieder ins Leben gerufen wird oder wie die Löwen ihre toten Jungen durch Anhauchen beleben. Weil alles Ähnliche durch Ähnliches angewandt auch eine ähnliche Natur erhält, und weil alles Leidende, das die Wirkung eines Tätigen in sich aufnimmt, auch gleicher Natur mit diesem wird, deshalb glaubt man, dass zu einer solchen Wiederbelebung auch gewisse Kräuter und magische Zubereitungen nicht wenig beitragen. Dergleichen Mittel soll man aus der Asche des Phönix und der abgelegten Haut der Schlangen bereiten können, was jedoch den meisten als fabelhaft, vielen auch als unmöglich vorkommen könnte, wenn nicht die Geschichte dafür spräche. Denn wir lesen von vielen, die im Wasser oder im Feuer umkamen oder die im Kriege getötet wurden oder auf eine andere Weise das Leben verloren, dass sie selbst nach mehreren Tagen wieder lebendig geworden seien.

Heinrich Cornelius Agrippa von Nettesheim,
De Occulta Philosophia,
Bd. 1, Kap. 58

5. KAPITEL

Schon von fern hatten sie die Silhouette der großen Stadtmauer gesehen und die vielen Kirchtürme, die hoch zum Himmel emporragten. Und nachdem sie ihren Weg eine Weile fortgesetzt hatten, konnten sie auch die Torburgen, die vielfältigen Häuserfassaden und Giebel und einige Windmühlen erkennen.

Nun schien der Fluss ganz nah. Sie erblickten Schiffe, so viele, dass man sie kaum zählen konnte.

Der Weg machte einen kleinen Bogen und führte auf eine größere Ansiedlung zu, die ihnen bald die freie Sicht auf den Fluss versperrte. Sie stiegen von den Pferden und gingen zu Fuß weiter. Severin sah sich kurz um, führte sie dann vorbei an den Wirtschaftsgebäuden und Stallungen des Klosters, das dem heiligen Heribert geweiht war, und bald schien es ihnen, als hätten sie die große Stadt längst erreicht, so viele Häuser befanden sich rechts und links des Weges.

Dann standen sie wieder im Freien, unmittelbar am Ufer des großen Flusses, keine zwanzig Schritte vom Wasser entfernt. Und sie konnten nicht anders als stehen zu bleiben und zu schauen. Selbst die kleinsten Schiffe auf dem Fluss besaßen Platz genug für zwei Pferdefuhrwerke. Viele aber maßen in der Länge mindestens fünfzig Schritt. Ihr Bug ragte mannshoch aus dem Wasser, und das Heck war wiederum noch deutlich höher. Obwohl diese Schiffe Segel setzen konnten, wurden sie jeweils von etwa zwanzig Männern gerudert. Entlang der Stadtmauer auf der anderen Uferseite lagen vierzig bis fünfzig solcher Riesen vor Anker.

Alanus schaute zu Johanna und bemerkte, dass sie ebenso erstaunt war wie er. Sie blickte flussaufwärts, dorthin, wo mehrere Holzhäuser im Wasser schwammen und sich, wie von unsichtbarer Hand gehalten, nicht vom Fleck bewegten. Zugleich konnte man erkennen, wie unweit davon, auf einer kleinen Insel mitten im Strom, mehrere Dutzend Männer damit beschäftigt waren, ein solches schwimmendes Haus mit Hilfe großer Taue an Land zu ziehen.

«Was ist das?», rief Johanna.

Alanus war ihrem Blick gefolgt, wusste aber keine Antwort.

«Das sind Schiffsmühlen», sagte Severin, der sich ins Gras gesetzt hatte und sich die Fußgelenke rieb. «Sie sind im Fluss verankert und besitzen große Wasserschaufeln. Die werden von der Strömung bewegt und treiben einen Stein an, der das Korn mahlt. Es ist so wie bei den Windmühlen. Nur dass nicht die Kraft des Windes genutzt wird, sondern die des Wassers.»

Johanna blickte weiter ungläubig dorthin, wo die Männer das schwimmende Haus näher und näher ans Ufer zogen. Auf der kleinen Insel waren noch andere Arbeiter beschäftigt. Sie hatten damit begonnen, eines jener großen Schiffe zu bauen, die man auf dem Fluss beobachten konnte. Überall lagen lange Bretter herum, die sehr schwer sein mussten, denn es brauchte mehrere Männer, sie zu schultern. Obwohl die Insel wohl dreihundert Schritt entfernt war, hörte man deutlich das Hämmern der Zimmerleute, die am Rumpf des Schiffs arbeiteten.

Alanus war von dem geschäftigen Treiben auf dem Fluss so fasziniert, dass es eine Weile dauerte, bis er seine Aufmerksamkeit wieder der Stadt zuwandte. Entlang der Mauer bemerkte er eine große Zahl kleiner und großer Pforten. Dort, wo die Schiffe angelegt hatten, waren Männer emsig damit beschäftigt, Fässer, Kisten und große Leinensäcke auf Pferdewagen zu verladen. Besonders schwere Lasten wurden mit einem Kran vom Deck der Schiffe gehoben und an Land geschwenkt. Ein halbes Dutzend Männer in einem Laufrad waren nötig, um mit ihrer Kraft die schwere Last auf und ab zu bewegen. Mal waren es große Fässer, mal Steinquader, die auf diese Weise an Land gebracht wurden. Alanus erkannte, dass an jedem Stadttor andere Ware verladen wurde, doch nicht immer konnte er sehen, um was es sich dabei handelte. Unterschiedliche Pferdefuhrwerke kamen dabei zum Einsatz. Es gab zweirädrige und vierrädrige Wagen, aber auch sehr große Fahrzeuge, die mit Steinen beladen und von acht Pferden gezogen wurden. Einige Gespanne waren dazu da, Schiffe flussaufwärts zu ziehen.

Über die Mauer hinweg blickte Alanus auf das Häusermeer aus Fachwerk und Stein. Noch nie hatte er so viele Gebäude gesehen, und für einen Moment fragte er sich, wie man sich in den vielen Gassen wohl zurechtfinden konnte. Dann erblickte er ein riesiges Kirchengebäude im Stil der fränkischen Kathedralen. Der Chor war fertiggestellt, doch das Hauptschiff fehlte ganz, und dort, wo die Westtürme bereits eine beachtliche Höhe erreicht hatten, ragte wie ein riesiger Arm ein Kran in den Himmel.

Severin hatte inzwischen am Ufer mit einem Fährmann gesprochen und kam nun zurück.

«Der Mann bringt uns hinüber», sagte er. «Die Strömung ist allerdings sehr stark. Wir müssen die Pferde gut im Griff behalten. Und er kann uns auch nicht sagen, wo wir anlanden werden.»

Alanus nickte.

«Das ist egal. Wenn wir nur sofort aufbrechen.»

Er fasste Johanna am Arm, die noch immer gebannt die Schiffsmühlen beobachtete, und zog sie fort.

Wenig später befanden sie sich auf einer kleinen Fähre, die mehr einem Floß als einem Schiff ähnelte und von zwei Männern gerudert wurde. Tatsächlich war es nicht ganz einfach, Kurs zu halten. Der Boden schwankte heftig. Die Pferde mussten immer wieder beruhigt werden. Johanna hielt sie fest an den Zügeln. Einmal waren sie gezwungen, einem großen Schiff auszuweichen, das vom Kai der Stadtmauer kommend schnell Fahrt aufgenommen hatte. Dort am befestigten Ufer lagen die Frachtschiffe nah beieinander, aber es gelang den beiden Fährmännern, ihr kleines Boot zwischen ihnen hindurch ans Ufer zu rudern.

«Welch ein Glück», sagte Severin, nachdem er sich umgesehen hatte. «Wir sind auf der Höhe der Salzgassenpforte gelandet.»

Arbeiter ließen ein großes Brett herunter, auf dem man die Fähre verlassen konnte, und mit viel Geschick und Ruhe gelang es Johanna, die Pferde nacheinander an Land zu bringen.

Während Severin den Fährmann bezahlte, hatte Alanus Gelegenheit, sich umzuschauen. Überall standen Fässer herum. Sie wurden mit einem jener Kräne von Bord geholt, wie er sie schon von Ferne gesehen hatte. Hier waren es vier Männer, die das Laufrad bewegten. Ein Aufseher prüfte die einzelnen Fässer und kennzeichnete sie mit Buchstaben und Zahlen. Dann erst durften andere Arbeiter sie wegrollen, auf Pferdewagen verladen und durch die Stadtpforte davonfahren. Unmittelbar an der Mauer saßen Arbeiter auf einer Bank. Sie hatten nichts zu tun und warteten offenbar darauf, dass ihnen jemand Arbeit gab.

Johanna hielt noch immer die beiden Pferde fest und beobachtete die Arbeiter am Kran.

«Was ist in den Fässern?», fragte sie Severin, der wieder zurückgekommen war.

«Wein», sagte er kurz. «Die Kölner führen riesige Mengen ein. Manchmal kaufen sie die Jahresernte einer ganzen Lage auf. Und einige Händler haben inzwischen eigene Weinberge an der Ahr, der Mosel oder am Oberrhein.»

«Und warum ist das hier die Salzpforte?»

«Salzgassenpforte», verbesserte Severin. «Weil hier wohl ursprünglich Salz angeliefert wurde. Das hat sich mit der Zeit geändert. Vor allem, nachdem der Stadtrat beschlossen hat, dass Wein nur noch an dieser Stelle angeliefert werden darf. Wohl, um die Einfuhr besser zu überschauen und einfacher Steuern einnehmen zu können.»

Johanna nickte und zeigte dann auf den Lastkran.

«Wie funktioniert der?», fragte sie.

Doch Severin winkte ab.

«Jetzt nicht. Wir müssen vor Einbruch der Dunkelheit unser Quartier erreichen.»

Alanus nahm eines der Pferde am Zügel und ging voran. Johanna führte das andere und folgte ihm zur Pforte. Dabei bemerkte sie, dass die Tagelöhner auf der Bank zu ihr herübersahen, ihre Köpfe zusammensteckten und tuschelten.

Am Tor wurden sie vom Steuermeister aufgehalten, doch als klar war, dass sie keine Ware einführen wollten, ließ man sie passieren.

Severin ging langsam voraus, so, wie es seine geschundenen Füße zuließen, in nördlicher Richtung, durch verwinkelte Gassen, die an die Stadtmauer grenzten. Die Häuser hier waren klein und niedrig, meist mit Stroh bedeckt und besaßen häufig noch einen kleinen Anbau, der als Viehstall genutzt wurde. Vor einigen dieser trostlosen Unterkünfte türmten sich Misthaufen. Auf dem matschigen Boden lag Schmutz und Unrat. Haustiere, sogar größere Schweine liefen in der Gasse frei umher. Eines der Pferde scheute, und Alanus musste es beruhigen. Auf ihrem Weg begegneten sie einfachen Bauern und Tagelöhnern, aber auch Bettlern und

Kranken. Es roch nach Abfall, der von den Tieren aufgewühlt worden war.

«Sieht das überall in der Stadt so aus?», fragte Johanna, die ihr helles Kleid etwas gerafft hatte, damit es nicht verschmutzte.

«Nein», antwortete Severin. «Hab etwas Geduld. In der Nähe der großen Märkte wird es besser.»

«Wir wollten doch zum Kloster», erwiderte Alanus.

«Ja. Aber erst müssen wir die Pferde unterbringen. Das Haus des heiligen Pantaleon hat keine Stallungen.»

Alanus nickte.

Bald hatten sie die Gasse verlassen und einen freien Platz erreicht. Hier war der Boden nicht ganz so verdreckt, dafür roch es sehr streng. Fisch wurde gehandelt, teilweise ganz frische Ware, aber auch gesalzene Heringe und Getrocknetes. Hinter einer Reihe zweistöckiger Fachwerkhäuser bemerkte Alanus einen hoch aufragenden Kirchturm, der fast einem Burgfried ähnelte.

Sie gingen weiter, an einer Häuserzeile vorbei, und kamen zu einem kleinen Platz, auf dem Metallwaren angeboten wurden. Etwas abseits sahen sie einen Holzmarkt. Dünne Latten, Bretter und Balken waren dort ebenso zu erwerben wie Fässer, Räder und Weidengeflechte. Einige der Handwerker arbeiteten noch. Der eindringliche Fischgeruch war verschwunden. Nirgends lag Unrat herum. Nur Berge von Sägemehl türmten sich auf. Severin ging zielstrebig auf eines der zweistöckigen Fachwerkhäuser zu und klopfte kräftig an die Tür.

Ein alter Mann öffnete, schaute etwas schlaftrunken aus der Tür, doch dann weiteten sich seine Augen vor Erstaunen.

«Severin!», rief er. «Severin von Sponheim. Das ist ja eine Überraschung.»

Die beiden Männer umarmten sich herzlich. Dann blickte der Alte auf.

«Du bist nicht allein», sagte er. «Wen hast du mitgebracht?»

«Das sind Alanus von Buchholz und Johanna …», begann Severin, stockte dann, als er nicht so recht wusste, wie er das Mädchen vorstellen sollte.

«Ein Waisenkind», sagte Alanus schnell. «Wir sind auf der Reise nach Süden.»

Der Alte nickte, musterte das Mädchen und schaute wieder zu Severin.

«Es ist schön, dich nach so langer Zeit wiederzusehen. Ich hoffe, du und deine Freunde bleiben ein paar Tage. Habt ihr schon eine Unterkunft?»

«Ja. Das Kloster des heiligen Pantaleon.»

«Gut. Und was macht ihr mit dem Mädchen?»

«Für sie ist gesorgt», sagte Severin kurz. «Kannst du für ein paar Tage die Pferde nehmen?»

Der Alte nickte. «Ja. Selbstverständlich. Und noch mehr würde ich mich freuen, wenn du am Abend mein Gast bist. Deine Freunde sind ebenfalls willkommen.»

«Gern. Aber nicht heute. Es wird bald dunkel. Und wir müssen noch das Kloster erreichen.»

«Ich verstehe. Gib mir dir Pferde. In den nächsten Tagen werden wir sicherlich Zeit finden. Es ist so lange her. Du musst mir erzählen, was seither geschehen ist.»

Severin nickte.

Der Mann nahm eines der Tiere am Zügel und führte es in eine schmale Gasse neben dem Haus. Severin folgte ihm mit dem anderen Pferd. Kurze Zeit später kamen sie zurück.

«Hier sind die Tiere gut aufgehoben», sagte der Alte zu Alanus. «Wir haben sie zu meinen Pferden in den Stall gestellt. Ich werde sie die nächsten Tage versorgen. Sie sehen etwas verschreckt aus. Sind wohl den Trubel der großen Stadt nicht gewohnt.»

Er lächelte.

Severin umarmte ihn und sagte ihm nochmals Dank. Alanus tat es ebenso. Nur Johanna blieb in einiger Entfernung stehen und blickte dorthin, wo die Pferde verschwunden waren. Severin versicherte dem Alten noch einmal, dass er bald zurückkommen werde. Dann machten sie sich wieder auf den Weg. Bald hatten sie erneut den Fischmarkt erreicht. Severin führte sie auf eine breite Straße, die Mullengasse, wie er sagte, und plötzlich befanden sie sich auf einem großen Platz und waren von Hunderten Menschen umgeben. An Ständen und Buden, auf Kisten und Tischen konnte man alle nur erdenklichen Nahrungsmittel kaufen. Zunächst waren da Obststände. Vor allem Äpfel wurden angeboten. Dann folgte Gemüse aller Art. Johanna wurde besonders aufmerksam, als sie an einem Stand mit Kräutern vorbeikamen. Mit einem Blick erkannte sie, dass es sich wohl auch um Pflanzen handelte, die man zum Würzen der Speisen nutzen konnte.

Weiter ging es zur Mitte des Platzes, wo sich ein großer Brunnen befand. Dort tranken sie von dem klaren Wasser und wuschen sich Hände und Arme. Alanus sah sich um. Überall Menschen, so weit man blickte. Alle schrien durcheinander. Der Lärm war ihm bald unerträglich. Unmittelbar vor sich erkannte er ein prunkvolles Gebäude. Es hätte der Bischofspalast sein können. Oder ein Rathaus. Dann merkte er, wie Severin ihn am Arm zog. Wieder mussten sie sich einen Weg durch die Menge bahnen. Severin wandte sich nach Süden und die beiden anderen folgten ihm, kamen vorbei an Buden mit Tongefäßen, Zinngeschirr, Lederwaren und traten dann in eine Gasse, die sie nach etwa fünfzig Schritten auf den nächsten Platz führte, kaum kleiner als der, den sie gerade verlassen hatten. Hier wurde vor allem Heu verkauft, aber zum Westen hin sah Alanus auch die Stände der Fleischhauer. Auf der gegenüberliegenden Seite waren Buden errichtet, an denen man Gemüse, Käse, Gewürze und Hülsenfrüchte erwerben konnte.

Sie überquerten den Platz und folgten einem Weg, der weiter Richtung Süden führte. Solange sie sich noch in der Nähe der Märkte befanden, machten die Gassen einen gepflegten Eindruck. Zu beiden Seiten sah man mehrstöckige Häuser, die im Erdgeschoss aus Stein erbaut waren, darüber mit Fachwerk. Meist maßen sie in der Breite nur acht bis zehn Schritte, besaßen aber zur Gasse hin Fenster, die man mit Holzläden verschließen konnte. Einige wenige Häuser waren ganz aus Stein gefertigt und hatten eine mit Rundbögen kunstvoll gestaltete Fassade.

Doch bald kamen sie wieder in ein Stadtviertel mit engen, verwinkelten, dunklen Gassen. Hier waren die Gebäude klein und niedrig, einfache Lehmbauten mit Strohdächern, ähnlich denen, die sie unmittelbar an der Stadtmauer gesehen hatten.

Plötzlich spürte Alanus, wie ihn jemand von hinten an die Schulter fasste. Abrupt drehte er sich um. Es war Severin, der ihn festgehalten hatte und der nun in jene Richtung blickte, aus der sie gekommen waren. Alanus verstand sofort: Johanna war verschwunden!

Erst warteten sie einen Augenblick, in der Hoffnung, das Mädchen würde plötzlich einfach wieder auftauchen, begannen dann aber, es zu suchen, auf dem Weg, den sie schon kannten, in den Gassen rechts und links davon, schließlich auf dem Heumarkt. Doch unter den vielen Menschen war Johanna nicht zu finden.

Bei Einbruch der Dunkelheit mussten sie einsehen, dass die Suche keinen Sinn mehr hatte. Severin war kaum noch in der Lage, sich auf den Beinen zu halten. Seine Verletzungen hatten wieder zu schmerzen begonnen. Schweigend folgten sie dem Weg Richtung Süden. Irgendwann bog Severin nach rechts in eine Gasse ein, die sie auf einen freien Platz führte. Vor einer Basilika fanden sie einen kleinen überdachten Brunnen, an dem sie sich erfrischen konnten.

«Wir müssen morgen weitersuchen», sagte Alanus leise.

Severin antwortete zunächst nicht.

«Es wird schwer sein, sie zu finden. Köln ist groß.»

«Wir sollten noch einmal auf den Märkten suchen.»

Severin schwieg einen Augenblick. «Du kannst dir gar nicht vorstellen, wie groß diese Stadt ist», sagte er schließlich. «Und außerdem …» Er blickte auf. «… bist du dir sicher, dass sie nicht einfach die Gelegenheit genutzt hat, sich davonzumachen? Was hat sie zu erwarten, wenn sie mit uns weiterzieht? Hier in der Stadt findet sie allemal eine Möglichkeit, sich durchzuschlagen.»

Alanus schwieg. «Du magst sie nicht», stellte er fest.

«Sie ist ziemlich eigenwillig. Gut. Sie hat uns geholfen und wir haben ihr geholfen.»

Severin ließ sich kaltes Wasser über die Arme laufen und schaute Alanus an.

Der erwiderte seinen Blick nicht, starrte stattdessen auf das Wasser.

«Wir müssen weiter», sagte Severin schließlich.

Bald erreichten sie einige Gutshöfe. Trotz der Dunkelheit erkannte man große, ganz aus Stein errichtete Wirtschaftshäuser, die fast wie kleine Paläste wirkten.

Dann erblickten sie vor sich eine große Kirche und Bauten, die sich unmittelbar anschlossen. Eine mannshohe Mauer zog sich weiträumig um die Gebäude, jedoch nicht, wie sie es bei den Gutshöfen gesehen hatten, in gerader Linie, sondern in einem großen Oval.

Sie hatten das Kloster erreicht. Als ihnen ein junger Mönch mit brauner Kutte öffnete, wusste Alanus, dass sie die Benediktiner gefunden hatten.

Jenseits der Mauer folgten sie dem gepflasterten Weg, bis sie zu einem langgezogenen Steinhaus kamen, das sie durch eine große Holztür betraten und zur anderen Seite gleich wieder verließen. So gelangten sie in den Kreuzgang, dessen Konturen im Mondlicht mehr zu erahnen als zu erkennen waren. Der Mönch führte sie die Säulengänge entlang bis zum Skriptorium. Der Raum war nur von einigen Kerzen erleuchtet. Alanus sah sich um und staunte über die Menge der Bücher, die in den Regalen standen. An einem der Pulte bemerkte er den Abt, der aufblickte, einen Buchdeckel schloss und dann auf sie zukam.

Alanus kniete vor ihm nieder und küsste seinen Ring. Severin tat es ihm nach.

«Erhebt euch», sagte der Abt. «Mein Name ist Anselmus. Seid gegrüßt im Namen des Herrn. Was führt euch zu uns?»

«Ich heiße Alanus von Buchholz. Mit Bruder Severin von Sponheim bin ich unterwegs in den Süden. Ich möchte den ehrwürdigen Abt bitten, uns für einige Nächte Unterkunft zu gewähren.»

Der Abt betrachtete die beiden aufmerksam.

«Ihr scheint lange unterwegs gewesen zu sein. Euer Begleiter braucht Hilfe, wie ich sehe. Er sollte sich in unserem kleinen Hospiz an Bruder Henricus wenden. Aber zuvor sagt mir: Kommt ihr aus dem Norden?»

Alanus nickte. «Genau genommen kommen wir aus dem Paderborner Land, das unserem Erzbischof Graf Hermann von Wied unterstellt ist.»

Der Abt faltete die Hände und führte sie zur Brust.

«Unsere Brüder in Christo sind allzeit willkommen», sagte er. «Seid unsere Gäste und feiert mit uns die Gebetsstunden des Herrn.»

«Wir freuen uns sehr, wieder an den Horen teilnehmen zu können», sagte Severin. «Unsere Reise war lang, und es ergab sich nicht die Gelegenheit.»

Der Abt lächelte. «Hier werdet ihr sie haben. Da wir heute hohen Besuch erwarten, wird auch die Vigil gefeiert. Euer geistlicher Herr ist heute unser Gast.»

Alanus und Severin sahen sich an.

«Wusstet ihr nicht davon?», fragte der Abt und musterte die beiden aufmerksam.

Alanus schüttelte den Kopf. «Nein», sagte er. «Aber es freut mich sehr, dass dies so ist. Ich bin nach Köln gekommen, um den Erzbischof um Audienz zu bitten. Ist es Euch möglich, in dieser Sache zu vermitteln?»

Einen Moment zögerte der Abt. «Ich will mich gern für Euch einsetzen», sagte er. «Graf Hermann von Wied ist jedoch nur für kurze Zeit bei uns. Lasst mich versuchen, was in meiner Macht steht.»

«Ihr seid sehr gütig, ehrwürdiger Anselmus.»

Der Abt nickte.

«Bleibt ein paar Tage bei uns. Genießt den Segen unserer Gärten, nehmt teil an den Gottesdiensten und betet in unserer Klosterkirche an den Gräbern des heiligen Pantaleon, des heiligen Albinus und der heiligen Theophanu für die Seelen der verirrten Brüder, die den rechten Pfad des Glaubens verlassen haben.»

«Wir danken Euch für Eure Güte, ehrwürdiger Anselmus», sagte Severin.

Sie knieten erneut vor dem Abt nieder, der sie segnete und sie dann von einem der Brüder in das Gästehaus führen ließ, wo sie einen Schlafplatz fanden.

Kurz nach Mitternacht wurde Alanus vom Läuten der Stundenglocke geweckt. Zum Abend hatte er am gemeinsamen Mahl der Mönche teilgenommen und den Tag mit den Gebeten zur Komplet beendet. Es war nicht üblich, in der Nacht auch die Vigil zu feiern. Man tat es zu besonderen Anlässen. Und ein solcher schien heute zu sein.

Er verließ das Gästehaus und blieb kurz stehen, schaute hinauf zu den Gestirnen, erblickte im Süden den Orion und war für einen Moment ganz gebannt von der Erhabenheit dieses sternenklaren Himmels.

Es war noch etwas Zeit bis zum Gebet. Während er hinaufschaute, musste Alanus daran denken, was die Vigil ihm bedeutete. Nachtwache, das erste Stundengebet des neuen Tages. Es war die Zeit der Dunkelheit, des unergründlichen göttlichen Rätsels, unergründlich wie alles, in das Menschen eingebunden sein konnten. Es war die Zeit der Albträume und der Dämonen. Alanus musste an Johanna denken. Wo verbrachte sie die Nacht? Wer schützte sie vor den Mächten der Finsternis? War sie wirklich davongelaufen? Oder irrte sie noch immer durch die Gassen dieser fremden Stadt? Was würde der nächste Tag für sie bringen?

Ein Mönch sprach ihn an, führte ihn in den Kreuzgang und dann weiter in die Klosterkirche, wo sich die Brüder bereits im Chorraum versammelt hatten. Gemeinsam stimmten sie das Invitatorium an: «Ein großer Gott ist unser Herr, ein großer König über alle Götter. In seiner Hand sind die Tiefen der Erde, sein auch die Gipfel der Berge. Sein ist das Meer – er hat es gemacht, sein auch das Festland – seine Hand hat es gebildet. Ziehet ein! Denn er ist unser Gott, und wir sind das Volk seiner Weide und die Schafe in seiner Hand.»

Alanus blickte zum Abt, der in dieser Nacht selbst die Lesung leitete. Neben ihm stand der Erzbischof. Er mochte wohl an die sechzig Jahre alt sein, doch die gespannte, aufrechte Haltung seines Körpers und die hellwachen Augen hatten wenig von einem alten Mann. Aufmerksam schien er jedem Wort zu folgen, das Anselmus vortrug, und als der Wechselgesang erneut einsetzte, war seine sonore Stimme deutlich zu vernehmen.

Wieder hörte Alanus den Abt, der zu den Mönchen sprach.

«Die Vigil ist das Symbol des Erwachens», sagte er. «Aus der Welt des Schlafes, des Traums führt sie in eine neue Wirklichkeit. Es gibt noch einen Neuanfang, einen neuen Tag, ein neues Leben zu beginnen. Und zugleich ist die Vigil Zeitlosigkeit. Weil so viel Verwirrung und Ruhelosigkeit in uns ist, mahnt sie uns zum Zuhören. Der Nachtwind ist Musik, der Klang der Welt. ‹Siehe, ich mache alles neu.› So sagt Johannes in der Offenbarung und macht uns Mut, auch diesen Tag zu beginnen, was immer er uns bringen wird.»

Die Mönche stimmten das große Kyrie an. Der Gesang erfüllte den Raum und wurde vielfältig von den unsichtbaren Wänden beantwortet. Alanus wusste nicht, wie oft er zu später Stunde die Messe gefeiert hatte, Nacht für Nacht. Jahr um Jahr. Wie viel Vertrauen in diesem Stundengebet war. Konnte man einem Neuanfang so sehr vertrauen? Gehörte zum Neuanfang nicht auch der Zweifel? Wieder musste er an das denken, was in den nächsten Tagen auf ihn wartete. Und er musste an Johanna denken, sah ihr wildes Haar, ihre ebenmäßigen, von Narben gezeichneten Gesichtszüge und ihre leuchtend grünen Augen deutlich vor sich. Er erinnerte sich an die Selbstverständlichkeit, mit der sie die wundersamsten Dinge erzählte, und an die große Offenheit, mit der sie alles Neue in sich aufnahm. Erst als die Mönche das Benedicamus anstimmten, kehrte sein Geist in den Raum zurück. Er blickte zu Anselmus, der den Brüdern den Segen erteilte und sie in die Nacht entließ.

Bis zum Morgen schlief Alanus unruhig. Als er erwachte, konnte er sich nicht erinnern, geträumt zu haben.

Zur Stunde der Prim aßen sie gemeinsam mit den Mönchen im Refektorium. Dann begaben sie sich in den Kreuzgang.

«Wir müssen Johanna suchen», sagte Alanus.

Severin schaute ihn an. «Bist du sicher?»

«Ja. Ich möchte wissen, was geschehen ist. Wenn sie uns verloren hat, wird auch sie uns suchen. Aber kaum einen Anhaltspunkt haben. Wenn sie fortgelaufen ist, dann möchte ich immerhin wissen, dass es so ist.»

«Gut», sagte Severin. «Ich werde über die Märkte gehen und die Augen offen halten. Aber ich habe keine große Hoffnung. Es sind sehr viele Menschen dort.»

«Versuch es trotzdem. Und noch etwas kannst du tun. Du weißt, wo sich die Universität befindet. Gibt es dort eine Bibliothek?»

Severin nickte.

«Frag nach den Werken des Agrippa von Nettesheim. Und auch nach anderen magischen Büchern. Vielleicht findest du jemanden, der sich in diesen Dingen auskennt. Vielleicht ist dort ja auch der Name jenes Mannes bekannt, den wir suchen.»

«Das müsste ich sehr vorsichtig tun. Wir könnten in Schwierigkeiten geraten.»

«Richtig. Wage nicht zu viel. Noch einmal dürfen wir nicht im Verlies landen.»

«Und was wirst du tun?», wollte Severin wissen.

«Das Buch Agrippas muss hier in Köln gedruckt worden sein. Ich will mit denen sprechen, die es gemacht haben. Sie wissen vielleicht, wo ich ihn finden kann.»

«Das wird schwierig. Die Werkstätten der Drucker befinden sich nicht in einer einzigen Gasse, so wie es bei den anderen Zünften der Fall ist. Am ehesten könntest du noch in der Schilderergasse suchen. Dort sind die Maler ansässig. Sie arbeiten oft auch als Buchillustratoren.»

Alanus nickte und gab Severin ein Zeichen aufzubrechen.

Wenig später hatten sie die Klostermauern hinter sich gelassen und wählten einen Weg, der zu beiden Seiten von Weinfeldern gesäumt war. Dann erreichten sie die Gutshöfe und folgten einem Bachlauf. Zunächst ging es weiter an Feldern vorbei, doch bald standen Häuser links und rechts des Weges. Von nun an war das Wasser des Bachs nicht mehr klar, denn aus einigen der Häuser floss eine unangenehm riechende, dunkle Flüssigkeit in kleinen Rinnsalen hinab. Sie erreichten einen kleinen Kirchplatz. Dort hatten die Blaufärber ihre Stände.

«Das ist der Waidmarkt», sagte Severin. «Wenn du hierhin zurückfindest, dann wird es dir auch nicht schwerfallen, dich an den Rückweg zum Kloster zu erinnern.»

Sie wandten sich nach Norden und folgten einer breiten, geradlinig verlaufenden Straße, von der zu beiden Seiten kleine Gassen abgingen. Nach einiger Zeit blieb Severin stehen und schaute nach links.

«Das ist die Schilderergasse», sagte er. «Hier kannst du deine Suche beginnen.»

Alanus folgte Severins Blick und sah Haus an Haus eng beieinander stehen. «Wo soll ich da beginnen?», fragte er.

«Ich weiß es nicht. Hier war ich noch nie. Aber vor vielen Jahren habe ich in Oppenheim einen Maler kennen gelernt, der mit den Druckern zusammenarbeitete. Sein Name war Anton, in Worms gebürtig, und er behauptete, in Köln ansässig zu sein. Von ihm stammen einige sehr kunstvolle Illustrationen, aber eigentlich malt er auf Holztafeln oder Leinwänden. Vielleicht lebt er noch und du findest ihn. Und wenn nicht, dann hast du immerhin einen Anlass, um mit den Malern ins Gespräch zu kommen.»

Alanus nickte. «Wir werden beide etwas Zeit brauchen. Am einfachsten ist es wohl, wenn wir uns abends im Kloster wiedersehen.»

«Das ist gut. Dann sind wir sicherlich schon etwas klüger.»

«Vergiss nicht, nach Johanna zu suchen.»

Severin nickte. Dann drehte er sich um und folgte weiter der breiten Straße.

Alanus blieb einen Augenblick stehen und trat dann in die Gasse der Maler. Es war still, kein Mensch zu sehen, fast so, als sei alles ausgestorben. Er entschied sich für ein Haus, das besonders freundlich aussah, und klopfte an die Tür. Es dauerte eine Weile, bis er Schritte hörte. Ein Mann öffnete, blinzelte mit den Augen, so als müsste er sich an die Helligkeit gewöhnen, und blickte Alanus überrascht an.

«Entschuldigt, dass ich Euch störe», sagte Alanus. «Ich suche den Maler Anton von Worms.»

Der Mann nickte. «Ihr seid etwas früh. Hoffentlich verärgert Ihr ihn nicht. Fünf Häuser weiter. Auf der rechten Seite. Aber Vorsicht! Dort steht ein Drache. Viel Glück.» Mit diesen Worten schloss der Mann die Tür. Das Letzte, was Alanus von ihm sah, war ein wissendes Lächeln.

Als er das genannte Haus erreicht hatte, wurde ihm klar, was es mit diesem Lächeln auf sich hatte. An einer grünen Tür befand sich dort, wo man sonst einen Knauf vermutet hätte, das in Holz geschnitzte, rotgoldene Abbild eines Drachenkopfes. Alanus klopfte an. Wieder dauerte es eine Weile, bis die Tür geöffnet wurde, und wieder schaute ein Mann blinzelnd nach draußen. Er mochte etwa fünfzig Jahre alt sein.

«Was wollt Ihr?», fragte er ungehalten.

«Seid Ihr Anton von Worms?»

Der Mann schaute Alanus genauer an. «Woher kennt Ihr diesen Namen? Hier nennt man mich Antonius Woensam.»

«Ein Freund, Severin von Sponheim, nannte Euch so.»

Der Mann zögerte einen Moment. «Kommt herein.»

Alanus betrat einen großen Raum, in dem sich lediglich ein Tisch, drei Stühle und eine Staffelei mit einem Hocker befanden. Die Tür und die Fensterläden zum Hinterhof waren geöffnet, so dass die Sonne hereinschien. Vergeblich suchte Alanus nach einer Treppe, die ins Obergeschoss des Hauses führte. Dann bemerkte er auf der Staffelei ein Gemälde. Es maß in Höhe und Breite etwa drei Fuß. Im Vordergrund waren zwei junge Frauen abgebildet, die jeweils ein Kind im Arm hielten. Ihre Haltung erinnerte Alanus an Mariendarstellungen. Doch die Kleider dieser Frauen waren nicht wie dafür üblich in Rot und Blau gehalten, sondern bronzefarben und zeigten einen natürlichen Faltenwurf. Beide Frauen hatten sehr individuelle Gesichtszüge. Das galt auch für die beiden Männer, die hinter ihnen im Bild zu sehen waren. Ein Mönch in dunkelbrauner Kutte, der mit geöffneter Hand auf eine der Frauen zeigte, und zur Linken ein Magister, der ihn ansah und ein Pergament in die Höhe hielt. Alanus verstand die Szene nicht, doch weit mehr erstaunte ihn die räumliche Tiefe des Bildes. Das galt besonders für den Bildhintergrund. Dort waren Felder zu sehen, ein Wald, ein kleines Dorf und weiter hinten ein schroff aufragendes Gebirge. Der Betrachter konnte bis zum Horizont blicken.

«Es scheint Euch zu gefallen», stellte Antonius Woensam fest.

«Ja. Es ist mir zwar nicht ganz klar, wer hier abgebildet wird. Aber noch nie habe ich gesehen, dass es in solcher Weise möglich ist, Vordergrund und Hintergrund in ein Verhältnis zu setzen.»

«Das habt Ihr treffend bemerkt.»

«Es ist fast so, als bräuchte man nur einige Schritte zu tun und stünde neben den Menschen im Bild. Sie sind so natürlich und lebendig dargestellt. Wie gelingt es Euch, so zu malen?»

Anton Woensam lächelte. «Es ist ein Geheimnis meiner Kunst.»

«Wer sind die vier Personen?»

«Heilige. Mein Auftraggeber möchte das Bild ‹Glieder der heiligen Sippe› nennen.»

«Ein ungewöhnlicher Titel.» Alanus blieb vor dem Bild stehen und betrachtete die im Hintergrund dargestellte Landschaft. «Welche Materialien verwendet Ihr?»

«Ich male auf Eichenholz. Es wird geglättet, mehrmals mit warmem Leimwasser bestrichen und je nachdem mal mit Leinwand, Pergament oder Leder überzogen. Dann bringe ich die Grundierung auf, ein Gemisch aus Leim und Kreide. Das wird wieder geglättet und noch einmal mit einer ölhaltigen Flüssigkeit bestrichen, damit das Material die Farbe nicht zu schnell aufnimmt. Dann werden die Motive vorgezeichnet und die Pigmente für die Ölfarbe angemischt.» Er hielt inne. «Aber Ihr seid wohl kaum zu mir gekommen, um Maler zu werden. Wie heißt Ihr und was führt Euch zu mir?»

«Mein Name ist Alanus von Buchholz. Gemeinsam mit Severin von Sponheim bin ich auf der Suche nach Agrippa von Nettesheim. Ihr habt doch mit Büchern zu tun?»

«Früher. Heute kaum noch.»

«Könnt Ihr mir etwas zu einem Buch von Agrippa sagen? De Occulta Philosophia?»

Der Maler blickte ihn von der Seite an. «Hört. Ich habe heilige Bücher illustriert», sagte er. «Die Wormser Bibel. Die Bibel Luthers. Zwei Vulgata-Ausgaben. Aber mit Magie und Alchemie hatte ich nie etwas zu tun. Hat Severin Euch das nicht gesagt?»

«Verzeiht. Ich versuche dieses Buch zu finden. Und Agrippa. Er soll in Köln leben. Und er hat die Occulta Philosophia dem Kölner Erzbischof gewidmet. Ihr seid der einzige Kölner Maler, den Severin kennt. Und er dachte, Ihr wüsstet etwas darüber.»

«Ich hörte davon», sagte Antonius Woensam kurz. «Ich hatte aber nichts damit zu tun. Agrippa habe ich schon lange nicht mehr gesehen. Sein Buch ist vor einigen Jahren erschienen. Er hat hier in Köln gewohnt, aber ich kann Euch nicht sagen, wo. Fragt Peter Quentell.»

«Wer ist das?»

«Der beste Buchdrucker, den ich kenne. Er hat seine Werkstatt in der Nähe des Doms, in einem Haus, das man ‹Zum Palast› nennt. Ich habe einige Male mit ihm zusammengearbeitet. Ein guter Mann. Soweit ich weiß, war er es, der damals Agrippas Occulta Philosophia gedruckt hat.»

Alanus nickte. «Danke. Ich glaube, Ihr habt mir weitergeholfen.» Noch einmal blickte er zu dem Bild auf der Staffelei. «Ach. Kennt Ihr einen Mann namens Johannes Fust?»

Der Maler schüttelte den Kopf. «Was um alles in der Welt sucht Ihr eigentlich?»

Alanus blickte auf. «Ein Buch», sagte er kurz. «Und einen Mann.»

Zur Mittagszeit hatte er auf den Märkten nach Johanna gesucht, sie jedoch nirgends finden können. Unzählige Menschen waren an ihm vorübergegangen, bis sein Blick müde wurde und nichts als Ungewissheit blieb. So machte er sich auf den Rückweg, erreichte den Waidmarkt und ging den Bach entlang zum Kloster.

Da Severin noch nicht zurück war, wanderte er am späten Nachmittag durch den Weingarten des Klosters. Dort setzte er sich auf eine Bank, von der aus man das Westwerk der Klosterkirche betrachten konnte. Ein hoher Rundbogen gewährte Einlass. Im Geschoss darüber befanden sich drei Fenster, dann folgte ein spitz zulaufender Giebel. Der Vierungsturm unmittelbar dahinter mochte etwa doppelt so hoch sein wie das Westwerk. Rechts und links davon erhoben sich schlanke Treppentürme, die einen quadratischen Grundriss hatten, aber nach oben hin erst achteckig und dann rund weitergeführt worden waren.

Alanus betrat die Kirche und gelangte in einen großen Raum unterhalb des Vierungsturms, der das Westwerk mit dem Mittelschiff verband. Er blickte nach oben und sah eine Galerie, die aus Rundbögen gebildet wurde. Diese Bögen beeindruckten ihn sehr, denn sie bestanden abwechselnd aus weißem und rotem Sandstein. Er setzte seinen Weg fort und bemerkte in den Seitenschiffen Bauelemente des fränkischen Stils. Doch noch mehr fesselte ihn ein kleiner Altar, der im westlichen Seitenschiff seinen Platz gefunden hatte. Er bestand aus drei Tafeln, die mit kräftigen Farben bemalt worden waren. Auf Goldgrund hatte der Künstler mit ungebrochenem Blau, Rot und Grün gearbeitet. Das linke der Bilder zeigte die Verkündigung des Erzengels Gabriel an Maria. In der Mitte sah Alanus eine Kreuzigungsszene und zur Rechten eine Abbildung der Darbringung Jesu im Tempel. Alanus betrachtete die linke Tafel genauer. Hier verkündete ein Engel Gottes Segen: Ave Maria gratia plena. So stand es auf einem Spruchband. Dieser Engel war rot gekleidet, hatte einen grünen Umhang, aus dem seine Flügel hervortraten. Segnend erhob er die Hand. Maria in blauem Kleid mit rotem Umhang hielt in der Linken ein Buch und hatte die Rechte grüßend erhoben, so als nehme sie den Segen des Engels dankbar entgegen. Zwischen Maria und dem Engel wuchs eine Lilie in die Höhe. Die Abbildung war von schlichter Schönheit, und doch nicht vergleichbar mit der Natürlichkeit der Darstellung und der räumlichen Tiefe im Bild von Anton Woensam. Alanus ging weiter zum Chor, stieg hinab in die Stollenkrypta unterhalb des Altars, fand die Gräber, von denen der Abt erzählt hatte, kniete vor dem Altar der heiligen Theophanu nieder und betete.

Am frühen Abend kehrte auch Severin ins Kloster zurück. Alanus begegnete ihm in den Weingärten. Dort fanden sie einen ruhigen Platz und eine Holzbank, die zum Verweilen einlud.

«Ich habe eine ganze Menge in Erfahrung bringen können», begann Severin. «Die Universität besitzt eine gute Buchsammlung. Allerdings nicht zum Bereich Magie und Alchemie. Es hat eine Weile gedauert, bis ich den Leiter der Bibliothek fand, einen noch recht jungen Mann, der ursprünglich bei den Augustinern gewesen ist, aber angespornt vom Vorbild Luthers den Orden verlassen hat. Er ist sehr belesen, und so wusste er gleich, was ich wollte. Es kam ihm aber wohl etwas eigenartig vor, dass ein Mönch nach solchen Dingen fragt. Er wusste vom Buch Agrippas. Doch soll dieser auch ein anderes Werk geschrieben haben, in dem er die Magie und Alchemie sowie die gesamte Wissenschaft in Frage stellt. Es heißt De Incertitudine et Vanitate Scientiarum. Dieser ehemalige Augustiner war von Agrippas Büchern sehr angetan. Die Occulta Philosophia gebe eine gute Übersicht über alles, was in der Magie je gedacht und getan worden sei. Warum Agrippa kurz darauf ein Buch schrieb, in dem all diese Praktiken als Aberglaube dargestellt werden, bleibt sonderbar. Aber wie gesagt, in der Bibliothek hatten sie diese Werke nicht. Ich erfuhr aber, dass sie in Köln gedruckt wurden, und zwar bei einem gewissen Peter Quentell, der …»

«… in der Nähe des Doms seine Werkstatt hat, in einem Haus, das man ‹Zum Palast› nennt.»

Severin blickte auf. «Woher weißt du das?»

«Anton Woensam hat es mir anvertraut. Aber das ist so ziemlich das Einzige, was ich durch ihn in Erfahrung bringen konnte. Erzähl weiter.»

«Das ist noch nicht alles», fuhr Severin fort. «Dieser ehemalige Augustiner erzählte mir, dass Agrippa lange in Paris gewesen sei und dort eine okkulte Geheimgesellschaft gegründet habe, die sich vor allem mit zwei Büchern beschäftigt habe: der Smaragdtafel des Hermes Trismegistos und der Wahren Praktik in der uralten göttlichen Magie des Abraham von Worms. Beide Bücher befanden sich leider nicht in der Bibliothek.»

«Aber bei einem gewissen Peter Quentell …», wollte Alanus fortfahren.

«Nein. Leider nicht. Doch dazu später. Ich habe den Bibliothekar schließlich auf eine mögliche Verbindung zu Johannes Fust angesprochen. Von da an sah er mich ziemlich merkwürdig an und bestätigte mir, dass dieser Mann tatsächlich vor acht Jahren in Köln gewesen sei und Agrippa getroffen habe. Sie hätten gemeinsam mehrere Tage auf einem Landgut in Poppelsdorf verbracht, und man munkelt allerlei Geheimnisvolles. Agrippa soll auf jeden Fall hochzufrieden zurückgekehrt sein.» Severin blickte auf und bemerkte, dass Alanus gespannt zuhörte. «Ich habe dann die Werkstatt Peter Quentells besucht. Er ist ein vielbeschäftigter Mann, der alles druckt, was man sich nur denken kann. Dort ist zum Beispiel eine Stadtansicht von Köln zu erwerben, die aus neun einzelnen Stichen besteht, eine erstaunlich detaillierte, lebendige und sehr räumliche Darstellung.»

«Ist sie von Anton Woensam?»

«Richtig.»

«Ich habe bei ihm ein Ölgemälde gesehen. Er beherrscht diese Art, die Dinge darzustellen, ganz vorzüglich. Er wusste übrigens auch von Agrippas Buch, aber meinte, er habe damit nichts zu tun gehabt.»

«Das stimmt.»

Alanus blickte auf. «Hast du das Buch?»

«Es sind vier. Vier Bände. Als ich die Werkstatt betrat, war Quentell gerade mit einigen Männern im Gespräch. Da soll irgendetwas Reformatorisches gedruckt werden, so viel konnte ich verstehen. Als ich ihn dann endlich sprechen konnte und mein Anliegen vortrug, schaute er mich ganz verwundert an. Ich weiß nicht, wie ich das besser ausdrücken könnte. Offenbar war ich ihm nicht ganz geheuer. Deshalb fragte ich auch nur nach den Büchern des Agrippa. Daraufhin verschwand er kurz in einem der hinteren Räume, kam mit den vier Bänden zurück und legte sie mir vor. Nicht ohne mir zu sagen, dass er all das, was in den Büchern stünde, für faulen Zauber hielte. Agrippa würde sich ohnehin so vage ausdrücken, dass jemand, der auf der Suche nach geheimen Beschwörungsformeln sei, mit diesen Büchern gar nichts anfangen könnte. Und außerdem seien all diese Dinge nichts als Gauklerkunst.»

«Gauklerkunst? So hat er sich ausgedrückt?»

«Genau so.»

Alanus schaute nachdenklich zu Boden. «Ist es nicht seltsam, dass ein vielbeschäftigter Drucker den Auftrag für ein vierbändiges Werk annimmt, das er für Gauklerkunst hält?»

Severin nickte. «Ja, das ist es.»

«Was schlägst du nun vor?»

«Ich konnte nur kurz einen Blick in die Bücher werfen. Vielleicht sollten wir morgen gemeinsam Quentells Werkstatt besuchen und sie uns ganz genau ansehen.»

«Gut. Das machen wir», sagte Alanus. «Hattest du noch Zeit, auf den Marktplätzen zu suchen?»

«Ja, aber ich hatte keinen Erfolg. Und? Hast du eine Spur von ihr gefunden?»

Alanus schüttelte den Kopf. Er versuchte sich vorzustellen, was gestern geschehen war. Sollte Johanna geflohen sein? Das konnte er kaum glauben. Wo mochte sie in der Nacht untergekommen sein? Bei dem Gedanken, dass sie vielleicht gerade jetzt durch die Stadt irrte, ziellos, ohne Halt, bemerkte er, wie sehr sie ihm in all den Tagen ans Herz gewachsen war. Und zugleich wurde ihm bewusst, dass er nichts für sie tun konnte.

In der Nacht lag Alanus lange wach. Als ihn endlich der Schlaf eingeholt hatte, zogen im Traum unzählige Menschen an ihm vorüber. Doch Johanna war nicht unter ihnen.

Am nächsten Morgen, unmittelbar nach dem Stundengebet der Prim erhielt Alanus von einem Mönch, der in der Nacht das Tor bewacht hatte, ein verschlossenes Schreiben. Er öffnete es und las. Kurze Zeit später traf er Severin im Gästehaus. Alanus bat ihn, er solle allein zur Werkstatt Quentells gehen und die vier Bücher genau einsehen. Sie würden sich am frühen Nachmittag im Kloster wiedersehen. Severin nahm die Sache verwundert auf, sagte aber nichts. Kurze Zeit später machte er sich auf den Weg.

Alanus hatte noch etwas Zeit und erkundigte sich nach der Kirche des heiligen Georg. Am Mittag verließ auch er das Kloster. Wieder ging es vorbei an den Weinfeldern, den Bach entlang, bis er den Waidmarkt erreicht hatte. Zu seiner Überraschung gab es hier gleich zwei Kirchen. Doch da auf dem

Platz rund um die Stände der Blaufärber viele Menschen waren, konnte Alanus ziemlich schnell in Erfahrung bringen, dass die etwas größere von beiden dem heiligen Georg geweiht war. Sie besaß einen kräftigen Westturm, etwa dreimal so hoch wie die unmittelbar am Platz erbauten Häuser. Alanus öffnete eine schwere hölzerne Pforte, ließ sie hinter sich zufallen, und von einem Moment auf den anderen war vom Lärm des Marktes nichts mehr zu hören. Es brauchte eine Weile, bis sich seine Augen an das schwache Licht gewöhnt hatten, das durch die hohen Fenster in den Raum drang. Er blickte sich um, bemerkte jedoch niemanden und ging weiter durch das Mittelschiff zum Altar. Dort hielt er einen Augenblick inne und betete.

Nur wenige Geräusche drangen herein und verhallten in dem großen Raum. Alanus wartete einen Moment, dachte nach, über die bemerkenswerten Dinge, die Severin in Erfahrung gebracht hatte, bemerkte dabei, wie sehr er die Sache, die ihm aufgetragen worden war, bereits zu seiner eigenen gemacht hatte, doch vergaß er diesen Gedanken schnell, beruhigte sich mit der Vorstellung, dass auch die Arbeit im Kloster eigentlich nicht seine Sache gewesen war, schritt eine Zeitlang auf und ab und wollte schon wieder gehen, als plötzlich im Chorraum hinter dem Altar eine Tür geöffnet wurde. Ein Mann trat hervor, sah ihn und winkte. Alanus verstand, betrat den Chorraum und folgte dem Fremden durch die Tür in einen kleinen Gang, der seitlich am Chor entlang ins Freie führte. Die Kirche besaß nach Osten hin einen kleinen Innenhof, der von hohen Mauern umgeben war.

Jetzt erst konnte Alanus den Mann genauer betrachten. Er mochte wohl fünfzig Jahre alt sein, war von großer, imposanter Gestalt, die von einem lang herabfallenden, dunklen Mantel noch unterstrichen wurde, und trug eine Kopfbedeckung, wie sie für einen Magister oder Kaufmann üblich war. Seine Augen leuchteten hellblau, wirkten durchdringend und verstärkten noch den Eindruck der Willensstärke, die von diesem Mann ausging. Alanus ließ all dies jedoch nicht auf sich wirken.

«Habt Ihr mir eine Nachricht zukommen lassen?», fragte er direkt.

Der Mann nickte.

«Ein ungewöhnliches Vorgehen. Warum wollt Ihr mich sprechen?»

«Nicht ich will Euch sprechen», sagte der Mann. «Ihr wollt mich sprechen.» Er hielt kurz inne. «Ich bin Agrippa.»

Für einen Moment hatte Alanus das Gefühl, als würde die Welt stillstehen. Er war nicht in der Lage zu sprechen. Dann sah er eine Bank, die an der Mauer lehnte. Agrippa folgte seinem Blick und forderte ihn mit einer Handbewegung auf sich zu setzen und nahm ebenfalls Platz.

Einen Augenblick später hatte sich Alanus gefasst.

«Die Überraschung ist Euch gelungen», sagte er. «Wie habt Ihr von mir erfahren?»

«Köln ist groß. Aber Neuigkeiten verbreiten sich schnell.»

«Warum habt Ihr nicht einfach im Kloster vorgesprochen?»

«Ich schätze es seit einigen Jahren, nicht für jeden auffindbar zu sein. Wie Ihr wisst, habe ich mich zu einigen umstrittenen Dingen geäußert. Andere sind für Ähnliches auf dem Scheiterhaufen gelandet.»

Alanus nickte. «Ja, ich verstehe. Wir leben in unruhigen Zeiten. Spätestens seit die Kirche in sich zerstritten ist.»

«Richtig. Wer da Gewagtes sagt oder gar drucken lässt, muss auf der Hut sein. Vor allem wenn er sich mit Magie beschäftigt. Einerseits lassen sich Fürsten und Bischöfe von den Astrologen beraten. Andererseits misstrauen sie ihnen und sehen in ihrem Treiben den Teufel im Spiel.»

«Es soll Magier geben, die tatsächlich mit ihm spielen», sagte Alanus.

Agrippa blickte ihn prüfend an. «Wen meint Ihr?»

«Zum Beispiel Johannes Fust.»

«Johannes Fust», wiederholte Agrippa und lächelte. «Ja, den kenne ich. Aber da Ihr mich nun gefunden habt, verratet mir doch, warum Ihr ausgerechnet mit mir über ihn sprechen wollt.»

Alanus ärgerte sich darüber, zu viel verraten zu haben, ließ es sich aber nicht anmerken und begann vorsichtig. «Ein Dominikaner namens Gregorius nannte mir Euren Namen und versicherte, dass Ihr mir weiterhelfen würdet.»

Agrippa blickte auf. «Gregorius», sagte er kurz und überlegte einen Augenblick. «Erst habe ich Euch überrascht. Nun seid Ihr es, der mich überrascht. Wenn Ihr von Gregorius ausgesandt worden seid, hat es wohl wenig Sinn, nach Eurem Auftrag zu fragen.»

Alanus sah ihn an und hielt dem Blick stand.

«Gut», sagte Agrippa schließlich, «Ihr sollt nicht umsonst gekommen sein. Ich bin Gregorius einen Gefallen schuldig. Also. Was wollt Ihr wissen?»

«Erzählt mir über Euer Buch, über Magie, über Alchemie, Kabbala und Astrologie. Und sagt mir, was Ihr über den Mann wisst.»

Agrippa nickte. Er blickte zur Mauer und hielt einen Augenblick inne, bevor er zu sprechen begann.

«Ich habe ihn selbst zum ersten Mal 1528 in Paris kennen gelernt. Aber schon Jahre davor hörte ich seinen Namen. Vielleicht wisst Ihr, dass ich in Köln die Lateinschule und die Universität besucht habe. Neben den klassischen Künsten waren die geheimen Wissenschaften immer etwas, das mich sehr interessiert hat. Meine Eltern hatten mich genötigt zu studieren, um vielleicht einmal in erzbischöflichen oder kurfürstlichen Dienst zu treten. Viele adlige Söhne streben das an. Aber ich war immer sehr neugierig und vielseitig interessiert, und so ging ich damals gegen den Rat meines Vaters nach Würzburg in das Kloster St. Jakob, das von Trithemius geleitet wurde. Der besaß einen großen Ruf als Gelehrter, aber auch als Magier. Was ich jedoch nicht wusste: Die Dinge hatten sich geändert. In Sponheim war Trithemius vergrault worden, und ich merkte bald, dass ihm das Leben in Würzburg wohl kein Ersatz war. Er liebte die Bücher über alles. In seinem alten Kloster hatte er über all die Jahre wohl zweitausend Bände gesammelt. Die Bibliothek von St. Jakob war ein Nichts dagegen. Ich musste bald einsehen, dass dieser Trithemius ein verhärmter alter Mann geworden war, der jedes nur erdenkliche Mittel nutzte, um seine Bedeutung hervorzuheben und die anderen kleinzuhalten. Schnell wurde mir klar, dass ich mich geirrt hatte. Dies war kein Lehrer für mich. In den Monaten in Würzburg hörte ich auch das erste Mal von Johannes Fust. Trithemius machte sich über ihn lustig, stellte ihn als eine Art Gaukler in Sachen Magie dar.

Ich habe St. Jakob dann bald verlassen und mich in die Dienste Kaiser Maximilians gestellt, wurde Hauptmann in seinem Heer und war im Krieg gegen Venedig sogar recht erfolgreich, so dass der Kaiser mich zum Ritter geschlagen hat. Doch schon bald quittierte ich den Dienst, denn in Italien bemerkte ich, dass es interessante Dinge zu lernen gab. An der Universität von Pavia hatte ich erstmals die Möglichkeit, die Schriften der Platoniker und Kabbalisten zu studieren und die Smaragdtafel des Hermes Trismegistos. Pavia war damals eine Hochburg der magischen Künste. Dort hörte ich erneut von Johannes Fust, der in Krakau studiert haben soll. Es wurde Wundersames berichtet. Fust soll sich bei einem seiner Versuche angeblich in die Luft erhoben haben. Aber da sich all dies einige Jahre zuvor abgespielt hatte, konnte ich dem nicht näher nachgehen.

Ohnehin zog es mich bald wieder zurück nach Köln. Dort begann ich, all die Dinge, die ich gelesen und gelernt hatte, zusammenzufassen. De Occulta Philosophia entstand. Alle erdenklichen Spielarten der Magie kommen hier zur Sprache. Es hat noch nie eine solch umfangreiche Darstellung gegeben. Ich habe dazu alle verfügbaren magischen Schriften von den frühen Arbeiten der Griechen und Römer bis zu denen unserer Tage studiert und dieses Wissen in Themen geordnet aufgezeichnet. Endlich ist es nun möglich, die gesamte magische Tradition zu überschauen: offene und verborgene Naturkräfte, die Bedeutung der Gestirne, die Beschaffenheit der stofflichen und nichtstofflichen Natur, die Möglichkeiten, mit Zaubermitteln und eigenen Fähigkeiten auf die Natur einzuwirken, in die Zukunft zu schauen und bereits Totes lebendig zu machen; die Bedeutung der Zahlen, die Geometrie der natürlichen Körper; die Bedeutung des Göttlichen, der Dämonen und Engel und die Wege, mit ihnen umzugehen; schließlich die ganze Vielfalt der magischen Zeremonien. All das ist nun gesammelt. Und es ist mir gelungen, alles Wirken auf die vier Elemente zurückzuführen, wie sie die Griechen seit Empedokles kannten. Die Gesetze der Wirkung von Erde, Feuer, Wasser und Luft sind überall gleich. Wie oben so unten. Das, was Hermes Trismegistos lehrte, konnte ich mit den griechischen und ägyptischen Lehren zusammenfügen. Und so entstand die erste umfassende Philosophie der Magie.

Diese Schrift wurde weithin bekannt, und viele berühmte Persönlichkeiten baten mich, sie aufzusuchen und ihnen Rat zu erteilen. Im Sommer 1528 weilte ich in Paris, wo sich eine magische Gesellschaft gegründet hatte. Damals hörte ich erneut von jenem Fust. Er soll in einigen Salons seine Kunst zum Besten gegeben haben: Er beschwor Geister, blickte in die Zukunft, ließ Dinge durch die Luft fliegen und besiegte unheilbare Krankheiten. Dies wurde zumindest berichtet. Ich habe damals versucht, mit ihm Kontakt aufzunehmen, um zu erfahren, ob er tatsächlich diese Fähigkeiten besäße. Das wäre für unsere Gesellschaft von unschätzbarem Wert gewesen. Doch er blieb unauffindbar.

Erst vier Jahre später sollte ich ihm begegnen. Ich erfuhr, dass mich in Köln jemand suchte. Es war ganz ähnlich wie mit Euch. Ich wusste nicht, wer das war und was er wollte. Schließlich verabredete ich mich mit ihm in der Ratskapelle in der ehemaligen Judengasse. Dieser Fust muss etwas älter sein als ich. Er ist einen Kopf kleiner, hat lebendige dunkle Augen und schwarzes Haar. Ich bemerkte sofort, dass dies ein interessanter Mensch war. Wir sprachen etwa eine Stunde miteinander, und da er in der Alchemie sehr bewandert zu sein schien, lud ich ihn auf mein Landgut in der Nähe von Bonn ein. Damals hatte ich dort ein Labor eingerichtet. Einige Tage tauschten wir tagsüber unsere alchemistischen Erfahrungen aus, und am Abend genossen wir den Wein der Ahr. Dieser Mann wusste viel über die Elemente und den Umgang mit ihnen zu sagen. Und er vertrug Unmengen Wein. Am letzten Abend behauptete er, aus jedem Metall Gold machen zu können, da er die quinta essentia gefunden habe, mit der man die Elemente wandeln könne. Am nächsten Morgen forderte ich ihn auf, das zu beweisen, und ich stellte ihm mein Labor zur Verfügung.

Was ich dann erlebte, verschlug mir die Sprache. Er ließ sich von mir eine Kupfermünze geben, die er in ein kleines Pfännchen legte und zunächst über einer offenen Flamme erhitzte. Dann pinselte er sie mit einer silbernen Legierung ein, die er bei sich führte. Ich hatte inzwischen den großen Ofen bis zu höchster Temperatur angefeuert. Mit einer Tiegelzange legte er die Münze in die Flammen. Dann nahm er einen kleinen Glasbehälter, füllte ihn mit Wasser und einer unbekannten Flüssigkeit. Als ich nach einiger Zeit erneut nach der Tiegelzange griff und die Münze aus dem Ofen holte, war diese pechschwarz. Fust forderte mich nun auf, die noch heiße Münze in den vorbereiteten Glasbehälter zu werfen. Die Flüssigkeit darin zischte auf, und viel Gas entwich. Als der Rauch abgezogen war, befand sich keine Flüssigkeit mehr in dem Glasbehälter. Da lag nur noch die Münze. Eine Goldmünze. Glaubt mir, als sich das Glas abgekühlt hatte, konnte ich diese Münze prüfen. Und sie war tatsächlich aus Gold. Ich habe später versucht, den Vorgang zu wiederholen, doch es ist mir nie gelungen. Dieser Fust sprach während der Umwandlung magische Worte. Es mochte Hebräisch sein. Ich kann es nicht sagen. Wahrscheinlich waren sie nötig, um die Verwandlung gelingen zu lassen. Fust verließ meinen Hof gegen Mittag. Er versprach wiederzukommen und stellte in Aussicht, mich in seine Kunst einzuweisen. Doch ich habe ihn nie wiedergesehen.»

«Und? Konnte er dir sagen, wo Fust sich aufhält?»

Alanus schüttelte den Kopf. «Nein. Er behauptete, seither nichts mehr von diesem Mann gehört zu haben. Als ich ihn nach jener geheimnisvollen magischen Gesellschaft aus Paris fragte, wurde er ungehalten. Ich habe dann das Gespräch abgebrochen. Als wir uns verabschiedeten, schien er wieder versöhnlich. Wir gingen zurück in den Chorraum, und dann war er ebenso plötzlich verschwunden, wie er gekommen war.»

«Ein seltsamer Mann», sagte Severin. «Meinst du, dass man dem, was er sagt, Glauben schenken kann?»

«Schwer zu sagen. Aber im Grunde deckt es sich mit allem, was wir wissen. Der Mann, den wir suchen, ist kenntnisreich und erfahren. Zudem ein Meister in der Kunst, unauffindbar und doch im rechten Augenblick zur Stelle zu sein. Wir werden es nicht leicht mit ihm haben.»

«Das, was Agrippa dir über die Occulta Philosophia gesagt hat, trifft übrigens zu. Ein gewaltiges Kompendium magischer Überlieferungen.»

«Es hätte mich auch gewundert, wenn Agrippa dazu etwas Falsches gesagt hätte, denn er ist sehr stolz auf dieses Werk.»

«Hat er auch über seine Schrift gegen die Wissenschaften gesprochen?»

«Das hat er nicht», sagte Alanus und schwieg einen Moment. «Merkwürdig.»

«Es ist mir übrigens gelungen, die Bände zu erwerben.» Severin legte eine Leinentasche auf den Tisch und holte vier in braunes Leder gebundene Bücher daraus hervor.

Alanus nahm eines in die Hand und begann zu blättern. «Sehr gut», sagte er kurz. «Wir werden noch Gelegenheit haben, sie zu studieren.»

«Das meiste ist sehr allgemein gehalten», sagte Severin. «Aber im vierten Band finden sich konkrete Anweisungen für magische Rituale.»

Alanus legte das Buch beiseite. «Lass uns noch einmal die Märkte aufsuchen.»

Severin verstand. «Gut. Vielleicht haben wir Glück.»

«Ich muss am Abend in der Ratskapelle sein», sagte Alanus.

«Die Ratskapelle?»

«Anselmus hat mich angesprochen. Der Erzbischof ist bereit, sich mit mir zu treffen. Vielleicht erfahren wir etwas, das wir noch nicht wissen.»

Severin nickte. Dann legte er die vier ledernen Bände zurück in die Leinentasche.

Wenig später verließen sie das Kloster. Ihr Weg führte sie zunächst wieder zu den Gutshöfen. Erst fiel Alanus auf, dass wohl jede dieser Anlagen von einer Mauer umgeben war. Dahinter befanden sich Wirtschaftsgebäude, Stallungen, aber auch Grasplätze und Baumgärten. Manchmal erinnerte all das an die großen Bauernhöfe, die man auf dem Land finden konnte. Doch hier sah man auch prachtvolle Wohnhäuser, die kleinen Palästen ähnelten. Severin erklärte, dass es reiche Familien waren, die hier lebten. Meist lebten sie gar nicht von der Landwirtschaft, sondern waren alteingesessene, angesehene Handwerker, die es zu Wohlstand gebracht hatten.

Sie erreichten einen überdachten Brunnen und kühlten sich Hände und Arme. Severin riet Alanus davon ab, das Wasser zu trinken. Zwar sei es Quellwasser, doch wenn es länger gestanden habe, werde es faulig.

Wenig später gelangten sie in eine enge Gasse und wateten durch aufgeweichten lehmigen Boden, manchmal auch durch Dreck und Abfälle. Kinder spielten mit Stöcken und trieben Schweine vor sich her. Geschrei drang aus den Häusern. In einem Eingang saß ein Mann und döste vor sich hin. Severin ging weiter voran in nördlicher Richtung, und bald erreichten sie Gassen, die einen gepflegteren Eindruck machten. Zu beiden Seiten standen hier mehrstöckige Häuser. Von fern hörte man Lärm, der allmählich näher kam. Dann plötzlich lag der große Markt vor ihnen. Severin nannte ihn den Heumarkt, obwohl Alanus bald merkte, dass dort auch mit Obst und Fleisch gehandelt wurde. Doch das war ihm jetzt nicht wichtig. Er drängte sich durch die Menge der Menschen, immer bedacht, Severin nicht zu verlieren, und hielt Ausschau. Die jungen Frauen, die am späten Nachmittag noch etwas kaufen wollten, waren meist gut gekleidet, trugen Gewänder aus edlem Tuch. Anders dagegen jene, die Waren anboten. Sie besaßen einfache Kleider aus Leinen, die sie um die Hüfte gegürtet hatten. Wenn sie keinen eigenen Stand hatten, trugen sie ihre Waren in einem Korb auf dem Kopf und manchmal zusätzlich seitlich am Arm. Doch wohin Alanus auch schaute, die wenigsten Frauen hatten blondes Haar. Und nirgends sah er Johanna.

Nach einiger Zeit führte Severin ihn durch eine kleine Gasse zum nächsten großen Markt. Als er vor zwei Tagen bei Dämmerung hier gewesen war, hatte er den Pranger in der Mitte des Platzes ebensowenig bemerkt wie das überdachte

Wachhäuschen des Marktaufsehers. Das Angebot der Waren war hier vielfältiger. Es gab Obst, Gemüse jeglicher Art, aber auch Kräuter, Gewürze, Lederwaren, Haushaltsgeräte aus Holz, Ton und Zinn, und zu all dem drängte sich hier die Masse noch mehr als auf dem Heumarkt. Wieder musste Alanus aufpassen, dass er Severin nicht aus den Augen verlor, und gleichzeitig Ausschau halten nach einem blonden Mädchen in einem hellen Leinenkleid. Doch alles schien vergeblich zu sein. Wohl eine Stunde verging, ohne dass sie Johanna gefunden hatten.

Und plötzlich spürte Alanus die Furcht in sich, das Mädchen für immer verloren zu haben. Wahllos blickte er umher, kaum fähig, all die Gesichter zu unterscheiden, die wie flüchtige Schemen an ihm vorbeihuschten und mehr und mehr an Kontur verloren. Severin bemerkte das. Er zog ihn von der Menschenmenge weg, hin zu dem Brunnen, der sich mitten auf dem Platz befand und Erfrischung versprach. Sie ließen sich das kalte Wasser erst über die Arme laufen, dann über die Stirn und die Haare. Severin schlug vor, es noch einmal auf dem Holzmarkt zu versuchen, denn vielleicht hatte sich das Mädchen an den Alten gewandt. Alanus nickte abwesend. So machten sie sich wieder auf, folgten einer Gasse Richtung Rhein, doch schon bald wurden sie aufgehalten. Die Menschen vor ihnen waren stehen geblieben, weil eine Prozession den Weg kreuzte. An der Spitze des Zuges gingen vier Bewaffnete, gefolgt von Kerzenträgern und Priestern. Dann kamen die Sargträger und in festliches Schwarz gekleidete Erwachsene und auch Kinder. Die Menschen an der Seite schauten wortlos zu und falteten die Hände zum Gebet. Sie warteten, bis der Leichenzug in der gegenüberliegenden Gasse verschwunden war. Dann erst gingen sie weiter und begannen, sich lautstark zu unterhalten. Severin und Alanus betraten die Gasse, die zum Holzmarkt führte.

«Da seid ihr ja», rief der Alte erfreut, als er die beiden Mönche kommen sah. Auf dem Platz war es sehr laut. Das Schlagen der Äxte hallte von den Häuserfassaden zurück. «Gut, dass ihr gekommen seid. Heute morgen hat das Mädchen nach euch gefragt.»

«Johanna», sagte Severin erstaunt.

«Ja. Sie hat versucht, euch im Kloster zu finden. Aber man hat sie nicht vorgelassen.»

«Sagte sie, wohin sie gehen wollte?»

«Nein. Ich habe ihr angeboten, bei mir zu bleiben, aber das wollte sie nicht. Stattdessen nahm sie ihr Pferd mit.»

Severin blickte Alanus entgeistert an und wandte sich dann wieder dem Alten zu. «Ihr Pferd?», wiederholte er ungläubig.

Der Alte nickte.

Severin war geblieben, nicht ohne zuvor den Weg zur Ratskapelle zu beschreiben. Alanus kehrte zurück auf den großen Markt und bemerkte den Turm. Er ging an mehreren Häusern vorbei und hielt sich links. Dann erreichte er die Säulenhalle des Rathauses, ganz so, wie Severin es gesagt hatte, und sah schräg gegenüber auf der anderen Seite eine unscheinbare Kirche, kaum höher als eines der angrenzenden Patrizierhäuser. Nur ein kleiner Dachreiter und ein Rosenfenster über der Tür wiesen darauf hin, dass es sich um eine Kapelle handelte.

Alanus trat ein. Mehr noch als am Mittag in St. Georg mussten sich seine Augen an die dämmrige Umgebung gewöhnen. Etwas entfernt erblickte er einen Mann, gekleidet im Ornat des Bischofs, der aufmerksam die geöffneten Flügel eines Altars betrachtete und sich erst umdrehte, als er das Tor zufallen hörte. Alanus ging auf ihn zu, kniete vor ihm nieder und küsste den Bischofsring.

«Erhebt Euch», sagte der Erzbischof. «Ihr seid Alanus von Buchholz?»

«So ist es. Ich möchte Euch Dank sagen, ehrwürdiger Hermann von Wied, dass Ihr mir die Gunst Eurer Aufmerksamkeit gewährt.»

«Ich hörte von Eurer Ankunft. Der Bischof von Paderborn schickte mir eine Nachricht.»

«Wie kommt es, dass Ihr diesen Ort gewählt habt? Ich hatte vermutet, Euch im Dom zu begegnen»

«Zur Zeit wäre das nicht klug. Seit ich begonnen habe, das Erzbistum zu reformieren, gibt es einige, die nur darauf warten, dass ich ihnen eine Angriffsfläche biete. Wenn man mich mit Euch sieht, gibt es nur Gerede.»

«Ihr wollt reformieren?», fragte Alanus überrascht. «Ich meine gehört zu haben, dass Ihr 1521 in Worms gegen Luther gestimmt und seine Anhänger danach konsequent verfolgt habt.»

Der Erzbischof blickte Alanus erstaunt an. «Was Ihr sagt, ist wahr. Doch hat sich meine Meinung in diesen Dingen seit einiger Zeit gewandelt. Vor drei Jahren rief ich ein Provinzialkonzil ein, das neue Verordnungen zur kirchlichen Lehre und zu den Bräuchen erarbeiten sollte. Als größter Gegner erwies sich dabei ausgerechnet der gegenwärtige Kölner Domherr und Kanonikus zu St. Gereon, der mir seither einige Schwierigkeiten bereitet. Ihr ahnt also, warum wir uns nicht im Dom treffen.»

Alanus nickte.

«Wobei ich diese Kathedrale für das Größte halte, was die Stadt seit Jahrhunderten hervorgebracht hat», fuhr der Erzbischof fort. «Meister Gerhard plante sie einst als Quintessenz aller Baukunst. Und das ist sie auch. Ich dachte gerade darüber nach, ob dieser Flügelaltar, der von Stefan Lochner gemalt wurde, nicht besser im Dom aufgehoben wäre als ausgerechnet in der Ratskirche. Aber lassen wir die müßigen Überlegungen. Ihr habt Fragen an mich. Also fragt!»

Alanus blickte kurz zum Altar, konnte in der Dämmerung jedoch kaum etwas erkennen. Hermann von Wied hatte recht. Im Dom wäre genügend Licht, ihn zu betrachten.

«Mir ist aufgefallen», begann er, «dass Agrippa von Nettesheim Euch in der Einleitung seiner Occulta Philosophia besonderen Dank sagt. Das hat mich sehr erstaunt. Es ist ungewöhnlich, dass ein Buch über Magie einem Erzbischof gewidmet wird.»

«Wir waren befreundet. Ich habe ihn unterstützt, als er in Köln lehrte. Er war ein kluger Geist. Wie Ihr wisst, ist die Occulta Philosophia eine Art Übersicht der magischen Traditionen. Mehr nicht.»

«Aber im vierten Buch beschreibt Agrippa sehr detailliert magische Rituale», entgegnete Alanus.

«Dann probiert sie einmal aus», bekam er zur Antwort. «Da ist nichts dran. Agrippa wollte mir seinen besonderen persönlichen Dank zukommen lassen, indem er mir ein Werk widmete, das ihm sehr am Herzen lag. Zugegeben, der Vorwurf, mich mit Magie beschäftigt zu haben, wird mir heute von meinen Gegnern tatsächlich gemacht. Aber Agrippa schrieb auch De Incertitudine et Vanitate Scientiarum. Dort nimmt er Stellung und sagt sehr genau, was er von Magie und Alchemie hält.»

«Seltsam.» Alanus hielt einen Moment inne. «Ich habe gerade heute mit Agrippa gesprochen. Er schien nach wie vor sehr angetan von diesen Künsten und erzählte mir begeistert von einem alchemistischen Experiment, das er vor Jahren gemeinsam mit einem gewissen Johannes Fust durchgeführt hat. Seid Ihr sicher, dass er der Magie abgeschworen hat?»

Der Erzbischof blickte auf. «Wie meint Ihr das: Ihr habt mit Agrippa gesprochen?»

«Heute Mittag», sagte Alanus. «Wir trafen uns in der Kirche des heiligen Georg.»

Hermann von Wied blickte Alanus an und vergewisserte sich, dass der wirklich ernst meinte, was er sagte. Dann schüttelte er den Kopf. «Agrippa von Nettesheim … » Er hielt kurz inne. «… ist seit fünf Jahren tot!»

... denn er hat seinen Engeln befohlen,
dich zu behüten auf all deinen Wegen,
sie werden dich auf den Händen tragen,
dass dein Fuß nicht an einen Stein stoße.
Über Löwen und Schlangen wirst du schreiten,
wirst zertreten Löwen und Drachen ...

Ps. 91,11–13

6. KAPITEL

Johanna blieb stehen, erstaunt über das, was sie da sah. Zwischen all den getrockneten und zu feinem Pulver zermahlenen Pflanzen fanden sich auch frische Kräuter, die am Morgen noch in der Erde gewesen sein mussten. Johanna erkannte sie alle wieder, hilfreiche und mächtige Pflanzen. Doch wirklich überrascht war sie, als sie darunter drei Büschel Eisenhut entdeckte. Sie blickte auf und bemerkte die junge Händlerin hinter dem Tresen, die sie misstrauisch betrachtete und offenbar erahnte, warum Johanna so fasziniert stehen geblieben war. Nur kurz wechselten sie einen Blick, dann drängelte die Menge weiter, und Johanna wurde mitgerissen. Sie schaute wieder auf. Doch Alanus und Severin waren verschwunden. Verwirrt blickte Johanna um sich, zunächst in jene Richtung, aus der sie gekommen waren, dann zu den Ständen vor ihr, in der Hoffnung, die beiden würden dort warten. Vielleicht hatten auch sie etwas gefunden, das sie sich näher anschauen wollten. Es war doch kaum mehr als ein Augenblick gewesen, dort am Stand der Gewürzhändlerin. Sie mussten doch etwas bemerkt haben.

Nach einigen Schritten hatte Johanna die Südseite des Marktes erreicht und blickte an der Fassade eines zweistöckigen Steinhauses empor. Rechts davon führte eine Gasse weiter. Sollte sie dort suchen? Aber wenn es der falsche Weg war? Nur

Severin kannte sich hier aus. Johanna entschied zurückzugehen, an jenen Ständen entlang, die sie bereits kannte. Doch noch immer waren so viele Menschen auf dem Markt, dass ihr dies nicht gelang. Sie wurde in eine andere Richtung mitgezogen, wehrte sich anfangs dagegen und versuchte, an den Menschen vorbeizukommen, doch bald musste sie einsehen, dass es nicht möglich war. Verzweifelt ließ sie sich treiben, blickte um sich, voll Hoffnung, ein bekanntes Gesicht zu sehen.

Dann erreichte sie den Brunnen inmitten des großen Platzes. Sie nahm einen Schluck Wasser und wartete. Einige Männer standen ebenfalls dort, unterhielten sich und blickten neugierig zu ihr herüber. Johanna beschloss weiterzugehen, ließ sich erneut von den Menschen vorwärtsdrängen, schaute sich um, sah Gesichter und wieder Gesichter, ernsthafte, geschäftige, lachende, suchende, doch nirgends erblickte sie Alanus oder Severin.

Sie wurde von der Menge fortgezogen, eine endlose Zeit, so schien es ihr. Längst hatte sie jede Orientierung verloren, als sie schließlich wieder den Gewürzstand vor sich sah. Dort blieb sie stehen. Ohnehin war ihr schwindelig, und als sich alles um sie herum zu drehen begann, konnte sie es nicht verhindern, dass ihr Körper zusammensackte.

Sie erwachte dadurch, dass ihr jemand mit der flachen Hand ins Gesicht schlug. Als sie die Augen öffnete, erblickte sie über sich eine junge Frau.

«Komm zu dir», hörte sie.

Johanna richtete sich etwas auf. Die Frau führte ihr einen Becher zum Mund. Er war mit klarem, kühlem Wasser gefüllt. Vorsichtig nahm sie einen ersten Schluck. «Was ist geschehen?», fragte sie.

«Du bist ohnmächtig geworden. Ich habe einen großen Schrecken bekommen, als dein Kopf auf den Boden schlug. Aber da muss ein Schutzengel in der Nähe gewesen sein.»

Die junge Frau lächelte. «Du bist auf den einzigen Strohhaufen gefallen, den es auf diesem Markt gibt. Direkt neben meinem Stand.»

Ungläubig blickte Johanna um sich. Tatsächlich war da Stroh unter ihr, so, als wenn jemand sie zum Schlafe gebettet hätte.

Dann schaute sie wieder auf. Jetzt erst nahm sie die Frau bewusst wahr, bemerkte ihr schwarzes Haar, die dunkle, sonnengebräunte Haut und ihre hellgrauen Augen. Dieser Anblick erstaunte sie.

«Trink! Sonst schaffst du es nicht aufzustehen.»

Johanna nickte, nahm einen kräftigen Schluck. Und dann erinnerte sie sich, gab abrupt den Becher aus der Hand, stand auf und blickte wild um sich. «Wo sind die beiden?», rief sie. Dann wankte sie nach vorn, doch die Frau hielt sie fest.

«Was ist los? Bleib erst einmal stehen!»

Johanna schaute verwirrt zurück. «Aber ich muss sie finden …!»

«Wen musst du finden?»

«Alanus und Severin. Sie werden mich suchen.»

«Komm erst mal zu dir. Die Marktzeit ist um. Wenn sie nach dir suchen, werden sie dich sicherlich bald finden.»

Johanna beruhigte sich etwas, sah erst die junge Händlerin an, blickte dann um sich und erkannte, dass nur noch wenige Menschen auf dem Platz waren.

«Du bist einige Zeit ohnmächtig gewesen. Es ist schon bald dunkel.»

«Dann werden sie mich nicht finden.»

«Du bist nicht von hier. Mit wem reist du?»

«Mit Alanus und Severin, zwei Mönchen.»

«Zwei Mönchen? Weißt du, wohin sie gehen wollten?»

Das Mädchen schüttelte den Kopf. «Wie heißt du?», fragte es die junge Frau.

«Ines. Und du?»

«Johanna.»

«Gut, Johanna. Hier kannst du nicht bleiben. Wenn du magst, nehme ich dich heute Nacht mit zu mir. Denn sonst bleibt dir nur das Spital.» Sie hielt kurz inne. «Oder der Hafen …»

Sie hatte Ines dabei geholfen, alle Kräuter und Gewürze sorgsam in zwei große, rechteckige Körbe zu legen. Das war nicht einfach, denn die kleinen Schalen durften beim Transport nicht umfallen oder zu Bruch gehen. Dann hatten sie sich auf den Weg gemacht.

«Ich muss noch etwas abliefern», sagte Ines.

Inzwischen war es in der Stadt ganz still geworden und so dunkel, dass die Umrisse der Häuser nur schemenhaft im Mondlicht zu erkennen waren. Als sie sich der Stadtmauer näherten, wurde es in den Gassen wieder belebter. Menschen huschten vorbei. Irgendwo hörte man Hufschläge von Pferden, eine Frau schrie auf und schimpfte, überall standen Leute und unterhielten sich. Plötzlich war wie aus dem Nichts ein Reiter aufgetaucht. Johanna wäre beinahe von seinem Pferd erfasst worden, doch Ines hatte sie rechtzeitig beiseitegezogen.

«Das ist einer der Nachtwächter. Du solltest dich ihm nicht in den Weg stellen. Das gibt bloß Ärger.»

«Nachtwächter auf einem Pferd?»

«Ja. Es gibt zehn von ihnen. Sie bewachen auch den Hafen.»

Bald sahen sie am Ende der Gasse ein Haus, dessen Fenster hell erleuchtet waren. Als sie näher kamen, drang ihnen der Lärm von Menschen entgegen, die sich lautstark unterhielten und johlten. Johanna erblickte ein Holzschild, auf dem ein Löwe abgebildet war. Als Ines kurz davor stehen blieb, die schwere Tür öffnete und dann eintrat, folgte sie ihr. Hitze, Qualm und Gestank schlug den beiden Frauen entgegen. Und ein Lärm, der so groß war, dass man sein eigenes Wort nicht mehr verstand. Ines gab Johanna ein Zeichen, ihr zu folgen und nicht von ihrer Seite zu weichen.

Zur Rechten und zur Linken saßen die Menschen dicht gedrängt an den Tischen. Die meisten hatten etwas zu essen vor sich, manche Fleisch, andere einen Brei. Sie tranken Bier aus großen Tonhumpen und unterhielten sich lautstark. Mal waren es Handwerker, die da zusammensaßen, dann wieder einfaches Volk und schlecht gekleidete Tagelöhner. An einem der Tische sah Johanna drei Pilger, die das bunte Treiben eher unwillig verfolgten. Irgendwo schlug ein Mann mit aller Kraft auf die Tischplatte und lachte laut auf.

Kaum hatten sie den Raum betreten, wurden die beiden Frauen von einigen jungen Männern aufmerksam gemustert.

«Hallo Ines!», schrie einer von ihnen. «Wen hast du uns denn da Schönes mitgebracht?»

«Geh zum Hafen!», rief sie zurück. «Da findest du, was du suchst!»

Johanna wurde von einer jungen Frau angerempelt, die Bier an die Tische brachte. Sie blickte kurz auf und lächelte. Als sie die Humpen abstellte, versuchte einer der jungen Männer, nach ihr zu greifen, doch es gelang ihr, sich zu befreien. Lachend und fluchend zugleich strich sie den Stoff ihres Kleides glatt, fuhr sich mit der Hand durch die langen, dunklen Haare und drängelte sich zurück zum Tresen. Der Wirt war gerade damit beschäftigt, einen neuen Holzscheit in den Kamin zu werfen. Als er sich aufrichtete, erkannte er Ines und winkte sie zu sich. Die beiden unterhielten sich kurz.

Der Rauch brannte Johanna in der Nase und in den Augen. Auch die Hitze im Raum war unerträglich. Dazu kam der Gestank von Menschen, die sich wohl lange nicht mehr gewaschen hatten.

Ines stellte dem Wirt einige Schalen mit Gewürzen auf den Tisch. Er begutachtete sie und nickte.

Johanna blickte zum Tisch der Tagelöhner und sah, wie einige die Würfel rollen ließen und Karten spielten. Dann bemerkte sie, dass die jungen Männer noch immer von der Seite zu ihr blickten. Sie waren gut gekleidet, vielleicht Söhne reicher Kaufleute oder Handwerker. Doch Johanna dachte nicht lange darüber nach und tat so, als würde sie die Blicke nicht bemerken, die auf sie gerichtet waren, und ging nicht ein auf das Lachen und die Aufforderungen, die ihr zugerufen wurden.

Jemand berührte sie an der Schulter. Als sie sich erschreckt umdrehte, erblickte sie Ines, die ihr ein Zeichen machte, zur Tür zu gehen.

Wenig später waren sie wieder im Freien. Johanna atmete tief durch.

«Was wolltest du da?», fragte sie.

«Ich habe dem Wirt Gewürze verkauft», antwortete Ines. «Er ist einer meiner besten Kunden. Der Mann weiß meine Ware zu schätzen und er zahlt verlässlich.» Sie schaute Johanna an, sah ihren verwirrten Blick und musste lachen. «Warst du noch nie in einer Taverne?»

Vor einem einfachen Lehmhaus blieb Ines stehen. «Wir sind da», sagte sie kurz, öffnete die Tür und trat ein. Als sie eine Kerze entzündet hatte, konnte sich Johanna umsehen. Es gab nur einen Raum, ganz so, wie sie es von dem kleinen Haus ihrer Mutter kannte. An der einen schmaleren Wand standen Regale, in denen Ines Kräuterschälchen und kleine Tongefäße aufbewahrte. Daneben befand sich ein Tisch. Johanna sah einige Messer, verschieden große Mörser und sogar Glaskolben. Ines stellte die beiden Körbe neben den Tisch, nahm die noch frischen Kräuter heraus und legte sie sorgsam in eine Stiege neben dem Regal.

«Hast du Hunger?», fragte sie.

Johanna nickte.

«Ich habe nur noch etwas Brot. Das muss reichen. Der Wirt gab mir Wein. Hast du schon einmal Wein getrunken?»

«Nein», antwortete Johanna kurz.

«Gut. Ich habe auch noch etwas Wasser.» Ines nahm einen runden Brotlaib aus dem Korb, schnitt ein gutes Stück ab und reichte es dem Mädchen. Johanna nahm es und biss hungrig hinein. Den Becher mit Wasser leerte sie in einem Zug.

«Es scheint dir wieder besser zu gehen», sagte Ines. «Lass uns schlafen. Es ist schon spät. Morgen bist du sicher wieder bei Kräften. Dann können wir uns nach deinen beiden Mönchen erkundigen. Auf dem Markt erfährt man alles.»

Sie hob eine große, mit Wasser gefüllte Schüssel auf den Tisch und begann sich auszuziehen. Während sie sich wusch, blickte Johanna zu Boden. Ines bemerkte das, als sie sich umdrehte.

«Du musst dich nicht schämen.»

Johanna sagte nichts, traute sich aber aufzuschauen, erblickte Ines' schlanken Körper, sah, wie das Licht der Kerze auf ihrer dunklen Haut schimmerte. «Wie kommt es, dass deine Haut so dunkel ist, aber deine Augen ganz hellgrau sind?»

Ines nahm ein Tuch und begann, sich die Haut trocken zu reiben. «Meine Mutter kam aus einem Land, das weit entfernt ist. Sie nannte es Catalunia. Vater erzählte mir, dass ich ihre Haut bekommen habe und zugleich seine Augen.»

«Lebt deine Mutter nicht mehr?»

«Sie starb, als ich fünf Jahre alt war. Mein Vater führte das Geschäft weiter. Bis auch er starb. Und nun bin ich allein.»

Johanna dachte einen Moment nach. «Hast du manchmal Angst?», fragte sie.

«Du meinst vor den Dämonen der Finsternis? Und vor der Hölle? Ich war oft in den Wäldern. Auch nachts. Ich fürchte mich nicht mehr.»

«Schneidest du deine Kräuter auch im Mondschein, wenn sie besonders mächtig sind?»

Ines blickte auf. «Du weißt von diesen Dingen, nicht wahr? Ich sah wie du die Pflanzen und Gewürze betrachtet hast. Und du warst überrascht, als du das Eisenkraut erkanntest. Du weißt, was es bewirkt.»

Johanna nickte. «Ich war verwundert, dass du es einfach so auf dem Markt verkaufst, neben den Gewürzen.»

«Es gibt einen Kunden, der regelmäßig kommt und danach verlangt. Ich weiß nicht, was er damit tut, aber man sagt, er würde teuflische Messen ausrichten und einem geheimen Bund von Magiern angehören, der vor vielen Jahren fernab von hier gegründet wurde. Er zahlt mir gutes Geld dafür. Aber er ist sonderbar.»

«Gibt es doch etwas, wovor du Angst hast?»

Ines musste lachen. «Es gibt immer etwas, wovor man Angst hat. Und jetzt bist du dran.» Sie zeigte auf die Schale mit Wasser. «Los. Trau dich. Ich schau auch nicht hin.»

Johanna zögerte erst, doch dann spürte sie, dass es keinen Grund gab, sich vor Ines zu schämen. Und so zog sie sich ihr Kleid über den Kopf, griff in das klare Wasser und begann sich zu waschen.

«Du bist schön», hörte sie Ines hinter sich sagen.

«Meinst du?»

«Aber ja. Hast du nicht gesehen, wie die jungen Kaufleute dir nachgesehen haben? Außerdem bist du wohl das einzige Mädchen in Köln, das grüne Augen hat. Als ich dich vorhin an meinem Stand erblickte, dachte ich für einen Moment, ein Dämon stünde vor mir.»

Johanna lächelte. Dann nahm sie sich das Tuch und trocknete sich ab.

«Immerhin weißt du von der Macht der Pflanzen. Obwohl du sehr jung bist. Wie sind eigentlich die Narben in dein Gesicht gekommen?»

Johanna blickte erschrocken auf. «Die Pocken», sagte sie kurz. «Als ich drei Jahre alt war, wüteten die Pocken in der Stadt.»

«Entschuldige», sagte Ines. «Ich wollte dich nicht kränken.» Sie schwieg einen Augenblick. «Es ist spät. Lass uns zu Bett gehen. Und morgen erzählst du mir von deinen Mönchen. Und wie du an sie gekommen bist.»

Ines ging hinüber zu ihrem Bett. Es bestand nur aus einem flachen Bündel Stroh, das mit Leinen überzogen war. Johanna folgte ihr und legte sich zögernd neben sie. Längst war es Nacht geworden, doch die Wärme des Tages wirkte fort.

«Dreh dich auf die Seite», sagte Ines.

Dann schmiegte sie sich eng an den Körper des Mädchens. «Heute werde ich keine Angst haben.»

Johanna sagte nichts, spürte Ines' Atem ganz nah an ihrem Ohr und war so verwirrt, dass sie sich nicht zu bewegen wagte. Sie war es nicht gewöhnt, so zu liegen, gemeinsam mit einer jungen Frau. Doch dieses Gefühl wich mit der Zeit, als sie spürte, dass Ines einfach nur froh war, in dieser Nacht nicht allein zu sein.

Johanna erwachte vom Licht, das in den Raum drang. Ines hatte das Fenster geöffnet und blickte hinaus auf die Straße. Sie hatte sich bereits angezogen, trug ein Kleid, das die Konturen ihres schlanken Körpers noch betonte. Als sie zur Tür ging, fiel ihr Blick auf das Mädchen.

«Guten Morgen», sagte sie. «Komm aus dem Bett. Der Markt hat bereits begonnen.»

Während Ines einige Tonschälchen mit Gewürzen in die Körbe legte, warf Johanna sich ihr Kleid über. Dann ging sie zum Tisch und goss aus dem Krug Wasser in einen Becher.

«Lass es stehen», riet Ines. «Nach einem Tag ist es meist nicht mehr gut. Auf dem Markt bekommst du frisches.»

Johanna stellte das Wasser wieder ab und half, die beiden großen Körbe zu füllen. Dann verließen sie das Haus und machten sich auf den Weg.

Im Licht der Sonne wirkten die Gassen ganz anders als in der Nacht. Da war nichts Geheimnisvolles mehr. Die beiden gingen an einfachen Lehmhäusern vorbei, kamen zur Stadtmauer und begegneten dort einigen Menschen. Viel tat sich noch nicht an diesem Morgen. Als sie den Fischmarkt erreichten, änderte sich das. Die Händler hatten aufgebaut, und die ersten Käufer waren auch schon da.

Bald wandten sie sich nach links, kamen an dem hohen, mächtigen Kirchturm vorbei, den Johanna bereits kannte, und auch an der kleinen Gasse, die zum Holzmarkt führte.

Sollte sie hier nach Alanus und Severin fragen? Vielleicht wusste der Alte, wo sie untergekommen waren. Aber vielleicht konnte auch Ines etwas in Erfahrung bringen.

Sie erreichten den großen Markt. Ines grüßte die Händler freundlich. Die waren teilweise noch recht mürrisch, aber sie winkten zurück und blickten neugierig zu Johanna, die einen der großen Körbe trug. Schließlich erreichten sie den Stand und Ines bat das Mädchen, schon einmal alle Gewürze auszupacken und auf den Tresen zu stellen. Sie wollte sich ein bisschen umhören. Johanna verstand und nickte.

Während sie vorsichtig die Tonschälchen aus dem Korb nahm und aufstellte, musste sie daran denken, wie sie gestern ziellos über den Markt gelaufen und dann ausgerechnet hier zu Boden gefallen war. Welch ein Glück. Vielleicht hatte wirklich ein Schutzengel geholfen. Vielleicht war Ines dieser Schutzengel. Dann dachte sie an Alanus und Severin. Bestimmt suchten die beiden nach ihr. Alanus hatte sein Wort gegeben, sie nicht allein zu lassen. Es war jetzt sicher gut, auf dem Markt zu sein, denn dort würde er mit der Suche beginnen. Und von hier aus konnte sie sich auch selbst auf den Weg machen, den alten Mann vom Holzmarkt besuchen oder vielleicht die Klöster. Noch immer war sie etwas müde. Diese Nacht hatte ihr zum ersten Mal einen tiefen Schlaf geschenkt. Sie konnte sich an keinerlei Traum erinnern. Und als sie aufwachte, war da für einen kurzen Moment ein Gefühl der Geborgenheit gewesen.

Ines kam zurück, in Begleitung einer alten Frau, der sie beim Gehen half.

«Da bin ich wieder», sagte sie. «Ich habe einige Händler gefragt. Deine Mönche müssen entweder in St. Pantaleon oder in St. Martin untergekommen sein. Aber vielleicht kann Maria dir helfen. Sie liest aus der Hand und aus deinen Augen. Komm einmal her.»

Sie führte die Alte zu einem Holzstumpf und half ihr, sich zu setzen.

Johanna ging auf Maria zu und hockte sich vor ihr auf den Boden, damit die alte Frau sie besser sehen konnte. Sie hatte graues Haar, ihr Gesicht war von dunklen Flecken gezeichnet. Doch zugleich konnte man erahnen, dass sie einmal sehr schön gewesen sein musste. Als die Alte Johanna in die Augen blickte, zuckte sie zusammen. Dann nahm sie kurz die Hand des Mädchens und ließ sie wieder sinken.

«Ines, ich kann euch nicht helfen», sagte sie. «Bring mich wieder zurück.»

«Was sagst du da?»

«Bitte bring mich fort.»

Ines blickte erst zu Johanna, dann zu der Alten. Die sprach zu dem Mädchen: «Du weißt nicht, was du tust. Bist du auf der Reise?»

Johanna nickte.

«Und du hast dein Zuhause verloren. Durch Feuer. Und sie verfolgen dich.»

Die Alte sah zu Ines auf. «Sie darf nicht weiterreisen. Ihre Reise führt direkt in die Finsternis.»

«Mach dir keine Gedanken», versuchte Ines Johanna zu beruhigen. Zum ersten Mal nach all den Tagen war diese in Tränen ausgebrochen.

«Denk nicht mehr daran. Selbstverständlich kannst du bei mir bleiben. So hab ich Maria noch nie erlebt. Ich dachte, sie könnte dir helfen. Dir einen Hinweis geben, wo du die beiden Mönche findest.»

«Die Alte hat ja recht. Es war das Feuer», flüsterte Johanna.

Ines spürte, wie aufgewühlt sie war. Sie umarmte das Mädchen und ließ nicht eher von ihm ab, bis das Zittern des Körpers aufgehört hatte.

«Nimm einen Schluck Wasser», sagte sie. «Ich habe auch Brot mitgebracht und frischen Käse.»

Johanna nahm den Becher und nippte zunächst nur daran. Alles andere ließ sie liegen. Es dauerte lange, bis sie zur Ruhe fand. Gegen Mittag drängten sich auf dem großen Markt wieder die Menschen. Ines hatte kaum Zeit, sich um Johanna zu kümmern. Nur kurz konnte sie ihr den Weg zum Kloster St. Martin erklären. Johanna prägte sich alles ein und beschloss, dort mit der Suche zu beginnen. Bevor sie ging, hatte sie Ines versprechen müssen, bis zum frühen Abend zurück zu sein.

Da war dieser riesige Turm, hoch aufragend, Stein um Stein. Johanna ließ den Blick langsam daran emporwandern, sah, wie eine Galerie über der anderen folgte, bemerkte die Rundbogenfenster, die vielfältigen Verzierungen und erblickte dort, wo die Sandsteinfassade endete, den Ansatz des spitz zulaufenden Daches, unter dem sich wohl die Glocken verbargen, die seit einigen Augenblicken die Stadt mit ihrem Klang erfüllten. Übermächtig schien dieser Turm zu sein, als wolle er über die Klosterkirche herrschen.

Für einen Augenblick hatte Johanna vergessen, weshalb sie hier war. Sie besann sich, blickte nicht mehr zum Himmel, sondern ging die Mauer entlang und suchte eine Pforte. Obwohl sich St. Martin mitten in der Stadt befand, war der Klosterbezirk offenbar sehr weiträumig. Es dauerte eine Weile, bis Johanna fand, was sie suchte. Kräftig klopfte sie an das schwere hölzerne Tor. Einige Augenblicke später öffnete ein junger Mann, der mit einer braunen Kutte bekleidet war. Er blickte sie erstaunt an.

«Was möchtest du?», fragte er kurz.

«Ich suche zwei Mönche, die auf der Durchreise sind.»

«Und warum suchst du sie?»

«Sie nahmen mich mit, und dann haben wir uns verloren.»

Aufmerksam musterte der Mann sie von oben bis unten. «Warum sollten zwei Mönche ausgerechnet dich mitnehmen. Weißt du nicht, dass Mönche ein Gelübde abgelegt haben? Sie dürfen sich nicht mit Frauen einlassen. Schon gar nicht mit irgendwelchen Bauernmädchen.»

«Ich bin kein Bauernmädchen. Ich habe den beiden das Leben gerettet.»

Unschlüssig blickte der Mönch zu Boden. «Wir hatten in dieser Nacht niemanden zu Gast. Aber es gibt viele Klöster in der Stadt. Weißt du, welchem Orden die beiden angehören?»

Johanna schüttelte den Kopf.

«Dann wird es schwierig. Viele übernachten lieber etwas außerhalb, in St. Pantaleon. Dort ist es ruhiger.»

«Wie komme ich dorthin?»

«Das ist ein langer Weg. Ich kann ihn nicht so einfach beschreiben. Du musst dich durchfragen. Aber auch dort werden sie dich nicht einlassen. Frauen haben keinen Zugang zum Kloster.»

Das Mädchen nickte. «Danke», sagte es kurz und ging weiter. Der Mönch schaute ihm verwundert nach.

Auf dem Rückweg ließ Johanna sich Zeit, sah sich um und erkannte die Gasse wieder, die zum Holzmarkt führte. Unwillkürlich blieb sie stehen. Vielleicht wusste der alte Mann, wo sich Alanus und Severin befanden. Sie folgte dem Weg, und je näher sie dem Platz kam, desto lauter wurde auch der Lärm der Handwerker. Die Männer dort waren so beschäftigt, dass niemand Johanna beachtete. Sie erkannte das Haus wieder, auch den schmalen Gang, in dem Severin mit den Pferden verschwunden war. Der Alte saß auf einem Schemel an der Tür und döste vor sich hin. Er bemerkte das Mädchen erst, als es unmittelbar vor ihm stand.

«Oh», sagte er kurz, richtete sich auf. «Du bist Johanna, nicht wahr?»

Sie nickte. «Kannst du mir sagen, wo ich Severin finde?»

Der Mann blickte sie erstaunt an. «Du weißt nicht, wo er ist?»

«Wir haben uns verloren», sagte sie vorsichtig. «Und ich kann mir den Weg dorthin nicht merken.»

«Das ist auch nicht ganz einfach. Du musst nach Süden gehen, und dann nach Westen. St. Pantaleon liegt weit außerhalb. Du wirst zwischendurch fragen müssen. Es ist ein weiter Weg.»

«Dann nehme ich das Pferd.»

«Das Pferd?» Der Alte schaute sie nachdenklich an. «Es wäre ziemlich ungewöhnlich, wenn ein Mädchen wie du auf einem Pferd durch Köln reitet.»

«Warum ist das ungewöhnlich?»

«Mädchen wie du haben kein Pferd.»

Johanna ließ sich ihren Unmut nicht anmerken. «Egal», sagte sie. «Ich nehme es mit.»

Der alte Mann zögerte. Doch dann nickte er. «Wenn du meinst. Welches gehört dir?»

«Der Schimmel.»

Langsam stand der Mann auf, ging hinüber zu dem schmalen Gang, der hinter das Haus führte, und blickte sich noch einmal zu ihr um. Dann verschwand er und kehrte einige Zeit später zurück, das gesattelte Pferd am Halfter, übergab es Johanna und schaute sie nachdenklich an. «Sei vorsichtig», sagte er. «Pass auf dich auf.»

Das Mädchen nickte und bedankte sich kurz. Dann führte es das Tier über den kleinen Platz.

Wenig später hatte sie die Gasse erreicht, die zum großen Markt führte. Tatsächlich sahen sich die Menschen nach ihr um, aber niemand sprach sie an. Zugleich bemerkte sie, dass sich die Sonne dem Horizont näherte. Sie musste sich beeilen, um Ines nicht auch noch aus den Augen zu verlieren. Doch dann fiel ihr ein, dass sie ja noch zum Kloster reiten könnte. Es müsste möglich sein, St. Pantaleon zu finden. Und vielleicht würden die Mönche sie ja doch vorlassen. Alanus und Severin hatten sicher nach ihr gesucht. Und spätestens, wenn sie mit dem alten Mann vom Holzmarkt sprechen würden, musste ihnen klar werden, dass auch sie gesucht wurden.

Johanna erinnerte sich, wie sie gemeinsam geflohen waren. Wie sie die gefährliche Reise hinter sich gebracht hatten. Alanus würde sein Wort nicht brechen. Und wohin sollte sie auch gehen? Oder konnte es sein, dass die beiden Mönche längst die Suche nach ihr aufgegeben hatten? Sie betrachtete das Pferd, das sie am Halfter führte. Was hinderte sie eigentlich daran, einfach aufzusitzen und davonzureiten? Irgendwie würde sie sich durchschlagen. Und in den Wäldern kannte sie sich ohnehin besser aus als in der großen Stadt, wo alles so anders war, so eigenartig, so undurchsichtig und unüberschaubar. Sie musste an Maria denken, die alte Frau mit den magischen Kräften, die Finsteres vorausgesagt hatte. War es tatsächlich das, was auf sie, Johanna, wartete? Konnte sie nicht selbst entscheiden, wohin sie ging und wo sie bleiben wollte? Konnte sie ihr Schicksal nicht frei wählen? Sollte sie weiter Alanus folgen, der die Bücher liebte? Sollte sie bei Ines bleiben? War das für sie überhaupt möglich, ohne selbst eine Aufgabe oder ein Handwerk zu haben, von dem sie leben konnte? Und was, wenn sie einfach davonreiten würde? Könnte sie so der Finsternis entfliehen? Sie erinnerte sich an jenen Moment, als sie ihre Mutter ein letztes Mal gesehen hatte. Konnte es Schlimmeres geben als das Feuer?

Auf dem großen Platz waren die Händler schon damit beschäftigt, ihre Stände abzubauen. In Gedanken versunken ging Johanna weiter. Dann fand sie Ines, die dabei war, Gewürze und Kräuter in die beiden großen Körbe zurückzulegen. Als sie aufblickte und Johanna sah, schien es ihr fast die Sprache zu verschlagen.

«Ein Pferd? Woher hast du ein Pferd?» Sie kam näher und betrachtete das Tier. «Noch dazu ein solch schönes. Also, du überraschst mich schon wieder. Wie bist du an das Pferd gekommen?»

«Wir hatten es untergestellt.»

«Und du konntest es dir einfach so nehmen?»

Johanna nickte. «Der alte Mann, der die Tiere versorgt, meinte, ich sollte mich vorsehen. Es wäre nicht üblich, dass ein Mädchen wie ich in Köln mit einem Pferd unterwegs ist.»

«Da hat er wohl recht. Weißt du eigentlich, wie teuer solch ein Tier ist?»

«Nein. Warum?»

«Ich werde nie im Leben ein Pferd kaufen können. Und du?» Sie sah Johanna an und musste lachen. «Also komm schon», sagte sie. «Lass uns gehen. Es wird bestimmt lustig werden.»

Sie befestigten die beiden Körbe auf dem Rücken des Tieres und machten sich auf den Weg. Je näher sie der Gasse kamen, in der Ines wohnte, desto mehr wurden die Menschen aufmerksam, blickten erstaunt zu den beiden herüber oder lächelten einfach nur.

Sie erreichten das kleine Haus. Ines nahm die beiden Körbe, trug sie hinein und kam zurück.

«Es ist noch nicht ganz dunkel», sagte sie. «Wir könnten zum Fluss reiten und zusehen, wie die Sonne untergeht. Was meinst du?»

Johanna nickte. Sie schwang sich auf das Pferd. «Komm. Du musst mit dem linken Fuß in den Steigbügel treten», sagte sie. Zugleich führte sie den rechten Arm hinter ihren Rücken, so dass Ines ihre Hand greifen konnte, um Halt zu finden. Mit dem dritten Versuch gelang es ihr aufzusitzen, und als Johanna das Pferd antraben ließ, hielt sie sich etwas ängstlich an ihr fest. In den Gassen nahe der Stadtmauer blickten sich die Leute erstaunt nach ihnen um. Auch der Wachmann an der Pforte schaute sie verwundert an, doch als er Ines erkannte, durften sie passieren.

Außerhalb der Mauer ritten sie Richtung Süden, dorthin, wo eine kleine Halbinsel in den Fluss ragte. Hier stiegen sie ab, ließen das Pferd grasen und setzten sich an das Ufer. Die Sonne spiegelte sich orangegelb auf dem Wasser. Es würde noch eine Weile dauern, bis sie ganz verschwunden war.

«Ich bin am Abend gerne hier», sagte Ines. «Es ist still. Ich kann allein sein und die Gedanken schweifen lassen.»

«Bist du schon einmal geritten?», fragte Johanna.

«Noch nie. Mein Vater konnte sich kein Pferd leisten. Es ergab sich nie die Gelegenheit.»

«Und? Hattest du jetzt Angst?»

«Nein», antwortete Ines und lachte. «Ich hab schnell gemerkt, dass du gut mit dem Tier umgehen kannst. Überhaupt kannst du sehr viel. Wie alt bist du eigentlich?»

«Ich glaube, ich lebe noch nicht so viele Jahre.»

«Soll das heißen, du weißt es nicht?»

«Nicht so genau.»

«Seltsam. Aber du weißt etwas über Kräuter.»

Johanna nickte. «Das alles hab ich von meiner Mutter gelernt. Sie war eine Heilerin.»

«Ist sie tot?»

«Ja», sagte das Mädchen kurz und schwieg.

Ines schaute auf das Wasser. «Und kennst du dich auch in Magie aus?»

«Was meinst du?»

«Zauberei.»

«Ich weiß nicht, was Zauberei ist, aber ich kenne die Macht der Pflanzen und die Wesen, die unser Schicksal bestimmen. Für die meisten Menschen sind sie unsichtbar. Aber ich glaube nicht, dass dies Zauberei ist oder Magie. Ich kann nur manches sehen oder erspüren, was andere nicht wahrnehmen können.»

«Und hast du auch bei Maria etwas gesehen?»

«Erst nicht. Sie ist schon alt und muss ihre Kräfte vorsichtig einsetzen. Aber als sie mich ansah, bemerkte ich, wie sich um sie herum etwas bildete, das in kräftigem Blau erstrahlte.»

«Wie meinst du das?»

«Ich kann es dir nicht erklären. Aber ich habe das oft gesehen bei Menschen, die diese Gabe besitzen.»

«Und besitzt du diese Gabe?»

«Nein. Ich kann andere Dinge. Aber ich rede selten darüber, denn die Menschen halten mich dann meist für verrückt.»

Ines blickte sie an, betrachtete ihre Gesichtszüge, ihre Augen. «Du bist ein besonderes Mädchen. Wo hast du nur all das gelernt?»

Johanna schwieg einen Moment. «Ich glaube, viele der Fähigkeiten, die du meinst, habe ich seit jeher in mir gehabt. Die wiederkehrenden Seelen wachsen ja im Innern der Erde heran und steigen dann empor in die Brunnen, die Seen, die Teiche und Sümpfe, wo sie zunächst bei den Fischen und Fröschen leben. Manche steigen auch weiter hinauf zum Sternenreich, um nach einiger Zeit auf die Erde zurückzukehren und sich auf den Wolken, den Bäumen und den Blütenkelchen niederzulassen, dort, wo sie mit den Tieren und Elfen spielen. Offenbar erging es mir ebenso, denn noch heute kann ich diese Wesen sehen. Irgendwann habe ich mich dann wohl meiner künftigen Mutter genähert, und in der Nacht, als sie sich liebevoll einem Mann hingab, zog es mich in die Welt der Körper.

An meine Geburt und die Zeit unmittelbar danach kann ich mich nicht erinnern. Meine Mutter erzählte mir, dass ich im Alter von zwei Jahren mehrere Wochen im Wald verschwunden war. Eines Tages soll sich ein Wolfsrudel der Stadt genähert haben, das mich zurückbrachte. Aber auch davon weiß ich nichts mehr. Doch solange ich denken kann, hatte ich immer die Gabe, mit den Tieren sprechen zu können und auch mit Wesen, die von anderen Menschen gar nicht gesehen werden. Ich glaube, dass ich die Fähigkeit seit meiner Geburt habe. Auch geht es mir so, dass ich manche Wesen, die andere nur hören können, zugleich auch sehe. Ohnehin kann ich, wenn ich mich darauf einlasse, alle Klänge mit Farben verbinden. Meine früheste Erinnerung an die Vergangenheit ist ein solches Erlebnis. Damals hörte ich zum ersten Mal die Kirchenglocken, und zugleich sah ich ihre Klänge in vielerlei Farben auf den Marktplatz hinabströmen. Vielleicht haben ja alle Kinder diese Gabe, aber die meisten verlieren sie nach einigen Jahren wieder.

Meine Mutter bemerkte schnell, dass es mir möglich war, die Geistwesen – Feen, Engel und Dämonen – zu sehen. Immer, wenn sie in den Wald ging und Kräuter sammelte, nahm sie mich mit, weil ich ihr wichtige Hinweise gab. Und offenbar konnte ich auch Zukünftiges erspüren. Als ich etwa fünf Jahre alt war, habe ich das Aussehen eines ungeborenen Kälbchens beschrieben. Zwei Tage später kam es zur Welt, und sein Fell sah genau so aus, wie ich es vorhergesagt hatte.

Sonst aber war ich ein Mädchen wie alle anderen. Hatte Freunde, mit denen ich auf der Straße und vor der Stadtmauer spielte. Ich ging sogar des Sonntags in die Kirche. Der Gesang hat mir gefallen und auch die Düfte, die den Raum erfüllten. Aber ich habe nie verstanden, was die Erwachsenen dort eigentlich taten. Diese Welt blieb mir fremd. Anders die Welt jenseits der Stadtmauer. Oft durfte ich meine Mutter begleiten. Sie lehrte mich die Macht der Pflanzen und auch die Demut, mit der man ihnen begegnen muss. Manchmal nahm sie mich auch mit auf Reisen. Sie besuchte dann andere Frauen, die sich ebenfalls mit Kräutern auskannten. Bis spät in die Nacht erprobten sie Tränke, Salben und Mixturen. Manchmal vollzogen sie dazu geheimnisvolle Handlungen. Doch ich war immer zu müde vom langen Weg und schnell eingeschlafen, und so kann ich mich an nichts mehr erinnern.

In unserer Stadt hatten wir ein Haus, etwa so groß wie deines. Es lag unmittelbar an der Stadtmauer. Dahinter hatte Mutter in einem kleinen Garten all jene Kräuter angepflanzt, die sie regelmäßig benötigte. Sie wurde von den Menschen gerufen, wenn jemand krank geworden war oder wenn ein Kind zur Welt kam. Manche wollten auch, dass sie die Zukunft voraussagte, aber das lehnte sie ab. Die Leute waren manchmal seltsam. Sie schätzten meine Mutter, weil sie eine gute Heilerin war. Aber insgeheim vermuteten sie wohl, dass da irgendetwas nicht mit rechten Dingen zugehen konnte. Sie waren argwöhnisch. Deshalb ließ mich meine Mutter auch später, als ich kein Kind mehr war, nicht längere Zeit allein zu Hause und nahm mich auf all ihren Reisen mit. Sie traf sich regelmäßig mit anderen Heilerinnen und Magiern, immer dann, wenn Tag und Nacht gleich lang waren. Was bei diesen Zusammenkünften geschah, war für mich zunächst sehr erschreckend, aber mit der Zeit lernte ich, dass es Handlungen waren, die innere Kraft geben und die Wahrnehmung der Dinge erweitern konnten. Letztlich verstand ich, dass all dies gefährlich und harmlos zugleich war. Gefährlich, weil alles, was dort geschah, die Gefühle verwirren konnte. Und harmlos, weil mir viele der Fähigkeiten, die die Magier dort erwarben, bereits bekannt waren.

Du hast mich gefragt, ob ich mich mit der Magie auskenne. Viele magische Fähigkeiten scheine ich wohl selbst zu besitzen. Aber wenn du mich fragst, was Magie ist und was die Menschen damit beabsichtigen, dann kann ich dir keine rechte Antwort geben. Ich habe unter den Magiern einige Weise kennen gelernt. Aber auch viele, die mit den Kräften, die sie heraufbeschworen, nicht umgehen konnten und mit der Zeit die Macht über sich selbst verloren. Ich verstand nie, warum sie es so weit kommen ließen. Die Mächte der Natur sind meist freundlich. Aber es gibt auch bösartige Wesen. Sie sind gefährlich, und nie wirst du sie zu deinen Freunden machen können. Sie haben nur das Ziel, Macht über dich zu gewinnen. Es gibt Magier, die sich entscheiden, ihnen zu begegnen, oder sie sogar zu ihren Begleitern machen. Doch diese Menschen müssen Stärke besitzen und sich selbst gut kennen, um sich nicht zu verlieren.

Es ist nicht leicht zu sagen, was Magie ist. Die meisten Menschen haben seltsame Vorstellungen davon. Sie rufen die Heiler, wenn sie sie brauchen, doch zugleich sind sie misstrauisch und unterstellen böse Dinge. Schnell sehen sie hinter allem den Teufel.

Als meine Mutter von einigen Menschen der Hexerei beschuldigt wurde, meinte sie wohl, dass sich die Gerüchte wie so oft bald verflüchtigen würden. Doch da war ein Mann in die Stadt gekommen, der die Einwohner gezielt befragte und dazu aufforderte, ihm verdächtige, unerklärliche Geschehnisse zu berichten. Manchmal drohte er ihnen, um das Gewünschte zu hören. Einige wollten sich einfach nur wichtig machen und verbanden Wahres mit Unwahrem.

Ich war nicht dabei, als sie meine Mutter abholten. Nur einmal noch habe ich sie gesehen, als ich selbst in den Turm gebracht wurde. Es gelang ihr, sich dem Griff der Wächter zu entziehen, mich ein letztes Mal zu umarmen. Dabei konnte ich ihr eine Mohnkapsel zustecken, deren Milch eine betäubende Wirkung hat. Dann packten mich die Wächter und zogen mich fort. Immerhin hatte ich die tröstende Gewissheit, dass Mutter keine Schmerzen mehr haben würde. Ich sah sie nie wieder.

Später gelang mir gemeinsam mit Alanus und Severin die Flucht aus dem Turm. Und nun bin ich hier. Und ich wage nicht daran zu denken, was geschehen wird. Maria hat sie gesehen: die Finsternis. Es ist nur noch die Frage, auf welche Weise sie erscheinen wird. Weißt du, es gibt nichts Schlimmeres, als zu wissen, dass man seinem Schicksal nicht mehr entfliehen kann …»

Plötzlich hatte Johanna am ganzen Körper zu zittern begonnen. Ines nahm sie in den Arm und sagte nichts, versuchte selbst ruhig zu sein, um das Mädchen auffangen zu können. Sie blickte auf den Fluss und zugleich spürte sie Johannas Herz schlagen. Es dauerte lange, bis das Zittern nachließ.

«Du musst dich nicht fürchten», flüsterte sie. «Wer sagt dir, dass du dein Schicksal nicht auch selbst formen kannst? Gott hat uns in die Freiheit entlassen, damit wir uns in der Welt bewähren. Du kannst deinen Weg wählen. Gott ist voller Gnade. Er will dir nichts Böses. Du bist doch sein Kind.»

Johanna hob den Kopf und sah Ines an. «Dein Gott ist nicht voller Gnade. Er hat die Welt so gemacht, dass unschuldige Menschen gequält und getötet werden können. Warum soll es mir anders ergehen?»

«Du bist stark. Du hast viele ungewöhnliche Fähigkeiten. Man kann dich nicht so einfach besiegen. Vertrau auf dich.»

Johanna schwieg, wandte den Blick zum Ufer und sah das Wasser langsam und ruhig dahinfließen. Ines hielt sie noch immer fest umarmt.

«Wie schön es wäre», sagte das Mädchen einige Zeit später, «wenn man alle Schmerzen den Wellen übergeben könnte. Der Fluss würde sie davontragen, und ich wäre frei.»

Sie blickte zum gegenüberliegenden Ufer und bemerkte, wie sich einige mächtige Bäume gegen die Sonne erhoben. Fast schien es, als würden sie mit ihr kämpfen, sie noch einen Augenblick am Himmel halten wollen. Doch die Nacht näherte sich. Ob sie wussten, dass das Licht zurückkehrte? Oder fürchteten sie sich vor der Finsternis? Gern hätte Johanna mit ihnen gesprochen, aber wohl keine Antwort erhalten. Bäume waren zu stolz dafür.

Als die Sonne fast am Horizont verschwunden war, löste Ines ihre Umarmung und stand auf.

«Komm», sagte sie. «Wir gehen.»

Es brauchte eine Weile, bis auch Johanna zu sich zurückgekehrt war, aufstand und nach dem Pferd sah. Es graste noch immer dort, wo sie es zurückgelassen hatten.

Sie ritten die kurze Strecke bis zum Tor, erreichten die Gassen hinter der Stadtmauer, die nun fast menschenleer waren, und gelangten bald zu dem kleinen Haus. Ines führte das Pferd in einen Schuppen, wo Johanna es an einem Balken festband. Dann öffnete Ines die Tür, ging voran und zündete eine Kerze an, die den Raum goldgelb erleuchtete.

Bald war Johanna neben Ines eingeschlafen.

Am nächsten Morgen erklärte ihr Ines den Weg zum Kloster. Sie musste Richtung Westen reiten, dem Weg der Sonne folgen. Bald fand sie einen kleinen Bachlauf, der unmittelbar an den Häusern der Färber entlang verlief und zu den Gutshöfen führte. Von fern erkannte sie die beiden Türme der Klosterkirche. Sie ließ das Pferd Schritt gehen. Als der Weg einen Bogen machte, sah Johanna, dass die Klosteranlage mit einer hohen Mauer umgeben war. Die große Pforte war gerade geöffnet worden und ein Mönch in brauner Kutte verabschiedete sich von zwei Reitern, die sich noch einmal nach ihm umsahen und dann Richtung Süden davonritten.

Johanna zog die Zügel an und brachte ihr Pferd zum Stehen.

Fassungslos blickte sie den beiden nach …

Von meiner Kindheit an, als meine Gebeine, Nerven und Adern noch nicht erstarkt waren, erfreue ich mich der Gabe dieser Schau. Ich sehe diese Dinge nicht mit den äußeren Augen und höre sie nicht mit den äußeren Ohren, ich sehe sie vielmehr einzig in meiner Seele, mit offenen leiblichen Augen, so dass ich niemals die Bewusstlosigkeit einer Ekstase erleide, sondern wachend schaue ich dies bei Tag und Nacht.

Hildegard von Bingen, Brief an den Mönch Wibert von Gembloux in Brabant (1175)

7. KAPITEL

Der Weg war schmal gewesen, zu beiden Seiten von dichtem Buschwerk und hohen Bäumen eingeschlossen. Severin hatte sie nicht kommen hören. Er sah nur noch, wie zwei schwarzvermummte Gestalten aus dem Gebüsch sprangen und Alanus vom Pferd rissen. Dann wurde auch er von hinten gepackt und hinabgezogen. Knüppelschläge trafen seinen Magen, das rechte Knie, und noch bevor er sich umsehen konnte, krachte etwas auf seinem Kopf nieder. Dann verlor er das Bewusstsein.

Als er wieder zu sich kam, war ihm zunächst nicht klar, wo er sich befand. Er fühlte nur Schmerz, wagte nicht, die Beine zu bewegen, griff sich an die Stirn und spürte Blut an seiner Hand herablaufen. Erst langsam wurde es wieder hell um ihn. Er sah den Kopf eines Pferdes, das ihn anstupste und nicht eher davon abließ, bis er endgültig die Augen aufgeschlagen hatte und sich vorsichtig aufrichtete. Nun erst kehrte die Erinnerung zurück. Er blickte um sich und bemerkte, dass beide Pferde noch da waren. Ein Mensch lag etwas entfernt auf dem Weg, offenbar bewusstlos. Severin wollte aufstehen und spürte einen stechenden Schmerz im Knie. Unfähig, auf die Beine zu kommen, robbte er über die trockene Erde. Nachdem er Alanus erreicht hatte, zog er so lange an dessen Kutte, bis der ebenfalls erwachte, sich mit der Hand an die Stirn fasste und benommen um sich sah.

Eine ganze Weile blieben die beide Männer am Boden liegen. Dann bemerkte Severin, wie Alanus sich vorsichtig aufrichtete und zu ihm blickte.

«Bist du verletzt?», fragte er.

«Ich weiß nicht recht. Mein Kopf dröhnt. Und sie haben mir auf die Knie geschlagen.»

«Das ist schlecht. Dort warst du doch gerade erst verletzt. Mich haben diese Höllenhunde auch erwischt. Ich spüre noch die Schläge auf den Schädel. Und der Rücken schmerzt.» Er blickte zu den Pferden auf. «Immerhin. Die haben sie uns gelassen.»

«Ja. Der Proviantsack scheint auch noch da zu sein.»

«Wie müssen raus aus diesem Wald», sagte Alanus und versuchte, wieder auf die Beine zu kommen. Als er sich aufgerichtet hatte, wurde ihm schwindelig und er musste sich am Sattel des Pferdes festhalten.

Severin versuchte ebenfalls aufzustehen. Dabei spürte er stechende Schmerzen in den Knien, und nur mit äußerster Selbstbeherrschung gelang es ihm, sein Pferd zu erreichen. Alanus kam langsam zu ihm herüber. Er hatte gesehen, dass es Severin nicht aus eigener Kraft gelingen würde aufzusitzen. So stützte er ihn, schob ihn hoch in den Sattel und verhinderte, dass er auf der anderen Seite des Pferdes wieder herabfiel. Schließlich wankte Alanus langsam zu seinem Pferd zurück und hob die Tasche mit den Dokumenten und Büchern auf. Nur mit Mühe gelang es ihm, sich auf den Rücken seines Tieres zu ziehen. Als er im Sattel saß, gab er das Zeichen zum Weiterreiten. Die Pferde trabten an. Obwohl die Sonne den Zenit erreicht hatte, warfen die hohen Bäume noch immer Schatten.

Als sie am frühen Nachmittag eine Lichtung erreicht hatten, waren sie kaum mehr in der Lage, vom Pferd zu steigen. Mit letzter Kraft ließen sie sich in das hohe Gras fallen und schliefen erschöpft ein.

Severin erwachte, als er den Schrei eines Greifvogels hörte. Auch Alanus hatte sich aufgerichtet. Er vergewisserte sich, dass die Pferde noch da waren. Dann erhob er sich langsam, ging zu ihnen hinüber, löste den Proviantsack vom Sattel und prüfte den Inhalt.

«Es ist noch alles da», sagte er. Dann griff er eine der Wasserflaschen heraus und reichte sie Severin. Der nahm einen kräftigen Schluck und gab sie zurück. Alanus suchte weiter, fand das Messer und dann auch den kleinen Beutel mit Münzen. Er zählte sie durch und legte sie zurück. «Erstaunlich», sagte er und schüttelte den Kopf. «Es fehlt nichts.»

«Das kann doch nicht sein», meinte Severin. «Die müssen doch irgendetwas gewollt haben. Die schlagen uns doch nicht einfach so nieder, ohne etwas mitgehen zu lassen.»

«Du erinnerst dich doch, dass wir seit unserer Abreise aus Köln einige Male das Gefühl hatten, verfolgt zu werden?»

Severin nickte. «Du meinst, sie haben bis heute abgewartet?»

«Der Wald ist ideal für einen Überfall.»

«Aber warum das alles?»

«Vielleicht, um uns einzuschüchtern», sagte Alanus. «Da will uns irgendjemand Angst machen. Uns davon abhalten, weiterzureisen.»

«Dann müsste er über unseren Auftrag Bescheid wissen.»

Alanus blickte zu Boden. «Gregorius wird wohl kaum seine Häscher hinterherschicken. Aber es mag sein, dass sich unser Aufenthalt in Köln herumgesprochen hat. Einige wissen Bescheid über uns oder sie können sich doch zumindest etwas zusammenreimen.»

«Und du meinst, die verfolgen uns seit Wochen den gesamten Rhein entlang, über Andernach, Koblenz, Boppard, St. Goar, Oberwesel, Bacharach und vorbei am Rupertsberg, nur um uns dann hier aufzulauern?»

«Ich weiß es nicht», sagte Alanus. «Aber ich werde mich von ihnen nicht aufhalten lassen. Je länger wir dieses magische Buch suchen, desto deutlicher wird mir, wie machtvoll es sein muss, wenn solch merkwürdige Dinge geschehen. Es scheint einige zu geben, die davon erfuhren und es nun haben wollen. Sie sind sicherlich schneller als wir. Aber sie wissen nicht, was wir wissen.»

Severin blickte plötzlich verängstigt auf. «Die Dokumente!», rief er.

«Die hängen an deinem Sattel», antwortete Alanus ruhig. Dennoch ging er hinüber zu dem Pferd, löste die Tasche von den Ledergurten, kam damit zurück und öffnete sie. «Mein Gott», sagte er.

«Was ist?», fragte Severin aufgeregt.

«Die wollten uns nicht einschüchtern.» Alanus hielt kurz inne. «Die wollten die Dokumente. Und sie haben den vierten Band des Agrippa. Den über Ritualmagie.»

Plötzlich hörten sie ein Geräusch hinter sich. Die beiden Männer drehten sich um, blickten zum Wald zurück, wurden aber von der Sonne geblendet.

Severin richtete sich auf und sah, wie ein Pferd aus dem dichten Wald preschte. In der strahlenden Sonne leuchtete es schneeweiß, genauso wie seine Reiterin, die ein helles Leinenkleid trug, das sie um die Hüften zusammengebunden hatte. Ihr hellblondes Haar fiel schulterlang herab, so dass ihr Gesicht nicht zu erkennen war. Für einen kurzen Moment schien auch sie von den Sonnenstrahlen, die sie umgaben, geblendet zu sein. Dann erblickte sie die beiden Männer und ließ ihr Pferd anhalten. Severin blinzelte, um sicherzugehen, dass dies keine Vision sei. Für den Bruchteil eines Augenblicks war er sich nicht im Klaren darüber, ob all das mehr sein konnte als ein Traum, der ihn gefangen nahm und ihn glauben ließ, es wäre die Wirklichkeit.

«Johanna?», fragte er ungläubig.

«Da seid ihr ja», bekam er zur Antwort. Mit leichten, geübten Bewegungen schwang sich das Mädchen vom Pferd und ging auf Severin zu. «Ich habe die Spuren gesehen. Und gehofft, dass nicht ihr es seid, die von den Räubern überfallen wurden.» Sie beugte sich zu Severin herab. «Wo hat es dich erwischt?»

«Am Kopf. Und am Knie.»

«Das ist dumm», meinte sie kurz.

Severin konnte es noch immer nicht fassen. «Wo bist du all die Zeit gewesen? Und wie hast du uns gefunden? Und warum?»

Sie lächelte. «Meinst du nicht, dass das jetzt ein paar Fragen zu viel sind?»

Sie ging auf Alanus zu und umarmte ihn.

Der stand da, zu verblüfft, um auch nur ein Wort sagen zu können.

Johanna hatte Severins Wunden ausgewaschen und verbunden. Nun saß sie mit den beiden Männern im Gras und erzählte von ihrem Aufenthalt in Köln und der langen Reise entlang des Rheins. Immer wieder hatte sie sich sorgen müssen, um Essen und Trinken, eine sichere Bleibe, um Räuber, denen sie ausweichen musste, und um Menschen, die sie für eine Hexe hielten: ein Mädchen, allein auf einem Pferd, das sich gewöhnlich nur reiche Herren leisten konnten. Noch dazu ein Mädchen, das schon aufgrund seiner äußeren Erscheinung auffallen musste. Nicht immer hatten sich Menschen gefunden, die sie aufnahmen. Und oftmals war es ihr lieber gewesen, noch des Nachts weiterzureiten, weil sie gespürt hatte, dass den Leuten nicht zu trauen war. Einzig im Kloster auf dem Rupertsberg konnte sie Rast machen, ohne Angst haben zu müssen.

«Die Äbtissin war auf mich aufmerksam geworden», fuhr Johanna fort. «Sie hatte sich wie alle anderen zunächst darüber gewundert, dass ein Mädchen allein mit dem Pferd unterwegs sein konnte, doch wir sprachen miteinander und sie schien interessiert an mir zu sein. Als ich ihr davon erzählte, dass ich manchmal Dinge vorhersehen kann und dass mich im Schlaf ungewöhnliche Träume heimsuchen, berichtete sie mir von jener Frau, die vor vielen hundert Jahren das Kloster gegründet hatte. Hildegard hieß sie. Auch sie soll diese Gaben besessen haben, und sie schrieb viele ihrer Träume in ein Buch, so dass man sie heute noch nachlesen kann. Die Äbtissin, sie heißt Margarete von Koppenstein, fragte mich auch, ob ich im Kloster bleiben wolle, aber ich sagte ihr, dass ich weiterreiten müsse, um euch wiederzufinden. Sie erzählte mir dann von Reitern, die vor den Toren des Klosters übernachtet hatten und dann die Nahe hinaufgezogen waren. So ließ ich den Rhein hinter mir und folgte den Spuren. Doch schon bald war das, was ich entlang des Weges fand, nicht mehr eindeutig. Es konnten nicht nur zwei Reiter sein, die vor mir waren. Aber ich erkannte auch jene Hufspuren, denen ich schon seit Köln gefolgt war. Und so ritt ich weiter, fand den Platz, an dem der Kampf stattgefunden hatte, sah anhand der Spuren, dass nur noch zwei Pferde den Weg fortsetzten und scheinbar nur langsam vorankamen. Mein Gespür sagte mir, dass ich jene Reiter, die ich so lange verfolgt hatte, nun endlich einholen würde. Und so war es dann auch.»

Johanna hielt inne und schaute zu den beiden Männern. Die ganze Zeit über hatte Alanus den Blick nicht von ihr gelassen. Entschlossen und selbstsicher wirkte sie, stark und voll wilder Schönheit.

«Ich habe dich sehr vermisst», sagte er. «Es ist gut, dass du wieder bei uns bist. Auf dem Marktplatz in Köln warst du plötzlich verschwunden. Wir haben in den folgenden Tagen nach dir gesucht, doch das Einzige, was wir in Erfahrung bringen konnten, war, dass du dir bei dem alten Tischler das Pferd geholt hattest.»

Johanna nickte und schaute unsicher. «Ich wollte es mir nur ausleihen.»

«Schon gut. Du lebst und bist gesund. Das allein ist wichtig. Ich freue mich, dass du wieder bei uns bist.»

«Ich bin auch froh», sagte Johanna. «Als ich bemerkt hatte, dass ihr einfach ohne mich davongeritten seid, war ich sehr enttäuscht. Doch in der Nacht wurde mir klar, dass ich euch folgen sollte. Aber ich hatte immer Zweifel, ob ich euch wiederfinden würde. Oft habe ich daran gedacht, einfach umzukehren. Ines bat mich zurückzukommen, wenn alles vorbei ist.»

«Es ist noch nicht vorbei», erwiderte Alanus. «Ich glaube, es hat gerade erst richtig begonnen. Wir sind nicht die Einzigen, die das magische Buch suchen.» Er blickte das Mädchen an.

«Ines hat dir von diesem Mann erzählt, der gefährliche Kräuter bei ihr kauft. Hast du ihn je gesehen?»

«Nein. Sie sagte nur, er gehöre einer magischen Geheimgesellschaft an. Ach ja, und sie sprach von einem Zeichen.»

«Einem Zeichen?» Severin war aufmerksam geworden.

«Ja. Eine Schlange. Eine Schlange, die sich um sich selbst windet und sich in den Schwanz beißt. Eine goldene Schlange. Diese geheime Gesellschaft soll vor vielen Jahren im fernen Paris gegründet worden sein. Ihre Mitglieder tragen das Zeichen der Schlange auf der Haut.»

Severin hatte Johanna gebannt zugehört. «Der Schlangenorden», sagte er kurz. Dann blickte er zu Alanus.

«Was Johanna sagt, stimmt. Der Schlangenorden wurde vor etwa fünfzehn Jahren in Paris gegründet. Agrippa von Nettesheim ist damals die schillernde Figur gewesen, um die sich eine bunte Schar von Okkultisten und Magiern oder solche, die sich dafür halten, sammelte. Unter ihnen soll auch jener Johannes Fust gewesen sein. Sie praktizierten magische Rituale. Es ging darum, Dämonen zu beschwören und die quinta essentia zu gewinnen, den Stein der Weisen, der es erlaubt, alles zu verwandeln und unsterblich zu werden. Einige dieser Menschen sollen damals auf rätselhafte Weise ums Leben gekommen sein. Der Bürgermeister von Paris ließ den Orden verbieten und sorgte mit strenger Hand dafür, dass keine Treffen mehr stattfanden. Der Orden wurde offiziell aufgelöst. Aber es hat immer wieder Anzeichen dafür gegeben, dass er weiterbesteht.»

«Und du glaubst, wir könnten es mit ihm zu tun bekommen?»

«Wenn es diesen Orden noch gibt und seine Ziele die gleichen sind wie damals, dann wird er das unbekannte magische Buch in seinen Besitz bringen wollen. Und wie damals wird man dabei vor nichts zurückschrecken.»

Severin schaute erst Johanna an, dann Alanus. «Wenn es wirklich Mitglieder des Ordens waren, die uns überfallen haben, dann sind sie jetzt im Besitz der Dokumente über Fust und kennen auch all jene Menschen, die uns auf der Reise weiterhelfen sollen.»

«Das tun sie nicht», sagte Alanus kurz, griff noch einmal in den Proviantsack und holte einen Bogen Papier hervor. «Die Liste der Vertrauensleute haben wir noch. Und auch die astrologische Berechnung.»

Severin blickte auf und lachte. «Das ist gut. Sie haben nicht alles gefunden. Und die Dokumente sind für uns nicht mehr so wichtig. Wir haben sie gelesen und können uns an alle Details erinnern.»

«Wollt ihr wirklich weiterreisen?» Johanna hatte bislang schweigend zugehört. «Ihr habt doch gesehen, zu was es führt, wenn ihr nach diesem geheimnisvollen Buch sucht. Es bringt den Tod.»

«Du übertreibst», erwiderte Severin. «Wir müssen nur vorsichtig sein. Alles, was bis jetzt über das Buch bekannt ist, sagt uns, dass wir es in unseren Besitz bringen müssen. Stell dir vor, es geriete in die Hände irgendwelcher skrupelloser Magier. Das können wir nicht zulassen.»

Johanna schüttelte den Kopf und blickte zu Boden. «Ich spüre nichts Gutes», sagte sie. «Und wie soll es jetzt weitergehen? Wohin reisen wir?»

«Unser nächstes Ziel», sagte Alanus, «ist das Kloster Sponheim. Ich hoffe, dort mehr über diesen unbekannten Mann zu erfahren. Und vielleicht auch über das Buch, das wir suchen. Immerhin hat Sponheim die größte Bibliothek der Welt. Dort kennt man sich mit solchen Dingen aus.»

«Aber vielleicht finden wir dort gar nichts und begeben uns nur wieder in neue Gefahren.»

«Das glaube ich nicht. Jene Männer, die uns überfallen haben, ließen das Wichtigste zurück: die Liste der Vertrauensleute. Auf ihr sind Orte verzeichnet und gelehrte Männer, die uns behilflich sein können. Sponheim wird darin besonders genannt. Das Kloster ist im Besitz aller bedeutenden Bücher über Magie. Ich bin sicher, dass uns der Besuch dort weiterbringt.»

Johanna sagte nichts mehr, und auch Alanus schwieg.

Severin blickte zurück zum Wald. Nach Sponheim. Es könnte nur noch schlimmer kommen, wenn sie auch über Roxheim reisten. Aber das würde er zu verhindern wissen. Was wartete auf ihn, wenn er an seinen Geburtsort zurückkehrte? Wie groß wäre der Schmerz, die Eltern nicht mehr wiedersehen zu können? Vor einigen Monaten hatte er erfahren, dass sie gestorben seien und der Bruder den Hof übernommen habe. Nein, er konnte sich hier nicht mehr sehen lassen. Doch Gleiches galt für Sponheim. Zu kurz war die Zeit, seit er das Kloster hatte verlassen müssen. Die Brüder würden sich an ihn erinnern. Und nach wie vor hielten sie ihn für einen Dieb, der zu Recht aus dem Konvent ausgeschlossen worden war.

Kurz bevor sie Bingen erreichten, hatte er von Alanus erfahren, dass Sponheim ihr nächstes Ziel sein würde. Er hatte sich geweigert, dorthin zu gehen, darauf hingewiesen, welch große Schwierigkeiten sie bekommen würden, wenn er nach all dem, was geschehen war, das Kloster wieder betreten würde. Aber Alanus war bei seinem Plan geblieben, hatte darauf verwiesen, dass hier ihr nächster Informant zu finden sei, und sogar damit gedroht, notfalls allein weiterzureisen und ihn zurückzuschicken, wenn er sich weigerte.

Severin hatte keine andere Wahl gehabt, als sich in sein Schicksal zu ergeben. Doch nun war auch Johanna wieder bei ihnen. Und das würde alles noch viel schlimmer machen. Das konnte nur hinderlich sein, denn sie durfte das Sponheimer Kloster nicht betreten, würde aufgrund ihres Aussehens überall für Aufsehen sorgen und sie in Verruf bringen. Was sollten die Mönche in Sponheim denken? Wie wollte Alanus glaubhaft bleiben, wenn er dort mit einer Hexe und einem Dieb erschien? Aber schlimmer noch war, dass Johanna ganz offensichtlich einen nicht zu unterschätzenden Einfluss auf Alanus ausübte. Er vertraute ihr, selbst wenn sie die eigenartigsten Gedanken von sich gab. Dieses Mädchen war schon deshalb gefährlich, weil es den Unfug glaubte, den es sich selbst zurechtlegte. Die Aufgabe, die sie erfüllen mussten, verlangte klaren Verstand. Wenn es wirklich der Schlangenorden war, der sie verfolgte, dann würde die Sache ohnehin verworren genug sein. Vielleicht war Johanna inzwischen sogar von den Männern dieses Ordens angesprochen worden und machte gemeinsame Sache mit den Verfolgern. Hatte sie nicht selbst zugegeben, in Köln von all dem erfahren zu haben? Nicht auszudenken, wenn sie in die Fänge dieser Scharlatane geraten und von ihren Versprechungen eingefangen worden wäre und nun die ganze Reise über als Verräterin an ihrer Seite ritt.

Severin blickte zu ihr hinüber. Sie schien es zu bemerken, sagte aber nichts, fuhr sich stattdessen mit der Hand durch das Haar. Severin kannte diese natürliche, selbstbewusste Geste Johannas nur zu gut. Und er mochte sie überhaupt nicht.

Alanus erhob sich. «Lasst uns weiterreiten. Hier möchte ich nicht übernachten. Vielleicht kommen sie noch einmal zurück.»

Am Abend näherten sie sich Kreuznach. Schon von fern hatte man auf der gegenüberliegenden Seite der Nahe eine Burg wahrnehmen können. Dann sahen sie die Stadt, umgeben von einer mächtigen Schutzmauer, mit der anderen Uferseite verbunden durch eine Brücke, auf der sogar mehrstöckige Häuser errichtet waren, die über dem Fluss zu schweben schienen. Auf einer Insel inmitten der Nahe erhob sich ein mächtiger Kirchturm.

Severin schlug vor, im Kloster zu übernachten. Doch als sie die Pforte von St. Peter erreicht hatten, wollten die Nonnen sie zunächst nicht einlassen. Das Mädchen dürfe bei ihnen übernachten, die beiden Männer aber sollten draußen bleiben. Erst als Severin darauf verwies, dass sie überfallen und verletzt worden waren, ließ man sie ein, gab ihnen jedoch die Auflage, das Spital in der Nacht nicht zu verlassen, auch nicht, um an den Stundengebeten teilzunehmen. Die beiden Männer waren über das strenge Regiment der Äbtissin erbost, mussten sich aber wohl oder übel fügen. Johanna begleitete sie in den Krankensaal und sorgte dafür, dass ihre Prellungen mit einer Salbe behandelt wurden. Dann ließ man sie allein. Doch der Tag war zu aufregend gewesen. Obwohl sie erschöpft waren, fanden sie keinen Schlaf.

«Kannst du verstehen, wozu sie die Dokumente geraubt haben?», fragte Severin. «Waren das Männer des Ordens? Was wollen sie dann mit Informationen über eine Person, die sie eigentlich seit den Anfängen in Paris sehr gut kennen müssten?»

«Richtig», sagte Alanus. «Was vermutest du?»

«Vielleicht waren es Leute, die im Auftrag des Schlangenordens handelten, sich aber nicht richtig auskannten. Bezahlte Häscher wissen solche Dinge nicht einzuschätzen. Sie würden einfach alles mitnehmen, was wie ein Schriftstück aussieht.»

«Denkbar wäre aber auch, dass jemand ganz anderes hinter uns her ist. Für den hätten die Papiere sicherlich großen Wert.»

«Aber wer sollte das sein?»

«Wir haben in Köln Spuren hinterlassen. Der Erzbischof, der Abt von St. Pantaleon, die Schwarzdrucker und Illustratoren, sie alle könnten Verdacht geschöpft haben. Oder denk an jenen seltsamen Mann, der sich mir als Agrippa vorgestellt hat.»

«Du meinst, wir tappen im Dunkeln?»

«Ziemlich», antwortete Alanus kurz.

«Ich frage mich, warum sie uns nicht gefangen genommen und gefoltert haben, um noch mehr zu erfahren.»

«Vielleicht war ihnen das aus irgendwelchen Gründen nicht möglich. Oder sie sind mit den Dokumenten zufrieden. Vielleicht ließen sie uns auch laufen, weil wir sie zum Ziel führen sollen. Sie haben uns ja schon eine ganze Weile verfolgt. Warum sollten sie das nicht auch weiterhin tun? Wir werden uns etwas einfallen lassen müssen, um sie abzuschütteln.»

«Wie sollen wir das schaffen?»

«Das weiß ich noch nicht. Aber vielleicht fällt dir etwas ein. Du kennst diese Gegend seit deiner Kindheit.»

Severin nickte. Dann legte er sich auf das harte Bett und dachte nach. Rund um Sponheim gab es nur kleine Dörfer. Die Bauern dort bemerkten jeden, der des Weges kam. Wenn man seine Spuren verwischen wollte, gab es nur eine Möglichkeit: weiter nach Westen ziehen, unbemerkt die Nahe überqueren, dabei keine Spuren hinterlassen und auf der anderen Seite des Flusses eine neue Richtung einschlagen. Am besten wäre es, wenn dies bei Nacht geschähe. Aber noch war es nicht so weit.

Am Morgen verließen sie das Kloster und folgten dem Weg, der sie zur Stadt führen sollte. Auf der gegenüberliegenden Seite erblickten sie die Burganlage und unmittelbar am Ufer eine Mauer, hinter der ebenfalls Häuser und einige Kirchtürme zu sehen waren.

«Fast könnte man meinen, es seien zwei Städte, rechts und links der Nahe», sagte Alanus verwundert.

«Ja, das ist nicht ganz falsch», meinte Severin. «Die Siedlung auf dieser Seite scheint wohl die ältere zu sein. Es soll sie schon zur Zeit der Römer gegeben haben. Was du auf der anderen Seite siehst, ist vor einigen hundert Jahren von den Grafen zu Sponheim erbaut worden. Ich kann nicht sagen, warum sie das taten, aber immerhin war ihnen diese Neugründung so wichtig, dass sie rund um die Stadt eine Schutzmauer bauen ließen und auf der Anhöhe die Kauzenburg errichteten. Aber die Menschen kommen gut miteinander aus, auch wenn jede Seite sich für die bessere hält.»

Alanus nickte. «Und warum hat man mitten auf dem Fluss eine Kirche errichtet?»

«Dort auf dem Wörth? Ehrlich gesagt: Ich weiß es nicht. Vielleicht sollte sie etwas Verbindendes für die Menschen zu beiden Seiten der Nahe sein.»

Unmittelbar vor der Stadtmauer stiegen sie von den Pferden, passierten das Tor, ohne angehalten zu werden, und folgten der ungepflasterten Straße entlang der Mauer, hinter der sie den Fluss nur erahnen konnten. Aus den kleinen Häusern zu beiden Seiten hörten sie geschäftiges Stimmengewirr. Viele Menschen waren bereits unterwegs. Immer wieder versperrten Ochsenkarren den Weg. Als sie ein Tor erreichten, durch das man zur Brücke gelangen konnte, bat Severin, einen Augenblick zu rasten. Die Schmerzen in seinen Knien machten sich wieder bemerkbar.

Diese kurze Pause gab ihnen Gelegenheit, aus unmittelbarer Nähe eigenartige, schwebende Häuser zu betrachten, die auf den massiven Brückenpfeilern errichtet worden waren und sogar über diese hinausragten und deshalb zusätzlich von hölzernen Stützstreben gesichert wurden. Jedes der Häuser besaß zwei oder drei vollständig ausgebaute Stockwerke.

Severin rieb seine Knie erneut mit Salbe ein und verband sie neu. Nachdem er sich etwas erholt hatte, gingen sie weiter entlang der Mauer und verließen die Stadt durch ein großes Tor.

Dann schwangen sie sich auf die Pferde und folgten dem Flusslauf. Immer wieder musste Severin die beiden bitten, Rast zu machen. Gegen Abend erreichten sie ein kleines Dorf auf einer Anhöhe und fanden einen Hof, auf dem sie in der Scheune übernachten durften. Severin ließ sich von Johanna noch einmal die Knie verbinden und legte sich erschöpft auf das Stroh. Die Schmerzen ließen etwas nach. Er lauschte auf Geräusche, die von draußen kamen. Sie sagten ihm, dass Alanus sich um die Pferde kümmerte. Als es still geworden war, fiel Severin in einen tiefen Schlaf.

Am nächsten Morgen fand Johanna Alanus vor der Scheune im Gras sitzend, sah, wie er die Sonne betrachtete. Sie setzte sich neben ihn.

«Wann erreichen wir Sponheim?», fragte sie.

«Wir haben noch einen Tagesritt vor uns. Morgen gegen Abend werden wir dort sein.»

«Und was ist mit mir? Ich meine, ich darf nicht hinein in das Kloster. Wo soll ich dann bleiben?»

Alanus nickte. «Severin sagt, es gibt einige kleine Höfe am Fuße des Klosters. Ich werde dafür sorgen, dass du dort bleiben kannst, und regelmäßig nach dir sehen. Wer weiß. Vielleicht brauche ich auch deine Hilfe. Es kann von Vorteil sein, jemanden außerhalb des Klosters zu haben.»

«Und du willst wirklich weitersuchen?»

«Ich muss dieses Buch haben. Es bedeutet Macht. Und es befindet sich offenbar in den falschen Händen.»

«Du weißt, dass es gefährlich ist. Warum lässt du nicht jemand anderes diese Arbeit tun?»

«Es gibt nur wenige, die solche Bücher lesen, geschweige denn verstehen können. Ich habe in den letzten Wochen viel über Magie gelernt. Besonders das vierte Buch des Agrippa hat mich aufmerksam gemacht. Wenn nur ein Teil dessen, was dort beschrieben ist, tatsächlich wirkt und wenn das unbekannte

Buch ihm ähnlich ist, dann haben wir es bald mit Luzifer persönlich zu tun. Und das muss ich verhindern.»

Johanna blickte ihn an. «Wie sehr willst du es?»

«Anfangs habe ich das alles für reichlich verrückt gehalten. Aber inzwischen denke ich nicht mehr so. Im Gegenteil. Ich möchte mehr darüber wissen, das alles verstehen, selbst herausbekommen, ob sich etwas Wahres dahinter verbirgt.»

Das Mädchen nickte nur, schwieg einen Moment und schaute den Wolken nach.

«Was ist mit dir?», fragte Alanus, der ihre Veränderung bemerkt hatte.

«Nichts», antwortete sie. «Nur eine Erinnerung. In der letzten Nacht ist ein Traum zu mir gekommen.»

«Erzähle», sagte er kurz und nahm die eindringliche Farbe ihrer Augen wahr, die sich im Licht der Sonne wandelte.

Doch Johanna schwieg, ihr Blick wurde allmählich ziellos und es schien Alanus, als begäbe sie sich in Gedanken auf eine lange Reise.

Da ist ein großer, schwarzer Vogel, der über dem Land seine Kreise zieht. Ich beobachte seinen Flug und bemerke, dass er wohl nicht landen kann. Um ihn kreisen andere Vögel, ebenfalls schwarz, aber nicht so groß wie er. Sie warten darauf, dass es ihm gelingt, den Boden zu berühren. Sie folgen ihm, hoffen, glauben an seine Macht. Dann erblicke ich einen großen, eisenfarbenen Berg. Auf ihm sitzt jemand in solch leuchtendem Glanz, dass es meine Augen blendet. Nach allen Seiten breitet er seine schattenspendenden Flügel aus. Vor ihm am Fuße des Berges steht eine Gestalt, deren Form nicht erkennbar ist, weil sie ringsum aus Augen besteht. Und da ist ein Knabe. Er trägt ein weißes Gewand und hält ein Lamm in seinem Schoß, das er schützend umfasst. Ich blicke wieder hinauf zum Gipfel des eisernen Berges, der mir allmächtig und unverrückbar erscheint. Inmitten der ausgebreiteten Flügel sehe ich ein Licht, das nie endende Heiterkeit ausstrahlt und zugleich alles Wissen dieser Welt besitzt und alle Gerechtigkeit in sich weiß. Dann höre ich Worte, ohne dass meine Ohren einen Laut vernehmen müssen.

‹Du zarte Menschentochter›, sagt es. ‹Du Staub vom Staub der Erde, du Asche der Asche, immer voll Angst, zu Nichts zu werden. Höre und gehe hin und sprich zu all denen, die bis ins Mark die heiligen Schriften kennen und ihnen nicht mehr folgen wollen, die abgestumpft sind und Gottes Sache verloren haben. Öffne ihnen von Neuem das Schloss der Geheimnisse und wasche ihnen die Augen frei, denn sie pflügen auf dem falschen Feld. Wisse: Sie haben die Tiefe und Erhabenheit ihres Lebens nicht von den Menschen erhalten. Und sie werden stürzen, wenn sie glauben, für alle Fragen eine Antwort zu finden und für sich selbst Erlösung sein zu können. Siehe, höre, rieche, fühle und schmecke und öffne alle inneren Sinne. Wenn du achtsam bist, erfährst du, dass alles einen Ursprung hat und dass du Frieden finden wirst.›

Dann verschwindet die Stimme im Leuchten zwischen den ausgebreiteten Flügeln, und der Berg wird wieder sichtbar in all seiner Macht. Und ich sehe den Jungen, der das Lamm hält, und muss weinen, weil ich selbst es bin, die in seinen Armen liegt. Er schützt meinen Körper vor den Schatten, die von den kreisenden Vögeln auf den Boden herabfallen. Ich blicke hinauf und sehe den großen schwarzen Vogel rotgolden erstrahlen. Fast zieht es mich zu ihm und er stürzt auf mich herab. Als er näher kommt, sehe ich die Herzen, die er in seinen Krallen hält. Ihr Blut tropft herab, und mit weit aufgerissenen Flügeln zieht der Greif über mich hinweg und hüllt alles in Dunkel. Dann erwache ich und finde mich draußen auf dem Rasen am Fuße des Brunnenhauses wieder. Es dauert eine Weile, bis ich bemerke, dass ich mich im Kreuzgang von St. Peter befinde. Doch ich kann mich nicht erinnern, dorthin gekommen zu sein, und blicke zur Seite. Dort im Gras sitzt ein Rabe, der mich aufmerksam beobachtet hat. Als er wahrnimmt, dass ich in die Wirklichkeit zurückgekehrt bin, breitet er seine Schwingen aus und erhebt sich in die Lüfte. Für einen Augenblick meine ich, sein Gefieder rotgolden schimmern zu sehen. Unsicher stehe ich auf, kehre unbemerkt zurück in den Schlafsaal der Nonnen, lege mich in mein Bett und falle in tiefen Schlaf.

Als Severin am nächsten Morgen erwachte, schien es ihm, als wäre sein Schlaf traumlos gewesen. Er richtete sich auf, und zu seiner Überraschung hatte er keine Schmerzen. Langsam öffnete er das Scheunentor und sah Alanus und Johanna gemeinsam im Gras sitzen. Vor ihnen auf dem Boden befanden sich ein Krug mit Wasser, ein Brotlaib, der bereits angeschnitten war, und ein Kanten Käse.

«Guten Morgen», begrüßte er die beiden.

Alanus nickte ihm freundlich zu. «Guten Morgen. Hast du gut geschlafen?»

«Ja. Sehr tief. Mein Körper hat Ruhe gebraucht.»

«Und deine Knie?», wollte Johanna wissen.

«Ich glaube, sie sind besser.» Severin bemerkte die vom Schlaf zerzausten Haare des Mädchens. So wirkte Johanna auf ihn noch wilder und unberechenbarer. Er blickte zu Alanus, aber der schien für all dies keine Sinne zu haben.

«Iss und trink etwas», sagte er «Wir reiten gleich los. Ich möchte vor Anbruch der Dämmerung in Sponheim sein.»

Severin nickte und goss sich Wasser in seinen Becher. Dann blickte er Johanna nach, die aufgestanden war und zum Brunnen ging. «Seid ihr schon lange wach?», fragte er.

«Nein», erwiderte Alanus. «Nur so lange, wie man braucht, um etwas zu essen.»

Er sah hinüber zum Wald, der vor ihnen lag. Severin folgte seinem Blick, verlor sich in der Dunkelheit, die da vor ihm lag, und plötzlich waren ihm Bilder vor Augen. Er dachte an seine Eltern, schien zu sehen, wie sie vor ihrem Hof standen und ihn ansahen. Dann kamen ihm andere Szenen in den Sinn: Mönche, die ihm finster nachblickten, ein vermummter Folterknecht, der ihn an eine Wand gekettet hatte, dann wieder die Dunkelheit.

«Was ist?», fragte Alanus, der seine Abwesenheit bemerkt hatte.

«Nichts», sagte Severin schnell. «Ich denke nach, was uns in Sponheim erwarten wird.»

«Bist du besorgt?»

Er nickte. «Ja, in gewisser Weise bin ich das. Es gibt so viele unvorhersehbare Dinge. Wir sind ganz auf uns gestellt und werden in Sponheim wenig Freunde haben.»

«Gregorius hat mir versichert, dass der Abt uns in allem unterstützt», erwiderte Alanus. «Er steht in unserer Pflicht.»

«Das kann sein. Aber es ist nicht vorhersehbar, ob unsere Verfolger nicht längst ihre Fühler ausgestreckt haben. Einigen Mönchen traue ich zu, dass sie sich bestechen lassen.»

«Wir werden sehen. Vergiss nicht: Wir stehen unter dem Schutz der heiligen Inquisition. Selbst in Sponheim kann man sich nicht erlauben, uns zu hintergehen. Aber du hast recht. Wir müssen auf der Hut sein. Und deine Sorge zeigt mir, dass du hellwach sein wirst. Das ist gut. Das wird uns helfen.»

«Und Johanna?»

«Während wir im Kloster sind, bleibt sie im Dorf.»

Severin blickte zu Boden. «Ist es nicht merkwürdig», sagte er, «dass sie gerade jetzt wieder da ist?»

«Wie meinst du das?»

«Es ist doch seltsam. Seit wir Köln verlassen haben, reitet sie uns nach. Und ausgerechnet wenn wir überfallen werden, taucht sie wie aus dem Nichts auf.»

Alanus sah Severin fragend an. «Worauf willst du hinaus?»

«Sie hat selbst zugegeben, in Köln Kontakt zum Orden gehabt zu haben. Was, wenn man ihr große Dinge versprochen hat und sie zu einer Informantin geworden ist?»

«Das glaube ich nicht.»

«Aber das liegt doch nahe», sagte Severin nachdrücklich.

Alanus schüttelte den Kopf. «Das würde sie niemals tun.»

«Wie kannst du dir da so sicher sein?»

«Ich spüre es. Es ist nicht so.»

«Das hat doch nichts mit Gespür zu tun», erwiderte Severin hartnäckig. «Es sind zu viele Zufälle, die da zusammenkommen. Und das Risiko, dass sie unsere Verfolger informieren könnte, ist einfach zu groß.»

«Unfug», sagte Alanus. «Johanna ist nicht so. Wir können uns auf sie verlassen. Wohin soll all der Zweifel führen? Da könnte man ja ebenso auf den Gedanken kommen, dass du selbst ein Informant für Gregorius und die Inquisition wärst.»

Stunden waren sie unterwegs gewesen, ohne miteinander zu sprechen. Nachdem Alanus ihn gebeten hatte, seine Worte nicht falsch zu verstehen, war Severin seinem Blick ausgewichen und hatte nicht mehr geantwortet. Nun ritt er voran, da er den Weg kannte, und hörte, wie die beiden ihm folgten.

Gegen Mittag sahen sie von fern eine Burg.

«Was ist das?», fragte Alanus.

«Burg Sponheim», antwortete Severin kurz.

Noch einmal ritten sie in die Ebene. Die Burg verschwand hinter den Bäumen und bald erreichten sie die ersten Höfe. Dann erschien vor ihnen das Kloster auf einer Anhöhe. Noch konnten sie nicht viel mehr erkennen als die Kreuzkirche.

Alanus bat Severin anzuhalten. «Wir müssen eine Unterkunft für Johanna finden», sagte er. «Kennst du die Bauern des Dorfes?»

«Ich hatte wenig mit ihnen zu tun. Wir müssen vorsichtig sein. Sie alle sind dem Kloster lehnspflichtig. Es gibt einen, den ich manchmal aufgesucht habe. Ich könnte mir vorstellen, dass er schweigt, wenn man ihn gut bezahlt.»

Alanus nickte. «Dann bring uns zu ihm.»

Severin ließ sein Pferd Schritt gehen, und die beiden folgten ihm. Als sie den Hof erreichten, kam ihnen der Bauer entgegen.

«Severin. Es ist lange her, dass ich Euch gesehen habe», sagte er.

«Umso mehr freut es mich, dich gesund wiederzutreffen, Ignatius.» Severin stieg vom Pferd und umarmte ihn.

«Wir haben nicht viel Zeit», sagte er. «Man erwartet uns im Kloster. Ich möchte dich bitten, uns deine Gastfreundschaft zu gewähren. Es soll dein Nachteil nicht sein. Ein junges Mädchen reist mit uns. Johanna. Sie kann nicht im Kloster übernachten. Deshalb möchte ich dich bitten, sie ein paar Tage bei dir aufzunehmen.»

Der Bauer blickte erstaunt zu Johanna auf und musterte sie.

«Sie ist uns anempfohlen worden und wir sorgen für sie», fuhr Severin fort. «Es ist wichtig, dass sie eine sichere und gute Bleibe hat, solange wir in Sponheim sind.» Er hielt kurz inne.

«Wenn du zusagst, musst du mir für ihre Gesundheit und Unversehrtheit bürgen.»

Der Bauer nickte.

«Und kein Wort zu irgendjemandem. Nicht zu den Brüdern aus Sponheim oder irgendwelchen Reisenden. Johanna ist einfach deine neue Magd. Lass dir etwas einfallen. Einer deiner Verwandten könnte sie geschickt haben.»

«Ihr verlangt sehr viel von mir.»

«Sollte alles zu unserer Zufriedenheit geschehen, wirst du reich belohnt.»

Er griff in die Tasche, die an seinem Pferd hing, holte eine Münze hervor und gab sie dem Bauern, der sie überrascht betrachtete.

«Eine zweite erhältst du, wenn wir Johanna bei der Abreise wohlbehalten vorfinden.»

«Ich bin einverstanden», sagte Ignatius.

«Wenn etwas mit Johanna geschieht», ergänzte Alanus, «musst du uns das sofort melden.»

Der Bauer nickte. «Ihr könnt euch auf mich verlassen.»

Alanus musterte ihn eindringlich. Dann stieg er vom Pferd und half Johanna aus dem Sattel. Das Mädchen blickte ihn besorgt an. Dann umarmte sie ihn.

«Sei vorsichtig», sagte sie nur.

«Keine Angst. Pass auf dich auf.»

Johanna nickte, dann löste sie sich und blickte zu Ignatius, der sie noch immer verwundert anschaute.

«Sei willkommen», sagte er zögernd. «Ich werde für dich sorgen. Und dein Pferd gut unterbringen.»

Das Mädchen erwiderte seinen Blick und blieb stumm.

Als die beiden Männer die Pferde wieder bestiegen hatten und sich noch einmal umdrehten, sah Severin, wie Johanna ihnen nachwinkte. Verloren und zerbrechlich schien sie ihm nun. Und fast war es, als würde dieser Augenblick all seine Zweifel und Bedenken Lügen strafen.

Sie waren unterhalb des Hügels entlanggeritten und näherten sich der Anlage nun von Südwesten. Noch verbargen sich die

Gebäude hinter der großen Mauer, und nur der Vierungsturm der Klosterkirche ragte darüber hinweg. Vor dem Tor stiegen sie ab. Alanus klopfte laut gegen das Holz. Es dauerte eine ganze Weile, bis ein Mönch an der Pforte erschien. Er war noch sehr jung. Severin kannte ihn nicht.

«Sei gegrüßt in Christo, Bruder», sagte er. «Wir möchten deinen Abt Konrad Holzbach aufsuchen.»

Der Junge nickte und bat sie einen Moment zu warten.

Kurze Zeit später öffnete sich das Tor erneut und ein kleiner, wohlbeleibter Mann in weißer Kutte blickte neugierig hervor. Als er sah, wer gekommen war, erstarrte sein Blick, ganz so, als würde er einem Dämon gegenüberstehen.

… denn die Reise verläuft nicht wie erhofft. Vor zwei Tagen sind wir überfallen worden. Man raubte uns Eure Dokumente. Auch im Kloster kann man niemandem trauen. Ich sage das nicht, weil man hier alte Vorbehalte gegen mich hegt. Nein, dieses Kloster scheint völlig verhext zu sein. Es geschehen rätselhafte Dinge …

Severin von Sponheim, Brief an
Gregorius von Paderborn vom 9. Juli 1540

8. KAPITEL

«Das ist völlig unmöglich!», rief der Abt aufgebracht und blickte seinem Gegenüber fest in die Augen.

«Es muss möglich sein! Es sei denn, Ihr wollt Euch vor der Inquisition verantworten!»

Severin hatte Alanus noch nie so energisch erlebt.

«Könnt Ihr Euch eigentlich vorstellen», fuhr der Abt fort, «was in diesem Kloster geschieht, wenn bekannt wird, dass er wieder hier ist? Wollt Ihr die Verantwortung dafür übernehmen?»

«Ihr müsst Eure Mönche im Zaum halten, Konrad Holzbach! Das wird doch wohl möglich sein!»

«Severin von Sponheim, wie er sich nennt», der Abt blickte sich zu ihm um, «musste das Kloster verlassen, weil er Bücher gestohlen und wahrscheinlich weiterverkauft hatte! Die Indizien waren damals überzeugend!»

«Und dennoch habt Ihr ihm seine Tat nie nachweisen können!»

«Für die Brüder war das eine eindeutige Sache!»

«Das reicht aber nicht! Solange Severin nicht der Tat überführt ist, muss er als unschuldig gelten! Alles andere ist reiner Aberglaube! Eine Hexenjagd mitten im Kloster! Noch dazu in jenem Kloster, das die größte Bibliothek der Welt besitzt und aufgrund der Bildung seiner Mönche weithin berühmt ist!»

«Ihr verkennt die Situation völlig! Seit Trithemius fort ist, ging es hier bergab! Viele Bücher sind bereits verkauft, um die Forderungen des Klosters gegenüber Schuldnern zu erfüllen! Die meisten Brüder interessieren sich nicht für das Studium! Manche haben sich hier eingekauft, um einen ruhigen Lebensabend zu verbringen! Wisst Ihr, warum Trithemius damals gegangen ist? Er musste gehen! Weil der Konvent seine übermäßige Sammelsucht und sein gebildetes Getue nicht mehr ertragen konnte! Man hat ihm das Leben hier so lange zur Qual gemacht, bis er freiwillig gegangen ist! Dieser Ort ist nicht mehr das Zentrum der Gelehrsamkeit. Er wird nach und nach zu einem Altersheim und einem Hort der Befindlichkeiten. Versteht Ihr jetzt, warum es nicht geht?»

Der Abt schwieg und auch Alanus wusste nichts mehr zu sagen. Er blickte hinaus aus dem Fenster des Abtshauses auf die Ostfassade der Kreuzkirche.

«Ich möchte Severin nicht fortschicken», sagte er mit ruhiger Stimme. «Ich brauche ihn hier in der Nähe. Er versteht etwas von den Schriften, um die es mir geht. Es muss doch eine Lösung geben.»

Der Abt nickte. «Dann muss Severin hier im Abtshaus wohnen und darf es nicht verlassen.»

«Aber er soll mich in die Bibliothek begleiten.»

«Dann wird er sich unauffällig dorthin begeben. Aber es wird sicherlich nicht immer möglich sein. Die Brüder dürfen nichts bemerken. Und ich muss den Bibliothekar einweihen.» Er hielt kurz inne. «Das ist alles, was ich für Euch tun kann.»

«Danke, ehrwürdiger Konrad», sagte Alanus. «Seid gewiss, dass wir Euch keine Schwierigkeiten bereiten werden.»

Der Abt wandte sich Severin zu. «Ihr werdet im Dachgeschoss wohnen. Man erreicht es über die schmale Holztreppe. Lasst Euch nicht am Fenster sehen. Der Kreuzgang befindet sich zwar hinter der Kirche, und die Gefahr, dass Ihr entdeckt werdet, ist nicht groß. Aber gebt dennoch Acht. Wenn man Euch hier entdeckt, kann ich für nichts garantieren. Ich lasse Euch Essen und Trinken hierher bringen.»

Severin nickte.

«Alanus, Ihr übernachtet mit den Mönchen im Dormitorium. Da könnt Ihr Euch ein Bild machen, wie es um unseren Konvent steht.» Er hielt kurz inne. «Und nun folgt mir. Das Stundengebet beginnt.»

«Wann kann ich die Bibliothek sehen?»

«Lasst uns bis morgen warten. Es würde auffallen, wenn Ihr Euch dort in der Nacht aufhaltet. Mir liegt viel daran, Eure Mission geheim zu halten.»

«Gut», sagte Alanus. «Dann lasst uns gehen.»

Er blickte kurz zu Severin, der sich offensichtlich noch unwohler fühlte als bei der Anreise, nickte ihm aufmunternd zu und folgte dem Abt.

Sie verließen das Haus, erreichten nach wenigen Schritten das Refektorium, gingen vorbei an Bänken und einem langen Tisch und betraten kurz danach den Kapitelsaal, in dem Kerzen entzündet waren. Es handelte sich um einen schmucklosen Raum, dessen Sandsteinmauern von vier Rundbogenfenstern unterbrochen wurden, durch die zu dieser Stunde jedoch kein Licht mehr fiel.

Sie gingen weiter und gelangten in das nördliche Querschiff der ebenfalls von Kerzen erleuchteten Klosterkirche. Als Alanus direkt unter dem Vierungsturm stand, konnte er die räumliche Aufteilung dieses Gebäudes erkennen. Zu allen vier Himmelsrichtungen erstreckten sich gleich große quadratische Seitenschiffe, jeweils etwa zehn Meter in der Länge. Gemeinsam bildeten sie den Grundriss eines griechischen Kreuzes. Im Chor stand der Altar vor einer Apsis, einer kleinen runden Nische, die andeutete, dass die Kirche nach Osten ausgerichtet war.

Die Mönche hatten sich bereits im westlichen Schiff versammelt. Alanus gesellte sich zu ihnen und bemerkte neugierige Blicke. Der Abt betrat den Chorraum, verneigte sich vor dem Altar und begrüßte die Brüder mit feierlichen Worten.

Die Komplet, das letzte Stundengebet des Tages, bedeutete den Übergang von der Nachtwache in den Schlaf. Sie machte deutlich, dass das Leben und der einzelne Tag einen vergleichbaren Rhythmus haben. Alanus wusste, dass die Komplet in der Vorstellung der meisten Mönche verbunden war mit dem endgültigen Übergang in die Dunkelheit. Er kannte das damit verbundene Gefühl der Unsicherheit und der Angst. So baten die Mönche Gott um Vergebung, um Schutz und Geborgenheit, darum, dass er sie nicht ins Chaos fallen ließe. Die Hymne der Komplet erfüllte den Raum: «Wenn uns die schwarze Nacht umhüllt, sind wir von Traum und Wahn bedrängt, Dreiein'ge Macht, die alles lenkt, behüte uns in dieser Nacht.»

Am Ende des Gottesdienstes gingen die Mönche nacheinander in den Kapitelsaal und sangen das Salve Regina. Dann trat Stille ein. Doch Alanus spürte, dass die Worte und die Klänge des Tages in der Dunkelheit und im Schweigen fortlebten.

Nach Mitternacht hatte er ungewöhnliche Geräusche gehört, Schritte, die auf und ab gingen. Doch Alanus war von der Reise zu erschöpft gewesen, um sich darum zu kümmern, zu müde auch, um am frühen Stundengebet der Vigil teilzunehmen.

Erst als die Glocke erneut erklang und die Mönche ihr Lager verließen, stand er auf und folgte ihnen in die Klosterkirche. Der Gottesdienst zur Laudes begann. Nach dem Ingressus sangen die Brüder fünf Psalmen als Antiphon. Ein kurzes Responsorium folgte. Im Mittelpunkt des feierlichen Amtes stand das Benedictus: «Gepriesen sei der Herr, der Gott Israels, denn er hat sich seines Volkes angenommen, dass wir, erlöst aus der Hand unserer Feinde, ohne Furcht ihm dienen in Heiligkeit und Gerechtigkeit vor ihm alle unsere Tage, zu leuchten denen, die in Finsternis und Todesschatten sitzen, zu leiten unsere Füße auf den Weg des Friedens.»

Alanus sah auf und blickte durch eines der großen Rundbogenfenster in die unendliche Finsternis. Ein neuer Tag würde kommen. Das war die Botschaft der Laudes. Er führte aus der Finsternis ins Licht. Der Sonnenaufgang nahte. Ein Neuanfang, der die Dankbarkeit der Menschen verdiente, eine heitere Stunde. Oft hatte Alanus erlebt, dass die hohen Fenster des Chores zu Beginn der Feier noch ganz im Dunkeln lagen, dann aber das erste Licht zu dämmern begann, wenn das Kyrie und das Vaterunser gesungen und der Segen erteilt wurde. So war es auch jetzt. Göttliches wurde sichtbar. «Ihr seid das Licht der Welt», hatte Jesus gesagt. Und er meinte: ‹Hört zu und sehet. Dies ist eine dunkle Welt. Wenn ihr leuchtet, erhellt ihr sie. Ihr könnt diese Welt erstrahlen lassen. Es ist die Zeit, sich aufzumachen, in die Welt hinauszugehen.› Alanus erinnerte sich, dass es auch seine Aufgabe war, Licht in die Dinge zu bringen. Und vielleicht würde ihm das in diesen Tagen gelingen.

Nach dem Gebet kam der Abt auf ihn zu und bat ihn zu einem Gespräch in das Abtshaus. Kurze Zeit später gesellte sich Severin zu ihnen. Nachdem sie sich gesetzt hatten, eröffnete Konrad das Gespräch.

«Gregorius gab mir in seinem Brief nur einige Hinweise, aber ich nehme an, dass ihr mir mehr sagen könnt.»

«Nur so viel», antwortete Alanus, «dass wir ein Buch suchen. Und den Mann, der es besitzt.»

«Ihr müsst mir das schon etwas näher erläutern, wenn ich Euch helfen soll.»

«Ich möchte alle Bücher einsehen, die etwas mit magischen Ritualen und Alchemie zu tun haben.»

Der Abt blickte erstaunt auf. «Magie? Das ist wahrlich ein besonderes Gebiet. Und ich darf sagen, dass unsere Bibliothek tatsächlich entsprechende Schriften besitzt. Als Trithemius im Jahre des Herrn 1482 damit begann, die Sammlung aufzubauen, zum Teil mit eigenen Mitteln, da hat er auch an solche Bücher gedacht. Jedoch werdet Ihr hier keine Schriften zur Alchemie finden, da er sie damals mitgenommen hat, als er das Kloster verließ. Ihr müsst wissen, dass die Vermögen des Abtes und des Konvents von Sponheim schon seit zweihundert Jahren getrennt sind. Trithemius hat seinen eigenen Besitz mitgenommen. Zunächst auf die Kauzenburg, dann nach Würzburg ins Kloster des heiligen Jakob. Immerhin haben wir noch eine ganze Reihe von Zauberbüchern. Aber ich muss Euch warnen. Es sind schwarzmagische Werke dabei.»

«Seid unbesorgt», sagte Alanus. «Wir wissen damit umzugehen.»

«Schon heute Mittag könnte ich Euch mit dem Bibliothekar bekannt machen. Severin wird jedoch hier bleiben müssen.

Tagsüber ist es schwer, unbemerkt zu bleiben. Aber wir können einige der Bücher zu Studienzwecken hierher bringen lassen.»

«Das ist gut.»

«Aber sagt mir: Wozu braucht Ihr diese Bücher?»

«Noch vor wenigen Tagen wäre ich selbst nicht darauf gekommen, mich mit dieser Art Kunst zu beschäftigen. Es ist aber nötig, um sich in das Denken eines Mannes hineinzuversetzen, den wir auffinden müssen. Er nennt sich wahrscheinlich Johannes oder Georg Fust oder Faust und ist wohl viele Jahre als Magier und Alchemist tätig gewesen.»

Der Abt war aufmerksam geworden. «Der Name ist tatsächlich nicht unbekannt. Ich habe diesen Mann nie persönlich kennen gelernt. Aber es gibt einen Brief des Trithemius an den Heidelberger Hofastrologen Johannes Virdung. Das ist allerdings schon gut dreißig Jahre her.»

«Richtig. Wir konnten eine Abschrift des Briefes studieren.»

Der Abt blickte Alanus erstaunt an. «Dann kennt Ihr die Vorwürfe, die Trithemius damals gegen jenen Georg Faust erhoben hat. In Kreuznach habe ich übrigens davon gehört, dass dieser Mann vor vielen Jahren auf Veranlassung Franz von Sickingens als Rektor der dortigen Lateinschule angestellt war. Aber es muss irgendetwas vorgefallen sein, denn man hat ihn bald wieder seines Amtes enthoben. Danach soll er sich in Worms oder Oppenheim aufgehalten haben. Wenn es wirklich dieser Faust ist, den Ihr sucht, dann habt Ihr es mit einem recht betagten Mann zu tun.»

«War er jemals in Sponheim?»

«Davon weiß ich nichts. Warum fragt Ihr?»

«Er hat eine Vorliebe für Bücher der Magie. Und die gibt es hier.»

«Seltsam», sagte der Abt und blickte geistesabwesend zu Boden. «Wir haben in unserer Bibliothek einige Werke, die Faust zugesprochen werden. Trithemius muss ihn ja irgendwann kennen gelernt haben, wenn er so genau Bescheid wusste. Vielleicht haben sich die beiden Männer getroffen und ihr Wissen ausgetauscht.»

Severin hatte lange aufmerksam zugehört.

«Diese Bücher», sagte er, «die Faust zugeschrieben werden, wovon genau handeln sie?»

Der Abt blickte ihn an.

«Von schwarzmagischen Ritualen. Ich habe sie nie gelesen. Aber Heinrich Gressen, unser Prior und Bibliothekar, sagte mir einmal, es ginge in diesen Schriften wohl darum, den Fürsten der Finsternis persönlich heraufzubeschwören.»

Alanus nutzte den Vormittag, um sich ein wenig umzusehen. Er verließ das Abtshaus, ging am Refektorium vorbei und war bald von kleinen und großen Wirtschaftsgebäuden umgeben. Er wurde auf ein kleines Häuschen aufmerksam, dessen Tür geöffnet war. Darin befand sich ein großer Brunnen. Alanus ließ den Eimer hinabfallen, hörte ihn in der Tiefe aufschlagen und betätigte die schwere Kurbel.

Das Wasser war sehr erfrischend. Er wusch sich Hände, Arme und Gesicht. Dann kehrte er zurück, betrat das Refektorium, ging wie am Morgen durch den Kapitelsaal und gelangte in die Klosterkirche. Jetzt erst bemerkte er die Weite und Freiheit dieses heiligen Raumes. Sein Eindruck wurde durch das Licht noch verstärkt, das von den Fenstern des Vierungsturms herabfiel. Alanus bemerkte, mit welcher Sorgfalt die großen Sandsteinquader des Mauerwerks behandelt worden waren. Dann sah er, dass sich nicht nur hinter dem Altar eine Nische befand, sondern auch in den beiden Ostwänden der südlichen und nördlichen Kirchenschiffe. Abt Konrad hatte erzählt, dass der Hauptaltar dem heiligen Martin geweiht war, die Südapsis dem Evangelisten Johannes und die nördliche den Aposteln Petrus und Paulus.

Alanus setzte seinen Weg fort und gelangte durch eine Öffnung in der Westmauer des nördlichen Kirchenschiffs in den Kreuzgang. Als er ins Freie trat, blendete ihn zunächst das Licht. Nachdem sich die Augen an die Helligkeit gewöhnt hatten, erblickte er Grasflächen vor sich, die von niedrigem Buchsbaum eingefasst waren und ihm unbekannte Muster bildeten. Zur Linken bemerkte er an der Fassade des westlichen Querschiffs einen Vorsprung, hinter dem sich wohl der Aufgang zum Glockenturm verbarg. Alanus ließ sich Zeit. Langsam ging er durch den Kreuzgang, ließ die Sonne auf sein Gesicht scheinen und hörte den Vögeln zu, deren Gezwitscher von draußen über die Mauer drang.

Er verließ den Kreuzgang durch ein kleines Tor und gelangte zu einer Mauer, von deren Rand aus es steil bergab ging. Unten im Tal plätscherte Wasser. Und Teiche waren dort angelegt. Alanus hatte Ähnliches in anderen Klöstern gesehen und war sicher, dass die Mönche hier Fische züchteten. Er kehrte zurück, begab sich noch einmal in den Kirchenraum und versenkte sich in ein stilles, wortloses Gebet. Als nach einiger Zeit die Mönche den Raum betraten und sich zur Hora der dritten Stunde versammelten, blieb er bei ihnen, bis der Abt den abschließenden Segen erteilt hatte und ihn beim Hinausgehen aufforderte, ihm zu folgen.

Durch einige verwinkelte Gänge gelangten sie an eine Tür, die auf Klopfen des Abtes geöffnet wurde. Der Raum dahinter war gut erleuchtet. Alanus blickte auf unzählige Regale, die zu allen Seiten aufgestellt waren. So viele Bücher hatte er noch nie gesehen. Doch bevor er seinem Erstaunen Ausdruck geben konnte, kam jener Mann auf sie zu, der ihnen geöffnet hatte.

«Seid gegrüßt, Alanus von Buchholz», sagte er freundlich.

«Ich habe Euch bereits von Heinrich Gressen berichtet», sagte der Abt. «Er wird Euch bei der Suche zur Seite stehen.»

Alanus nickte Heinrich freundlich zu. «Es freut mich», sagte er, «dass Ihr die größte aller Bibliotheken für mich öffnet. Seid versichert, dass es mir eine besondere Ehre ist.»

Heinrich nickte. «Ich hörte, dass Ihr in allerhöchstem Auftrage hier seid.»

«Das ist richtig. Und Ihr könnt wesentlich dazu beitragen, dass meine Mission erfolgreich sein wird.»

«Ihr sucht magische Bücher?»

«Genau genommen Schriften zur Ritualmagie. Es geht um Beschwörungen.»

Der Bibliothekar nickte. «Vielleicht sollte ich Euch zunächst einen Überblick geben. Dann könnt Ihr selbst auswählen, was

Ihr benötigt. Ihr müsst wissen, dass wir die wahrscheinlich größte Sammlung magischer und auch schwarzmagischer Werke besitzen. Bitte kommt einmal zu dieser Wand.»

Alanus und der Abt folgten ihm zu einem besonders schmuckvoll verzierten Regal, in dem sich Bücher und Schriftrollen befanden.

«Vielleicht beginnen wir mit den älteren Schriften.» Er zog eine Papyrusrolle hervor. «Darauf bin ich besonders stolz: eine Abschrift der Papyri Graecae Magicae. In griechischer Sprache verfasst. Hier finden sich Anleitungen zum Schadenszauber und zur Beschwörung von Dämonen.»

Heinrich legte das Papier vorsichtig zurück und zog ein Buch hervor. «Eine Kopie des Codex 136 aus der Merseburger Domstiftsbibliothek. Er enthält altgermanische Zauberformeln. Daneben seht ihr das Testamentum Salomonis. Darin wird berichtet, dass Salomo einen Ring erhielt, der es ihm erlaubte, sich alle Dämonen dienstbar zu machen. Diesen Ring soll es noch immer geben, aber es ist nicht bekannt, wer ihn besitzt. Und hier: drei Zauberbücher, die Papst Honorius III. vor etwa zwei Jahrhunderten verfasst hat. Sie sind in lateinischer Sprache geschrieben und geben Anweisung zur Herbeirufung helfender Geister, aber auch zur Dämonenbeschwörung.»

«Ein Papst schreibt Zauberbücher?», fragte Alanus überrascht.

«So ist es. Ohnehin kommt man aus dem Staunen nicht heraus, wenn man sich mit dieser Art Literatur beschäftigt. Aber schaut einmal her.»

Heinrich zog einen großen schweren Band aus dem Regal und legte ihn auf ein Lesepult.

«Das ist ein ganz besonderer Schatz: die Clavicula Salomonis. Komplett. Mit allen Abschnitten: die Ars Almadel, eine nekromantische Schrift; die Ars Notoria, die es erlaubt, alles Wissen dieser Welt zu erlangen, auch in die Zukunft zu schauen und Dämonen zu beschwören; die Ars Nova, in der es um magische Kreise und Hexagramme geht; die Ars Paulina mit ihren Erläuterungen der Tierkreiszeichen; und schließlich die Ars Goetia, eine Sammlung aller Dämonennamen.»

«Dieses Buch würde ich gern einmal näher studieren», sagte Alanus.

Der Bibliothekar blickte noch immer fasziniert auf das Deckblatt.

«Abt Konrad sagte mir, Ihr hättet auch Schriften, die dem Georg Faust zugeschrieben werden.»

«Ihr meint sicher Johann Faust.»

«So nennt er sich wohl auch.»

«Ja, die haben wir.» Er stellte den großen Band zurück ins Regal und zog drei kleinere Bücher hervor. «Bei diesen Schriften ist es nicht sicher, ob sie wirklich von Faust stammen. Das eine, die Tabella Rabellina, ist eine Anleitung zur Beschwörung der vier Elemente und deren Geister. Wenn Ihr mich fragt, eine Ansammlung von Unfug, weil Alchemie und Magie kunterbunt durcheinandergewürfelt werden. Dann gibt es den Dreyfachen Höllenzwang. Das Buch enthält magische Siegel zur Anrufung von Dämonen. Schließlich haben wir dieses Buch, Fausts Höllenzwang, zur Beschwörung Luzifers und einiger anderer Dämonen samt ihrer Siegel.»

«Die Heraufbeschwörung Luzifers», wiederholte Alanus. «Habt Ihr je davon gehört, ob das wirklich geht?»

Heinrich schüttelte den Kopf. «Im Kloster Sponheim beschäftigt man sich nicht mit schwarzer Magie. Ich kann Euch nichts dazu sagen. Und will auch gar nichts davon wissen.»

Alanus nickte. «Gibt es noch andere Bücher, die zum Ziel haben, Luzifer zu beschwören?»

«Ich hörte von einem Zauberbuch in französischer Sprache. Das Grand Grimoire. Es soll von dem Oberhaupt eines geheimen Ordens verfasst worden sein und Beschwörungsformeln nennen, mit denen man Luzifer herbeiruft. Auch enthält es Anleitungen, wie man mit den Toten sprechen kann.»

«Das besitzt Ihr nicht?»

«Seit Trithemius gegangen ist, wurde in diesem Bereich nichts mehr angeschafft. Es gibt auch niemanden im Kloster, der die französische Sprache lesen könnte.»

«Und gibt es noch andere Bücher mit diesem Inhalt?»

«Ihr meint mit Anweisungen zur Beschwörung Luzifers?»

Alanus nickte.

«Einige Seiten des Codex Gigas sollen sehr genaue Hinweise dazu enthalten. Es soll darin sogar eine Abbildung Luzifers geben.» Heinrich hielt einen Moment inne.

«Was habt Ihr?», fragte Alanus.

«Es ist merkwürdig», fuhr der Bibliothekar fort, «dass Ihr ausgerechnet jetzt nach diesen Dingen fragt. Ich hörte jüngst eine seltsame Geschichte. Jemand soll acht Seiten aus dem Codex Gigas herausgerissen und gestohlen haben. Es habe sich um eben jene Seiten gehandelt, über die wir gerade sprachen.»

Heinrich hatte ihm noch weitere magische Bücher gezeigt: das Picatrix, ein astralmagisches Kompendium, das Buch Abramelin des Abraham von Worms, das er für eines der wenigen seriösen Werke zu diesem Thema hielt, ebenso wie die Occulta Philosophia des Agrippa von Nettesheim und eine Sammlung von Gertrudenbücher zum magischen Gebrauch der Psalmen. Alanus war zu der Überzeugung gekommen, dass sie ihre Studien zunächst auf die Clavicula Salomonis konzentrieren mussten, also auf ein grundlegendes Werk, das hilfreich war, um all die anderen Zauberbücher einordnen und beurteilen zu können. Der Abt hatte sich dafür eingesetzt, dass Alanus diesen Band ausleihen durfte.

Am Abend legte er ihn Severin vor und schilderte ihm, was er in der Bibliothek erfahren hatte.

«Das ist alles sehr interessant», sagte der. «Vor allem, was Heinrich Gressen über den Codex Gigas und das Grand Grimoire berichtet hat.»

«Du meinst, es deckt sich mit dem, was wir bereits wissen?»

«Ich bin mir nicht sicher, aber Gregorius sprach von einem Buch, mit dem man Luzifer beschwören kann. Es soll sich seit kurzer Zeit in den falschen Händen befinden. Zuvor muss es also versteckt und gut bewacht gewesen sein. Ich habe gehört, der Codex Gigas befände sich irgendwo in einem kleinen Kloster in Mähren. Niemand weiß genau wo. Dieser Codex ist ein gewaltiger Band, zwei Armlängen hoch, eine Armlänge breit und fast vierhundert Seiten stark. Das größte Buch der Welt. Es beinhaltet alles Wissen. So etwas trägt man nicht einfach davon. Aber wer sagt uns, dass der Dieb das ganze Buch an sich nehmen wollte? Er nahm sich nur einige Seiten. Jene Seiten, deretwegen es geheim gehalten und vor der Welt versteckt wird, zugänglich nur für die heilige Inquisition.»

Alanus nickte zögerlich. «Das ist gut denkbar», sagte er, «aber wir wissen es nicht.»

«Immerhin ein erster Anhaltspunkt. Und dann dieses Grimoire, verfasst angeblich von dem Oberhaupt einer geheimen Gesellschaft. Ging es dir nicht ganz ähnlich? War dein erster Gedanke nicht auch, dass der Schlangenorden damit zu tun hat?»

«Richtig. Aber wenn in diesem Buch beschrieben wird, wie man Luzifer beschwört, dann ist der Orden längst im Besitz des nötigen Wissens.»

«Es sei denn …», Alanus schwieg einen Moment. «Es sei denn, es funktioniert nicht.»

«Wie meinst du das?»

«Luzifer zeigt sich nicht. Zugegeben, das alles ist Spekulation. Aber stell dir einmal vor, der Orden hat alle erdenklichen Kenntnisse über Magie und Alchemie gesammelt und fasst es in einem Buch zusammen.»

«Das ist nicht abwegig.»

«Gut. Aber nun geh davon aus, dass die Anweisungen zur Teufelsbeschwörung nicht wirken. Der Herr der Finsternis will nicht erscheinen.»

«Denkbar.»

«Und dann wird bekannt, dass es gelungen ist, eine Anleitung zu stehlen, von der man sich erhoffen darf, dass sie funktioniert.»

Alanus nickte. «Gut. Weiter.»

«Dann würde der Orden versuchen, diese Schrift an sich zu bringen.»

«Richtig. Aber das ist noch nicht alles.»

Severin blickte Alanus erwartungsvoll an. «Inwiefern?»

«Angenommen», fuhr Alanus fort, «du hast recht und der Orden sucht nach dieser Schrift und nach demjenigen, der sie besitzt. Dann bedeutet es erstens, dass er das gleiche Ziel hat wie wir. Zweitens könnte es sein, dass darüber hinaus noch weitaus mehr Menschen danach suchen. Wenn selbst der Bibliothekar in Sponheim davon erfahren hat, dann wissen es auch andere.»

Severin nickte.

«Und drittens stellt sich eine entscheidende Frage: Hat der neue Besitzer dieser Schrift die Teufelsbeschwörung bereits durchgeführt? Welche Gefahren lauern dann auf uns? Und wenn er das noch nicht getan hat ...»

«... dann fehlt ihm etwas», fuhr Severin fort. «Das würde bedeuten, dieser Mann ist ebenfalls auf der Suche – nach etwas, das er dringend benötigt.»

Alanus blickte hinaus auf die Fassade der Kreuzkirche. «Das sind alles Spekulationen», sagte er. «Wir wissen einfach noch zu wenig. Ich glaube, man muss einige dieser rätselhaften Bücher studieren, um die Gedanken und Absichten derjenigen zu verstehen, die uns künftig in die Quere kommen können.»

«Vielleicht sind sie längst da und beobachten uns», meinte Severin.

Alanus sah weiter aus dem Fenster und nickte nur.

«Die Legende sagt, es war für Salomos Arbeiter äußerst schwierig, jene riesigen Felsen zu spalten, die man zum Bau des Tempels benötigte, denn Gott hatte verboten, Werkzeuge aus Eisen zu verwenden. Deshalb musste man sich den Schamir, eine riesige Schlange, dienstbar machen, die in der Lage war, Steine zu spalten und zu formen. Salomo wusste, dass der Teufel Asmodi in der Lage war, diesen Basilisken zu zwingen, und deshalb schickte er einen Krieger namens Benaiah aus, den Teufel zu fangen und zu versklaven. Der überlistete Asmodi, indem er ihn betrunken machte und mit Hilfe eines Zauberringes in seine Gewalt brachte. Anfangs gehorchte Asmodi. Er zeigte Salomo, wie er den Basilisken Schamir beherrschen konnte, half selbst mit am Bau des großen Tempels und lehrte Salomo nach und nach alle Geheimnisse der Magie. Doch als der Tempel fertiggestellt war, gelang es Asmodi, den Ring in Besitz zu nehmen, Salomo zu vertreiben und selbst drei Jahre lang an dessen Stelle zu regieren. Doch Salomo konnte jenen Ring zurückgewinnen, der ihm gestattete, alle Dämonen zu beherrschen, denn in ihm war der geheime Name Gottes eingraviert. Bald tauchten Bücher auf, die Salomo zugeschrieben wurden. Sie lehrten die Geheimnisse der Magie.» Severin lehnte sich zurück.

«Und nun lass uns schauen, was Salomo zu sagen hat», meinte Alanus.

Er öffnete den schweren Lederband und begann darin zu blättern. Heinrich hatte den Aufbau des Buches gut beschrieben. Es gab sechs eigenständige Kapitel. Auf den ersten Blick war nicht zu erkennen, was sie miteinander verband. So entschieden sich Alanus und Severin, einfach mit dem ersten Kapitel zu beginnen. Es war mit Ars Goetia betitelt und bezog sich offenbar auf die alte Legende. Demnach war Salomo in der Lage gewesen, 72 Dämonen zu beschwören. Er hatte sie in einem Bronzegefäß eingesperrt und dieses mit magischen Symbolen verschlossen. So konnte er sie dazu verpflichten, für ihn zu arbeiten. Das Buch beschrieb ausführlich, wie man ein solches Bronzegefäß herstellte. Dann folgte eine genaue Beschreibung des Heulens, jener Prozedur, mit der die Dämonen herbeigeholt werden sollten. Dazu war es nötig, dass der Magier einen Schutzkreis um sich zog und vor diesen ein Dreieck auf den Boden malte, in dem der Dämon erscheinen sollte. Im Mittelpunkt des Schutzkreises befand sich ein nach Osten ausgerichtetes Viereck. Hier musste der Magier stehen. Zu allen vier Himmelsrichtungen war es von Hexagrammen umgeben. Die äußere Kreisform bildete eine Abbildung des Basilisken Schamir, der noch einmal von vier Pentagrammen umgeben war. Im Dreieck des Dämons befand sich lediglich ein Innenkreis, in dem das Wesen erscheinen sollte. Nun folgte die genaue Beschreibung der 72 Dämonen und ihrer Siegel. Salomo wies darauf hin, dass der Magier zunächst das jeweilige Siegel intensiv studieren müsse, bevor er sich daran wagen könne, den Dämon zu zwingen.

«Es ist wirklich erstaunlich», sagte Severin nach einiger Zeit, «dass diese Wesen nicht um Hilfe gebeten, sondern mit Gewalt gezwungen werden.»

«Salomo ist offenbar von der Wirksamkeit seiner Methode überzeugt.» Alanus deutete auf die Abbildung des Schutzkreises. «In den vier Hexagrammen finden sich fremdartige Zeichen. Mich erinnert das an die vier Elemente.»

«Mag sein. Aber diese Buchstaben sind mir in alchemistischen Schriften nie begegnet.»

Severin blätterte zur nächsten Seite um, und ein weiterer Schutzkreis war zu sehen, der nicht durch die magische Schlange, sondern durch Buchstaben gebildet wurde.

«Das sind teilweise astrologische Zeichen. Und hier. Schau, was da steht: Der Ring Salomos.»

Alanus nickte.

«Der Schutzkreis hat also eine ähnliche Bedeutung wie der berühmte Ring. Wenn ich es richtig verstehe, muss der Magier also gut vorbereitet sein. Zu seiner eigenen Sicherheit. Aber wie gelingt es ihm nun, die Dämonen zu zwingen?»

Alanus blätterte weiter. Auf den folgenden Seiten fanden sich magische Siegel und detaillierte Beschreibungen der Dämonen, ihre Geschichte, ihr Charakter, und jene Worte, die gesprochen werden mussten, um sie in die eigene Gewalt zu bekommen.

«Die Namen der Macht», sagte Severin. «Diese magischen Worte machen den Magier zum Herrscher der Finsternis. Ich habe so etwas vor vielen Jahren in einem Buch des Trithemius gesehen. Es hieß Steganographia. Die Namen, die wir hier sehen, sind denen, die dort genannt wurden, sehr ähnlich. Teilweise hebräisch: Baal. Astaroth. Beleth. Sogar Asmodi findet sich wieder. Und vieles aus dem Griechischen: Paimon. Agares. Ipos.»

Alanus blickte auf eine Fülle höchst kunstvoller Siegel, die Symbole in sich bargen, wie er sie noch nie gesehen hatte.

«Das ist ganz wunderbar», sagte er fasziniert.

Severin schaute ihn an. «Ist das dein Ernst?»

Alanus blickte auf. «Ich meine … es ist sehr kunstvoll.»

«Also, ich kann diesem Hokuspokus gar nichts abgewinnen. Das sind doch reine Hirngespinste.»

«Vielleicht. Aber es könnte ja etwas dran sein. Trithemius, Agrippa und all die anderen, das sind keine dummen Menschen gewesen.»

Severin blickte ihn verwundert an. «Lass uns eine Pause machen», sagte er.

Alanus hatte einige Zeit im Kreuzgang verbracht. Der Gedanke an die Namen und Siegel der Macht ließ ihn nicht los. Was, wenn all dies wirklich funktionierte? Auf jeden Fall mussten sie für die mögliche Begegnung mit einem Magier gewappnet sein. Denn früher oder später würden sie auf ihn stoßen.

Er kehrte zum Abtshaus zurück und setzte gemeinsam mit Severin die Studien fort. Der zweite Teil des Buches, die Ars Almadel, glich der Ars Goetia. Wieder wurden Dämonen, ihre Charaktere und Anrufungen beschrieben. In der Ars Notoria ging es um Zeremonien und Gebete, mit deren Hilfe man das Wissen der Welt erlangen konnte. Hier gab es Abbilder von Amuletten, die den Magier bei seiner Arbeit unterstützen sollten. Severin wurde immer ungeduldiger, weil sich seiner Meinung nach vieles wiederholte. Sie blätterten schneller und kamen zur Ars Nova, einer Sammlung unterschiedlicher Schutzkreise und Hexagramme, die jeweils in bestimmten Zusammenhängen hilfreich sein würden.

Gegen Abend beendeten sie ihre Arbeit. Severin war der Ansicht, dass sie nun die Grundlagen eines magischen Rituals kannten und in den nächsten Tagen andere Werke hinzuziehen sollten, um ihren Inhalt zu prüfen und zu vergleichen.

So nahm Alanus den großen Band wieder an sich und brachte ihn zurück in die Bibliothek. Heinrich Gressen war sichtlich überrascht, das Buch so schnell zurückzubekommen, und versprach, morgen früh andere für ihn bereitzuhalten.

Alanus war so sehr in die Ars Goetia vertieft gewesen, dass er den ganzen Tag über die Stundengebete vernachlässigt hatte. Nach dem gemeinsamen Mahl mit den Brüdern war er müde und legte sich schlafen. Mitten in der Nacht wurde er von Gewitterdonner geweckt. Er hörte, wie der Regen auf die Steine im Hof prasselte. Blitze zuckten durch die Nacht, beleuchteten auch das Dormitorium für Bruchteile eines Augenblicks und warfen geheimnisvolle Schemen an die Wand. Alanus schlief wieder ein, doch die Unruhe blieb. Seltsame Bilder überfielen ihn. Er sah die Mönche inmitten der Klosterkirche stehen. Doch rund um den Altar leuchtete ein Feuerkreis, und ein Mann stand darin, hatte sich nach Osten gewandt und sprach rätselhafte Worte, wie Alanus sie noch nie gehört hatte. Für einen kurzen Moment blickte sich dieser Mann um und zeigte sein Gesicht. Dann wurde ein Ziegenbock hereingetragen und vor den Kreis gelegt. Im Feuerschein sah Alanus, dass man dem Tier die Kehle durchgeschnitten hatte. Offenbar war es bereits ausgeblutet. Einer der Mönche trug einen Kelch herein und brachte ihn dem Mann, der soeben aus dem Feuerkreis getreten war. In diesem Augenblick schlug ein Blitz herab, schien ihn getroffen zu haben, da er kraftlos zur Seite stürzte. Dann zog jemand Alanus an der Kutte. Der versuchte sich loszureißen. Aber wieder zog ihn jemand. Rüttelte seinen ganzen Körper durch und rief etwas.

Dann hörte Alanus seinen Namen. Er bekam einen Schlag ins Gesicht, öffnete die Augen und sah über sich einen der jungen Mönche.

«Wacht auf!», rief der.

Draußen prasselte noch immer Regen auf die Steine, und Donner drang in das Dormitorium. Wie benommen erhob sich Alanus und folgte dem jungen Mönch, ohne zu fragen. Gemeinsam betraten sie den Kirchenraum. Alanus sah zum Altar und erblickte den Abt, der die ersten Segensworte der Komplet sprach.

Und es dauerte noch lange, bis Alanus verstand, dass ihn der Dämon seines Traums endlich verlassen hatte. Fast beiläufig hörte er, wie der Abt zwei Benediktiner begrüßte, die am Abend auf dem Weg nach Kreuznach im Kloster Schutz gesucht hatten.

Das Gewitter verlor nicht an Stärke. Blitze zuckten durch die Nacht und schlugen in unmittelbarer Nähe ein. Und als die

Mönche gemeinsam einen Antiphon sangen, war es Alanus, als würden sie gegen den Donner ankämpfen, um ihn für immer zu vertreiben.

Am nächsten Morgen beschloss er, Severin nichts von seinem Traum zu erzählen. Für einen kurzen Moment kam ihm der Gedanke, das Studium abzubrechen. Diese Zauberbücher schienen auf unberechenbare Weise auf ihn zu wirken. Doch dann besann er sich darauf, dass man der schwarzen mit der weißen Magie begegnen konnte, und nahm sich vor, die Stundengebete möglichst regelmäßig zu besuchen, als eine Art Reinigung von den dunklen Mächten, die ihm in den Büchern begegneten. Dennoch musste er immer wieder an die Vision denken, die ihn in der Nacht überfallen hatte. Er meinte, den Mann zu kennen, der ihm im Traum erschienen war. Dann dachte Alanus an Johanna. Was würde er jetzt dafür gegeben, ihr nahe zu sein. Sie wusste mit den Mächten der Nacht umzugehen und Träume zu deuten. Wie hatte sie wohl die Gewitterstunden erlebt? Und wie war es ihr mit den Menschen auf dem Hof ergangen? Alanus erinnerte sich an das, was sie von Köln und von der langen, gefahrvollen Reise erzählt hatte. Fast schien er sie vor sich zu sehen, wie sie ihn mit hellen, leuchtenden Augen anblickte, sich auf ihre ganz eigene Art durchs Haar strich und den Kopf nach hinten warf. Würde sie es spüren, wenn er an sie dachte?

Nachdem er gemeinsam mit den Mönchen gegessen hatte, besuchte er zunächst den Bibliothekar und betrat kurze Zeit später bepackt mit zwei neuen Buchbänden das Abtshaus. Konrad Holzbach war nicht anwesend, dafür aber Severin, der ihn erfreut begrüßte.

«Langsam habe ich das Gefühl, ich befinde mich in einem Gefängnis», sagte er. «Hast du das Unwetter erlebt?»

Alanus nickte. «Das konnte einem richtig Angst einjagen. In der Nacht haben sich zwei Benediktinermönche, die auf dem Weg nach Kreuznach sind, ins Kloster geflüchtet. Ihnen war der Donner wohl auch nicht geheuer.»

Severin erblickte die Bücher, die Alanus auf dem Tisch abgelegt hatte. «Was hast du mitgebracht?», fragte er.

«Heinrich Gressen meinte, das seien sehr unterschiedliche Schriften. Wir würden darin weitere magische Traditionen entdecken.»

«Dann lass uns anfangen.» Er griff sich den dünnsten der Bände. Nachdem er ihn aufgeschlagen hatte, fand er auf dem Deckblatt eine eigentümliche Betitelung: Merseburger Domstiftsbibliothek, Codex 136, f 85r. «Das Buch hat keinen Titel», stellte er fest, blätterte weiter und las die ersten Zeilen des Textes laut vor. «Eiris sazun idisi sazun hera duoder. Suma hapt heptidun, suma heri lezidun, suma clubodun umbi cuoniouuidi: insprinc haptbandum, inuar uigandun.» Er schaute auf. «Was soll denn das sein?» Dann bemerkte er, dass ein Blatt eingelegt war, offenbar die Übersetzung dieser merkwürdigen Worte. Wieder las er vor. «Einst saßen Idisen, saßen hier dorthin, einige die Haft hefteten, einige das Heer lähmten, einige klaubten umher die Fesseln, entspring den Haftbanden, entfahr den Weiganden.»

«Der Bibliothekar meinte, dass es sich um einen altgermanischen Text handelt», sagte Alanus. «Diese Beschwörungsformel, von der du den Anfang gelesen hast, soll ein Lösespruch sein, der aus Gefangenschaft rettet. Es gibt in diesem Band noch eine zweite sehr lange Formel, die bewirken soll, dass Knochen heilen, vor allem die von Pferden.»

Severin schüttelte den Kopf. «Ich glaube, dass ist nicht gerade das, was wir suchen.»

«Richtig. Heinrich hat mir diese Sache mitgegeben, um uns zu zeigen, wie unterschiedlich Zauberbücher ausfallen können.»

«Lass uns das andere anschauen.»

«Heinrich sagte mir, es sei ein Buch, das aus dem arabischen Raum stamme und altgriechische Zauberweisheit enthalte. Er nannte es Picatrix.»

Severin schlug das Buch auf und las: «Gh ayat al-Hak im.» Dann blätterte er weiter und bemerkte, dass der Text in lateinischer Sprache verfasst war. Beide begannen zu lesen und zu übersetzen. Doch das erwies sich bald als schwierig, da die Sprache oft eigentümlich verwendet wurde. Es fanden sich Wörter, die man nicht übersetzen konnte oder aus bekannten

Silben neu zusammengesetzt worden waren, so als würde der Autor einen lateinischen Dialekt verwenden. Immerhin gelang es ihnen, aus der Einleitung zu entnehmen, dass ein gewisser Abul-Kasim Maslama ben Ahmed al-Majriti der Autor des Buches war. Später wurde es für König Alfonso X. übersetzt. Es war in vier Abteilungen gegliedert. Da ein Inhaltsverzeichnis fehlte, blätterte Severin weiter, und gemeinsam konnten sie feststellen, dass es im Folgenden um die sieben Planeten und ihre astrologischen Entsprechungen ging, ferner um den Zodiak, die 28 Mondhäuser, um die besonderen Kräfte des Mondes, die Evokation der Planetengeister und das Herabziehen des Pneuma. Das Buch endete mit ausführlichen Darlegungen der Bedeutung von Talismanen.

Es war bereits Mittag, als Alanus die Geduld verlor. «Wir haben zu wenig Zeit, um das alles zu übersetzen. Und es ist nicht das, was wir suchen. Hier geht es um Astrologie.»

Sie unterbrachen die Arbeit, als die Glocke zum Stundengebet rief. Alanus verließ das Haus. Wenig später saß er gemeinsam mit den Mönchen im Refektorium. Zuvor hatten sie sich im Brunnenhaus gewaschen, in der Klosterkirche das Benedictus, das Gloria, das Kyrie gesungen, das Pater Noster gebetet, waren, den 51. Psalm intonierend, durch den Kreuzgang gezogen, um schließlich im Speisesaal ein Dankgebet anzustimmen. Während sie Haferbrei, Gemüse und Brot aßen und Wein mit Wasser dazu tranken, hörten sie dem Vorleser zu. Auch jetzt sollte die Gegenwart Gottes bewusst sein. Alanus fühlte sich getragen. Nichts war mehr übrig von der Beunruhigung durch die Dämonen der Finsternis. Zugleich wurde ihm die Bedeutung des gemeinsamen Gebets zur sechsten Stunde bewusst. Es war der Moment der Herausforderung. Mitte des Tages. Mitte des Lebens. Es war die Zeit, innezuhalten und über das eigene Tun nachzudenken. Die Sonne hatte den Zenit erreicht. Selbst die Vögel schwiegen. An diesem Wendepunkt der Zeit würde sich das Schicksal des Tages entscheiden. Auch das Leben kannte solche Wendepunkte der Zeit. Die Mitte des Lebens barg noch einmal alle Möglichkeiten. War der bisherige Weg der richtige gewesen? Gab es etwas zu bereuen, besser zu machen, wiedergutzumachen? Wäre nicht ein ganz anderer Weg der richtige gewesen? Eröffnete das Leben nicht auch bislang ganz ungenutzte, vielleicht immer schon erwünschte Facetten? Manchmal musste etwas abgeworfen werden, wenn das Leben weitergehen sollte. Manchmal war es ein Zufall, ein überraschendes Erlebnis, die Begegnung mit einem Menschen – und plötzlich war alles neu. Alanus versenkte sich in diese Gedanken und er spürte, dass alle Dinge in der Schwebe waren.

Als er am Nachmittag erneut das Abtshaus betrat, saßen Konrad Holzbach und Severin am Tisch und unterhielten sich über Zauberbücher.

«Da seid Ihr ja, Alanus von Buchholz», begrüßte ihn der Abt. «Wir sprachen gerade über Eure Studien. Der heutige Tag war offenbar nicht so ergiebig.»

«Die beiden Bücher, die wir eingesehen haben, waren interessant, aber nicht das, was wir suchen. Vielleicht haben wir mit dieser Schrift mehr Glück. Der Bibliothekar gab sie mir mit der Bemerkung, dass es die ausführlichste Darstellung eines Höllenzwanges sei, die er kenne.»

Alanus legte den Band auf den Tisch. Der Abt betrachtete ihn und las den Titel.

«Doctor Johannis Faustii Magia Naturalis et Innaturalis, oder: unerforschlicher Höllenzwang, das ist Miracul-Kunst und Wunderbuch, wodurch ich die höllischen Geister habe bezwungen, dass sie in allem meinen Willen vollbringen haben müssen.»

Der Abt hielt kurz inne. «Da hat Euch Heinrich wirklich das übelste Werk dieser Gattung in die Hand gegeben.»

«Ihr haltet nicht viel von solchen Schriften?», wollte Alanus wissen.

«Nein. Hier wird so getan, als wäre das die reine Weisheit, noch dazu verbunden mit edelster Frömmigkeit.»

«Und das ist es nicht?»

«Es hat schon manch einen gegeben, der diese unzähligen Anweisungen über Monate hinweg befolgt hat. Und was geschah? Nichts. Und wie edel und fromm soll es wohl sein, mit der Hilfe Gottes Dämonen zu beschwören, um sie für ruchlose Zwecke zu benutzen?»

«Ihr habt Euch also mit solchen Büchern beschäftigt?»

«Ich habe dieses Buch gelesen. Allerdings nur zur Hälfte. Und ich habe Männer gesprochen, die es verwendeten. Das Einzige, was sie dadurch erwarben, war eine große Enttäuschung.»

«Der Höllenbann funktioniert nicht?»

«Offensichtlich nicht. Aber er ist deshalb nicht wirkungslos. Diejenigen, die sich damit beschäftigen, verändern sich. Und nicht zum Besten. Sie sind verwirrt. Wenn Ihr das Buch lest, werdet Ihr feststellen, dass der Autor zu Beginn sogar vor der Lektüre seiner Anweisungen warnt. Es sei nur etwas für starke Charaktere.»

«Glaubt Ihr, dass dieses Buch wirklich von Faust geschrieben wurde?», fragte Alanus.

Der Abt zuckte nur mit den Schultern. «Ich weiß es nicht. Entschuldigt mich jetzt. Ich habe dringende Geschäfte. Die zwei Neuankömmlinge wollen begrüßt werden.»

Alanus nickte.

«Nur ein Hinweis noch. Das Buch hat viele Seiten. Aber Ihr könnt Euch schnell orientieren, wenn Ihr nach der Ordnung vorgeht, die jedem Höllenzwang eigen ist: Coniuratio, Citatio, Dimissio.»

«Was meint Ihr damit.»

«Coniuratio: Die Beschwörung muss vorbereitet werden. Es geht um bestimmte Hilfsmittel, aber auch um eine persönliche Lebensführung, die den Magier für diesen Vorgang würdig und mächtig genug macht. Citatio: Ihr müsst die Beschwörungsformeln und Siegel kennen, um die Dämonen zu beschwören. Dimissio: Wenn Ihr den Dämon gezwungen habt, das zu tun, was Ihr von ihm verlangt, müsst Ihr ihn auch wieder loswerden, denn er ist gefährlich.»

Bei den letzten Worten lächelte der Abt, öffnete die Tür und verließ den Raum. Severin und Alanus schwiegen einen Moment.

«Also. Ans Werk», sagte Severin schließlich. Er schlug den Einband auf und begann, die ersten Seiten durchzusehen. Nach dem Titelblatt fanden sie eine grobe Inhaltsübersicht ohne Seitenzählung. Demnach bestand das Werk aus vier Abteilungen.

Im ersten Teil, dem Dreyfachen Höllenzwang, mahnte der Autor den Leser tatsächlich zur frommen Stärkung seines Charakters. Diese sei zu erlangen durch Kenntnis der Heiligen Schrift und regelmäßigen Kirchgang. Dann wurden Hilfsmittel aufgezählt, vor allem Lichter und Substanzen zur Räucherung. Es gab Anleitungen zur Herstellung eines aus drei Ringen bestehenden Schutzkreises. Der Autor legte für die Beschwörung den Zeitraum von Mitternacht bis ein Uhr fest. Dann beschrieb er auf fünf Seiten die Citatio. Severin und Alanus überflogen sie und fanden darin Namen, die sie bereits in der Clavicula Salomonis gelesen hatten. Darüber hinaus wurden ganze Heerscharen von Unter- und Hilfsdämonen aufgeführt. Zu Beginn der Citatio stand jedoch die Beschwörung durch die allerheiligsten Namen Jesu Christi, die der Magier im Schutze der drei Kreise rezitieren sollte. Es folgten Hinweise zur Verhandlung und Vertragsbindung mit dem jeweiligen Dämon. Schließlich wurde beschrieben, wie der Magier diesen Pakt wieder lösen konnte, ohne dafür büßen zu müssen. Dazu sei es nötig, an einem Freitag vor Sonnenaufgang ein Erstlingslamm zu schlachten und mit dessen Blut drei Schutzkreise zu ziehen, bevor man den Dämon erneut herbeiruft und entlässt.

In den Cabalae Nigrae, dem zweiten Teil des Buches, erfuhren Severin und Alanus etwas über die Hierarchie der Hölle. Eine schier unendliche Zahl von Dämonen, ihre Charaktere und Fähigkeiten wurden beschrieben. Besondere Begabungen besaßen die Feuer- und Luftgeister, mit deren Hilfe man in kürzester Zeit große Entfernungen überbrücken könne. Schließlich war von der Herstellung magischer Gegenstände die Rede, etwa einer Kugel aus Electrum Magicum, mit der man Metalladern aufspüren konnte. Die Metalle wurden den Planeten zugeordnet und der Umgang mit ihnen auf bestimmte Wochentage eingeschränkt. Alanus erkannte Zusammenhänge wieder, die er bereits bei Agrippa gelesen hatte.

Die Aufzählung von Dämonen nahm auch im dritten Abschnitt kein Ende. Severin wurde es zu viel. Er blätterte schneller und kam zur Siegelkunde. Zu seiner Überraschung wurden darin zwar viele dieser Zeichen benannt, aber lediglich zwei genauer vorgestellt: das Siegel des Sohnes Gottes und das Schlangensiegel.

«Schon wieder Schlangen», sagte Severin kurz und blickte Alanus an.

Der verstand und nickte.

Am frühen Morgen des nächsten Tages drang Lärm durch die offenen Fenster des Schlafsaals. Schritte hallten über das Steinpflaster. Bald waren Stimmen im Kreuzgang zu hören. Dann wurde die Tür zum Dormitorium abrupt geöffnet und Männer kamen herein. Jemand zerrte Alanus an der Kutte.

«Wacht auf!», rief eine Stimme. «Ihr sollt sofort ins Abtshaus kommen!»

Schlaftrunken blickte Alanus in das Gesicht des jungen Mönchs, der sie vor Tagen an der Pforte empfangen hatte.

«Was ist los?», fragte er irritiert.

«Kommt sofort mit. Es ist wichtig.»

«Ja, ja. Habt einen Moment Geduld.» Er richtete sich auf und erkannte, dass der Raum inzwischen von Kerzenlicht erleuchtet war. Ein Dutzend Mönche standen um ihn herum. Er rieb sich mit der Hand die Augen, erhob sich langsam und folgte dem jungen Bruder, der ihn geweckt hatte. Immer noch hörte man aufgeregte Stimmen aus dem Kreuzgang und nun auch aus dem Refektorium. Alanus verstand nicht, was geschah. Noch immer war er nicht richtig wach.

Als sie das Haus betraten, sah er Severin am Tisch sitzen. Um ihn herum standen Konrad Holzbach und mehrere Mönche, die ihn aufgebracht ansahen.

«Alanus von Buchholz», sagte der Abt streng. «Wo wart Ihr in dieser Nacht?»

Der Angesprochene schüttelte den Kopf. «Was soll die Frage? Ich habe geschlafen. Wie alle Mönche. Und gemeinsam mit ihnen die Messe gefeiert. Was geht hier eigentlich vor?»

Zwei Brüder kamen die Wendeltreppe herab. Sie sahen den Abt an und schüttelten den Kopf. «Oben ist nichts. Wir haben alles durchsucht.»

In diesem Moment öffnete sich hinter Alanus die Pforte. Zwei weitere Mönche traten ein. «Nichts», sagten sie kurz.

Konrad Holzbach nickte kurz und drehte sich um.

«Alanus. Severin. Ihr bleibt hier und verlasst nicht das Gebäude. Die Brüder haben von mir Anweisung, Euch notfalls mit Gewalt daran zu hindern, die Flucht zu ergreifen.»

«Könnt Ihr mir vielleicht verraten, was hier vorgeht», sagte Alanus empört. «Sieht so die Gastfreundschaft des heiligen Benedikt aus?»

«Bleibt hier und wartet», sagte der Abt knapp und verließ den Raum.

Alanus blickte zu Severin. Der schüttelte nur den Kopf. «Ich weiß nicht, was das soll.»

«Was ist hier geschehen?»

«Plötzlich waren ein Dutzend Brüder im Haus, zogen mich aus dem Bett und schleiften mich die Treppe hinunter. Dann durchsuchten sie unser Gepäck. Einige von ihnen haben mich wiedererkannt. Sie fingen an, auf mich einzuschlagen. Der Abt musste sie zurückhalten.»

Erst jetzt bemerkte Alanus, dass Severin an der rechten Augenbraue blutete. Er wandte sich an die Mönche.

«Was ist hier eigentlich los?»

«Setzt Euch», war die kurze Antwort. Die Männer sahen ihn finster an, wirkten wütend und entschlossen, sofort zuzuschlagen, wenn er die Anordnungen des Abtes nicht befolgte. So setzte sich Alanus an den Tisch. Niemand sagte mehr etwas. Draußen dagegen war der Lärm noch angewachsen. Stimmen riefen durcheinander. Selbst die Pferde in den entfernten Stallungen waren unruhig geworden und wieherten.

Alanus konnte nur erahnen, dass irgendetwas ganz Ungewöhnliches vorgefallen sein musste, doch so sehr er auch überlegte und auf die Stimmen hörte, die durchs Fenster hereindrangen, fehlte ihm doch jeglicher Anhaltspunkt und auch die Phantasie, sich auszumalen, was geschehen sein sollte. So wurde das Warten mit der Zeit immer unerträglicher.

Endlich ging die Tür auf, und der Abt trat herein. Mehrere der Brüder begleiteten ihn. Er blickte auf die beiden Männer herab, die am Tisch saßen und ihn fragend ansahen.

«Ihr dürft bis auf weiteres dieses Gebäude nicht verlassen», sagte er. «Ich bin mir nicht sicher, ob Ihr etwas mit all dem zu tun habt. Aber ich kann da draußen nicht mehr für Eure Sicherheit garantieren. Und schon gar nicht für meine eigenen Leute, die Euch am liebsten erschlagen würden.»

Alanus stand auf und schaute den Abt scharf an. «Was ist geschehen?»

Der Abt schwieg für einen Moment. Dann erwiderte er seinen Blick. «Heinrich Gressen, unser Prior und Bibliothekar – ist tot. Er wurde erstochen in der Bibliothek aufgefunden. Und zwei Bücher sind entwendet. Die Clavicula Salomonis und Fausts Höllenzwang.»

Severin sah Alanus entsetzt an. Der blickte hilflos zurück, unfähig, auch nur ein Wort zu sagen.

Den gesamten Tag über durften sie das Abtshaus nicht verlassen, denn die Untersuchungen dauerten an. Dann kam der Abt zurück und forderte die Brüder auf, den Raum zu verlassen.

«Es ist gut», sagte er zu ihnen. «Die beiden können es nicht gewesen sein.»

Ein Mann war mit ihm gekommen. Er setzte sich an den Tisch und sah zu, wie die Mönche eher unwillig durch die Tür gingen und sie schließlich hinter sich zufallen ließen.

«Das ist Gabriel von Kreuznach, bisher unser Subprior», sagte der Abt. «Ich habe ihn heute zu meinem Stellvertreter ernannt. Er leitet mit mir die Untersuchung.»

Alanus nickte nur. «Könnt Ihr inzwischen Näheres sagen?»

«Wir haben alle Brüder befragt», sagte Gabriel. «Eine aufwendige, aber letztlich erfolgreiche Arbeit. Immerhin zeigte sich dadurch, dass niemand aus unserem Konvent der Mörder gewesen sein kann. Wir haben genau rekonstruiert, wer wann wo gewesen ist, wach war oder geschlafen hat, und konnten die Aussagen so gegeneinanderstellen, dass sich ein klares Bild dieser Nacht ergeben hat. Wir können von jedem sicher sagen, dass er nicht als Täter in Frage kommt.»

«Ist es nicht möglich», wandte Severin ein, «dass sich einige Brüder untereinander abgesprochen haben?»

«Grundsätzlich wäre das denkbar, aber unwahrscheinlich. Zumal wir eine andere, höchst erstaunliche Entdeckung machen konnten.»

Gabriel ließ sich Zeit und genoss die Wirkung seiner Worte. Alanus bemerkte, dass der junge Mönch seine neue Funktion und sich selbst sehr wichtig nahm.

«Kommt zur Sache, Gabriel von Kreuznach», sagte er kurz und sah, dass der sofort bemerkt hatte, wie diese Reaktion gemeint war, ihr aber wohl nicht zu begegnen wusste. Stattdessen fuhr er mit seiner Schilderung fort und versuchte, sich seine Verärgerung nicht anmerken zu lassen.

«Ihr erinnert euch, dass zwei Benediktiner in der letzten Nacht Schutz bei uns suchten. Nun. Sie sind verschwunden.»

«Vielleicht hatten sie es eilig», meinte Severin, der ebenfalls daran Gefallen fand, den neuen Prior zu reizen.

Der überging die ironische Bemerkung. «Es ist üblich, sich zu verabschieden. Aber noch etwas ist bemerkenswert: Offenbar waren diese Männer durch irgendetwas gezwungen, das Kloster schnellstmöglich zu verlassen. Und offenbar sind die beiden nicht einmal mehr zurück in ihr Quartier gekommen. Denn den Proviant und ihre persönlichen Dinge haben wir dort gefunden.»

«Das ist allerdings seltsam», sagte Alanus.

«Und das ist noch nicht alles», fuhr der Abt fort. «Wir fanden ein Buch. Keines der beiden gestohlenen. Aber eines, das zur gleichen Kategorie gehört wie die Clavicula Salomonis und das Faustbuch. Wir haben es auch in unserer Bibliothek und ich bin sicher, Heinrich Gressen hätte es euch als nächstes zum Studium gegeben. Es handelt sich um Agrippa von Nettesheims Occulta Philosophia. Aber nur um einen Band dieses Werkes. Den vierten. Und darin geht es um magische Rituale.»

Alanus musste sich zusammennehmen, um seine Überraschung nicht zu zeigen. Er blickte hinüber zu Severin und sah, dass der ebenfalls mit sich rang.

«Wie deutet Ihr diese Zusammenhänge?», fragte er schnell.

Der Abt ließ sich mit seiner Antwort Zeit. «Ihr habt mir nie genau erläutert, worin euer Auftrag besteht», sagte er. «Immerhin. Die Briefe der heiligen Inquisition zeigen, dass euer Anliegen ehrenwert ist und von höchster Stelle gutgeheißen und gefördert wird. Aber es scheint sich doch wohl um eine höchst brisante Angelegenheit zu handeln. Eine Sache, in die viele verwickelt sind und für die Menschen bereit sind, einen Mord zu begehen.»

«Vielleicht haben wir Euch und Eurem Konvent mehr zugemutet, als es sein durfte», sagte Alanus. «Bitte glaubt mir, dass ein solcher Verlauf nicht vorhersehbar war. Wir sind auf der Suche nach einem Mann und einem Buch. Das ist eine schwierige Mission, aber es war nicht zu erwarten, dass deshalb Menschen sterben müssen. Der Tod Heinrich Gressens tut mir unendlich leid. Er war ein frommer Mann, ein belesener und immer freundlicher Gelehrter.»

Der Abt nickte und setzte sich nun ebenfalls an den Tisch.

«Ihr werdet sicher verstehen, dass ich euch unter diesen Umständen unsere Gastfreundschaft nicht länger gewähren kann. Ich habe Verantwortung für dieses Kloster und für die Brüder. Ich möchte sie nicht länger gefährden. Ihr habt Unheil an diesen Ort gebracht. Habt also auch Verständnis dafür, dass ich euch auffordern muss, das Kloster zu verlassen.»

«Das verstehe ich», sagte Alanus. «Aber gewährt mir eine Bitte.»

Der Abt sah Alanus fragend an.

«Lasst uns an der Totenmesse teilnehmen und Heinrich Gressen die letzte Ehre erweisen.»

In der Nacht war der Kapitelsaal hell erleuchtet. Alanus ging hinaus in den Kreuzgang. Severin folgte ihm und blickte um sich.

«Das war unser Buch», sagte er, als er sicher sein konnte, dass ihnen niemand zuhörte.

Alanus nickte. «Ganz ohne Zweifel.»

«Und das bedeutet, dass diese beiden Männer nicht nur den Bibliothekar ermordet haben. Sie sind auch am Überfall auf uns beteiligt gewesen. Weißt du, was das heißt?»

«Wir könnten tot sein.»

«Richtig. Ganz offensichtlich ist da noch jemand auf der Jagd nach dem Buch. Wie wir es vermutet haben.»

«Ja, das stimmt. Aber es ist wohl viel verwickelter. Sie bringen offenbar mehrere magische Bücher in ihren Besitz. Ich frage mich nur warum.»

Severin blickte über die Mauer. Der Nachthimmel war bedeckt. Die Gestirne verbargen sich hinter einer dichten Wolkendecke. «Wir müssen irgendetwas übersehen haben. Irgendein Indiz, das uns die Zusammenhänge verstehen ließe.»

«Wir haben nichts übersehen», erwiderte Alanus. «Ich bin all das, was wir erlebt und erfahren haben, zigmal durchgegangen. Wir wissen einfach zu wenig. Aber jetzt ist klar, in welcher Gefahr wir uns befunden haben und weiterhin befinden. Wir sind denen im Weg. Vielleicht verfolgen sie uns. Und sie werden nicht zögern, uns ebenfalls aus dem Weg zu räumen, wenn es nötig ist. Erinnerst du dich daran, was Johanna gesagt hat? Ich glaube, sie spürt die Gefahr. Und sie hat recht.»

Severin schwieg. «Willst du aufgeben?», fragte er schließlich.

«Ich weiß es nicht», sagte Alanus.

Vom Dach der Klosterkirche erklang die Totenglocke. Die Mönche kamen im Kreuzgang zusammen, zogen dann gemeinsam in den Kapitelsaal und weiter in den erleuchteten Kirchenraum. Unmittelbar vor dem Altar hatte man den Leichnam des Bibliothekars auf den Boden gelegt. Er war in ein schwarzes Bartuch gehüllt. Die Brüder sammelten sich im Westchor, stellten sich im Halbkreis auf und blickten nach Osten zum Altar. Dann erfüllte ihr Gesang den Raum: Requiem aeternam dona eis, Domine. Et lux perpetua luceat eis. Te decet hymnus, Deus, in Sion, et tibi reddetur votum in Ierusalem: Exaudi orationem meam, ad te omnis caro veniet.

Sie sangen die uralten Texte des Requiems und vereinten ihre Stimmen zu einer einfachen, berührenden Melodie. Alanus erschien es, als würden Himmel und Erde durch diesen Klang miteinander verbunden. Er wagte nicht, mit einzustimmen, da er fürchtete, nicht den rechten Ton zu treffen und diese sanfte, zerbrechliche Musik zu verletzen. Aber er hörte mit allen Sinnen und wurde Teil dieses himmlischen Klangs, der im Licht zu schweben schien, als gäbe es keinen Raum und keine Zeit mehr oder als wäre all dies eins. Und als die Communio erklang, lösten sich seine Tränen. Alle Angst und alle Last schien hinauszufließen und den Vierungsturm emporzusteigen. Und er sang mit, weil er keine Furcht mehr hatte. Denn nun ahnte, ja wusste er jeden Ton, als hätte er ihn schon immer gekannt, und er spürte, wie seine Stimme eins wurde mit den Stimmen dieser Welt: Lux aeterna luceat eis, Domine: Cum sanctis tuis in aeternum: quia pius es.

Und da es das vierte Siegel auftat, hörte ich die Stimme des vierten Wesens, das sagte: Komm! Und ich sah, und siehe, ein fahles Pferd. Und der darauf saß, des Name hieß Tod, und die Hölle folgte ihm nach. Und ihnen ward Macht gegeben zu töten …

OFF. 6, 7F

9. KAPITEL

NACHDEM SIE DAS PFERD in den Stall gebracht hatten, zeigte der Bauer Johanna die Unterkunft. Es war eine kleine, mit Ried bedeckte Scheune, in der auch Mägde und Knechte die Nacht verbrachten. Das Mädchen legte die wenigen Dinge, die es mit sich führte, dort ab.

«Eigentlich brauche ich dich nicht für die Arbeit», sagte Ignatius, als sie den Hof verließen und aufs Feld gingen. «Aber es wird am besten sein, wenn du ein bisschen aushilfst. Dann gibt es kein Gerede.»

Johanna nickte und folgte ihm. Während sie gemeinsam Rinder vorantrieben, die vor Einbruch der Dunkelheit im Stall sein sollten, bemerkte sie, wie der Bauer immer wieder heimlich herüber sah. Es war nicht klar, ob es Blicke der Begehrlichkeit waren oder ob er sie musterte, weil er ihr Aussehen ungewöhnlich fand. Als der Stall erreicht war und zwei Mägde hinzukamen, war sie erleichtert, nicht länger mit Ignatius allein arbeiten zu müssen.

Das Melken der Kühe dauerte bis Sonnenuntergang. Danach versammelten sich alle an einem langen Tisch in der Diele des Haupthauses. Der Bauer sprach ein Gebet, brach das Brot, gab es seiner Frau, die es erst an die Kinder und dann an das Gesinde weiterreichte. Zwei Knechte und drei Mägde waren auf dem Hof tätig. Immer wieder blickten sie auf, um die Neue heimlich von der Seite zu betrachten. Johanna wäre es sehr recht gewesen, wenn der Bauer etwas über ihre Anwesenheit gesagt hätte, aber das geschah nicht. Stattdessen nutzte er jede Gelegenheit, zu ihr hinüberzuschauen. Sie ließ sich nichts anmerken, erwiderte keinen seiner Blicke und tat so, als wäre sie mit ihren Gedanken abwesend.

Nach dem Essen folgte sie den Mägden in die Scheune und lag bald neben ihnen auf einer Decke, unter der sich Stroh befand.

Nach einiger Zeit hörte sie ein vorsichtiges Flüstern.

«Wie heißt du?»

«Johanna.»

«Ich bin Miriam. Schlaf gut.»

«Du auch.»

Die anderen hatten zugehört, aber sie trauten sich nicht, die Neue anzusprechen, und auch Miriam schien es für unangemessen zu halten, mehr zu sagen.

Etwas später kamen die beiden Knechte herein und legten sich ebenfalls zur Ruhe. Sie waren nur durch eine Holzwand von den Mägden getrennt.

Johanna blieb wach. Die Geräusche dort draußen klangen anders als gewohnt. Es war sehr still, so als würde sich kaum ein Tier in dieses Tal verirren. Entfernt hörte sie in unregelmäßigen Abständen eine Eule. Lange lauschte sie ihrem Ruf, bis die Müdigkeit doch stärker war als ihre innere Unruhe.

Am nächsten Morgen wurde sie in der Frühe geweckt. Wieder versammelten sich alle um den langen Tisch, aßen und tranken schweigend.

Als sie im Hof zusammenkamen, um vom Bauern Anweisungen für den Tag zu erhalten, hörten sie plötzlich das Schlagen von Pferdehufen, und bald sahen sie, wie zwei Mönche den Weg entlanggaloppierten.

Die Arbeitsverteilung war schnell getan. Schließlich blieben nur Miriam und Johanna übrig.

«Diese Reiter», sagte der Bauer nachdenklich und sah das Mädchen an, «sind ungewöhnlich. Benediktinermönche reisen nicht in solcher Eile. Wenn ich nicht wüsste, dass deine Herren vertrauenswürdig sind, würde ich sagen, da stimmt etwas nicht in diesen Tagen.»

«Ist es nicht üblich, dass Fremde den Weg entlangreiten?», fragte Johanna.

«Das geschieht selten. Sehr selten. Wer sollte hier vorbeikommen? Wer hat schon ein Pferd? Selbst das Kloster besitzt nur wenige. Glaub mir. Irgendetwas stimmt da nicht. Ich hoffe, deine Herren wissen, was sie tun.»

Johanna blickte ihn gedankenversunken an.

«Aber das geht uns nichts an», sagte er. «Miriam. Führ sie an den Waldrand zu den Schafen. Zeig ihr, was zu tun ist. Und nimm Wasser mit.»

Die Magd nickte und wartete einen Augenblick, bis Johanna wieder bei sich war und ihr folgte.

Es war nicht weit bis zur Herde, aber manchmal ging der Weg steil bergauf. Als sie den Waldrand erreicht hatten, setzten sie sich an einem schattigen Platz ins Gras und schauten hinab auf die Schafe.

«Du musst einfach nur darauf achten, dass sich keines davonmacht», sagte Miriam.

«Ist das nicht langweilig?»

«Ja. Du kannst hier nicht viel tun. Aber einschlafen darfst du auch nicht. Mir ist das einmal passiert. Und dann war eines der Tiere weg und ich habe den halben Tag gebraucht, um es wiederzufinden.»

Johanna nickte und bemerkte, wie die Magd sie neugierig betrachtete.

«Du bist mit den beiden Mönchen gekommen?»

«Ja.»

«Das ist eigenartig. Was hast du mit ihnen zu tun?»

«Sie sorgen für mich.»

«Warum tun sie das?»

«Sie haben es versprochen.»

Miriam merkte, dass Johanna nicht darüber reden wollte, und nickte nur. «Ich lasse dich jetzt allein», sagte sie. «Und hole dich am Abend wieder ab. In der Lederflasche hast du Wasser.» Dann stand sie auf, blickte Johanna noch einmal an und ging auf dem Weg zurück, den sie gekommen waren. In der Ferne drehte sie sich um und winkte.

Nach kurzer Zeit wusste Johanna nicht mehr, womit sie sich beschäftigen sollte. Kurz begab sie sich in den Wald, merkte aber schnell, dass es hier keine außergewöhnlichen Kräuter zu finden gab. Gern wäre sie sofort losgelaufen, hinab ins Tal und den Hügel hinauf zum Kloster. Aber sie durfte die Schafe nicht alleinlassen.

Die beiden Reiter gaben ihr zu denken. Ignatius schätzte die Lage sicherlich richtig ein. Sie musste Alanus warnen. Etwas schien nicht in Ordnung zu sein.

Gegen Mittag war es so heiß, dass sie ganz träge wurde, obwohl sie sich immer im Schatten aufhielt. Hinzu kam, dass die Zeit nicht voranzugehen schien.

Als die Sonne bereits deutlich im Westen stand, wurde es schwül, und dunkle Wolken zogen auf. Johanna bemerkte, dass die Schafe sich sammelten und enger aneinanderrückten. Dann endlich sah sie Miriam den Weg heraufkommen.

«Schnell!», rief sie. «Wir müssen die Tiere ins Tal treiben!»

«Warum das?», wollte Johanna wissen.

«Siehst du nicht die Wolken?», bekam sie zur Antwort. Und schon begann die Magd die Tiere anzutreiben.

Als sie das Tal erreichten, war Wind aufgekommen, der beständig stärker wurde. Johanna sah, dass die Rinder bereits von der Weide geholt worden waren. Der Bauer und die Knechte kamen ihnen entgegen und halfen, die Schafe auf eine offene Scheune zuzutreiben.

Der Horizont blieb dunkel, aber bis zum Abend geschah nichts Ungewöhnliches. Sie aßen gemeinsam, und als die Mägde zur Scheune hinübergingen, um sich schlafen zu legen, war der Himmel zwar von tiefschwarzen Wolken verhangen und die Abendluft ungewöhnlich drückend, aber fast schien es, als würde das schlechte Wetter an ihnen vorüberziehen.

In der Nacht weckte sie der Donner. Blitze schlugen in unmittelbarer Nähe ein. Johanna hielt es nicht mehr auf dem Lager. Sie lief hinaus und betrachtete verängstigt und neugierig zugleich die weiß vom Himmel herabschießenden Pfeile. Dann brach der Regen los, und Hagelkörner, so groß wie Taubeneier, folgten ihm nach, schlugen in das Rieddach ein und verursachten beängstigende Geräusche.

Jemand zog Johanna zurück. Vor lauter Staunen hatte sie nicht bemerkt, dass ihre Haare schon ganz durchnässt waren. In der Scheune schrie eine der Mägde und war nicht mehr zur Ruhe zu bringen. In diesem Augenblick schlug ein Blitz in den Baum, der unmittelbar am Rand des Weges stand, den die Reiter am Morgen entlanggekommen waren. Flammen loderten auf, wurden aber sofort vom Regen erstickt. Einer der großen Äste krachte zu Boden.

Die Magd schrie noch immer. Zwei Knechte versuchten sie zu beruhigen. Johanna hatte sich zu ihnen gewandt und erkannte, dass es Miriam war, die dort um sich schlug.

«Legt sie auf den Boden!», rief sie.

Die beiden Männer schauten überrascht auf, taten aber, was sie sagte. Während der Sturm draußen immer heftiger wurde und das Wasser ohne Pause auf den Boden klatschte, setzte sich Johanna neben die junge Magd, die immer noch schrie wie am Spieß und sich aus der Umklammerung befreien wollte, aber von den beiden Knechten fest an den Boden gedrückt wurde. Johanna legte die rechte Hand unter Miriams Brust, die linke auf ihre Stirn und begann zu sprechen. Sie wusste die magischen Worte, weil sie der Mutter viele Male dabei zugehört hatte. Es gelang ihr, sich vom Unwetter nicht ablenken zu lassen. Anfangs schrie Miriam weiter, aber nach einer Weile kam sie zur Ruhe. Es dauerte noch eine ganze Zeit, bis der Donner verstummt und das Unwetter weitergezogen war. Als Johanna die Hände von ihr nahm, war Miriam eingeschlafen. Ihr Kopf lag auf der Seite und ihr Gesicht wirkte so entspannt, als sei sie ein Kind, das sich in den Armen der Mutter geborgen wusste. Die Knechte hatten längst aufgehört sie festzuhalten, hatten Johanna bis zum Schluss aber nicht aus den Augen gelassen und schauten sie noch immer verwundert an, als sie sich neben Miriam zur Ruhe legte.

Am nächsten Morgen spürte Johanna, dass sich alle Blicke auf sie richteten. Jeder wusste, was sich in der Nacht zugetragen hatte. Nach dem gemeinsamen Essen rief Ignatius das Mädchen zu sich und schaute es ungläubig an.

«Du vermagst magische Dinge zu tun», sagte er.

Johanna sagte nichts, blickte nur zurück.

«Ich habe sofort erkannt, dass du eine Hexe bist», fuhr er fort. «Wenn ich nicht mein Wort gegeben hätte, müsstest du jetzt den Hof verlassen.»

«Miriam ging es nicht gut. Ich habe ihr geholfen. Was ist falsch daran?»

«Es war ein fremder Zauber. Alle ängstigen sich vor dir. Sie verlangen, dass ich dich fortschicke.»

«Sie verstehen nicht, was ich tue.»

Der Bauer überlegte einen Augenblick. «Ich möchte, dass du solche Dinge nicht mehr tust.»

«Ich muss heute zum Kloster», sagte Johanna, ohne auf das einzugehen, was Ignatius wollte. «Wenn das stimmt, was du über diese seltsamen Reiter vermutest, muss ich Alanus warnen.»

«Versuch dein Glück», sagte Ignatius. «Und danach geh auf den Hügel zu den Schafen.»

Johanna nickte nur. Dann begab sie sich in die Scheune, holte den Wasserschlauch, füllte ihn und machte sich auf den Weg. Sie musste an die Reiter denken. Vielleicht waren es die gleichen Männer, die Alanus und Severin überfallen hatten. Sie kannte die Hufspuren ihrer Pferde genau. Aber auf dem Weg suchte sie vergeblich danach. Der Regen hatte alles verwischt.

Sie erreichte die hohe Klostermauer und klopfte an die Pforte. Es dauerte sehr lange, bis geöffnet wurde. Ein junger Mönch schaute heraus. Zunächst war er vom Anblick der jungen Frau überrascht. Doch dann besann er sich und machte ihr klar, dass er sie nicht einlassen würde. Auch weigerte er sich, Alanus herbeizuholen, erklärte sich aber immerhin bereit, ihm mitzuteilen, dass sie da gewesen sei. Alle Überredungskünste und alles weitere Bitten halfen nichts. Johanna ging den Weg wieder hinab, ohne Alanus gesprochen zu haben.

Als sie nach einiger Zeit den Waldrand erreichte, wo Miriam bereits wartete, war sie noch immer in Gedanken versunken. Die junge Magd bemerkte das und begrüßte sie mit einem aufmunternden Lächeln. «Na. Bedrückt dich etwas?»

«Nichts Wichtiges», bekam sie als knappe Antwort.

«Bist du verliebt?»

Johanna blickte erstaunt auf. «Wie kommst du darauf?»

«Es wirkt so.»

«Du weißt also, wie das ist?»

«Na ja …» Miriam lächelte noch immer.

«Vergiss es», fauchte Johanna sie an. «Es geht einfach nur um Leben und Tod. Verstehst du das?»

Die junge Magd blickte beschämt zu Boden. «Nein», sagte sie kurz. Dann schwieg sie.

Johanna setzte sich neben sie und blickte hinab auf das Tal. Die Schafe grasten friedlich, so als wäre das Gewitter der Nacht nicht gewesen.

«Danke», sagte Miriam nach einer Weile. «Dass du mir geholfen hast. Ich habe immer Angst bei Gewitter.»

Johanna nickte. «Das haben viele. Es ist nichts Besonderes.»

«Die anderen halten dich jetzt für eine Hexe. Sie fürchten sich vor dir.»

«Und du?»

«Ich bin dir dankbar, dass du mich schlafen gemacht hast.»

Johanna fand diese Worte so ungewöhnlich, dass sie lachen musste. «Schlafen gemacht. Ja, vielleicht trifft es das. Aber eigentlich hast du selbst es gemacht.»

Miriam blickte sie fragend an.

«Ich habe nur die Kraft deiner Angst umgeleitet.»

«Das verstehe ich nicht.»

«Du musst es nicht verstehen. Aber meinst du auch, dass ich eine Hexe bin?»

«Du bist nicht so, wie man sagt, wie eine Hexe ist. Aber du kannst Dinge, die wundersam sind.»

«Also keine Hexe?»

«Doch», sagte Miriam und rang vergeblich nach den richtigen Worten. Als sie keine fand, umarmte sie Johanna und drückte sie fest an sich.

Der Tag ging schnell vorüber. Eigentlich war Johanna sehr müde, doch nachdem sie sich mit den anderen in der Scheune niedergelegt hatte, gelang es ihr nicht einzuschlafen. Die Menschen auf dem Hof hatten vermieden, mit ihr zu sprechen, aber mehr noch beunruhigte sie, dass Alanus und Severin keine Nachricht gesandt hatten. Wie würde es ihnen ergangen sein? Wann würden sie zurückkommen? Wie sollte es weitergehen? Inmitten dieser Gedanken überwältigte sie letztendlich doch der Schlaf.

Irgendwann in der Mitte der Nacht war ihr, als würde sie sich erheben und nach draußen gehen, an den Scheunen vorbei, den Weg hinauf zum Waldrand. Dort setzte sie sich ins Gras, blickte in das dunkle Tal hinab, spürte die Aufmerksamkeit der Schafe, bemerkte über sich den wolkenlosen Himmel, suchte einen Stern, der ihr besonders gefiel, und blickte zu ihm auf, ohne zu wissen warum. Dann spürte sie hinter sich die Mächte des Waldes, die herannahten, um sich zu vergewissern, ob ihnen Gefahr drohte. Johanna selbst blieb ohne Angst, obwohl sie wusste, dass diese Mächte nicht immer friedlich waren. Aber etwas sagte ihr, dass sie sich nicht sorgen musste. Plötzlich brach ein Blitz aus dem Nichts hervor und traf den benachbarten Hügel. Bald stand die Klosterkirche in Flammen. Wie ein brennendes Kreuz leuchtete sie zum Himmel. Johanna konnte die schwarzwehenden Dämonen erkennen, die über dem Feuer kreisten und nach Seelen Ausschau hielten. Auf fliegenden Pferden stürzten sie sich hinab, waren für Augenblicke nicht mehr zu sehen, kamen dann wieder hervor, kreisten um den Hügel und ließen sich erneut fallen. Während sie das immer und immer wieder taten, griff das Feuer um sich, bis der gesamte Hügel in Flammen stand. Jetzt erst erinnerte sich Johanna: Was war mit Alanus? Und Severin? Als sie dies dachte, schien einer der schwarzen Dämonen auf sie aufmerksam zu werden. Er winkte drei weitere heran und gemeinsam peitschten sie ihre Pferde durch die Luft auf den Waldrand zu. Hinter sich fühlte Johanna Kälte, denn die Mächte des Waldes hatten sich zurückgezogen. So war sie allein, blickte starr auf die schwarzwehenden Schatten, die sich mit unfassbarer Schnelligkeit näherten und auf sie herabstürzten.

Plötzlich schreckte Johanna hoch, war hellwach und hörte das Schlagen von Hufen. Schnell erhob sie sich und lief hinaus. Dann sah sie zwei Reiter in wehenden schwarzen Kutten den Weg entlanggaloppieren. Sie preschten am Hof vorbei. Einer schaute für den Bruchteil eines Augenblicks zu ihr herüber. Dann waren sie hinter Bäumen verschwunden. Der Klang der Hufe wurde leiser und war bald nicht mehr zu hören. Johanna ging zurück in die Scheune und legte sich schlafen.

Als sie wieder erwachte, hörte sie von draußen, wie Menschen aufgeregt durcheinander riefen. Doch schienen die Stimmen von weit her zu kommen. Sie stand auf, ging hinaus und merkte schnell, dass der Lärm vom Klosterhügel herabschallte.

«Irgendwas stimmt da nicht», sagte Miriam, die plötzlich neben ihr stand.

Tagsüber war sie bei den Schafen und blickte hinüber zum Kloster, gerade so, wie in der Nacht, als der Traum über sie gekommen war. Nun schien die Sonne gleißend hell. Noch immer hörte sie von dort laute Stimmen und das Wiehern von Pferden.

Als die beiden Reiter am Morgen in aller Eile den Ort verlassen hatten, war das kein Traum gewesen. Johanna schien es nun, als würde sie die Ungewissheit schier zerreißen. Warum meldete Alanus sich nicht? Wurde ihm die Nachricht nicht überbracht? War er in Gefahr? Was, wenn er nicht wiederkäme?

Über all diese Gedanken vergaß sie, der Sonne auszuweichen und im Schatten zu bleiben. Als Miriam am Nachmittag zurückkam, um sie abzuholen, ging es Johanna nicht gut. Ihr Kopf schmerzte, sie meinte sich übergeben zu müssen, und als sie aufstand, um den Hügel hinabzugehen, wurde ihr schwindelig. Die junge Magd half ihr so gut es ging, und nachdem sie den Hof erreicht hatten, brachte sie Johanna in die Scheune, legte sie auf die Decke und kühlte ihr die Stirn.

«Ich bin so dumm», sagte sie leise, als Miriam erneut Wasser brachte.

Ihr Kopf dröhnte, und es dauerte lange, bis endlich der Schlaf kam.

Am nächsten Morgen konnte sie sich nicht erinnern, geträumt zu haben. Sie erhob sich und merkte, dass es ihr wieder gut ging. In der Diele hatte man bereits mit dem Essen begonnen.

«Ist alles in Ordnung?», begrüßte sie der Bauer.

Johanna nickte, setzte sich, goss sich Wasser in ihren Humpen und trank ihn leer, ohne abzusetzen. Miriam, die ihr gegenübersaß, blickte sie erstaunt an. Auch die anderen begannen sie verstohlen anzulächeln. Ignatius reichte ihr einen weiteren Krug voll Wasser. Sie nahm ihn beschämt und goss sich nach.

Wenig später hatte der Bauer alle Mägde und Knechte vor der Scheune versammelt, um die Arbeit des Tages zu verteilen. Plötzlich waren Hufschläge zu hören. Und einen Augenblick später galoppierten zwei Reiter auf den Hof. Als Johanna die beiden erkannt hatte, lief sie ihnen entgegen, ließ Alanus kaum Zeit, vom Pferd zu steigen, und umarmte ihn.

«Was ist geschehen? Hast du meine Nachricht erhalten?», rief sie. «Was ist mit den beiden Reitern? Und was bedeutete der Lärm im Kloster?» Es dauerte einige Augenblicke, bis sie sich wieder von ihm löste, doch sie hielt weiterhin seine Hände.

«Nur Geduld», versuchte Alanus das Mädchen zu beruhigen. «Wir werden viel Zeit haben, alles zu erzählen.»

Johanna blickte zu Severin und vergewisserte sich, dass er wohlauf war. Dann schaute sie erneut zu Alanus. «Ich hatte große Angst. Es sind ungewöhnliche Dinge geschehen. Und ich konnte nichts tun.»

Alanus nickte. «Ja, ich weiß. Aber lass uns später darüber reden. Wir müssen weiterreiten. Es ist keine Zeit zu verlieren.»

Der Bauer hatte die Worte ebenfalls gehört und gab den beiden Knechten Anweisung, Johannas Pferd bereit zu machen.

Miriam schickte er zur Scheune, das Gepäck des Mädchens zu holen. Mit Genugtuung nahm er von Alanus den versprochenen Lohn entgegen.

Johanna hatte nur wenig Zeit sich zu verabschieden. Sie umarmte Miriam, wünschte ihr den Segen der Götter und schwang sich aufs Pferd. Als sie den Weg erreicht hatten, drehte sie sich noch einmal um und winkte.

Miriam blickte ihr nach. «Manchmal möchte ich auch gern einfach davonreiten», hatte sie gesagt, als die beiden zum ersten Mal gemeinsam den Hügel hinaufgewandert waren.

Alanus ließ ihnen keine Verschnaufpause. Sie fanden eine Furt, und versuchten, die Nahe zu durchqueren. An einer besonders tiefen Stelle versanken die Pferde fast völlig im Wasser, aber die Strömung war nicht gefährlich, und so erreichten sie sicher das gegenüberliegende Ufer. Dann ritten sie weiter durch Wälder, überquerten kleinere Bachläufe, trieben die Pferde an Feldern vorbei und machten erst Halt, als die Sonne direkt über ihnen stand.

Severin hatte eine vereinsamte Scheune gefunden, vor der sie im Schatten Rast machten. Johanna drängte Alanus, ihr endlich alles zu erzählen.

Er schilderte die Geschehnisse der letzten Tage sehr detailliert. Dennoch unterbrach sie ihn oft, um noch mehr über die magischen Bücher und ihren Inhalt zu erfahren. Als er von dem Mord berichtete, hörte sie gebannt zu.

«Es hat mit den Reitern zu tun», sagte sie schließlich.

«Welche Reiter?», fragte Alanus überrascht.

«Sie waren zu zweit und erreichten das Dorf einen Tag nach uns. Der Bauer meinte, das sei sonderbar, weil selten Fremde vorbeikämen. Und in der Nacht des Mordes ritten sie in großer Eile davon. Ich konnte sie sehen.»

Alanus schaute Johanna verblüfft an.

«Du sagst», fuhr sie fort, «die beiden fremden Benediktiner haben im Kloster das Buch Agrippas zurückgelassen.»

«Ja», sagte er. «Es handelt sich eindeutig um jenes Exemplar, das man uns beim Überfall gestohlen hat.»

«Dann waren es die gleichen Männer.» Sie überlegte kurz. «Wir sollten umkehren.»

«Umkehren? Wohin umkehren?»

«Ich weiß es nicht. Aber wir begeben uns in Gefahr. Diese Reiter. Sie sind gefährlich.»

Für einen Augenblick schwiegen sie. Dann bemerkte Johanna, wie Severin und Alanus Blicke wechselten.

«Du hast sicher recht», sagte Severin. «Aber wir wissen jetzt, was auf uns zukommt. Wir können uns darauf einstellen.»

Das Mädchen sah ihn ungläubig an. «Sie sind unberechenbar. Sie kreisen über dir und stürzen sich auf dich, schneller als du laufen kannst. Ich weiß das.»

«Du weißt das?»

«Ich habe es gesehen.» Sie hielt inne, ahnte, dass die beiden Männer sie nicht verstehen würden. Verzweifelt schaute sie Alanus an. Als er am Morgen zurückgekehrt war, hatten sich all ihre dunklen Gedanken verflüchtigt. Nun wusste sie nicht, was sie denken sollte. «Wohin reiten wir?», fragte sie.

«Nach Oppenheim», antwortete Severin.

«Und was werden wir dort tun?»

«Wir brauchen weitere Anhaltspunkte, um das Buch zu finden. Oppenheim steht auf jener Liste, von der ich dir schon erzählt habe. Angeblich soll sich der Mann, den wir suchen, einige Zeit dort aufgehalten haben. Außerdem gibt es in der Stadt berühmte Buchdrucker, die vielleicht etwas wissen. Viele Schriften zur Magie und Alchemie wurden in den letzten Jahren in Oppenheim gedruckt. Hier kennt man die Autoren dieser Bücher. Wenn wir etwas über jenen geheimnisvollen Mann erfahren können, dann an diesem Ort.»

Wieder sah sie Alanus an, wollte etwas zu ihm sagen, doch es gelang ihr nicht, die Worte zu finden. Also schwieg sie. Dann erhob sie sich und ging zu den Pferden. «Ich habe Angst um dich», flüsterte sie, als Alanus ihr in den Sattel half.

Er blickte sie betroffen an und auch ihm schienen nun die Worte zu fehlen. So nickte er nur, lächelte unsicher und ging schließlich davon, um den Proviantbeutel am Sattel seines Pferdes zu befestigen.

Sie ritten den ganzen Nachmittag ohne Pause und kamen schnell voran, weil der Weg gut ausgebaut war. Am Nachmittag erreichten sie den Rhein. Severin wusste, dass sie sich flussaufwärts wenden mussten. Manchmal hatte Johanna daran gezweifelt, ob er sich wirklich so gut orientieren konnte. Doch von nun an spürte sie den Fluss ständig an ihrer Seite und sorgte sich nicht mehr. Gegen Abend sahen sie von fern eine Burg.

«Die Landskrone», sagte Severin. «Wir werden es tatsächlich schaffen, bis zum Abend da zu sein.»

Alanus beschloss, die Pferde im Schritt gehen zu lassen. So näherten sie sich dem Hügel eher gemächlich. Von der Stadt war zunächst gar nichts zu erkennen. Eine hohe Mauer zog sich die Burg hinab zum Rhein, unterbrochen nur von zwei Wehrtürmen. Es dauerte noch eine ganze Weile, bis sie eine Kirche erblickten und einzelne Häuser, deren Giebel hoch hinausragten. Erst als sie nur noch wenige hundert Schritt von der Mauer entfernt waren, konnten sie die Ausmaße der Stadt annähernd überblicken. Unmittelbar vor ihnen befand sich eine befestigte Anlage, direkt am Fluss gelegen, noch außerhalb der Stadt. Johanna erkannte eine Kirche, die von Wohn- und Wirtschaftsgebäuden umgeben war.

«Ist das ein Kloster?», fragte sie.

«Mariacron», sagte Severin. «Eine Zisterzienserabtei. Wir sind da.»

Johanna war im Gästehaus untergekommen. Nachdem sie dort gemeinsam mit den Mägden zu Abend gegessen hatte, führte man sie ins Dachgeschoss, wo sie auf dem Stroh ein bequemes Lager fand. Durch das offene Fenster hörte sie den Gesang der Mönche. Sie hatten sich zum letzten Gebet dieses Tages in der Klosterkirche versammelt.

Mit Gleichmaß und Ruhe schwebten die Klänge herbei, als wollten sie ihr dabei helfen, sich mit dem vergangenen Tag zu versöhnen. Doch Johanna fühlte sich nicht wohl. Etwas schwer Fassbares lastete auf ihrer Seele. Was hätte sie dafür gegeben, wenn Ines jetzt bei ihr gewesen wäre. Voll Sehnsucht dachte sie an die Tage in Köln zurück. Auch dort war es nicht einfach gewesen. Aber Ines hatte sie nicht allein gelassen, hatte ihr Mut gemacht, Halt gegeben. Die Klänge aus der Klosterkirche, die nun mild und leise ihr Ohr und zugleich auch ihre Seele berührten, erinnerten sie daran, dass alles gut sein konnte und das Gute nur auf Umwegen zu erreichen war, oft nicht einmal durch eigenes Zutun, sondern mit Hilfe einer unerwarteten Fügung.

Vor vielen Jahren hatte Johanna die Abbildung eines Labyrinths gesehen und erfahren, dass es im fernen Frankreich eine große Kathedrale gebe, in deren Boden ein riesenhaftes Labyrinth aus Steinplatten eingelassen worden sei. Auf Knien würden die Gläubigen seinem Verlauf folgen und dabei ihrem Ziel mal ganz nahe kommen, sich dann wieder davon entfernen, viele Male, bis sie tatsächlich den Mittelpunkt des Labyrinths erreichten, das Ziel all ihrer Suche. Damals hatte sie dieses wundersame Bild nicht recht verstanden. Nun kam es ihr vor, als sei es eine Beschreibung ihres eigenen Lebens. Nun schien sie sich wieder vom Mittelpunkt entfernt zu haben. Die Träume hatten ihr dunkle Bilder gesandt, und zugleich spürte sie, dass etwas sie daran hinderte, Alanus in dieser Finsternis allein zu lassen.

Johanna hörte wieder auf den Gesang der Mönche. Er hatte an Gleichmaß verloren. Eine Melodie drang von fern an ihr Ohr, einem Liebeslied ähnlich: Salve Regina. Mater misericordiae, vita, dulcedo et spes nostra, salve.

Als sie am Morgen erwachte, schien die Sonne durch das Fenster. Johanna ging hinab in den Speisesaal, trank frisches kühles Wasser, aß eine Schale Hirsebrei und begab sich anschließend in den Hof, wo Alanus und Severin schon auf sie warteten. Sie ließen die Pferde zurück und machten sich zu Fuß auf den Weg.

«Hast du gut geschlafen?», fragte Alanus.

«Ja. Es war sehr still», sagte Johanna. «Was werden wir heute tun?»

«Es gibt in der Stadt einen Schwarzdrucker. Joseph Kobelius. Sein Vater hat noch Johann Gutenberg gekannt. Er weiß viel über Bücher.»

Sie verließen die Klosteranlage, und schon nach kurzer Zeit erreichten sie die äußere Stadtmauer.

«Das Seilertor», sagte Severin, als sie an den Wächtern vorbeigingen. Rechts und links des Weges sahen sie einfache Häuser aus Lehm. Menschen blickten ihnen neugierig nach. Noch einmal kamen sie an eine Mauer, und auch hier, am Zollturm, ließ man sie passieren. Johanna blickte den Hügel hinauf. Mächtig und uneinnehmbar erschien ihr die Burg, so als würde sie über der Stadt thronen und alles beherrschen. Als sie Severin diesen Eindruck mitteilte, schüttelte der den Kopf.

«Die Bürger der Stadt sind längst selbständig. Aber nicht immer untereinander einig. Die Unterschiede sind zu groß. Sieh einmal auf die Gebäude unterhalb der Burg.»

Johanna folgte seinem Blick. Dort unmittelbar am Hügel sah sie eine Reihe vornehmer Häuser, nicht vergleichbar mit den einfachen Bauten, die sie bislang auf ihrem Weg gesehen hatten.

«Das sind die Adelshöfe», sagte Severin. «In unmittelbarer Nähe zur Burg. Wer in Oppenheim etwas bewegen will, muss sich gut mit den Oberen stellen. Als ich damals bei Joseph Kobelius arbeitete, hatte ich viel mit ihnen zu tun. Denn sie kaufen Bücher.»

«Du hast hier gelebt?», fragte Johanna erstaunt.

Severin nickte. «Ja. Ich kenne Oppenheim recht gut. Du wirst sehen, es ist eine schöne Stadt. Und es lässt sich hier gut leben. Das Klima ist sehr angenehm. Selbst im Winter bleibt es meist mild.»

Sie kamen auf einen Platz und folgten von da aus der Steckengasse, die sie eine Steigung hinaufführte. Zur Rechten erblickten sie über den Giebeln der Häuser einen mächtigen Turm. Sie bogen in eine schmale Gasse ein, gingen vorbei an zwei Adelshöfen und befanden sich plötzlich unmittelbar am Fuße des Kirchenportals unterhalb der Südfassade. So unvermittelt war die Katharinenkirche vor ihnen aufgetaucht, dass Johanna gar nicht anders konnte, als ihren Blick an den aufstrebenden Außenpfeilern entlang zur Spitze des Turmes wandern zu lassen. Von dort herab blendete sie die Sonne.

«Erstaunlich», meinte Alanus. «Der Westchor ist höher als das Langhaus und die Vierung.»

Johanna verstand nicht, was er meinte, aber auch sie bemerkte die ungewöhnliche Gestalt dieses riesigen Bauwerks.

«Wir werden in den nächsten Tagen sicher Zeit haben, die Kirche der heiligen Katharina zu besuchen», sagte Severin. «Aber lasst uns weitergehen. Wir sind gleich da.»

Er führte sie nach links die Kirchgasse hinab, blieb vor einem der Häuser stehen und klopfte an die Tür. Ein Mann öffnete und blickte hinaus.

«Severin!», rief er erstaunt. «Severin von Sponheim!»

Er trat hinaus auf die Gasse und die beiden umarmten sich herzlich.

«So früh hatte ich euch gar nicht erwartet. Es ist schön, dich wiederzusehen. Und Ihr seid sicher Alanus von Buchholz?»

Dann bemerkte er das Mädchen. «Wen habt ihr da mitgebracht?»

«Das ist Johanna. Sie begleitet uns.»

Joseph Kobelius nickte nur, aber Johanna bemerkte seine Verwunderung. «Kommt herein», sagte er.

In dem großen Raum standen zwei Druckmaschinen. Johanna betrachtete sie aufmerksam. Joseph Kobelius bemerkte das und nahm sich die Zeit, ihr die Arbeitsweise zu erklären. Sie sah, wie Hunderte von spiegelverkehrten Lettern nebeneinander und übereinander auf einem großen Brett lagen, und konnte sich vorstellen, was geschehen würde, wenn man sie mit Farbe bestrich und ein Papier darauf abrollte.

«Wenn Ihr die kleinen Ziffern erst einmal zusammengelegt habt, könnt Ihr viele Seiten drucken», bemerkte sie.

«Stell dir vor», sagte Alanus, «wie lange es dauern würde, wenn ein Mönch all die vielen Seiten abschreiben müsste.»

Johanna nickte.

«Aber jede Seite wird natürlich neu gesetzt», wandte Joseph Kobelius ein. «Es dauert also immer noch sehr lange, ein Buch zu machen. Und es soll ja auch kunstvoll gebunden werden. Wir können mit einem ähnlichen Verfahren übrigens auch Bilder drucken.»

Er griff ein Blatt vom Lesepult und gab es Johanna in die Hand.

«Die apokalyptischen Reiter», sagte er stolz. «Von einem Meister aus Nürnberg. Ich drucke ein Buch, in dem mehrere seiner Bilder vereint sind. Und ich bin sicher, dass es sich gut verkaufen wird.»

Während Johanna das Bild betrachtete, erinnerte Alanus an den Anlass ihres Besuches.

«Ihr wisst, dass wir auf der Suche nach einem besonderen Buch sind. Und nach einem Mann, der es besitzt.»

«Gregorius hat mich eingeweiht. Habt Ihr inzwischen Genaueres ermitteln können?»

«Mit großer Wahrscheinlichkeit handelt es sich um ein Werk über magische Rituale. Es muss ein besonderes Buch sein, das erst seit kurzem zugänglich ist. Und sein Besitzer könnte Fust oder Faust heißen.»

«Merkwürdig», meinte Joseph Kobelius. «Als ich vor vielen Jahren in Krakau studierte, gab es dort einen Georg Faust. Ihr müsst wissen, dass die Universität Krakau dafür berühmt war, Alchemie und Magie zu lehren. Es gab dort eigens eine entsprechende Bibliothek. Und dieser Faust interessierte sich dafür.»

«Das ist bemerkenswert», sagte Severin sichtlich verblüfft. «Wie umfangreich kann man sich dieses Studium vorstellen?»

«Man hatte es als Erweiterung gedacht, für alle, die in den vier klassischen Künsten bereits vorangeschritten waren. Wenn ich mich recht erinnere, musste die Lehre aber nach einigen Jahren auf Wunsch der Inquisition eingestellt werden.»

Johanna betrachtete noch immer jenes Bild, das der Schwarzdrucker ihr gegeben hatte. Zunächst erschien ihr darauf alles sehr verwirrend. Vier Reiter waren zu sehen. Der eine galoppierte mit wilder Entschlossenheit auf einem klapprigen Ross in eine aufgeschreckte und vom Geschehen überrumpelte Menschengruppe, für die ganz offensichtlich jeder Fluchtversuch aussichtslos war. Mit weit aufgerissenen Augen blickte der Reiter zum Himmel, fast so, als ob er sich den Segen Gottes herbeiwünschte, nachdem er auf die armseligen Kreaturen losgegangen war. Seinem Gaul hatte er die Zügel freigegeben, und mit einer Heugabel holte er zum tödlichen Schlag aus. Das erste Opfer seiner Wut war ein Bischof, der mit der Mitra voran von der Hölle verschlungen wurde. Ähnlich erging es einer jungen Frau, die sich vergeblich gegen ihr Schicksal aufzubäumen versuchte. Ihr folgten viele andere. Allein ein Bauer am rechten Bildrand schien der unbarmherzigen Jagd entfliehen zu können. Doch da waren noch die drei anderen Reiter. Sie beachteten einander nicht, aber gemeinsam bildeten sie eine Kampfreihe, die alles niedermähte. Sie versetzten die Menschen in panische Angst und brachten ihnen den Tod. Jene, die von dem Reiter mit der Heugabel verschont wurden, mussten zwangsläufig von einem der anderen getötet werden. Der eine hatte einen Bogen bei sich, der andere ein Schwert, der letzte eine Waage. Johanna verstand nicht alles in diesem Bild. Aber sie spürte, was es mit dem blutrünstigen Treiben auf sich hatte. Fast schien es ihr, als hätte sie Ähnliches bereits gesehen, vor Tagen, in ihrem Traum. Es waren die Mächte der Finsternis, die sich hier austobten. Konnte es Zufall sein, dass sie dieses Bild gerade jetzt in Händen hielt?

«Was meint Ihr», fragte Alanus, «könnte es ein Buch dieser Art geben, das erst seit einiger Zeit existiert? Oder erst seit kurzem zugänglich ist? Vielleicht gestohlen wurde?»

Joseph Kobelius schüttelte den Kopf. «Ich erfahre von fast allen Büchern, die gedruckt werden. So etwas spricht sich herum. Und es ist sehr wichtig für mich, das zu wissen, denn nur auf diesem Wege kann man abschätzen, was die Menschen lesen wollen.»

«Und von diesem Faust? Habt Ihr von dem jemals wieder gehört?»

«Es wird in Worms eine Geschichte erzählt, dass ein Mann dieses Namens dort als Heiler aufgetreten und in Wirklichkeit ein Scharlatan gewesen sein soll. Aber das muss nicht der gewesen sein, den ich in Krakau kennen gelernt habe.»

«Ich hörte noch etwas Interessantes», sagte Alanus. «Der Bibliothekar des Klosters Sponheim erwähnte den Codex Gigas.»

«Heinrich Gressen? Der hat Euch vom Codex Gigas erzählt?»

Alanus vermied es, näher auf den Bibliothekar einzugehen.

«Auch ich habe damals in Krakau von diesem Buch gehört. Niemand weiß, wo es sich befindet. Angeblich soll es in einem Kloster bewacht werden. Aber, ehrlich gesagt, zweifle ich daran, ob es ein solches Werk überhaupt gibt. Überlegt Euch das einmal: ein Buch, in dem alles Wissen dieser Welt gesammelt ist. Kann man sich das überhaupt vorstellen?»

Joseph Kobelius wartete die Antwort nicht ab, sondern wandte sich Johanna zu, die noch immer auf das Blatt schaute.

«Ein faszinierendes Bild, nicht wahr?»

«Es ist fürchterlich», sagte das Mädchen und hielt es Alanus entgegen.

Der nahm es in die Hand und betrachtete es eine Weile.

«Dieser Mann aus Nürnberg ist tatsächlich ein großer Meister», sagte er. «Ich habe selten ein solch eindringliches Bild gesehen.» Noch einmal hielt er es ins Licht. «Aber Johanna hat recht. Es ist zum Fürchten.»

Joseph Kobelius hatte zugesagt, ihnen am Nachmittag eine Reihe magischer Bücher zu zeigen, die in seinem Haus gedruckt wurden. Als er hörte, dass sie im Zisterzienserkloster untergekommen waren, riet er ihnen, doch besser in der ‹Kanne› zu übernachten.

Sie verließen die Werkstatt des Schwarzdruckers, gingen die große Kirchgasse hinab und gelangten zum Markt. Plötzlich blieb Severin stehen. Johanna folgte seinem Blick und sah eine Frau mit langen schwarzen Haaren, die ihn offenbar ebenfalls erkannt hatte. Severin war so überrascht, dass es ihm die Sprache verschlug.

Alles erfolgt nach dem Verhängnis und eben dieses ist ein und dasselbe wie die Notwendigkeit.

Heraklit,
Aetius I 27, 1

10. KAPITEL

«Kobelius hatte damals schnell erkannt, dass ich ihm eine große Hilfe sein konnte. Und deshalb nahm er mich in seine Dienste. Fortan war es meine Aufgabe, Manuskripte und Drucke zu lesen. Zunächst ging es nur um das Auffinden einfacher Fehler, dann auch um sprachliche Überarbeitungen. Schließlich zog er mich hinzu, wenn wichtige Entscheidungen anstanden. Welche Bücher waren es wert, gedruckt zu werden? Womit konnte man Geld verdienen? Was interessierte die Menschen?

Es gab reiche Bürger in Oppenheim, Worms und Mainz, die regelmäßig Bücher kauften. Eines Tages nahm mich Kobelius mit zu einem geschäftlichen Treffen mit Gunther von Salberg, dessen Haus sich unterhalb der Burg befindet. Zu meiner großen Verwunderung zeigte sich, dass der Mann eigentlich keinerlei Interesse an Literatur hatte, seine Frau dafür umso mehr. Es ging ihr um eine ungewöhnliche Sache: den Druck eines Buches über Magie, das bereits in Köln und Antwerpen erschienen war. Kobelius verstand schnell, dass es ihm nur Schwierigkeiten mit den Kollegen einbringen würde, wenn er sich darauf einließ.

Ich muss gestehen, dass ich an diesem Abend wohl nicht so recht bei der Sache war. Zu sehr hatte mich die Schönheit dieser Frau in den Bann gezogen. Während ihr Mann distanziert und geschäftig, mitunter sogar gelangweilt wirkte, war sie voller Leben. Ich erinnere mich genau: Sie trug ein dunkelrotes, in den Hüften gebundenes Kleid, aber keinerlei Kopfbedeckung, wie es üblich ist. Stattdessen fiel ihr Haar in langen schwarzen Locken herab. Ohne Zweifel war sie sehr jung, doch die Lebendigkeit ihrer Augen und ihre Gestik ließen nicht daran zweifeln, dass sie genau wusste, was sie wollte. Wir blieben fast eine Stunde. Kobelius hörte den beiden aufmerksam zu, machte hier und da kleinere Einwände, immer bemüht, Gunther von Salberg nicht vor den Kopf zu stoßen. Aber die junge Frau schien genau zu bemerken, was geschah. Im Gegensatz zu ihrem Mann spürte sie, dass sich der Verleger nicht auf diese Sache einlassen würde. Schließlich schaute sie lange Zeit wie abwesend an die Wand, während sich die Männer weiter unterhielten. Dann trafen sich unsere Blicke. Nur für einen kurzen Moment, aber länger, als es sich ziemt. Irgendetwas gab mir das Gefühl, durchschaut zu sein. Sie schien ihre Wirkung auf mich zu ahnen, schien meine Unsicherheit zu bemerken, mein Bemühen, die äußere Form zu wahren und eigene Empfindungen nicht sichtbar werden zu lassen. Als sie den Blick wieder von mir abwandte, huschte ein kurzes, fast unmerkliches Lächeln über ihr Gesicht. Es verriet mir, dass ihr nichts, aber auch gar nichts von all dem verborgen geblieben war. An diesem Abend sah sie mich nicht mehr an, und es schien mir, als täte sie dies, um mich zu reizen, denn sie hatte wohl auch bemerkt, dass ich nichts sehnlicher wünschte als die erneute Aufmerksamkeit ihres Blickes. Am Ende der Unterredung verabschiedete sie sich nur von Kobelius, doch zugleich schien es mir, als würde sie durch ihre dichten schwarzen Strähnen kaum wahrnehmbar zur Seite schauen, dorthin, wo ich wie benommen stand, unfähig ein Wort zu sagen.

Auf dem Rückweg machte mir Kobelius Vorwürfe, ihn nicht genügend unterstützt zu haben. Ich hätte doch genau gewusst, dass dies ein unmöglicher Auftrag gewesen wäre. Mir blieb nicht anderes, als Unsicherheit darüber vorzutäuschen, ob ich mich in Geschäftsgespräche einmischen dürfe.

Am nächsten Tag sah ich die Frau wieder. Auf dem Markt. Sie erkannte mich sofort und lächelte. Dann ging sie davon, ohne noch einmal zurückzuschauen. Ich folgte ihr durch die Straße der Krämer, am Rathaus vorbei durch die Rentsgasse, und sah, dass sie rechts in einem Hinterhof verschwand. Als ich kurze Zeit später ebenfalls durch das Tor trat, gelangte ich in einen kleinen Garten. Kräuter waren hier gepflanzt. Ich erblickte die Rückseite eines einfachen Hauses, wie man sie in der Nähe der Stadtmauer zu Dutzenden findet, nahm all meinen Mut zusammen, öffnete die schmale Holztür und trat ein. Die Mittagssonne drang durch einen halb geschlossenen Fensterladen. Ich sah die Frau in ihrem dunkelroten Kleid mir abgewandt an einem Tisch stehen. Langsam drehte sie sich um und lächelte mich an. Noch heute weiß ich, dass ich nicht in der Lage war, mich zu bewegen. Was dann geschah, war wie ein Traum, und als ich am Nachmittag in die Druckerei zurückkehrte, schien alles um mich herum seltsam unwirklich. Von da an traf ich sie regelmäßig.

Ihr Name ist Lilith. Sie wurde in Krakau geboren, als Kind einfacher Handwerker. Gunther von Salberg hatte sie auf einer seiner Handelsreisen kennen gelernt und sich sofort in sie verliebt. Die Eltern stimmten der Heirat zu, denn sie sahen wohl, dass ihre Tochter von nun an in Wohlstand leben würde. Lilith sagte mir einmal, dass sie ihren Mann nie geliebt habe. Ihre Gefühle galten stets anderen Menschen. Ich habe keinen Grund, daran zu zweifeln.

Einen ganzen Sommer lang liebten wir uns. Bis zu dem Tag, an dem jemand es bemerkte und verriet. Als die Sache bekannt wurde, konnte Kobelius mich nicht mehr halten, wenn er in Oppenheim nicht sein Gesicht verlieren wollte. Ich verließ die Stadt. Ohne mich von Lilith verabschieden zu können. Das geschah vor fünf Jahren. Im Sommer.» Severin blickte zu Johanna und schwieg einen Moment. «Verstehst du nun?»

Sie nickte und schaute auf den kleinen Bogen Papier in seiner Hand, der sie dazu gebracht hatte, nach Lilith zu fragen. «Und? Was schreibt sie? Will sie dich wiedersehen?»

«Sie möchte, dass ich in der ‹Kanne› Quartier nehme.»

Severin bemerkte, dass Johanna über die Klostermauer hinwegblickte und den Wolken nachsah. «Und du wirst sie dort treffen?», fragte sie.

Severin nickte.

Johanna suchte seinen Blick. «Als sie dort so plötzlich stand, auf dem Marktplatz, am Mittag, da hatte ich für einen Augenblick das Gefühl, sie sei ein schwarzer Dämon. Ein Dämon, der es sogar wagt, am helllichten Tag zu erscheinen.»

«Die Phantasie geht mit dir durch», erwiderte Severin. «Du kennst Lilith nicht.»

«Manchmal sehe ich Farben, die den Körper eines Menschen umgeben. Ich irre mich nicht.»

Severin schüttelte den Kopf und wandte sich an Alanus. «Kobelius hat uns ohnehin den Rat gegeben, in der ‹Kanne› zu übernachten.»

«Das geht nicht», erwiderte Alanus. «Ich muss dieses Buch studieren, das der Abt von Sponheim mir gegeben hat. Dafür brauche ich Ruhe. Außerdem habe ich von Gregorius erfahren, dass er sich mit uns treffen will. Er wird uns in den nächsten Tagen hier im Kloster aufsuchen, um sich ein Bild davon zu machen, wie es um unsere Sache steht.»

Severin blickte erstaunt auf. «Seit wann weißt du das?»

«Die Äbtissin gab mir heute Morgen eine Nachricht.»

«Dann müssen wir bleiben», stellte Severin fest. Er bemerkte, wie Alanus zunächst zu Johanna blickte, die all das nicht verstand, und dann wieder ihn ansah.

«Es spricht nichts dagegen, dass du in die ‹Kanne› ziehst. Aber du musst erreichbar bleiben. Von deinem Wissen um die Verhältnisse in Oppenheim hängt vieles ab. Gregorius wird uns neue Hinweise geben. Über das Buch und den geheimnisvollen Fremden. Dann erst können wir entscheiden, wie es weitergeht. Also halte dich bereit.»

Severin nickte nur. Er hatte bemerkt, dass es Alanus nicht recht war, ihn gehen zu lassen. Aber das eine hatte mit dem anderen nichts zu tun.

Wenig später hatte Severin das Kloster hinter sich gelassen, und als er die Rheingasse betrat, sah er schon von fern das Holzschild mit dem Zeichen der Kanne. Auf seinem Weg begegneten ihm immer wieder Menschen, aber niemand schien ihn zu bemerken oder sich an ihn zu erinnern.

Die ‹Kanne› war ein robust gebautes Steinhaus. Severin wusste, dass der Wirt im Obergeschoss einige Gästezimmer vorhielt, und er hoffte darauf, für diese Nacht noch eines zu bekommen. Nachdem er die schwere Holzpforte hinter sich hatte zufallen lassen, befand er sich in einem großen Schankraum. Tische standen hier, wohl ein gutes Dutzend, und die nötigen Bänke und Stühle. Doch niemand war zu sehen, nicht einmal der Wirt. Severin wollte gerade nach ihm rufen, als in der Tür, die wohl zur Rückseite des Hauses führte, ein junges Mädchen erschien. Sie trug ein einfaches hellbraunes Kleid und hatte das Haar unter einer schwarzen Haube versteckt. Einige blonde Strähnen schauten daraus hervor. Ihr Gesicht war von der Sonne gebräunt. Etwas schüchtern blickte sie ihn an.

«Ich suche den Wirt», sagte er kurz.

Das Mädchen nickte. «Er ist gleich vom Markt zurück. Nehmt Platz. Was wollt Ihr?»

«Habt ihr noch ein Zimmer für die Nacht?»

Das Mädchen kam etwas näher, bedeutete ihm mit einer Handbewegung, Platz zu nehmen, musterte ihn von oben bis unten und setzte sich dann ebenfalls an den Tisch. «Ja, wir haben noch ein Zimmer. Aber Ihr seid doch Mönch. Es wäre einfacher für Euch, im Spital unterzukommen. Oder im Kloster vor der Stadt. Mariacron ist ein Frauenstift, aber auch Mönche haben ein Gastrecht, wenn sie auf der Durchreise sind.»

«Stimmt. Ich komme von dort. Aber ich bleibe ein paar Tage und würde lieber in den Toren der Stadt wohnen.»

Die Holzpforte öffnete sich, und ein bärtiger Mann trat ein, der einen großen Leinensack mit sich trug. Als er Severin bemerkte, kam er zum Tisch.

«Guten Tag», sagte er mit rauer Stimme. Er atmete schwer, setzte sich neben die beiden auf einen Stuhl und sah Severin prüfend an. «Was ist Euer Anliegen?»

«Der Herr möchte hier übernachten», meinte das Mädchen.

«Das kann er mir auch selbst sagen», erwiderte der Mann barsch und wandte sich erneut seinem neuen Gast zu. «Ärgert Euch nicht über meine Tochter Maria.»

«Maria Magdalena», ergänzte das Mädchen.

«Sie plappert viel. Jagt sie davon, wenn sie Euch stört.»

Maria wollte protestieren, doch der Vater blickte sie an und brachte sie damit zum Schweigen. «Ihr wollt ein Zimmer?», fragte er Severin. «Wie lange beabsichtigt Ihr zu bleiben?»

«Zwei Tage. Vielleicht drei. Vielleicht mehr.»

Der Wirt betrachtete Severins Kutte. «Könnt Ihr zahlen?»

Die Vorsicht des Mannes war sicherlich berechtigt. Dennoch konnte Severin ein Lachen nicht zurückhalten. Die unvermittelte Direktheit dieser beiden erheiterte ihn. Er legte zwei Silberstücke auf den Tisch.

«Entschuldigt», sagte der Wirt. «Ich wollte Euch nicht beleidigen. Habt Ihr kein Gepäck bei Euch?»

«Ich habe es im Kloster gelassen.»

Vater und Tochter wechselten Blicke. Doch sie verzichteten auf weitere Fragen.

Maria führte Severin die Treppe hinauf und zeigte ihm ein Zimmer, dessen Fenster zur Gasse geöffnet war. Darin befanden sich eine Matratze, ein Tisch und ein Regal, unter dem zwei Tontöpfe standen. Die Sonne schien durch die Fensterläden herein und erfüllte den Raum mit Licht. Severin blickte sich um und bemerkte, wie das Mädchen ihn aufmerksam beobachtete.

«Gefällt es Euch?», fragte sie.

«Es wirkt sehr freundlich», antwortete Severin. «Es ist gut. Ich nehme es.»

Maria blieb noch einen Augenblick, wartete ab, ob er noch einen Wunsch hatte, und blieb vielleicht länger als üblich, denn von unten hörte man eine raue Stimme ihren Namen rufen.

Als sie das Zimmer verlassen hatte, legte sich Severin auf das Bett und wartete. Lilith würde kommen. Das war sicher. Aber was würde sein? Nach fünf Jahren? Das war eine kleine Ewigkeit. Seit er damals die Stadt verlassen musste, hatte er immer an sie gedacht, jeden Tag. Doch mit der Zeit musste er sich mit der Tatsache abfinden, sie nie mehr wiederzusehen. Er hatte versucht, sie zu vergessen. Und nun war alles wieder da: die Erinnerungen, der Schmerz, die innere Unruhe.

Am späten Nachmittag beschloss Severin, sich noch einmal auf den Weg zu machen. Im Schankraum saßen bereits einige Männer um einen Tisch herum und zechten. Sie blickten ihm nach, als er das Haus verließ. Nichts schien sich in den letzten Jahren verändert zu haben: Da war die Krämergasse, die zum Markt führte. Rechts erblickte er über den Dächern die Klosterkirche der Barfüßer. Er gelangte zur Wormser Straße, ging vorbei am Deutschherrenhaus, an der Kirche des heiligen Sebastian und fand zur Rechten das ehemalige Ordenshaus der Templer. Dort klopfte er an die Tür und wartete. Es dauerte eine ganze Weile, bis das schwere Tor bewegt wurde. Der Mann, der ihm öffnete, erkannte ihn sofort.

«Severin. Severin von Sponheim», sagte er verblüfft. «Du hier? Komm herein. Das ist eine Überraschung.»

«Philipp Begardi. Welch ein Glück», sagte Severin. «Ich hatte schon befürchtet, du seist in Worms.»

Die beiden Männer umarmten sich herzlich. Dann begaben sie sich ins Haus, gingen durch den Flur und kamen in einen großen Raum, in dem sich einige Regale mit Büchern, ein Tisch und ein Stehpult befanden.

«Ich sehe, du schreibst wieder», begann Severin.

«Sehr richtig», erwiderte Philipp Begardi. «Ich arbeite an einem Buch über Medizin. Ich werde es Index Sanitatis nennen. Doch es steckt erst in den Anfängen und wird mich wohl noch einige Jahre beschäftigen.»

«Du bist ganz der Alte geblieben», stellte Severin fest.

«Aber du? Wie kommt es, dass du dich wieder nach Oppenheim wagst? Nach all dem, was geschehen ist. Du hast doch nicht etwa vor, dich wieder mit Lilith zu treffen?»

Severin wollte auf diese Frage nicht eingehen. «Ich brauche vielleicht deinen Rat.»

Begardi sah ihn ungläubig an. «Ausgerechnet du brauchst meinen Rat? Das hört sich sehr ungewöhnlich an.»

«Ist es auch. Ich stehe im Dienste eines Herrn, der mich ausgesandt hat, jemanden zu suchen. Die Sache ist sehr rätselhaft. Und einige Spuren führen nach Oppenheim.»

«Lass uns hier am Tisch Platz nehmen. Erzähle!»

«Sehr viel kann ich nicht sagen», fuhr Severin fort, nachdem sie sich gesetzt hatten. «Sein Name ist wahrscheinlich Fust oder Faust. Er beschäftigt sich mit den unterschiedlichsten Wissenschaften, vor allem aber mit Magie und Alchemie.»

Begardi sah Severin erstaunt an. «Den suchst du?»

Severin nickte nur.

«Von einem Mann mit solchem Namen habe ich vor einigen Jahren gehört. Er kam nach Worms, gab sich als berühmter Arzt aus und behauptete auch, die Zukunft voraussagen zu können. Ich habe ihn nie selbst kennen gelernt. Aber einige Wormser berichteten mir von ihm. Er hat die Leute wohl nur betrogen und die Stadt bald wieder verlassen. Er soll auch hier in Oppenheim gewesen sein.»

«Und kannst du sagen, wie er aussieht? Wo er geboren ist? Was er gelernt hat?»

Begardi schüttelte den Kopf. «Wie gesagt, ich habe ihn nie gesehen. Angeblich soll er in Heidelberg und in Krakau studiert haben. Er nannte sich Magister und Doktor. Aber ich glaube, er hat nie eine Universität besucht.»

«Hat er auch behauptet, in Paris gewesen zu sein?»

«Nein. Warum?»

«Und hast du jemals etwas von einem Schlangenorden gehört?»

Severin meinte ein Zucken in Begardis Gesichtszügen zu bemerken.

«Ich kann dir darüber nichts Genaues sagen. Es gibt Gerüchte. Aber darauf kann man nicht bauen.»

«Gerüchte?»

«Du weißt, dass die Häuser Oppenheims mit unterirdischen Gängen verbunden sind. Teilweise verlaufen die Gänge in mehreren Stockwerken übereinander.»

Severin nickte.

«Ich hörte», fuhr Begardi fort, «dass sich dort in den unterirdischen Räumen eine geheime Gemeinschaft treffe. Es heißt, Menschen würden verschwinden. Und von rätselhaften Ritualen ist die Rede. Eine Schlange soll das Symbol dieser

Gemeinschaft sein. Immer, wenn ich etwas davon gesagt bekam, geschah dies unter vorgehaltener Hand. Ich bin zu selten in Oppenheim, um sagen zu können, ob etwas Wahres daran ist. Und du weißt auch, dass ich von solchem Gerede nicht viel halte. Seit ich in Oppenheim lebe, höre ich ständig Gerüchte von geheimen Gruppen, die sich in den unterirdischen Gängen treffen sollen. Wenn du mich fragst: Die Phantasie geht mit den Leuten durch. Und deshalb fallen auch so viele auf vermeintliche Ärzte und Magier wie Faust herein.»

«Du glaubst also nicht, dass es möglich sein könnte?»

Begardi stand auf und ging zum Stehpult. «Hier. Schau her!», sagte er. «In meinem Buch widme ich einige Seiten dem weitverbreiteten Phänomen der Scharlatanerie. Es gibt immer wieder selbsternannte Heiler, die sich nie ernsthaft mit der Kunst der Medizin beschäftigt haben. Und es gibt immer wieder Menschen, die auf ihren Unfug hereinfallen. Und als Grund für diesen Aberglauben hörst du immer den gleichen Satz: ‹Aber es könnte doch durchaus möglich sein›. Auch dieser Faust ist offenbar ein solcher Schwätzer, der den Leuten den Kopf verdreht und das Geld aus der Tasche zieht.»

Als Severin Stunden später das Haus Begardis verließ, war er glücklich darüber, einen alten Freund wiedergesehen zu haben. Und zugleich musste er sich eingestehen, dass dieser Freund mit seinen Einschätzungen über die Menschen und ihre Verführbarkeit wohl recht hatte. Inzwischen war es dunkel geworden. Nur mehr schemenhaft hoben sich die Gebäude gegen den Himmel ab. Allein der Turm der Katharinenkirche war über den Dächern deutlich erkennbar. Severin beschloss, noch einen Umweg zu gehen. Er trat in die Steckengasse und kam zu den Höfen der Adeligen. Dort, wo der Weg zur Burg abzweigte, erreichte er das Haus Salberg. Er blickte über die Mauer, in der Hoffnung, irgendeinen Hinweis auf Lilith zu finden. Doch es brannte nirgendwo Licht, und so ging er durch schmale Gassen zurück in Richtung Rhein, erreichte das Heilig-Geist-Spital und wandte sich nach rechts. Bald entdeckte er vor sich auf dem Weg die ‹Kanne›. Licht fiel aus den Fenstern des Schankraumes in die Gasse, und schon von fern hörte man laute Stimmen.

Als Severin eintrat, musterten ihn die Gäste nur kurz. Zwar war es ungewöhnlich, dass ein Mönch die Gaststätte betrat, aber offenbar waren Fremde hier keine Seltenheit. An dem letzten noch freien Tisch nahm er Platz und winkte dem Wirt. Einen Augenblick später kam Maria herbei.

«Es gibt nur noch Hirsebrei!», rief sie gegen den Lärm an und setzte sich neben ihn. «Und Wein!»

Severin stimmte zu. Die Wirtstochter gab ihrem Vater mit Handzeichen zu verstehen, was er bringen sollte.

«Bei diesem Lärm kann man sich kaum unterhalten! Seid Ihr zum ersten Mal in Oppenheim?»

Severin schüttelte den Kopf.

Maria sah ihn an und lächelte. «Aber Ihr seid bestimmt schon viel durch die Welt gekommen! Ich würde auch gern in andere Länder reisen!»

Sie wurde vom Wirt unterbrochen, der Severin eine Schale und ein Glas Wein auf den Tisch stellte und seine Tochter aufforderte, den Gast in Ruhe zu lassen. Das Mädchen verzog sich schmollend hinter die Theke und sah ihm von dort beim Essen zu. All das amüsierte Severin und er ließ sich die einfache Speise schmecken. Seit dem Morgen hatte er nichts mehr gegessen.

Er blieb noch eine Weile und beobachtete die Männer am Nachbartisch beim Kartenspiel. Schließlich erhob er sich und ging die Treppe hinauf zu seinem Zimmer. Als er die Tür hinter sich geschlossen hatte, hörte er plötzlich ein Geräusch, das ihn zusammenfahren ließ. Dort am Fenster stand jemand. Erst als sich seine Augen an die Dunkelheit gewöhnt hatten, erkannte er Lilith. Langsam ging er auf sie zu, nahm ihren Duft wahr, hob vorsichtig die Hand und strich ihr durch das Haar. Sie sprachen kein Wort.

Mitten in der Nacht wurde Severin durch das Knarren des Fensterladens geweckt. Er richtete sich auf, horchte, doch im Haus war es ganz still. Neben sich spürte er Liliths Körper. Das

Mondlicht schien herein und bedeckte ihre Haut mit einem seidenen Schimmer. Eher zufällig bemerkte er das Zeichen der Schlange auf ihrer linken Hüfte. Sie erwachte ebenfalls, tastete nach ihm und blickte schlaftrunken auf.

«Die Schlange?», fragte er leise. «Was bedeutet sie?»

«Komm zu mir», flüsterte Lilith. «Es ist besser, wenn du das nicht weißt.»

Alanus hatte sich ins Skriptorium begeben, um zu lesen, und nach kurzer Zeit war er von dem Werk, das vor ihm auf dem Lesepult lag, völlig in den Bann gezogen: ein Buch, das nicht nur die Praxis der Magie darstellte, sondern zugleich einen Lebensweg beschrieb. Der Autor, Abraham von Worms, berichtete darin sehr anschaulich von seinen eigenen Erfahrungen auf dem Weg hin zur magischen Weisheit. 1383 war er in Worms aufgebrochen. Seine anfangs ziellose Reise hatte ihn zunächst zu einem Rabbi nach Mainz geführt, dann nach Böhmen, Österreich, Ungarn, Griechenland, in die Stadt Konstantinopel, in die Wüste Sinai, ins südwestliche Palästina und schließlich nach Oberägypten in die Gegend von Luxor. Immer ging es ihm darum, die Kunst der Magie zu erlernen, doch regelmäßig wurde er enttäuscht. Zwar fand er Menschen, die Beeindruckendes vermochten, doch Abraham erkannte schnell, dass es sich bei all dem um oberflächliches Wissen handelte: In Linz lernte er von einer Magierin, mithilfe besonderer Salben den eigenen Körper zu verlassen. In Griechenland fand er einen Zauberer, der mitten im Sommer Schnee herabfallen und gleich darauf wieder verschwinden lassen konnte. Doch erst Jahre später begegnete er einem Mann, der in der Lage war, ihn die wahre Magie zu lehren. Im Wüstendorf Araki fand er den Weisen Abramelin. Ein Jahr lang lernte er bei ihm die Kunst der Bannung von Geistern mit Hilfe eines Schutzengels. Er kehrte nach Worms zurück, ging dort zunächst Handelsgeschäften nach, um sich ab 1404 einer achtzehn Monate dauernden Selbsteinweihung zu unterziehen.

Der erste Abschnitt des Buches endete mit einer Aufzählung all der Wundertaten, die Abraham in der Folgezeit aufgrund seiner magischen Fähigkeiten bewirkt haben wollte. Manches schien abwegig, einiges vielleicht glaubhaft. Alanus blätterte durch den zweiten Abschnitt, vertiefte sich jedoch nicht weiter darin, denn hier ging es um einfache magische Rezepte. Abraham von Worms hatte offenbar alles ihm verfügbare Volkswissen gesammelt. Doch da Alanus nur an magischen Ritualen interessiert war, ging er gleich zum dritten Abschnitt über.

Hier konnte man detailliert nachlesen, wie Abraham bei seiner Selbsteinweihung vorgegangen war: In mehreren Phasen folgten Zeiten des Fastens, der Askese, der inneren Reinigung, bis es ihm schließlich gelungen war, einen Schutzengel für sich zu gewinnen, mit dem er Geister und Dämonen bezwingen konnte. Schließlich beschrieb Abraham das Ritual der Dämonenbannung: die innere Sammlung und Reinigung des Magiers, die Vorbereitung des magischen Kreises und des Raumes, die Bedeutung von Ölen und Räucherung, das Vorgehen bei einer dreitägigen Anrufung, das Entlassen der Geister, den Umgang mit ihnen und Maßnahmen zum eigenen Schutz. Dann folgte eine Liste der vier dämonischen Oberfürsten Lucifer, Leviathan, Satan und Belial, ihrer acht Unterfürsten Astaroth, Magoth, Asmodi, Beelzebub, Oriens, Paymon, Arito und Amaymon sowie ihrer unzähligen Diener. Im vierten Kapitel beschrieb Abraham magische Tafeln und gab Hinweise, welche Dämonen für bestimmte Zwecke besonders hilfreich seien.

Alanus schreckte zusammen, als ihm jemand von hinten auf die Schulter fasste. Er drehte sich um und erblickte Johanna, die ihr Lachen nur schwer unterdrücken konnte.

«Ich sollte dich holen», sagte sie nur.

«Ja, richtig. Ist es schon so spät? Dann lass uns gehen.»

Er schloss die Buchdeckel, ließ den Band auf dem Lesepult liegen und folgte dem Mädchen hinab in den Hof. Gemeinsam verließen sie das Kloster und gingen die Straße entlang zum Seilertor. Es war der gleiche Weg, den sie schon gestern genommen hatten. Nur kamen ihnen diesmal viele Menschen entgegen. Entlang der Katharinenkirche erreichten sie die Druckerei. Als Alanus an die Tür klopfte, öffnete sie sich von selbst.

«Nicht abgeschlossen», stellte er fest. «Schauen wir einmal, ob Kobelius zu Hause ist.»

Durch den schmalen Flur gelangten sie in die Werkstatt. Alles schien so verlassen, wie sie es tags zuvor gesehen hatten. Johanna bemerkte einen Stapel Bücher.

«Die waren gestern noch nicht hier.»

Sie griff sich nacheinander jeden Band, betrachtete ihn kurz und legte ihn dann zurück auf den Tisch. «Sieh mal», sagte sie plötzlich. «Kennen wir den nicht?»

Alanus hatte sich ebenfalls in der Werkstatt umgesehen. Nun nahm er Johanna das Buch aus der Hand und schlug es auf. «Der vierte Band der Occulta Philosophia!» Er blickte Johanna verwundert an.

«Glaubst du, es ist dein Exemplar?», fragte sie.

Alanus blätterte die Seiten durch. «Das kann ich nicht sagen. Ich hatte nicht die Gelegenheit, es genauer zu betrachten. Möglich wäre es. Andererseits sind Bücher in einer Druckerei nun wirklich nichts Ungewöhnliches.»

«Aber dieses? Ein Buch über Magie. Noch dazu eines, für das manche Menschen töten.»

«Wir werden Kobelius fragen.» Er legte den Band zurück auf den Stapel. «Lass uns nachher noch einmal wiederkommen. Es wäre nicht gut, wenn man uns hier findet. Schließlich hat uns niemand hereingebeten.»

Sie verließen die Werkstatt, schlossen die Pforte hinter sich und gingen die Kirchgasse hinab zum Marktplatz. Dort drängten sich die Menschen um die Auslagen der Händler. Alanus bemerkte, dass sich Johanna aufmerksam umsah, so als wolle sie etwas ganz Bestimmtes finden. Plötzlich schaute sie kurz auf und lief in der Menge davon. Alanus war so überrascht, dass es ihm nicht mehr gelang, sie aufzuhalten. Zu seiner Erleichterung sah er, dass das Mädchen im Gewühl der Menschen bald nicht mehr vorankam. Schließlich blieb sie stehen und stellte betroffen fest, dass die Leute sie mit Verwunderung musterten. Alanus war ihr gefolgt und fasste sie am Arm.

«Was ist mit dir?», fragte er.

«Der Reiter!», rief sie außer Atem.

Alanus blickte sich um, verstand aber nicht, was sie meinte.

«Erinnerst du dich nicht? Ich habe dir davon erzählt. Vor einigen Tagen. In Sponheim. Nachts war ein Gewitter und Männer in schwarzen Kutten sind den Weg entlanggeritten. Einen von ihnen habe ich gerade eben gesehen. Aber dann war er wieder verschwunden.»

«Wie kannst du dir da sicher sein? Bei Gewitter. Im Regen. Hast du ihn damals überhaupt richtig erkannt?»

Johanna nickte nur und schaute sich erneut um.

«Du irrst dich sicher», sagte Alanus. «Lass uns zurückgehen.»

«Geh du nur», entgegnete sie. «Ich werde noch etwas bleiben.»

Alanus wollte ihr widersprechen, wusste jedoch nicht, was er sagen sollte. «Gut», meinte er schließlich. «Aber begib dich nicht in Gefahr.»

Sie nickte nur und ließ ihn stehen, ohne etwas zu sagen. Verwirrt schaute er Johanna nach, wie sie langsam von Stand zu Stand ging und ziellos umherblickte. War es gut, sie allein zu lassen? Aber was sollte er tun? Ihr folgen? Dieser Gedanke erschien ihm abwegig. Und sie würde es nicht wollen.

Schließlich machte sich Alanus allein auf den Rückweg, noch immer unsicher, ob das richtig war. Als er sich der Fischerstadt näherte, kam ihm der Gedanke, die ‹Kanne› aufzusuchen. Doch er hatte kein Glück, lief planlos von Gasse zu Gasse, und als er durch Zufall den Zollturm fand, gab er die Suche auf.

Wenig später betrat er das Skriptorium des Klosters und bemerkte, dass das Buch nicht mehr an seinem Platz lag. Erst wollte er zur Äbtissin gehen und danach fragen, doch dann erblickte er auf dem Lesepult einen Zettel, den er vorsichtig auseinanderfaltete. Nur wenige Worte waren darauf zu lesen. Die Schrift erkannte Alanus sofort wieder.

Johanna irrte noch immer auf dem Marktplatz umher, auf der Suche nach dem fremden Reiter. Selbst im großen Handelshaus und in der unterirdischen Halle hatte sie ihn nicht finden können. Allmählich glaubte sie selbst nicht mehr so recht an das, was sie gesehen hatte. Sollte sie sich so getäuscht haben? Dann fiel ihr Blick auf einen Mann, der die Kirchgasse hinaufging. Kobelius. Er wurde von einem Mönch begleitet. Beide sprachen aufgeregt miteinander. Johanna folgte ihnen in großem Abstand, bis sie die Druckerei erreicht hatten. Kobelius blickte sich noch einmal um, bevor er im Haus verschwand, doch er bemerkte das Mädchen nicht.

Johanna beschloss, zum Kloster zurückzukehren, auch um Alanus nicht unnötig warten zu lassen. Dass er sich Sorgen machte, verstand sie nicht so recht. Schon in Köln war sie auf sich gestellt gewesen. Erst recht während der langen Reise den Rhein entlang. Und schließlich auch in Sponheim. Dieser Gedanke erfüllte sie mit Stolz. Sie musste keine Angst mehr vor dem Ungewissen haben, würde immer ihren Weg finden.

Vor dem Portal der Katharinenkirche blieb sie stehen. Ein wundersames Gebäude war das. Seltsam unförmig. Zum Osten hin ragte ein Turm empor, der etwa die Höhe von fünf oder sechs Steinhäusern hatte. Das Mittelschiff war nur halb so hoch. Nach Westen folgten zwei Türme und ein weiteres Schiff, das den Mittelbau um gut die Hälfte überragte. Johanna konnte sich diese ungewöhnliche Gestaltung nicht erklären. Fast schien es ihr, als würden die einzelnen Gebäudeteile nicht zusammenpassen. Sie beschloss, noch etwas zu bleiben, und ging die Stufen zum Portal hinauf. Je näher sie kam, desto mächtiger wirkten die Mauern des Mittelschiffes auf sie. Es schien ihr, als würden alle Wände, Verstrebungen und Ornamente, ja selbst die Rahmen der riesigen Fenster eine einzige, Stein gewordene Bewegung in den Himmel bilden. Den Baumeistern war es gelungen, beim Betrachter das Gefühl zu erzeugen, alles würde aufwärts streben. Johanna verstand nicht, wie dies möglich war, spürte diese Wirkung aber ganz deutlich.

Sie blickte hinauf zum Dach und entdeckte die Köpfe dämonischer Wesen, die hämisch herabgafften, so als wollten sie den Menschen drohen, die Kirche nur zu betreten, wenn sie sich ganz sicher seien. Aber Johanna war sich sicher und zog die gewaltige Holzpforte auf.

Nachdem sie die Kirche betreten hatte, bemerkte sie, dass die Innenräume von beeindruckender Höhe waren. Auch hier wirkte alles aufstrebend, da der Umfang der Säulen, von denen die Decke getragen wurde, sehr schmal gehalten war. Wo immer nur möglich, ließen bunte Glasfenster das Sonnenlicht herein. All dies machte Johanna glauben, dass das Deckengewölbe nahezu über den Säulen schwebte, sie geradezu emporzog. Gleichzeitig brach sich das Sonnenlicht des Nachmittags in vielfältiger Farbigkeit in den Fenstern, so dass das Innere der Kirche geheimnisvoll erstrahlte. Johanna hatte die Mitte des großen Kirchenraums erreicht und blickte zur Decke empor, wo sich die tragenden Rippen des Gewölbes einer strengen Gesetzmäßigkeit folgend kreuzten und das Gewicht des Daches auf die schmalen Säulen und die Mauern der Seitenschiffe verlagerten. Doch die Wirkung war dem entgegengesetzt, so als würden die Säulen der Decke Schwerelosigkeit gewähren und die Kraft geradezu aufsteigen lassen. Die Gesetze der Natur schienen aufgehoben.

Als sie den Altar erreicht hatte, versuchte Johanna vergeblich zu verstehen, was in den senkrecht aufragenden Glasfenstern des Chores abgebildet war. Sie erkannte die Taufe, die Arche Noah, die Anbetung der Könige, die Geißelung Christi, einen Mann, der ein Kind opfert. Doch all die anderen Abbildungen blieben ihr fremd. Sie wandte sich um und sah ein großes rundes Fenster, in dem das Licht von Süden besonders prächtig erstrahlte. Ein buntes Muster aus Wappen und Symbolen in Gold, Rot und Blau leuchtete ihr entgegen. Sie verstand die Bedeutung all dessen nicht, aber ihr Blick verlor sich darin wie in einer Rose. Für einen Augenblick traf sie das Licht mit besonderer Kraft. Geblendet fielen alle Gedanken von ihr, und ein unbekannter Sog nahm ihre Seele mit hinaus in die Ferne, bis sie wieder zu sich kam, nicht recht wusste, was eigentlich geschehen war. Langsam ging sie weiter.

Sie fand ein Tor, durch das sie die Kirche auf der Nordseite verließ. Dann machte sie sich auf den Weg zum Kloster. Gegenüber der Kirche befand sich eine kleine Kapelle. Johanna ging an ihren Grundmauern entlang, und als sie eher zufällig zur Seite schaute, fuhr ihr der Schreck durch die Glieder: Da war eine Öffnung in der Mauer, mannshoch, vielleicht fünf

Schritt in der Breite. Dahinter erstreckte sich ein Gewölbe, in dem Menschenknochen aufgestapelt lagen, sorgsam getrennt nach Gebeinen und Schädeln. Es mussten Tausende sein, eine Wand aus Totenköpfen, die Johanna dort aus ihren leeren Augenhöhlen anstarrten. Eine eigentümliche Kraft brachte sie dazu einzutreten. Fast war es ihr, als würden diese Schädel zu ihr sprechen wollen. Doch sie konnten es nicht mehr. Ihre Zeit war dahin. Längst abgelaufen. Was immer sie sagen wollten, die Gelegenheit, es zu tun, war vertan. Für immer. Und was hätten sie ihr zu erzählen? Vielleicht würden sie über glückliche Stunden berichten, über Stunden des Leids und der Verzweiflung. Johanna begab sich wieder ins Freie. Dann blickte sie noch einmal zurück: So viele. Über all die Jahre. Was war aus ihnen geworden? Was würde aus ihr, wenn nichts mehr war?

Johanna ging weiter, denn sie spürte, wie die Dunkelheit Besitz von ihr ergriff. Sie durfte jetzt nicht stehen bleiben.

Auf der Suche nach einer Gasse, die Richtung Rhein führte, kam sie an den Adelshöfen vorbei. Über hohe Mauern hinweg erblickte sie die Giebel großer Steinhäuser und stellte sich vor, dass man hier wohl ein angenehmes Leben hatte. Sie fand einen schmalen Weg, der zwischen den Mauern zweier Höfe in die Unterstadt hinabführte.

Plötzlich sah Johanna eine Frau auf sich zukommen und war von deren Anblick so überrascht, dass sie abrupt stehen blieb. Es war Lilith. Anders als tags zuvor trug sie ein dunkelrotes Kleid, doch auch jetzt fielen ihr die langen, pechschwarzen Locken offen über die Schulter. Abschätzig blickte sie Johanna an und gab ihr auf diese Weise zu verstehen, dass sie im Weg stand.

«Was schaust du so?», sagte sie bissig. «Geh zur Seite!»

Johanna war so verblüfft, dass sie sich tatsächlich an die Mauer drückte und teilnahmslos zusah, wie Lilith geschwind an ihr vorbeiging, dann aber stehen blieb, sich umdrehte, sie von oben bis unten musterte und ihr dann herausfordernd in die Augen blickte.

«Wer bist du?», fragte sie.

Johanna spürte, dass Lilith irritiert war. So hielt sie dem selbstbewussten Blick der Frau stand, sah für einen Moment die Farben ihrer Aura und bemerkte dabei, dass Lilith Ähnliches mit ihr tat.

«Wer bist du?», hörte Johanna sie sagen und bemerkte zugleich die Verwunderung in ihrer Stimme. «Warum kannst du so etwas?»

Schnell wandte sich das Mädchen ab und lief die Gasse hinunter, immer weiter, ohne darauf zu achten, ob es der richtige Weg war, lief, sah die Häuser an sich vorbeihuschen und blieb erst stehen, als sie das Seilertor wiedererkannte.

Im Kloster angekommen suchte sie nach Alanus, wollte ihm von dem erzählen, was ihr gerade geschehen war, doch sie fand ihn nirgends. Im Hof erfuhr sie von der Äbtissin, dass er noch einmal in die Stadt gegangen sei. Johanna blickte sie hilflos an und suchte Halt am Stamm eines Baumes. Dann wurde ihr schwarz vor den Augen.

Alanus hatte die Stadt durch das Seilertor und den Zollturm betreten, war einfach geradeaus gegangen, so wie die Äbtissin ihm geraten hatte, und fand in der Rheingasse das Heilig-Geist-Spital. Etwas entfernt vom Tor des Hauses blieb er stehen und wartete. Eine ganze Weile geschah nichts. Dann trat ein Junge aus dem Schatten hervor und kam auf ihn zu.

«Sucht Ihr Agrippa?», fragte er flüsternd.

Alanus nickte nur. Der Junge mochte höchstens zehn Jahre alt sein. Er war in Lumpen gekleidet und machte einen heruntergekommenen Eindruck.

«Dann kommt mit», sagte er. «Ich bringe Euch zu ihm.»

Der Junge ging voran, so schnell, dass Alanus ihm kaum folgen konnte. Bald kamen sie an der ‹Kanne› vorbei, dann an zwei Adelshöfen, erreichten die Wormser Straße, das Deutschherrenhaus, die Sebastianskirche und bogen schließlich rechts in eine schmale Gasse. Der Junge blieb stehen.

«Ihr müsst hier weitergehen. Dann kommt Ihr zu einer Kapelle. Dort trefft Ihr Agrippa.»

«Woher kennst du ihn?»

«Das kann ich nicht sagen», meinte der Junge und verschwand augenblicklich auf dem Weg, den sie gekommen waren.

Alanus blieb im Dunkeln stehen, blickte voran und bemerkte die Umrisse eines sakralen Gebäudes. Er sah eine Holzpforte, öffnete sie und trat ein. Durch einen kleinen Vorraum gelangte er ins Innere der von Kerzen erleuchteten Kapelle. Fast hatte es den Anschein, als befände er sich in einem kreisrunden Raum. Acht Säulen trugen die kleine Kuppel. Von jeder dieser Säulen führte ein Deckenbogen unmittelbar auf kurzem Wege zur Außenwand, zwei weitere Bögen streckten sich in größerer Länge jeweils nach rechts und links, kreuzten sich mit den entsprechenden Bögen der angrenzenden Säulen und bildeten zwischen Säulenkreis und Außenwand Kreuzjoche, insgesamt acht an der Zahl. Von jeder Säule führte zudem ein Bogen zur Mitte der Kuppel. Dort, wo sie zusammenliefen, befanden sich Schlusssteine, und genau im Zentrum sah er eine Reliefabbildung des Lamms mit dem Kreuz. Direkt gegenüber dem Eingang der Vorhalle bemerkte Alanus eine Öffnung im Mauerwerk, die zu einem kleinen Chorraum führen musste, der jedoch nicht erleuchtet war. Von dort trat ein Mann aus der Dunkelheit. Er trug einen lang herabfallenden Mantel und eine Kopfbedeckung, wie sie für einen Magister oder Kaufmann üblich war.

«So sieht man sich also wieder», sagte er und kam näher. «Gut, dass Ihr meiner Einladung gefolgt seid.»

«Ein ungewöhnlicher Ort, an den Ihr mich geführt habt», antwortete Alanus. «Aber wohl nicht ungewöhnlicher als ein Mann, der seine Identität nicht preisgibt.»

Der Angesprochene musste lachen. «Euer Vergleich ist besser, als Ihr selbst wissen könnt.» Mit einer Geste wies er auf die vom Kerzenschein erleuchteten Säulen. «Vor mehr als zwei Jahrhunderten war dies der Versammlungsort der Templer. Hier verehrten sie Gott. Und hier weihten sie junge Mönchsritter in ihre Mysterien ein. Ihr wisst, was mit ihnen geschah. Sie wurden verfolgt und getötet. Aber wisst Ihr auch, warum man so etwas tat?»

Alanus sagte nichts.

«Menschen werden verfolgt, wenn sie den Mächtigen zu gefährlich werden.»

«Die Templer waren ein Orden mit Macht», erwiderte Alanus.

«Ihr habt recht.» Der Mann nickte und ging langsam in den Raum auf eine der Säulen zu. «Manchmal geraten auch die Mächtigen aneinander. Wenn die Titanen miteinander kämpfen, kommen Titanen um. Aber lassen wir die großen Bilder. Ich möchte lieber von einfachen Menschen sprechen, Menschen wie Ihr und ich. Auch sie können den Mächtigen zu mächtig werden. Das geschieht mitunter sehr schnell und sogar ohne Wissen oder Willen der Betroffenen. Denkt an Martin Luther. Wusstet Ihr, dass er auf dem Weg nach Worms hier in Oppenheim übernachtete? In der ‹Kanne›, wo auch Euer Freund untergekommen ist. Einige Bürger der Stadt haben ihn damals auch unterstützt. Erstaunlich, dieser Luther. Er hat etwas geschafft, was bei Umwälzungen dieser Art selten ist: Er hat überlebt.»

«Worauf wollt Ihr hinaus? Und warum habt Ihr mich hierher bestellt?»

«Vielleicht aus einer gewissen Sentimentalität. Ich bin Euch noch etwas schuldig.»

«Das Einzige, was Ihr mir schuldig seid, ist Euer Name.»

«Den kann ich Euch nicht nennen, ohne mich in Gefahr zu bringen. Aber ich kann Euch helfen, nicht selbst in Gefahr zu geraten. Seid Ihr Euch eigentlich im Klaren darüber, was Ihr tut?»

Alanus sah ihn verblüfft an.

«Ihr sucht Bücher. Gefährliche Bücher. Schriften, die auch andere in ihren Besitz bringen wollen. Und es geht hier nicht um irgendeine Ausgabe der Confessiones des ehrwürdigen Augustinus, sondern um magische Rituale. Das ist ein kompliziertes Feld. Nur wenige kennen sich wirklich damit aus. Einige von denen führen Gutes im Sinn. Aber für die meisten gilt das nicht. Ihr habt vom Schlangenorden gehört?» Der Mann hielt einen Augenblick inne und vergewisserte sich der Wirkung seiner Worte. «Seine Mitglieder treffen sich regelmäßig in Paris und Köln. Und hier in dieser Stadt. Oppenheim hat etwas Besonderes zu bieten. Die gesamte Oberstadt ist unterkellert. Es gibt endlose Gänge. Man sagt, einige führten sogar zur Landskrone und hinab zum Rhein. Ich selbst habe gesehen, dass sie sich nicht selten in vier bis fünf Stockwerken untereinander befinden. Es gibt große unterirdische Säle. Sogar Brunnen, die es ermöglichen, Monate unter der Erde zu leben. Dieses Labyrinth ist der ideale Ort für einen geheimen Orden. Diejenigen, die unter vorgehaltener Hand davon sprechen, berichten von Teufelsanbetung, davon, dass Menschen verschwinden und nie wieder gesehen werden. Die Priester des Ordens sollen wundersame Kräfte besitzen und die Macht haben, jeden in der Stadt töten zu lassen.»

Alanus schüttelte den Kopf. «Das hört sich sehr nach jenen Geistergeschichten an, die man sich nachts am Lagerfeuer erzählt. Ihr wisst so gut wie ich, dass die Leute vieles behaupten. Gerüchte entstehen schnell. Und je aufregender die Geschichten sind, desto begeisterter werden sie erzählt.»

«Ich spreche hier nicht von Gerüchten. Einiges von dem, was ich Euch mitteile, habe ich mit eigenen Augen gesehen.»

Alanus bemerkte, dass der Mann einen Umschlag aus der Tasche zog.

«Ich will Euch vor all dem warnen. Das allein war der Grund, Euch hierher zu bestellen. Glaubt mir. Es gibt einige, die genau das suchen, was Ihr sucht. Es täte mir leid, wenn es Euch erwischt. Ihr seid ein aufrichtiger Mann.» Er legte den Umschlag auf den Sims eines Pfeilers. «Nun lebt wohl», sagte er kurz. «Ich wünsche Euch den Segen des Herrn.»

Dann verschwand er mit eiligen Schritten in den Nebenraum, so schnell, dass Alanus nicht reagieren konnte. Wie benommen stand er unter der Kuppel, die, wie er wusste, den Himmel des Neuen Jerusalem symbolisierte. Schließlich nahm er den Brief und öffnete ihn. Wieder erkannte er die Schrift sofort: «Entschuldigt, dass ich Euch das Buch vom Lesepult nahm. Im Gegensatz zu Euch brauche ich es dringend: um ein letztes großes Werk zu vollenden.»

... es steigen zur Erde hernieder durch die Bitten der Menschen besiegt die himmlischen Wesen und eröffnen die Zukunft ...

PORPHYRIUS,
BUCH DER ANTWORTEN, XI

11. KAPITEL

«SIE HAT SOFORT GESPÜRT, was ich mit ihr gemacht habe!», rief Johanna. «Und sie kann es auch. Lilith kennt sich damit aus. Und ich bin sicher, sie wird mich suchen lassen. Allein schon, um zu erfahren, was ich sonst noch alles zu tun vermag.»

«Beruhige dich», sagte Alanus. «Dazu ist sie gar nicht in der Lage. Und hier im Kloster bist du ohnehin sicher.»

Aber Johanna ließ sich nicht beruhigen. «Diese Frau ist wie ein Dämon. Man darf ihr nicht trauen. Wenn Severin sie wiedersehen möchte, dann müssen wir ihn warnen. Und auch Kobelius ist irgendwie merkwürdig.»

«Nur weil er sich mit einem Mönch getroffen hat? Das Franziskanerkloster liegt unmittelbar am Markt. Und warum sollen nicht auch Mönche die neuen Drucktechniken verwenden wollen?»

«Und der unbekannte Reiter?»

«Wer weiß, wen du da gesehen hast.»

«Ich finde, das sind zu viele ungewöhnliche Dinge.» Sie blickte Alanus an und bemerkte, dass er sich nicht überzeugen lassen wollte. «Und denk nur an das, was dir passiert ist.»

«Gut. Der Mann, der sich selbst Agrippa nennt, hat mich gewarnt. Aber das wird er aus eigenem Interesse getan haben. Er möchte, dass wir ihm nicht mehr zu nahe kommen.»

«Du mit deiner verfluchten Gewissheit», fuhr sie ihn wütend an. «Alles legst du dir zurecht, nur damit die Welt für dich so erklärt ist, dass du mit ihr leben kannst. Aber nun sei einmal ehrlich. Die rätselhaften Dinge häufen sich. In Sponheim ist ein Mann ermordet worden. Es wäre jetzt endlich einmal an der Zeit, dass du nicht länger so tust, als wäre alles ganz selbstverständlich.»

Abrupt verstummte Johanna. Zu sehr war sie von ihrer eigenen Kühnheit überrascht. Fast schien es ihr, als wäre nicht sie es, die da gesprochen hatte. Und zugleich sah sie zum ersten Mal, dass Alanus nicht recht wusste, wie er ihr in die Augen schauen sollte. Als er sich am Lesepult festhielt, ging sie plötzlich auf ihn zu und umarmte ihn.

«Verzeih», sagte sie. «Ich habe wohl etwas übertrieben.»

Sie bemerkte, dass Alanus dadurch noch mehr verunsichert wurde. Auch er hatte seine Arme um sie gelegt, war dabei aber seltsam hilflos. Sie blickte zu ihm auf. Dann küsste sie ihn plötzlich auf die Wange, löste sich von ihm und lief aus dem Raum.

Wenig später verließen die beiden das Kloster. Auf dem Weg zum Marktplatz sprachen sie nicht miteinander. Johanna spürte die Spannung zwischen ihnen.

Als Alanus an der Tür der Druckerei klopfte, öffnete Kobelius und ließ sie herein.

«Seid willkommen», begrüßte er die beiden.

Er führte sie in die Werkstatt. Johanna erkannte mit einem Blick den Bücherstapel, unter dem sich auch das Buch Agrippas befand. Alles lag noch so, wie sie es gestern verlassen hatten.

«Ist Severin nicht mit Euch gekommen?», fragte Kobelius.

«Es war ihm nicht möglich», sagte Alanus nur. «Aber er lässt Euch herzlich grüßen.»

«Nun. Ich hoffe, es geht ihm gut. Aber sprechen wir über das, was Euch interessiert: Bücher über Magie.»

Alanus nickte. «Ja, das ist wirklich ein sonderbares Feld der Literatur. Ich hatte in Sponheim die Gelegenheit, einige Bände einzusehen. Das waren zum Teil sehr alte Schriften. Zum Beispiel die Clavicula Salomonis. Aber auch neuere Werke. Einen Dämonenbann. Und schließlich das Buch des Abraham von Worms.»

«Da habt Ihr ja schon die wesentlichen Dinge kennen gelernt. Mir würde nur noch das Werk Agrippas von Nettesheim einfallen. Einen Teil davon habe ich sogar hier.» Kobelius ging zum Tisch, blickte zunächst verwundert auf den Stapel und griff dann einen Band heraus.

«Seht einmal. Der vierte Band der Occulta Philosophia. Ich habe ihn gerade erst bekommen, verbunden mit dem Auftrag, den Einband zu erneuern. Die Bindung ist in der Vergangenheit ziemlich strapaziert worden. Das wird ein schönes Stück Arbeit werden.»

«Lebt dieser Agrippa noch?»

«Nein. Meines Wissens ist er vor etwa fünf Jahren gestorben. Eine außergewöhnliche Gestalt und ein eigenwilliges Buch.»

«Worum geht es darin?»

«Es geht um genau das, was Euch beschäftigt: Magie. Neben dem Abramelin des Abraham von Worms kenne ich kein anderes Buch, das diese Kunst so präzise beschreibt. Ich könnte es Euch für einige Stunden zur Verfügung stellen. Allerdings habe ich die ersten drei Bände nicht hier, und die werdet Ihr häufig benötigen, um die Zusammenhänge zu verstehen.»

«Wann braucht Ihr es zurück?»

«Heute Nachmittag. Das wäre die Bedingung. Ich muss mich auf Euch verlassen können.»

Alanus nickte. «Das könnt Ihr. Aber wo wir gerade über Magie sprechen: Man erzählt sich, dass es in Oppenheim eine geheime magische Gesellschaft gebe.»

Johanna hatte Kobelius während des Gespräches beobachtet, und so fiel ihr auf, dass ihn diese Frage, wenn auch kaum merklich, zusammenzucken ließ.

«Das müssen Gerüchte sein», sagt er kurz. «Davon habe ich noch nicht gehört.»

«Die Menschen sprechen von einem Orden, der die Schlange zum Symbol hat. Er soll sich in unterirdischen Gängen treffen.»

Kobelius verzog sein Gesicht zu einem hilflosen Lächeln. Johanna bemerkte, wie er das Buch auf dem Tisch ablegte und etwas ziellos umhersah.

«Die Leute erzählen viel. Wahr ist, dass es unterirdische Gänge gibt. Seit Jahrhunderten werden sie benutzt, um Wein und andere Güter zu lagern. Unter dem Markt sind einige dieser Keller miteinander verbunden, und es gibt auch eine große unterirdische Halle. Dinge, die leicht verderblich sind, werden hier gehandelt, denn dort unten ist es immer gleichbleibend kühl.»

«Könnt Ihr uns die Gänge zeigen?», fragte Johanna. Sie bemerkte, dass sich Kobelius bei diesem Gedanken unwohl fühlte.

«Nun ja», sagte er. «Wenn Euch das wirklich interessiert.»

Alanus nickte. «Das würde ich sehr gerne sehen.»

Er nahm sich das Buch des Agrippa und deutete an, dass sie gleich aufbrechen könnten.

«Den bringe ich Euch wie besprochen zurück», sagte er.

«Gut. Nehmt dieses Leinentuch und wickelt das Buch darin ein. Es ist sicherer.»

Er hielt einen Moment inne, als überlegte er noch einmal, ob Alanus und Johanna wirklich von ihm erwarteten, sie in die unterirdischen Gänge zu führen. Dann fügte er sich ihrem Wunsch. «Kommt. Wir gehen. Aber erhofft Euch nicht, irgendwelche geheimnisvollen Dinge zu sehen. Dann werdet Ihr nämlich enttäuscht sein.»

Johanna stieg als letzte die Stufen hinab, immer bedacht, die Fackel nicht aus der Hand fallen zu lassen.

«Ihr habt also einen eigenen Zugang», stellte Alanus fest, der bereits den Boden erreicht hatte. Seine Worte hallten aus der Tiefe.

«Das ist nicht ungewöhnlich», erklärte Kobelius. «Fast jedes Haus in der Nähe des Marktes besitzt einen. Und das Kellersystem ist so angelegt, dass man sich unterirdisch in alle Richtungen fortbewegen kann. Bleibt jetzt bitte in meiner Nähe. Ich möchte nicht, dass jemand abhanden kommt.»

Inzwischen hatte Johanna die beiden Männer erreicht. Im Licht der Fackeln erkannte sie, dass die Wände des Kellers aus geglätteten Natursteinen bestanden. Der Raum mochte etwas kleiner sein als die Werkstatt über ihnen, aber mindestens ebenso hoch. Er besaß eine weit ausladende Gewölbedecke. In einer Ecke standen Holzkisten mit Büchern.

Kobelius war dem Blick des Mädchens gefolgt.

«Mein Keller ist ideal für eine Druckerwerkstatt», erklärte er. «Trocken und zugleich kühl, und damit bestens geeignet für die Lagerung von Büchern.»

«Könnten sie nicht gestohlen werden?», wollte Alanus wissen.

«Vielleicht. Aber das ist noch nie geschehen.»

Kobelius ging hinüber zu einer großen Holztür, schob den Riegel zur Seite und zog mit aller Kraft an dem massiven Eisengriff. Knarrend öffnete sie sich und gab den Blick frei auf einen breiten Gang, den sie nacheinander betraten. Johanna bemerkte, dass Baumwurzeln von der Decke herabhingen. Die Wände waren hier nur grob behauen.

«Wir bewegen uns noch in einer Lössschicht», bemerkte Kobelius. «Aber das wird sich gleich ändern.»

Sie gelangten in eine kleine Halle, die aussah, als hätte man sie in den Fels geschlagen. Die Steine der Wand glitzerten sonderbar. Drei Wege trafen hier aufeinander. Johanna folgte den beiden Männern über eine Steintreppe hinab und betrat ein schmales, längliches Tonnengewölbe. Es führte in eine natürliche Felsenhöhle, die sie auf der gegenüberliegenden Seite wieder verließen. Nun war es nur noch möglich, geduckt zu gehen. Johanna blickte hinauf zur niedrigen, spitz zulaufenden Decke über sich und spürte zum ersten Mal, wie sich etwas Beklemmendes auf ihre Seele legte und ihr Herz schneller schlagen ließ. Dieses Gefühl ließ etwas nach, als sie eine kleine Felsgrotte erreichten, deren Decke in der Mitte von einer Säule getragen wurde.

«Geht es dir nicht gut?» Kobelius hatte ihren Zustand bemerkt und blickte, nicht ohne eine gewisse Schadenfreude, zu ihr herüber.

«Es wird schon wieder», sagte Johanna kurz. «Wo sind wir?»

«Unterhalb des Marktes. Wir haben es gleich geschafft.»

Das Mädchen sah zu Boden und bemerkte, dass dort Wasser durch ein Rinnsal floss.

«Gibt es hier unterirdische Brunnen?», fragte sie.

«Ja.» Kobelius nickte. «Manchmal arbeiten die Menschen unter Tage. Und so haben sie frisches Trinkwasser. Oft muss auch etwas gereinigt werden. Es gibt viel Staub und Dreck hier unten.»

«Sicher könnte man längere Zeit unter der Erde verbringen», stellte Alanus fest.

«Richtig. Das geschieht aber selten. Denn sehr komfortabel ist es hier nicht. Man erzählt sich, dass die Menschen früher bei Belagerungen der Stadt in den Kellern gelebt hätten. Offenbar gibt es all diese unterirdischen Wege schon seit Jahrhunderten. Aber niemand weiß genau, wie sie entstanden sind und wer sie angelegt hat.»

Noch einmal liefen sie durch einen Gang, dessen Decke zu Johannas Erleichterung so hoch war, dass es ihr gelang, die innere Unruhe im Zaum zu halten.

Über die Stufen einer Steintreppe stiegen sie auf, folgten einem langgezogenen Durchlass mit Spitzgewölbe und standen plötzlich in der unterirdischen Markthalle. Johanna hatte sie tags zuvor bereits entdeckt, auf der Suche nach dem rätselhaften Reiter. Erleichtert sah sie die vielen Menschen um sich, löschte die Fackel in einem kleinen ins Mauerwerk eingelassenen Wasserbecken und folgte den beiden Männern ins Freie. Als sie auf den Markt hinaustrat, war sie für einige Augenblicke von der Mittagssonne geblendet.

«Nun. Hat es euch gefallen?»

«So etwas habe ich noch nie gesehen», sagte das Mädchen.

«Ja. Das ist sehr beeindruckend», stimmte Alanus zu. «Und Ihr seid sicher, dass dieser Irrgarten nicht auch zu geheimen Zwecken genutzt wird?»

Kobelius schüttelte den Kopf. «Ihr lest ganz offensichtlich zu viele Bücher über Ritualmagie. Natürlich weiß ich nicht alles, was hier in Oppenheim geschieht. Aber derartige Treffen halte ich für unmöglich. Denn so geheim sind die Gänge nicht, dass nicht irgendjemandem etwas auffallen würde.»

Alanus nickte. «Danke für die Führung.»

«Es war mir ein Vergnügen. Aber jetzt müsst Ihr mich entschuldigen. Ich treffe einen Kunden. Vergesst nicht, mir das Buch zurückzubringen. Ich brauche es in wenigen Stunden wieder.»

«Ihr könnt Euch auf mich verlassen», sagte Alanus.

Johanna blickte Kobelius nach, der sich noch einmal umsah, winkte und bald im Gedränge der Menschen verschwunden war. Dann wandte sie sich Alanus zu. «Er lügt», sagte sie.

Als Severin erwachte, drang Sonnenlicht durch die fast geschlossenen Fensterläden. Erst allmählich kam er zu sich. Seine Hand suchte Liliths Körper, ging ins Leere, und als er die Augen aufschlug, sah er, dass sie nicht mehr bei ihm war.

Ein kleines Stück Papier lag am Rand der Decke. Severin griff danach und betrachtete es aufmerksam. Er sah die Abbildung einer Rose, so kunstvoll, wie nur Lilith sie malen konnte, und eine Schlange, die sich, den Dornen ausweichend, daran empor zu bewegen schien.

Severin ließ sich auf die Decke zurückfallen, blieb liegen und beobachtete, wie die Lichtstrahlen unbekannte Muster auf die Wände des Raumes zeichneten. Fast schien es ihm, als würde er Liliths Duft wahrnehmen und ein letzter Hauch ihrer Wärme wäre geblieben. Dann erinnerte er sich an das Zeichen der Schlange auf ihrer Hüfte, das sich dort früher nicht befunden hatte. Aber noch immer war Severin unfähig, einen klaren Gedanken zu fassen, und so überließ er sich der Schwere seiner Müdigkeit, hörte nicht die Stimmen von draußen, auch nicht das Schlagen der Pferdehufe und das Geschrei der Kinder, die versuchten, eine entlaufene Katze einzufangen.

Später erwachte er vom Lärmen eines Pferdefuhrwerks, erhob sich, noch immer schlaftrunken, ging zum Fenster, öffnete die beiden Läden vollständig und ließ das Licht herein. Ein Blick zum Himmel zeigte ihm, dass die Sonne den Zenit bereits überschritten hatte. Auf dem Tisch sah er eine große, mit Wasser gefüllte Schale, die jemand am Morgen hereingebracht haben musste. Severin wusch sich und zog sich die Kutte über.

Noch einmal schaute er etwas verwundert auf sein Nachtlager und das kleine Stück Papier, die Rose und die Schlange, Liliths zärtlichen Gruß, und verließ dann den Raum.

Als er die knarrende Treppe hinabgestiegen war, fand er die Gaststube hell erleuchtet, doch niemand schien dort zu sein. So setzte er sich auf eine Bank, blickte durch die halbgeöffnete Haustür auf die Straße hinaus und erschrak, als er hinter sich ein Geräusch hörte. Er drehte sich um und erblickte Maria Magdalena, die ihn mit einem freundlichen Lächeln begrüßte.

«Da seid Ihr», sagte sie. «Ich habe mir schon Sorgen um Euch gemacht. Habt Ihr Hunger?»

Severin nickte, sah, dass sie ihr dunkelbraunes Kleid wohl in aller Eile übergeworfen hatte. Das Haar fiel ihr ungeordnet über die Schulter.

«Ich hoffe, ich habe dich nicht gestört», meinte er.

«Das ist nicht so schlimm. Es geschieht oft, dass ich nachmittags aus dem Schlaf gerufen werde. Wisst Ihr, ich komme spät in der Nacht ins Bett und am Morgen muss ich dann Arbeiten verrichten, die sonst eine Magd tut. Da versuche ich mittags zu schlafen.»

Sie blickte unsicher um sich. «Ach ja. Ihr wollt etwas essen. Wir haben noch Brot und Käse. Beides frisch. Alles andere bekommen wir erst am Abend. Ich kann einen Brei machen …»

«Brot und Käse ist gut», unterbrach er sie.

«Und wollt ihr Wein?»

«Danke. Keinen Wein. Aber frisches Wasser, wenn du hast.»

Maria nickte, verschwand hinter der Theke, um einige Augenblicke später mit einem Tablett zurückzukehren, auf dem sich alles Gewünschte befand. Sie setzte sich ebenfalls auf die Bank und sah Severin zu, wie er das Brot schnitt.

«Ich habe Euch heute morgen eine Schale Wasser auf das Zimmer gebracht. Die Herrin bat mich darum. War das gut so?»

Severin nickte. «Welche Herrin?», wollte er wissen.

«Lilith.»

«Lilith?»

Maria sah ihn erschrocken an. «Entschuldigt», sagte sie, «aber Ihr habt doch die Nacht mit ihr verbracht.»

Severin blickte überrascht auf.

«Macht Euch keine Gedanken», fuhr sie fort. «Ich erzähle es nicht weiter, wenn …» Sie unterbrach sich. «Davon erfährt niemand. Wir wollen ja, dass unsere Gäste wiederkommen.»

Severin nickte nur. «Ist Lilith häufiger hier?»

Maria schüttelte den Kopf. «Nein. Nie.»

«Und woher kennst du dann ihren Namen?»

«Alle nennen sie so.»

Severin bemerkte, wie das Mädchen schüchtern zu Boden blickte und keine Antwort fand. «Was weißt du über das Zeichen der Schlange?»

Das Mädchen schwieg lange, bis es leise und vorsichtig zu sprechen begann. «Man erzählt sich davon. Aber ich weiß nichts Genaues. Es ist besser, nicht danach zu fragen. Lilith ist eine ungewöhnliche Frau. Sie hat Macht über Menschen. Als ich ihr heute morgen im Flur begegnete, war mir, als würde sie mich allein durch ihren Blick erstarren lassen. Ich habe mich auch sehr gewundert, dass ein Mann wie Ihr …» Sie setzte den Satz nicht fort, hielt einen Augenblick inne. «Ihr seid gar nicht so wie sie. Deshalb wundere ich mich. Bitte sagt ihr nichts von dem, was Ihr von mir erfahren habt. Ich rede einfach zu viel.»

Severin nahm ihre Hand. «Du brauchst keine Sorge zu haben. Es ist gut. Ich bin ja selbst verwundert.» Er ließ ihre Hand los und blickte auf den Krug, der vor ihm auf dem Tisch stand.

Nach einer Weile bemerkte er, dass sein Schweigen das Mädchen noch mehr verwirrte. «Du hast alles richtig gemacht», sagte er, um sie zu beruhigen.

«Werdet Ihr bleiben?», wollte sie wissen.

«Vielleicht einige Tage.»

«Und wisst Ihr schon, wohin Ihr dann reist?»

«Noch nicht so recht.»

«Es ist bestimmt aufregend zu reisen», sagte sie und schien etwas abwesend. In diesem Augenblick bemerkte Severin zum ersten Mal, wie schön sie war.

Severin hatte beschlossen, Johanna und Alanus zu suchen, doch als die Rheinpforte nur noch wenige Schritte entfernt war, besann er sich anders: Lilith. Wer war sie wirklich? Sollte sie sich so sehr verändert haben? Was bedeutete das Zeichen der Schlange auf ihrer Haut? Was war es, das er besser nicht wissen sollte? Severin folgte der Steckengasse, fand einen kleinen Weg, der den Hügel hinaufführte, und sah bald die Mauern der Adelshöfe vor sich. Doch dann brachte ihn die Gasse unmittelbar zur Katharinenkirche. Schon wollte er sich wieder nach rechts wenden, in Richtung des Schneidertors, dorthin, wo der Hof der Salbergs lag, als er sie plötzlich erblickte: Lilith. Vielleicht dreißig Schritt entfernt. Sie hatte ihn nicht bemerkt, war ganz vertieft in das Gespräch mit ihrem Begleiter, der in eine pechschwarze Kutte gehüllt war. Eilig betraten sie die Treppen des Ostportals, gingen dann an der Nordfassade der Kirche entlang und verschwanden auf der gegenüberliegenden Seite in einem Felsvorsprung, unmittelbar unterhalb der Michaelskapelle. Severin wusste, dass sich dort ein Beinhaus befand, konnte sich aber beim besten Willen keinen Reim darauf machen, was Lilith hier wollte. Einen Moment hatte er Skrupel, ihr einfach so nachzulaufen, doch dann folgte er ihr.

Als er das Gewölbe betrat, blickten ihm Hunderte von Schädeln entgegen. Er hatte diesen Ort damals einige Male aufgesucht, doch der Anblick des Todes fuhr ihm auch heute durch alle Glieder. Vorsichtig war er eingetreten, um nicht sofort von Lilith gesehen zu werden, doch nun bemerkte er zu seiner Verwunderung, dass niemand außer ihm im Raum war. Nur unzählige Schädel, die ihn aus leeren Augenhöhlen anzustarren schienen. Wohl zwei Meter hoch waren sie über- und nebeneinander an der Wand gestapelt, und links davon die Beinknochen, fein säuberlich, als sollte nichts verlorengehen. Severin versuchte sich von diesem Anblick nicht berühren zu lassen, und nachdem sich seine Augen besser an das fahle Licht gewöhnt hatten, fand er seitlich eine kleine Spalte im Fels, aus der ein schwaches Leuchten hervorschien. Er zwängte sich durch die schmale Öffnung, riss sich dabei den Arm auf, aber dann gelang es ihm doch hindurchzukommen, und plötzlich stand er in einem kleinen, von drei Fackeln erleuchteten Raum, kaum größer als sein Zimmer im Gasthaus. Gegenüber führte ein enger Gang weiter. Severin nahm sich eine der Fackeln, stellte beiläufig fest, dass sie erst vor kurzem entzündet worden war, und ging weiter. Er musste sich bücken, denn sonst hätte er sich an dem Tonnengewölbe über ihm den Kopf geschlagen.

Welch ein Irrsinn, dachte er. Wenn ihm nun jemand entgegenkäme. Er hätte keine Möglichkeit, sich zu verbergen.

Aber das geschah nicht. Nach einigen Schritten gelangte er in einen hohen Raum mit abgerundeten Wänden, der ebenfalls von Fackeln erleuchtet war. Wieder schien es ihm, als wären sie gerade erst entzündet worden.

Es gab nur eine Möglichkeit, diesen Ort wieder zu verlassen: eine Treppe, die ihn tief hinab führte, dann auf einen breiten Weg, der im weiten Bogen nach links verlief und schließlich die Richtung beibehielt. Severin vermutete, dass er sich nun nach Süden bewegte, also auf unterirdischem Wege dem Marktplatz zu. Aber vielleicht bildete er sich das auch nur ein. Früher schon hatte er die Erfahrung gemacht, dass man sich in der Unterwelt der Stadt leicht verlaufen konnte.

Etwa alle dreißig Schritt erleuchteten Fackeln seinen Weg, bis er in eine kleine, natürlich entstandene Höhle gelangte, die er wieder verließ, einem Gang folgend, der ein Spitzgewölbe besaß. Dann spürte er Feuchtigkeit unter den Füßen. Von irgendwoher lief Wasser in kleinen Rinnsalen von den Wänden. Severin hörte die Geräusche seiner Schritte und erschrak für einen Moment. Es war kaum möglich, unbemerkt weiterzugehen. Langsam setzte er Schritt vor Schritt, immer darauf bedacht, dass seine Füße das Wasser möglichst geräuschlos durchwateten. Nun änderte sich die Richtung. Es ging etwas aufwärts, dann eine Treppe hinab. Severin war hellwach, blieb immer wieder stehen, horchte. Er wollte Lilith und ihrem Begleiter nicht direkt in die Arme laufen. Der Boden war nun nicht mehr feucht. Fast geräuschlos kam er voran.

Unglaublich, durchfuhr es ihn. Noch nie war er so tief unter der Erde gewesen. Dann hörte er Stimmen, blieb stehen und hielt für einen Augenblick den Atem an. Schließlich gelangte er in eine kleine runde Höhle, wohl zwanzig Schritt im Durchmesser und hoch genug, dass man bequem aufrecht stehen konnte. In der Mitte befand sich ein Brunnen, in dem Wasser plätscherte. Severin traute seinen Augen nicht. Er hatte Ähnliches in den Brunnenhäusern der Klöster gesehen. Aber hier, vielleicht achtzig Schritt unterhalb der Erdoberfläche, so schätzte er, konnte er sich nicht erklären, wie es möglich war, dass ein Wasserstrahl drei Armlängen in die Höhe schoss und auf diese Weise das Becken füllte. Doch es blieb keine Zeit, solchen Überlegungen nachzugehen. Die Stimmen waren jetzt ganz nah. Er sah, dass man die Höhle des Brunnens über drei Ausgänge wieder verlassen konnte, die in unterschiedliche Richtungen führten. Zwei davon lagen im Dunkel. Einer war hell erleuchtet, und Severin ahnte, dass er in einen großen Raum führen musste, denn Stimmen hallten ihm von dort entgegen, stärker als das in den unterirdischen Gängen üblich war. Nahezu geräuschlos bewegte er sich Schritt für Schritt diesem Eingang zu, beugte sich vor, um einen Blick zu wagen, und schreckte unmittelbar wieder zurück. Was er gesehen hatte, verschlug ihm den Atem: eine Halle, wohl fünfzig Schritte lang und vielleicht zwanzig breit. An der dem Eingang gegenüberliegenden Wand ein Altar. Gegenstände darauf. Einige Meter davor Lilith und der unbekannte Fremde. Sie waren damit beschäftigt, etwas auf den Boden zu zeichnen.

Severin sah sich um, dachte darüber nach, welche Fluchtmöglichkeiten er im Falle seiner Entdeckung haben würde. Vielleicht kamen noch andere Menschen hinzu. Sie würden vielleicht den gleichen Weg wählen wie er. Oder aber plötzlich aus einem der dunklen Gänge hervortreten. Er spürte das Blut in den Adern seines Halses pulsieren. Allein der Brunnen beruhigte ihn. Solange das Wasser plätscherte, würden sie nicht hören, wenn er sich leise und vorsichtig bewegte. Aber er konnte auch nicht verstehen, was dort in der Halle gesprochen wurde.

Noch einmal wagte er sich vorzubeugen und konnte einen Blick erhaschen. Auf dem Altar befand sich eine Schale, aus der Weihrauch aufstieg, der sich überall im Raum verteilte. Rechts und links davon standen Kerzen. Auch ein Dolch lag dort. Ferner ein eigenartig geformter Stab und eine Scheibe, deren genaue Form er nicht erkennen konnte. Auf dem Boden davor hatten Lilith und der Unbekannte einen Kreis gezeichnet, dessen Durchmesser gut fünf Schritt betragen mochte, sowie ein Dreieck, dessen Spitze auf den Altar gerichtet war. Lilith hielt ein langes Schwert in der Hand und begann mit seiner Spitze die Seiten des Dreiecks in der Luft nachzuzeichnen. Schließlich legte sie es auf den Altar neben einen Kelch, nahm den Stab, der sich ebenfalls dort befand, tauchte ihn in eine Schale mit Wasser, warf einige Tropfen an die Wand und begann seltsame Worte zu sprechen. Dann ergriff sie den Kelch, richtete ihn nacheinander den vier Himmelsrichtungen entgegen und stellte ihn zurück, um den Dolch zu ergreifen, an dessen Klinge sich offenbar Blut befand, das Lilith auf den Boden schleuderte, dorthin, wo sie zuvor den Kreis gezogen hatte. Sie legte den Dolch zurück und griff nach dem Schwert. Der Mann in der schwarzen Kutte hatte eine große runde Scheibe vom Altar genommen und in das Dreieck gelegt. Lilith stellte sich unmittelbar vor den Altar, dorthin, wo die Spitze des markierten Dreiecks endete, erhob das Schwert und zeichnete damit eine Figur in die Luft. Gleichzeitig sprach sie Worte, so langsam und deutlich, dass Severin sie verstehen konnte.

«Heilig seid Ihr, Herr des Universums. Heilig seid Ihr, den die Natur nicht erschaffen hat. Heilig seid Ihr, der Weise und Mächtige, Herr des Lichtes und der Finsternis.»

Lilith senkte das Schwert und legte es auf den Boden in das Dreieck. Dann blickte sie zum Altar und verbeugte sich.

Severin ahnte, das es nun gefährlich werden könnte, denn das Ritual war offensichtlich beendet und die beiden würden wieder aufbrechen. Schnell löschte er seine Fackel und verschwand in einem der dunklen Gänge. Dort fand er eine kleine Nische, in der er Schutz suchte. Wenig später hörte er Schritte, dann das Plätschern von Wasser, so als würde sich jemand im Brunnen die Hände waschen. Severin wartete ab, bis kein Laut mehr zu vernehmen war. Dann erst wagte er sich wieder hervor. In der Höhle war es nun stockfinster. Nur von fern drang ein schwaches Licht herein. Severin griff sich eine der gelöschten Fackeln und betrat den großen Saal. Auf dem Altar brannte noch eine Kerze. Dorthin begab er sich und entzündete seine Fackel an der Flamme. Nun sah er die Gegenstände, die Lilith eben noch benutzt hatte, aus unmittelbarer Nähe: den Dolch, an dessen Klinge sich noch immer Blut befand, und den Kelch, der mit Wasser gefüllt war. Fast schien es Severin, als wäre er aus reinem Gold gefertigt. Doch mehr noch überraschte ihn eine Gravur, die sich darauf befand: das Zeichen der Schlange. Severin blickte sich um, erkannte das Schwert, das am Boden lag, inmitten des Dreiecks, und betrachtete den Kreis, den Lilith gezogen und mit hebräischen Buchstaben versehen hatte. Er konnte sich keinen Reim darauf machen, was sie bedeuteten, doch all das kam ihm dennoch bekannt vor. Dann dachte er an jenes rätselhafte Zeichen, das Lilith in die Luft geschlagen hatte. Ein Pentagramm. Es gab keinen Zweifel. Sie hatte ein magisches Ritual durchgeführt, um ein Schwert zu weihen. Das lag nun am Boden, auf den Altar ausgerichtet. Und offensichtlich sollte es benutzt werden.

Etwas trieb ihn dazu, die Halle zu verlassen. Mit der Fackel in der Hand machte er sich auf den Rückweg. Tausende Gedanken schossen ihm durch den Kopf. All das kannte er. Von all dem hatte er gelesen. Bei Agrippa. In den Clavicula Salomonis. Und plötzlich verstand er, was das seltsame Zeichen auf Liliths Haut zu bedeuten hatte. Er musste Alanus warnen.

Wieder watete er durch Wasser, stieg die Treppe hinauf, duckte sich, um den schmalen, niedrigen Gang unverletzt zu durchqueren, drängte sich schließlich durch die enge Spalte, stand erneut im Beinhaus, beobachtet von all den Augenhöhlen, die schon seit Jahrzehnten und Jahrhunderten leer waren.

Draußen im Freien bemerkte er, dass die Sonne im Westen längst den Horizont erreicht hatte. Wie benommen lief er an der Fassade der Katharinenkirche entlang, setzte sich auf die Stufen des Portals und blickte erst zu Boden, dann dorthin, wo das Rot des Feuerballs die Wolken durchdrang.

Alanus hatte den Nachmittag im Skriptorium verbracht, noch einmal das vierte Buch der Occulta Philosophia gelesen und sich vieles notiert. Doch er musste feststellen, dass Agrippas Beschreibungen meist ungenau blieben. Auch bezogen sie sich, wenn es um detaillierte Ausführungen zu Kultwerkzeugen, magischen Siegeln, Namen der Macht und die innere Vorbereitung des Magiers ging, oftmals auf seinen dritten Band, den Alanus nicht zur Verfügung hatte.

Schließlich betrachtete er sehr aufmerksam den Zustand der Seiten und des Einbands. Dann schloss er die Buchdeckel, wickelte den Band wieder in das Leinentuch und verließ den Raum.

Er fand Johanna im Kreuzgang. Sie saß auf der Mauer, die Schulter an eine der Säulen gelehnt, und hatte die Augen geschlossen. Doch sie schien nicht zu schlafen und so sprach Alanus sie an.

«Ich habe den Vögeln zugehört», meinte sie, strich sich durchs Haar und blinzelte, als sie in das Sonnenlicht sah. «Bist du mit dem Buch weitergekommen?»

«Die präzise Darstellung einer Beschwörung findet man darin nicht. Nur das, was man auch in anderen Büchern in ähnlicher Weise schon gelesen hat.»

«Vielleicht verraten die Magier nicht alles. Auch die Weisheit der Hexen ist in keinem Buch nachzulesen.»

«Da hast du wohl recht», sagte Alanus.

«Und? Ist es unser Buch?»

«Ja. Im Nachblatt, also innen am hinteren Buchdeckel, befindet sich eine Verfärbung. Daran habe ich es wiedererkannt.»

Johanna nickte nur.

«Ich werde es Kobelius trotzdem zurückgeben. Er soll nicht merken, dass wir es kennen. Es ist nicht auszuschließen, dass er ebenfalls dem Orden angehört.»

Johanna hatte sich wieder an die Säule gelehnt und die Augen geschlossen.

«Verwundert dich das nicht?», fragte Alanus.

«Nein», meinte sie kurz. «Ich sagte ja schon: Er lügt.»

Als sie wenig später die Kirchgasse erreicht hatten, war die Sonne bereits untergegangen. In der von Kerzenschein beleuchteten Werkstatt trafen sie auf einen sichtlich nervösen Kobelius.

«Jetzt wird es aber Zeit», sagte er gereizt, als die beiden eintraten. «Das Buch hätte längst wieder hier sein müssen. Ihr bringt mich in größte Verlegenheiten.»

Alanus bemerkte, wie Johanna den Buchdrucker verwundert ansah. Der trug eine Kutte, die denen der Franziskaner ähnelte.

«Was habt Ihr vor?», fragte sie ihn und zeigte auf das ungewöhnliche Kleidungsstück.

«Ich bin heute Abend im Kloster zu Gast», antwortete Kobelius schnell. «Ich habe mich jetzt schon verspätet. Und das ist mir sehr unangenehm.»

«Entschuldigt», sagte Alanus. «Das Studium des Bandes hat doch länger gedauert, als ich gedacht hatte. Die Zeit verging im Flug.»

Kobelius nahm ihm das Buch aus der Hand. «Ich hoffe, es hat Euch weitergeholfen. Aber lasst uns ein andermal darüber sprechen. Ihr könnt gern morgen wiederkommen», sagte er, führte die beiden zur Tür und gab ihnen eine Fackel in die Hand. «Die werdet ihr für den Rückweg brauchen. Draußen ist es stockdunkel. Aber nun entschuldigt mich. Ich werde längst erwartet.»

Als sie wieder in der Gasse standen, hörten sie, wie die Tür hinter ihnen zugeschlagen wurde. Alanus blickte sich verwundert um.

«Möchtest du wissen, was ich glaube?», hörte er Johanna neben sich.

«Nein», antwortete er. «Ich weiß es schon. Lass uns zum Kloster zurückkehren. Aber vorher besuchen wir Severin in der ‹Kanne›. Vielleicht weiß er Neues.»

Johanna nickte nur.

Sie gingen die Kirchgasse hinab, überquerten den Marktplatz und folgten einem Weg, der sie zum Rhein hinabführte. Nach kurzer Zeit kreuzten sie eine Gasse, die Alanus wiedererkannte.

«In der vergangenen Nacht bin ich hier vorbei gekommen», sagte er. «Wir sind richtig.» Er zeigte nach rechts. «Dort entlang.»

Sie hatten die ‹Kanne› noch nicht erreicht, als von fern Lärm zu hören war. Menschen riefen durcheinander. Und wenig später sahen sie eine große Menge, die sich vor dem Gasthaus versammelt hatte. Frauen kamen von dort gelaufen. Als sie Alanus erblickten, blieben sie ängstlich stehen.

Johanna ging langsam auf sie zu und sprach sie an. Der Lärm war so groß geworden, dass Alanus kein Wort verstehen konnte. Offensichtlich gelang es ihr, die Frauen zu beruhigen. Sie bewegten sich nun vorsichtig an Alanus vorbei, so als sei er ein aussätziges Tier, betrachteten ihn immer noch misstrauisch und liefen dann weiter die Gasse entlang.

«Sie haben Angst vor dir», sagte Johanna aufgeregt.

«Wie kommen sie dazu?»

«Ein Mädchen ist verschwunden. Die Tochter des Wirts. Offenbar geschieht so etwas nicht zum ersten Mal. Die Frauen wirkten etwas verwirrt, sprachen von unerklärlichen Geschehnissen und von Menschen, die in bestimmten Nächten für immer verschwinden. Irgendwo in den unterirdischen Gängen der Stadt.»

«Der Schlangenorden», entfuhr es Alanus.

«Das ist gut möglich. Aber da ist noch etwas.» Johanna musste erst Luft holen, bevor sie weiter gegen den Lärm anreden konnte. «Man sagt, es sei einer der Gäste, der die Tochter des Wirts entführt habe; ein Mann, der eine Kutte trägt und gestern erst hier angekommen ist.»

«Damit kann nur Severin gemeint sein.»

«Richtig. Die Leute wollten ihn umbringen. Aber er ist in die unterirdischen Gänge geflohen. Und dort traut sich in dieser Nacht niemand hinein.»

Alanus schaute nachdenklich zu Boden. «Da geschieht irgendetwas Bedrohliches», sagte er. «Ich muss noch einmal zurückgehen. Kobelius hat uns ja den Eingang zum Labyrinth gezeigt. Severin ist in Gefahr.»

«Dann begleite ich dich», meinte Johanna.

«Das kommt gar nicht in Frage!» Alanus blickte sie entschlossen an. Doch dann sah er, wie ihre grünen Augen im Schein der Fackel aufblitzten.

Severin lief den schmalen Weg zwischen den Häusern entlang, erreichte die Rheingasse, blieb völlig außer Atem stehen, fand die Pforte, die in einen Garten führte, öffnete sie, huschte hindurch und schloss sie sofort wieder. Er wusste, dass von hier ein Pfad den Hügel hinauf führte. Noch einmal blickte er zurück, um sicherzugehen, dass seine Verfolger die Fährte verloren hatten. Aber er wollte sich besser nicht darauf verlassen, und deshalb lief er weiter, stieß sich in der Dunkelheit an einem Baum, hörte einen Hund bellen, erreichte die Steckengasse, blieb stehen, blickte sich erneut um und horchte. Alles schien ruhig zu sein.

Vor wenigen Minuten erst war er zur ‹Kanne› zurückgekehrt und mitten in die wütende Menschenmenge hineingeraten. Ein Junge, der etwas abseits stand, hatte ihm aufgeregt erzählt, dass Maria Magdalena entführt worden sei, genau so wie das Mädchen, das man vor einigen Wochen tot aufgefunden hatte. Sie sei zur Schlange gegangen. Alanus hatte sich zunächst keinen Reim auf diese Worte machen können. Doch es war ihm auch keine Zeit geblieben, denn plötzlich hatte ihn die Menge bemerkt und war ohne irgendeinen Anlass wutentbrannt auf ihn zu gelaufen.

Jetzt, wo er seine Verfolger abgeschüttelt hatte, begriff Severin noch immer nicht, warum sie ihn jagten. Aber er verstand nun die Worte des Jungen. Und schlagartig wurde ihm klar, für wen Liliths Schwert bestimmt war. Einen Moment lang stand Severin unschlüssig da, unfähig einen klaren Gedanken zu fassen. Dann wandte er sich um, ging durch die kleine, von zwei Adelshäusern gesäumte Gasse, sah den Ostchor der Katharinenkirche vor sich, nahm die Stufen des Portals in schnellen Schritten und fand das Beinhaus von Fackeln erleuchtet. Zwei Männer in dunklen Kutten blickten ihn prüfend an, als er die Gruft betrat, doch da die beiden sahen, dass er wie sie gekleidet war und selbstbewusst an der Wand der Schädel vorbei auf die verborgene Felsspalte zuging, schienen sie keinen Verdacht zu hegen und ließen ihn ungehindert passieren.

Er eilte weiter durch die kleine Höhle in den niedrigen Schacht, der von Fackeln erleuchtet war, ebenso wie die nächste Höhle und die Treppe, die ihn hinabführte, dorthin, wo seine Füße das Wasser am Boden spürten. Sein Herz pochte, denn die Angst, entdeckt zu werden, blieb auch jetzt. Von fern hörte er Geräusche: ein dumpfes Trommeln, Gesang, menschliche Stimmen. Plötzlich waren einige Männer in dunklen Kutten vor ihm, die es offenbar nicht so eilig hatten wie er. Um nicht aufzufallen, gesellte er sich zu ihnen und gelangte in die kleine, hell erleuchtete Brunnenhöhle. Vor dem Eingang zur großen Halle standen zu beiden Seiten Wachen. Severin spürte die Angst erneut in sich aufsteigen.

«Dein Gesicht!», fauchte ihn einer der beiden an. «Nur Lilith darf sich offen zeigen!»

Tatsächlich bemerkte er erst jetzt, dass sich alle anderen verbargen, indem sie die Kapuze ihrer Kutte möglichst tief ins Gesicht fallen ließen. Severin tat es ihnen nach und betrat die Halle, während ihn die beiden Männer noch immer musterten.

Der Geruch des Weihrauchs schwebte ihm entgegen, so intensiv, dass er zunächst glaubte, schlecht atmen zu können. Doch das gab sich bald. Er sah etwa fünfzig Menschen, die zum Altar gewandt in mehreren Reihen einen Halbkreis gebildet hatten. Beim magischen Dreieck erblickte er Lilith. Sie trug das dunkelrote Kleid, das an den Hüften mit einer schwarzen Kordel gebunden war und ihr bis zu den nackten Füßen herabfiel. Eine Goldkette, an deren Ende Severin das Amulett der Schlange erblickte, zierte ihren Hals. Lilith hatte die Augen geschlossen und umfasste den Griff ihres Schwertes, dessen Spitze den Boden berührte. Er hörte sie in einem monotonen Gesang die immer gleichen Worte wiederholen, auf den die Menschen im Raum ebenfalls mit immer gleichen Worten antworteten: Potestatem aeternam dona nobis, Lucifer. – Et lux perpetua luceat nobis. – Tibi reddemus votum nostrum. – Exaudi orationem meam, at te omnis caro veniet. – Vita aeterna nobis erit. – Et lux perpetua luceat nobis.

Severin lauschte gebannt, denn er verstand, was gesprochen wurde, hatte all das viele Male gehört. Allerdings in einem ganz anderen Zusammenhang. Das waren Sätze aus der heiligen Totenmesse. Geringfügig verändert, so dass sie nun eine ganz andere Bedeutung erhielten. Er blickte an Lilith vorbei zum Altar, erkannte den goldenen Kelch, den Stab, die Tafel mit dem Pentagramm, den Dolch und schließlich ein Buch, das aufgeschlagen neben der Räucherschale lag. Er meinte es zu kennen, und dennoch schien ihm sein Gedächtnis nicht helfen zu wollen. Dann verstummte der Wechselgesang. Lilith erhob das Schwert und begann zu sprechen.

«Ich, Lilith, aus Lehm entstanden, Gefährtin der gefallenen Engel, grüße Dich, Lichtbringer.»

Während sie diese Worte sprach, verbeugten sich alle Anwesenden zum Altar. Severin tat es ihnen nach, um nicht aufzufallen. Gleichzeitig bemerkte er, dass sowohl im magischen Kreis als auch im Dreieck mit Blut hebräische Buchstaben geschrieben worden waren.

Lilith erhob ihr Schwert und schlug das Zeichen des Pentagramms in die Luft, richtete die Klinge dann nacheinander gegen die vier Himmelsrichtungen und sprach Worte, die Severin noch nie gehört hatte. Schließlich legte sie das Schwert mit der Spitze gegen sich gerichtet in den magischen Kreis, wandte sich dem Altar zu, führte die gefalteten Hände zur Brust und senkte den Kopf. Alle Anwesenden taten es ebenso. Erneut hörte Severin Liliths Stimme.

«Oh jener aus dem immerwährenden Reich, der du alle Dinge geschaffen hast. Dich rufe ich an, mir für die Suche nach dem verborgenen Licht der Ewigkeit große Kraft und Einsicht zu verleihen. Verborgene Mächte tue uns auf, Prinz der Finsternis und des Lichts. Siehe, die Werkzeuge der Erde, des Wassers, des Feuers und der Luft sind dir geweiht. Nimm hin das Leben, das wir Dir schenken werden und schenke uns Leben. Denn Du bist die Kraft der Ewigkeit, die wir für immer verehren.»

Für einen Augenblick herrschte völlige Stille, dann stimmte die Menge einen monotonen Gesang in lateinischer Sprache an, der so stark von den Wänden widerhallte, dass Severin die Worte nicht verstehen konnte. Gleichzeitig bemerkte er, dass zur Rechten und Linken des Altars aus der Wand Männer hervortraten, die ihre Gesichter unter der Kapuze ihrer Kutte verbargen. Severin war verwundert, denn er hatte dort am Nachmittag keine Eingänge bemerkt. Zwei der Männer trugen einen großen Kelch herein. Die beiden anderen, die von rechts eingetreten waren, zerrten ein Mädchen hinter sich her. Sie trug nur einen weißen Umhang. Severin sah ihre von der Sonne gebräunte Haut und die hellblonden Haare. Und er begriff, was er längst befürchtet hatte: Das war Maria, die Tochter des Wirts.

Wut stieg in ihm auf. Wut auf Lilith und all die Menschen, die hier standen und diesem elenden Schauspiel zusahen. Und zugleich überfiel ihn ein Gefühl der Ohnmacht, das Wissen, allein nichts ausrichten zu können. So beobachtete er tatenlos, wie das Mädchen auf den Boden des magischen Dreiecks geworfen wurde und dort wie betäubt liegen blieb.

Lilith betrat den Kreis, hob das Schwert vom Boden, richtete es zum Altar und verbeugte sich. Die Menschen hatten ihr Tun aufmerksam verfolgt und nahmen ebenfalls die Haltung der Demut ein. Kein Laut war mehr zu hören.

Plötzlich drang ein Schrei durch die Halle, der Severin durch Mark und Bein ging. Er blickte zu Maria in das magische Dreieck, doch sie lag noch immer benommen am Boden. Jetzt erst bemerkte er, dass es Lilith gewesen war, die entsetzt aufgeschrien hatte. Ungläubig blickte sie auf einen Mann, der am Altar stand und das magische Buch in Händen hielt. Für den Bruchteil eines Augenblicks lächelte er sie hämisch an, dann rannte er zum rechten Eingang, stieß zwei Männer, die ihn aufhalten wollten, mit solcher Kraft zur Seite, dass sie an die Wand geschleudert wurden, und flüchtete aus der Halle. Wie gebannt hatte Lilith das alles beobachtet. Doch schnell gewann sie ihre Fassung zurück.

«Ihm nach! Er hat das magische Buch Agrippas! Hinterher! Erschlagt ihn, wenn es sein muss! Aber bringt es mir zurück!»

Die Menschen liefen aufgeregt durcheinander. Einige eilten zum rechten Eingang, nahmen die Verfolgung des Fremden auf, andere rannten zurück zur Brunnenhöhle, vielleicht, um ihm dort den Weg abzuschneiden. Manche der Umstehenden hatten die Kapuzen vom Gesicht gezogen. Severin meinte Angst in ihren Gesichtern zu erkennen. Lilith, die den magischen Kreis bisher nicht verlassen hatte, ging zum Altar und legte das Schwert ab. Maria Magdalena lag noch immer am Boden. Irgendetwas schien ihre Sinne betäubt zu haben, aber nun kam sie langsam wieder zu sich. Als Severin sah, dass am linken Eingang niemand mehr stand, lief er los, spürte, fast ungläubig, dass seine Beine seinem Willen folgten, und doch war es ihm, als wäre nicht er es, der ihnen das befahl. Wieder stieg die Furcht in ihm auf, versuchte ihn niederzuringen, und zugleich ahnte er, dass er nur weiterlaufen musste, um sie zu besiegen. Längst hatte er das magische Dreieck erreicht, Marias Arm gegriffen, die erst nicht verstand, ihn dann aber erkannte, sich von ihm auf die Beine helfen ließ und zu laufen begann, vorbei am Altar, wo Lilith noch immer unschlüssig stand, mit dem Schwert in der Hand, unfähig, etwas zu tun, denn sie hatte Severin bemerkt und es einfach nicht glauben können, als er ihr in die Augen sah, nur für den Bruchteil eines Moments, und sich dann wieder abwandte, das Mädchen hinter sich her zog und durch die Felsspalte verschwunden war wie ein böser Traum.

«Lauf!», rief er dem Mädchen zu. «Schau nicht zurück!»

Sie rannten den beleuchteten Gang entlang und erreichten eine Höhle, die drei Ausgänge besaß. Severin wählte den mittleren, zog Maria dort hinein und ließ ihren Arm los, denn inzwischen schien das Mädchen hellwach zu sein, lief schneller als er die Stufen hinauf, die in einen schmalen, unbeleuchteten Stollen führten, an dessen Ende ein Licht zu erkennen war. Wieder kamen sie in einen kleinen Raum, kaum fünf Schritte im Durchmesser, und diesmal gab es nur eine Möglichkeit weiterzulaufen, eine Treppe, und Severin hatte nun Mühe, mit dem Mädchen Schritt zu halten.

Plötzlich hörten sie Geräusche vor sich. Stimmen. Severin wollte umkehren, doch Maria ließ sich nicht aufhalten, hörte seine Rufe nicht und lief den Entgegenkommenden direkt in die Arme.

Dann traute Severin seinen Augen nicht: Alanus stand vor ihm.

«Was ist los?», hörte er Johanna von der Seite rufen.

«Fragt nicht lange!», rief Severin zurück. «Wir müssen hier raus! Schnell!»

Aus dem Gang hinter ihnen drangen aufgeregte Stimmen. Männer schrien durcheinander.

«Kommt!», rief Alanus. «Ich kenne den Weg!»

Er drehte sich um und rannte in den gegenüberliegenden Stollen. Maria folgte ihm. Dann lief auch Severin los, bemerkte noch, dass Johanna kurz zurückblickte.

Der Weg war nicht beleuchtet. Severin blickte nach vorn und sah, dass Alanus eine Fackel bei sich trug. Er spürte Wasser von den Wänden laufen. Plötzlich wurde der Gang immer schmaler, und die Angst, die er völlig verdrängt zu haben glaubte, kam wieder hervor. Nur weiter, sagte er sich immer wieder. Der Weg geht aufwärts.

Sie erreichten eine Treppe, die gut zehn Schritt in die Höhe führte. Dann liefen sie durch einen großen Gang mit gewölbter Decke. Etwas schlug Severin ins Gesicht. Eine Baumwurzel ragte von oben herab. Nun wusste er, dass sie bald das Freie erreichen würden. Er sah, wie Alanus seitlich eine Tür aufschob, einen Keller betrat. Dann noch einmal eine Treppe, eine Pforte, drei Schritte mehr, und sie standen in der Kreuzgasse, umgeben nur noch von der mondlosen Nacht.

Severin sah, wie Alanus und Maria erschöpft zu Boden fielen und nach Luft rangen. Als er noch einmal zur geöffneten Pforte des Hauses blickte, durchfuhr es ihn. Johanna war nicht da.

… denn was ich fürchte, das kommt über mich, und wovor ich schaudere, das trifft mich, noch habe ich keinen Frieden, keine Rast noch Ruhe …

Hiob 3, 25

12. KAPITEL

Plötzlich standen zwei Männer in schwarzen Kutten vor ihr und noch ehe sie den Ausgang der Höhle erreicht hatte, stürzte einer von ihnen sich auf sie und warf sie zu Boden. Es gelang ihr, wieder aufzustehen, aber schon waren andere da und hielten sie fest.

«Wer bist du?», rief einer von ihnen. «Und was machst du hier?»

Johanna blickte ihn an, sagte jedoch nichts.

Der Mann sah ihr ins Gesicht, war verblüfft von den grünen Augen, die ihn wütend anblitzten, schaute an ihr herab und packte sie am Arm.

«Wer bist du?», wiederholte er. Verwunderung schwang diesmal in seiner Stimme. Doch noch immer erhielt er keine Antwort. Stattdessen versuchte Johanna sich aus seinem Griff zu lösen, doch zwei Männer hielten sie fest.

«Lasst sie uns mitnehmen», sagte ein anderer. «Vielleicht erfahren wir von ihr, wer Maria befreit hat.»

«Ja, nehmt sie mit. Führt sie in die Halle», sagte der Mann, der die anderen offensichtlich anführte. «Ihr drei bringt sie zu Lilith. Der Rest folgt mir. Vielleicht haben wir Glück und finden den Kerl.»

Johanna versuchte noch einmal, sich loszureißen, aber es half ihr nichts. Sie wurde in den Gang gestoßen, der in die Tiefe hinab führte.

Die Männer hatten Fackeln bei sich, die ihnen den Weg

leuchteten. Es ging eine Weile geradeaus, eine Treppe hinab, quer durch eine kleine Höhle, dann weiter durch einen breiten Gang. Stimmen kamen näher, wurden lauter, bis sie eine große Halle erreichten, in der Fackeln und Kerzen einen hellen Schein warfen.

Johanna musste sich erst an das Licht gewöhnen. Sie erblickte das Schwert, den magischen Kreis und etwa zwanzig Männer, die in Kutten gekleidet waren und ihre Gesichter hinter Kapuzen verbargen. Dann bemerkte sie die Frau am Altar.

«Ich kenne sie», sagte Lilith. «Wo habt ihr sie gefunden?»

«Sie ist uns in die Arme gelaufen», antwortete einer der Männer. «Aber die beiden Flüchtlinge haben wir noch nicht. Was soll mit ihr geschehen?»

Lilith ging auf Johanna zu und sah sie verächtlich an. Plötzlich spuckte diese ihr ins Gesicht und versuchte erneut, sich aus dem Griff der Männer zu befreien. Doch dann traf sie ein harter Schlag.

«Ich habe dich schon einmal gefragt!», schrie Lilith sie an und musterte sie verwundert. «Wer bist du?»

Das Mädchen schwieg. Und daran änderte sich auch nichts, als Lilith ihm mit der flachen Hand auf die Wange schlug.

«Dass du stumm bleibst, wird dir nicht helfen. Auch nicht, dass du magische Kräfte besitzt. Das ist mir nur recht.»

Einer der Anwesenden zog sie zur Seite und flüsterte ihr etwas ins Ohr. Johanna meinte, unter der Kapuze Kobelius zu erkennen.

Lilith überlegte einen Moment. Dann wandte sie sich an die Männer. «Bringt sie in die Burg. Wir werden das Ritual morgen wiederholen. Und dieses wilde Wesen wird ein würdiges Opfer sein.» Sie griff Johanna am Arm, zog sie zu sich und blickte ihr wütend in die Augen. «Du wirst dafür büßen, dass deine Freunde unser Ritual gestört haben», sagte sie ruhig, lächelte hämisch und stieß sie wieder von sich.

«In die Burg mit ihr», rief sie. «Aber rührt sie nicht an. Wir brauchen sie unversehrt. Los jetzt!»

Zwei Männer packten Johanna, stülpten ihr einen Leinensack über den Kopf und zogen sie unsanft mit sich. Sie stolperte vorwärts, an beiden Seiten geführt. Dann hörte sie Wasser plätschern, das von irgendwoher in eine große Schale herabfiel. Weiter ging es in einen schmalen Gang, der langsam anstieg. Sie hörte, wie die Männer miteinander sprachen, doch der Hall machte es fast unmöglich etwas zu verstehen. Plötzlich lief sie mit ihren nackten Füßen durch Wasser und wurde nach rechts in einen Schacht gezogen, der langsam aber stetig aufwärts verlief. Nach einer Weile war es Johanna, als hätten sie längst die Erdoberfläche erreichen müssen, doch die Männer drängten sie in einen anderen Gang, der steil anstieg und kein Ende zu nehmen schien. Jetzt erst wurde ihr klar, in welcher Situation sie sich befand. Dort unten in der Halle sollte ein Ritual stattfinden, und offenbar hatte Severin das verhindert. Er würde mit Alanus längst in Sicherheit sein. Aber sie konnten ihr jetzt nicht mehr helfen. Was immer sie auch versuchen würden: Gegen Lilith und diese Horde Wahnsinniger konnten sie nichts ausrichten. Als ihr bewusst wurde, dass es keine Rettung gab, stolperte Johanna über eine Stufe und fiel zu Boden. Einer der Männer zog sie am Arm, zwang sie, wieder aufzustehen und weiter dem Gang zu folgen. Wieder spürte sie Wasser unter den Füßen, dann plötzlich den Hauch frischer Luft. Offenbar lag die Unterwelt nun hinter ihr.

Als sie ins Freie gelangt waren, nahm ihr jemand den Leinensack vom Kopf und zog sie weiter. Rings umher war es dunkel. Direkt über sich erblickte sie den sternenklaren Himmel. Aber zu allen Seiten ragten gewaltige Mauern in die Höhe. Lilith hatte von einer Burg gesprochen. Im Licht der Fackeln erkannte Johanna einen Turm.

Dorthin brachte man sie, dann die Wendeltreppe hinab, bis es nicht mehr weiterging, weil ein großes hölzernes Tor den Weg versperrte. Ein Wächter öffnete es und zwei Männer stießen sie hinein, warfen sie zu Boden und sperrten die Pforte zu. Johanna hörte, wie die beiden die Treppe wieder hinaufgingen. Dann war Stille.

Vorsichtig versuchte Johanna aufzustehen, doch überall fühlte sie Schmerz. Als sie sich umsah, erkannte sie in unerreichbarer Höhe eine vergitterte Öffnung, die einzige Verbindung zur Außenwelt. Sie ließ sich wieder zu Boden fallen, kroch auf die Seite und fand Stroh, auf das sie sich legen konnte.

Ein Tag Zeit, ging es ihr durch den Kopf. Ein Tag, um hier herauszukommen. Aber das war völlig unmöglich. Sie musste jetzt abwarten. Wenn man sie am nächsten Abend wieder in die Halle bringen würde, könnte es eine Möglichkeit geben. Johanna dachte nach, doch die Ereignisse hatten sie so sehr verwirrt, dass es ihr nicht möglich war, einen klaren Gedanken zu fassen. Angst überkam sie. Geboren aus dem Wissen und der Ahnung, dass sie auf keinerlei Rettung hoffen konnte. Und dann Liliths Hass. Die Ohnmacht, ihr völlig ausgeliefert zu sein. Johanna wälzte sich auf dem Stroh hin und her, fand keine Ruhe, obwohl sie wusste, dass sie jetzt Schlaf brauchte, um neue Kräfte zu sammeln. Aber sie war zu aufgewühlt. Wieder und wieder liefen ihr Bilder durch den Kopf: der Altar, das Schwert, der blutbefleckte Kreis, Männer, die ihre Gesichter nicht zeigten, Lilith, die nur darauf wartete, mit ihr abzurechnen.

Sie legte sich auf die Seite, in der Hoffnung, so besser einschlafen zu können. Dann hörte sie von der anderen Seite des Verlieses ein Rascheln.

«Ich habe Gabriel von Sponheim erkannt», sagte Severin. «Er war einer von denen, die den Bücherdieb verfolgten.»

«Der neue Bibliothekar von Sponheim?»

«Richtig. Und es sollte mich nicht wundern, wenn noch andere hochrangige Männer dabei waren. Dieser Orden vereint einflussreiche Menschen.»

Alanus nickte. «Das bedeutet, wir müssen noch vorsichtiger sein. Gegenüber allen, mit denen wir zu tun haben. Jeder könnte ein Mitglied des Ordens sein. Als wir am Abend bei Kobelius waren, um das Buch zurückzubringen, trug er ebenfalls eine dieser Kutten. Auf ihn ist also auch kein Verlass. Johanna hat es geahnt.»

Das Knarren der Tür unterbrach ihr Gespräch. Die Äbtissin trat ein und setzte sich zu ihnen an den langen Tisch.

«Wie geht es Maria?», wollte Alanus wissen.

«Sie war völlig verstört. Aber nun schläft sie. Ich hoffe, es gelingt ihr, all das schnell zu vergessen. Ohne Euer Eingreifen wäre sie jetzt tot. Bislang sind immer nur Gerüchte an mein Ohr gedrungen, aber wenn das stimmt, was ihr erzählt, dann müssen wir die Inquisition benachrichtigen.»

«Das ist nicht mehr nötig», meinte Severin. «Wir erwarten einen hochrangigen Amtsträger. Er muss bald hier sein.»

«Habt Ihr etwas von Johanna gehört?», wollte Alanus wissen.

Die Äbtissin schüttelte den Kopf. «Ich habe überall nachfragen lassen. Aber nichts. Niemand hat sie gesehen.»

«Sie wollte unbedingt mit mir in das Labyrinth. Und ich war nicht in der Lage, sie zurückzuhalten …»

«Mach dir keine Vorwürfe», versuchte Severin ihn zu beruhigen. «Hättest du sie nicht mitgenommen, wäre sie dir auch gefolgt. Sie hat einen starken Willen.»

«Ich habe ihr versprochen, für sie zu sorgen. Und nun ist sie wahrscheinlich in den Fängen des Schlangenordens. Weißt du, was das bedeutet?»

Severin nickte schweigend. «Als wir in Sicherheit waren, hatte ich noch die Hoffnung, dass sie sich irgendwie allein durchschlägt. Aber nun müssen wir davon ausgehen, dass es ihr nicht gelungen ist. Die werden sie töten.»

Alanus blickte zu Boden. «Gibt es irgendeine Möglichkeit, das zu verhindern?»

«Wir müssen warten, bis Gregorius da ist», meinte Severin.

«So lange können wir nicht warten. Die werden auch nicht warten. Johanna weiß Bescheid. Sie hat gesehen, was da unten geschieht. Und deshalb wird sie die Unterwelt nicht lebend verlassen.» Er dachte kurz nach. «Es gibt nur einen Weg. Ich muss Lilith aufsuchen.»

«Bist du wahnsinnig?», warf Severin ein. «Sie werden dich ebenfalls gefangen nehmen. Was wäre damit gewonnen?»

«Ich stehe unter dem Schutz der heiligen Inquisition.»

«Das wird dir nichts nützen. Sie werden dich töten, und du wirst einfach verschwunden sein. So wie die Opfer vor dir. Niemand wird etwas nachweisen können. Und deine Mörder werden unauffindbar sein.»

Alanus schüttelte den Kopf. «Wir haben den Augenblick der Überraschung auf unserer Seite. Dem Orden wird klar sein, dass zum ersten Mal etwas falsch gelaufen ist, und sie werden ein Interesse daran haben, dass nicht noch mehr Staub aufgewirbelt wird. Johanna hat nur noch einige Stunden zu leben. Wenn sie nicht schon längst tot ist. Wir können nicht auf Gregorius warten.»

Severin blickte hinüber zur Äbtissin, die bislang geschwiegen hatte.

«Ihr habt großen Mut, Alanus», sagte sie.

Als er den Hof der Salbergs erreichte, drang noch Licht aus den Fenstern des Adelshauses. Er wartete nicht ab, öffnete die große Pforte und betrat den gepflasterten Weg, der ihn durch einen kleinen Park führte. Inmitten der Finsternis hörte er einen Brunnen plätschern, zugleich knirschte es unter seinen Füßen, und irgendwo in einer der Stallungen schlug ein Hund an.

Alanus klopfte an die schwere, hölzerne Tür und wartete ab. Es dauerte eine Weile, bis ihm geöffnet wurde. Eine Magd schaute ihn schlaftrunken und verwundert an. Er drängte sie zur Seite und trat ein.

«Was erlaubt Ihr Euch?», rief sie und versuchte vergeblich, ihn aufzuhalten.

«Wo ist Lilith?», fragte er.

«Sie ist nicht da», bekam er zur Antwort. «Ihr könnt hier nicht so einfach herein. Ihr seid nicht angemeldet.»

«Das ist mir egal. Ich muss Lilith sprechen. Sofort.»

Er hörte Geräusche von oben. Ein Mann kam die Treppe herab, sah ihn wütend an.

«Was ist hier los? Katharina, wer ist dieser Kerl? Und was will er zu nachtschlafender Zeit in meinem Haus?»

Die Magd schaute hilflos zu ihm auf. «Er ist einfach so hereingekommen.»

«Was wollt Ihr hier?», fuhr er Alanus an und bemerkte dessen Mönchskutte. «Als Mann Gottes solltet Ihr Euch benehmen können. Mitternacht ist noch nicht lange vorbei.»

«Ich suche Lilith.»

«Sie ist nicht hier. Und das gibt Euch noch lange nicht das Recht, nachts unerlaubt in mein Haus einzudringen. Entweder Ihr geht, oder ich rufe die Knechte.»

«Wisst Ihr nicht, was Eure Frau nachts im unterirdischen Labyrinth tut?», entgegnete Alanus. «Sie hält ein Mädchen gefangen. Und wenn sie es nicht sofort freilässt, sorge ich dafür, dass sie Schwierigkeiten bekommt. Der Abgesandte der Inquisition ist nur eine Tagesreise von hier entfernt.»

Salberg blickte ihn überrascht an. «Ich weiß nicht, wovon Ihr sprecht.»

«Es ist mir egal, ob Euch das Treiben Liliths recht ist oder nicht, aber Ihr wisst genau, wo sie sich jetzt aufhält, und ich will sofort zu ihr. Ansonsten habt ihr morgen die Reiter der Inquisition auf dem Hof, und die werden nicht zimperlich sein, wenn sie erfahren, was hier in dieser Stadt geschieht.»

Alanus sah, dass seine Worte nicht ohne Wirkung blieben.

«Im Kloster Mariacron weiß man über all das Bescheid», fuhr er fort. «Wenn Ihr Euren Kopf retten wollt und den Eurer Frau, dann könnt Ihr das genau jetzt tun. Danach wird es zu spät sein, nicht nur für das Mädchen, das Lilith in ihrer Gewalt hat, sondern auch für Euch.»

Salberg wirkte völlig verstört, überlegte kurz, sah Alanus an, bemerkte, dass der es zweifellos ernst meinte, und sagte dann zur Magd: «Bring mir den Mantel. Wenn ich fort bin, weck die Knechte. Sie müssen sich bewaffnen. Für den Fall, dass der Hof angegriffen wird. Georg soll sie anführen. Er ist mir persönlich dafür verantwortlich, dass niemand mehr den Hof betritt.»

Die Magd nickte kurz und eilte davon.

Als sie den Hof verließen, war Salberg in einen schweren, dunkelbraunen Mantel gekleidet, der ihn aussehen ließ wie einen Kaufmann. Alanus bemerkte verwundert, dass sie nicht in das Labyrinth hinabstiegen, sondern den Berg hinauf, einem Weg folgten, der bald einen großen Bogen machte und sie direkt zur Burg führte. Die gewaltigen, äußeren Mauern der Landskrone kamen schnell näher, und als sie das Tor erreicht hatten, wurden sie nicht aufgehalten. Zwei Wächter grüßten Salberg ehrfurchtsvoll und blickten Alanus misstrauisch nach.

Die hoch aufragenden Wohngebäude der Burg lagen im Dunkel. Dennoch hörte Alanus von irgendwoher aufgeregte Stimmen. Der Weg machte einen Bogen nach rechts und bald erblickten sie zur Linken den Eingang des Innenhofs, der hell erleuchtet war. Männer in schwarzen Kutten liefen hin und her, einige schienen sich zu beraten. Pferdehufe donnerten auf den Pflastersteinen.

Nun sah er die schlanke, schwarzhaarige Frau in ihrem dunkelroten Kleid. Lilith. Sie stand mit einigen Gefährten zusammen und schien Anweisungen zu geben. Als sie Salberg und Alanus bemerkte, fuhr sie erschrocken zusammen. Dann ging sie auf die beiden zu.

«Du hier?», fragte sie, an ihren Mann gerichtet.

«Der Mönch hat mich gezwungen, hierher zu kommen.» Er deutete auf seinen Begleiter. «Aber er kann dir auch selbst alles sagen.»

Lilith blickte Alanus auf eine Weise an, die ihm für einen Moment die Sprache verschlug. Verunsichert beobachtete er den musternden, abfälligen Ausdruck ihrer Augen, die im Schein der Fackeln aufleuchteten, als wollten sie ihn in ihren Bann zwingen.

«Ich bin gekommen, um Johanna zu holen», sagte er mit betont fester Stimme.

Lilith war für den Bruchteil eines Augenblicks überrascht und versuchte, sich das nicht anmerken zu lassen. «Wen immer Ihr sucht», sagte sie. «Hier gibt es keine Frau, die Johanna heißt.»

«Ich bin nicht gekommen, um Spielchen zu spielen. Es ist uns gelungen, die Tochter des Wirtes zu befreien. Wir wissen alles über Euch und den Orden. Und nun seid vernünftig und gebt das Mädchen frei, das Ihr gefangen haltet.»

Lilith sah ihn mit einem leicht spöttischen Gesichtsausdruck an.

«Ihr Name ist also Johanna», sagte sie. «Ein echter Wildfang. Nur etwas stumm. Erzählt mir doch, was ein Mönch mit solch einer Hexe tut.»

Alanus spürte, dass er sich jetzt nicht in irreführende Gespräche verwickeln durfte, und versuchte, weiter ruhig zu bleiben.

«Ich bin gekommen, um Johanna mitzunehmen. Jetzt gleich. Morgen ist die Inquisition in der Stadt. Ihr könnt Euren Hals nur retten, wenn Ihr genau das tut, was ich sage.»

Inzwischen waren einige der Männer hinzugetreten und folgten aufmerksam dem Gespräch. Lilith blickte zu ihnen und wandte sich dann wieder an Alanus.

«Wo sind denn Eure Reiter?», fragte sie hämisch. «Wo Eure Kämpfer? Wo die Fahnen? Ich sehe nur einen Mönch. Zugegeben: einen Mönch, der mutig ist. Ihr währet sicher ein würdiges Mitglied unseres Ordens. Überlegt Euch das. Nicht jedem wird die Ehre zuteil, ein solches Angebot zu erhalten.»

«Ich will Euer Angebot nicht. Und ich mache Euch auch nichts vor», sagte Alanus. «Gebt das Mädchen auf der Stelle frei.»

«Ihr wollt also Eure kleine Hexe zurück?», stellte Lilith fest und lächelte vielsagend. «Dann soll es so sein.»

Johanna war kaum eingeschlafen, als sie von Stimmen geweckt wurde. Draußen riefen Menschen durcheinander. Und sie hörte das Wiehern von Pferden. Ihr Körper fühlte sich schwer an, so als könne er sich nie mehr aufrichten. Sie spürte noch immer die Schläge, die man ihr auf dem Weg zur Burg versetzt hatte.

Dann fiel sie erschöpft in tiefen Schlaf, und doch schien es ihr, als wäre das nur ein Wechsel der Bilder. Plötzlich sah sie von fern den Hügel der Landskrone, und etwas ließ sie erahnen, dass dieser Traum sie schon einmal aufgesucht hatte. Ja, da waren sie, die großen schwarzen Wesen. Aus dem Nichts kamen sie heran, zogen mit riesigen, schweren Flügeln ihre Kreise um die Burg, schossen hinab, um etwas zu greifen und aufzuwirbeln, durch die Luft, die erfüllt war von goldglühendem Rauch, der vom Dach des großen Turmes aufstieg. Nun begannen auch die Wohngebäude Feuer zu fangen. Menschen liefen verzweifelt über den Burghof. Wie kleine Punkte wirkten sie aus der Ferne. Die schwarzen Vögel zogen weiter ihre Kreise, schwebten über der Stadt, so niedrig, dass sie fast die

Dächer der Häuser berührten. Ihr Atem erleuchtete den Platz vor der großen Kathedrale. Sie waren auf der Suche, das spürte Johanna jetzt deutlich. Und als der erste dieser Drachen aufmerkte und seine Flugrichtung änderte, verstand sie, auf wen es die Wächter der Finsternis abgesehen hatten.

Dann knarrte es ganz fürchterlich. Der Schein mehrerer Fackeln erhellte für kurze Zeit das Verlies und riss Johanna aus ihrem dämonischen Traum. Jemand wurde auf den Boden geschleudert. Dann schlugen die Wächter die schwere Pforte krachend zu. Und es war wieder still.

Eine Weile verging, bis sie verstanden hatte, dass dort wirklich jemand auf dem Boden lag. Er richtete sich auf, erhob sich, blieb ganz still und schien sich im Verlies umzuschauen.

Wer immer dort stand, er war nur fünf Schritte von ihr entfernt, und früher oder später würde er sie bemerken. Plötzlich hörte sie ihren Namen.

«Johanna?», fragte eine vorsichtige Stimme in den Raum. «Bist du hier?»

«Alanus», flüsterte sie überrascht.

Er lief herbei und versuchte ihr beim Aufstehen zu helfen, aber als er merkte, dass dies nicht gelang, umarmte er sie einfach nur.

«Johanna. Was haben sie mit dir gemacht?»

Sie wollte etwas sagen, doch dann liefen ihr die Tränen über das Gesicht. Zugleich spürte sie, dass Alanus hilflos neben ihr kniete und nicht recht wusste, was er tun sollte. Deshalb richtete sie sich auf und umarmte ihn noch einmal.

«Sie haben mich überrumpelt», sagte sie. «In der Höhle. Sie haben mich gepackt und hinabgeführt in die große Halle. Dorthin, wo seltsame Dinge geschehen. Lilith erkannte mich, aber ich schwieg. Und so ließ sie mich fortbringen. Durch nicht enden wollende Gänge hierher zur Burg. Und ins Verlies.»

«Wie geht es dir?»

«Die Wächter haben mich geschlagen und getreten, als sie mich wegbrachten. Es schmerzt noch immer.»

«Lass dir Zeit. Liegst du auf Stein?»

«Hier ist überall Stroh. Daran haben sie immerhin gedacht. Aber es gibt kein Essen und kein Trinken. Und ...», sie hielt kurz inne, «... morgen Nacht soll ich wieder in die große Halle gebracht werden.» Sie hörte auf zu weinen und schwieg einen Moment. «Aber du? Warum bist du hier?», fragte sie Alanus. «Haben sie dich auch gefangen?»

«Wir konnten Maria in Sicherheit bringen. Danach bin ich zum Hause Salbergs gegangen, habe ihn gezwungen, mich hierher zu führen, um dich frei zu bekommen. Aber Lilith ist unberechenbar.»

Er setzte sich neben Johanna und schwieg.

«Und nun?», fragte sie schließlich.

«Severin weiß, dass wir hier sind», sagte er leise. «Er ist im Kloster.»

Einige Schritte entfernt hörte man ein Rascheln am Boden.

«Das sind die Ratten», sagte Johanna, lauschte einen Augenblick, hörte nur noch ihren eigenen Atem und den von Alanus.

«Sie halten sich fern. Wahrscheinlich fürchten sie sich.»

«Ratten sind kluge Tiere. Sie kennen ihre Grenzen.»

«Und wir? Haben wir unsere Grenzen jetzt überschritten?» Noch während sie sprach, bereute sie ihre Worte und schwieg.

«Severin wird etwas tun. Er lässt uns nicht allein», sagte Alanus schließlich. Doch Johanna hörte die Unsicherheit in seiner Stimme, seine Unruhe.

«Wenn er uns hier wirklich herausholt», sagte sie, «müssen wir umkehren.»

«Wie meinst du das?»

«Du musst das Buch vergessen. Es bringt nur Unheil. Ist es nicht verrückt? Wir haben erlebt, dass Menschen deswegen sterben. Und nun sind wir selbst zum Tode verurteilt. Weil wir ein Buch suchen, das es vielleicht gar nicht gibt.»

«Je länger ich danach suche, desto deutlicher wird mir, dass dieses Buch wirklich existiert. Du hast recht. Es wirkt schon jetzt. Und gerade deshalb muss es zerstört werden. Oder man muss es ein letztes Mal anwenden, um die finsteren Mächte damit ein für alle Mal niederzuringen.»

«Du glaubst an die Macht des Buches, nicht wahr?»

«Ja. Und ich meine sogar zu wissen, was geschehen wird. Severin erzählte, dass während der nächtlichen Zeremonie in der großen Halle ein Buch auf dem Altar lag. Er hat es wiedererkannt. Es war das, was wir Kobelius zurückgebracht haben. Doch plötzlich sei jemand in der Halle erschienen, habe es genommen und sei davongelaufen. Severin hat diese Person gesehen, und nach seiner Beschreibung ist es eben jener Mann, der mir auch das Werk des Abraham von Worms gestohlen hat.»

«Und was hat das mit uns zu tun?»

«Ich glaube, er braucht all diese Schriften, um das unbekannte Buch, das wir suchen, endlich verwenden zu können. Er besitzt es sicher schon länger. Aber es fehlt ihm irgendetwas.»

«Alanus», flüsterte Johanna. «Wir sitzen hier im Verlies. Wir müssen raus. Die bringen uns um. Und du machst dir Gedanken über ein Buch …»

«Verstehst du denn nicht? Ich habe diesen Mann gesehen.»

«Das hilft uns nicht. Selbst wenn es stimmt, was du sagst. Er hat die Stadt wahrscheinlich längst verlassen. Aber wir sind hier. In den Händen von Wahnsinnigen, die glauben, dass ihre Magie wirkt. Sie werden uns umbringen. Und das Schlimmste ist, dass ich nicht einmal verstehe, wozu sie das machen. Welchen Zweck unser Tod haben wird.»

«Severin meint es zu wissen.»

«Wie ist er überhaupt in die Halle gekommen?»

«Er folgte Lilith. Und hat all das, was in der Halle passiert ist, mit angesehen.»

«Und warum tun sie seiner Meinung nach all das?»

«Es ist ein Tauschgeschäft: Sie bringen Menschen als Opfer dar, um selbst Unsterblichkeit zu erlangen. Und Macht über andere.»

«Ich glaube nicht, dass man die Götter zwingen kann», flüsterte Johanna.

«Nicht die Götter. Die Dämonen. Lilith glaubt, man kann sie zwingen, wenn man die Worte der Macht beherrscht. Und sie will selbst sein wie Gott. Oder wie Luzifer. Dieser Fremde, der das unbekannte Buch besitzt, glaubt das auch.» Alanus schwieg.

«Hoffen wir, dass Severin uns hier herausholt», sagte Johanna schließlich und horchte nach draußen. Doch durch die Öffnung in der Mauer hoch über ihnen drang kein menschlicher Laut mehr. Nur die Geräusche der Nacht waren zu hören. Sie wusste, dass nun die Zeit des Friedens angebrochen war. Eines trügerischen Friedens. Kein Tier wagte sich jetzt noch hervor. Vielleicht die Wölfe. Aber sie waren auch stark genug, es mit den Dämonen aufzunehmen. Sie konnten die Wesen der Nacht sehen, ihnen ausweichen, kannten die finsteren Kräfte ganz genau, so gut, dass sie ihnen keine Gelegenheit zum Angriff boten. Gefängnisse und unterirdische Gänge waren den Wölfen fremd. Sie ließen sich nicht fangen, weil sie die Gefahr erspürten und ihr lieber auswichen, als selbst Schaden zu nehmen. Wie klug sie doch sind, dachte Johanna und überlegte lange, welche List die Wölfe anwenden würden, um zu entfliehen. Würden sie ihre Augen sprechen lassen? Würden sie etwas tun, das niemand erwartete? Würden sie ihren Feind glauben lassen, dass sie nicht am Leben festhielten, unbeugsam, unbezwingbar? Würden sie den finsteren Mächten vorspielen, sie seien selbst nur Geistwesen, die sich wie Traumgestalten auflösten, wenn man nach ihnen die Hand ausstreckte?

Sie spürte Alanus neben sich auf dem Boden liegen, umarmte ihn, bemerkte seine Ruhelosigkeit, seine Unsicherheit, als sie ihn berührte, hörte seinem Atem zu, blieb noch einige Sekunden in der Wirklichkeit, bis sie erschöpft einschlief, von der Last der Müdigkeit hinabgezogen, traumlos.

Am frühen Morgen wurde Severin von der Äbtissin geweckt. Reiter seien gekommen. Jemand warte auf ihn.

Er stand auf, verließ das Dormitorium, lief die Treppe hinab in den Kreuzgang und erblickte Gregorius, der im Brunnenhaus stand und sich kühles Wasser durch die Hände laufen ließ. Als er Severin bemerkte, huschte ein freundliches Lächeln über sein Gesicht. Die beiden Männer gingen aufeinander zu und umarmten sich brüderlich.

«Severin von Sponheim», begann Gregorius. «Ich freue mich, Euch wohlbehalten wiederzusehen.»

«Ich bin dankbar, dass Ihr gekommen seid, Gregorius. Eure Hilfe wird gebraucht. Und es ist ein Segen, dass Ihr Reiter mitgebracht habt.»

Während sie im Kreuzgang auf- und abgingen, schilderte Severin in wenigen Worten die Lage. Gregorius blickte ernst.

«Ich hätte nicht geglaubt, dass so etwas geschieht», sagte er. «Aber es zeigt, wie wichtig unsere Mission ist.»

«Ihr müsst jetzt Eure Autorität ins Spiel bringen. Alanus und Johanna schweben in Lebensgefahr.»

«Das geht nicht. Offiziell weiß niemand davon, dass die Inquisition nach dem Buch sucht. Wenn ich eingreife, verbreitet sich diese Nachricht wie ein Lauffeuer. Und noch dazu dieses Mädchen ...»

«Versteht recht», drängte Severin. «Wenn wir nichts tun, ist die Mission gescheitert. Allein kann ich die Suche nicht fortsetzen.»

«Warum nicht?», entgegnete Gregorius. «Das, was Alanus weiß, wisst Ihr auch.»

«Mehr als einmal waren wir in äußerst gefährlichen Situationen und sind nur deshalb so weit gekommen, weil wir den Weg gemeinsam gingen. Ohne Alanus werdet Ihr das Buch nicht in Eure Gewalt bekommen. Er kennt den Mann, den wir suchen, hat ihn wahrscheinlich zweimal gesehen, ohne zu wissen, wen er vor sich hatte. Dieser Unbekannte ist äußerst klug und listenreich.»

Gregorius blickte unschlüssig zu Boden.

«Wir haben hier in der Stadt ohnehin schon für Aufsehen gesorgt», ergänzte Severin. «Und es wird Zeit, dass der Schlangenorden aufgelöst wird.»

«Solch einen Orden kann man nicht einfach auflösen. Das wisst Ihr genauso gut wie ich.»

«Aber es ist nötig, einen entscheidenden Schlag zu führen. Wir haben ihn bereits empfindlich getroffen. Jetzt heißt es, ihn so zu schwächen, dass er uns auf der Suche nach dem Buch nicht mehr in die Quere kommt.»

Einen Augenblick überlegte Gregorius. Dann nickte er. «Also gut. Was schlagt Ihr vor?»

«Wir müssen Alanus befreien und die führenden Mitglieder des Ordens in unsere Gewalt bekommen.»

«Nach all dem, was Ihr mir erzählt habt», entgegnete Gregorius, «wird es kaum möglich sein, alle einfach festzunehmen. Die Mächtigen der Stadt haben zu viele Verbindungen.» Dann lächelte er vielsagend. «Aber wir können ihnen einen mächtigen Schrecken einjagen. Folgt mir!»

Sie verließen den Kreuzgang und erreichten über einen schmalen Gang den Hof.

Severin erblickte acht schwerbewaffnete Reiter. Zwei von ihnen führten an ihrer Lanze das Banner der Inquisition.

«Sehr gut», sagte er zu Gregorius.

Die Wachen an der Stadtmauer reagierten völlig fassungslos, als sie sahen, wer sich von Norden näherte. Wenig später hatten Severin, Gregorius und die acht Männer bereits das Zolltor erreicht. Rechts und links des Weges erschraken die Menschen und ließen sich auf die Knie fallen, um den Abgeordneten der heiligen Kirche ihre Ehrerbietung zu erweisen. Severin ritt voran, die Steckengasse entlang, und kurz bevor sie die Katharinenkirche erreichten, gab er den Männern ein Zeichen, ihm auf dem Weg, der am Burghügel entlangführte, zu folgen. Die Nachricht ihrer Ankunft würde sich bald in der Stadt verbreitet haben. Deshalb galt es, schnell zu handeln.

Sie ritten an mehreren Adelshäusern vorbei und gelangten zu jenem Hof, den Severin vor vielen Jahren schon einmal betreten hatte. An der äußeren Mauer wurden sie von einer Horde bewaffneter Knechte erwartet, die beim Anblick der heiligen Banner sprachlos ihre Waffen senkten und nicht wagten, die Gruppe daran zu hindern, auf den Hof zu reiten. Wenige Schritte vor der Pforte des Hauses ließ Gregorius seine Reiter Halt machen und sprang vom Pferd. Er schlug mit der Faust an die schwere Holztür.

Eine Magd öffnete ihm und blickte verwundert. Dann wurde sie zur Seite gedrängt. Salberg kam vor die Tür, sah die Fahnenträger, ließ sich spontan zu Boden sinken, kniete nieder, erhob sich dann, blickte zu Severin, den er von früher zu kennen glaubte, und wandte sich an Gregorius, der ihm am nächsten stand.

«Hoher Herr, was führt Euch zu mir?»

«Wir suchen einen Gesandten der heiligen Inquisition. Und eine junge Frau. Beide sind in Eurer Gewalt.» Gregorius hatte so sachlich und nüchtern gesprochen, dass Salberg nichts zu erwidern wusste.

«Tretet ein», erwiderte er.

«Wir würden gern im Hof bleiben. Die Sache verlangt es, hier nicht lange zu verweilen.»

In diesem Augenblick wurde auch der zweite Türflügel nach außen gedrückt und Lilith trat heraus, stellte sich neben ihren Mann, schaute erst Gregorius an, dann seine Begleiter.

Ihr Blick traf Severin und ging ihm durch Mark und Bein. Abschätzig und voller Hass sah sie ihn an und vergaß dabei völlig, sich vor der kirchlichen Abordnung zu verneigen.

Severin bemerkte, dass Gregorius sie aufmerksam musterte, ihr schwarzes Haar, das sie auch heute offen trug, ihre grünen Augen, die goldene Kette mit dem Amulett der Schlange.

«Bringen wir die Sache zu Ende», sagte Gregorius, der jetzt Salberg streng anblickte. «Ich möchte, dass Ihr mir die Gefangenen augenblicklich ausliefert. Und ich kann nur hoffen, dass sie bester Gesundheit sind.»

Severin sah, wie Lilith erst ihren Mann anblickte, dann Gregorius.

«Welchen Preis seid Ihr dafür zu zahlen bereit?», fragte sie ruhig. Nur mühsam gelang es ihr, die verzweifelte Wut zu verbergen.

«Ich gewähre Euch die Freiheit.»

Gregorius ließ die Worte wirken. Dann sprach er weiter, an Lilith gerichtet.

«Wir werden Euren Mann und Eure Kinder als Geisel mitnehmen. Ihr habt eine Stunde Zeit, die Gefangenen zum Kloster zu bringen. Dort findet der Austausch statt. Sollte der nicht erfolgen, lasse ich alles auffliegen. Ihr wisst, was ich meine.»

Salberg wirkte inzwischen völlig apathisch. «Hol Milena», befahl er der Magd.

Während sie verschwand, blickte Severin erneut zu Lilith. Er begriff noch immer nicht. Vor ihm stand sie, jene Frau, mit der er nach so langer Zeit wieder eine Nacht verbracht hatte, jene Lilith, die so leidenschaftlich und zärtlich sein konnte, mit der er damals die Stadt verlassen wollte. Was war seither geschehen? Severin ahnte, dass der Zeitpunkt gekommen wäre, mit ihr zu sprechen. Doch er wusste, dass dies jetzt nicht möglich war, vielleicht nie mehr möglich sein würde. Und wer war Milena?

Die Magd kam zurück und führte ein Kind an der Hand, ein Mädchen. Severin schätzte, dass es wohl etwa fünf Jahre alt sein mochte. Es hatte lange schwarze Haare und dunkelbraune Augen. Verwirrt suchte er Liliths Blick. Sie schaute ihn voller Verachtung an.

Als Johanna und Alanus einige Zeit später durch das Tor des Klosters geführt wurden, bemerkte Severin sofort, dass es für sie eine fürchterliche Nacht gewesen sein musste. Zwei Knechte hatten sie begleitet. Gregorius übergab ihnen als Gegenleistung den Mann und das Kind. Als sie gingen, drehte Milena sich noch einmal um. Die ganze Zeit über hatte sie kein Wort gesagt, aber immer wieder zu Severin geblickt.

Severin hatte nicht mit ihr gesprochen, sie nur angeschaut, unfähig, einen klaren Gedanken zu fassen, nach all dem, was geschehen war.

Als sie im Speisesaal des Klosters an dem langen Tisch saßen und Alanus erzählte, was in der Nacht geschehen war und welche Schlüsse er aus all den merkwürdigen Begebenheiten zog, blickte Severin nur zu Boden.

«Ihr müsst die Stadt umgehend verlassen», sagte Gregorius schließlich.

Alanus sah ihn entgeistert an. «Wir sind völlig erschöpft. Und nicht mehr in der Lage, einen Tagesritt durchzuhalten.»

«Überschätzt bitte nicht meine Möglichkeiten. Ich habe euch da herausgeholt. Aber der Orden wird sehr schnell reagieren. Ihr seid in dieser Stadt nicht mehr sicher. Vielleicht hier in den Mauern des Klosters. Aber sobald ihr sie verlasst, kann ich nicht für euch garantieren.»

«Gregorius. Wie stellt Ihr Euch das vor? Wir werden uns kaum auf den Pferden halten können.»

«Ich gebe euch vier Reiter mit, als Eskorte. In Worms übernachtet ihr in der Kurie und erhaltet einen Schutzbrief, der euch auch auf der weiteren Reise von Nutzen sein wird.»

Verwundert bemerkte Severin, wie Gregorius eine Ledermappe auf den Tisch legte.

«In der Zwischenzeit konnte ich einiges in Erfahrung bringen, das sich übrigens mit euren Erkenntnissen deckt. Auch was den geheimnisvollen Fremden und seine Absichten betrifft. Darüber hinaus findet ihr in diesen Unterlagen auch Hinweise auf seinen vermutlichen Aufenthaltsort. Wahrscheinlich ist er jetzt in der Lage, das verbotene Buch zu nutzen. Wir dürfen also keine Zeit verlieren.»

Alanus griff nach der Mappe und wollte sie öffnen.

«Nicht jetzt», sagte Gregorius. «In Worms werdet ihr das in Ruhe studieren können.»

Dann blickte er zu Johanna. «Sie wird hier im Kloster bleiben. In Sicherheit.»

«Das kommt nicht in Frage», erwiderte Alanus bestimmt. «Johanna steht unter meinem Schutz. Sie hat uns das Leben gerettet und ich bin durch ein Versprechen gebunden.»

Gregorius blickte ihn überrascht an. Dann wandte er sich Johanna zu, spürte, dass sie ihn auf seltsame Weise ansah, so, als könne sie all seine Gedanken lesen. Für den Bruchteil eines Augenblicks war er benommen, verwundert über diese junge Frau, die noch Sekunden zuvor erschöpft und apathisch gewirkt hatte.

«Gut», sagte er, sah unschlüssig auf den mit Wasser gefüllten Becher vor sich und nahm einen kräftigen Schluck. «Wenn Ihr meint …»

… die Reise entlang des Rheins verlief gut und ohne bedeutende Zwischenfälle. Nur die Hitze machte uns zu schaffen. Kurz vor Freiburg bekam ich ein seltsames Fieber. Deshalb ließen mich die beiden im Spital der Stadt zurück. Ich werde ihnen in den nächsten Tagen folgen. Alanus meint, dass er jetzt keine Zeit verlieren dürfe. Er hat mir Eure Dokumente zu lesen gegeben. Wenn, wie Ihr vermutet, der Graf von Staufen in die Sache verwickelt ist, steht uns eine schwierige Aufgabe bevor. Aber wir sind fast am Ziel. Ihr solltet mit Euren Reitern in der Nähe sein …

Severin von Sponheim, Brief an Gregorius von Paderborn, Freiburg, 5.8.1540

13. KAPITEL

Am Horizont erkannte Johanna den Fluss, der all die Tage ihr Begleiter gewesen war. Dann spürte sie wieder die Sonnenstrahlen auf ihrer Haut. Schon seit Tagen wollte die große Hitze einfach kein Ende nehmen.

Alanus hatte bemerkt, dass sie stehen geblieben war, und rief nach ihr. Sie drehte sich um, nickte nur und ließ das Pferd wieder antraben.

Der Weg nach Süden, den Severin ihnen beschrieben hatte, führte quer durch hügeliges Land. Das ständige Auf und Ab machte den beiden Tieren zu schaffen, doch zugleich war es unter dem Schutz der Bäume angenehm kühl. Gegen Mittag fanden sie eine Quelle und ließen die Pferde dort ausruhen.

Johanna wollte Alanus ansprechen, doch der hatte sich auf einen großen Stein gesetzt und las in den Dokumenten, die man ihm in Oppenheim gegeben hatte. Sie ließen offenbar die Vermutung zu, dass sich der geheimnisvolle Mann, dem Alanus schon zweimal begegnet war, nun in einer Stadt namens Staufen aufhielt. Jener Fremde, der sich selbst als Agrippa bezeichnet hatte, schien dort etwas vorzubereiten. Alanus war überzeugt, in dieser Stadt eine Antwort auf alle Fragen zu finden.

Johanna ging zur Quelle, hielt ihre Hände in das klare Wasser, ließ es sich durchs Haar und über das Gesicht laufen, dann über die Innenseiten der Arme, und genoss die angenehme Kühle. Als sie zu den Baumkronen hinaufschaute, war es ihr, als habe sich der Himmel verdunkelt. Auch Alanus schien es bemerkt zu haben. Er kam zu ihr herüber und füllte die beiden Wasserschläuche auf. Dann ritten sie weiter.

Schon seit Stunden hatte er kein Wort gesprochen. Johanna schien es, als läge ihm eine große Last auf der Seele. Es musste mit den Dokumenten zu tun haben. Schon vor einigen Tagen hatte sie ihn darauf angesprochen, aber als Antwort nur ein Kopfschütteln erhalten: Es sei besser, wenn sie nichts wisse.

Als wenn das etwas änderte, dachte sie. Früher oder später würden die Dinge geschehen. Aber vielleicht lag Alanus doch richtig damit. Wenn sie nichts über die Zukunft wusste, konnte sie das, was kommen würde, besser erspüren. Hatte er sich das so gedacht? Johanna war sich nicht sicher. Aber vielleicht handelte er sehr weise, ohne es zu wissen.

Lange Zeit ritten sie durch dichten Wald. Doch plötzlich tat sich eine Lichtung vor ihnen auf, und nun konnten sie deutlich erkennen, dass sich der Himmel verändert hatte. Dunkelgraue Wolken eilten über sie hinweg. Johanna bemerkte, wie ihr Pferd unruhig wurde.

Vorbei an Feldern ritten sie einen sanft ansteigenden Hügel hinauf. Dort oben erblickte Johanna ein eigentümliches Gebilde. Erst nach einiger Zeit war zu erkennen, dass es sich um ein Kreuz aus Stein handelte, das unmittelbar am Weg stand. Als sie den Ort kurze Zeit später erreicht hatten, sprang Alanus vom Pferd, kniete nieder und begann zu beten. Johanna hielt ebenfalls an, blieb aber zunächst in einiger Entfernung zurück.

Das Kreuz bestand aus hellem Sandstein und war mehr als mannshoch. Fast wirkte es wie ein Mensch, der seine Arme weit geöffnet hatte, um all jene, die des Weges kamen, freundlich zu begrüßen. Doch an seiner Spitze war der Stein schwarz verfärbt, als wäre er dort schon viele Jahre den Gewalten des Wetters ausgesetzt gewesen. Nun stieg Johanna doch vom Pferd, ging auf das Kreuz zu, blieb unmittelbar davor stehen, berührte es mit der Hand, blickte hinauf, dorthin, wo gut zwei Armlängen über ihr die helle Sandfarbe in tiefes Schwarz überging, und bemerkte einen Spalt, der aussah, als hätte man ihn in den geglätteten Stein geschlagen. Sie war verblüfft. Wäre dieses Kreuz aus Holz gefertigt worden, hätte man die Beschädigung vielleicht erklären können. Aber Stein ließ sich nicht mit einem Beil bearbeiten, ohne auseinanderzubrechen.

Plötzlich schien sich vor Johannas Augen das Schwarz der Kreuzspitze mit dem tiefen Grau des Himmels zu vermischen. Sie war nicht mehr fähig, die Dinge zu unterscheiden. Der Stein vor ihr verschwamm und wurde ebenso konturlos wie die Wolken. Für kurze Zeit meinte sie Gestalten am Himmel zu erkennen, graue, weiße und schwarze Pferde, die als Sturmbringer über den Himmel sprangen. Wollten sie davongaloppieren? Wollten sie neues Schicksal bringen? Welchem Joch entflohen sie? Und was war ihr Ziel? Dann lösten sich die Gestalten auf, wurden wieder zu Wellen aus Grau und Schwarz, zu wehenden Fahnen, vorangetrieben von einer unbekannten Kraft. Für einen Augenblick nahmen sie noch einmal die Umrisse der sturmbringenden Rosse an, die herabstiegen, als würden sie Johanna sagen, dass sie bald ihr Ziel erreicht hatte. Schließlich war es ihr, als würde das Kreuz von den Kräften der himmlischen Wesen gedrängt, sie unter sich zu begraben. Dann war alles still.

Als Johanna wieder zu Bewusstsein kam, spürte sie zunächst nur, dass sie mit dem Rücken am Boden lag. Es war, als hätte eine fürchterliche Macht auf ihr gelastet. Sie öffnete die Augen und sah Alanus, der ihr mit Wasser die Stirn kühlte. Noch immer verwirrt von all dem, blickte sie ihn an.

«Was ist geschehen?»

«Du bist plötzlich gefallen», antwortete er. «Und dann warst du einige Augenblicke bewusstlos. Geht es dir wieder gut?»

«Ich habe die sturmbringenden Pferde gesehen.» Sie bemerkte, dass Alanus wohl nicht verstanden hatte. «Ich kann sie immer sehen, wenn ein Unwetter heraufzieht. Aber ich habe sie noch nie so wütend erlebt. Wir müssen diesen Hügel verlassen.» Johanna versuchte sich aufzurichten und blickte zu den rabenschwarzen Wolken, die noch schneller als zuvor über den Himmel zogen.

«Wir haben unser Ziel bald erreicht, nicht war?», fragte sie und suchte seine Augen.

«Woher weißt du das?», entgegnete Alanus verblüfft. «Das kannst du nicht wissen.»

Sie bemerkte seine Verwunderung. «Wir müssen uns beeilen», sagte sie nur. «Uns in Sicherheit bringen. Fort von diesem Hügel.»

Sie ließ sich von ihm aufhelfen und spürte, dass ihre Kräfte zurückgekehrt waren. Ohne etwas zu sagen, ging sie zu ihrem Pferd und bemerkte zugleich, dass Alanus ihr nachsah. Doch es war jetzt keine Zeit mehr zu verlieren.

Als sie den Hof erreicht hatten, eilte ihnen ein Mann entgegen. Ohne zu fragen, nahm er die Pferde beim Zügel und führte sie in den Stall. Johanna und Alanus folgten ihm. Dann blitzte es vom Himmel und ein ohrenbetäubender Lärm begann. Johanna blieb an der Pforte stehen, durch das überstehende Dach vor dem einsetzenden Regen geschützt, und beobachtete atemlos, wie ein Blitz dem anderen folgte und den Himmel heller erleuchtete, als die Sonne es tat. Der Mann stand hinter ihr und rief etwas, doch sie verstand ihn nicht, hörte nur, wie ein Blitz nach dem anderen in unmittelbarer Nähe einschlug und sein Krachen, Donnern und Getöse über das Land wälzte. Wie angewurzelt blieb Johanna stehen, unfähig, sich zu bewegen, wusste nicht mehr, ob ihr Herz überhaupt noch schlug, schloss bei jedem Blitz die Augen und schien doch von der Helligkeit geblendet zu werden. Bis ein gewaltiger Schlag die Erde erbeben ließ und die Angst ihr Herz zu zerreißen schien. Jemand griff sie bei der Hand und zog sie zurück in die Scheune. Dabei fiel sie zu Boden, versuchte wieder sich aufzurichten und sah durch die geöffnete Pforte, wie ein Baum unweit des Hofes vom Blitz zerschlagen wurde. Sie hörte die Pferde hinter sich wiehern und wild mit den Hufen schlagen, verängstigt, weil sie am Pfosten angebunden waren und sich nicht befreien konnten. Am Horizont schien die Nacht zu bersten, obwohl es Tag war. Die rasende Jagd der flammenden Pfeile ließ den Himmel brennen, und für kurze Augenblicke sah Johanna erneut die Rosse am Himmel schnauben und schäumen. Fast war es ihr, als spränge das eine auf den Nacken des anderen. Schlag auf Schlag fiel das Licht zu Boden und es war, als würde das unwirkliche Wüten kein Ende finden.

Nach einiger Zeit wurden die Einschläge weniger, zunächst kaum merklich, dann aber zogen die feuertragenden Wolken allmählich davon, um ihr Werk anderswo fortzusetzen. Doch für einen Augenblick dachte Johanna, dass sie nur gekommen waren, um an diesem Ort niederzugehen, ganz so, als ob sie sich ihr Ziel genau ausgesucht hätten oder von einer fremden Macht dazu gedrängt worden waren.

Dann kam die Sonne zurück. Und schon nach kurzer Zeit sah die Welt erneut so aus, wie man es an einem Sommertag erwartete. Als erstes wagten sich die Vögel hervor. Schon bald waren sie wieder am Himmel zu sehen. Die beiden Pferde hatten sich beruhigt. Jetzt erst bemerkte Johanna, dass der Mann, der ihnen so bereitwillig seine Gastfreundschaft gewährt hatte, neben ihr saß.

«So schlimm war es lange nicht mehr», meinte er.

«Danke, dass wir hier unterkommen durften», sagte Alanus, der sich ihm gegenüber auf den Boden gesetzt hatte. «Wer weiß, was geschehen wäre, wenn wir das im Freien erlebt hätten.»

Der Mann nickte. Johanna konnte ihn erst jetzt genauer betrachten. Er mochte so alt sein wie Alanus, aber sein Gesicht war von der Sonne gebräunt, seine Hände waren rau und grob.

«Auch ich habe großes Glück gehabt», sagte er. «Für gewöhnlich sind meine Frau und die Knechte zu dieser Zeit auf dem Feld. Aber ich habe sie nach Staufen geschickt. Zum Markt.»

Er stand auf und ging zur Pforte.

«Gibt es hier häufig Gewitter?», wollte Alanus wissen.

«Im Sommer und im Herbst», antwortete der Mann. «Sie sind meist von kurzer Dauer, aber sehr mächtig.»

«Wir haben auf dem Weg hierher ein steinernes Kreuz gesehen, das an seiner Spitze seltsam verfärbt war. Wisst Ihr etwas darüber?»

Der Mann blickte Alanus erschrocken an.

«Das Kreuz ist des Teufels. Ihr solltet Euch davon fernhalten. Im letzten Herbst bin ich mit meinem Jungen in ein schweres Gewitter geraten. Es war ein gewaltiges Rauschen in der Luft, wie ich es noch nie gehört hatte. Und inmitten des Regens und des Donners rief mein Junge, er habe einen ungeheuren Vogel gesehen. Mit riesigen schwarzen Flügeln. Wir flohen zu diesem Wegkreuz, das vor Jahren die Johanniter errichtet hatten, und beteten zu Gott. Und wir kamen mit dem Leben davon. Aber als ich einige Tage später erneut an diesem Ort vorbeiritt, bemerkte ich die ungewöhnliche Verfärbung im Sandstein.»

Nachdenklich blickte der Mann zu Boden. «Wohin reist Ihr?», fragte er schließlich.

«Nach Staufen», antwortete Alanus.

«Auch da geschehen merkwürdige Dinge.»

«Wie meint Ihr das?»

«Ich kann es nicht genau sagen. Es sind nur Gerüchte. Ihr solltet Euch beeilen, wenn Ihr heute noch dorthin wollt.»

«Unser Ziel ist das Benediktinerkloster.»

«Das liegt südlich von Staufen. Da habt Ihr einen noch längeren Weg. Aber er führt durchs Tal. Ihr werdet schnell vorankommen.»

Johanna hatte sich erhoben. Sie ging zu den Pferden, band sie los und führte sie ins Freie. Das Licht blendete, und sie spürte die Wärme der Sonnenstrahlen auf der Haut. Es schien so, als wäre nichts geschehen.

Am frühen Nachmittag erreichten sie den Schlossberg, der wie ein Kegel in die Höhe ragte und terrassenförmig mit Rebstöcken bepflanzt war. Auf seinem Gipfel erkannte Johanna die mächtigen Mauern einer Burg. Noch bevor sie die Stadt sehen konnte, ritten sie an einem großen Steinhaus vorbei, an das sich ein ummauerter Friedhof und eine Kapelle anschlossen. Alanus ließ sein Pferd Halt machen, stieg ab und gab Johanna ein Zeichen, ihm zu folgen. Gemeinsam betraten sie eine kleine Vorhalle, deren Decke rund gewölbt war, wie die unterirdischen Gänge von Oppenheim, und kamen schließlich in einen Raum mit kunstvoll bemalten Wänden. Gegenüber befand sich der Altar, auf dem ein schlichtes Holzkreuz stand. Zu allen Seiten ließen Fenster das Sonnenlicht herein. Alanus kniete nieder, verbeugte sich und begann zu beten. Johanna betrachtete die Malereien und meinte, darin die Geschichte einer Frau zu entdecken. Doch ihre Gedanken verloren sich in der Erinnerung an die Geschehnisse des Vormittags. Als sie die Kapelle wieder verlassen hatten, sprach sie Alanus darauf an.

«Das geheimnisvolle Wegkreuz», begann sie, «und das Unwetter, meinst du nicht, es hat etwas zu bedeuten?»

Alanus blickte auf. Johanna bemerkte, dass ihn die gleiche Frage beschäftigte.

«Du denkst an ein böses Omen?», fragte er. «Vielleicht ist es das auch. Aber es zeigt nur, dass wir den Mächten der Finsternis näher kommen. Es ist ein Zeichen. Eine Warnung: Wir müssen vorsichtig sein. Diese Mächte sind stark.»

«Erinnerst du dich noch, wie wir im Kerker der Burg Landskrone eingesperrt waren? An die Zweifel, die wir hatten?»

«Ja. Sehr genau.» Alanus nickte. «Aber wir haben sie überwunden.»

«Und du glaubst, das wird immer so sein?»

«Wir sind gut vorbereitet. Kennen all die magischen Schriften. Wissen, dass der Orden gefährlich ist und auch vor Mord nicht zurückschreckt. Wir kennen seine Mitglieder. Und wir dürfen davon ausgehen, dass jener Mann, den wir suchen, sich vor langer Zeit von all dem abgewandt hat. Ich möchte wissen, wer dieser Mann ist, der mehr magische Kenntnisse besitzt als jeder andere. Ich möchte wissen, was er vorhat, und vor allem, warum er das tut. Was bringt ihn dazu, sich von Gott abzuwenden und sich den Weg in das Reich der Finsternis zu bahnen? Und ich möchte dieses Buch sehen und erfahren, ob es wirklich Macht besitzt.»

«Du suchst also die Gefahr, nur um etwas zu erfahren, was dir eigentlich nichts nutzt. Oder dir sogar schaden kann?»

Alanus sah sie nachdenklich an. «Wir sind aus dem Verlies der Landskrone herausgekommen», sagte er. «Wir werden auch dies bewältigen.»

Johanna schüttelte den Kopf. «In Oppenheim war es eine Sache unter Menschen. Hier wird es eine Sache unter Dämonen sein.»

«Das wird es nur, wenn wir die Dämonen an uns heranlassen. Wenn wir ihnen glauben und Macht über uns gewähren.»

«Richtig. Genau das fürchte ich.»

Alanus schwieg einen Augenblick und schaute zu Boden. «Vielleicht hast du recht», sagte er schließlich. «Und es ist gut, dass du bei mir bist und mir das sagst.» Dann suchte er erneut ihren Blick. «Wirst du mir helfen? Ich möchte, dass du eingreifst, wenn du merkst, dass ich zu sehr auf die dunkle Seite gerate.»

Johanna zögerte. «Das tue ich bereits», sagte sie und umarmte ihn. Dann ließ sie ihn verwirrt stehen und ging langsam zu ihrem Pferd.

Am Stadttor hatte man Johanna und Alanus nicht aufgehalten, nicht einmal nach ihren Absichten gefragt. Jenseits der Mauer sahen sie zu beiden Seiten des Weges zweistöckige Häuser, die sehr gepflegt waren. Ein kleines Rinnsal floss rechts neben der Straße. Sie mussten langsamen Trab reiten, denn viele Menschen waren unterwegs, musterten die beiden mit neugierigen Blicken. Dort, wo zwei Wege sich kreuzten, befand sich ein kleiner Brunnen. Johanna erblickte Holzschilder an den Türen einiger Häuser. Zeichen oder kleine Abbildungen waren darauf zu sehen, etwa eine Schere oder ein goldener Becher.

Je näher sie dem Markt kamen, desto mehr Menschen waren auf der Straße. Johanna stieg vom Pferd, führte es am Zügel und schaute, ob Alanus ihr folgte. Nun sah sie überdachte Verkaufstände vor sich und mitten auf dem Platz einen großen Brunnen, in dem unentwegt das Wasser sprudelte. Sie blickte nach links und bemerkte zwei hohe, mehrstöckige Häuser, die beide mit kunstvollen Ornamenten verziert waren. Das eine besaß über der Tür ein Holzschild, auf dem ein Löwe zu erkennen war.

Doch dann wurde sie zur Seite gezogen. Es war Alanus, der sie aufforderte, ihm zu folgen. Sie bogen nach rechts auf eine gepflasterte Straße, die sie zur Mauer führte, und ehe Johanna sich versah, hatten sie die Stadt schon wieder verlassen, eine Brücke überquert und ritten den kleinen Fluss entlang nach Süden.

Etwas später wandte sich Johanna noch einmal um, sah den Kirchturm über die Stadtmauer ragen und etwas entfernt den Burghügel. Hier also sollte es geschehen?

Alanus hatte sich dafür entschieden, außerhalb der Stadt im Kloster zu übernachten. Das wäre sicherer, hatte er gemeint. Noch einmal mussten sie eine Weile reiten, bis die Abtei der Benediktiner erreicht war. Ein Mönch, der sie am Tor empfing, weigerte sich, Johanna hineinzulassen. Als Alanus sich damit nicht abfinden wollte, kam der Abt hinzu. Doch alles Reden half nichts. Eine Frau war im Kloster unerwünscht und es gab auch kein Gästehaus. Selbst die Papiere, die Gregorius ihnen mitgegeben hatte, zeigten keine Wirkung. Der Abt blieb dabei: Noch nie habe eine Frau die Mauern des Klosters betreten. Und selbst in diesem Fall könne man keine Ausnahme machen. Irgendwann musste sich Alanus geschlagen geben. So blieb den beiden nichts anderes übrig, als nach Staufen zurückzukehren.

Kurz vor Sonnenuntergang erreichten sie wieder die Stadtmauer. Nur noch wenige Menschen waren in den Gassen zu sehen. Auf dem Marktplatz hörte man das Plätschern des Brunnens. Als sie weiter Richtung Kirchplatz ritten, wurde es jedoch lauter. Lärm drang aus einem der Häuser. Menschen unterhielten sich lautstark, riefen durcheinander.

«Das ist wohl der ‹Adler›», meinte Alanus und ließ sein Pferd rechts in eine schmale Gasse einbiegen. «In der Nähe befindet sich das Spital. Dort können auch Reisende die Nacht verbringen. Aber ich möchte, dass du möglichst unbemerkt bleibst. Gregorius hat mir für diesen Fall eine Frau genannt, bei der du sicher bist.»

«Bleibst du nicht hier?»

«Ich muss noch einmal zu den Benediktinern. Der Abt wird mir einiges über diese Stadt erzählen können. Und sicherlich auch über das, was uns besonders interessiert.»

«Du willst jetzt noch reiten? Im Dunkeln?»

«Der Weg ist nicht gefährlich. Und wir haben Vollmond. Mach dir keine Sorgen.»

Sie hatten das Ende der Gasse erreicht. Alanus stieg vom Pferd und orientierte sich kurz. Bald meinte er, das Haus erreicht zu haben, das er suchte. Er klopfte an der Tür und wartete.

Eine Weile geschah nichts. Dann öffnete sich knarrend die Tür, Licht fiel auf die Gasse und eine Frau erschien im Türrahmen. Johanna konnte nur ihre Umrisse erkennen.

«Was wollt Ihr?», fragte sie mit klarer, fester Stimme.

«Ich suche eine Unterkunft», antwortete Alanus. «Für meine Begleiterin, Johanna. Sie wird einige Tage in Staufen bleiben.»

«Kommt herein.»

Die Frau ließ sie eintreten und begab sich zum Kamin, in dem einige Holzspäne brannten und den Raum in ein warmes Licht tauchten.

«Mein Name ist Helena», sagte sie, drehte sich um und lehnte sich mit dem Rücken an die Wand.

Johanna war überrascht. Die Frau war noch sehr jung. Sie hatte dunkelbraune, sehr lebendige Augen, feine Gesichtszüge und schwarzes Haar, das ihr gelockt über die Schultern fiel. Sie wirkte sehr selbstbewusst.

«Wer seid Ihr, Mönch?»

«Mein Name ist Alanus», sagte er kurz. «Ein einflussreicher Mann hat mir dein Haus empfohlen. Kann Johanna bei dir wohnen? Es soll nicht zu deinem Nachteil sein.»

Helena nickte nur.

«Du wirst mir für ihre Sicherheit verantwortlich sein», fuhr er fort. «Ich muss mich auf dich verlassen können. Wenn das nicht möglich ist, dann sag es mir.»

«Wenn ich sage, dass es gut ist, dann ist es das», erwiderte sie.

Alanus musterte sie. «Du bist sehr edel gekleidet. Das ist ungewöhnlich für eine junge Frau, die allein lebt.»

«Ich bin Händlerin. Auch wenn es vielleicht nicht so aussieht. Der Graf von Staufen bezieht bei mir seine Kräuter und seltene Substanzen, die aus der Erde kommen. Davon lebe ich gut. Nicht so, wie Ihr es meint. Aber wenn Ihr an mir zweifelt, dann geht wieder. Ich habe Euch nicht gebeten zu kommen. Und wenn Ihr mir nicht glaubt oder mir schändliche Dinge unterstellt ...»

«Das war nicht meine Absicht», versuchte Alanus sie zu beruhigen.

Johanna ging auf sie zu und nahm ihre Hand. «Alanus ist nur vorsichtig», sagte sie ruhig. «Du brauchst dir keine Gedanken zu machen. Es ist gut. Ich würde gerne einige Tage bei dir bleiben.»

Helena erwiderte ihren Blick. Sie war noch immer aufgebracht. «Gut», sagte sie schließlich. «Du kannst bleiben. Aber ich werde oft in der Stadt sein. Dann bist du allein. Oder du begleitest mich. Und du darfst hier nichts anrühren. Manche Kräuter bringen den Tod. Und was aussieht wie schwarzer Sand, ist manchmal gefährlicher als Feuer.»

«Was machen wir mit Johannas Pferd?», fragte Alanus.

«Es ist kein Stall in der Nähe.»

Alanus nickte. «Dann nehme ich es mit zum Kloster. Ich breche jetzt auf. Nach der Komplet lassen die Mönche niemanden mehr ein.» Er ging zu Johanna, umarmte sie, vergewisserte sich, dass alles gut war, und dann blickte er noch einmal zu Helena.

«Danke», sagte er kurz und begab sich zur Tür.

Als er gegangen war, bemerkte Johanna, dass Helena sie fragend ansah. Doch sie wollte nicht über sich und Alanus sprechen. Stattdessen ließ sie ihren Blick durch den Raum schweifen. Da waren ein Tisch und Stühle, im Hintergrund Regale mit geschlossenen Tongefäßen und Glasbehältern, in denen sich verschiedene Pulver und Flüssigkeiten befanden. Helena hatte nicht übertrieben. Sie sammelte offenbar nicht nur Pflanzen.

«Diese Dinge solltest du besser nicht anrühren», sagte sie. «Aber ich kann dir vielleicht einiges zeigen, wenn die Zeit es zulässt. Heute jedoch nicht mehr. Ich muss noch einmal los, in den ‹Löwen›. Jemand benötigt alchemistische Substanzen.

Du bist den ganzen Tag geritten. Vielleicht möchtest du schlafen.»

Johanna nickte.

Helena führte sie zu einer kleinen Treppe, stieg die Stufen hinauf und bedeutete ihr zu folgen. Im Obergeschoss gab es mehrere kleine Zimmer. Eines davon besaß ein Fenster, das zur Gasse hin offen war. Es gab einen Tisch und am Boden befand sich ein langes, flaches Bündel Stroh, über dem eine warme Decke ausgebreitet war.

Nachdem Helena sie allein gelassen hatte, gelang es Johanna zunächst nicht einzuschlafen. Noch immer gingen ihr Bilder durch den Kopf. Das seltsame Wegkreuz, die sturmbringenden Rosse, das Grollen der Blitze, die durch die Finsternis schlugen. Und sie dachte an Alanus, der nur das Mondlicht hatte, um im Dunkeln seinen Weg zu finden. Die Müdigkeit war so groß, dass es ihr nicht gelang, auch nur einen dieser Gedanken festzuhalten. Wie das kühle Wasser der Quelle glitten sie ihr davon, lösten sich auf, um von neuen abgelöst zu werden. Bis ihr der Körper so schwer wurde, dass auch die leichtesten Empfindungen verklangen.

Auf der langen Reise hatte Alanus selten die Gelegenheit gehabt, an den Stundengebeten der Mönche teilzunehmen. Umso mehr öffnete sich sein Herz, als er gemeinsam mit den Brüdern der Benediktinerabtei im Chor der Klosterkirche stand und darauf wartete, dass eine einzelne Stimme die Komplet eröffnete. Alle lauschten. Die leisesten Geräusche wurden von der hohen Decke reflektiert, und fast schien es, als würde der Raum auch aus sich heraus klingen, mit einem sanften Hauch, kaum hörbar, so wie Gott sich dem Propheten Elia offenbart hatte. Die Komplet war eine besondere Stunde. Zur Nacht legten die Mönche ihr Leben vertrauensvoll in Gottes Hände. Es war der Augenblick, an den vergangenen Tag und die letzten Ziele des Lebens zu denken, die unschönen Dinge zurückzulassen und das Gute zu erkennen und zu bewahren, seinem Weg am nächsten Tag zu folgen.

Domine ad adiuvandum me festina. Herr, eile mir zur Hilfe. Auf diese ersten, nur vom Abt vorgetragenen Worte antwortete der Chor der Mönche mit der Ehrerbietung an den Vater, den Sohn und den Heiligen Geist. Im darauffolgenden Hymnus baten sie Gott darum, ihren Schlaf zu begleiten, ihnen Gesundheit zu schenken und sie nicht in die Finsternis fallen zu lassen. Alanus hatte dieses Gebet viele Male gesungen, und noch immer war er von der Herzenswärme der Worte ergriffen. In drei langen Psalmgesängen lobten die Mönche die Gnade und Gerechtigkeit Gottes. Es folgte eine kurze Lesung des Abtes: Seid nüchtern und wachsam! Euer Widersacher, der Teufel, geht wie ein brüllender Löwe umher und sucht, wen er verschlingen kann. Leistet ihm Widerstand in der Kraft des Glaubens.

Alanus kannte diesen Text. Er war dem ersten Petrusbrief entnommen. Und fast war es, als habe der Abt nur das wiederholt, was Johanna am Nachmittag beim Besuch der Kapelle ausgesprochen hatte. Doch die Brüder ließen ihm keine Zeit, darüber nachzudenken. Schon antworteten sie dem Abt in einem kurzen Responsorium: In Deine Hände, o Herr, lege ich mein Leben. Dann stimmten sie den Gesang des Simeon an, gefolgt vom Kyrie, das leicht und froh durch den Raum zu schweben schien. Zum Schluss sangen die Mönche das Salve Regina, gewidmet der Jungfrau Maria, eine Bitte um Wiedergeburt am folgenden Tag.

Nachdem der Abt den Segen gesprochen hatte und die Mitternachtsglocke erklang, blieb Alanus im Chorraum, verbeugte sich gen Osten, kniete nieder und senkte sein Haupt, fühlte und hörte, spürte in den Raum, wurde ganz leer, um sich dem Göttlichen zu öffnen. Für einen Augenblick war da kein Gedanke, keine Empfindung, nur ein Gefühl großer Geborgenheit.

Dann erhob sich Alanus, verbeugte sich noch einmal und ging langsam zur Pforte. Die milden und versöhnlichen Klänge des Salve Regina wirkten in seinem Inneren nach, gaben ihm Frieden für den Schlaf und würden ihm morgen Kraft spenden, gegen die Dämonen, die bereits auf ihn warteten.

Die Nacht war traumlos. Die Brüder hatten ihn nicht geweckt, und so erwachte er, als die Sonne längst in den Schlafsaal der Mönche schien. In der Ferne hörte er ihren Gesang und erkannte das Stundengebet zur Prim. Als die Glocke den Gottesdienst beendete, ging er die steinerne Treppe hinab zum Refektorium. Dort versammelten sich die Benediktiner, um gemeinsam schweigend zu essen und die Stimme des Vorlesers zu hören.

Anschließend wandte sich Alanus an den Abt und bat ihn um ein Gespräch. Sie gingen durch den Kreuzgang, vorbei am Brunnenhaus, in dem das Wasser plätscherte, und betraten das Scriptorium. Niemand schien an diesem Morgen an den Schreibpulten zu arbeiten, doch Bücher lagen dort, teilweise geöffnet. Der Abt setzte sich an einen Tisch und bat Alanus, ebenfalls Platz zu nehmen.

«Ich bedaure es», begann er, «dass ich Euch gestern abweisen musste. Aber es ist uns einfach nicht möglich, ein Mädchen ins Kloster zu lassen. Es ist in St. Trudpert noch nie geschehen. Ich weiß, dass diese Dinge in anderen Abteien, die ein Gästehaus besitzen, freier gehandhabt werden. Aber es ist mir nicht möglich, mich über die Tradition dieses Hauses hinwegzusetzen.»

«Das verstehe ich», sagte Alanus. «Man hätte mich besser vorbereiten müssen. Dann wären wir gar nicht erst in diese unglückliche Situation gekommen. Ich habe am Abend für Johanna eine Unterkunft gefunden.»

«Was habt Ihr mit diesem Mädchen zu tun? Sie wirkte auf mich etwas sonderbar. So als hätte sie noch nie etwas von unserem Herrn gehört.»

«Ich bin für sie verantwortlich», erwiderte Alanus kurz, ohne näher auf die Frage einzugehen. «Aber sagt mir, ehrwürdiger Abt: Ist es richtig, dass dieses Kloster den Herren von Staufen untersteht?»

«Nein. Schon lange nicht mehr. Das Lehnsrecht ging schon vor zweihundert Jahren an den Herzog von Österreich.»

«Dann seid Ihr also Staufen nicht verpflichtet?»

«Nein. Aber es hat immer wieder Ansprüche gegeben. Und manchen Streit. Das bringt die Nähe zum Ort und zum dortigen Schloss mit sich.»

«Ihr seid also nicht unbedingt gut auf die Herren von Staufen zu sprechen. Wohl aber über das, was in der Stadt geschieht, im Bilde.»

Der Abt blickte misstrauisch auf. «Worauf wollt Ihr hinaus?»

«Nun. Da Ihr dem Grafen zu Staufen nicht untersteht, können wir offen sprechen: Es soll ein Mann in der Stadt tätig sein. Offenbar steht er im Dienst des Grafen. Es gehen dort angeblich seltsame Dinge vor. Könnt Ihr mir etwas dazu sagen?»

Alanus bemerkte, dass seine Frage den Abt überraschte.

«Es ist kein Geheimnis, dass die Herren sich in Schwierigkeiten befinden, weil sie sich viel geleistet haben, aber seit einiger Zeit nicht mehr in der Lage sind, ihre Verbindlichkeiten zu begleichen. Über Jahrhunderte hatten sie ein regelmäßiges Einkommen durch die Silberminen im Münstertal. Aber dort findet man immer weniger. Und die Schiffsladungen aus der Neuen Welt überfluten Europa mit diesem Metall. Kurz gesagt: Der Graf ist nicht mehr liquide, wenn Ihr versteht, was ich meine.»

Alanus nickte. «Und was ist nun das Bemerkenswerte daran?»

«Der junge Graf, Anton von Staufen, ist seit jeher ein großer Freund der Magie und Alchemie gewesen. Offenbar hat er während seines Studiums in Freiburg Bekanntschaft mit diesen fragwürdigen Dingen gemacht. Und ein Freund aus Studienzeiten, ein gewisser Conrad von Sickingen, hat ihm auch in den Kopf gesetzt, dass es mit diesen Künsten möglich wäre, seine Probleme zu lösen. Er vermittelte ihm jemand, der in der Lage sein soll, Gold zu machen. Man hört, dieser Mann sei vor zwei Wochen in die Stadt gekommen und verlange nun die ungewöhnlichsten Dinge, um seine fragwürdige Wissenschaft zu betreiben. Zudem sollen sich seit ein paar Tagen weitere Personen in der Stadt aufhalten, die äußerst eigenartig sind.»

«Weitere Personen?», unterbrach ihn Alanus.

«Ich weiß nichts über sie. Wir erfahren hier viel, aber es dauert eine Weile, bis man Wahrheit und Gerücht voneinander trennen kann. Auf jeden Fall ist dieser Mann in der Stadt, verlangt wohl seinerseits eine fürstliche Entlohnung und lässt sich mancherart seltsames Gerät auf den Burgberg schaffen.» Der Abt hielt einen Moment inne. «Aber warum wollt Ihr das alles wissen?»

«Das darf ich Euch nicht sagen. Aber glaubt mir, dass ich von höchster Stelle beauftragt bin. Was würdet Ihr mir raten, wenn ich diese geheimnisvollen Zusammenhänge untersuchen will? Ihr kennt die Verhältnisse in Staufen.»

«Das ist eine schwierige Frage. Wenn Ihr Euch bei den Bürgern umhört, werdet Ihr die üblichen Gerüchte zu hören bekommen. Darauf ist kein Verlass. Vielleicht wäre es am sinnvollsten, den alten Grafen aufzusuchen. Anton ist noch nicht Regent. Das macht nach wie vor sein Vater. Und wie ich den kenne, beobachtet der die Bestrebungen seines Sohnes mit Sorge. Vielleicht ergibt sich ja eine Möglichkeit, ihn zu sprechen.»

Alanus nickte nur und dachte nach.

Johanna erwachte, als es schon lange hell geworden war. Vorsichtig erhob sie sich, öffnete die beiden Fensterläden, blickte hinab auf die Gasse und sah einige Kinder spielen. Sie verließ das Zimmer und ging die schmale Treppe hinab. In dem großen Raum war niemand, doch die Fenster standen offen. Helena hatte offenbar keine Furcht davor, dass jemand sie bestehlen könnte. Im Kamin lagen noch die Holzscheite vom Abend. Einige Schalen standen auf dem Tisch, aber sie waren leer. Auf der Suche nach Wasser blickte Johanna zum Regal. Dort sah sie Glasbehälter unterschiedlicher Form, in denen sich Flüssigkeiten befanden, aber die waren wohl nicht dazu gedacht, den Durst zu stillen. Sie kam näher und betrachtete all die Pflanzen, die Helena fein säuberlich in den Tongefäßen gesammelt hatte. Darunter waren Kräuter wie Brennnessel, Kamille oder Minze, aber auch manch Giftiges, das in den falschen Händen verheerende Wirkung haben konnte. Eine umfangreiche Heilkräutersammlung war das nicht und vielleicht hatte Helena damit ja auch etwas ganz anderes im Sinn.

Und deshalb auch die vielen bunten Flüssigkeiten, die Kristalle und fein gemahlenen Pulver, die Glasbehälter, mal bauchig, mal spitz zulaufend, mal in Form einer Röhre. Johanna verstand nichts von all diesen Dingen, und es war wohl besser, die Finger davon zu lassen.

Als sie sich an den Tisch gesetzt hatte, öffnete sich die Tür, und Helena kam herein. Sie trug ein einfaches helles Kleid, das nicht so kunstvoll gearbeitet war wie jenes vom vergangenen Abend. Die schwarzen Locken fielen ihr ins Gesicht, als sie einen schweren Korb auf den Boden stellte.

«Guten Morgen», sagte sie. «Du hast lange geschlafen. Ich war inzwischen schon auf dem Markt.»

Sie nahm ein Stück Brot und reichte es ihr. Dann ging sie noch einmal nach draußen und kam kurze Zeit später mit einem großen Krug voll Wasser zurück. Johanna nahm einen der Becher, die auf dem Tisch standen und füllte ihn.

«Ich muss sehr müde gewesen sein», meinte sie.

«Wenn ihr den ganzen Tag geritten seid, wundert mich das nicht. Noch dazu bei der Hitze.»

Helena begann damit, alles, was sie im Korb mitgebracht hatte, auf den Tisch zu packen.

«Ein Mönch und ein junges Mädchen, das ist wirklich ungewöhnlich», fuhr sie fort. «Wie kommt es, dass du mit ihm reist?»

Nachdem Johanna einen großen Schluck Wasser getrunken hatte, setzte sie den Becher wieder ab.

«Das ist eine lange Geschichte. Ich habe ihm das Leben gerettet, als er sich in einer aussichtslosen Situation befand. Und er hat mir versprochen, für mich zu sorgen.»

«Hast du keine Eltern?»

«Meine Mutter wurde von der Inquisition getötet. Sie war eine Heilerin.»

Helena nickte und schaute sie nachdenklich an. «Deshalb deine außergewöhnliche Gabe. Ich bemerkte es, als du mich gestern angesehen hast, so wie es nur wenige können. Du wirst sicherlich auch all die Kräuter kennen, die ich hier gesammelt habe.»

«Sicher. Nur die Pulver und Flüssigkeiten nicht. Und es gab auch keine Behälter aus Glas im Haus meiner Mutter. Die müssen sehr kostbar sein.»

«Ja. Und sehr selten. Ich handele erst seit einigen Monaten mit diesen Dingen. Das ist sehr interessant, aber auch gefährlich. Manchmal kann ich nicht vorhersehen, welche Wirkung die Stoffe haben.» Sie legte den leeren Korb zu Boden und setzte sich ebenfalls an den Tisch. «Warum seid Ihr ausgerechnet hier in Staufen?»

«Alanus will im Kloster einige Schriften studieren», antwortete Johanna, ohne die Miene zu verziehen. «Und er wird vielleicht auch Kopien anfertigen lassen.»

«Eine sonderbare Welt, diese Bücher.» Helena blickte gedankenversunken zum Fenster. «Ich muss noch einmal auf den Markt. An einem der Stände werden meine Kräuter verkauft. Willst du mich begleiten?»

Johanna nickte, sah, wie Helena aufstand, zu den Regalen ging, einige Tongefäße herausnahm, sich frische Pflanzen griff und alles in den Korb legte.

Wenig später gingen die beiden Frauen die Gasse entlang, kamen am ‹Adler› vorbei und hörten Stimmengewirr, das rasch lauter wurde.

Als sie die ersten Marktstände erreicht hatten, blieb Johanna stehen und sah sich um. Doch dann bemerkte sie, dass Helena geradewegs weiterging, und so folgte sie ihr. An einem Stand mit verschiedenem Gemüse, Salatpflanzen und Obst machte sie Halt, sprach kurz mit dem Händler und übergab ihm den Korb. Dann schien sie doch Zeit zu haben, mit etwas mehr Ruhe über den Markt zu schlendern.

«Ich bringe ihnen täglich einige Kräuter, die man zur Verfeinerung der Speisen verwenden kann», sagte sie.

«Warum hast du keinen eigenen Stand?», wollte Johanna wissen.

«Das lohnt sich nicht», bekam sie zur Antwort.

Sie erreichten den Brunnen. In einem großen ovalen Becken wurde Wasser aufgefangen, das aus einer Steinsäule sprudelte und herabfiel. Helena tauchte ihre Hände hinein.

«Das ist herrlich», sagte sie. «Vor allem wenn es so heiß ist wie heute.»

Johanna antwortete nicht. Starr blickte sie in die Menschenmenge. Das war doch nicht möglich, dachte sie.

«Was hast du?», fragte Helena. «Ist dir ein Geist erschienen?»

«Nein», antwortete sie. «Es ist nichts. Nur eine seltsame Ähnlichkeit. Ich bin wohl noch nicht ganz wach.»

«Dann kühl dich ab.»

Helena griff in das Brunnenbecken, und ehe Johanna sich versah, flog ihr eine Handvoll Wasser ins Gesicht. Erst wollte sie protestieren, aber dann musste auch sie lachen und schlug mit der flachen Hand ins Brunnenbecken, so dass ihre Angreiferin getroffen wurde und zur Seite sprang. Das ging mehrfach hin und her, bis einer der Händler wütend wurde und die beiden Frauen aufforderte, den Unfug zu beenden. Etwas außer Atem setzten sie sich auf den Rand des Brunnens.

«Sieh mal!», rief Helena und zeigte in Richtung des westlichen Stadttors.

Johanna folgte ihrem Blick und erkannte Alanus, der gerade vom Pferd stieg, um sich zu Fuß einen Weg durch die Menge zu bahnen. Sie winkte ihm.

Wenig später saßen sie im Haus gemeinsam am Tisch. Helena brachte einen Krug mit Wasser.

«Seid Ihr im Kloster mit Euren Studien vorangekommen?», fragte sie.

Alanus zögerte einen Moment. «Ja, sicherlich», antwortete er geistesgegenwärtig. «Aber das wird noch einige Zeit in Anspruch nehmen. Die Benediktiner haben eine gut ausgestattete Bibliothek. Nur sind sie manchmal etwas weltfremd.»

«Wie meint Ihr das?»

«Es soll ein Gelehrter in der Stadt sein. Aber sie konnten mir nicht sagen, wo er wohnt.»

«Ein Gelehrter?»

«Ja. Der Mann soll alchemistische Experimente machen und sogar ein eigenes Labor besitzen.»

Johanna sah, wie Helena bemüht war, sich ihre Verwunderung nicht anmerken zu lassen.

«Es gibt nur einen, der in Staufen so etwas tut», sagte sie. «Das ist der junge Graf. Er kauft bei mir alle nötigen Pflanzen und Erdstoffe, die für seine Forschungen nötig sind.»

«Bist du sicher, dass er der Einzige ist, der auf diese Weise forscht?»

«Aber ja», erwiderte sie. «Ich habe ständig mit ihm zu tun. Und übrigens sehr viel dabei gelernt. Sollte noch jemand mit solchen Dingen arbeiten, würde ich es wissen. Kaum jemand kennt die Wirkung der Pulver und Kristalle, die man in der Erde finden kann. Hier hat man sich immer nur für Silber interessiert.»

«Und was tut man sonst?»

«Verschiedenes. Am Flussgraben leben viele Gerber. Sie sind für die Güte ihrer Arbeit weithin bekannt. Den Marktplatz kennt Ihr ja. Es gibt ein Stubenhaus, in dem sich die Zunftmitglieder treffen. Das große Rathaus unmittelbar am Markt. Und wenn Ihr Euch amüsieren wollt, findet Ihr hier einige Gasthäuser. Und wir haben einen Bader.» Helena lächelte vielsagend.

«Das ist wohl nicht unbedingt, was ich suche», sagte Alanus. Er holte einen kleinen Beutel aus seiner Kutte hervor und reichte ihn Helena. «Für die Unterkunft», sagte er und erhob sich. «Ich muss fort. Erwartet mich erst morgen zurück. Das Studium der Bücher verlangt viel Zeit.»

Helena nickte und nahm sich das Geld vom Tisch. «Vielen Dank», sagte sie. «Lasst nicht zu lange auf Euch warten.»

Johanna begleitete ihn hinaus in die Gasse und hielt das Pferd am Zügel, als er sich aufschwang.

«Ich habe Kobelius gesehen», sagte sie.

«Du hast was?» Er blickte sie ungläubig an.

«Ich habe Kobelius gesehen. Auf dem Markt. Für einen kurzen Augenblick nur.»

«Bist du dir ganz sicher?»

Johanna nickte. «Offenbar sind die anderen auch schon hier», sagte sie ernst.

Am Nachmittag hatte sie alle Sorgen vergessen. Gemeinsam mit Helena saß sie in einem großen Holzbottich, der bis zum Rand mit warmem Wasser gefüllt war.

Der Bader hatte es sich nicht nehmen lassen, mehrfach nach ihrem Wohlergehen zu fragen. Als er das noch einmal tat, wurde es Helena zu viel.

«Meinst du nicht, dass es etwas auffällig ist, wie du dich benimmst?»

«Zwei so schöne Frauen lässt man ungern allein», erwiderte der Mann. «Sag mir, wer ist dieses blonde Wesen mit den grünfunkelnden Augen? Wo hast du sie gefunden?»

«Denk an die Badeordnung, die der Rat im letzten Jahr erlassen hat!», bekam er zur Antwort. «Es schmeichelt mir übrigens nicht, wenn du dich bei mir über andere Frauen erkundigst.»

«Aber du weißt doch, wie sehr ich deine Schönheit bewundere. Offenbar weißt du aber entzückende Frauen ebenfalls zu schätzen.»

«Mach dich davon, wenn dir dein Badergeld lieb ist», fauchte Helena ihn an. «Und kümmere dich um deine Hübscherinnen, damit sie dir kein Geld unterschlagen.»

Der Bader schnitt eine drollige Grimasse und ging davon. Johanna sah ihm eine Weile nach.

«Verguck dich nicht. Er ist ein eiskalter Hund. Macht dir Komplimente und schaut dabei schon wieder nach einer anderen.»

«Er war doch eigentlich ganz freundlich.»

Helena sah ihr direkt in die Augen. «Du bist sicher eine gute Heilerin, aber ich glaube, du hast die Welt noch nicht gesehen.»

Johanna zuckte mit den Schultern. «Vielleicht. Aber das kann ich ja nachholen.»

«Aber bitte nicht hier und nicht jetzt», meinte Helena lächelnd. «Dein Mönch reißt mir den Kopf ab.»

Johanna ließ sich wieder in das angenehme Wasser gleiten und verschwand darin bis zum Hals. «Das tut gut», sagte sie.

«Wenn du magst, können wir anschließend noch die heißen Steine besuchen.»

Was damit gemeint war, verstand Johanna erst, nachdem sie aus der Wanne gestiegen waren und den nächsten Raum betraten. Eine junge Frau wartete hier. Sie war nur mit einem dünnen Tuch bekleidet. Als sie die beiden bemerkte, goss sie Wasser auf den Boden, und sofort stieg heißer Dampf auf. Helena setzte sich auf eine steinerne Bank nahe der Wand und forderte

Johanna auf, ebenfalls dort Platz zu nehmen. Nach kurzer Zeit lief ihnen der Schweiß den Körper herunter.

«Das wäre eigentlich nicht nötig gewesen», meinte Johanna. «Es ist wirklich heiß genug draußen.»

«Gut. Im Winter ist das Dampfbad angenehmer. Aber es gehört einfach dazu. Komm mit.»

Sie verließen den Raum wieder und wurden draußen bereits von der jungen Frau erwartet, die ihnen Wasser über den Körper goss, sie mit Lauge abwusch und anschließend mit einem Tuch abtrocknete.

«Das war gut», sagte Johanna, als sie die Badestube wieder verließen und auf die Gasse hinaustraten.

Als sie aufschaute, blieb ihr fast das Herz stehen. Jemand kam ihr entgegen: Lilith.

Verwirrt und verwundert schaute sie Johanna an. Und als sie Helena neben ihr bemerkte, da war in ihrem Blick nur noch abgrundtiefer Hass.

Alanus war am Spital vorbeigeritten, hatte sich nach links gewandt und den Vorplatz der Kirche St. Martin erreicht. Zunächst wollte er hier Halt machen und einkehren, aber er hätte das Pferd unbeaufsichtigt lassen müssen, und so entschied er sich anders, ritt die Kirchgasse weiter in Richtung Markt und kam zum Rathaus. Hier stieg er vom Pferd, führte es weiter, quer über den Marktplatz an den Ständen vorbei, und bemerkte dann, dass sich vor dem ‹Löwen› eine Menschenmenge versammelt hatte. Am Tor des Gasthauses stand ein Mann, der versuchte, ihnen den Einlass zu verwehren. Alanus blieb am großen Brunnen stehen und betrachtete von dort aus das Geschehen. Die Menschen waren offensichtlich aufgebracht. Immer mehr kamen hinzu und ließen sich erzählen, was vorgefallen war. Als er beschloss, sich das Ganze aus der Nähe anzuschauen, kam ein Mann auf ihn zu gelaufen und winkte ihm.

«Ehrwürdiger Mönch!», rief er. «Kommt! Schnell! Ihr werdet gebraucht. Ihr müsst den Segen erteilen.»

Alanus verstand nicht, folgte ihm aber dennoch. Inzwischen war es einigen gelungen, den Mann an der Tür zu überwältigen.

«Lasst ihn durch!», rief jemand. «Lasst den Mönch durch!»

Nach und nach bildete sich eine Gasse, durch die Alanus sein Pferd führen konnte, bis er die Pforte des ‹Löwen› erreicht hatte.

«Lasst den Mann in Frieden!», rief er. «Was ist hier überhaupt los?»

«Der Teufel ist in Staufen!», rief jemand. «Er bringt den Tod über die Stadt.»

Alanus half dem Mann auf, der bis jetzt die Menge zurückgehalten hatte.

«Danke», sagte der. «Ihr kommt zum rechten Zeitpunkt. Haltet die Leute auf. Sonst verwüsten sie meine Gaststätte.»

«Was ist denn geschehen?»

«In einem der Zimmer liegt ein Toter, und die Magd, diese dumme Gans, hat überall erzählt, das wäre das Werk des Teufels gewesen. Bitte. Gebt dem Mann den letzten Segen. Dann beruhigt sich das Volk.»

Geistesgegenwärtig wandte sich Alanus um, gab den Menschen ein Zeichen zu schweigen und wartete, bis es still war.

«Als Vertreter der Heiligen Mutter Kirche», rief er, «werde ich dieses Gasthaus betreten und prüfen, was dort wirklich geschehen ist! Bis dahin ist es eure christliche Pflicht, friedlich zu sein! Ich möchte, dass dieser unwürdige Tumult sofort aufhört!»

Vereinzelt wurde gemurmelt, aber die Menschen beruhigten sich. Dann übergab Alanus einem Knecht das Pferd, trug ihm auf, den Platz nicht zu verlassen, und betrat das Haus.

Der Wirt führte ihn durch die Wirtsstube zu einer Treppe, die hinauf in das erste und schließlich in das zweite Obergeschoss führte.

«Wenn die Gerüchte sich halten», sagte der Wirt, «dann habe ich bald keine Gäste mehr.»

«Wartet ab.»

Sie betraten ein Zimmer. Die Tür war geöffnet. Auf dem Boden lag ein Mann, das Gesicht abgewandt. Alanus kniete sich vor ihm auf den Boden und bemerkte sofort die ungewöhnliche Haltung des Toten. Man hatte ihm das Genick gebrochen und den Kopf zur Seite gedreht. Es gab kein Blut und auch die

Kleidung schien unversehrt. Alanus beugte sich vor, um das Gesicht des Mannes zu sehen. Er erschrak. Es war Kobelius.

Johanna hatte sich nicht getäuscht. Aber was um alles in der Welt machte Kobelius in Staufen? Und warum hatte man ihn umgebracht? Auf solch entwürdigende Weise?

Plötzlich stand jemand in der Tür. Der Wirt verbeugte sich vor ihm und ließ ihn ehrfurchtsvoll eintreten.

«Was ist hier geschehen? Und was macht der Mönch hier?», fragte er.

«Eure Hoheit, ich habe ihn gebeten, dem Toten den letzten Segen zu erteilen.»

Alanus blickte auf und musterte den Mann. «Wer seid Ihr?»

Als dieser nicht gleich antwortete, tat es der Wirt für ihn.

«Das ist unser aller Landesherr, der Graf von Staufen.»

Alanus stand auf und verbeugte sich. «Entschuldigt, Graf. Ich wusste nicht …»

«Schon gut», bekam er zur Antwort. «Sagt mir lieber, was hier geschehen ist.» Er blickte zu dem Toten. «Und wer der tote Mann ist.»

«Er hat seit gestern dieses Zimmer», sagte der Wirt. «Hat sich aber nicht vorgestellt und war sehr in Eile.»

«Er hätte sich wohl besser etwas Zeit gelassen», meinte der Graf.

«Dieser Mann wurde ermordet. Genau genommen: Er wurde erwürgt, und man hat ihm das Genick gebrochen. Deshalb die merkwürdige Kopfhaltung.»

«Ihr scheint Euch gut auszukennen, Mönch.»

«Ich schildere nur, was ich sehe», erwiderte Alanus.

Dann begab er sich zu dem kleinen Tisch, auf dem sich zwei Bücher befanden. Er begann darin zu blättern. «Das ist seltsam», stellte er fest. «Die Quadrans Appiani. Ein recht neuer Druck aus dem Jahre 1532. Und das ist Sebastian Münsters Abhandlung über Sonnenuhren von 1537.»

«Wovon handeln diese Werke?», wollte der Graf wissen.

«Das erste von Astrologie. Es enthält Anleitungen zur Deutung des Schicksals durch das Studium der Sternkonstellationen.»

Er blätterte weiter.

«In dem anderen Band geht es darum, wie man eine Sonnenuhr berechnet und baut. Gibt es hier in Staufen jemanden, der sich mit Astrologie beschäftigt? Oder soll irgendwo in der Stadt eine Sonnenuhr errichtet werden?»

«Nein», sagte der Graf bestimmt und blickte Alanus misstrauisch an.

«Und? Ehrwürdiger Mönch, sagt mir, ist der Teufel im Spiel?», wollte der Wirt wissen.

«Dieser Mann wurde ermordet. Allerdings ist nicht klar, warum das geschehen ist. Ein Bücherfreund war der Mörder wohl nicht. Die beiden Bände dort sind sehr wertvoll.»

«Lasst den Mann wegbringen», forderte der Graf den Wirt auf. «Ich möchte keinen Tumult in meiner Stadt. Sorgt dafür, dass er schnell unter die Erde kommt.»

«Lasst mich ihm zuvor den Segen erteilen», sagte Alanus. «Und ich würde gern mit Euch sprechen.»

Der Graf blickte ihn erzürnt an. «Was soll diese Anmaßung! Warum sollte ich mit Euch sprechen wollen?»

«In Eurem eigenen Interesse. Und im Interesse der Stadt. Denn ich fürchte, dies wird nicht der einzige Mord bleiben.»

Wahr ist es, ohne Lüge und sicher:
Was oben ist, ist gleich dem, was unten ist,
und was unten ist, ist gleich dem, was oben ist,
fähig die Wunder des Einen auszuführen.
Und wie alles aus Einem stammt, durch das Denken des Einen,
stammt auch alles Gewordene durch
Angleichung aus diesem Einen.

Smaragdtafel
des Hermes Trismegistos

14. KAPITEL

«Woher kennst du Lilith?» Helena warf die Tür hinter sich zu und sah Johanna wütend an. «Plötzlich tauchst du bei mir auf. Aus dem Nichts. Zusammen mit diesem Mönch. Erzählst mir, er wolle im Kloster Bücher studieren. Und nun muss ich feststellen, dass du diese Frau kennst, der ich am liebsten die Augen auskratzen würde. Also: Was hast du mit Lilith zu tun?»

Johanna saß am Tisch und schaute zu Boden. «Ich wusste nicht, dass du sie kennst», sagte sie leise. «Und habe nicht damit gerechnet, sie je wiederzusehen.»

Helena ging einige Male auf und ab. «Jetzt hast du mir noch immer nicht gesagt, was du mit ihr zu tun hast.»

«Ich habe nichts mit ihr zu tun. Eine Nacht lang war ich ihre Gefangene. Das geschah vor Wochen fernab von hier. Aber ich wurde befreit.»

Endlich setzte sich Helena an den Tisch zurück. «Und das soll ich dir glauben?», fragte sie, blickte zur Wand und schüttelte den Kopf. «Seit einem Jahr hat sie sich hier nicht mehr sehen lassen. Aber wo sie erscheint, gibt es Ärger. Lilith ist hinterhältig und böse. Und wenn sie hier in Staufen auftaucht, dann hat sie eines ihrer üblen Dinge vor. Also, wenn du etwas weißt, dann sag es mir jetzt.»

Johanna schüttelte den Kopf. «Sie gehört einem geheimen Orden an, der Menschen opfert, um Luzifer zu dienen. Die Mitglieder dieser Verbindung leben weit verstreut. Vielleicht auch hier in Staufen.»

«Das wüsste ich», meinte Helena und dachte nach.

Dann erhob sie sich. «Ich glaube, das hat nichts mit irgendwelchen Geheimbünden zu tun. Es gibt da nur einen einzigen Grund. Und ich werde ihr gehörig in die Suppe spucken. Komm mit! Wir müssen noch einmal los. Ich brauche dich als Zeugin.»

Johanna blickte verwirrt auf, doch als Helena zur Tür ging, folgte sie, ohne zu fragen.

Auf dem Weg durch die Gassen zum Markt gingen ihr immer neue Gedanken durch den Kopf. Helena hatte die richtige Frage gestellt. Was wollte Lilith in Staufen? Wie konnte es sein, dass sie wusste, was eigentlich nur Alanus bekannt sein konnte? Und welche Geschichte hatte Helena mit ihr erlebt? Aber es war jetzt nicht der richtige Augenblick, darüber zu sprechen.

Sie erreichten das Rathaus, hielten sich fern vom geschäftigen Treiben auf dem Markt, bemerkten eine Gruppe Menschen vor dem ‹Löwen›, die sich aufgebracht über etwas unterhielt, eilten die Hauptstraße entlang zum Nordtor und verließen die Stadt in Richtung der Magdalenenkapelle und des Leprosenhauses.

Nach kurzer Zeit bog Helena von der Straße ab und lief ins Feld. Johanna blieb dicht bei ihr, bis sie zu einem Brunnen kamen, der vom Weg aus nicht zu sehen gewesen war. Helena schob die Holzabdeckung beiseite, kletterte über den Rand und verschwand in der Tiefe. Erst als Johanna ihr nachblickte, erkannte sie, dass eine Leiter hinabführte. Ohne zu überlegen, folgte sie Helena, die bereits in etwa fünf Schritt Tiefe den Boden erreicht und eine Fackel entzündet hatte.

«Bleib einfach hinter mir», sagte sie, als Johanna neben ihr stand, und betrat einen Schacht, der schnurgerade nach Norden verlief, ohne auch nur geringfügig seine Richtung zu ändern. Bald spürte Johanna große Angst. Dieser Gang war nur etwa zwei Schritt breit und gerade so hoch, dass man sich nicht bücken musste. Er besaß ein leichtes Gefälle. Aber noch schlimmer: Er schien kein Ende zu nehmen. Eine Zeitlang, die ihr wie eine Ewigkeit vorkam, folgte sie Helena, und ihr wurde schummrig und übel, als sie verstand, dass an ein Umkehren in der Dunkelheit nicht zu denken war. Und was würde geschehen, wenn die Fackel erlosch? Ihre Furcht wuchs mit jedem Schritt.

Endlich erreichten sie eine größere Höhle. Von hier führte eine schmale Steintreppe aufwärts. Johanna folgte Helena in kurzem Abstand, immer bemüht, nicht den Anschluss zu verlieren. Bald wurde es über ihnen heller, und schließlich standen sie in einem großen, gut erleuchteten Saal.

Johanna brauchte einen Augenblick, um sich an das Licht zu gewöhnen. Dann erblickte sie eine Vielzahl von Tischen, auf denen sich große Glasbehälter befanden. Sie waren mit Schläuchen untereinander verbunden. Irgendwo brannte Feuer, um eine Substanz zu erhitzen, die blau eingefärbt war. In einer anderen Retorte, die kegelförmig zulief, kochte bereits eine rote Flüssigkeit. Überall standen große Tontöpfe und Glasgefäße.

Helena ging direkt auf einen Mann zu, der über die Apparaturen gebeugt war.

«Anton von Staufen», sagte sie mit fester Stimme, «erklärt mir bitte, was da in der Stadt vor sich geht.»

Johanna sah, wie der Mann sich erschrocken umdrehte und Helena überrascht ansah. Er war vornehm gekleidet, trug jedoch seine Weste geöffnet und hatte die Hemdsärmel umgeschlagen, wohl um sie bei der Arbeit nicht zu verunreinigen.

«Helena? Was tust du hier?»

«Was ich hier tue? Ich würde gerne wissen, was dieses Aas von Lilith hier tut!»

«Lilith?»

«Sie ist in der Stadt. Lief mir in der Adlergasse entgegen, als wir aus der Badstube kamen. Und dieses Mädchen kannte sie auch.»

Anton von Staufen blickte zu Johanna, musterte sie und schaute wieder zu Helena. «Wer ist das? Woher kennst du sie?»

«Das ist Johanna. Ein Mönch bat mich, ihr für eine Weile Unterkunft zu gewähren. Er zahlt gutes Geld. Angeblich studiert er die Bibliothek von St. Trudbert.»

«Ich kenne dieses Mädchen nicht», sagte der Graf. «Und Lilith? Du musst mir glauben, dass ich sie nicht herbestellt habe. Mit dem Orden verbindet mich nichts mehr. Seit gut einem Jahr.»

«Dann schwört mir, dass Ihr auch Lilith vergessen habt. Seit damals.»

Johanna spürte, wie aufgewühlt Helena war, konnte ihr jedoch in dieser Sache nicht beistehen. Sie wandte sich wieder den geheimnisvollen Apparaturen zu und bemerkte einen älteren Mann, der aufmerksam die Flüssigkeiten in den Glasbehältern beobachtete und zugleich herüberblickte, um den Streit zu verfolgen. Als sich ihre Blicke trafen, war Johanna das zunächst unangenehm, aber der Alte betrachtete sie nicht abschätzig, eher etwas neugierig, und lächelte ihr zu.

Während er dem Grafen folgte, musste Alanus an den toten Kobelius denken. Er hatte keine Ahnung, warum jemand den Buchdrucker ermorden sollte. Sonderbar war es aber auch, dass der sich überhaupt in Staufen aufhielt. Mit welchem Ziel?

Als sie das Stadttor fast erreicht hatten, kamen sie an einer hohen Mauer entlang. Der Graf blieb stehen und klopfte an die Pforte. Ein Knecht öffnete ihnen und verbeugte sich tief vor seinem Herrn. Sie betraten eine Gartenanlage mit geometrisch angeordneten Beeten. Etwas entfernt waren zwei Männer damit beschäftigt, den Boden auszuheben, um Sträucher zu pflanzen. Alanus betrachtete sie nur kurz und dachte stattdessen darüber nach, ob Lilith und ihr Orden wohl über seinen Aufenthalt in Staufen Kenntnis haben konnten. Dann wäre die Anwesenheit des Buchdruckers erklärbar. Aber warum hatte man ihn ermordet?

Sie näherten sich einem großen, dreistöckigen Herrenhaus. Als der Graf die schwere Holztür erreicht hatte, wurde sie von innen geöffnet.

Alanus folgte ihm in einen großen Raum, dessen Wände mit Holz verkleidet waren. Durch die Fenster fiel Licht auf einen langen Tisch.

«Setzt Euch», sagte der Graf, wies auf einen Stuhl und nahm selbst am Kopfende Platz. «Wie schätzt Ihr die Dinge ein? Was ist im zweiten Stock des ‹Löwen› passiert?»

«Es war sicherlich nicht so, wie die Leute vermuten. Wenn etwas Fürchterliches geschieht, wird gern der Teufel ins Spiel gebracht. Aber der Mann, den wir gefunden haben, wurde von Menschenhand ermordet.»

«Das beurteile ich genauso wie Ihr. Doch kann ich mir den Fall nicht erklären. Ihr habt angedeutet, dass noch mehr geschehen könnte.»

Alanus bemerkte den auffordernden Blick des Grafen. «Es ist nicht so, dass ich Euch den Täter nennen kann», versicherte er schnell. «Aber ich bringe dieses Geschehen in Zusammenhang mit Dingen, die in der Vergangenheit vorgefallen sind. An einem anderen Ort.»

«Alanus, Ihr sprecht in Rätseln.»

«Es ist mir nicht möglich, mehr zu sagen, aber ich verspreche Euch, das Schlimmste zu verhindern.»

Der Graf schüttelte den Kopf. «Was soll ich mit solch einer Antwort? Wollt Ihr mich zum Narren halten?», fragte er ungehalten.

«Ist es richtig, dass hier in Staufen alchemistische Versuche stattfinden? Stimmt es, dass Euer Sohn daran beteiligt ist? Und dass er einen Mann zur Hilfe geholt hat, der einen höchst zweifelhaften Ruf genießt?»

«Ich verbitte mir diese ungehörige Befragung», sagte der Graf, erhob sich, ging vor dem Fenster auf und ab, setzte sich wieder und sah Alanus an.

«Was ist Eure Absicht?», fragte er. «Warum seid Ihr in Staufen?»

«Ich bin von höchster Stelle hierher gesandt worden. Mehr kann ich Euch nicht sagen. Aber mir ist bekannt, dass sich Euer Haus in Geldnöten befindet. Die Silberminen werfen nichts mehr ab. Und wie es scheint, versucht Euer Sohn Anton dieses

Problem auf recht abenteuerliche Weise aus der Welt zu schaffen.»

Der Graf war erneut aufgestanden und zum Fenster gegangen. Er schwieg.

«Gegen all dies ist nichts zu sagen», fuhr Alanus fort. «Auch wenn ich persönlich glaube, dass diese Versuche mehr Geld verschlingen als einbringen. Fatal ist aber, dass sich Euer Sohn dadurch unwissentlich in Gefahr begibt. In eine Gefahr, die gar nichts mit seiner alchemistischen Kunst zu tun hat. Und ich sehe es als meine Pflicht an, Euch zu warnen.»

«Was ist es, das so gefährlich sein soll?»

«Dazu kann ich Euch nichts sagen.»

«Das kann doch alles nicht wahr sein. Ihr kommt zu mir, erzählt Dinge, die für mich brüskierend sind, und könnt mir nicht sagen, warum Ihr überhaupt hier seid? Was bitte soll das?»

«Ich brauche Eure Hilfe. Bringt mich mit Eurem Sohn zusammen.»

Der Graf stand noch immer am Fenster und schaute hinaus.

«Habt Ihr jemals von einem geheimen Orden gehört?», fuhr Alanus fort.

An dem Blick, der ihn nun traf, bemerkte er, dass seine Vermutung richtig war.

«Eingeweihte erkennen ihn am Symbol der Schlange.»

«Ihr scheint sehr viel zu wissen, Mönch», sagte der Graf. «Hoffentlich bricht Euch Eure Weisheit nicht irgendwann das Genick.»

Nachmittags hatte er das Stadtschloss mit der Zusage verlassen, Anton von Staufen am folgenden Tag sprechen zu können. Es war ein seltsames Gefühl gewesen, durch die Straßen der Stadt zu reiten, mit dem Verdacht, beobachtet zu werden.

Als wenig später der Weg zum Kloster durch dichten Wald führte, erinnerte sich Alanus daran, wie sie auf der Straße zwischen Bingen und Kreuznach überfallen worden waren. Würde man ihn verfolgen? Ihm vielleicht auflauern?

Der Tod des Buchdruckers ließ das Schlimmste erwarten. Noch einmal überlegte Alanus, warum dieser Mord wohl geschehen war. Wer immer das getan hatte, musste vom Aufenthalt des Kobelius in Staufen gewusst haben. Es konnte durchaus jemand aus der Stadt gewesen sein, der im Auftrag des Ordens gehandelt hatte. Das würde allerdings bedeuten, der Orden hätte auch in Staufen seine Anhänger.

Doch ebenso konnte jemand Kobelius nachgereist sein. In diesem Fall hätte der Orden wahrscheinlich noch nicht Fuß gefasst.

Aber wie stand es um das Motiv? Hatte Kobelius den Orden verraten? Warum floh er dann ausgerechnet nach Staufen? Nein, diese Überlegung war abwegig.

Offensichtlich ging es also um etwas, das nur in dieser Stadt geschehen konnte. War ihnen Kobelius all die Wochen gefolgt? War er allein unterwegs? Und mit welcher Absicht sollte er ihnen nachgereist sein? Auf diese Frage konnte es nur eine Antwort geben: Kobelius stand im Auftrag des Ordens und suchte etwas. In Staufen.

Alanus zwang sich, die Sache zu Ende zu denken: Die alchemistischen Verfahren des jungen Grafen waren für den Orden nicht interessant. Also konnte es eigentlich nur um das Buch gehen. Und nichts würde das Interesse Liliths so sehr auf sich ziehen wie ein Werk, mit dessen Hilfe man Luzifer herbeibeschwören konnte. Entweder wusste sie um jenen Mann, der es besaß, oder sie und ihre Mitstreiter waren ihnen all die Wochen auf den Fersen gewesen. Dann würden sie Alanus nicht mehr aus den Augen lassen und im entscheidenden Moment zuschlagen.

Doch die Frage nach den Motiven des Mordes blieb ungeklärt. Hatte all dies etwas mit den beiden Büchern zu tun, die sich im Zimmer des Toten befanden? Wohl nicht, denn in diesem Fall hätte sie der Mörder nicht liegen gelassen.

Oder aber Kobelius war bereits erfolgreich gewesen und hatte die von allen gesuchte magische Schrift an sich gebracht. Dann wäre jetzt alles zu spät.

Alanus sah ein, dass er die Dinge so nicht klären konnte. Aber eins schien ihm sicher: Lilith war in Staufen.

Kurz vor Sonnenuntergang erreichte er das Kloster und war froh, in dessen Mauern Schutz zu finden. Dennoch schlief er in dieser Nacht unruhig und wurde von kurzen, verwirrenden Träumen heimgesucht.

Am Morgen erwachte er sehr früh und wusste zunächst nicht, wo er sich befand.

Während Helena und der junge Graf miteinander stritten, näherte sich Johanna vorsichtig den fremdartigen Gerätschaften. Zugleich blieb es ihr nicht verborgen, dass der Alte sie aufmerksam beobachtete. Er hatte wache, lebendige Augen, so als wäre ihm die Welt noch immer ein spannendes Abenteuer, in dem es täglich Neues zu entdecken gab.

«Was ist das?», fragte sie ihn unvermittelt.

«Meinst du die Apparaturen?», fragte er.

«Ja, die Glasbehälter und Schläuche.»

«Man kann mit ihnen bestimmte Stoffe und Flüssigkeiten verbinden.»

«Das verstehe ich nicht», sagte Johanna. «Was meint Ihr mit ‹verbinden›?»

«Wenn man verschiedene Substanzen gemeinsam erhitzt, vereinigen sie sich, und es entsteht ein ganz neuer Stoff.»

«Ist das dann etwas, was es vorher noch nicht gegeben hat?»

«Ganz genau», sagte der Alte und schaute sie fasziniert an. «Du begreifst sehr schnell.»

«Warum tut Ihr das?»

«Um Neues zu entdecken. Man kann aber auch versuchen, Stoffe herzustellen, die es schon gibt», antwortete er. Für einen Moment schienen ihm die Worte zu fehlen. «Was hast du mit Helena zu tun?», fragte er schließlich.

«Ich wohne bei ihr. Für ein paar Tage. Aber es geschehen eigentümliche Dinge, und sie hat mich wohl mitgenommen, damit ich nicht allein in ihrem Haus bin. Zur Sicherheit.»

«Du bist nicht hier geboren.»

«Nein. Ich lebte weit weg von hier im Norden.»

«Du hast große Ähnlichkeit mit meiner Tochter …»

Plötzlich zischte es neben ihnen. Aus einem der Schläuche drang heiße Luft. Geistesgegenwärtig löschte der Mann das Feuer unter einem der Glasbehälter, und allmählich wurde das Zischen leiser.

«So einfach, wie ich es dir erzählt habe, ist es oft nicht», sagte er und suchte wieder ihren Blick. «Man muss sich mit den Dingen auskennen.»

«Was ist da passiert?», hörte sie plötzlich eine erregte Stimme hinter sich. Der junge Graf war herbeigeeilt und betrachtete den undichten Schlauch.

«Nicht anfassen», warnte der Alte. «Ihr verbrennt Euch die Hände.»

«Was hat das Mädchen hier zu suchen?»

«Sie ist fasziniert von den bunten Flüssigkeiten.»

«Kümmere dich um sie», sagte der Graf an Helena gerichtet. «Und bring bitte nie wieder jemand Fremdes in diese Gemäuer.»

Johanna bemerkte, dass sich der Zorn zwischen den beiden gelegt hatte. Helena schien sich beruhigt zu haben.

«Komm», sagte sie nur. «Lass uns gehen.»

Als sie nicht gleich reagierte, nahm Helena ihre Hand und zog sie mit sich zur unterirdischen Treppe. Noch einmal blickte Johanna hinüber zu dem alten Mann und bemerkte, dass er ihr nachsah.

«Wer ist das?», fragte sie auf dem Weg die Treppen hinab.

«Dazu darf ich dir nichts sagen», erwiderte Helena.

Sie hatten die Höhle erreicht und betraten den schmalen Gang. Es dauerte nicht lange, und wieder griff die Angst nach Johanna. Fast willenlos lief sie weiter, immer die Fackel vor Augen. Und nachdem sie die Leiter hinaufgestiegen und über den Rand des Brunnens geklettert war, ließ sie sich zu Boden fallen und rang nach Luft.

Helena hatte ihr etwas Zeit gelassen, wieder zu sich zu kommen. Dann waren sie durch das Nordtor in die Stadt zurückgekehrt. Die Sonne ging bereits unter, als sie das Haus in der Spitalgasse erreichten. Helena entzündete im Kamin einige dünne

Scheite, die etwas Licht in den Raum warfen. Johanna setzte sich an den Tisch, noch immer etwas benommen. Nach einiger Zeit fiel ihr auf, dass Helena schon lange geschwiegen hatte.

«Was ist mit dir?», fragte sie.

«Ich habe mich wohl etwas verrannt», sagte sie leise.

«Weil du den jungen Grafen zur Rede gestellt hast?»

«Meine Sorge war nicht berechtigt.»

«Hatte es etwas mit Lilith zu tun?»

«Ja. Es gab eine Zeit, als der Graf und sie ….» Helena hielt inne. «Und ich fürchtete, dass es wieder so sei.»

Johanna nickte und schaute ins Feuer.

«Wir müssen morgen mit Alanus sprechen», fuhr Helena fort. «Du bist hier nicht mehr sicher. Lilith hat dich gesehen und wiedererkannt. Ich weiß nicht, ob ich dich vor ihr schützen kann.»

«Aber im Kloster wollten sie mich auch nicht.»

«Es wird schon eine Lösung geben. Ich hoffe, dass dein Mönch uns morgen aufsucht. Dann können wir alles in Ruhe besprechen.»

Die beiden saßen noch eine Weile vor dem Feuer, ohne miteinander zu sprechen. Dann verabschiedete sich Johanna, ging die schmale Treppe hinauf und legte sich auf die Decke.

In der Nacht träumte sie von riesigen Glasbehältern mit unterschiedlichen Flüssigkeiten. Manche brodelten, weil sie vom Feuer erhitzt wurden. Andere wechselten auf wundersame Weise ihre Farbe, von rot nach blau, von gelb nach grün, mehrfach hin und her. So sehr war Johanna von diesem Spiel beeindruckt, dass sie nicht bemerkte, wie jemand den Raum betrat. Als sie sich umdrehte, erkannte sie den alten Mann. Er war in ein langes schwarzes Gewand gehüllt. Seine Augen blickten freundlich, doch ein Hauch von Trauer war in ihnen zu bemerken. Neben dem Alten erblickte Johanna noch eine andere Gestalt, die lautlos hereingekommen war: sich selbst.

Irritiert erwachte sie, öffnete die Augen, schaute in die Finsternis, bis sie das Vollmondlicht bemerkte, das von außen hereinschien.

Am Morgen wurde sie von lautem Klopfen geweckt. Erst verstand sie nicht, woher das Geräusch kam. Dann hörte sie Pferdehufe. Mehrere Reiter kamen offenbar durch die Gasse. Noch einmal das Klopfen. Jetzt energischer. Johanna verstand, dass jemand an die Tür des Hauses schlug. Schließlich erkannte sie die Stimme von Lilith.

«Mach auf. Ich weiß, dass du da bist!»

Ganz vorsichtig wagte Johanna einen Blick vorbei am halb geöffneten Fensterladen. Sie sah fünf Reiter, die ihre Pferde unmittelbar vor dem Haus zum Stehen gebracht hatten und ganz offensichtlich verhindern sollten, dass jemand die Flucht ergriff. Dann hörte sie, wie Helena die Tür öffnete.

«Was willst du hier?», fragte sie barsch. «Was soll der Lärm?»

«Gib das Mädchen heraus!», forderte Lilith.

«Sie ist hier nicht! Verschwindet! Oder ihr bekommt Ärger mit dem Grafen!»

«Du holst mir sofort das Mädchen …!»

Bis jetzt hatte Johanna wie erstarrt am Fenster gestanden. Nun fasste sie sich ein Herz, lief aus dem Zimmer, öffnete die Tür zu einem Raum gegenüber, den sie nicht kannte, sah nur das Fenster, stürzte darauf zu, schaute hinab in den Hinterhof, dachte gar nicht erst nach, sondern sprang in die Tiefe. Unbeschadet landete sie auf ihren Füßen, blickte sich schnell um, erkannte die Mauer, eigentlich viel zu hoch, versuchte einen Sprung, bekam den oberen Rand zu greifen, suchte mit den Füßen nach Halt, fand ihn, drückte sich hoch und sprang von der Mauer auf die andere Seite und landete im Stroh. Auch hier konnte sie nicht bleiben und rannte weiter, quer durch einen Garten, überwandt die nächste Mauer, lief über den Hof, sprang über einen Zaun, kletterte noch einmal auf eine Mauer, rutschte ab und fiel – direkt in den Stadtgraben. Der war zum Glück nicht tief. Ihr Kleid war nun nass, aber sie hatte sich nicht verletzt. Dem Lauf des Wassers folgend, erreichte sie wieder die Spitalgasse. Es war ihr nicht klar, wie weit sie sich schon vom Haus entfernt hatte. Deshalb blickte sie vorsichtig entlang einer Mauer nach links und sah für den Bruchteil eines

Augenblicks zwei Reiter, die bei den Pferden standen. Lilith und die anderen waren offensichtlich ins Haus gegangen. Auf der Höhe des Grabens machte die Gasse einen großen Bogen und führte unmittelbar auf das Spital zu. Noch einmal fasste Johanna all ihren Mut und lief los. Schon war sie auf der anderen Seite, unsichtbar für ihre Verfolger, und stürzte auf das große Gebäude zu. Sie riss die Tür auf, drängte sich daran vorbei in einen kleinen Vorraum, stellte sich mit dem Rücken an die Wand und atmete schwer.

Als Alanus aus der Adlergasse kommend auf das Haus zuging, bemerkte er, dass die Tür offen stand. Er band das Halfter seines Pferdes an einem Pfosten fest, klopfte an die Tür und trat ein, als er keine Antwort bekam. Er fand Helena am Tisch sitzend, den Kopf in beide Hände gestützt, und verstand sofort, dass etwas vorgefallen sein musste.

Es dauerte eine Weile, bis sie wahrnahm, dass jemand in den Raum gekommen war. Sie drehte sich um und schaute Alanus verwirrt an.

«Eine Frau war hier», begann sie. «Begleitet von fünf Reitern. Sie haben Johanna gesucht.»

«Eine Frau? Schlank, mit langen schwarzen Haaren?»

«Richtig. Lilith. Ihr kennt sie?»

«Allerdings», sagte er und nickte.

«Aber diese Bande hat sich gehörig verschätzt», fuhr sie fort und lächelte vielsagend. «Eure Johanna ist recht aufgeweckt. Sie hat bemerkt, was geschieht, und ist geflohen. Ich weiß nicht, wie ihr das gelungen ist. Aber als Liliths Leute das Haus durchsuchten, war sie nicht mehr da.»

«Wie lange ist sie schon fort?»

«Nicht lange. Fast hättet Ihr sie noch gesehen.»

Alanus nickte. «Ich werde Johanna suchen. Sie ist in höchster Gefahr.»

«Dabei kann ich Euch helfen», sagte Helena und erhob sich.

«Nein. Du hast genug Schwierigkeiten gehabt. Danke. Aber das muss ich allein tun.»

Helena sah ihn ungläubig an. Alanus ging auf sie zu und umarmte sie zögernd. «Es ist gut», sagte er nur, sah sie noch einmal an und ging zur Tür.

Draußen nahm er das Pferd und führte es weiter die Gasse entlang. Er bemerkte, dass Helena ihm nachblickte.

Wo sollte er suchen? Johanna würde planlos davongelaufen sein. Und sie kannte sich in der Stadt nicht aus.

Die Gasse machte einen Bogen nach links. Alanus wusste, dass man auf diesem Weg zum Kirchplatz kam. Als er das Spital erreicht hatte, ging plötzlich die Tür des großen Hauses auf und Johanna lief ihm entgegen. Sie umarmte ihn, und dabei weinte und lachte sie gleichzeitig.

Alanus war nicht fähig, auch nur ein Wort zu sagen, hielt sie eine ganze Weile in den Armen und spürte, dass ihr Körper zitterte.

«Ich weiß, was geschehen ist», sagte er schließlich und löste sich langsam aus ihren Armen. «Helena hat mir alles erzählt. Lilith sucht dich.»

«Und sie wird auch dich suchen», ergänzte Johanna, noch immer außer Atem.

«Richtig. Wir müssen genau überlegen, was wir tun. Du hattest übrigens recht. Kobelius war tatsächlich in der Stadt. Vielleicht zusammen mit Lilith. Aber er wurde gestern umgebracht.»

«Umgebracht?»

«Ich weiß nicht, warum das geschehen ist. Man hat ihn mit gebrochenem Genick gefunden. Nur kurze Zeit, nachdem du ihn gesehen hast. Die Stadt ist in Unruhe, so sehr, dass der Graf mir seine Hilfe versprochen hat.»

Johanna blickte auf.

«Der Graf? Ich habe ihn gestern gesehen. Helena hat ihn wegen Lilith zur Rede gestellt.»

«Gestern war ich den ganzen Nachmittag mit dem Grafen zusammen. Wer …?» Alanus unterbrach sich selbst. «Wie alt ist dieser Graf?»

«Ich weiß es nicht genau», sagte Johanna. «Ein junger Mann. Edel gekleidet. Ich hatte keine Zweifel. Helena sprach ihn als Grafen an. Er war es ganz sicher.»

«Wo hast du ihn gesehen?»

«In einem unterirdischen Saal. Helena hat mich durch einen langen Schacht geführt, bis wir ihn fanden.»

Alanus konnte sein Erstaunen kaum verbergen. «Und was geschah in dem Saal?»

«Da waren seltsame Gerätschaften aus Glas. Flüssigkeiten, die erhitzt wurden. Manchmal zischte es gefährlich. Sie verbinden dort Substanzen, um neue zu schaffen, die es noch nie gegeben hat.»

«Was erzählst du da?»

«So hat es mir der alte Mann gesagt.»

«Waren noch andere außer dem Grafen dort?»

«Wie gesagt. Ein älterer Mann. Er war sehr freundlich und hat mir alles erklärt. Offenbar hilft er dem Grafen bei seiner Arbeit.»

«Komm», sagte Alanus nur. «Wir müssen weg von hier.»

Während sie zum Kirchplatz weitergingen, ließ sich Alanus von Johanna beschreiben, wie sie tags zuvor in den unterirdischen Saal gelangt war. Gleichzeitig sah er sich aufmerksam um, immer darauf gefasst, dass Lilith und ihre Reiter ihnen plötzlich gegenüberstehen konnten.

Sie fanden St. Martin und folgten von dort der Kirchstraße. Kurz bevor sie den Markt erreicht hatten, bogen sie in die Gasse hinter dem Rathaus und erreichten nach kurzer Zeit die Mauern eines Hinterhofs. Alanus schaute sich noch einmal um, sah jedoch niemanden, der sie beobachtete, und öffnete das Tor. Er ließ das Pferd im Hof stehen, gab Johanna ein Zeichen, ihm zu folgen, und betrat den ‹Löwen› durch eine Hintertür.

Im Schankraum war niemand außer dem Wirt, der den Mönch sofort wiedererkannte und Johanna zugleich skeptisch musterte.

«Hast du noch ein Zimmer für die Nacht?», fragte Alanus.

Der Mann nickte nur.

«Ich möchte, dass du dieses Mädchen dort unterbringst. Sie soll alles haben, was sie benötigt. Sie wird das Zimmer nicht verlassen. Und ich möchte, dass kein Wort über sie nach außen dringt.»

«Ihr könnt Euch auf mich verlassen, ehrwürdiger Herr», antwortete der Wirt und betrachtete Johannas Kleid, das noch immer nicht vollständig getrocknet war.

«Du stehst bei mir im Wort», sagte Alanus eindringlich, sah, dass der Mann verwirrt und verängstigt zu ihm blickte. «Wenn ihr irgendetwas geschieht, kostet es deinen Kopf.»

Noch einmal nickte der Wirt und verbeugte sich kurz. «Ihr dürft mir vertrauen», sagte er leise, führte sie zur Treppe und dann hinauf in den ersten Stock. Das Zimmer war klein. Vom Fenster aus konnte man auf den Marktplatz sehen.

Als der Wirt gegangen war, bestürmte Johanna Alanus mit Fragen.

«Behalt jetzt einen klaren Kopf», unterbrach er sie. «Du kannst im Augenblick nichts tun. Im Gegenteil. Lilith wird dich noch immer suchen. Verlass nicht das Zimmer. Dem Wirt werden wir wohl vertrauen können. Er hat den toten Kobelius gesehen und kann sich vorstellen, was ihm geschieht, wenn er anfängt zu plaudern.»

«Und was hast du nun vor?» Johanna sah ihn besorgt an.

«Dieser Mann» sagte er langsam, «der dem jungen Grafen bei seinen Versuchen hilft. Das ist der, den wir suchen, der das magische Buch besitzt.»

«Das kann nicht sein», entgegnete sie. «Dieser Mann ist sicher kein schlechter Mensch.»

«Ich weiß nicht, was er ist. Und ich verstehe auch nicht, warum er das alles tut. Aber ich werde es herausfinden.»

Alanus hatte Johanna nur mit Mühe davon überzeugen können, dass es für sie zu gefährlich wäre, ihn zu begleiten. Als er jenseits der Stadtmauer mitten im Feld den Brunnen gefunden und die Bretter beiseitegeschoben hatte, erkannte er in der Tiefe den Schein einer Fackel. Er kletterte hinab, griff nach dem Licht und betrat den Schacht. Auch ihm war bald beklommen zumute, denn die Wände standen hier enger als in den Gängen von Oppenheim. Er erreichte die Höhle, fand die schmale

Steintreppe, bemerkte bald Licht über sich und löschte die Fackel.

Fast geräuschlos nahm Alanus die letzten Stufen, stand plötzlich in jenem großen Saal, den Johanna beschrieben hatte, und erkannte sofort, was hier geschah.

In allen vier Himmelrichtungen standen jeweils drei rechteckige Tische, auf denen sich Gerätschaften und Materialien befanden. Erde, Feuer, Wasser und Luft, dachte Alanus. Und die magische Drei als Symbol der göttlichen Vollkommenheit. Welch eine Anlage.

Dann schaute er sich genauer um. Auf jeweils einem Tisch in jeder der Himmelsrichtungen standen unterschiedlich große Retorten, in denen Flüssigkeiten aufbewahrt wurden, ferner Ton- und Glasschalen für verschiedene pulverisierte Substanzen und Holzgefäße, in denen unbehandelte Kräuter aufbewahrt waren. Die Anordnung der Tische machte es möglich, gleich vier Destillieröfen aufzustellen, über denen sich jeweils der Alembik, eine große Retorte, befand, und der Mohrenkopf, der zur Abkühlung diente. Alanus verstand nicht alle Teile dieser Apparatur, aber zwei Dinge fanden seine besondere Aufmerksamkeit. An jeder Tischgruppe verwendete man die Kerotakis, eine flache, dreieckige Platte, und die Kupelle, ein poröses Schälchen, das aus Knochenasche gepresst wurde. Beides setzte man für gewöhnlich ein, um Metalle wie Silber oder Blei zu schmelzen. All dies kannte Alanus aus Büchern, hatte es aber noch nie mit eigenen Augen gesehen.

Dann bemerkte er jemanden, der vor einem der Destillieröfen saß und Holzscheite nachlegte. Alanus hatte sich unbemerkt umschauen können, doch als er bis auf wenige Schritte näher kam, fuhr der Mann erschrocken hoch und wandte sich um.

Es war jener Unbekannte, der sich in Köln und Oppenheim als Agrippa ausgegeben hatte. Die Überraschung stand ihm deutlich ins Gesicht geschrieben.

«Ihr hier?», sagte er verwundert. «Habt Ihr meine Warnung also nicht ernst genommen? Wer hat Euch diesen Ort verraten? Helena? Oder das Mädchen?»

«Glaubt Ihr wirklich, ich würde Euch nicht finden und einfach davonlaufen lassen?», sagte Alanus. «Mit all den Büchern, die Ihr besitzt? Georg Faust?»

«Ihr kennt also meinen Namen», sagte der Alte und nickte schweigend. Dann widmete er sich wieder dem Destillierofen und schloss die Feuerklappe. Seine anfängliche Unsicherheit schien verflogen.

«Doch was hilft Euch das schon? Ich habe Euch gewarnt. Aber Ihr seid tatsächlich so unbelehrbar, in die Höhle des Löwen zu gehen. Macht Euch nichts vor. Der Graf wird bald hier sein. Und mit ihm seine Wachen.»

«Ihr wisst genau, dass mich die Experimente des Grafen nicht interessieren. Und ich bin sicher, Ihr selbst glaubt nicht an das, was Ihr hier tut.»

Alanus meinte ein Lächeln auf dem Gesicht des Mannes zu erkennen.

«Ich weiß», sagte er. «Ihr seid auf der Suche nach dem, was ich gefunden habe. Wie weit ist es mit Euch gekommen, dass Ihr mir nicht mehr von den Fersen geht?»

«Ist das so schwer zu verstehen?»

«Habt Ihr Euch einmal überlegt, was Ihr da sucht? Warum strebt Ihr nach diesem Wissen? Und was werdet Ihr tun, wenn Ihr im Besitz der Macht seid, fähig, auf die Seite der Finsternis zu wechseln? Was wollt Ihr wirklich, Alanus von Buchholz?»

«Ich werde das Buch vernichten.»

«Seid Ihr Euch da so sicher? Was werdet Ihr tun, wenn Ihr ihm begegnet? Wenn Ihr versteht? Es gibt Pergamente, die einen Menschen nie mehr wieder loslassen. Seid Ihr sicher, dass Ihr es wirklich sehen wollt?»

«Was soll das? Versucht nicht, Euren Hals aus der Schlinge zu reden. Gebt mir das Buch! Wenn Ihr es nicht mir überlasst, werden es sich andere holen. Und die schrecken vor Mord nicht zurück.»

«Ihr nehmt mich nicht ernst. Aber bitte. Ihr wollt es sehen? Dann folgt mir.»

Der Mann nahm sich eine Kerze, die neben der Retorte stand.

Jetzt erst bemerkte Alanus, dass ein Teil des Saales im Dunkeln lag. Gemeinsam verließen sie die Apparaturen und gelangten zu einem großen Tisch, dessen Umrisse auch im schwachen Licht zu erkennen waren: Er besaß die Form eines Pentagramms. An jeder der fünf Spitzen befanden sich Kerzen, die der Mann nacheinander entzündete. Dann drehte er sich um und wandte sich wieder Alanus zu.

Der erkannte vor sich den dritten und vierten Band des Agrippa, daneben das Buch des Abraham von Worms sowie weitere kleine Schriften, die er nicht bestimmen konnte.

Dann erblickte Alanus, was er so lange gesucht hatte. Überrascht trat er einen Schritt vor, um es besser betrachten zu können. Ganz ohne Zweifel: Das war es. Aber nie im Leben hätte er es sich so vorgestellt.

Lass ab von mir. Ein Hauch nur sind meine Tage. Was ist der Mensch, dass du ihn groß achtest und dich um ihn kümmerst? Dass du ihn heimsuchst jeden Morgen und alle Stunde ihn prüfst? Wann endlich blickst du weg von mir und lässt mir Ruhe einen Augenblick nur? Habe ich gesündigt, was schadet es dir, du Menschenhüter? Warum hast du mich dir zur Zielscheibe gemacht? Warum bin ich dir zur Last geworden? Und warum vergibst du mir nicht mein Vergehen und lässt nicht hingehen meine Schuld? Denn nun werde ich mich in den Staub legen, und wenn du mich suchst, so bin ich nicht mehr.

Hiob 7, 16–21

15. KAPITEL

Das Pergament vor ihm mochte drei Ellen lang und fast halb so breit sein. Es bedeckte einen großen Teil des Tisches. Alanus erkannte, dass es sich um mehrere Seiten handelte, die dort übereinander lagen. Im Schein des Kerzenlichts sah er magische Tafeln, die in lateinischer Sprache erläutert wurden. Da waren sie wieder, jene Symbole, die er schon in Agrippas Occulta Philosophia kennen gelernt hatte. Der Schreiber hatte äußerst präzise und sorgsam gearbeitet. In völlig gleichmäßigen, kunstvollen Buchstaben liefen die Zeilen exakt waagerecht ausgerichtet über das Pergament. Fast übermenschlich schien diese Perfektion zu sein. Und zugleich zeigte sich an den farbigen Ausschmückungen, dass da jemand mit großer Hingabe gearbeitet hatte. Alanus fasste das obere Blatt, blätterte es vorsichtig um und entdeckte auf der zweiten Seite weitere Tafeln, die Skizze eines Bannkreises und Abbildungen ritueller Gegenstände mit genauen Beschreibungen. Auf dem nächsten Blatt fanden sich Texte. Einige waren durch Farbe besonders hervorgehoben. Und immer wieder Tafeln, Symbole, Teilskizzen verschiedenartiger Bannkreise und -dreiecke, geometrische Figuren, alchemistische Zeichen. Auf der letzten Seite sah Alanus Worte, die farbig hervorgehoben waren: Verum sine mendacio, certum et verissimum: Quod est superius, est sicut quod inferius. Et quod est inferius, est sicut quod est superius, ad perpretanda miracula rei unius. Es war der erste Satz der Smaragdtafel des Hermes Trismegistos.

«Was ist das?», fragte Alanus, als er die Seiten zurückgelegt hatte, unfähig, sein Erstaunen zu verbergen.

«Nun. Habt Ihr ein Buch erwartet?», erwiderte Faust. «Ein gebundenes Werk? Dann muss ich Euch enttäuschen.»

«Es ist heute nicht mehr üblich, derart große Pergamente herzustellen. Aber zu der Zeit, als man sie noch in dieser Form verfasste, war man kaum in der Lage, so präzise zu arbeiten. Alles erscheint wie aus einem Guss. Nicht einmal die heutigen Buchdrucker sind in der Lage, so etwas zu schaffen.»

«Ihr habt recht, Alanus. Und doch habt Ihr unrecht.»

«Alle, die von dieser Sache wissen, glauben an die Existenz eines Buchs. Eines gebundenen Werkes.»

«Das ist nicht ganz falsch. Betrachtet einmal den linken Rand der Pergamente.»

Alanus schaute erneut zum Tisch und sah, was er zuvor nicht bemerkt hatte.

«Erstaunlich. Fast scheint es, als wurden diese Seiten herausgerissen.»

«So ist es.»

«Aber es gibt kein Buch, das so groß …» Er hielt inne.

«Das Kloster, in dem dieses Buch aufbewahrt wird, erlebte schlechte Zeiten», sagte Faust. «Die Pest hat böse gewütet. Nur noch wenige Brüder leben im Kloster Broumov. Sie sind nicht in der Lage, das Buch zu schützen. Und bis auf den Abt scheint niemand dort seine wahre Bedeutung zu kennen.»

«Der Codex Gigas!», entfuhr es Alanus.

«Richtig. Der Codex. Und diese acht Blätter vereinen das Wissen Luzifers.»

Faust ging zu einem Nachbartisch, nahm eine Karaffe und füllte zwei Becher mit Wasser.

«Ihr seht blass aus», sagte er. «Ihr solltet einen Schluck trinken.»

Alanus nickte, fasste das kühle Tongefäß mit beiden Händen und nahm einen großen Schluck.

«Danke», sagte er. «Was habt Ihr auf diesen Seiten gefunden?»

«Schon vor langer Zeit hörte ich eine Legende über den Codex. Er ist ja vor etwa dreihundert Jahren entstanden. In einem Benediktinerkloster namens Podlazice im böhmischen Land. Die Mönche hatten sich zur Aufgabe gemacht, alles Wissen ihrer Zeit in diesem Buch zusammenzutragen. Eine unglaubliche Aufgabe. Die Legende nun berichtet, dass jener Mönch, der die Aufgabe hatte, das Werk zu schreiben, ein schweres Verbrechen begangen hatte. Es muss wirklich etwas ziemlich Schlimmes gewesen sein, denn die Brüder von Podlazice beschlossen, ihn lebendig einzumauern. In seiner Verzweiflung soll der Mönch sie gebeten haben, ihm Freiheit zu gewähren, wenn es ihm gelänge, den Codex in nur einer Nacht zu vollenden. Ein unmöglicher Vorschlag, aber man habe ihn gewähren lassen. Am nächsten Tag sei der Codex tatsächlich fertig gewesen. Der junge Mönch habe dafür aber einen Pakt mit dem Teufel geschlossen, und deshalb wurden einige Seiten der luziferischen Lehre in den Codex aufgenommen.»

«Eine abenteuerliche Geschichte», meinte Alanus. «Pure Phantasie.»

«Das habe ich auch gedacht. Man stelle sich vor: Dieses Buch ist drei Ellen hoch und fast zwei Ellen breit. 320 Pergamentblätter aus Eselshaut wurden verwendet. Allein dafür war es notwendig, mehr als hundert Tiere zu schlachten. Der Einband besteht aus schweren hölzernen Platten. Dieses Buch, wenn man es überhaupt so nennen darf, wiegt so viel wie ein erwachsener Mann. Ihr habt sicherlich bemerkt, mit welcher Kunstfertigkeit die Seiten verfasst wurden. Was schätzt Ihr? Wie lange braucht ein einzelner Schreiber für diese Arbeit?»

«Vielleicht zwanzig Jahre?»

«Das war auch meine Schätzung. Jeder, der sich mit solchen Handschriften auskennt, weiß, dass diese Legende Unfug ist, allenfalls geeignet, Halbgebildete und Leichtgläubige zu beeindrucken.» Faust hielt kurz inne und nahm einen Schluck aus seinem Becher. «Als ich im letzten Jahr durch das böhmische Land reiste, wollte ich trotz allem die Gelegenheit wahrnehmen, das berühmte Werk zu sehen. Schließlich galt es einmal als eines der sieben Weltwunder. Ich wusste, dass es sich nicht mehr in Podlazice befand. Die Pest hatte das Kloster heimgesucht, und nach einigen Verirrungen fand der Codex eine neue Bleibe in Broumov. Ich gab mich als Benediktinermönch aus, ging gemeinsam mit den Brüdern zu den Stundengebeten, und so gewannen sie Vertrauen, gewährten mir Gastrecht und erlaubten schließlich auch, den Codex einzusehen. Was sich darin fand, verblüffte mich. Ich möchte jetzt nicht von der Größe dieses Buches sprechen, von den schweren Einbänden, dem ungewöhnlichen Format. Was mich verwirrte, war die unglaubliche Präzision und Gleichförmigkeit der Schrift. Ich blätterte und blätterte, aber die Schrift schien immer gleich zu bleiben. Über 640 Seiten hinweg. Ganz offenbar war dieses Buch von einer Hand geschrieben. Mit Rußtinte und Federkiel. Aber welcher Schreiber war in der Lage, über viele Jahre hinweg so gleichmäßig und zugleich so kunstvoll zu arbeiten? Aber dann überraschte mich noch etwas anderes.»

«Fahrt fort», sagte Alanus, als Faust einige Sekunden schwieg.

«Wie gesagt: Ich blätterte und blätterte: Das Alte und Neue Testament. Ein Beichtspiegel. Die Etymologiae des Isidor von Sevilla. Die Antiquitates Judaica des Flavius Josephus. Die Chronik Böhmens. Beschwörungsformeln gegen Krankheit und Diebe. Eine Liste der Brüder des Klosters. Astrologisches Wissen. Und plötzlich blickte ich auf zwei Abbildungen. Links sah ich, über die gesamte Seite ausgebreitet, das göttliche Jerusalem, so wie es Johannes beschrieben hatte. Und auf dem rechten Blatt, ebenfalls einen großen Teil der Seite einnehmend: Luzifer. Sehr genau dargestellt. Bis hin zu der Zahl seiner Finger und Zehen. Es waren jeweils vier. Seine Augen glühten rot. Und er hatte ein grünes Gesicht. Feuerstrahlen drangen aus seiner gespaltenen Zunge. Ich blätterte weiter. Die Rückseite der Abbildung Luzifers war geschwärzt. Und dann folgten jene acht Blätter, die Ihr hier seht.»

«Was beinhalten sie?»

«Ich bin sicher, dass Ihr sehr wohl begreift, was das ist. Wenn Ihr den Agrippa studiert habt, könnt Ihr die Dinge einordnen. Es ist jenes Ritual, nach dem alle gesucht haben und noch suchen: Agrippa, Abraham von Worms, der Schlangenorden, die Inquisition und auch Ihr.»

Alanus blickte auf. Es gefiel ihm nicht, dass Faust ihn in diese Reihe stellte. «Ich suche dieses Buch nicht so, wie andere es suchen», sagte er.

«Das soll ich Euch glauben?», fuhr Faust fort. «Warum seid Ihr mir dann so hartnäckig auf den Fersen? Ihr wisst sehr wohl, was sich auf diesen Seiten befindet. Ich habe damals in Broumov die Worte Luzifers gefunden. Der Codex sollte ja alles Wissen seiner Zeit in sich vereinen, alle Kenntnis der Menschheit festhalten. Wer immer ihn verfasste, machte auch vor magischem Wissen nicht Halt. Was Ihr hier vor Euch liegen seht, weist den geheimen Weg zum Herrn der Finsternis. Vielleicht trifft die Legende zu, und Luzifer selbst hat diese Seiten verfasst.»

Alanus schüttelte den Kopf. «Das ist nicht möglich.»

«Nicht möglich? Warum? Ich habe alle magischen Bücher studiert, die mir über die Jahre in die Hände gefallen sind. Wer immer auch über diese Kunst geschrieben hat: Sie alle ahnten etwas. Aber sie wissen nichts. Und auf diesen Seiten findet sich die Wahrheit.»

«Warum das alles? Was bringt Euch dazu, den Weg der Finsternis zu gehen? Ich glaube nicht, dass Ihr wahrhaft böse denkt. Ihr seid nicht so vernarrt wie Lilith. Nicht so versessen wie Gregorius. Oder so leichtgläubig wie die Anhänger des Ordens. Im Gegenteil: Ihr habt mich mehrfach davor gewarnt, meine Suche fortzusetzen. Damals in Köln, als ich Euch für Agrippa halten sollte. Und dann in Oppenheim, als Ihr mir den Abramelin gestohlen habt. Ihr besitzt einen klaren Verstand. Und ganz offensichtlich begreift Ihr auch, dass all diese Apparaturen, mit deren Hilfe Ihr dem jungen Grafen angeblich Gold machen wollt, zu nichts taugen. Ihr seid zu klug, um die Dinge nicht zu durchschauen. Was also treibt Euch?»

Faust sah Alanus in die Augen, so als wolle er sich vergewissern, dass all die Fragen ernst gemeint waren. Erst schwieg er einen Augenblick.

«Ich bin in Knittlingen geboren, einem kleinen Ort in der Nähe des Klosters Maulbronn, das Ihr sicherlich kennt. Mein Vater führte eine Schusterwerkstatt, von der die Familie leidlich leben konnte. Auch die Mönche gehörten zu unseren Kunden und oft musste ich zu ihnen gehen, um etwas abzuliefern. Es gab dort eine Lateinschule für Novizen, in der auch Söhne wohlhabender Bürger unterrichtet wurden. Manchmal, wenn ich Schuhe ins Kloster brachte, setzte ich mich einfach dazu. Der Novizenmeister bemerkte es, hatte aber wohl nichts dagegen. Eines Tages sprach er meinen Vater darauf an und schlug ihm vor, mich zumindest einige Stunden in der Woche lernen zu lassen, denn ich sei nicht nur neugierig, sondern auch begabt. Vater muss ziemlich entsetzt gewesen sein, und erst, als man versprach, kein Geld von ihm zu nehmen, ließ er sich überreden. In der Werkstatt gab es jedoch immer viel zu tun, so dass ich selten Gelegenheit hatte, den Unterricht zu besuchen. Ich lernte lesen, etwas Latein, mehr nicht.

Eines Tages zog eine tödliche Krankheit über das Land und erreichte auch Knittlingen. Meine Eltern und mein Bruder starben binnen weniger Tage einen entsetzlichen Tod. Bis heute kann ich die Bilder ihres grausamen Leidens nicht aus meinem Gedächtnis tilgen. Ich betete Tag und Nacht, hoffte, dass Gott uns beistehen würde, doch eher verschlimmerten sich noch die Qualen. Ich weiß nicht, warum die Krankheit vor mir Halt machte. Stattdessen war es mein Schicksal, geliebte Menschen elendig sterben zu sehen.

In kurzer Zeit fanden viele Menschen im Dorf den Tod, und ich stand völlig allein da. Einige Wochen lebte ich noch im Haus meiner Eltern, unfähig, das Handwerk wieder aufzunehmen, denn nur der ältere Bruder hatte das Schustern gelernt, ich hingegen machte die Botendienste und einfache Hilfsarbeiten. Als sich jemand fand, der mir für das Schusterwerkzeug und das Haus etwas Geld gab, verließ ich den Ort. Es zog mich nach Heidelberg, denn ich erinnerte mich daran, dass die Söhne der Adligen und Wohlhabenden dorthin gingen, um weiter die Schule zu besuchen. Ich war naiv, stellte mir die Dinge sehr einfach vor, doch das Geld war schnell aufgebraucht. Durch Zufall traf ich auf eine Gruppe von Gauklern, die von Stadt zu Stadt zogen. Als sie erfuhren, dass ich lesen konnte, nahmen sie mich bei sich auf. Von ihnen habe ich vieles gelernt. Sie brachten mir bei, wie man Menschen in seinen Bann zieht und mit einfachen Täuschungen verblüfft. Als es Streit in der Gruppe gab, verließ ich sie und ging allein in die Welt. Von nun an lebte ich in den Wirtshäusern und unterhielt dort die Menschen mit allerlei falschem Zauber. Doch immer wieder erhielt ich auch Zugang zu Klöstern. Das Leben dort war mir ja bekannt, und wenn ich mich selbst als Mönch ausgab, so lebte wie sie, dann nahmen sie mich für einige Zeit als Gast auf. Natürlich fand sich selten ein plausibler Grund, um mehr als einige Tage zu bleiben. Doch immer nutzte ich die Möglichkeit, die Bibliotheken zu besuchen. Ich verbesserte meine Lateinkenntnisse, wusste bald mit den Mönchen über theologische und philosophische Schriften zu disputieren und fand Zugang zu den Werken der Magie, Astrologie und Alchemie. Wenn ich dann wieder durch die Wirtshäuser zog, wurden meine Vorführungen immer überzeugender, und inzwischen gab ich mich auch als Magister aus. Bald fragten mich angesehene Männer um Rat. Sie vertrauten auf meine astrologischen Fähigkeiten und ließen sich auch auf magische Künste ein, wenn es darum ging, aus einer ihnen peinlichen Notlage befreit zu werden. Meist war ich dabei auch erfolgreich. Mein Name wurde bekannt, aber ich musste vorsichtig sein, denn die Dinge, die ich tat, wurden je nach Erfolg mal als Segen und Weisheit, mal als gotteslästerliche Scharlatanerie betrachtet. Die Menschen sind abergläubisch und nachtragend. So führten mich meine Reisen durch viele Städte. Einmal bin ich bis nach Krakau gekommen. Ist Euch bekannt, dass man dort an der Universität ganz regulär die magischen Künste studieren kann?

Jahre später folgte ich einer Einladung nach Paris. Damals wurde dort der Orden gegründet. Ich wusste nichts davon, dachte, man benötige wie gewöhnlich meinen Rat. Ich wohnte auf der kleinen Seine-Insel, unweit von Notre Dame, in einer geräumigen Wohnung, die sehr vornehm eingerichtet war. In diesen Tagen begegnete mir Agrippa von Nettesheim. Durch ihn erfuhr ich überhaupt, weshalb man mich nach Paris gerufen hatte. Dieser Mann galt als Kenner geheimer Wissenschaften. Agrippa hatte sich zur Aufgabe gemacht, ein Kompendium aller magischen Künste zu verfassen, um zu zeigen, dass all dies nichts als finsterer Aberglaube sei. Aber zugleich beschrieb er diese Praktiken in seinen Werken äußerst detailliert, so dass man nicht sicher wusste, auf welcher Seite er denn nun stand. Als wir uns das erste Mal trafen, schien es mir, als betreibe er diese Künste mit großer Begeisterung und Akribie. Mein Name war ihm schon zu Ohren gekommen und so begann er mich zu befragen. Ja, so muss man es wohl bezeichnen. Er wollte von mir wissen, was ich in all den Jahren gelesen, gelernt und erfahren hatte. Mit der Zeit wurde mir das zu viel und ich versuchte ihm aus dem Weg zu gehen, was mir aber nicht gelang, denn nur über ihn bestand der Kontakt zum Orden, der mir nach wie vor ein gutes Leben ermöglichte.

Ich nutzte die viele Zeit, die mir nun zur Verfügung stand, um die Stadt zu erkunden. Als ich eines Tages im Garten der kleinen Pilgerkirche St. Julien le Pauvre gegenüber der Île de la Cité saß, um einfach nur die herrliche Frühlingssonne zu genießen und in aller Ruhe Notre Dame zu betrachten, wurde ich auf eine junge Frau aufmerksam, die mich wohl schon eine Weile beobachtete. Sie hatte ihren schweren Korb abgesetzt, sich auf eine Mauer gesetzt und schien einen Moment auszuruhen, um wieder Kräfte zu sammeln. Nun lächelte sie verlegen, unsicher, wie sie sich verhalten sollte. Ich stand auf, ging die wenigen Schritte hinüber und setzte mich zu ihr. Das schien ihr unangenehm zu sein, aber dann schaute sie mir neugierig in die Augen, holte aus ihrem Korb frisches Brot hervor, brach ein Stück ab und bat mich, es zu nehmen. Jetzt erst fiel mir auf, was ich an ihr so bemerkenswert fand. Sie trug ein schlichtes, an den

Hüften gebundenes dunkelbraunes Kleid, wie es für eine Magd üblich war. Doch ganz anders als die meisten Pariser Frauen hatte sie lange, hellblonde Haare, die ihr über die Schultern fielen. Ich bemerkte, dass ihre Haut von der Sonne gebräunt war. Ihre hellgrauen Augen schienen zu sprechen. Unwillkürlich musste ich an die alte Geschichte von Eva denken, doch es war kein Apfel, sondern wohlschmeckendes Brot, das sie mir gereicht hatte. Ich biss hinein und beobachtete, wie sehr diese junge Frau sich darüber freuen konnte. Natürlich hieß sie nicht Eva. Ihr Name war Françoise. Ich verliebte mich sofort in sie, und von nun an trafen wir uns jeden Tag. Heute weiß ich, dass es die schönsten Monate meines Lebens waren.

Die Zusammenkünfte mit Agrippa wurden seltener. Offenbar hatte ich seinen Wissensdurst stillen können. Erst im Spätsommer kam es zu jenem Abend, an dem der Orden ins Leben gerufen wurde. Viele der Menschen, die sich zu diesem Zweck zusammenfanden, waren mir unbekannt. Die meisten gehörten der Pariser Gesellschaft an. Andere waren aus den Rheinlanden oder von der Mosel gekommen, einige aus Prag und Krakau. Was in dieser Nacht geschah, möchte ich nicht im Einzelnen beschreiben. Ihr habt in Oppenheim erlebt, zu was der Orden fähig ist. Damals wurde ein Ritual geschaffen, das es zuvor nie gegeben hat, eine Mischung vieler mir bekannter Traditionen, einzig mit dem Ziel, Luzifer anzubeten. Dazu opferte man Menschen: Kinder und junge Frauen, die noch unberührt waren. Selten habe ich so viel Blut fließen sehen. Es war ein Rausch, den ich auch heute nicht in Worte fassen kann. Das hatte nichts mit dem zu tun, was ich unter Magie verstand. Ich verließ das geheime Kellergewölbe, das sich unterhalb eines großen Palastes auf der Île de la Cité befand, denn ich wollte mit dem sinnlosen, unmenschlichen Schlachten nichts zu tun haben. Heute weiß ich, dass diese Nacht nur der Beginn des Unwesens war. Ihr wisst, dass der Orden längst nicht mehr auf Paris beschränkt ist. An vielen Orten fanden sich Menschen, die sich über die Gesetze Gottes erheben wollten, um in blutrünstigen Ritualen Erleuchtung zu erfahren. Welch ein Wahnsinn! Glauben sie doch tatsächlich, der Lichtbringer würde sich ihnen offenbaren wollen. Diese Narren. Nie ging es Luzifer um sinnloses Morden.

Natürlich bekam ich bald den Hass dieser Menschen zu spüren. Sie stellten ihre Zahlungen ein, drohten mir mit dem Tod für den Fall, dass ich über ihre Praktiken sprechen würde, und nur Agrippa ist es zu verdanken, dass sie mir nicht weiter nachstellten.

Zugleich war etwas geschehen, das mich sehr glücklich machte. Françoise erwartete ein Kind. Wir mussten Paris verlassen, denn ich fürchtete noch immer Übergriffe des Ordens. Agrippa besorgte uns Pferde, erklärte mir, auf welchem Weg ich den Rhein erreichen konnte, und gab mir etwas Geld. Jahre später bin ich ihm auf einem Schloss nahe Köln begegnet und konnte ihm, der inzwischen in Not geraten war, meine Dankbarkeit erweisen.

Im Herbst hatten wir den Rhein fast erreicht, als Françoise einfach nicht mehr weiterreiten konnte. So blieben wir den Winter in Kreuznach, und mit der Zeit gewann sie wieder an Kraft. An einem Morgen im März kam das Kind. Ich rief eine Hebamme herbei, denn die Geburt erwies sich als sehr schwierig. Zu zweit standen wir Françoise bei, die immer schwächer wurde, deren Schmerzen immer unerträglicher waren. Unfähig, etwas zu tun, musste ich mit ansehen, wie sie sich mehr und mehr dem Tode näherte. Dann kam das Kind doch. Ein Mädchen. Ich nahm dieses verklebte Bündel Mensch, wusch es und wollte es Françoise in die Arme legen, doch da atmete sie schon nicht mehr. Verzweifelt versuchte die Hebamme, sie ins Leben zurückzuholen. Doch alles war vergeblich. Ich saß dort, in diesem Zimmer inmitten der Stadt, in den Armen ein Kind der Liebe, und hatte zugleich die Liebe meines Lebens verloren. Wäre die Hebamme nicht gewesen, die mich an das erinnerte, was zu tun war, ich wäre unfähig gewesen, mehr als meinen Schmerz zu spüren, mehr als zu schreien und Gott dafür zu verfluchen, dass er Liebende so ins Elend stürzen lässt.

Von nun an war nichts wie zuvor. Immer wieder überfiel mich in den folgenden Jahren die Finsternis. Meist in den Nächten, wenn die Erinnerungen hervortraten, die Liebe und der Schmerz. Und die Sinnlosigkeit von all dem.

Meiner Tochter gab ich den Namen ihrer Mutter. Da das Geld zu Ende ging, musste ich wieder durch die Welt reisen, wie ich es früher getan hatte. Die Kleine gab ich in die Hände von Bauern. Sie versprachen mir, sich liebevoll um das Kind zu kümmern. Immer wieder besuchte ich meine Tochter, unregelmäßig, aber doch so oft es möglich war. Ich blieb dann einige Tage, begleitete sie auf die Felder und entdeckte an ihr mit jeder unserer Begegnungen mehr die Herzlichkeit und Güte ihrer Mutter.

Sie war sieben Jahre alt, als wir uns das letzte Mal sahen. In Mainz hatte ich davon gehört, dass eine grausame Krankheit über das Land ging. Sofort ritt ich nach Kreuznach und von dort über die Weinberge in das kleine Dorf. Ich fand Françoise gebettet auf Stroh und sah sofort, welche Schmerzen sie bereits erlitten hatte. Am Abend gab ihr der Pfarrer den Segen. In der Nacht kamen die Schmerzen zurück. Das kleine Mädchen krallte sich in meinen Armen fest, biss sich selbst in die Hand, um den grausamen Qualen etwas entgegenzusetzen. Gegen Mitternacht starb sie unter unmenschlichen Krämpfen. Ich hielt sie bis zum Morgen in den Armen. Dann erst verstand ich, dass sie tot war.»

Faust blickte auf, sah, dass Alanus ihm aufmerksam zugehört hatte, und brauchte einen Augenblick, um sich zu sammeln. Dann sprach er mit gedämpfter Stimme weiter.

«Ihr wollt wissen, warum ich den Weg Luzifers gehe. Dann solltet Ihr fragen, warum ich nicht mehr den Weg Gottes gehe. Ich will es Euch sagen: Es gibt keine Gerechtigkeit in seiner Welt. Gottes Schöpfung ist ein Hort des Elends. Die Liebenden und Unschuldigen werden hingeschlachtet und sterben unter Qualen. Die das wahrhaft Böse tun, werden nicht aufgehalten. Wo ist Gott, wenn Menschen gefoltert werden? Warum müssen Kinder qualvoll sterben, wo sie doch unschuldig sind und das Leben noch vor ihnen liegen sollte? In den Klöstern hatte ich oft Gelegenheit, mit kundigen Mönchen darüber zu sprechen. Sie sind sehr eifrig und wortgewandt, wenn es darum geht, das Leid und das Böse aus der Welt zu reden. Sie sagen uns, dass es die Strafe für menschlichen Ungehorsam sei. Aber ich frage, worin der Ungehorsam und die Sünde eines siebenjährigen Mädchens besteht. Sie antworten, es sei die Folge der Erbsünde. Aber ich frage, wie es gerecht sein kann, dass ein kleines Kind etwas abbüßen muss, was seine Urahnen begangen haben. Sie sprechen davon, dass Leid und Elend ein Ruf zur Umkehr sein können. Aber ich frage, wie jemand, der an der Pest elendig verreckt, umkehren kann. Sie sprechen von Prüfung, von Erprobung. Doch was wäre das für ein Gott, der seine Kinder mit Qualen erprobt? Ein gütiger Gott? Wohl kaum. Eine gute Schöpfung? Nein. In diesen Augenblicken ist es eine Hölle.

Vor Jahren habe ich das Buch Hiob gelesen. Ihr werdet es kennen. Es handelt vom Leiden eines Mannes, über den alle Plagen dieser Welt hereinbrechen. Und der noch dazu von seinen Freunden gesagt bekommt, er sei selbst der Anlass seines Elends. Hiob enttarnt all die fadenscheinigen Begründungen. Es gibt keine Antwort, keine Erklärung, kein Heil. Keinen gütigen Gott. Aber da ist eine mächtige Kirche, die den Menschen vorgaukelt, sie könnten ihrem Schicksal entfliehen, wenn sie fromme Dinge tun und für ihr Seelenheil zahlen. Nein, es gibt keine Gerechtigkeit, keine Hoffnung, keinen Trost. Wir leben in einer Welt gnadenloser göttlicher Gleichgültigkeit. In jener Nacht, als ich mein totes Kind in den Armen hielt, schweigend und weinend, bis zum Morgengrauen, habe ich nicht nur von ihm Abschied genommen.»

Lange Zeit sagte keiner der beiden Männer ein Wort. Alanus hatte Faust aufmerksam zugehört und zugleich den Blick nicht von den Pergamenten genommen, hatte eines nach dem anderen umgeblättert, um den Aufbau des Textes zu verstehen. Einige für die Anrufung Luzifers unverzichtbare Beschwörungsformeln waren ihm aufgefallen und er hatte versucht sie sich einzuprägen. Nun legte er die riesigen Seiten wieder sorgfältig übereinander und wandte sich Faust zu.

«Und dies?», fragte er. «Ist das nun die Lösung?»

«Es ist der einzige Weg, den ich noch gehen kann. Als ich diese Seiten im Codex Gigas fand, war mir klar, dass ich nun das Wissen dazu in der Hand hielt. Luzifer ist der Lichtbringer, nicht das Böse. Der Orden hat das nie verstanden. Ich habe Monate damit verbracht, alles genau zu studieren. Und um es wirklich zu verinnerlichen, fertigte ich von eigener Hand eine Abschrift an. Seht her.»

Er griff in einen länglichen, geflochtenen Korb, der unter dem Tisch stand, zog eine Rolle hervor, löste das Band und breitete die Pergamente auf dem Tisch aus. Alanus erkannte sofort, dass Faust nicht übertrieben hatte. Vor ihnen lag eine genaue Kopie der Codex-Seiten. Alles war so maßstabsgetreu auf die Hälfte der Originalgröße übertragen, dass man meinen konnte, der Codex wäre wie durch einen Zauber verkleinert worden. Alanus fuhr mit der Hand über das Papier und vergewisserte sich, dass es von bester Qualität war.

«Unglaublich», sagte er, «ein Meisterwerk.»

«Schaut es Euch genau an», forderte Faust ihn auf, und Stolz klang in seiner Stimme. «Es ist die Arbeit von Monaten. All mein Wissen und all meine handwerklichen Fähigkeiten sind hier eingeflossen.»

Alanus blätterte die erste Seite um, dann die zweite und erkannte jenen Aufbau wieder, den er sich soeben eingeprägt hatte. Ein Blick auf Worte, die zur Anrufung Luzifers unverzichtbar waren, zeigte ihm, dass alles wortwörtlich übernommen war. Doch als er die letzte Seite vor sich hatte, meinte er eine Abweichung zu entdecken, und während er den lateinischen Text übersetzte, wurde ihm klar, dass Faust offenbar ein Fehler unterlaufen war: eine winzige Abweichung, ein Buchstabe nur, der die Bedeutung des Wortes und damit auch der magischen Formel von Grund auf änderte.

‹Unglaublich›, durchfuhr es Alanus, und er versuchte, sich seine Verwunderung nicht anmerken zu lassen.

«Solch eine Arbeit findet man allenfalls in den Klöstern», sagte er. «Und nur wenige Gelehrte sind heute noch in der Lage, eine solche Kopie anzufertigen. Selbst die Handschrift habt Ihr genau nachempfunden.»

Fauste nickte zufrieden.

«Wie kommt es, dass Ihr dazu in der Lage seid?», fragte Alanus.

«Ich lernte es im Kloster von Maulbronn. Habt Ihr denn nicht zugehört, als ich meine Geschichte erzählte?»

«Diese Kunstfertigkeit lernt man nicht als Novize eines Klosters.»

«Im Laufe meines Lebens war ich immer wieder gezwungen, Schriften zu kopieren», ergänzte Faust. «Dabei habe ich viel gelernt.»

Alanus nickte. Er hatte die Abschriften beiseitegelegt und suchte Fausts Blick. «Es ist noch mehr auf diesen Seiten? Nicht wahr?»

Faust sah Alanus verblüfft an. «Ihr begreift schnell», sagte er. «Ja. Das ist möglich. Ich hatte den Eindruck, dass der Codex Gigas auch als eine große Formel gelesen werden kann, eine Zusammenstellung von Wissen, das für den Laien unsichtbar bleibt und nur von Eingeweihten zu entschlüsseln ist. Aber es gelang mir nicht. Ich konnte lediglich diese acht Pergamente verstehen.»

«Und das, was darüber hinaus in dem Buch zu finden ist?»

«Ich kann nur ahnen, worum es geht.» Faust zögerte einen Augenblick. Dann kehrte er Alanus den Rücken zu. «Ich habe Euch von den beiden großen Abbildungen im Codex Gigas erzählt. Das Bild, das den Teufel zeigt, und die Darstellung des göttlichen Jerusalem. Beide stehen für etwas, das im Buch verborgen ist. Die magische Kunst Luzifers konnte ich entschlüsseln. Aber das andere nicht.»

«Das göttliche Jerusalem steht für die Offenbarung des Johannes.»

«Richtig. Und ich vermute …»

«Ihr vermutet, dass sich im Codex der Schlüssel zur Auslösung der Apokalypse befindet?»

Faust schwieg.

«Versteht Ihr jetzt», fuhr Alanus fort, «warum dieses Pergament vernichtet werden muss? Und ebenso Eure Kopie, so kunstvoll sie auch sein mag?»

«Ich verstehe Euch durchaus. Aber so wird es nicht kommen. Die Apokalypse interessiert mich nicht. Ich beabsichtige, das letzte Ritual durchzuführen, das größte von allen: die

Anrufung Luzifers. Und Ihr werdet mich nicht daran hindern. Längst habe ich mir eingeprägt, was zu tun ist. Ich werde die Pergamente dazu nicht einmal mehr benötigen. Aber dennoch kann ich sie nicht Euch überlassen. Denn Ihr arbeitet für die Inquisition, auch wenn Ihr das immer wieder gern bestreitet. Gregorius ist Euch auf den Fersen. Ich erwarte täglich seine Ankunft. Deshalb bleibt mir keine Zeit mehr. Ich werde schneller sein als er. Und nichts wird mich aufhalten.»

Faust drehte sich um, sah, dass Alanus zu Boden gesunken war und ihn entsetzt anblickte. «Habt Ihr wirklich geglaubt, Ihr könnt mich aufhalten? Einen Magier aufhalten? Dann solltet Ihr so klug sein und nicht trinken, was er Euch anbietet. Aber seid unbesorgt. Das Gift wirkt schnell, und Ihr werdet keine Schmerzen haben. Nur immer schwächer werden.»

Mit diesen Worten ließ er den verzweifelten Alanus am Boden liegen, ging zum Tisch, rollte die Seiten des Codex Gigas sorgfältig zusammen, legte sie in den länglichen, geflochtenen Korb und verdeckte sie mit einem schweren, schwarzen Tuch. Dann griff er sich jene Pergamente, die er selbst verfasst hatte.

Als sie am Marktbrunnen stand, inmitten all der Menschen, blickte Helena flüchtig zum ‹Löwen›. Zu ihrer Überraschung bemerkte sie Johanna in einem der Fenster und winkte ihr zu. Und etwas später sah sie das Mädchen aus dem Gasthaus kommen und sich den Weg durch die Menschen bahnen.

«Was tust du im ‹Löwen›?», fragte Helena, nachdem sich die beiden umarmt hatten.

«Alanus meint, ich bin hier sicher. Und ich soll das Zimmer möglichst nicht verlassen. Aber daran habe ich mich wohl nicht gehalten.» Sie lächelte Helena an.

«Alanus hat aber recht. Du bist in Gefahr. Hier am Brunnen kann dich jeder sehen. Komm mit.»

Die beiden gingen zurück zum Gasthaus. Im Schankraum war niemand, nicht einmal der Wirt. So beschlossen sie, sich an einen der Tische unmittelbar am Fenster zu setzen, von wo aus man den Marktplatz gut überschauen konnte.

«Ich habe Lilith noch nicht wieder gesehen», begann Helena. «Aber ich bin sicher, sie wartet nur auf einen günstigen Augenblick. Was geht hier eigentlich vor?»

«Ich kann es dir nicht sagen.»

«Glaub mir, ich habe längst begriffen, dass alle nach einem magischen Geheimnis suchen. Lilith meinte es in meinem Haus finden zu können. Also. Du musst mir nichts vormachen.»

Johanna dachte einen Augenblick nach. «Es wäre besser, du wüsstest nichts davon. All das ist gefährlich, für jeden, der damit zu tun hat. Sie alle suchen ein Buch. Ein Buch, das ihnen unbeschreibliche Macht schenkt.»

«Ein Buch über Alchemie?»

«Ich weiß es nicht. Mit all diesen Dingen kenne ich mich nicht aus. Es scheint eher um nächtliche Rituale zu gehen, die den Teilnehmern übermenschliche Fähigkeiten verleihen sollen. Doch es scheint mir eine schlimme Verirrung zu sein. Die Seelen der Menschen werden herzlos und grausam, wenn sie danach streben. Sie meinen sich über andere erheben zu dürfen. Es hat schon viele Opfer gegeben, und es werden sicherlich noch mehr. Alanus will all dem ein Ende bereiten. Aber er begibt sich dabei immer wieder in Gefahr. Oft schon habe ich ihn gebeten, damit aufzuhören, denn diese Sache greift auch nach seiner Seele. Doch er scheint so davon gefangen zu sein, dass es für ihn kein Zurück mehr gibt.»

Helena suchte Johannas Blick und lächelte sie herausfordernd an. «Du magst ihn», stellte sie nüchtern fest.

Johanna sah schüchtern zur Seite. «Vielleicht.»

«Ganz sicher», erwiderte Helena. Dann strich sie ihr mit der Hand durch das Haar, um wieder ihre Augen sehen zu können. «Ein junges Mädchen und ein Mönch. Das ist eigentlich unmöglich. Aber das Leben schreibt viele solche Geschichten. Du solltest nicht aufhören, daran zu glauben.»

Johanna blickte auf. Helena spürte die Unsicherheit des Mädchens, das so stark und so klug war und nun ganz klein und hilflos vor ihr saß.

«Ratlosigkeit steht dir nicht», sagte sie. «Ich fürchte, in diesen Tagen wird so viel geschehen, dass wir uns keine Schwächen erlauben können. Weißt du, wo Alanus jetzt ist?»

«Er trifft sich mit dem alten Mann, der für den Grafen arbeitet.»

«Faust?» Helena blickte Johanna entsetzt an. «Um Himmels willen. Dieser Mann ist durchtrieben wie kein anderer.»

«Er war sehr freundlich, als er mit mir sprach. Er sagte, ich erinnere ihn an seine Tochter.»

«Täusche dich nicht. Dieser Mann ist gefährlich. Ich bin mir nicht sicher, was er eigentlich vorhat. Es war mir immer so, als hätte er sich nur zum Schein darauf eingelassen, Gold zu machen. Und es ist ihm bis heute nicht geglückt.» Helena schaute aus dem Fenster zum Marktplatz. «Wir müssen Alanus folgen», sagte sie schließlich. «Ich bin sicher, er ist in Gefahr.»

«Er hat mich eindringlich gebeten, hier zu bleiben und ihm nicht nachzulaufen», erwiderte Johanna.

Helena schüttelte den Kopf. «Ich habe ein ganz schlechtes Gefühl», sagte sie. «Und das täuscht mich selten. Horch in dich hinein. Was würdest du tun, wenn du selbst entscheiden müsstest?»

Wenig später hatten sie den Brunnen erreicht und waren hinabgestiegen. Helena entzündete mit Hilfe der Feuersteine eine Fackel und wandte sich noch einmal um.

«Wir müssen ganz leise sein», sagte sie zu Johanna. «Besonders wenn wir uns dem Laboratorium nähern.»

Nachdem etwa hundert Schritt hinter ihnen lagen, bemerkte Helena, dass Johanna stehen geblieben war und in einen schmalen Schacht blickte, der seitlich in die Dunkelheit führte.

«Wohin geht es hier?»

«Ich weiß nicht», antwortete Helena und lief vorsichtig weiter.

Bald hatten sie die kleine Höhle erreicht, zogen ihre Schuhe aus, legten sie hinter einen Felsvorsprung und stiegen mit nackten Füßen geräuschlos die Steintreppe hinauf. Von oben war ein Lichtschein zu sehen. Helena löschte die Fackel. Und als auch Stimmen zu hören waren, drehte sie sich zu Johanna um und legte ihr den Zeigefinger auf den Mund.

«Von nun an kein Wort mehr», flüsterte sie. «Wir müssen versuchen, von der Treppe aus ein sicheres Versteck zu finden. Ich gehe vor, und du machst genau das nach, was ich auch tue.»

Johanna nickte.

«Und achte darauf, dass du nichts umstößt oder etwas berührst, was Geräusche macht.»

Dann gingen sie weiter, Stufe für Stufe, bis sie den Saal fast erreicht hatten. Vorsichtig schaute Helena über eine kleine Mauer hinweg und stellte fest, dass es tatsächlich Alanus und Faust waren, die sich unterhielten. Sie beugten sich über einen Tisch, der etwas abseits stand und den sie früher gar nicht wahrgenommen hatte. Schnell und geräuschlos bewegte sie sich auf allen Vieren zu einem der anderen Tische, auf dem sich zwei Retorten befanden. Johanna folgte ihr geistesgegenwärtig.

Verborgen hinter all den Glasbehältern, Gefäßen und Körben waren sie für die beiden Männer unsichtbar, konnten aber auch selbst nichts sehen von dem, was zwanzig Schritte von ihnen entfernt geschah. Da waren nur zwei gedämpfte Stimmen, zu unverständlich, als dass man auch nur ein einziges Wort erahnen konnte.

Als Helena sich für eine Sekunde aus ihrer Deckung hervorwagte, sah sie, wie einer der Männer zusammensackte und zu Boden fiel. Sofort suchte sie erneut Schutz hinter den Apparaturen, sandte Johanna einen warnenden Blick und machte ihr durch ein Zeichen deutlich, dass es nun gefährlich würde.

Zunächst geschah nichts, aber dann hörten sie, wie einer der Männer zurückkam, sich einige Dinge von den Labortischen nahm, zur Treppe ging und die Stufen hinabstieg.

Nach einer Weile, als keine Schritte mehr zu hören waren, wagte sich Helena erneut aus ihrem Versteck. Vorsichtig blickte sie dorthin, wo die beiden Männer eben noch miteinander gesprochen hatten.

Da lag jemand. Offenbar bewegungslos. Helena konnte zunächst nicht erkennen, wer es war. Dann bemerkte sie, wie Johanna an ihr vorbeilief. «Alanus!», rief sie.

«Nicht so laut!», zischte Helena, versuchte vergeblich, sie am Arm festzuhalten, und folgte ihr vorsichtig, noch immer bemüht, keine Geräusche zu machen. Johanna hatte den Mann erreicht und beugte sich über ihn. Es war tatsächlich Alanus. Er lag auf der Seite, die Beine angezogen, so als würde er von Magenkrämpfen gequält. Als er die beiden bemerkte, versuchte er sich auf den Rücken zu drehen.

«Was ist mir dir?», rief Johanna fassungslos.

«Gift», flüsterte Alanus. «Ich war so dumm. Er hat die Pergamente. Sie liegen dort in dem großen Korb, aber rührt sie nicht an.»

«Sprecht nicht so viel», versuchte Helena ihn zu beruhigen. «Was hat er Euch gegeben?»

Alanus schüttelte den Kopf. «Ich weiß nicht. Es war im Wasser.»

Johanna griff sein Handgelenk. «Das Herz schlägt zu schnell.»

«Lass sein», flüsterte Alanus.

Helena bemerkte, wie er ihren Blick suchte.

«Kann sie bei dir bleiben? Bei dir wohnen?»

Sie verstand erst nicht, doch dann nickte sie. «Natürlich. Johanna bleibt bei mir. Ich werde für sie da sein.»

«Gut. Ich muss von nun an allein weiterreisen», sagte er zu Johanna gewandt und versuchte zu lächeln. «Aber vielleicht werden wir uns ja wiedersehen.»

Ein Zucken ging durch seinen Körper. Noch einmal bäumte er sich auf, sackte wieder zusammen, so als wären ihm alle Kräfte gleichzeitig aus dem Körper gefahren, und sein Kopf schlug hart auf den Steinboden. Dann bewegte er sich nicht mehr.

Helena beugte sich vor, erkannte, dass die geöffneten Augen unbeweglich geworden waren, suchte den Puls an der Halsschlagader, dann am Handgelenk, doch da war nichts mehr.

Sie richtete sich auf. Johanna kniete nun neben ihr, still, bewegungslos wie eine Statue, so als könne sie dadurch die Zeit anhalten. Dann warf sie sich über den leblosen Alanus, bedeckte sein Gesicht mit ihrem Haar, und ein Schrei erfüllte die große Halle.

*Weh denen, die auf Erden wohnen
und auf dem Meer! Denn der Teufel
kommt zu euch hinab und hat großen Zorn
und weiß, dass er wenig Zeit hat.*

Off. 12, 12

KAPITEL 16

Die grosse Klosterpforte war geöffnet, und Schläge von Pferdehufen hallten durch die Nacht. Der Abt hatte eine Abordnung der heiligen Inquisition erwartet, nicht jedoch zwanzig schwerbewaffnete Reiter. Gregorius stieg vom Pferd, ging ohne Zögern auf den Mann zu und bezeugte ihm seine Ehrerbietung.

«Joachim von Münster», begann er, «verzeiht die nächtliche Störung. Aber die Dinge lassen es nicht anders zu. Ich hoffe, die Brüder von Sankt Trudbert sind nicht allzu sehr verschreckt.»

«Seid willkommen, Gregorius», antwortete der Abt. «Aber nehmt bitte zur Kenntnis, dass unser bescheidenes Haus nicht in der Lage ist, eine ganze Armee zu beherbergen.»

«Die Männer werden sich selbst um die Pferde kümmern. Und wenn Ihr ihnen eine einfache Speise und Wasser geben könntet, wäre das überaus gütig.»

Der Abt sah, dass die Reiter bereits damit begannen, ihre Pferde in der Nähe des Tores zu sammeln.

«Ich sorge dafür, dass im Gebäude der Laienmönche Schlafplätze geschaffen werden. Es kann aber eine Weile dauern.»

«Ich bitte noch einmal um Verzeihung», sagte Gregorius. «Man hätte Euch rechtzeitig in Kenntnis setzen müssen. Doch unser Anliegen erlaubt keinen Verzug. Ich werde gleich noch genauer berichten. Zuvor möchte ich Euch meinen Begleiter vorstellen: Severin von Sponheim. Vielleicht habt Ihr seinen

Namen schon einmal gehört. Er ist ein belesener Mann und wird mir bei meinem heiklen Auftrag zur Seite stehen.»

«Es ist schon erstaunlich, wer in diesen Tagen alles an unsere Pforte klopft», sagte der Abt und nickte Severin freundlich zu. «Es ist noch jemand bei uns zu Gast, der jene rätselhaften Vorgänge untersucht, die gegenwärtig in Staufen geschehen. Sein Name ist Alanus von Buchholz.»

«Alanus ist hier?», fragte Severin.

«Nein. Er ist am Morgen nach Staufen geritten und noch nicht zurückgekehrt, obwohl ...»

«Nun, das wird sich klären», unterbrach ihn Gregorius. «Wir müssen miteinander sprechen. Ihr könnt uns sicherlich einiges über die Situation in der Stadt berichten, und ich werde mich mit Severin über das notwendige Vorgehen verständigen müssen. Dazu war in der Eile auf der Reise von Freiburg hierher noch keine Gelegenheit. Lasst uns einen Ort aufsuchen, an dem wir die nötige Ruhe finden.»

Der Abt nickte und nachdem er einigen Brüdern Anweisungen erteilt hatte, führte er die beiden Gäste in den Kreuzgang. «Hier sind wir ungestört», sagte er.

«Ein ungewöhnlicher Ort für eine Besprechung», stellte Gregorius fest.

«Wenn wir ein wenig auf und ab gehen, wird unser Gespräch mit Sicherheit nicht an die Ohren der Brüder dringen.»

Langsam schritt der Abt voran und forderte seine Gäste auf ihm zu folgen.

«Beginnen wir ohne Umschweife, ehrwürdiger Joachim», sagte Gregorius. «Erzählt uns, was sich in diesen Tagen in Staufen zuträgt.»

Der Abt nickte. «Zunächst muss ich vorausschicken, dass mir alles, was ich Euch erzählen kann, von anderen berichtet wurde. Es ist nicht immer wahr, was die Leute erzählen. Selbst zuverlässige Beobachter neigen dazu, die Dinge nach eigenem Gutdünken zu deuten.»

«Ja, das ist so. Aber ich gehe davon aus, dass Ihr im Umgang mit derartigen Schilderungen Erfahrung habt und Euch ein Bild machen könnt.»

«Ich will es versuchen: Schon vor der Ankunft Eures Freundes hatten sich außergewöhnliche Dinge zugetragen. Der Graf von Staufen ist in Geldnöten. Er hat offenbar einen Alchemisten in seine Dienste genommen, der dies ändern soll. Man sagt sich, dort oben auf dem Burgberg werde Gold gemacht. Bislang hat man aber noch nichts von irgendwelchen Ergebnissen gehört. Einige seltsame Fremde sind seit Tagen in der Stadt. Niemand weiß, woher sie kommen und was sie tun. Aber es ist auch von bewaffneten Reitern die Rede. Es klingt ungewöhnlich, aber sie sollen angeblich von einer Frau befehligt werden.»

«Lilith!», unterbrach ihn Severin, bemerkte, dass Gregorius ihn mahnend anblickte, und schwieg wieder.

«Vor zwei Tagen kam Alanus von Buchholz zu uns, in Begleitung einer außergewöhnlichen jungen Frau. Da ich sie nicht als Gast aufnehmen konnte, musste er sie in der Stadt unterbringen. Sie wirkte auf mich sehr geheimnisvoll, und bis heute verstehe ich nicht, warum ein weithin bekannter Gelehrter sich mit ihr abgibt.» Der Abt hielt einen Moment inne, als warte er auf eine Erklärung. Doch dann fuhr er fort. «Gestern soll in Staufen im ‹Löwen› ein Toter aufgefunden worden sein, entsetzlich entstellt, so als wäre Luzifer persönlich über ihn hergefallen. Es hat offenbar Tumulte vor dem Gasthaus gegeben. Der alte Graf musste einschreiten. Auch seien die fremden Reiter in Erscheinung getreten. Irgendetwas geschieht dort in Staufen. Die Menschen sind beunruhigt. Und selbst der Graf scheint nicht zu wissen, was in seiner Stadt vor sich geht. Aber sicherlich könnt Ihr mir darüber mehr erzählen, denn wenn die heilige Inquisition mit zwanzig Bewaffneten erscheint, muss doch wohl etwas vorliegen.»

«Ihr habt recht, ehrwürdiger Joachim», sagte Gregorius. «Allerdings kann ich Euch noch nicht viel dazu sagen. In Staufen braut sich etwas zusammen. Und wir werden erst wissen, was das ist, wenn wir dort eingegriffen haben.»

«Ihr habt sicherlich mehr als Vermutungen.»

Severin bemerkte, dass Gregorius angesichts dieser Worte verlegen war. Auch dem Abt entging das nicht.

«Ihr wisst sehr wohl, welche Aufgabe das heilige Officium hat. Nicht mehr und nicht weniger tut es auch hier», sagte er geistesgegenwärtig.

Der Abt nickte. «Also geht es um Hexerei, Teufelsanbetung, Zauberei?»

«All das könnte zutreffen», erwiderte Gregorius. «Wie gesagt, wir wissen noch zu wenig. Aber sagt mir eines: Was kann ich tun, um sicher zu gehen, dass niemand die Stadt verlässt?»

«Besetzt die Tore. Es gibt die beiden großen, miteinander verbunden durch die Hauptstraße, und zwei kleinere Richtung Süden. Ich könnte einen der Brüder mitschicken, der Eure Männer unterweist.»

«Das wäre sehr hilfreich.»

Einen Augenblick schwiegen die drei Männer.

«Ich danke Euch», sagte Gregorius. «Ihr habt uns sehr geholfen. Verzeiht, wenn wir uns jetzt zurückziehen müssen. Morgen wartet ein aufregender Tag auf uns.»

«Gut. Ich verstehe», sagte der Abt. «Dann werde ich euch nun allein lassen. Im Dormitorium findet ihr eine Schlafstätte. Lasst es mich wissen, wenn ihr in der Nacht noch etwas braucht.»

Gregorius nickte nur.

Der Abt schaute noch einmal zu Severin, wandte sich ab und ging langsam davon.

«Er hat recht», sagte Gregorius. «Wir müssen die Mauer einnehmen und dann die Stadt systematisch durchsuchen. Irgendwann stoßen wir zwangsläufig auf diese Lilith oder auch auf unseren mysteriösen Unbekannten.»

«Und wenn er sich auf der Burg befindet?»

«Dann werden wir ihn dort in die Finger bekommen. Wichtig ist, dass alles sehr schnell geht. Wir sollten den Moment der Überraschung für uns nutzen. Niemand rechnet mit unserem Eingreifen. Schon gar nicht mit einer Truppe von zwanzig Mann. Wir werden sie einfach überrumpeln.»

Severin blickte scheinbar geistesabwesend zu Boden, fast so, als würde er dort irgendetwas ablesen können. «Und was gedenkt Ihr zu tun», fragte er, «wenn das nicht gelingt? Wenn uns Lilith und Faust oder wer sonst entwischt? Für Ortskundige wird die Flucht auch möglich sein, wenn die Stadttore besetzt sind.»

«Ich vertraue ganz auf unsere Überlegenheit», antwortete Gregorius.

«Und was wird aus dem Buch?»

«Das Buch?»

Severin bemerkte, dass Gregorius vermied, ihm in die Augen zu schauen. «Wir müssen es vernichten.»

«Wäre es nicht besser, es zunächst in Ruhe zu studieren?»

«Ihr seid ein gelehrter Mann, aber hier geht es nicht um Bildung. Das Buch ist des Teufels. Es darf nie wieder irgendjemandem in die Hände fallen. Dies zu verhindern ist Aufgabe der heiligen Inquisition. Und so wird es geschehen. Gott will es so.»

Umgeben von all den schlafenden Mönchen inmitten des Dormitoriums lag Severin lange wach. Zum Greifen nah war sie nun, die Lösung aller Rätsel, die Antwort auf alle Fragen. Und Gregorius wollte sie vernichten. Welch ein Irrsinn. Wenn die Nachrichten zutrafen, dann enthielt diese Schrift die Quintessenz schwarzer Magie, den Stein der Weisen, jene Kunst, die Abraham von Worms gesucht, aber wohl nicht gefunden hatte. Dieses Buch war von unschätzbarem Wert. Für schwache Seelen würde es den Untergang bedeuten. Aber wer seinen Anfechtungen standhalten konnte, würde darin ein Wissen finden, das nirgends sonst zu erlangen war. Er hätte Macht über Geist und Materie. Der Vatikan tat klug daran, danach suchen zu lassen. Und nun war seine Stunde gekommen.

Severin musste an Johanna denken. Sie hatte immer gespürt, dass er nie ganz ehrlich zu ihr und Alanus gewesen war und auch gar nicht sein konnte, obwohl er beide über all die Monate lieb gewonnen hatte. Sie waren ihm inzwischen mehr als bloße Reisebegleiter: Freunde, auf die man sich verlassen konnte, die er nicht hatte einweihen dürfen. Aber er würde alles tun, sie heil aus der Sache herauszuholen. Das schwor er sich nun. Wenn nur Gregorius nicht so unklug vorgehen würde. Seine schlecht durchdachte Selbstsicherheit war beängstigend, eine Neigung, die ihn früher oder später scheitern lassen würde. Er, Severin, musste wachsam bleiben, um nicht Opfer dieser Dummheiten zu werden. Es würde wohl zunächst richtig sein, Gregorius bei seinem Vorhaben zu begleiten. Man musste nur warten, um den rechten Augenblick abzupassen und einen wirklichen Moment der Überraschung nutzen. Aber vielleicht würde auch alles sehr einfach werden. Möglicherweise fiel ihm diese Schrift fast von selbst in die Hände, so wie ein reifer Apfel.

Er versuchte zu schlafen, aber es wollte ihm nicht gelingen. Fast wünschte er, ebensolche Träume zu haben wie Johanna. Dann wäre ihm der Schlaf ein vertrauter Gefährte, den man ohne Mühe aufsuchte. Doch so sollte es nicht sein. Wo war das Mädchen jetzt wohl? Würde es all das, was nun kam, schadlos überstehen? Würde es bereuen, mitgekommen zu sein, diese vielen Wochen, quer durch das Land, mit all den Strapazen und Entbehrungen? Severin horchte in den Raum hinein, doch hier war es ganz still, und nur von draußen drangen die Rufe der Nachttiere an sein Ohr.

In der Morgendämmerung hatten sie die Mauern der Stadt erreicht. Gregorius gab Befehle, und kurze Zeit später waren alle Stadttore besetzt. Gemeinsam mit den Bewaffneten ritt er weiter Richtung Marktplatz. Es waren schon Menschen auf der Straße. Sie wichen überrascht zur Seite und schauten die Fremden ungläubig an, die auf sie wie Bilder aus einem Traum wirken mussten, zu phantastisch, um wahr zu sein.

Als der Trupp den Marktplatz erreichte, traten zwei Männer aus der Pforte des Gasthauses. Sie erblickten die Reiter, blieben überrascht stehen und sahen sich nach allen Seiten um, so als suchten sie nach einem Fluchtweg. Gregorius schien das ebenso bemerkt zu haben wie Severin. Auf seinen Fingerzeig hin preschten vier Reiter voran und kreisten die beiden Männer ein.

«Wer seid ihr?», fuhr Gregorius sie an, doch die beiden antworteten nicht, so als würden sie seine Sprache nicht verstehen.

In diesem Augenblick öffnete sich die Tür erneut und der Wirt erschien. Als er die Reiter sah, stockte ihm zunächst der Atem, doch dann besann er sich.

«Haltet die beiden fest!», rief er. «Sie haben unerlaubt ein Zimmer durchsucht.»

«Haben sie etwas mitgenommen?», fragte Severin.

«Ich weiß es nicht», antwortete der Wirt. «Aber es ist dort ein Mann tot aufgefunden worden, auf fürchterliche Weise entstellt.»

Gregorius war inzwischen hinzugekommen. «Dann sollten wir uns dieses Zimmer einmal näher anschauen», sagte er, befahl seinen Leuten, die beiden Fremden weiter festzuhalten, und bat Severin, ihm zu folgen. Gemeinsam betraten sie den Gastraum, der in völliger Dunkelheit lag, weil die Holzläden noch geschlossen waren. Dann kam auch der Wirt herein, führte die beiden zur Treppe und hinauf in den zweiten Stock.

Im Zimmer 5 erinnerte nichts mehr an den grausigen Fund.

«Er lag hier am Boden», berichtete der Wirt, «mit gebrochenem Genick und verdrehtem Kopf. Ein Mönch hat die Leiche untersucht. Kurze Zeit später kam auch der alte Graf hinzu.»

«Wer war der Tote?», fragte Gregorius.

«Ich weiß es nicht. Der Mann kam am Tag zuvor in den Gasthof, hatte sich für dieses Zimmer entschieden und im Voraus bezahlt. Ich habe ihn nicht nach seinem Namen gefragt.»

«Waren Kampfspuren zu erkennen?»

Der Wirt schüttelte den Kopf.

«Und fand sich sonst irgendetwas Besonderes?»

«Zwei Bücher lagen auf dem Tisch. Der Mönch meinte, sie handelten von Sternenkunde.»

Severin nickte. «Diese beiden Fremden», sagte er, «die uns in die Arme gelaufen sind, haben offenbar etwas gesucht. Vielleicht wollten sie auch Spuren beseitigen.»

«Richtig», sagte Gregorius. «Wir müssen sie zum Reden bringen.»

Es blieb nicht viel Zeit zu verlieren. Deshalb gingen sie hinab in die Gaststube und begannen unmittelbar dort mit dem Verhör der Gefangenen. Obwohl man ihnen die Werkzeuge der Folter ausmalte und für den Fall eines Geständnisses die Freiheit versprach, waren sie nicht bereit zu sprechen. Erst als Severin bei beiden am linken Oberarm das Zeichen der Schlange erkannte, blieb ihnen nichts anderes übrig, als einzugestehen, dass sie dem Orden angehörten. Nun gaben sie auch zu, den Auftrag erhalten zu haben, im Zimmer 5 nach einem Buch zu suchen. Aber mit dem Mord hätten sie nichts zu tun.

«Wo befindet sich Lilith jetzt?», fragte Severin unvermittelt.

Wieder schwiegen die beiden.

«In der Stadt gibt es Gerüchte», mischte sich der Wirt ein. «Ich hörte, dass eine Gruppe fremder Reiter am Morgen auf dem Kirchplatz erschienen ist und das Gebäude besetzt haben soll.»

Gregorius dachte nicht lange nach. «Wenn wir das Überraschungsmoment weiter für uns nutzen wollen», sagte er, «dann müssen wir sofort zugreifen.»

Severin nickte.

Als sie den Kirchplatz erreicht hatten und zwei Wachen an der Pforte erblickten, gab Gregorius einen kurzen Befehl. Seine Männer stürzten sich auf sie und töteten beide fast geräuschlos, so schnell, dass Severin keine Zeit blieb zu widersprechen.

Dann drangen sie in die Kirche vor. Der Chorraum war vom Licht unzähliger Kerzen erhellt. Als Liliths Helfer die Eindringlinge bemerkten, griffen sie sofort zu den Waffen.

Das grausame Gemetzel dauerte nicht lange. Zu überraschend war der Angriff erfolgt. Auf dem Weg zum Altar zählte Severin sieben Männer, die tot in ihrem Blut lagen. Dann sah er Lilith unmittelbar am Bannkreis, der auf den Boden vor dem Altar gezeichnet worden war, und erkannte neben ihr den jungen Bibliothekar aus Sponheim und einen weiteren Mann, der in den unterirdischen Gängen von Oppenheim am Ritual teilgenommen hatte.

«Der Bannkreis wird Euch nicht helfen!», rief Gregorius voller Häme. «Er wirkt nur gegen Dämonen.» Dann befahl er seinen Männern: «Die beiden abführen. Zum Westturm. Die Frau bleibt vorerst hier. Bindet ihr die Hände.»

Lilith schaute noch immer fassungslos. Sie bemerkte Severin, machte einen Schritt auf Gregorius zu und spuckte ihm ins Gesicht. Einer der Reiter schlug ihr mit der Faust in den Magen, so dass sie kurz zusammensackte. Doch dann richtete sie sich wieder auf.

«Was wollt ihr Narren? Ihr jämmerlichen Diener einer korrupten Kirche?», rief sie.

«Bringt die Frau zur Seite und sorgt dafür, dass wir ihr Lästermaul nicht länger ertragen müssen», befahl Gregorius. Dann blickte er auf das, was am Altar und unmittelbar vor ihnen auf dem Boden zu sehen war. «Könnt Ihr mir das erklären, Severin?»

«Ich denke schon», begann er. «Das vor uns ist ein Schutzkreis, gezogen mit Blut. Rings um den Kreis seht Ihr die zwölf astrologischen Zeichen angeordnet. Innerhalb des Kreises sind die fünf Elemente zu sehen. Das ist ausgesprochen interessant, denn wie Ihr wisst, sind es vier, die nach den Himmelsrichtungen ausgerichtet werden. Das ist auch hier der Fall, doch sie wurden um etwa fünfundvierzig Grad versetzt und das fünfte, unbekannte Element nach Osten ausgerichtet. Ich kenne es nicht, aber es kann eigentlich nur die quinta essentia symbolisieren, das Zeichen des Steins der Weisen, den Gral. Wir sollten es uns merken. Wer immer diesen Kreis gezogen hat, benutzte bewusst keine der gängigen hebräischen Buchstaben, sondern reduzierte alles auf die astrologischen und alchemistischen Symbole. Diese Beobachtung ist wichtig, denn von einem Schutzkreis dieser Art habe ich bislang in keinem der einschlägigen Werke lesen können. Alles ist auf das Wesentliche reduziert, wirkt gekonnt und wohlbedacht. Nichts ist zu viel. Aber wie gesagt: da findet sich das fünfte Element.»

Severin schüttelte den Kopf, als könne er nicht so recht fassen, was er sah. Dann drehte er sich um und deutete auf den Bannkreis. «Es gibt noch etwas Außergewöhnliches. Seht her! Zwischen dem Schutzkreis des Magiers und dem Altar befindet sich der Bannkreis, in dem das angerufene Wesen erscheinen soll. Gewöhnlich ist dies ein Dreieck, und auch hier spart man üblicherweise nicht mit den Zeichen magischer Macht. Manchmal sind es ganze Worte, die den Dämon von außen eingrenzen sollen. Aber hier ist alles anders. Kein griechisches und kein hebräisches Symbol. Als habe man die Kabbala völlig vergessen. Und statt des Dreiecks seht Ihr ein Pentagramm. Nur fünf Buchstaben an jeder der Spitzen bannen den Gerufenen. Und wieder sind es die vier Elemente. Und das fünfte weist zum Schutzkreis.»

«Schön und gut», unterbrach ihn Gregorius. «Aber wozu soll das gut sein?»

«Ich bin mir noch nicht sicher. Die Basis des Pentagramms ist zum Altar ausgerichtet, also dort geerdet. Seine Spitze weist mit dem fünften Element auf den Schutzkreis des Magiers und ebenso weist das fünfte Element im Schutzkreis auf das Pentagramm, so als sollten sich beide Flächen berühren. Noch tun sie das nicht, aber vielleicht war diese Verbindung das Ziel des Rituals.»

«Severin, ich verstehe nicht, worauf Ihr hinaus wollt.» Gregorius wurde zunehmend ungehaltener.

«Wenn man diese Konstellation sieht, also das Pentagramm, dem Altar Gottes abgewandt und also auch dem Osten abgewandt, zugleich dem Magier zugewandt, dann …»

«Ja? Was dann?»

«… dann dient das alles hier der Vereinigung des Magiers mit demjenigen, der Gott abgewandt ist. Unter Zuhilfenahme des fünften Elements, der quinta essentia, geschaffen dafür, jegliche Verwandlung zu bewirken.»

Gregorius nickte, als hätte er verstanden. «Und diese Gegenstände?» Er zeigte zum Altar.

«Das magische Schwert. Oft ist es mit Pentagrammen und Namen der Macht verziert. Dieses hier ist ganz schlicht.» Severin nahm es vom Altar und ließ die Klinge im Kerzenlicht aufblitzen. «Es dient dem Magier zur Abwehr böser Kräfte.» Er legte es wieder beiseite und wandte sich den übrigen Gegenständen zu. «Der Stab des Feuers. Der Dolch der Luft. Der Kelch des Wassers. Das Erdpentakel. Alles Hilfen bei der Arbeit an den Elementen. Nichts Ungewöhnliches. Der Magier verzichtete offenbar auf Tafeln. Auch Weihrauch fehlt.»

«Kommt zum Ende. Was sagt das alles?»

«Diese Dinge sind allesamt bekannt. Aber auch hier reduzierte der Magier seine Hilfsmittel auf die vier Elemente, und offenbar wurde das fünfte durch das Schwert angesprochen. Die Wahl der Werkzeuge bestätigt das, was ich über die Anordnung der magischen Flächen gesagt habe. Dies alles dient ganz eindeutig der Evokation Luzifers. Es bleiben nur noch zwei Dinge zu klären. Und dazu dürfte Lilith die Antworten wissen.»

Gregorius schaute ihn erwartungsvoll an. «Wie führt man das Ritual durch?», fuhr Severin fort. «Und was ist in dieser Nacht geschehen?»

Lilith hatte mitgehört und war verblüfft über die treffsichere Deutung Severins. Genau dies hatte sie aus dem, was sie in der Nacht vorfand, ebenso geschlossen und zunächst das in Sicherheit gebracht, was alle suchten. Diese Narren konnten abzeichnen, was sie wollten, und dennoch würde es ihnen nie gelingen, den Herrn der Finsternis herbeizurufen. Severin mochte noch so klug von seiner Bücherweisheit erzählen, und er lag damit gar nicht einmal falsch. Aber Magie war mehr als zwei Kreise und ein Haufen wundersamer Werkzeuge. Mehrfach musste sie leise lachen, als sich Gregorius verzweifelt bemühte, die Zusammenhänge zu verstehen, und erst als Severin die entscheidenden Fragen stellte, nahm sie sich wieder zusammen.

Gregorius kam auf sie zu. «Erzähl uns, was geschehen ist, wenn dir etwas an deinem Leben liegt. Du kennst die Werkzeuge der Inquisition.»

«Es wird dir nichts nützen, mir zu drohen», antwortete sie.

«Berichte, was vorgefallen ist, als du mit deinen Männern in die Kirche kamst.»

«Wir hatten zuvor überall in der Stadt nach dem geheimnisvollen Mann und seinem Buch gesucht und auch diese kleine blonde Hexe gejagt, aber sie ist uns tatsächlich entkommen.»

«Du sprichst von Johanna?», fragte Severin.

«Ja, so heißt sie wohl. Sie ist uns entwischt. Und ihre Freundin war plötzlich auch weg. Aber zu Beginn der Nacht beobachteten meine Leute Licht in der Kirche. Wir näherten uns vorsichtig, sahen den Chorraum von Kerzen erleuchtet und einen Mann, der ganz offensichtlich ein Ritual durchführte. Als er uns bemerkte, ließ er alles stehen und liegen und verschwand im Turm. Meine Leute folgten ihm, aber die Pforte war verriegelt, und es dauerte eine Weile, bis es gelang, sie aufzubrechen. Doch da war niemand mehr. Sie suchten die Umgebung rund um den Kirchplatz ab, hatten aber keinen Erfolg.»

«Willst du damit sagen», mischte sich Gregorius ein, «dass er dir entwischt ist?»

Lilith blickte ihn verächtlich an. «Dieser Mann ist klüger als Ihr glaubt. Betrachtet nur, was er hier hinterlassen hat. Die Zeichnungen am Boden. Die Ritualwerkzeuge. Severin hat völlig recht. Noch nie habe ich so etwas Vollkommenes gesehen. Wir begannen sofort damit, Aufzeichnungen zu machen. Es geht etwas Faszinierendes von all dem aus, das schwer zu beschreiben ist. Ich spüre die Macht dieser geometrischen Figuren.»

«Etwas Faszinierendes?» Severin schüttelte den Kopf.

«Das kannst du dir vielleicht nicht vorstellen», sagte sie lächelnd. «Aber allein der Anblick eines solchen Szenarios berührt mich so sehr, dass es mich erschaudert und alle Sinne angespannt sind.» Sie blickte Gregorius in die Augen. «Das kennt Ihr doch sicher auch. Ist es nicht mit dem geheimen Reiz der Folter ebenso? Den man flieht, weil man ihn sich nicht eingestehen möchte? Den man aber immer wieder zu erleben sucht, wenn man dieses Gefühl einmal erfahren hat?»

«Jetzt reicht es!», rief Gregorius barsch. «Wir sind nicht hier, um uns deinen teuflischen Wahnsinn anzuhören. Beantworte gefälligst unsere Fragen: Warum hast du den Mann ermorden lassen, der im ‹Löwen› tot aufgefunden wurde? Wir konnten dort zwei deiner Männer abfangen. Sie behaupteten, in deinem Auftrag ein Buch zu suchen.»

«Dann werden sie Euch sicher auch bestätigt haben, dass jemand anderes für den Mord verantwortlich sein muss. Schade nur, dass die beiden entdeckt wurden. Habt ihr sie umgebracht?»

Severin schüttelte den Kopf. «Du wolltest das Ritual noch einmal durchführen, nicht wahr?»

«Unfug.» Lilith schüttelte den Kopf, so dass ihr Gesicht für kurze Zeit unter ihren langen schwarzen Haaren verschwand. «Ich wollte das magische Szenario abzeichnen und beschreiben. Dabei habt ihr mich gestört und nebenbei gleich sieben meiner Leute getötet. Wahrhaft christlich, diese Inquisition. Dagegen ist der Teufel ein blutiger Anfänger.»

«Lenk nicht ab», fuhr Gregorius sie an. «Wo hast du das Buch?»

Sie wollte sich die Haare aus dem Gesicht streichen, doch da ihre Hände gebunden waren, gelang es ihr nicht. «Wir haben kein Buch gefunden», antwortete sie schließlich. «Offenbar hat der alte Mann alles auswendig gewusst. Und das Buch, aus dem er sein Wissen bezogen hat, ist noch immer verschwunden. Welch eine Schande. Ich hörte, dass er für den jungen Grafen arbeitet. Er heißt Georg Faust und ist kein Unbekannter unter den Magiern. Er hat den Auftrag, für den Grafen Gold zu machen. Und es sollte mich nicht wundern, wenn wir das Buch in den Laboratorien unterhalb der Burg finden. Der junge Graf hat übrigens eine Geliebte, eine junge Heilerin, die wiederum gut befreundet ist mit eurer Johanna. Ich könnte mir sehr gut vorstellen, dass …»

In diesem Augenblick knarrte die Kirchenpforte. Lilith hörte auf zu sprechen und blickte ins Dunkel. Zwei Gestalten kamen näher. Als sie die beiden erkannte, begann sie laut zu lachen. «Na, was hab ich Euch gesagt?»

Johanna lag fast die ganze Nacht wach. Der Trank aus Hopfen und Baldrian, den Helena zubereitet hatte, half nicht. Es war ihr, als fiele sie in einen tiefen Graben, aus dem es kein Entrinnen gab. Sie lief in ihrem kleinen Zimmer auf und ab, betrachtete durch das Fenster den abnehmenden Mond, hörte auf die Geräusche der Nacht und bemerkte zum Morgen hin, wie sich die Welt ganz allmählich belebte. Dann schlief sie zwei Stunden.

Als sie wieder erwachte, war Helena bereits auf dem Markt gewesen und hatte Brot mitgebracht. Johanna setzte sich an den großen Tisch, nahm einen Schluck Wasser.

«Ich konnte gar nichts tun», sagte sie leise. «Wenn wir doch noch etwas Zeit gehabt hätten. Es gibt viele Gifte, aber auch machtvolle Pflanzen, die dagegen ankämpfen können.»

«Du darfst dir keine Vorwürfe machen», entgegnete Helena und nahm ihre Hand. «Es war nicht mehr möglich, Alanus zu helfen. Und kein Zauber dieser Welt wird ihn aus dem Totenreich zurückholen.»

Unschlüssig blickte Johanna ins Leere. Auch Helena fand keine Worte, bis sie nach einer langen, endlosen Zeit an das erinnerte, was getan werden musste. «Lass uns zum Wirt gehen und deine Sachen holen.»

Johanna nickte nur, erhob sich langsam von der Bank, ging zur Tür und wartete, bis Helena ausgetrunken hatte.

Durch die Adlergasse kamen sie zur Kirchstraße und folgten ihr bis zum Markt. Vor dem ‹Löwen› hatte sich eine Menschenmenge versammelt.

«Was ist denn nun schon wieder?», fragte Helena, ohne von Johanna eine Antwort zu erwarten.

Zunächst wollte man sie nicht durchlassen. Der Teufel habe sich erneut gezeigt und es sei besser, draußen zu bleiben. Johanna hörte nicht auf die Warnungen, ging schlafwandlerisch an den Menschen vorbei, drängte einige zur Seite und betrat, gefolgt von Helena, die kaum Schritt halten konnte, den Schankraum.

Allein der Wirt saß hier, hatte den Kopf in die Hände gestützt und blickte auf, als die beiden hereinkamen.

«Seht bloß zu, dass ihr euch davonmacht», sagte er. «In diesem Haus ist der Teufel los. Und wer weiß. Vielleicht habt ihr auch damit zu tun.»

«Was ist geschehen?», wollte Helena wissen.

«Fremde haben das Zimmer durchsucht, in dem der Tote gefunden wurde.»

Helena nickte nur und folgte Johanna die Treppe hinauf. Sie betraten das Zimmer im zweiten Stock, schauten sich aufmerksam um, konnten aber nichts Auffälliges entdecken.

«Es will einfach nicht aufhören», sagte Johanna. «Und das alles nur wegen eines Buches.»

«Denk nicht darüber nach», sagte Helena. «Lass uns die Dinge aus deinem Zimmer holen und schnell verschwinden.»

Wenig später stiegen sie wieder die Treppe hinab, dorthin, wo der Wirt noch immer über den Tisch gebeugt lag und nicht aufschaute, als die beiden das Haus verließen. Draußen wartete schon die Menge, doch niemand hinderte sie fortzugehen.

Am Brunnen blieb Johanna stehen und wusch sich die Hände.

«Ich hatte Alanus immer gewarnt», sagte sie leise zu Helena, «ihm von meinen düsteren Ahnungen erzählt. Oft haben wir über die Gefahr gesprochen. Doch der Reiz des Buches war größer. Erst in den letzten Sekunden seines Lebens hat er verstanden …»

«Du musst ihn vergessen. Er ist den Weg gegangen, den er gehen musste. Und nun hat er dich alleingelassen. Denk jetzt an dein eigenes Leben. Du kannst hier bleiben, bei mir, wenn du möchtest.» Helena nahm erst ihre Hand und umarmte sie dann.

«Danke», flüsterte Johanna nur.

Als sie weitergingen und am ‹Adler› vorbeikamen, liefen ihnen Kinder entgegen, die ganz aufgeregt waren.

«Zwei Tote liegen vor der Kirche!», riefen sie laut.

«Nicht dorthin», sagte Helena und wollte Johanna beiseiteziehen, doch die ließ sich nicht beirren und ging weiter die Kirchstraße entlang.

Tatsächlich, auf dem Kirchhof lagen zwei Männer in einer großen Blutlache. Geräusche drangen aus dem Gebäude, denn die Pforte stand weit offen. Johanna überlegte nicht lange, ging hinein, und Helena blieb nichts anderes übrig, als ihr zu folgen.

Zunächst schien alles dunkel. Nur der Chorraum war schwach erleuchtet. Johanna stolperte über etwas und erkannte schemenhaft einen Mann, der am Boden lag, dann weitere, und erst jetzt verstand sie, dass es sich um Tote handelte. Ein Gemetzel musste hier stattgefunden haben.

Als Johanna zum Altar blickte, erkannte sie Lilith, Gregorius, ein halbes Dutzend Bewaffnete und einen Mann, den sie hier ganz und gar nicht erwartet hatte.

«Severin!», rief sie und wollte auf ihn zu laufen, als plötzlich jemand nach ihr griff und sie festhielt.

Gregorius hatte kurzerhand beschlossen, die beiden in den Westturm bringen zu lassen. Severin war bemüht gewesen, das zu verhindern, aber alle Versuche erwiesen sich als vergeblich. Johanna und Helena seien schließlich verdächtig und müssten verhört werden. Gregorius würde das persönlich tun und die Befragung Liliths Severin überlassen.

Während sie die wenigen Meter zur Stadtmauer zurücklegten, bemerkte Johanna, dass Severin weiter auf Gregorius einredete. Dann wurde sie durch die Pforte des Turms gebracht und eine Treppe hinab in den Keller gezerrt. Helena erging es ebenso. Die Wachen ketteten sie mit den Handgelenken an die Wand. Dann ließ man die beiden allein.

«Es tut mit leid», flüsterte Johanna.

Helena sagte zunächst nichts, doch dann konnte sie sich nicht mehr zurückhalten. «Weißt du eigentlich, in was du uns da verwickelt hast?»

In diesem Moment wurde die Tür geöffnet und zwei Wachen kamen herein, gemeinsam mit Gregorius.

«Ihr wisst, was euch droht», begann er und zeigte auf die Gerätschaften, die im Raum standen. Erst jetzt, im Fackelschein, sah Johanna die Streckbank, Seile, die von der Wand hingen, verschieden große Schraubklötze auf einem Tisch und die Spanischen Stiefel. Einiges kannte sie bereits. Die Funktion der anderen Werkzeuge konnte sie sich vorstellen.

«Wir haben nichts verbrochen», sagte sie. «Lasst uns frei.»

«Lilith sieht das anders», bekam sie zur Antwort.

«Lilith lügt.»

Gregorius wandte sich an Helena. «Und lügt sie auch, wenn sie sagt, dass du die Geliebte des Grafen bist? Und Georg Faust in seinen Diensten steht?»

Helena zögerte, bevor sie antwortete. «Sie hat vergessen zu sagen, dass sie selbst einmal die Geliebte des Grafen war. Bis er mich kennen lernte.»

«Was wisst ihr über Faust, über das, was in den Gemäuern unter dem Berg geschieht, und das Buch, das wir suchen?»

«Faust ist beim Grafen angestellt», antwortete Johanna. «Ich hielt ihn zunächst für harmlos und freundlich, aber er hat Alanus getötet. Es geschah, als sich beide über ein Buch unterhalten haben. Vielleicht ist es das gewesen, wonach alle suchen. Vielleicht auch nicht. Ich weiß es nicht. Aber Menschen werden dafür umgebracht und wir beide hier sinnlos verhört. Wir haben damit nichts zu tun.»

«Alanus tot? Und du hast das Buch gesehen?»

«Wenn es ein solches Buch wirklich gibt, dann hat Faust es im Laboratorium in einen Korb gelegt.»

«Und das soll ich dir glauben?»

«Glaubt, was Ihr wollt.» Johannas Mut kehrte zurück. «Prüft doch nach, was ich sage. Was hindert Euch daran? Nehmt es und vernichtet es, damit es nicht noch mehr Unheil anrichtet.»

Gregorius schaute sie verblüfft an. «Ja, das werde ich tun», sagte er. «Du sagst, Alanus ist tot?»

«Er wurde vergiftet.»

«Und du hast es mit eigenen Augen gesehen?»

«Wir waren Alanus durch die unterirdischen Gänge gefolgt, hatten aber nicht die Möglichkeit einzugreifen.»

Plötzlich schlug es gegen die Pforte. Gregorius drehte sich um und gab den Wachen Befehl zu öffnen. Der junge Graf trat herein, und als er sah, dass Helena und Johanna an die Wand gekettet waren, ging er wütend auf jenen Mann zu, der das Verhör leitete.

«Was macht Ihr hier?», rief er. «Lasst die beiden sofort frei!»

«Beruhigt Euch. Ihr stört ein Verfahren der heiligen Inquisition. Wer seid Ihr überhaupt?»

Einer der Wächter flüsterte Gregorius etwas ins Ohr.

«Entschuldigt, Graf», sagte der. «Ich konnte nicht ahnen, dass Ihr uns hier im Westturm aufsuchen würdet.»

«Was soll das?», bekam er zur Antwort. «Warum werden die beiden verhört?»

«Es geht um Hexerei und Mord.»

«Hexerei? Die gibt es hier nicht. Und wenn Ihr damit die alchemistischen Experimente meint, so bin ich selbst dafür verantwortlich. Ist es richtig, dass Georg Faust aus der Stadt geflohen ist?»

«Das halte ich durchaus für wahrscheinlich», sagte Gregorius.

«Schlimm genug. Damit sind all meine Bemühungen umsonst gewesen. Und warum ist Helena hier?»

«Wir untersuchen verschiedene Dinge von großer Bedeutung. Ich kann sie nicht freilassen. Aber da Ihr nun einmal hier seid, können wir die Aussage der beiden überprüfen. Lasst uns das Laboratorium aufsuchen.»

«Zu welchem Zweck?»

«Dort vermuten wir ein Buch. Und werden einen Toten finden, den Faust auf dem Gewissen hat.»

«Faust hat niemanden auf dem Gewissen», erwiderte der Graf.

«Dann solltet Ihr uns unbedingt ins Labor begleiten und Euch die Leiche des Alanus von Buchholz anschauen.»

«Der Mönch?»

«So ist es. Einer meiner fähigsten Männer.»

Der Graf begann laut zu lachen. «Ich darf Euch beruhigen», sagte er spöttisch. «Euer Alanus ist sehr lebendig. Ich habe ihn dabei überrascht, wie er in meinem Labor ein Pergament Fausts studierte. Da er mir glaubhaft machen konnte, dass er im Dienste der Inquisition steht, habe ich ihn gewähren lassen.»

«Bist du sicher?», fragte Helena völlig verblüfft. «Alanus ist tot. Er liegt unmittelbar am fünfeckigen Tisch. Wir waren Zeuge, wie er von Faust umgebracht wurde. Danach sind wir zu ihm gelaufen. Er konnte nicht mehr viel sagen. Und nachdem er zusammengebrochen ist, habe ich keinen Puls mehr fühlen können. Glaub mir, der Mann ist tot!»

Der Graf schaute sie betroffen an. «Du hast dich getäuscht», sagte er leise. «Vielleicht war es ein Zauber. Im Labor gibt es keinen Toten. Der Mönch lebt.»

Johanna hatte die ganze Zeit zugehört und kein Wort gesagt. Jetzt spürte sie, wie sich vor ihren Augen alles zu drehen begann. Dann wurde es schwarz.

... der ich das Licht mache und schaffe die Finsternis, der ich Frieden mache und schaffe das Übel. Ich bin der Herr, der solches alles tut.

JES. 45, 7

KAPITEL 17

ALS SEVERIN DAS OBERE VERLIES des Westturms betrat, hatten die Wachen Lilith bereits in Ketten gelegt.

«Macht sie los», befahl er ihnen.

Die drei Männer sahen ihn zweifelnd an, taten aber, was er angeordnet hatte.

«Bleibt zur Sicherheit vor der Tür. Sie kann nicht fliehen.»

Severin stellte einen zweiten Stuhl in den Raum, aber Lilith setzte sich auf den Boden, zog die Beine an, legte ihren Kopf auf die Knie und verbarg das Gesicht unter ihrem schwarzen Haar.

«Du hast nicht die Wahrheit gesagt», begann Severin, als die Wachen den Raum verlassen hatten. «Gregorius kennt dich nicht. Aber ich schon. Du kannst mir nichts vormachen.»

Lilith blieb bewegungslos.

«Wer hat Kobelius getötet? Und wo ist das Buch? Ich weiß, dass du es hast.»

Seine Worte blieben ohne Wirkung. Lilith regte sich nicht.

Severin dachte einen Augenblick nach. «Sei vernünftig», sagte er dann mit ruhiger, versöhnlicher Stimme. «Nach dem, was du getan hast, kannst du froh sein, hier lebendig davon zu kommen. Gregorius ist einer von denen, die auch tun, was sie sagen. Er wird dich nicht verschonen.»

Lilith richtete sich auf und das Haar fiel ihr die Schultern herab. «Ist das alles, was du mir mitzuteilen hast?», fragte sie und sah ihn verächtlich an. «Hast du vergessen, wie es mit uns war? Vor einigen Wochen? In Oppenheim? Ich erinnere mich noch genau, wie du es genossen hast. Diese eine Nacht, die wieder so war wie damals, als unsere Liebe gerade begonnen hatte. Aber was sage ich. War es jemals Liebe? Erklär mir das. Was tust du hier?»

«Du hast Menschen auf dem Gewissen und bist jetzt in den Fängen der Inquisition. Was erwartest du? Dass ich dich hier einfach herausmarschieren lasse und Gregorius mitteile, es wäre nichts geschehen?»

Lilith sah ihn an. «Nein, Severin von Sponheim, es war wohl keine Liebe, denn schließlich hast du mich damals sitzen lassen, obwohl ich zu dir gestanden hätte. Aber du warst zu feige. Das weißt du ganz genau.»

«Hör auf mit diesen Geschichten», erwiderte Severin gereizt. «Es war nicht so, wie du sagst. Und es hat nichts mit dem zu tun, was vor einigen Wochen in Oppenheim geschehen ist und jetzt hier in Staufen.»

«Das hat es wohl. Und ich glaube, du hast das längst bemerkt und willst es dir nur selbst nicht eingestehen.»

«Was denkst du eigentlich?», fragte Severin zunehmend ungeduldiger. «Wenn du möchtest, dass ich dich hier heraushole, musst du mir sagen, wer Kobelius ermordet hat. Und ich kenne dich gut genug, um zu bemerken, dass du Gregorius angelogen hast, als du über das Buch sprachst.»

«Du kennst mich gut genug?» Lilith lachte auf. «Nichts weißt du! Gar nichts! Und bemerkst nicht die einfachsten Dinge. Hast du sie nicht erkannt? Sie besitzt deine Augen. Wie kann man nur so blind sein.»

Severin war verwirrt, wusste für einen Augenblick nichts zu sagen. Ja, er hatte eine Vermutung gehabt, damals in Oppenheim, aber es war keine Zeit gewesen, weiter darüber nachzudenken.

«Und?», fragte Lilith, die ihn genau beobachtet hatte. «Kommen die Bilder wieder in dein Gedächtnis zurück?»

Severin blickte zu Boden. «Das kleine Mädchen …», sagte er nur und machte sich erstmals bewusst, dass seine Ahnung ihn wohl nicht getrogen hatte.

«Milena», sagte Lilith nur und hielt einen Moment inne. «Du hast deine eigene Tochter als Geisel genommen. Damals in Oppenheim. Um Johanna und Alanus freizupressen.»

Severin schwieg, erhob sich und ging einige Schritte durch den Raum, um seine Gedanken zu ordnen. Es gab also noch eine Geschichte, eine, die er nicht kannte. Schon mehrmals hatte ihn die Vergangenheit eingeholt, aber hier, im Verlies, im Westturm der Stadtmauer von Staufen, traf sie ihn völlig unvorbereitet. Es dauerte einen Augenblick, bis ihm klar wurde, dass er die Mutter seiner Tochter verhörte. Trotz all der Abneigung, die in ihm seit den Tagen in Oppenheim gegen Lilith gewachsen war, konnte er diese eigentümliche Wendung seines Lebens nicht als ungeschehen betrachten. Er spürte, dass Lilith ihn ansah, auf eine Antwort wartete, doch wie sollte eine Antwort aussehen? Kurz kam in ihm der Gedanke auf, das Verhör an Gregorius abzugeben, aber das wäre feige gewesen und würde für Lilith den Tod bedeuten. Doch was immer ihn mit ihr verbunden hatte, da waren ihre Taten, grausam und menschenverachtend, und da war sein Auftrag, den er trotz allem nicht vergessen durfte. Zu wichtig war es, die Welt vor diesem Buch zu bewahren.

«Hat es dir die Sprache verschlagen?», holte Lilith ihn in die Wirklichkeit zurück.

«Ich habe nichts davon gewusst», sagte er.

«O ja, das glaube ich dir sogar. Dein Fehler war auch ein anderer: Du hast mich sitzen lassen.»

«Es gab damals keine Zukunft für uns.»

«Weil du sie nicht wolltest.»

«Unsinn. Dein Mann hätte dich nie gehen lassen. Und mich hätten sie ins Verlies geworfen und vielleicht getötet.»

«Ich wäre mit dir gegangen.»

«Das wärst du nicht. Du hast den Wohlstand deines Mannes immer geschätzt. Das war der eigentliche Grund dafür, dass du Krakau verlassen hast und mit ihm nach Oppenheim gegangen bist. Diesen Wohlstand hätte ich dir nicht annähernd bieten können. Du wärst mit mir auf der Straße gewesen. Kennst du ein solches Leben? Hättest du es gewollt?»

Nun war es Lilith, die schwieg. «Es wäre auf einen Versuch angekommen», sagte sie schließlich.

Plötzlich wurde die Pforte geöffnet, und einer der Wachleute schaute herein.

«Gregorius möchte Euch sprechen.»

«Einen Moment noch», erwiderte Severin und machte ihm ein Zeichen hinauszugehen. Dann wandte er sich wieder an Lilith. «Du hast eine Tochter bekommen. Vor fünf Jahren. Wie hat dein Mann reagiert?»

«Er glaubte, sie wäre von ihm. Auch Milena weiß selbstverständlich nichts von all dem. Doch als wir sie aus dem Kloster holten, wo du sie als Geisel festgehalten hattest, fragte sie nach dir. Sie war auf dich aufmerksam geworden.»

«Dein Mann weiß vom Schlangenorden?»

«Er lässt mich gewähren, solange ich bei ihm bleibe.»

«Aber du bist nicht glücklich.»

«Nein, seit damals war ich es nicht. Ich habe dich immer geliebt. Aber du warst fort. So begann ich die Macht zu lieben, das Abenteuer und das gefährliche Spiel. Es kann sehr reizvoll sein.»

«Das ist kein Spiel. Dafür sind schon zu viele Menschen gestorben.»

Lilith schwieg. Fast schien es Severin, als wüsste sie selbst nicht, wie es mit ihr weitergehen sollte.

«Du hast nur eine Zukunft», sagte er, «wenn du dich auf ein anderes Spiel einlässt.»

«Wie meinst du das?»

«Ich möchte wissen, wer Kobelius ermordet hat. Und du musst mir das Buch geben. Als Gregorius dich verhörte, war mir schnell klar, dass du ihn an der Nase herumgeführt hast. Gib es heraus und ich sorge dafür, dass du freikommst.»

Lilith hatte ihm aufmerksam zugehört. «Und welches Spiel spielst du, Severin von Sponheim?», fragte sie jetzt mit ruhiger Stimme. «Auch ich kenne dich gut und ich spüre, dass es nicht das Spiel des Gregorius und nicht das des Alanus ist.»

Er schaute sie an und nickte. «Du hast nichts von deiner Klugheit eingebüßt. Aber ich kann es dir nicht sagen. Und es soll dir egal sein. Wichtig ist nur die Frage, ob du mein Spiel mitspielst.»

«Gut», sagte sie und lächelte. «Ein Buch für die Freiheit. Es wäre das erste Mal, dass diese Seiten etwas Gutes bewirken.»

«Diese Seiten?»

«Ja. Wir alle dachten, es wäre ein Buch. Es sind nur wenige Seiten aus einem Codex.»

«Wo hast du sie?», fragte Severin

«Stehst du zu unserem Spiel?» Lilith schaute ihn herausfordernd an, so wie er es viele Male mit ihr erlebt hatte.

Er nickte nur.

«Dann lass uns gehen.»

Auf dem Weg erzählte sie ihm, dass Kobelius den jungen Grafen erpresst habe, ohne Wissen des Ordens. Offenbar hatte er damit gedroht, über die Geschehnisse im unterirdischen Laboratorium Gerüchte in die Welt zu setzen und auch die Inquisition in die Sache einzuweihen.

«Ich glaube, der junge Graf hat ihn umbringen lassen», meinte Lilith schließlich, als sie St. Martin erreicht hatten.

«Kannst du es beweisen?»

«Ich habe nur von der Erpressung erfahren. Aber du darfst mir glauben, dass es nicht meine Leute waren, die Kobelius töteten. Wir hatten keine Veranlassung dazu.»

Severin nickte.

Als sie den Kirchplatz erreichten, befahl Severin den Männern, an der Kirchpforte zu warten, und betrat mit Lilith das Gebäude. Sie gingen durch das Mittelschiff zum Chorraum. Am Boden waren noch immer magische Zeichen zu erkennen, aber das meiste hatte man beseitigt, und auch die Ritualwerkzeuge waren verschwunden.

«Zeig mir, wo du die Dokumente versteckt hast!»

Lilith lächelte und schaute auf die Figur eines Heiligen, die in der Nische rechts vom Altar stand. «Er ist hohl», sagte sie nur.

Severin erkannte den heiligen Martin, lebensgroß, in Holz gearbeitet und bemalt, drückte ihn mit der bloßen Hand etwas zur Seite und stellte fest, dass die Figur bei weitem nicht so schwer war, wie sie wirkte. Es gelang ihm, den Heiligen umzukippen, aufzufangen und festzuhalten. Dabei fiel etwas zu Boden. Severin stellte die Figur vorsichtig zurück, hob die Pergamente auf, ging zum Altar und breitete sie aus.

Unglaublich, schoss es ihm durch den Kopf, als er auf die erste Seite blickte. Sofort bemerkte er die Präzision und den gleichmäßigen Fluss der Buchstaben, fuhr mit dem kleinen Finger seitlich über das Blatt, überzeugte sich so von der hohen Qualität des Materials, legte es beiseite, und ein weiteres, ebenso kunstvolles Pergament kam zum Vorschein. Severin fand darauf Tafeln, Kombinationen astrologischer und alchemistischer Symbole und erläuternde Texte. Mit jeder Seite, die er nun sah, wurde ihm deutlicher, dass dies ein einzigartiges Dokument war.

«Bist du zufrieden?», fragte Lilith.

Severin nickte und betrachtete weiter das Pergament, das vor ihm lag.

«Was wirst du damit tun? Ich bin mir sicher, dass du andere Pläne verfolgst als Gregorius.»

Er drehte sich um und bemerkte, dass sie ihn auf jene seltsame Weise ansah, wie er es sonst nur bei Johanna erlebt hatte.

«Gregorius will das Dokument vernichten. Er handelt im Auftrag der Inquisition. Mein Auftrag lautet anders. Der Vatikan selbst hat Interesse an diesen Seiten. Du weißt, was sie wert sind und welche Macht sie besitzen. Es gibt eine Kongregation, die dieses Buch studieren wird. Der Heilige Vater selbst hat es so angeordnet.»

«Was haben sie damit vor?»

«Das Pergament verrät etwas über Luzifer. Und es verleiht Macht. Mehr darf ich dir dazu nicht sagen. Aber den Rest kannst du dir vielleicht denken. Du weißt ohnehin zu viel.»

«Wirst du mich jetzt umbringen?»

Severin schaute sie überrascht an und schüttelte den Kopf. «Nie könnte ich dich umbringen. Dafür warst du mir zu nahe.»

Sie schaute zu Boden.

«Aber eines muss dir klar sein», fuhr er fort. «Du hast diese Dokumente nie besessen. Du weißt nicht, wer sie jetzt besitzt. Du weißt nicht einmal, dass es sie je gegeben hat.»

Lilith blickte erstaunt auf.

«Und das ist nicht einfach so dahergesagt. Denn andernfalls kann ich nicht mehr für dein Leben garantieren.»

Wenig später waren sie auf den Kirchplatz zurückgekehrt. Die Wachen hatten Lilith von den Fesseln befreit. Als Severin befahl, eines der Pferde bereit zu machen und mit Proviant zu versehen, schauten sie ihn ungläubig an, folgten aber seiner Anordnung.

«Du musst sofort aufbrechen», sagte er. «Ich werde Gregorius nicht lange hinhalten können. Reite nicht über Freiburg. Da werden sie dich als Erstes vermuten. Versuch, den Rhein auf direktem Weg zu erreichen und setz auf die andere Seite über.»

Lilith nickte. «Und du?», fragte sie.

«Mach dir keine Sorgen.» Severin versuchte zu lächeln. «Ich stehe unter dem Schutz der heiligen Kirche.»

Einer der Männer kam herbei und meldete, dass alles bereit sei.

«Ich hoffe, deine Kirche lässt dich nicht im Stich», sagte Lilith, umarmte ihn und schaute ihm ein letztes Mal in die Augen, auf eine Weise, die Severin für einen Augenblick glauben ließ, eine unbekannte Macht würde auf ihn übergehen.

Als sie mit den drei Männern davonritt, die sie zum Nordtor begleiten sollten, stand er noch immer auf dem Platz und sah ihr nach, unfähig, seine Gefühle zu ordnen. Würde er sie wiedersehen? Würde er Milena noch einmal begegnen?

Doch nun galt es zu handeln, die Stadt schnell zu verlassen, bevor Gregorius irgendeinen Verdacht schöpfte.

Gregorius wollte nicht länger auf Severin warten und forderte den jungen Grafen auf, ihn und die Bewaffneten in das Laboratorium zu führen, damit er sich davon überzeugen konnte, dass die beiden Frauen die Wahrheit gesagt hatten. Die Gruppe musste quer durch die Stadt gehen und spätestens am Markt erregte sie großes Aufsehen. Neugierig und verängstigt zugleich blickten ihnen die Menschen nach.

Nachdem sie das Nordtor passiert hatten, folgten sie eine Weile der Straße. Gregorius und seine Leute staunten nicht schlecht, als es quer über das Feld ging, bis sie schließlich einen Brunnen erreichten, der zu den unterirdischen Geheimgängen führen sollte. Der Graf versicherte ihnen, dass dies der schnellste Weg zum Laboratorium sei. Er stieg als Erster hinab, wartete, bis ihm alle nachgefolgt waren, entzündete eine Fackel und ging voran.

Nachdem sie etwa die Hälfte der Strecke zurückgelegt hatten, deutete Gregorius auf einen Schacht, der nach rechts in die Finsternis führte.

«Wohin geht es hier?», wollte er wissen.

«Dieser Weg führt ins Innere des Berges», bekam er zur Antwort. «Früher wurde hier Silber abgebaut. Es ist ein Labyrinth, in das sich heute niemand mehr wagt, denn die Stollen können einstürzen. Folgt mir hier entlang.»

Kurze Zeit später erreichten sie die kleine Höhle, liefen eilig die Steintreppe hinauf und waren außer Atem, als sie endlich im Laboratorium standen.

Das Erste, was Gregorius bemerkte, waren die Apparaturen. Er verstand nicht viel von diesen Dingen, aber noch nie hatte er Glasbehälter solcher Größe gesehen, und für einen Moment war er von den vielen verschiedenartigen Flüssigkeiten so beeindruckt, dass er den Mann nicht bemerkte, der im Hintergrund an einem großen Tisch stand und ihn erwartungsvoll anblickte.

«Welch eine Überraschung», hörte Gregorius jemanden sagen und schaute auf.

«Alanus», antwortete er. «Ihr hier. In Staufen hat man mich für kurze Zeit glauben lassen, Ihr währet tot.»

«Faust hat mich mit Gift in eine Ohnmacht fallen lassen, um sich ungestört davonmachen zu können. Aber er ließ etwas Wesentliches zurück. Schaut einmal.»

Langsam ging Gregorius auf den großen Tisch zu, dessen Oberfläche die Form eines Pentagramms besaß, stellte sich neben Alanus und blickte fassungslos auf das, was vor ihm ausgebreitet lag.

«Ist es das?», fragte er.

«Ja. Das ist es. Ihr werdet Euch sicherlich wundern. Wir haben immer nach einem Buch gesucht. Doch es sind nur wenige Seiten. Aber wie Ihr seht, sind sie von ungewöhnlicher Größe. Und ich darf Euch vergewissern, dass auch ihr Inhalt von außerordentlicher Bedeutung ist.»

«Könnt Ihr sagen, woher Faust diese Pergamente hat?»

Alanus nickte. «Er hat sie dem Codex Gigas entrissen, dem größten Buch, das je verfasst worden ist. Eine Sammlung allen Wissens dieser Welt, das sich im Kloster Broumov befindet.»

«Und? Was steht auf diesen Seiten?»

«Es ist, wie Ihr befürchtet habt.»

«Bitte etwas genauer», drängte Gregorius ungeduldig.

«Dies ist eine Anleitung zur Anrufung Luzifers. Glaubt mir, ich habe in letzter Zeit viele magische Schriften kennen gelernt, doch nie so etwas. Diese Seiten sind von einem Meister der Magie verfasst worden. Oder von Luzifer höchstpersönlich. Das beschriebene Ritual ist mächtig. Ich habe nicht den geringsten Grund, daran zu zweifeln, dass es seinen Zweck erfüllt.»

Für einen Augenblick verschlug es Gregorius die Sprache. «Dann haben wir es also tatsächlich geschafft», sagte er langsam.

«Eure Taktik ist aufgegangen», bestätigte Alanus. «Ihr seid im Besitz der gefährlichsten Schrift, die man sich nur ausmalen kann.»

«Richtig. Aber noch fehlt uns Faust. Es ist ihm geglückt, aus Staufen zu fliehen, nachdem man ihn bei der Durchführung dieses Rituals ertappt hatte.»

«Das ist ärgerlich», stellte Alanus fest. «Aber ohne diese Pergamente wird ihm die Evokation Luzifers nicht gelingen.»

«Entschuldigt», unterbrach ihn der Graf. «Wie Ihr feststellen konntet, haben Helena und Johanna die Wahrheit gesagt. Dass Alanus ohnmächtig und nicht tot war, konnten sie nicht wissen. Es wäre an der Zeit, sie freizulassen.»

«Ja, Ihr habt recht.» Gregorius gab einem seiner Männer Anweisungen und widmete sich dann wieder den Pergamenten. «Welch ein Erfolg.»

«Die heilige Inquisition wird sehr zufrieden sein», ergänzte Alanus.

«Ja. Zumal es uns auch gelungen ist, den Orden zu zerschlagen. Ihr erinnert Euch vielleicht an jene Lilith, die uns schon in Oppenheim zu schaffen gemacht hat. Wir konnten sie und ihre Männer überraschen und festnehmen. Severin leitet das Verhör. Ich bin sicher, er wird noch einiges ans Tageslicht bringen.»

«Da kann man Euch nur beglückwünschen.»

«Die Ehre ist auch auf Eurer Seite, Alanus. Ihr habt Wesentliches zu diesem Erfolg beigetragen. Ich darf wohl auch ohne Rücksprache mit dem heiligen Officium sagen, dass Eurer Rehabilitation nichts mehr im Wege steht. Im Gegenteil: Ich kann mir vorstellen, dass Ihr eine große Zukunft haben werdet.»

«Ich danke Euch», sagte Alanus und deutete eine Verbeugung an.

«Dann lasst uns die Pergamente einrollen», fuhr Gregorius fort. «Ich werde sie vorerst an mich nehmen. Bleibt nur noch die Suche nach Faust.»

«Vielleicht ist es gar nicht nötig, weiter nach ihm zu suchen», unterbrach ihn der Graf. «Ohne dieses Dokument ist er ungefährlich. Es muss nur sichergestellt werden, dass er sich nicht weiterhin mit Magie und Alchemie beschäftigt, was ich übrigens außerordentlich bedauern würde.»

«Wie wollt Ihr es erreichen, dass Faust dies nicht mehr tut?», fragte Gregorius.

«Indem wir ihn für tot erklären. Dann kommt niemand mehr auf den Gedanken, nach ihm Ausschau zu halten und ihn in seine Dienste zu nehmen. Den Mann gibt es einfach nicht mehr.»

Alanus hatte aufmerksam zugehört. «Aber all das muss auch glaubwürdig sein.»

«Ihr wisst, dass im ‹Löwen› ein Unbekannter auf bestialische Weise ermordet wurde. Die Leute glauben, es wäre der

Teufel höchstpersönlich gewesen, der ihn so zugerichtet hat. Warum nicht behaupten, dass Faust es gewesen ist, der von Luzifer überwältigt oder von Gott für die finsteren Machenschaften bestraft wurde, die er betrieben hat?»

Gregorius nickte. «Ich werde darüber nachdenken», sagte er und blickte wieder zu dem großen Tisch.

Alanus hatte damit begonnen, die Pergamente übereinander zu legen, damit es möglich war, sie gemeinsam aufzurollen. Noch einmal betrachtete er die letzte Seite, und ein unmerkliches Lächeln ging ihm über das Gesicht.

Der Schlaf hatte Johanna überwältigt. Da war nur Finsternis, nichts, woran ihr innerer Blick einen Halt finden konnte. Doch als das gewöhnliche Bewusstsein von ihr abfiel, sah sie in einen Tunnel aus gedämpften Farben, die in Linien davonzogen, um sich weit entfernt in einem unbekannten Horizont aufzulösen. Ihr Licht schien wie von einem Sog geleitet. Plötzlich erblickte sie Wesen, die sich auf diesen Linien bewegten. Erst konnte sie nichts unterscheiden, aber dann bemerkte sie den Wolfshund, der von einer Farblinie auf die andere wechselte und sie anschaute, als wolle er, dass sie zu ihm komme. Auch meinte sie in der Ferne Faust zu erkennen. Er winkte ihr. Seine Gestalt war hell, und Johanna spürte, dass es nicht richtig war, Hass gegen ihn zu empfinden, denn seine Seele leuchtete rein und leicht, als hätte sie ihren Frieden gefunden. Noch einmal sah sie den Wolfshund, der sich aufrichtete, menschliche Gestalt annahm und langsam dem Ende des Tunnels entgegenschritt. Hunderte von Wesen folgten ihm entlang der Lichtlinien. Doch nirgends fand sie Alanus. In der Ferne wandte sich eines der unzähligen Wesen um. Sie sah das Gesicht einer alten Frau, erkannte sie sofort wieder, wollte zu ihr laufen, aber da war etwas, das sie nicht gehen ließ.

Dann spürte sie einen Schlag ins Gesicht, und als sie vorsichtig die Augen öffnete, wurde sie vom Licht einer Kerze geblendet. Helena hatte sich über sie gebeugt.

Es dauerte eine Weile, bis Johanna verstand, dass sie sich in dem kleinen Zimmer befand, dessen Fensterläden zur Spitalgasse geöffnet waren. Von fern hörte sie den Ruf eines Nachtvogels. Sie schaute hinaus zu den Wolken, deren Konturen sich vor dem Mondlicht abzeichneten, und konnte keinen klaren Gedanken fassen. Schließlich fiel ihr alles wieder ein: Alanus sollte noch am Leben sein. Und das Buch gefunden haben, nach dem sie so lange gesucht hatten. Johanna konnte es kaum glauben. Als sie die Nachricht gehört hatte, wollte sie sofort zu ihm. Aber Helena hatte sie zurückgehalten und ihr berichtet, dass Alanus seit einem Gespräch mit Gregorius spurlos verschwunden sei. Hatte man ihn gefangen genommen? War er untergetaucht, um sich vor der Inquisition in Sicherheit zu bringen?

Johanna erinnerte sich: Fast ein halbes Jahr war sie jetzt unterwegs, rastlos, ohne Heimat, aber doch fast immer mit dem Gefühl, nicht allein zu sein. Sie ahnte, dass es nie wieder so sein würde. Und obgleich sie gelernt hatte, auf ihre eigenen Kräfte zu bauen und darauf zu vertrauen, dass die Götter ihr wohlgesinnt waren und für glückliche Wendungen sorgten, fiel sie nun in eine tiefe Traurigkeit. Sie spürte nicht mehr die Angst, die Sorge, das Verlassensein, den Schmerz. Sie bemerkte nicht einmal, dass Helena sie einen Moment verlassen hatte, um Wasser zu holen. Erst als sie zurückkehrte, richtete Johanna sich auf.

«Wo bist du?», fragte Helena und nahm ihre Hand. «Es ist gut. Gregorius wird uns nicht weiter belästigen. Er musste sich bei dem jungen Grafen entschuldigen. Wir sind frei.»

«Frei», wiederholte Johanna und nickte.

«Sei nicht betrübt. Du bist jetzt in Sicherheit. Wenn es dir gefällt, kannst du bleiben. So lange du magst.»

«Danke. Es ist nur …» Sie wartete einen Augenblick, bis sie die richtigen Worte fand. «Nichts ist mir geblieben …», sagte sie und schwieg.

«Du kannst das Geschehene nicht rückgängig machen», meinte Helena ruhig, «und es ist sinnlos, auf Alanus zu warten. Aber du bist stark genug, allein zu leben.»

Johanna schüttelte den Kopf. «Ich muss doch irgendwo hingehören. Irgendetwas haben, das mich hält.»

«Du wirst es finden, da bin ich sicher. Du bist noch so jung. Lass deinem Schicksal etwas Zeit.» Helena gab Johanna den Becher mit Wasser und hielt weiter ihre Hand. Durch das Fenster sahen sie, wie die Wolken am Horizont kaum merklich weiterzogen.

Severin war in den Chorraum der Kirche zurückgekehrt. Über den Altar gebeugt betrachtete er die vor ihm ausgebreiteten Pergamente und bemerkte nicht, wie sich ihm jemand leise näherte.

«Du hast es also gefunden», hörte er plötzlich eine Stimme hinter sich. Severin fuhr zusammen.

«Erschrick nicht», sagte jener Mann, der nun aus dem Dunkeln trat und ihn anlächelte. «Ich bin es wirklich.»

«Alanus», entfuhr es Severin. «Also stimmt es nicht, was Helena und Johanna behauptet haben. Welch ein Glück.»

«Faust hat mich mit einem Gift bewusstlos gemacht. Aber er scheint nicht weit gekommen zu sein. Hast du das Buch gefunden? Ist es das?»

Beide betrachteten die Pergamente, die auf dem Altar ausgebreitet lagen.

«Es ist kein Buch», erklärte Severin. «Nur einige Seiten. Noch nie habe ich so etwas Vollkommenes gesehen. Sieh nur die gleichmäßige Schrift, die Zeichnungen, die Tafeln. Es ist tatsächlich die Beschreibung eines Rituals. Wie wir es vermutet haben.»

Alanus fuhr mit der Hand über das Pergament und betrachtete es im Licht der Kerzen. «Dafür nun sind so viele Menschen gestorben.»

«Ja. Das ist schrecklich. Deshalb muss es verschwinden. In die Hände von Männern, die innerlich gefestigt sind.»

«Nein. Wir müssen es vernichten. Gregorius hat ganz recht.»

Severin schüttelte den Kopf. «Du willst ein solches Meisterwerk zerstören?»

«Es bringt den Tod. Es muss für immer verschwinden.»

«Das geht nicht.»

Alanus sah ihn fragend an. «Warum nicht?»

«Es gibt etwas, das du nicht weißt», sagte Severin. «All die Wochen durfte ich nicht darüber sprechen und bedaure es sehr, dass ich dir gegenüber nicht ehrlich sein konnte.»

«Mir war von Beginn an klar, dass du mich im Auftrag der Inquisition begleitest», erwiderte Alanus.

«Du irrst. Gregorius glaubt bis heute, dass er für mich damals die Freiheit erwirkt hat. Aber es waren andere, die unmerklich dafür sorgten, dass ich vor Folter und Tod bewahrt wurde.»

«Andere? Ich verstehe nicht.»

«Der Heilige Stuhl misstraut Gregorius. Die Inquisition ist zu einer Kraft geworden, die längst eigenständig handelt. Dem muss man entgegenwirken. Jene Männer, die mich beauftragten, wollen das Buch nicht vernichten. Sie möchten es studieren, um mehr über die dunklen Mächte zu erfahren.»

Alanus hatte gebannt zugehört. «Glaubst du wirklich, dass diese Leute stark genug sind, dem Reiz der Pergamente zu widerstehen? Willst du, dass das Morden weitergeht? Diesen Irrsinn kann man nur beenden, indem man seine Ursache vernichtet.»

Severin schüttelte den Kopf. «Ich werde nach Rom reisen und in dieser Zeit die Möglichkeit haben, alles genau zu lesen und jenes Ritual zu verstehen, das Faust in der Nacht durchführen wollte. Reizt es dich nicht auch, zu den Auserwählten zu gehören und mehr zu wissen?»

«Das ist vorbei. Ich habe jedes Interesse daran verloren. Lieber fliehe ich ans Ende der Welt, um endlich zu Gott zurückzufinden. Johanna hat recht behalten und es immer schon geahnt. Diese Seiten haben den Tod vieler Menschen verursacht, und wer sie in Händen hat, bewirkt Unheil. Niemand darf mehr die Möglichkeit haben, Luzifer zu beschwören.»

«Willst du mich daran hindern, die Pergamente nach Rom zu bringen?»

Alanus schüttelte den Kopf. «Ich will dich vor Unheil bewahren. Wir kennen die Faszination, die von diesem Werk ausgeht. Es ist ein reizvoller Gedanke, zu den Auserwählten zu gehören, die Möglichkeit zu haben, in unbekannte Bereiche vorzudringen. Immer wieder hat es Menschen gegeben, die bereit waren, Gefahren auf sich zu nehmen, um Neues zu entdecken. Aber was, wenn man dabei seine Seele verliert? Diese Pergamente haben eine verhängnisvolle Wirkung. Fast scheint es, dass man ihnen gerade dann verfällt, wenn man glaubt, sie beherrschen zu können. Sie machen etwas mit dir, das du selbst nicht bemerkst.»

«Wenn man von dieser Gefahr weiß», erwiderte Severin, «dann sollte es möglich sein, den finsteren Kräften zu begegnen. Wir haben uns lange mit magischen Schriften beschäftigt und sind beide stark genug, dieser Herausforderung zu begegnen.»

«Versteh mich recht. Ich zweifle nicht an deinem Wissen. Aber es wird dir nicht gelingen, jene unsichtbaren Kräfte zu beherrschen, die entstehen, sobald Menschen beginnen, an Magie zu glauben. Da geht es nicht einmal mehr darum, ob bestimmte Rituale oder die Formeln eines magischen Buches tatsächlich wirksam sind oder nicht. Magie beginnt Wirklichkeit zu werden, sobald es jemanden gibt, der überzeugt davon ist, dass sie wirken könnte. Sie tut etwas mit dir, das du erst bemerkst, wenn du wieder zur Besinnung kommst.»

«Und du traust mir nicht zu, diese Zusammenhänge zu durchschauen?»

Alanus ging nicht auf seine Frage ein und wandte sich wieder dem Altar zu. «Ich habe von Faust erfahren, dass noch etwas anderes in diesen Pergamenten verborgen ist», sagte er. «Sie verleihen dem Besitzer die Macht, Luzifer zu beschwören. Aber sie ermöglichen noch weitaus mehr.»

Severin sah ihn ungläubig an.

«Luzifer. Der Lichtbringer», fuhr Alanus fort. «Was, glaubst du, ist mit diesem Licht gemeint? Die ordnende Kraft, die Gott der Finsternis entgegengestellt hat, so wie es am Anfang des Buches Genesis erzählt wird? Wohl kaum. Es werden jene Kräfte sein, von denen Johannes in seiner Offenbarung berichtet. Licht. Heller als vielhundert Sonnen. Fähig, die Welt zu verbrennen.»

«Hat Faust das wirklich entdeckt oder sich nur eingebildet?»

«Auch die Mönche von Broumov sind überzeugt, dass im Codex Gigas diese Macht verborgen ist. Da muss nur einer sein, der sie freizusetzen weiß.»

«Ich kann mir nicht vorstellen, dass es Menschen möglich sein soll, solche Kräfte zu entfesseln», erwiderte Severin.

«Nur, weil du es noch nicht erlebt hast? Was wäre denn, wenn Fausts alchemistische Versuche nicht gänzlich abwegig sind? Was, wenn es tatsächlich möglich ist, in die Geheimnisse der Materie einzudringen, die quinta essentia zu gewinnen und die Elemente zu verwandeln? Vielleicht ist es nur eine Frage der Zeit, dass es Menschen wie Faust gelingt, das zu tun. Du zweifelst an den Kräften der Apokalypse, nur weil du sie noch nicht kennen gelernt hast? Aber wenn jemand sie loslässt, wird es zu spät sein. Wenn dieses Licht freigesetzt ist, gibt es kein Zurück.»

Für einen Augenblick blieb es ganz still im Chorraum. Severin überlegte. «Sollte es überhaupt Menschen geben, die das beurteilen können», sagte er schließlich, «dann sind es die Männer der heiligen Kirche.»

Alanus fasste ihn am Arm. «Wir sind durchaus selbst in der Lage, die Dinge einzuschätzen. Und was, glaubst du, machen diese Männer mit dem, der ihnen die Pergamente bringt? Wie verfährt man mit jemandem, der zu viel weiß?»

«Das glaube ich nicht», erwiderte Severin und löste sich aus dem Griff. «Die Geheimnisse Luzifers müssen der Kirche bekannt gemacht werden. Nur so kann das Böse in der Welt bekämpft werden.»

Plötzlich hörten sie Schritte. Severin erkannte jene drei Männer, die Lilith zum Stadttor gebracht hatten.

«Sattelt mir ein Pferd!», rief er ihnen zu. Dann legte er die Pergamente übereinander, rollte sie zusammen und band ein Tuch darum. «Ich kann dich gut verstehen», sagte er zu Alanus. «So lange sind wir gemeinsam gereist. So viel haben wir erlebt. Und du hast längst einen festen Platz in meinem Herzen. Es schmerzt mich, dass alles so kommt. Aber diesen Weg werde ich nun ohne dich gehen müssen.»

Alanus sah ihn hilflos an. «Auch mich schmerzt es, dich gehen zu sehen. Ich traue den Männern in Rom nicht. Sie werden dem geheimen Sog des Magischen erliegen. Ich kann nur hoffen, dass Gottes Segen mit dir ist.»

«Und mit dir, Alanus von Buchholz.»

Severin umarmte ihn, nahm die Pergamente, ging langsam zur Pforte, zögerte einen Moment und drehte sich noch einmal um.

Wenig später hörte man Hufe auf das Pflaster schlagen.

Er war noch in der Nacht aufgebrochen und so kam es, dass niemand ihn bemerkte, als er durch die Stadt ritt. Das Mondlicht half ihm, das kleine Haus in der Spitalgasse wiederzufinden. Er band sein Pferd an einem Balken fest und klopfte an die Tür. Es dauerte eine ganze Weile, bis sie geöffnet wurde.

Helena schaute ihn ungläubig an. Sie wollte gerade etwas sagen, als Johanna an ihr vorbeilief.

«Alanus!» rief sie und umarmte ihn. Dann nahm sie seine Hand, zog ihn mit ins Haus, ließ nicht eher von ihm ab, bis er sich auf die Bank gesetzt hatte, und bat Helena, eine Kerze zu entzünden.

«Als wir dich verlassen haben, warst du tot», sagte sie aufgeregt. «Dein Herz schlug nicht mehr. Erst später erfuhren wir, dass du angeblich noch am Leben seist. Aber wir konnten es kaum glauben.»

«Ich konnte es selbst nicht glauben, als ich erwachte. Faust wollte mich wohl für einige Stunden bewusstlos machen, damit ich ihn nicht an der Ausführung des Rituals hinderte. Aber das haben dann offenbar andere getan.»

«Es waren Lilith und ihre Männer. Faust konnte fliehen, musste aber alles zurücklassen.»

«Woher weißt du das?»

«Eure kleine Freundin war etwas zu übermütig.» Helena kam zu ihnen und stellte eine Kerze auf den Tisch. «Sie hörte davon, dass in St. Martin seltsame Dinge geschähen, und lief ihren Feinden direkt in die Arme.»

«Das stimmt nicht ganz», sagte Johanna. «Ich wusste nicht, dass auch Gregorius und Severin in der Stadt waren. Sie hatten im ‹Löwen› zwei Männer Liliths festgenommen und dann die Kirche besetzt, um den Rest des Ordens zu überwältigen. Kaum war das geschehen, kamen wir dazu und wurden ebenfalls verhaftet.»

«Haben sie euch gefoltert?»

«Nein. Ich vermute, Severin konnte das verhindern, aber Gregorius ließ es sich nicht nehmen, uns zu verhören. Er wurde vom Grafen unterbrochen, und dann sind alle zum Laboratorium gegangen. Irgendwann ließ man uns frei.»

Alanus nickte.

«Und?», fragte Johanna. «Hat Gregorius das Buch gefunden?»

«Ja. Er hat es.»

Johanna schaute ihn verwundert an. «Du hast es ihm einfach ausgeliefert?»

«Richtig. Es ist übrigens kein Buch, sondern eine Sammlung einzelner Pergamente. Gregorius war hochzufrieden.»

«Und was wird er damit tun?»

«Er behauptet, sie vernichten zu wollen.»

«Er lügt!», rief Helena aufgebracht. «Glaub mir, dieser Mann ist durchtrieben.»

«Das denke ich auch», sagte Alanus und lächelte.

Johanna blickte ihn ungläubig an. «Du hast …», begann sie.

«… eine der Seiten in Säure aufgelöst», antwortete Alanus und wartete einen Augenblick, bevor er weitersprach. «Magische Beschwörungsformeln waren darauf verzeichnet. Sie sind für die Anrufung Luzifers unverzichtbar. In Fausts Labor fand sich eine große Zahl unterschiedlicher Flüssigkeiten. Als ich darunter auch Säure entdeckte, war mir klar, was getan werden musste. Ohne die vernichtete Seite ist es nicht möglich, das Ritual durchzuführen.»

«Aber Gregorius wird das irgendwann bemerken», wandte Helena ein.

Alanus nickte. «Damit rechne ich …», sagte er, überlegte einen Moment und fuhr dann fort. «Es gab noch eine weitere Schwierigkeit: Faust hatte eine Kopie.»

«Wie meinst du das?»

«Er hat selbst eine Abschrift der Pergamente hergestellt, um sie während der Durchführung des Rituals zu nutzen.»

«Wenn es eine Abschrift gibt», unterbrach ihn Johanna, «dann ist es also noch immer möglich, das Ritual durchzuführen.»

Alanus schüttelte den Kopf. «Faust zeigte mir stolz seine Arbeit, und ich konnte sie kurz mit dem Original vergleichen. Er hat Fehler gemacht. Ich sah, dass er eine der Beschwörungsformeln falsch kopiert hatte. Nur ein Buchstabe war verändert, aber dadurch erhielt der Satz eine neue Bedeutung. Statt ‹lupus› schrieb er ‹ludus› und hatte damit alles unbrauchbar gemacht. Ein fataler Irrtum.»

«Wo befindet sich die Abschrift jetzt?», fragte Johanna.

«Faust musste sie in der Kirche zurücklassen. Erst hatte sie Lilith, jetzt Severin.»

«Und was wird Severin damit tun?»

«Er will sie nach Rom bringen, wo eine Kongregation des Vatikans die Pergamente studieren soll. Ich habe versucht, ihn davon abzuhalten, aber er ließ sich nicht überzeugen. Severin hatte von Beginn an den Auftrag, diese magische Schrift nach Rom zu bringen. Es war der Preis dafür, dass man ihm sein Leben schenkte und die Folter ersparte. Er durfte es uns nicht sagen.»

Johanna blickte zum Fenster in die Dunkelheit. «Ich habe kein gutes Gefühl dabei», sagte sie.

«Als wir miteinander sprachen, habe ich ihn darauf hingewiesen, dass unnötige Mitwisser für Rom nur eine Gefahr darstellen würden. Er wollte es nicht wahrhaben.»

Für einen Moment sagte niemand etwas. Helena hatte eine Karaffe herbeigeholt. Nun stellte sie Becher auf den Tisch und goss Wasser ein.

«Es ist alles so sinnlos», sagte Johanna. «So viele Tote. Und wofür sind sie gestorben?»

«Du hast recht», antwortete Alanus. «Nie hätte ich geglaubt, dass ein Buch so gefährlich sein kann.»

«Hast du nicht daran gedacht, selbst die Pergamente zu behalten?»

Alanus schüttelte den Kopf. «Sie bringen nur Unheil.»

«Und so hast du dafür gesorgt, dass sie keine Wirkung mehr besitzen.» Helena musste lachen. «Es ist schon sonderbar», sagte sie. «Gregorius hat nun bekommen, was er will, aber die Pergamente sind unvollständig. Severin, der von Anfang an einen Geheimauftrag hatte, besitzt eine Kopie, glaubt, es sei das Original, und so bekommt der Vatikan ebenfalls, was er will, aber auch das ist verfälscht und somit nutzlos. Damit hat der Zauber keine Wirkung mehr, und die Welt ist von diesem Irrsinn befreit.»

«Das stimmt nicht ganz», erwiderte Alanus. «Die Pergamente sind zwar unbrauchbar. Aber allein der Glaube an ihre Wirkung wird weiteres Unheil hervorbringen.»

«Du meinst, es werden noch mehr Menschen sterben?», fragte Johanna.

Alanus nickte. «Ich hoffe, dass Severin heil aus Rom zurückkehrt.»

«Und du selbst?»

«Es wird nicht lange dauern, und dann werden sie auch mich jagen. Ich glaube nicht daran, dass Gregorius die Pergamente vernichtet. Und irgendwann geht ihm auf, dass etwas damit nicht stimmt. Dann wird er sich das Übrige denken können.»

Johanna nahm seine Hand. «Was hast du vor?»

«Ich muss den Vorsprung nutzen, den ich jetzt noch habe. Und fliehen. Bis ans Ende der Welt. Dorthin, wo niemand nach mir sucht.» Er schaute sie an und schwieg einen Moment. «Ich hätte auf dich hören sollen», sagte er. «Du hast die Gefahr immer gesehen. Und zugleich hätte ich auf meine Gefühle für dich hören sollen, die ich mir nicht eingestehen wollte. Doch die Zeit lässt sich nicht zurücknehmen. Nun muss ich fliehen, denn irgendwann wird Gregorius ahnen, was geschehen ist. Du weißt, was passiert, sobald diese gottlose Schrift ins Spiel kommt. Nun bin ich der Gejagte, und sollten sie mich finden, dann foltern sie mich so lange, bis ich ihnen erzähle, was immer sie hören wollen. Deshalb gibt es nur diesen Weg. Ich muss unsichtbar werden, verschwinden, dorthin, wo ich zu Gott zurückfinden kann und niemand nach mir sucht.»

Johanna war mit Alanus hinausgegangen, um ihn noch einige Schritte zu begleiten.

«Willst du wirklich schon losreiten?», fragte sie leise

«Ich muss fort sein, bevor es Tag geworden ist», antwortete er.

Sie suchte seinen Blick. «Die Geschichte geht also weiter?»

Alanus nickte nur.

Dann umarmte er Johanna, hielt sie länger, als er es je getan hatte, löste sich vorsichtig von ihr und schwang sich auf sein Pferd.

Im Mondlicht sah sie, wie er sich noch einmal umdrehte, ihr winkte, bevor er in der Dunkelheit verschwand.

Dann war sie allein.

ÜBERSETZUNG DER LATEINISCHEN ZITATE

S. 188
Requiem aeternam dona eis, Domine. Et lux perpetua luceat eis. Te decet hymnus, Deus, in Sion, et tibi reddetur votum in Ierusalem: Exaudi orationem meam, ad te omnis caro veniet.
Herr, gib ihnen die ewige Ruhe, und das ewige Licht leuchte ihnen. Dir, o Gott, gebührt ein Loblied in Zion, Dir wird man sein Gelübde in Jerusalem erfüllen: Erhöre mein Gebet, zu Dir wird alles Fleisch kommen.

S. 189
Lux aeterna luceat eis, Domine: Cum sanctis tuis in aeternum: quia pius es.
Herr, das ewige Licht leuchte ihnen, mit Deinen Heiligen in Ewigkeit, denn Du bist gütig.

S. 203
Salve Regina. Mater misericordiae, vita, dulcedo et spes nostra, salve.
Sei gegrüßt, Königin. Mutter der Barmherzigkeit, unser Leben, unsere Wonne und unsere Hoffnung, sei gegrüßt.

S. 248
Potestatem aeternam dona nobis, Lucifer. – Et lux perpetua luceat nobis. – Tibi reddemus votum nostrum. – Exaudi orationem meam, at te omnis caro veniet. – Vita aeterna nobis erit. – Et lux perpetua luceat nobis.
Gib uns ewige Macht, Lichtbringer. – Und das ewige Licht möge uns leuchten. – Dir erfüllen wir unser Gelübde. – Erhöre mein Gebet, zu Dir kommt alles Fleisch. – Uns wird ewiges Leben sein. – Und das ewige Licht möge uns leuchten.

S. 315
Siehe S. 296

NACHWORT

Jede Zeit hat ihren ganz eigenen Charakter und stellt die Menschen vor neue Herausforderungen. Historiker versuchen diesem Phänomen gerecht zu werden, indem sie die Geschichte in Epochen gliedern und das Allgemeine und Besondere, das Charakteristische und Essenzielle einer bestimmten Phase der Vergangenheit verdeutlichen.

Blickt man zurück auf die erste Hälfte des 16. Jahrhunderts, also jenen Zeitraum, in den Johanna, Alanus, Severin – und Faust – hineingeboren sind, dann fällt es nicht ganz leicht, das Typische zu benennen: Renaissance, Reformation, Humanismus, Frühkapitalismus, Entdeckung und Kolonisation Amerikas – die Fülle der besonderen Merkmale macht es schwer, den Charakter dieser Epoche auf einen Begriff zu bringen.

Vielleicht ist es angemessen, von einer Periode des Aufbruchs und des Übergangs zu sprechen: Europa hat soeben einen neuen Kontinent entdeckt. Künstler wie Leonardo da Vinci und Michelangelo Buonarotti blicken zurück auf die Vorbilder der Antike, schaffen Skulpturen und Gemälde von nie gekannter Ausdruckskraft. Die Erfindung des Buchdrucks ermöglicht einem wachsenden Kreis von Menschen Zugang zu Bildung. Männer wie Kopernikus revolutionieren das Weltbild. Savonarola, Hus und schließlich Luther stellen die Frage nach dem Seelenheil neu und damit die Einheit der Kirche in Frage.

Zeit des Aufbruchs und des Übergangs, Wendezeit: Die Menschen waren, je nach Lebensraum, Gesellschaftsschicht und Bildung, von all diesen Veränderungen auf unterschiedliche Weise betroffen. Für viele wird es eine Phase der Verwirrung, der Ungewissheit und der Orientierungsnotwendigkeit gewesen sein. Die «alten Götter», die vormals festen Gewissheiten, schienen erschüttert, die «neuen Götter» noch nicht deutlich erkennbar. Wohin würde die Entwicklung gehen in einer Zeit, die nüchterne wissenschaftliche Vernunft ebenso kannte wie Hexenverfolgungen? Was würde sich als dauerhaft erweisen? An was konnte man noch glauben? Woran sollte man sich orientieren?

Ist es möglich, dieses Zeitgefühl lebendig werden zu lassen? Der Autor eines historischen Romans könnte sich die Sache leicht machen. Er unterliegt nicht dem Selbstverständnis seriöser Wissenschaft, könnte also einfach fabulieren und das 16. Jahrhundert ungehemmt als Kulisse seiner Phantasie verwenden. Doch damit würde er der Vergangenheit, dem besonderen Charakter dieser Epoche und ihrem Zeitgefühl nicht gerecht; und vor allem auch nicht all jenen Menschen, die neben der Freude an Geschichten auch ein Interesse an Geschichte haben. Historische Romane prägen das Bewusstsein ihrer Leser. Und so wird es für einen Autor, der seine Sache ernst nimmt, zur Pflicht, eben gerade nicht einfach draufloszuerzählen, sondern das Spezifische des Vergangenen ernst zu nehmen. Im vorliegenden Roman ist jedes Detail genau recherchiert. Die literarische Freiheit beginnt erst dort, wo auch die historische Forschung nicht weiter weiß, wo wir aus dem zeitlichen Abstand aufgrund nicht vorhandener Quellen keine eindeutigen Aussagen machen können. Doch auch über das eindeutig Recherchierbare hinaus bleibt die Freiheit des Autors eingeschränkt: Er kann nicht Zusammenhänge entwickeln, die für die gewählte Epoche völlig untypisch oder gar undenkbar wären. So wie er auf der einen Seite die Aufgabe hat, die ferne Zeit zu vergegenwärtigen, muss er auf der anderen Seite darauf achten, dass die Vergangenheit nicht zur bloßen Bühne für gegenwärtige Trends und Befindlichkeiten wird.

Fast alle in diesem Roman geschilderten Orte, Gebäude, Plätze etc. sind bis auf den heutigen Tag erhalten. Man könnte Johanna, Alanus und Severin nachreisen und wäre erstaunt darüber, was sich alles wiederentdecken ließe. Im heutigen Köln findet man St. Pantaleon und St. Martin ebenso wie die alten Marktplätze. Viele Straßenverläufe sind noch so, wie sie der Mercator-Stich von 1571 zeigt. Selbst einige der auf dem Stadtpanorama von Anton Woensam 1531 dargestellten Gebäude kann man noch sehen. Woensam begegnet uns auch im Roman, ebenso wie der Kölner Buchdrucker Heinrich Quentell und Erzbischof Hermann von Wied. In Kreuznach, der nächsten Etappe der Reise, ist manches noch auffindbar, was Merian in seinem Stich von 1645 dokumentiert; auch die berühmten Brückenhäuser. In Sponheim sind die wunderbare Klosterkirche und einige Nebengebäude gut erhalten. Aber ein umfassender Gesamteindruck der ursprünglichen Anlage ergibt sich nur aus der historischen Sekundärliteratur. Anders in Oppenheim: Folgt man der Rekonstruktion dieser Stadt um 1600, die Ernst Stephan 1955 vorgelegt hat, dann sind die Straßenverläufe bis heute weitgehend die alten geblieben. Mehrere Kupferstiche zeigen die Vergangenheit Oppenheims, am eindrucksvollsten vielleicht jener von Merian aus dem Jahr 1655, der den Zustand vor dem großen Brand von 1621 wiedergibt. Während die Landskrone längst Ruine geworden ist, haben die eindrucksvolle Katharinenkirche und das nahe gelegene Beinhaus viele Jahrhunderte überstanden. Die unterirdischen Gänge von Oppenheim sind in den letzten Jahren teilweise wieder zugänglich gemacht worden. Im Stadtmuseum zeugen Exponate von der Glanzzeit des Oppenheimer Druckergewerbes. Das Zisterzienserkloster vor der Stadt und die «Kanne» sucht man heute freilich vergeblich. In Staufen hingegen gibt es nach wie vor das berühmte Gasthaus «Zum Löwen», in dem Faust gewohnt haben und auf fürchterliche Weise umgekommen sein soll. Auf den Spuren des Romans findet man in dieser Stadt besonders viel: Die heutigen Straßenverläufe decken sich oft noch mit denen des 16. Jahrhunderts. Schlossberg, Kirche, Stadtmauer, Rathaus und viele Wohngebäude haben die Jahrhunderte überdauert.

Für die erste Hälfte des 16. Jahrhunderts ist es signifikant, dass Wissenschaft, Glaube und Aberglaube nebeneinander existieren. So gibt es etwa die heute vorhandene Trennung von Astrologie und Astronomie noch nicht. Auf dem Feld der Medizin findet sich manch Kluges, aber mindestens ebenso viel Unfug. Die Übergänge zwischen schwarzer und weißer Magie sind fließend. Selbst hohe geistliche Würdenträger sehen grundsätzlich nichts Verwerfliches darin, sich mit Zauberbüchern zu beschäftigen oder bei wichtigen Entscheidungen astrologischen Rat einzuholen. Manch einer hofft, sich mit Hilfe alchemistischer Experimente aus finanziellen Problemen retten zu können. Bei Krankheiten holt man sich den Rat der Heilerinnen; zugleich unterstellt man vermeintlichen Hexen, ein Bündnis mit dem Teufel eingegangen zu sein, und erklärt sie zu den Urhebern vieler Übel. Der berüchtigte «Hexenhammer» (1487) ist kein Produkt eines angeblich finsteren Mittelalters; nie hat es solch umfangreiche Verfolgungen gegeben wie in der frühen Neuzeit. Und meist waren es weltliche Institutionen, die sie betrieben.

Viele der damals entstandenen Werke zur Magie, Alchemie und Astrologie sind bis heute zugänglich. Sie wirken auf den Leser wie ein Abbild des irrationalen und zugleich rationalen Denkens ihrer Zeit. All jene Schriften, die Alanus und Severin auf ihrer Reise kennen lernen, hat es wirklich gegeben. Wer sie studiert, wird bemerken, dass vieles, was heute im Bereich der Esoterik und in den Lehren mancher Geheimgesellschaften verbreitet wird, dort seine Ursprünge hat. Agrippa von Nettesheims «Occulta Philosophia» und das Buch des Abraham von Worms sind dafür gute Beispiele.

Weit schwieriger ist es, zum Glauben und Wissen jener Frauen und Männer vorzudringen, die eine von öffentlicher Seite meist geächtete Heilkunst und Medizin betrieben, eine Naturheilkunde im ursprünglichen Sinne. Ethnologen und Kulturanthropologen haben in den letzten Jahrzehnten Licht in dieses vergessene Kapitel der Medizingeschichte gebracht. Vieles davon lässt sich im Weltbild Johannas wiederfinden.

Studiert man die wenigen Dokumente, die uns heute noch über den historischen Faust Auskunft geben, versteht man schnell, wie exemplarisch dieser Mann für seine Zeit gewesen ist. Es gibt offenbar keine der oben genannten Künste, die ihm die Zeitgenossen nicht zugeschrieben haben. Zugleich ist die Biographie Fausts schwer rekonstruierbar. Wahrscheinlich stammt er aus einfachen Verhältnissen, scheint sein Wissen weitgehend autodidaktisch erworben zu haben, verstand es aber dennoch, selbst Adlige und einflussreiche Männer der Kirche von seinen Fähigkeiten zu überzeugen. Anders als Agrippa, Trithemius oder Paracelsus gelang es ihm aber wohl nicht, dauerhaft einen festen Platz in der Gesellschaft zu finden. Einige Dokumente berichten gar davon, dass er ausgewiesen oder verfolgt worden sei. Ein oberflächlicher Blick auf die Quellen legt nahe, in Faust einen Abenteurer und gewieften Scharlatan zu sehen, und so ist es nicht verwunderlich, dass nach seinem Tod eine rege Mythenbildung einsetzt und Faust bald darauf eine literarische Karriere beginnt, die ihresgleichen sucht. Bevor Goethe sich des Stoffes annimmt, dient die Figur des Faust vor allem als pädagogisches Exempel: Wer sich von der Kirche lossagt, um sich mit dem Teufel zu verbünden, muss irgendwann zur Hölle fahren – eine Warnung an alle, die nicht länger daran glauben wollen, dass außerhalb der Kirche kein Heil zu finden sei.

Günther Mahal zeigt in seinen ausgezeichnet recherchierten Arbeiten zur Faustforschung ein differenzierteres Bild: Ein Mann, der seinen Unterhalt mit magischen Kenntnissen und Praktiken bestritt, musste auf der einen Seite Wundersames versprechen und zugleich in ständiger Furcht leben, wegen Hexerei verfolgt zu werden. So kommt es, dass man sich bald die abenteuerlichsten Geschichten über Faust zu erzählen wusste, er selbst aber wenig Spuren hinterlassen hat. Wer war Faust wirklich? Wir wissen es nicht genau. Was wir mit aller Vorsicht sagen können, ist, dass er in der Welt der Magie, der Alchemie, der Astrologie zu Hause war, die so charakteristisch für seine Zeit gewesen ist.

Es ist nicht klar, ob Faust, wie viele andere Magier auch, nach dem Stein der Weisen gesucht hat. Schon damals hatte diese Metapher unterschiedliche Bedeutungen. Zum einen war damit das fünfte Element gemeint, mit dessen Hilfe es möglich sein sollte, die vier Elemente zu transformieren und die Beschaffenheit der Materie vielfältig zu verändern. Auf diesem Wege versprach man sich auch, aus minderwertigen Metallen Gold herzustellen. Sicherlich wird es nicht jedem Alchemisten vorrangig um dieses Ziel gegangen sein, aber die Fülle der Berichte über derartige Experimente ist beeindruckend. In gewisser Weise wurde damals eine Grundlage für die heutige Chemie geschaffen. Betrachtet man zeitgenössische Darstellungen, findet sich manches wieder, das in abgewandelter Form noch heute in den Laboratorien zu finden ist.

Hinter dem Bild des Steins verbirgt sich aber auch die Vorstellung der eigenen Vervollkommnung. Er symbolisiert das Ziel unseres langen Weges zu uns selbst und zu Gott. Die Freimaurerei spricht in diesem Zusammenhang von einem rauen, unbehauenen Stein, der geglättet werden muss. Die Arbeit am Stein wird zur existenziellen Aufgabe des Menschen. Es ist die Auseinandersetzung mit den eigenen Unzulänglichkeiten und Schwächen, verbunden mit dem Ziel, dem eigenen Selbst näher zu kommen und Einklang zu finden mit dem Göttlichen.

Auch in diesem Roman werden Menschen dargestellt, die sich auf dem Weg befinden, doch nicht immer ist es der Weg des Steins. Es gibt auch viele Kräfte, die in die Irre leiten. Eine davon ist der Wunsch nach Macht.

Warum betreibt man Magie? Es kann der Wunsch sein, anderen Menschen und sich selbst zu helfen. Oder aber der Wille, Macht über andere und anderes zu erlangen. Damit ist schon alles über den Unterschied von weißer und schwarzer Magie gesagt. Im Roman gibt es Charaktere, die eindeutig bestimmbar sind. Andere Figuren bewegen sich in Grenzbereichen, entwickeln sich von der einen zur anderen Seite oder geraten in einen Sog. Die Faszination der Macht ist groß. Und es gibt noch weitere Motive, auf die schwarze Seite zu wechseln: Enttäuschung, Verzweiflung, Neugier oder einfach die Lust, das Verbotene zu tun.

Magie kann gefährlich werden für jene, die ihrer Faszination erliegen, aber auch für Menschen, die sie unterschätzen. Man kann Magie als eine Spielart des Irrationalen sehen; das bedeutet aber nicht, dass sie nicht wirksam wäre. Am Ende seiner langen Reise begreift Alanus etwas, das Johanna immer schon wusste: Magie wird wirkmächtig, sobald man beginnt, an die grundsätzliche Möglichkeit ihrer Wirksamkeit zu glauben. Wenn mehrere Menschen im Glauben an diese Möglichkeit sich so verhalten, als hätte Magie eine Wirkung, dann hat sie auch eine Wirkung, mitunter eine für die Beteiligten sehr fatale, besonders dann, wenn es um Macht geht. Manche massenpsychologische Phänomene, auch historische, finden auf diese Weise eine mögliche Erklärung.

Alle in diesem Roman erwähnten Bücher hat es einmal gegeben. Viele existieren noch heute. So auch der Codex Gigas. Dieses 75 Kilogramm schwere monumentale Werk des späten Mittelalters, das im Kloster des kleinen tschechischen Ortes Podlazice als Sammlung mittelalterlichen Wissens entstand, hat eine abenteuerliche Geschichte hinter sich. Es wird heute in der Königlichen Bibliothek in Stockholm verwahrt, die den Codex vor einigen Jahren auch digital zugänglich gemacht hat. Über das Internetportal des Instituts kann man die einzelnen Seiten aufrufen und einsehen (www.kb.se/codex-gigas); auch jene, auf der sich einzig und allein eine große Abbildung des Teufels befindet. – Einige Seiten des Codex fehlen seit langem. Niemand weiß, wann sie entfernt wurden, was auf ihnen stand und wo sie geblieben sind.

DANKSAGUNG

Herzlichen Dank allen, die mich bei der Arbeit an diesem Buch unterstützt haben: Dr. Martin Held (Oppenheim), Andreas Lauble (Staufen), Prof. Dr. Harald Müller (Aachen), Dr. Hans Georg Wehrens (Freiburg) für historischen Rat; Sabine Brokate, Sarah Gevers, Daniel F. Heuermann, Lisa Holthöfer, Anne Korte, Magdalene Marx und Gerhard Lunde dafür, dass sie mir mit Wissen und wertvollen Hinweisen zur Seite standen; Eva Düker und Marion Konrad für das Lektorat; und besonders Lukas Trabert, Leiter des Verlags Josef Knecht, der die Entstehung dieses Romans von Beginn an mit wichtigen Anregungen begleitet hat.